El quinto testigo

Michael Connelly

El quinto testigo

Traducido del inglés por Antonio Padilla

AdN

Título original: *The Fifth Witness*

Diseño de colección: Estudio Pep Carrió
Diseño de cubierta: Estudio Pep Carrió

PAPEL DE FIBRA
CERTIFICADA

Copyright © 2011 by Hieronymus, Inc.
© de la traducción: Antonio Padilla, 2025
© AdN Editorial (Grupo Anaya S. A.), 2025
Calle Valentín Beato, 21
28037 Madrid
www.AdNovelas.com

ISBN: 978-84-10138-48-3
Depósito legal: M. 24.614-2024
Printed in Spain

*Dedicada a Dennis Wojciechowski,
con todo mi agradecimiento.*

Primera parte

Las palabras mágicas

1

La señora Pena me miró desde el asiento y levantó las manos en gesto suplicante. Con marcado acento, optó por el inglés para darme su mensaje final:

–Por favor, señor Mickey, ¿va a ayudarme?

Miré a Rojas, que había girado el rostro en el asiento delantero, por más que no necesitara que me hiciese de intérprete. Luego dirigí la mirada más allá de la señora Pena, por encima de su hombro y a través de la ventanilla del coche, en dirección al hogar que quería conservar a toda costa: una casita de dos habitaciones pintada de un color rosa desteñido y con un jardín desastrado tras la cerca de alambre. El escalón de hormigón bajo la puerta tenía grafiteado unos caracteres de los que tan solo podía descifrarse el número 13. No se trataba del número de la dirección. Esa cifra era un juramento de lealtad.

Volví a posar los ojos en ella. Tenía cuarenta y cuatro años y era atractiva a su modo, un tanto ajado. Era la madre soltera de tres adolescentes varones y no pagaba el alquiler desde hacía nueve meses. El banco había puesto en marcha el proceso de ejecución hipotecaria y tenía previsto vender las cuatro paredes y el techo entre los que vivía.

La subasta iba a tener lugar dentro de tres días. No importaba que la vivienda tuviera poco valor o que estuviera en una barriada infestada de pandilleros en South

Los Angeles. Alguien iba a comprarla, y la señora Pena pasaría de ser propietaria a ser inquilina…, si es que el nuevo propietario no optaba por desahuciarla, claro. La mujer siempre había contado con la protección de la banda Florencia 13. Pero los tiempos habían cambiado. Y la adscripción a una u otra pandilla criminal ahora no iba a servirle de ayuda. Lo que necesitaba era un abogado. Me necesitaba a mí.

–Dígale que voy a hacer todo lo posible –indiqué–. Que estoy bastante seguro de que conseguiré evitar la subasta y poner en duda la legalidad de la ejecución hipotecaria. Al menos servirá para que todo vaya más lento. Y nos dará tiempo para montar una estrategia a largo plazo. Para que la saquemos de esta, con un poco de suerte.

Asentí y me mantuve a la espera mientras Rojas traducía. Venía contratando a Rojas como chófer e intérprete desde que había oído en varias emisoras hispanas de radio un anuncio en el que ofrecía ese doble servicio.

Noté la vibración del teléfono móvil en el bolsillo. La parte superior del muslo me sugirió que se trataba de un mensaje de texto, no de una llamada. Fuese lo que fuese, hice caso omiso. Una vez que Rojas terminó de traducir, volví a tomar la palabra antes de que la señora Pena pudiera decir algo.

–Dígale que tiene que entender que esta no es la solución a sus problemas. Puedo retrasar las cosas y podemos negociar con el banco. Pero no puedo prometer que no vaya a perder la casa. De hecho, la casa ya la ha perdido. Voy a recuperarla, pero tendrá que seguir viéndoselas con el banco.

Rojas tradujo sus palabras, sazonándolo todo con gestos de las manos. La verdad era que la señora Pena, con el tiempo, tendría que irse. Todo era cuestión del carrete que quisiera darme. Declararse insolvente nos daría un año más para la defensa. Pero eso no tenía que decidirlo ahora mismo.

—Y ahora dígale que necesito que me paguen por mi trabajo. Explíquele el plan de pagos. Mil por adelantado, y lo demás, a plazos mensuales.

—¿Cuánto cada mes? ¿Y durante cuánto tiempo?

Volví a mirar la casa. La señora Pena me había invitado al interior, pero yo había preferido hablar con ella en el coche. Este era un territorio en el que los tiroteos a la buena de Dios eran más que frecuentes, y yo había venido en mi Lincoln Town Car BPS, las siglas correspondientes a *Ballistic Protection Series*. Se lo había comprado de segunda mano a la viuda de un sicario del cártel de Sinaloa, asesinado poco antes. Las puertas estaban blindadas y las ventanillas contaban con tres capas de cristal inastillable. A prueba de balas. Las ventanas en la rosada casa de la señora Pena no lo eran. La moraleja aprendida a partir de lo sucedido al hombre de Sinaloa era que no hay que bajarse del coche a no ser que sea estrictamente necesario.

La señora Pena me había explicado que los pagos de la hipoteca que había dejado de hacer nueve meses atrás ascendían a setecientos dólares al mes. Seguiría absteniéndose de pagar al banco mientras yo llevara su caso. No tendría que desembolsar un centavo mientras yo mantuviera al banco a raya, de forma que este era un asunto en el que podía ganar bastante pasta.

—Dígale que doscientos cincuenta al mes. Y que se trata del plan de pagos con descuento. Asegúrese de que entiende que estamos ofreciéndole un chollo y de que no puede retrasarse con los pagos. Puede pagarnos con tarjeta de crédito, si es que tiene alguna con un poco de chicha dentro. Eso sí, asegúrese de que la tarjeta no expira hasta 2012 como muy pronto.

Rojas tradujo, con más gestos y muchas más palabras de los empleados por mí. Eché mano al móvil. El mensaje de texto era de Lorna Taylor: «Llámame pero ya».

Tendría que llamarla cuando terminara de hablar con mi cliente. Se supone que los despachos de abogados cuentan con una secretaria en jefe y una recepcionista. Pero yo no tenía más despacho que el asiento posterior de mi Lincoln, por lo que Lorna llevaba las demás gestiones y respondía a los teléfonos en el pisito de West Hollywood que compartía con mi investigador de confianza.

Mi madre era mexicana, por lo que entendía su idioma natal mejor de lo que dejaba traslucir. Cuando la señora Pena respondía, comprendía lo que estaba diciendo, *grosso modo*. Pero yo seguía dejando que Rojas me lo tradujera todo. La mujer dijo que entraría en la casa para coger los mil dólares iniciales y se comprometió a pagar cada mes de forma escrupulosa. A pagarme a mí, y no al banco. Calculé que, si lograba que siguiera viviendo en la casa un año más, me sacaría unos cuatro mil pavos en total. No estaba mal para un trabajito como ese. Lo más seguro era que nunca volviese a ver a la señora Pena. Denunciaría en el juzgado la ejecución hipotecaria y le daría todas las largas posibles al asunto. Seguramente, ni tendría que comparecer ante el juez. Mi joven pasante se encargaría de llevar todo el tema en el juzgado. La señora Pena estaría contenta, y yo también. Sin embargo, con el tiempo, el martillo acabaría por caer en el yunque, como siempre.

El caso tampoco resultaba tan difícil, por mucho que la señora Pena no fuera a inspirarle mucha simpatía a un juez. La mayoría de mis clientes dejan de pagar al banco tras haber perdido un empleo o experimentado un catastrófico problema de salud. La señora Pena dejó de hacerlo cuando encarcelaron a sus tres hijos, acusados de tráfico de drogas; de pronto, dejaron de enviarle dinero a casa. Teniendo en cuenta todo esto, no podía esperar que un juez se sintiera demasiado conmovido por ese caso. Pero el banco había jugado sucio. Yo había revisado el expediente de la mujer en mi portátil. Todo estaba allí: constaba que le habían enviado sucesivas notificaciones exigiéndole los pagos y, finalmente, para avisarla de la puesta en marcha de la ejecución hipotecaria. Pero resultaba que la señora Pena decía no haber recibido ninguna de estas notificaciones. Y yo la creía. Este no era uno de esos barrios en los que los agentes judiciales y similares se mueven a sus anchas. Sospechaba que las notificaciones habían acabado en la basura y que el agente de turno había mentido al respecto. Si lograba convencer al juez, quizá podría aprovechar esa pequeña ventaja para quitarle el banco de encima a la señora Pena.

Ese iba a ser mi alegato de defensa. Que a la pobre mujer no le habían notificado debidamente el peligro al que se exponía. Que el banco se había aprovechado de ella y había puesto en marcha la ejecución hipotecaria sin darle la oportunidad de abonar los pagos pendientes, y que el tribunal tendría que fallar en su contra por haber procedido de esa forma.

—Muy bien, pues trato hecho —convine—. Dígale que vuelva a casa a por el dinero mientras imprimo el contrato y el recibo. Vamos a ponernos manos a la obra hoy mismo.

Sonreí e hice un gesto con la cabeza dirigido a la señora Pena. Rojas tradujo y, al momento, se bajó del coche para rodear el vehículo y abrirle la puerta a la mujer.

Una vez que la señora Pena se hubo marchado, abrí el archivo con la plantilla del contrato en español y tecleé los nombres y las cifras. Lo envié a la impresora situada junto con otros dispositivos electrónicos en el asiento del acompañante. A continuación, rellené el recibo que indicaba que el dinero iba a ser ingresado en la cuenta de fideicomiso para mis clientes. Todo perfectamente legal. Siempre. Era la mejor forma de que el colegio de abogados de California no me buscara un problema. Ya podía tener un coche blindado a prueba de balas; el colegio era lo que me daba miedo de verdad.

El año había sido difícil para el bufete de abogados Michael Haller y asociados. Los abogados penalistas casi no encontraban trabajo en una economía en recesión. Como es natural, la criminalidad no había bajado. En Los Ángeles, avanzaba viento en popa a toda vela bajo cualquier tipo de economía. Pero los clientes de pago eran cada más escasos y eventuales. Se diría que nadie tenía dinero para pagar a un abogado. En consecuencia, la defensa de oficio estaba abrumada y sobrecargada de trabajo mientras los tipos como yo las pasábamos canutas.

Yo tenía gastos fijos y una chavala de catorce años que iba a un colegio privado y hablaba de estudiar en una universidad de las buenas cuando fuera mayor. Tenía que actuar, y lo que hice fue algo que en su momento me hubiera parecido impensable. Me especialicé en derecho civil. El único sector en expansión en el campo de la abogacía era la defensa contra las ejecuciones hipotecarias. Asistí a unos cuantos cursillos organizados por el colegio, me lo aprendí todo volando y empecé a publicar nuevos anuncios en dos idiomas. Monté varias páginas web y comencé a comprar los listados de casos de ejecución hipotecaria archivados en el registro del condado. Así fue como hice que la señora Pena se convirtiera en mi cliente. Correo comercial. Su nombre aparecía en el listado, por lo que le había enviado una carta en español ofreciéndole mis servicios. Según me dijo, esa carta mía era la primera indicación que le llegaba de que el banco se proponía quedarse con su casa.

Suele decirse que, si construyes algo, la gente acudirá. Resultó ser cierto. Me estaba saliendo más trabajo del que podía asumir –aquel día tenía seis citas más–, y hasta había contratado a una asociada de verdad para Michael Haller y Asociados por primera vez en la vida. La epidemia nacional de ejecuciones hipotecarias estaba ralentizándose, pero ni por asomo daba señales de desaparecer. En el condado de Los Ángeles, yo tenía un comedero del que seguir alimentándome durante los años venideros.

Los casos tan solo me reportaban cuatro o cinco de los grandes cada uno, pero este era un periodo de mi vida profesional en el que la cantidad estaba por encima de la calidad. Ahora mismo tenía más de noventa clientes con problemas hipotecarios en el zurrón. Estaba claro que mi chavala podía empezar a planear su matriculación en una universidad de las buenas. Y hasta a pensar en estudios de posgrado, qué demonios.

Había quienes pensaban que yo era parte del problema, que simplemente estaba ayudando a los parásitos a aprovecharse del sistema, lo que repercutía de forma negativa en la recuperación económica. Era una descripción que se ajustaba a algunos de mis clientes, desde luego. Pero yo me decía que la mayoría de ellos no eran sino víctimas por partida doble. Inicialmente, engatusados con el sueño americano de tener una casa en propiedad e incentivados para firmar unas hipotecas que ni remotamente iban a poder pagar. Y otra vez víctimas tras el estallido de la burbuja, cuando los prestamistas poco escrupulosos fueron a por ellos en el frenesí de ejecuciones hipotecarias. La mayoría de estos antaño orgullosos propietarios no tenían la menor oportunidad bajo la draconiana regulación californiana. Un banco ni siquiera necesitaba de aprobación judicial para arrebatarle la casa a una persona. Los grandes genios de la economía consideraban que esto era lo mejor. Que la máquina tenía que seguir girando. Que cuanto antes tocara fondo la crisis, antes empezaría la recuperación. Eso cuéntenselo a la señora Pena, les diría yo.

Circulaba cierta teoría que sostenía que todo formaba parte de una conspiración establecida por los principales bancos del país a fin de socavar las leyes sobre la propiedad inmobiliaria, sabotear el sistema judicial y crear una industria de ejecuciones hipotecarias en perpetuo funcionamiento cíclico que los llevaría a sacar tajada de ambos extremos del proceso. No acababa de comprarla del todo. Pero, durante mi corto periodo trabajando en este sector en concreto, había visto suficientes hombres de negocios, tipos en teoría sin mácula, comportarse como depredadores sin escrúpulos como para echar de menos la abogacía penalista de toda la vida.

Junto al coche, Rojas esperaba a que la señora Pena volviera con el dinero. Miré el reloj y vi que íbamos a llegar con retraso a mi próxima cita: una ejecución hipotecaria de un local comercial en Compton. Siempre hacía lo posible por agrupar geográficamente a mis nuevos clientes para ahorrar tiempo, gasolina y kilometraje del coche. Aquel día estaba trabajándome la parte sur de la ciudad. Al día siguiente me tocaba East Los Angeles. Dos días a la semana me los pasaba en el coche, fichando a nuevos clientes. El resto del tiempo lo dedicaba a trabajar en los casos.

—Vamos, señora Pena —dije—. Tenemos prisa.

Aproveché la espera para llamar a Lorna. Hacía tres meses que había empezado a bloquear el identificador de llamada de mi móvil. Nunca lo había hecho cuando me dedicaba al derecho criminal, pero, en mi nuevo mundo feliz de las ejecuciones hipotecarias, por lo general no me interesaba que la gente tuviera mi número directo. Ni los abogados de los prestamistas ni tampoco mis propios clientes.

—Bufete de abogados Michael Haller y Asociados —dijo Lorna al descolgar—. ¿En qué puedo…?

—Soy yo. ¿Qué pasa?

—Mickey, tienes que ir a la comisaría de Van Nuys ahora mismo —dijo con urgencia.

La comisaría de Van Nuys era el cuartel general del LAPD —el cuerpo de policía de Los Ángeles— para la cada vez más extensa conurbación de San Fernando Valley, en la parte norte de la ciudad.

—Hoy estoy trabajando en la parte sur. ¿Qué es lo que pasa?

—Tienen a Lisa Trammel en comisaría. Justo acaba de llamar.

Lisa Trammel era una cliente. Mi primera cliente por ejecución hipotecaria, de hecho. Había conseguido que siguiera viviendo en su casa durante ocho meses y confiaba en ganar por lo menos otro año antes de recurrir al botón nuclear: la declaración de insolvencia. Pero Lisa vivía consumida por las frustraciones e injusticias de su existencia, y no había forma de calmarla o mantenerla bajo control. Le había dado por protestar delante del banco con una pancarta denunciatoria de sus prácticas fraudulentas y acciones despiadadas. Así hasta que el banco consiguió una orden temporal de alejamiento.

—¿Ha quebrantado la orden de alejamiento? ¿La han detenido?

—Mickey, la acusan de asesinato.

Eso sí que no me lo esperaba.

—¿Por asesinato? ¿Quién es la víctima?

—Dicen que la acusan de haber asesinado a Mitchell Bondurant.

Otra cosa que me dejó boquiabierto. Miré por la ventanilla y vi que la señora Pena salía por la puerta de la casa. Llevaba un fajo de billetes en la mano.

—Muy bien. Llama a todo el mundo y cancela las demás citas del día. Y dile a Cisco que vaya a Van Nuys. Me encontraré con él allí.

—Hecho. ¿Quieres que Bullocks se encargue de las citas de la tarde?

«Bullocks» era el apodo que le dábamos a Jennifer Aronson, la asociada que había contratado durante su último curso en Southwestern, una facultad de Derecho situada en el edificio de los viejos almacenes Bullocks en Wilshire.

—No, no quiero que lleve las captaciones de clientes. Sencillamente, pospón las citas para otro día. Y escucha: creo que tengo el expediente de Trammel conmigo, pero la que tiene el listado de contactos eres tú. Habla con su hermana. Lisa tiene un hijo. Lo más seguro es que esté en la escuela, y alguien va a tener que hacerse cargo del chaval si Lisa no puede.

Hacíamos que todos los clientes nos proporcionaran un extenso listado de contactos, porque a veces era difícil dar con ellos para las comparecencias judiciales… Y también para asegurarme de que me pagaran por mi trabajo.

—Es lo primero que voy a hacer —dijo Lorna—. Buena suerte, Mickey.

—Lo mismo digo.

Apagué el móvil y pensé en Lisa Trammel. De un modo u otro, no me sorprendía que la hubieran detenido por matar al hombre que estaba empeñado en quitarle la casa. Tampoco era que hubiese pensado que las cosas fueran a terminar así. Ni por asomo. Pero, en el fondo, siempre había tenido claro que aquello iba a acabar de mala manera.

2

Sin perder un segundo, me hice con el dinero de la señora Pena y le entregué un recibo. Firmamos el contrato y ella se quedó una copia. Hice que me proporcionara un número de tarjeta de crédito, y me prometió tener un saldo mensual de doscientos cincuenta dólares mientras estuviera trabajando para ella. A continuación, le di las gracias, estreché su mano e hice que Rojas la acompañara hasta su casa.

Mientras lo hacía abrí el maletero con el mando a distancia y salí. Era lo bastante espacioso para que se pudieran guardar allí tres grandes archivadores de cartón, así como todo mi material de oficina. Encontré el expediente de Trammel en el tercer archivador y lo saqué. También eché mano al vistoso maletín que empleaba para mis visitas a las comisarías de policía. Al cerrar el maletero, vi el estilizado número 13 pintado con aerosol en color plata sobre la negra tapa del maletero.

—Los muy hijos de perra.

Miré a mi alrededor. Tres jardines delanteros más allá, un par de chavales estaban jugando en la calle sin asfaltar, si bien parecían demasiado jóvenes para ser artistas del grafiti. En la calle no había nadie más. Estaba atónito. Además de no haber oído o reparado en los daños efectuados a mi coche mientras estaba reunido con una cliente en el interior, era poco más de la una y sabía que la mayor parte de los pandilleros no se levantaban y se asomaban al nuevo día hasta media tarde. Eran seres nocturnos.

Expediente en mano, fui otra vez hacia la portezuela abierta. Me fijé en que Rojas estaba de pie en el escalón de entrada, charlando con la señora Pena. Silbé y le hice un gesto indicándole que volviera al coche. Teníamos que irnos.

Subí. Mensaje recibido: Rojas volvió al trote y se montó en el coche.

—¿A Compton? —preguntó.

—No. Cambio de planes. Tenemos que acercarnos a Van Nuys. Pero ya.

—Entendido, jefe.

Salió de la cuneta y enfiló el camino de regreso a la autovía 110. No era posible llegar a Van Nuys directamente por una autovía. Tendríamos que ir al centro de la ciudad por la 110 y enlazar con la 101 en dirección al norte. No podríamos habernos encontrado en un punto menos indicado de Los Ángeles.

—¿Qué le ha dicho la mujer? —pregunté a Rojas.

—Me ha preguntado por usted.

—¿Qué quiere decir?

—Me ha dicho que no le parecía que usted necesitara un traductor.

Asentí con la cabeza. Era algo que había oído otras veces. Los genes de mi madre hacían que pareciera más del sur que del norte de la frontera.

—También quería saber si estaba usted casado, jefe. Le he dicho que sí que lo estaba. Pero si quiere volver a visitarla y meter ficha, seguro que estará esperándolo. Aunque lo más probable es que luego le pida una rebaja en la minuta.

—Gracias, Rojas —dije con sequedad—. La mujer ya se ha beneficiado de una rebaja, pero lo tendré en cuenta.

Antes de abrir el expediente, miré mi listado de contactos en el móvil. Buscaba el nombre de algún policía de la comisaría de Van Nuys que pudiera proporcionarme un poco de información. Pero no encontré a nadie. Estaba metiéndome a ciegas en un caso de asesinato. No era un buen inicio.

Apagué el móvil, lo conecté al cargador y abrí el expediente. Lisa Trammel se había convertido en mi cliente tras responder a la carta genérica que yo enviaba a todos los propietarios de casas a los que habían amenazado con el desahucio. No creía ser el único abogado de Los Ángeles que estuviera haciéndolo. Pero, por la razón que fuera, Lisa respondió a mi carta y no a las de los otros.

Si eres abogado y trabajas por cuenta propia, la mayoría de las veces tienes la prerrogativa de escoger a tus propios clientes. A veces te equivocas. Eso es lo que pasó con Lisa. Yo estaba ansioso por empezar a trabajar en este nuevo campo. Andaba buscando clientes que estuvieran metidos en situaciones complicadas o de los que se hubieran aprovechado. Personas que eran demasiado ingenuas para saber cuáles eran sus derechos o sus opciones. Buscaba a personas que llevaran las de perder y creía haber encontrado a una de ellas en Lisa. No había dudas de que se ajustaba al perfil. Estaba perdiendo su casa por una serie de circunstancias que habían ido escapando a su control una tras otra, como una serie de fichas de dominó que se fueran viniendo abajo. Y su prestamista había dejado el caso en manos de una empresa especializada en desahucios que había puesto la directa y hasta quebrantado las leyes. Hice que Lisa se convirtiera en mi cliente, la sometí a un plan de pagos y me puse a luchar por su causa. El suyo era un buen caso, y yo estaba animado. No fue sino más tarde cuando Lisa se convirtió en una cliente problemática.

Lisa Trammel tenía treinta y cinco años. Estaba casada y tenía un hijo de nueve años llamado Tyler; su casa estaba en Melba, en el barrio de Woodland Hills. En 2005, cuando Lisa y su marido, Jeffrey, compraron la casa, ella era maestra de Ciencias Sociales en el instituto Grant y él trabajaba como vendedor en un concesionario de automóviles BMW en Calabasas.

Su casa de tres habitaciones tenía una hipoteca de setecientos cincuenta mil dólares y estaba valorada en novecientos mil. Por aquel entonces, el mercado inmobiliario gozaba de buena salud, y las hipotecas eran cosa corriente y fácil de obtener. Recurrieron a un agente hipotecario independiente que llamó a diversas puertas y les consiguió un préstamo a bajo interés que contemplaba un elevado pago final al cabo de cinco años. A continuación, el préstamo pasó a formar parte de un paquete de hipotecas para inversores que fue reasignado un par de veces antes de encontrar cobijo definitivo en WestLand Financial, filial del WestLand National, un banco que tenía su sede en Los Ángeles y en Sherman Oaks.

Todo iba sobre ruedas para aquella familia hasta que, cierto día, Jeff Trammel se dijo que ya no tenía más ganas de seguir siendo marido y padre. Unos pocos meses antes del pago final destinado a cubrir los setecientos cincuenta mil dólares de la hipoteca, Jeff tomó las de Villadiego y dejó su BMW M3 de exposición en el aparcamiento de Union Station y a Lisa con la obligación de efectuar el pago final.

Con un solo sueldo y un hijo al que mantener, Lisa pensó en qué opciones tenía. Por entonces, la economía era como un avión que, de repente, ha perdido su velocidad aerodinámica y que avanza planeando. Teniendo en cuenta su bajo sueldo de maestra, ninguna entidad iba a refinanciarle el pago final. Lisa dejó de pagar las cuotas de la hipoteca e hizo caso omiso de los avisos del banco. Una vez pasado el plazo de la cuota final, este emprendió el proceso de ejecución hipotecaria, y ahí fue donde entré en escena. Envié una carta a Jeff y a Lisa, sin saber que él ya no formaba parte del asunto.

Lisa me respondió.

Para mí, un cliente problemático es aquel que no entiende los límites existentes en nuestra relación, por mucho que yo los haya descrito con claridad, y de forma repetida en ocasiones. Lisa vino a verme con la primera notificación de ejecución hipotecaria. Asumí el caso y le dije que no hiciera nada y se mantuviera a la espera mientras me ponía manos a la obra. Pero Lisa era incapaz de no hacer nada. Después de que yo presentara una denuncia ante el juez para poner en duda la validez legal de la ejecución hipotecaria, empezó a presentarse en el juzgado por el papeleo y el aplazamiento. Tenía que estar allí y tenía que estar al corriente de todos y cada uno de mis movimientos, ver cada carta que enviaba y recibir un informe resumido de cada llamada telefónica que me llegaba. Solía telefonearme y chillarme cuando creía que no me estaba concentrando en su caso lo suficiente. Empecé a comprender por qué su marido se había dado el piro: no quería estar cerca de ella.

Empecé a preguntarme por la salud mental de Lisa y a sospechar que era bipolar. Sus llamadas y sus actos tenían algo de cíclico. Había semanas en las que no sabía nada de ella, alternadas con otras en las que me llamaba a diario hasta que conseguía que le contestara.

Tres meses después de que hubiera empezado a llevarle el caso, me dijo que había perdido su empleo en el distrito escolar de Los Ángeles por culpa de sus ausencias. Entonces fue cuando empezó a hablar de reclamar daños y perjuicios al banco que estaba tratando de desahuciarla de su hogar. En su discurso apareció cierto tono quejumbroso y exigente a la vez. El banco era responsable de todo: de que su marido los hubiera abandonado, de que hubiera perdido su empleo, de querer arrebatarle su hogar.

Cometí un error al revelarle cierta información y mi estrategia en relación con su caso. Lo hice con la idea de aplacarla, de tranquilizarla un poco. Nuestro estudio del historial del préstamo había sacado a relucir inconsistencias y aspectos dudosos en las sucesivas reasignaciones de la hipoteca a distintas sociedades controladoras. Había indicios de fraude, y yo me decía que podría utilizarlos en favor de Lisa cuando llegara el momento de negociar.

Pero esa información convenció a Lisa aún más de que el banco estaba abusando de ella. En ningún momento reconoció el hecho de que había firmado una hipoteca y estaba obligada a pagarla. Para ella, el banco no era otra cosa que el origen de todos sus problemas personales.

Lo primero que hizo fue crear una página web. Se valió de www.californiansforeclosurefighters.com para establecer un grupo llamado Foreclosure Litigants Against Greed. Lo mejor era el acrónimo: FLAG. Además, Lisa siempre empleaba la bandera estadounidense en sus carteles de protesta[1]. El mensaje venía a decir que el combate contra los desahucios era tan estadounidense como la tarta de manzana.

Pronto le dio por protestar ante la entrada de la sede corporativa de WestLand en Ventura Boulevard. A solas

---

[1] «Foreclosure Litigants Against Greed» se traduce como 'Víctimas de los desahucios contra los abusos bancarios'. Su acrónimo, FLAG, significa 'bandera' en castellano. *(N. del T.)*

en ocasiones, otras veces con su hijito, y de vez cuando en compañía de personas que había atraído a la causa. Agitaban carteles que protestaban por la implicación del banco en unas ejecuciones hipotecarias ilegales y destinadas a echar a las familias de sus casas para dejarlas en la calle.

Lisa anunciaba sus actividades en los medios de comunicación locales. Apareció bastantes veces en televisión; siempre tenía a punto una declaración que pretendía dar voz a las personas en su situación, pintándolas como víctimas de la epidemia de desahucios, no como parásitos de manual. Me había fijado en que en el Canal 5 incluso formaba parte de las imágenes de archivo que siempre aparecían en pantalla cuando había nuevas estadísticas o consideraciones sobre el problema de los desahucios en el país. California era el tercer estado con mayor número de desahucios de Estados Unidos, mientras que Los Ángeles estaba en el epicentro del problema. Mientras se informaba, Lisa y los de su grupo aparecían en pantalla con los carteles en alto: ¡QUE NO ME DEJEN SIN CASA! ¡ACABEMOS CON LOS DESAHUCIOS ILEGALES!

Bajo el argumento de que sus protestas constituían una suerte de reunión ilegal que obstaculizaba el tráfico rodado y ponía en peligro la integridad física de los peatones, WestLand solicitó y obtuvo una orden de alejamiento por la que Lisa iba a tener que mantenerse a más de cien de metros de distancia de toda oficina bancaria y de sus empleados. Sin dejarse amilanar, respondió plantándose con sus carteles y sus compañeros de protesta ante los juzgados del condado, en los que todos los días se celebraban juicios por desahucio.

Mitchell Bondurant era uno de los vicepresidentes de WestLand. También estaba al mando del Departamento de Préstamos Hipotecarios. Su nombre aparecía en la documentación del préstamo vinculado a la casa de Lisa Trammel. En consecuencia, también lo hacía en todas mis apelaciones al juzgado. Asimismo, le había escrito una carta en la que resumía lo que describía como indicios de prácticas fraudulentas por parte de la empresa especializada en ejecuciones hipotecarias contratada por WestLand para asumir el trabajo sucio de quedarse con los hogares y demás propiedades de los clientes que no estaban al corriente de sus pagos.

Lisa tenía derecho a ver todos los documentos generados por su caso. Recibió copia de la carta y de todo lo demás. A pesar de ser el rostro visible del proyecto de arrebatarle la casa a Lisa, Bondurant se mantuvo por encima de la disputa legal, escondiéndose tras el equipo de abogados del banco. Nunca respondió a mi carta y jamás llegué a verlo. Tampoco era consciente de que Lisa Trammel lo hubiera visto o hablado con él. Pero ahora estaba muerto, y la policía había detenido a Lisa.

Salimos de la 101 en Van Nuys Boulevard y nos dirigimos al norte. El complejo municipal tenía su centro en una plaza circundada por dos juzgados, una biblioteca, las oficinas municipales correspondientes a la zona sur de Los Ángeles y las dependencias policiales de San Fernando Valley, entre las que se contaban la comisaría de Van Nuys. En torno a esta agrupación principal de edificios se erguían otros de la burocracia gubernamental. Siempre resultaba complicado aparcar, pero eso a mí no me preocupaba. Eché mano al móvil y llamé a mi investigador, Dennis Wojciechowski.

–Soy yo, Cisco. ¿Estás por ahí?

En su juventud, Wojciechowski estuvo metido en el grupo de moteros Road Saints, pero cuando llegó ya había un miembro llamado Dennis. Como nadie era capaz de pronunciar el apellido Wojciechowski, le apodaron

Cisco Kid por su tez oscura y su bigote. A estas alturas, el mostacho había pasado a la historia, pero el apodo seguía siendo el mismo.

—Ya he llegado. Estoy en el banco que hay frente a las escaleras de acceso a la comisaría.

—Llego en cinco minutos. ¿Has podido hablar con alguien? No tengo nada de nada.

—Pues sí. Tu viejo amigo Kurlen es el que lleva el caso. Al muerto, Mitchell Bondurant, lo encontraron en el aparcamiento de WestLand en Ventura hacia las nueve de esta mañana. El cadáver estaba en el suelo, entre dos coches. No está claro a qué hora se lo cargaron, pero ya estaba fiambre cuando dieron con él.

—¿Se sabe cuál es la causa de la muerte?

—Aquí es donde la cosa se complica. Al principio dijeron que le habían disparado, pues una empleada que estaba en otro piso del aparcamiento le dijo a la policía que había oído dos pequeños estallidos, como dos disparos. Sin embargo, al examinar el cadáver, todo apuntó a que lo habían matado a golpes. Le habían atizado con algo.

—¿A Lisa Trammel la detuvieron en el aparcamiento?

—No. Por lo que sé, se la llevaron de su casa en Woodland Hills. Todavía tengo que hacer unas cuantas llamadas. Por ahora es todo lo que tengo. Lo siento, Mick.

—No hay problema. Muy pronto vamos a enterarnos de todo. ¿Kurlen está en el lugar del crimen o con la sospechosa?

—Por lo que me han dicho, Kurlen y su colega fueron los que la detuvieron. Esta colega de Kurlen se llama Cynthia Longstreth y es subinspectora. El nombre no me suena de nada.

A mí tampoco me sonaba, pero, como se trataba de una subinspectora, me dije que debía de ser una novata de la Brigada de Homicidios y que por eso la habían emparejado con el veterano inspector Kurlen, para que fuera fogueándose un poco. Miré por la ventanilla. Estábamos pasando junto a un concesionario de BMW, lo que me llevó a pensar en el marido desaparecido que había estado ganándose la vida vendiendo cochazos alemanes antes de darse el piro de su matrimonio. Me pregunté si reaparecería ahora que habían acusado a su mujer de asesinato. ¿Asumiría la custodia del hijo que había abandonado?

–¿Quieres que llame a Valenzuela y le diga que venga? –preguntó Cisco–. Está a una sola manzana de distancia.

Fernando Valenzuela era un agente de fianzas a quien recurría en los casos en San Fernando Valley. Pero tenía claro que esta vez no iba a precisar sus servicios.

–Mejor esperemos un poco. Si la están acusando de asesinato, no van a concederle la libertad bajo fianza.

–Ya, claro.

–¿Sabes si han asignado ya a uno de los fiscales de distrito?

Estaba pensando en mi exmujer, que trabajaba en la oficina de la fiscal de distrito en Van Nuys. Podría ser una útil fuente de información confidencial… A menos que la hubieran asignado al caso. Entonces se daría un conflicto de intereses. Ya había sucedido antes. Y a Maggie McPherson no le haría ninguna gracia.

–Aún no me han dicho nada.

Pensé en lo poco que sabíamos y en cuál sería la mejor manera de proceder. Algo me decía que, una vez que la policía comprendiera qué tipo de caso tenía entre manos –un asesinato que llevaba a pensar irremediablemente en una de las principales catástrofes económicas de nuestros tiempos–, lo primero que haría sería establecer un muro de silencio y obligar a todas las fuentes de información a mantener el pico cerrado. Era imperioso actuar cuanto antes.

–Cisco, he cambiado de idea. No me esperes. Ve al lugar de los hechos y entérate de lo que puedas. Habla con todo el mundo antes de que la poli les ponga el bozal.

–¿Estás seguro?

–Sí. Ya me encargo yo de hablar con la policía. Si te necesito para algo, te llamo.

–Entendido. Y suerte.

–Lo mismo digo.

Apagué el móvil y miré la nuca de mi chófer.

–Rojas, tuerza por Delano y siga por Sylmar.

–Como usted diga.

–No sé cuánto rato voy a tardar. Déjeme en la puerta, vuelva a Van Nuys Boulevard, encuentre un taller de reparaciones y pregunte a ver si pueden eliminar esa pintada que tenemos en el maletero.

Rojas me miró por el retrovisor.

–¿Qué pintada?

3

El edificio de la policía en Van Nuys es una estructura de cuatro pisos que tiene varias funciones. Además de albergar la comisaría de Van Nuys, en él se encuentran las oficinas de los mandos policiales de la zona de San Fernando Valley y los principales calabozos existentes en la parte norte de la ciudad. Había estado allí antes, para otros casos, y tenía claro que, como sucedía en la mayor parte de las comisarías pequeñas o grandes del LAPD –el cuerpo de policía de Los Ángeles–, entre mi cliente y yo iban a levantarse numerosos obstáculos.

Siempre había albergado la sospecha de que a los agentes asignados al mostrador de recepción los escogían unos superiores taimados en función de su capacidad para confundir y desinformar a los visitantes. Si alguien lo duda, que entre en cualquier comisaría de la ciudad y le pida al agente del mostrador presentar una queja o una reclamación contra otro agente del cuerpo. Veréis lo que tarda en encontrar el impreso correspondiente. Los policías asignados a la recepción suelen ser jóvenes estúpidos e ignorantes, o viejos con el colmillo retorcido y que saben perfectamente lo que se hacen.

Tras el mostrador de Van Nuys se encontraba un agente que llevaba su apellido, Crimmins, impreso en la perfectamente planchada camisa de su uniforme. Era un veterano con el pelo plateado, experto en mirarte de forma inexpresiva. Así me lo demostró cuando me presenté como el abogado defensor de una detenida que estaba esperando mi llegada en la sala de inspectores. Como respuesta, frunció los labios y señaló una hilera de sillas de plástico, en la que al parecer tenía que acomodarme muy modositamente, a la espera de que considerase oportuno telefonear al piso de arriba.

Los fulanos como Crimmins están acostumbrados a tratar con gente timorata que obedece porque se siente demasiado intimidada para hacer cualquier otra cosa. Pero a mí no me iba a encontrar en ese bando.

—No, así no funciona la cosa —dije.

Crimmins entornó los ojos. Nadie le había plantado cara en todo el día, y mucho menos un abogado «penalista». Su primera reacción, automática, fue responder con un sarcasmo:

—No me diga.

—Sí le digo. Así que descuelgue el teléfono y llame al inspector Kurlen al piso de arriba. Dígale que Mickey Haller va a subir ahora mismo y que, si no veo a mi cliente dentro de diez minutos, iré al juzgado que hay al otro lado de la plaza para hablar con el juez Mills.

Me detuve, para que el nombre causara su efecto.

—Estoy seguro de que conoce al juez Mills. Por suerte para mí, ese hombre estuvo trabajando como abogado penalista antes de que lo nombraran juez. En su momento no le gustaba que la policía le tomara el pelo, y ahora tampoco le gusta mucho enterarse de que se lo están tomando a otros. Lo primero que hará será obligarlos a Kurlen y a usted a comparecer en su juzgado y a explicar por qué siguen jugando al viejo jueguecito de impedir que una ciudadana ejerza su derecho constitucional de contar con un abogado. La última vez que pasó algo parecido, al juez Mills no le convencieron las respuestas que le dieron y condenó al tipo que estaba sentado donde está usted ahora a pagar una multa de quinientos pavos.

Crimmins estaba mirándome como si le costara seguir mi discurso. Seguramente era un hombre de pocas palabras, me dije. Pestañeó dos veces y echó mano al teléfono. Oí que hablaba directamente con Kurlen. Luego colgó.

–¿Sabe cómo llegar, listillo?

–Sé cómo llegar. Gracias por su ayuda, agente Crimmins.

Me apuntó con el dedo como si este fuera una pistola, pegándome un último tiro para poder decirse a sí mismo que había hecho lo que había querido con ese hijo de puta de abogado. Me marché del mostrador y caminé unos pasos hasta el ascensor.

En el tercer piso, el inspector Howard Kurlen estaba esperándome con una sonrisa pintada en el rostro. No se trataba de una sonrisa amigable. Su expresión era la del gato que acaba de comerse al canario.

–Entiendo que ha estado divirtiéndose ahí abajo, abogado.

–Y que lo diga.

–Ya. Pero aquí arriba llega tarde.

–¿Y eso por qué? ¿Es que la han metido en los calabozos?

Abrió las manos en falso gesto de disculpa.

–Cosas que pasan. Resulta que mi colega justo se la ha llevado de aquí antes de que me llegara la llamada de abajo.

–Cosas que pasan, sí. Pero sigo queriendo hablar con ella.

–Tendrá que hacerlo en los calabozos.

Lo que probablemente me supondría una hora más de espera. Por eso Kurlen era todo sonrisas.

–¿Está seguro de que no puede hacer que su colega vuelva aquí con ella? No nos llevará mucho tiempo.

Me dije que aquello no era más que un brindis al sol, pero, para mi sorpresa, Kurlen cogió el móvil que llevaba en el cinturón. Pulsó una tecla de marcado rápido. O bien había decidido seguir con la broma, o bien estaba haciendo justamente lo que acababa de pedirle. Kurlen y yo nos conocíamos desde hacía mucho tiempo. Nos habíamos visto las caras en casos anteriores. Más de una vez había tratado de destruir su credibilidad como testigo. Nunca había tenido mucho éxito en este sentido, pero aquello hacía que difícilmente fuéramos a tener una relación cordial. Sin embargo, ahora estaba echándome un cable, y yo no estaba seguro del por qué.

–Soy yo –dijo Kurlen por el móvil–. Tráela para aquí otra vez.

Se quedó a la escucha un instante.

–Porque te lo digo yo. Tráela ahora mismo.

Sin decir más, apagó el móvil y me miró.

–Me debe un favor, Haller. Podría haberle hecho esperar un par de horas. En otros tiempos, lo hubiera hecho.

–Lo sé. Y se lo agradezco.

Echó a andar hacia la sala de inspectores y me hizo un gesto instándome a seguirlo.

–Bueno, cuando la mujer nos dijo que le llamáramos, nos contó que usted estaba llevándole lo del desahucio de su casa.

–Así es.

–Mi hermana se ha divorciado y ahora se encuentra metida en un lío parecido.

Ahí estaba la explicación. Hoy por ti, mañana por mí.

–¿Quiere que hable con su hermana?

–No. Lo único que quiero saber es si vale la pena luchar contra estas cosas o si es mejor resignarse a lo que hay.

Entrar en la sala de inspectores era como entrar en el túnel del tiempo. Todo en ella era propio de los años setenta: el suelo de linóleo, las paredes pintadas en dos tonos de amarillo, los escritorios grises para el funcionariado con ribetes de goma en los cantos. Kurlen seguía de pie, a la espera de que su colega volviese con mi cliente.

Saqué una tarjeta del bolsillo y se la di.

–Está usted hablando con un luchador, así que esta es mi respuesta. No puedo llevar el caso de su hermana, porque usted y yo nos meteríamos en un conflicto de intereses. Pero dígale que llame al bufete, y haremos que un buen profesional se ocupe de su asunto. Dígale que llama de su parte.

Kurlen asintió con la cabeza. Cogió un DVD con estuche que había sobre el escritorio y me lo entregó.

–Supongo que es mejor que se lo dé ya.

Miré el disco.

–¿Qué es esto?

–La conversación que hemos mantenido con su cliente. Como comprobará, dejamos de hablar con ella tan pronto como pronunció las palabras mágicas: «Quiero hablar con un abogado».

–Lo escucharé todo con atención, inspector. ¿Podría decirme por qué sospechan de ella?

–Claro. Es nuestra principal sospechosa y vamos a presentar denuncia porque ella fue la que lo hizo y así vino a reconocerlo antes de que pidiera hablar con un abogado. Lo siento, amigo, pero en todo momento nos hemos ajustado al protocolo.

Miré el disco con atención, como si fuera mi cliente.

–¿Está diciéndome que reconoce haber matado a Bondurant?

–No con esas palabras. Pero sí que reconoció algunas cosas y cayó en varias contradicciones. Prefiero dejarlo ahí por el momento.

–¿Mi cliente le ha dicho de forma precisa por qué hizo una cosa así?

–No ha hecho falta. La víctima estaba a punto de quedarse con su casa. Lo que constituye un motivo más que suficiente. La razón está clarísima.

Podría haberle respondido que se equivocaba, que yo estaba a punto de impedir que se consumara la ejecución hipotecaria. Pero mantuve el pico cerrado. Mi trabajo era reunir información, no proporcionarla.

–¿Qué más tienen, inspector?

–Ninguna otra cosa que por el momento quiera compartir con usted. Va a tener que esperar a la presentación de las pruebas para enterarse de todo lo demás.

–Conforme. ¿Han asignado ya al fiscal de distrito?

–No, que yo sepa.

Kurlen asintió con la cabeza mirando a mis espaldas. Me giré y vi que estaban conduciendo a Lisa Trammel hacia la puerta de una sala de interrogatorio. En sus ojos podía verse un brillo como el de un ciervo deslumbrado por los faros de un automóvil.

–Tiene quince minutos –dijo Kurlen–. Y porque me ha dado por portarme bien con usted. Supongo que no hace falta que vayamos a la guerra.

De momento no, me dije, mientras echaba a andar hacia la sala de interrogatorio.

–Espere, un segundo –dijo Kurlen a mis espaldas–. Tengo que mirar qué es lo que lleva en la cartera. Son las normas, ya sabe.

Se refería al maletín de aluminio forrado en cuero que llevaba en la mano. Hubiera podido objetar que un registro así quebrantaría el secreto profesional vinculado a la relación entre cliente y abogado, pero lo que me interesaba era hablar con mi cliente. Me acerqué a él, dejé el maletín en un escritorio y abrí el cierre. Todo cuanto había en el interior era el expediente de Lisa Trammel, un cuaderno de notas nuevecito y los últimos contratos y poderes de representación legal que había impreso durante el trayecto en automóvil. Me había dicho que iba a necesitar que Lisa me los firmase, pues mi representación ahora iba a pasar de lo civil a lo criminal.

Kurlen echó un rápido vistazo y con un gesto me indicó que lo cerrara.

—Cuero italiano de artesanía —observó—. Una cartera de las buenas, propia de un narcotraficante. No habrá estado relacionándose con mala gente, ¿verdad, Haller?

En su rostro reapareció la sonrisa del gato que se comió al canario. El sentido del humor de los policías resultaba único en el mundo.

—Ahora que lo dice, en su momento, este maletín perteneció a una mula de los narcos —le respondí—. Un cliente. Pero, como no iba a necesitarlo allí donde iba a estar, me lo quedé como parte del pago. ¿Quiere ver el compartimento secreto? Es un poco latoso de abrir.

—Creo que no me hace falta. Siga a lo suyo.

Cerré el maletín y volví hacia la sala de interrogatorio.

—Y, por cierto, es cuero colombiano —dije.

La compañera de Kurlen esperaba junto a la puerta de la sala. No la conocía personalmente, pero no me molesté en presentarme. Nunca íbamos a ser amigos, y algo me decía que casi seguro que me machacaría la mano al estrechármela, con la idea de impresionar como es debido a Kurlen.

La mujer me aguantaba abierta la puerta. Me detuve en el umbral y dije:

—Todos los aparatos de grabación y escucha de la sala están desconectados, ¿verdad?

—Eso es.

—En caso de no estarlo, nos encontraríamos ante un quebrantamiento de los derechos de mi clien…

—Conocemos las normas.

—Sí, pero a veces se olvidan de ellas, cuando les conviene, ¿no es así?

—Le quedan catorce minutos, señor. ¿Quiere hablar con ella o prefiere seguir charlando conmigo?

—Entendido.

Entré y la puerta se cerró a mis espaldas. La habitación debía de medir unos dos metros por dos metros y medio. Miré a Lisa y me llevé el índice a los labios.

—¿Cómo? —dijo ella.

—Quiero decir que no pronuncies una sola palabra hasta que yo te lo diga, Lisa.

Como respuesta se sumió en un torrente de lágrimas y emitió un gemido estridente y prolongado que acabó con una frase completamente ininteligible. Estaba sentada a una mesa cuadrada, con una silla delante de ella. Me senté y dejé el maletín en la mesa. Tenía claro que la habrían situado frente a la cámara oculta que había en la sala, por lo que no me molesté en mirar dónde estaba exactamente. Abrí el maletín y me lo acerqué, con la esperanza de que mi espalda cegara el ángulo de la cámara. Mi obligación era dar por sentado que Kurlen y su colega estaban escuchando y mirándolo todo. Otro motivo que podía explicar por qué Kurlen se había estado portando tan «bien».

Con la mano derecha fui sacando el cuaderno de notas y los distintos documentos; con la izquierda abrí el compartimento secreto del maletín. Pulsé la tecla de funcionamiento del distorsionador acústico Paquin 2000. El aparato emitía una señal muy baja de radiofrecuencia que bloqueaba por medio de desinformación electrónica todo dispositivo de escucha situado a menos de seis metros de distancia. Si Kurlen y su colega estaban escuchándonos de forma ilegal, no iban a oír más que un ruido inarticulado.

El maletín y el aparato escondido en su interior tenían casi diez años de antigüedad y, que yo supiera, su propietario original continuaba en una prisión federal. Los había aceptado como parte de su pago unos siete años atrás, cuando mi especialidad eran los casos relacionados con el tráfico de drogas. Tenía claro que los organismos policiales siempre trataban de tender trampas cada vez más sofisticadas y que el sector de las escuchas electrónicas sin duda había experimentado un mínimo de dos revoluciones desde entonces. Así pues, no las tenía todas conmigo. Iba a tener que andarme con cuidado con lo que dijera y esperaba que mi cliente hiciera otro tanto.

–Lisa, no vamos a hablar demasiado, porque no sabemos quién puede estar escuchándonos. ¿Entendido?

–Sí, creo que sí. Pero ¿qué es lo que está pasando? ¡No entiendo nada de todo esto!

Fue levantando progresivamente la voz hasta gritar la última palabra. Se trataba de un nervioso patrón de expresión al que muchas veces había recurrido al hablar conmigo por teléfono cuando le estaba llevando el caso de desahucio. La situación ahora era mucho más complicada, por lo que tenía que dejar las cosas muy claras.

–No me venga con esas, Lisa –dije con firmeza–. No vuelva a gritarme. ¿Entendido? Si quiere que sea su abogado en este asunto, no vuelva a gritarme.

—Vale, vale, lo siento, pero es que están diciendo que yo he hecho una cosa que no he hecho.

—Ya lo sé, y vamos a plantarles cara. Pero sin que me levante la voz.

Como la habían llevado de vuelta a la sala de inspectores antes de meterla en el calabozo, Lisa seguía llevando su propia ropa. Vestía una camiseta blanca con un dibujo floral al frente. No vi ningún rastro de sangre en la camiseta ni en cualquier otro lugar. Tenía el rostro manchado por las lágrimas; el cabello, castaño y rizado, desgreñado. Era una mujer de complexión pequeña, y la cruda luz de la estancia la hacía parecer aún más bajita.

—Necesito hacerle unas cuantas preguntas —dije—. ¿Dónde estaba cuando la policía la encontró?

—En mi casa. ¿¡Por qué están haciéndome todo esto!?

—Escúcheme, Lisa: tiene que calmarse y dejar que sea yo el que haga las preguntas. Esto es muy importante.

—Pero ¿qué es lo que está pasando? Nadie me dice nada. Lo único que me han dicho es que estoy detenida por el asesinato de Mitchell Bondurant. ¿Cuándo? ¿Cómo? En ningún momento me acerqué a ese hombre. En ningún momento quebranté la orden de alejamiento.

Me habría ido bien echarle un ojo al DVD de Kurlen antes de hablar con ella. Aunque estaba acostumbrado a meterme en un caso en situación de desventaja.

—Lisa, es verdad que está detenida por el asesinato de Mitchell Bondurant. El inspector Kurlen, ese hombre mayor, me ha dicho que usted misma ha venido a reconocerlo durante…

Soltó un chillido y se tapó el rostro con las manos. Vi que tenía las muñecas esposadas. Rompió a llorar otra vez.

—¡Yo no reconozco nada! ¡¡Yo no he hecho nada!!

–Cálmese, Lisa. Por eso estoy aquí. Para defenderla. Pero ahora mismo no tenemos mucho tiempo. Me han dado diez minutos para hablar con usted; luego van a llevarla al calabozo. Lo que necesito es…

–¿Van a encerrarme en la cárcel?

Asentí, muy a mi pesar.

–Y, bueno, ¿es que no tengo derecho a fianza?

–Es muy difícil conseguir la libertad provisional cuando la acusación es de asesinato. E incluso si yo pudiera arreglarlo, usted no tiene el…

Un nuevo chillido estridente estremeció la pequeña estancia. Perdí la paciencia.

–¡Lisa! ¡Pare de una vez! Y escúcheme bien, porque es su vida la que está en juego, ¿entendido? Tiene que calmarse y escucharme. Soy su abogado y voy a hacer todo lo posible por sacarla de esta, pero la cosa va a llevar su tiempo. Así que escuche bien mis preguntas y respóndame sin todo este…

–¿Y qué va a ser de mi hijo? ¿Qué va a ser de Tyler?

–Una persona de mi bufete va a encargarse de hablar con su hermana. Lo arreglaremos para que pueda estar con ella hasta que consigamos que usted salga en libertad.

Tuve mucho cuidado de no especificar plazo alguno al respecto. «Hasta que consigamos que usted salga en libertad.» Tal como yo lo veía, eso podía suceder al cabo de unos cuantos días, semanas o años. O podía no suceder nunca. Pero no me interesaba ser más concreto.

Lisa asintió con la cabeza, como si sintiera cierto consuelo al saber que su hijo iba a estar con su hermana.

–¿Qué me dice de su marido? ¿Tiene algún número de contacto?

–No. No sé dónde está. Y tampoco quiero que contacte con él.

–¿Ni siquiera por su hijo?

–Sobre todo por mi hijo. Mi hermana se ocupará de él.

Asentí con un gesto y lo dejé correr. No era el momento de hacer preguntas sobre su matrimonio fracasado.

–Muy bien, ahora que estamos más tranquilos, hablemos de lo sucedido esta mañana. Tengo el disco que me han dado los inspectores, pero quiero enterarme de todo por mi cuenta. Me ha dicho que estaba en casa cuando se presentaron el inspector Kurlen y su colega. ¿Qué estaba haciendo en ese momento?

–Yo… Estaba delante del ordenador. Enviando unos correos electrónicos.

–Ya. ¿A quién?

–A mis amigos. A la gente de FLAG. Estaba diciéndoles que mañana a las diez teníamos manifestación delante del juzgado y que vinieran con los carteles.

–Entendido. Cuando los inspectores se presentaron en su casa, ¿qué le dijeron exactamente?

–El único que habló fue el hombre. Él…

–Kurlen.

–Sí. Entraron, y me preguntó unas cuantas cosas. Ese tal Kurlen me preguntó si me importaría ir con ellos para seguir el interrogatorio. ¿Sobre qué?, dije. Me respondió que sobre Mitch Bondurant. En ningún momento me dijo que estuviera muerto o que lo hubieran asesinado. De forma que acepté. Pensé que quizá por fin estaban investigándolo. No me daba cuenta de que en realidad estaban investigándome a mí.

–Ya. ¿Kurlen le dijo que tenía el derecho de no responder a sus preguntas y de hablar con un abogado?

–Sí, como en las películas. Me dijo cuáles eran mis derechos.

–¿Cuándo se lo dijo exactamente?

–Cuando ya estábamos aquí, al decirme que estaba detenida.

–¿Vino con él en su coche?

–Sí.

–¿Y le dijo alguna cosa en el coche?

–No. Casi todo el tiempo estuvo hablando por el móvil. Le oí decir cosas como «sí, la tengo conmigo». Cosas por el estilo.

–¿La llevaron esposada?

–¿En el coche? No.

Kurlen era listo. Había asumido el riesgo de ir en coche junto con una sospechosa de asesinato sin haberla esposado, para que ella no sospechara demasiado y se aviniera a hablar con él. No hay mejor manera de tender una trampa. Y también serviría para que el fiscal pudiera alegar que Lisa en aquel momento no estaba detenida y que, en consecuencia, había dicho lo que había dicho de forma completamente voluntaria.

–Así que la trajeron hasta aquí y usted estuvo de acuerdo en hablar con él, ¿es eso?

–Sí. No tenía idea de que iban a detenerme. Lo que yo pensaba era que estaba ayudándolos a investigar un caso.

–Pero Kurlen no le explicó de qué caso se trataba.

–No, en ningún momento. Tan solo me lo contó después de decirme que estaba detenida y que podía hacer una llamada. Entonces fue cuando me esposaron.

Kurlen había recurrido a varios de los trucos más viejos del manual de la policía, pero por eso seguían constando en el manual: porque funcionaban. Tenía que mirar el DVD para saber qué era lo que Lisa había reconocido exactamente, si es que había reconocido alguna cosa. Mi tiempo era limitado, y no me convenía malgastarlo preguntándole al respecto cuando estaba tan nerviosa. Como para subrayar mis pensamientos, un puño golpeó la puerta y una voz ahogada dijo que me quedaban dos minutos.

—Muy bien, Lisa, voy a ocuparme de todo esto. Pero antes necesito que me firme un par de documentos. Este de aquí es un nuevo contrato que cubre la defensa penal.

Le pasé el documento de una página y puse un bolígrafo sobre el papel. Trammel lo revisó con la mirada.

—¿Y estas tarifas? —dijo—. ¿Mil quinientos dólares en caso de juicio? Yo no puedo pagarle eso. No tengo ese dinero.

—Es una tarifa estándar que solo se aplica si vamos a juicio. Y en lo referente a lo que puede pagarme o no, estos otros documentos tienen que ver con el asunto. Este de aquí me confiere poderes de representación, entre ellos los de gestionar la obtención de contratos para la publicación de un libro o la producción de una película basados en su caso, este tipo de cosas. Suelo trabajar con un agente que lleva este tipo de acuerdos. Si alguien está interesado, el agente se encargará de cerrar el trato. Este último documento estipula un gravamen de retención… Estamos hablando de una cuenta de fideicomiso sobre cualquiera de esos posibles pagos, para que la defensa sea la primera en cobrar.

Yo tenía claro que este caso iba a llamar mucho la atención. La epidemia de desahucios constituía la principal catástrofe económica en el país. Este caso bien podría dar origen a un libro, incluso a una película, con lo que al final seguramente podría cobrar mis honorarios.

—Muy bien, Lisa. Lo que ahora voy a decirle es el consejo más valioso que existe. Quiero que me escuche con atención y que me diga que lo ha entendido bien.

—De acuerdo.

—No hable de este caso con nadie que no sea yo. No hable de él con los inspectores, los funcionarios de la cárcel u otras presas. Ni siquiera hable de él con su hermana o su hijo. Cuando le pregunten, porque está claro que van a preguntarle, limítese a decirles que no puede hablar de su caso.

—Pero yo no he hecho nada. ¡Soy inocente! Los únicos que no hablan de sus casos son los culpables.

Levanté el dedo índice en gesto de admonición.

—No, en eso se equivoca. Y, Lisa, me parece que no está tomándose mis palabras en serio.

—No. Sí que me las tomo en serio, de verdad.

—Entonces haga lo que le digo. No hable con nadie. Y eso incluye el teléfono de la cárcel. Graban todas las llamadas, Lisa. No hable de su caso por teléfono, ni siquiera conmigo.

—Muy bien, muy bien. Entendido.

—Si así se siente más cómoda, puede responder a todas las preguntas que le hagan diciendo: «Soy inocente de todo cuanto me acusan, pero mi abogado me ha dicho que lo mejor es que no hable del caso». ¿Qué le parece la idea?

—Bien, supongo.

La puerta se abrió. Kurlen apareció en el umbral. Me miró con los ojos entrecerrados por la sospecha, lo que me indicó que seguramente había sido buena idea presentarme en la comisaría armado con el dispositivo distorsionador Paquin. Miré a Lisa otra vez.

—Muy bien, Lisa, la cosa se pone difícil, pero saldremos de esta. Y acuérdese de la regla número uno: no hable con nadie.

Me levanté.

—La próxima vez que nos veamos será durante la comparecencia inicial ante el juez. Hablaremos entonces. Ahora acompañe al inspector Kurlen.

4

A la mañana siguiente, Lisa Trammel compareció ante el Tribunal Superior de Los Ángeles acusada de homicidio en primer grado. La fiscalía del distrito había agregado el agravante de premeditación y alevosía, por lo que podían condenarla a cadena perpetua sin posibilidad de libertad condicional o, incluso, a la pena de muerte. Se trataba de una baza de negociación para la fiscalía. Me daba cuenta de que el fiscal quería que este caso terminara cuanto antes con un acuerdo de aceptación de culpabilidad antes de que la opinión pública simpatizara de forma masiva con la acusada. ¿Y qué mejor forma de obtener dicho acuerdo que situar la espada de Damocles de la cadena perpetua y la pena de muerte bajo la cabeza de la acusada?

La sala estaba llena hasta los topes por los representantes de los medios de comunicación y por los miembros y dirigentes de FLAG. De la noche a la mañana, la noticia se había ido difundiendo de forma exponencial, a medida que iba corriendo la voz de que la policía y el fiscal consideraban que el asesinato del banquero podía tener origen en una ejecución hipotecaria. Lo que aportaba un matiz truculento a la plaga nacional de desahucios y a la vez explicaba que la sala estuviera atestada de gente.

Lisa se había calmado considerablemente después de haber pasado veinticuatro horas en la cárcel. Con expresión de muerta viviente, estaba de pie en el rincón de los acusados mientras esperaba a efectuar una primera declaración que apenas duraría dos minutos. En primer lugar, le aseguré que su hijo estaba con su hermana, perfectamente atendido. En segundo lugar, le dije que en Haller y Asociados haríamos todo lo posible para proporcionarle la mejor y más rigurosa de las defensas. Su objetivo inmediato era salir de la cárcel para volver a cuidar de su hijo y auxiliar a su equipo de abogados.

Si bien esta primera comparecencia no era más que una exposición de los cargos y el punto de partida del proceso judicial, íbamos a tener la oportunidad de solicitar y defender la libertad bajo fianza. Era lo que me proponía hacer, pues mi filosofía general era la de no dejar piedra sin remover ni cuestión sin debatir. Pero era pesimista al respecto. Por ley, el juez tenía la obligación de estipular una fianza. Pero, en la vida real, cuando el caso era de asesinato, la fianza solía ascender a millones de dólares, por lo que resultaba inalcanzable para el detenido común y corriente. Mi cliente era una madre soltera, desempleada y sumida en un proceso de desahucio. Una fianza de siete cifras significaría que Lisa no iba a salir de la cárcel.

El juez Stephen Fluharty hizo que el de Trammel fuera el primer caso del día, con la idea de contentar a los medios de comunicación. Andrea Freeman, la fiscal asignada al caso, presentó la denuncia formal, y el juez programó la lectura de cargos para la semana siguiente. Trammel no efectuaría alegación alguna hasta entonces. Estos procedimientos de rutina se saldaban con mucha rapidez. Fluharty iba a anunciar un pequeño descanso para que los periodistas pudieran recoger sus cosas e irse en masa cuando le interrumpí y solicité que fijara una fianza para mi cliente. La segunda razón para hacerlo estribaba en ver cómo respondía la fiscalía. Algunas veces tenía suerte, y el fiscal revelaba algunas de sus pruebas o estrategias al defender la petición de una fianza elevada.

Pero Freeman era demasiado cautelosa como para cometer un desliz de ese tipo. Según arguyó, Lisa Trammel constituía un peligro para la sociedad y era necesario que siguiera bajo custodia sin posibilidad de fianza durante la fase preliminar del proceso judicial. Freeman subrayó que la víctima del crimen no era el único protagonista en la ejecución hipotecaria del lugar de residencia de Lisa, sino que se trataba de un simple eslabón en una cadena. Si ponían a Trammel en libertad, otras personas e instituciones que formaban parte de esa misma cadena podían correr peligro.

Ninguna gran revelación por su parte. Desde el principio estaba claro que la fiscalía iba a atribuir el asesinato de Mitchell Bondurant a la ejecución hipotecaria. Freeman había dicho lo suficiente para presentar una objeción contundente a la libertad bajo fianza, pero sin apenas dar indicación de los alegatos que estaba urdiendo para conseguir una condena por asesinato. Era buena en su trabajo, y ya nos habíamos visto las caras en casos anteriores. Si no recordaba mal, yo había salido perdiendo en todos ellos.

Cuando llegó mi turno, argumenté que no había indicios –y menos aún pruebas– de que Trammel fuese un peligro para la sociedad o estuviera pensando en darse a la fuga. En ausencia de tales indicios y pruebas, el juez no podía denegarle la libertad bajo fianza a la acusada.

Fluharty tomó una decisión estrictamente salomónica. Concedió el triunfo a la defensa al determinar que la libertad bajo fianza era procedente. E hizo que la fiscalía se saliera con la suya al fijar la fianza en dos millones de dólares. Como consecuencia, Lisa no iba a salir a la calle.

Mi defendida necesitaba tener dos millones en una cuenta bancaria o la intervención de un agente fiador. Este le reclamaría un depósito del diez por ciento, y doscientos mil dólares en efectivo estaban por completo fuera del alcance de Trammel: entraría en prisión.

Finalmente, el juez anunció el descanso y me dejó que hablara unos minutos con Lisa antes de que los alguaciles se la llevaran. Mientras los periodistas abandonaban la sala, aproveché para repetirle que mantuviera la boca cerrada.

—Lisa, a partir de ahora seguir en silencio es aún más importante; todos los medios de comunicación están siguiendo el caso. Es posible que traten de hacerle hablar en la cárcel, bien de forma directa, bien a través de otras presas o de visitas de las que cree que puede fiarse. Así que no lo olvide...

—No tengo que hablar con nadie. Mensaje captado.

—Bien. También quiero que sepa que esta tarde voy a reunirme con todo el personal del bufete para estudiar el caso y establecer algunas estrategias. ¿Hay alguna cosa en particular que quiera que salga a relucir durante la reunión? ¿Alguna cosa que pueda sernos de ayuda?

—Tan solo tengo una pregunta que hacer y quiero hacérsela a usted directamente.

—¿De qué se trata?

—¿Cómo es que no me ha preguntado si hice eso de que me acusan?

Vi que uno de los alguaciles llegaba por detrás de Trammel con intención de llevársela.

—No necesito preguntárselo, Lisa —dije—. No necesito saber la respuesta para hacer bien mi trabajo.

—Pues entonces nuestro sistema da pena. No estoy segura de que pueda contar con un abogado defensor que no cree en mí.

—Bueno, está claro que usted es quien elige, y estoy seguro de que hay un montón de abogados que harían cola ante el juzgado y estarían encantados de llevar su caso. Pero nadie conoce tan bien como yo sus circunstancias o la ejecución hipotecaria. Además, si alguien le asegura que cree en usted, tampoco tiene por qué estar diciéndole la verdad. Conmigo no hay lugar para mierdas de ese tipo, Lisa. Yo soy de los que no hacen preguntas ni esperan que les digan algo. Y la cosa funciona en los dos sentidos. No me pregunte si creo en usted, y yo tampoco se lo diré.

Callé para ver si se proponía responder. No fue el caso.

—En fin, ¿le parece bien? No quiero dejarme la piel en este caso si piensa andar buscando a un oportunista que ocupe mi lugar.

—Me parece bien, supongo.

—De acuerdo. Mañana iré a verla para hablar del caso y decidir qué dirección vamos a tomar. Espero que mi investigador ya tenga cierta idea de hacia dónde apuntan las pruebas. Este hombre está…

—¿Puedo hacerle una pregunta, Mickey?

—Por supuesto.

—¿Usted podría prestarme el dinero para la fianza?

La pregunta me dejó de piedra. Hacía mucho tiempo que ya no llevaba la cuenta de los muchos clientes que me habían pedido dinero para pagar sus fianzas. La de este caso seguramente era la suma más elevada de todas, pero no creía que fuese la última vez que me lo pedían.

—No puedo hacerlo, Lisa. En primer lugar, no tengo ese dinero. Y en segundo lugar, que un abogado pague la fianza a su cliente constituye un conflicto de intereses. De forma que no puedo ayudarla. Me parece más práctico que vaya acostumbrándose a la idea de que va a seguir estando encarcelada durante lo que se prolongue el juicio, por lo menos. El juez ha establecido una fianza de dos millones, lo que implica que necesita por los menos doscientos mil para pagar al agente fiador. Eso es mucho dinero, Lisa, y si lo tuviera, le pediría la mitad para pagar la defensa. Con lo que igualmente seguiría en la cárcel.

Sonreí, pero Trammel no le veía la gracia por ningún lado.

—Cuando se hace un depósito de ese tipo, ¿una lo recupera después del juicio?

—No, el depósito se lo queda el agente fiador para cubrir el riesgo que corre, pues estaría obligado a apoquinar los dos millones si se diera usted a la fuga.

Lisa me miró con indignación.

—¡No voy a darme a la fuga! Voy a quedarme donde estoy y a luchar contra todo esto. Lo único que quiero es estar con mi hijo. Me necesita.

—Lisa, no me estaba refiriendo a usted en particular. Simplemente, estaba explicándole cómo funciona la cuestión de la fianza y el depósito. Bueno, el alguacil que está a sus espaldas hasta ahora se ha mostrado muy paciente. Tiene que irse con él, del mismo modo que yo tengo que ponerme a trabajar en su defensa. Hablaremos mañana.

Hizo un gesto con la cabeza al alguacil, quien se acercó para llevar a Lisa al calabozo del juzgado otra vez. Mientras se dirigían a la puerta, Lisa se giró y me miró con ojos asustados. No tenía forma de saber qué era lo que le esperaba, ni que esto tan solo era el comienzo del viacrucis más terrible de su vida.

Andrea Freeman había dejado de hablar con otro integrante del ministerio fiscal, de forma que pude acercarme a ella antes de que se marchara de la sala.

—¿Le apetece tomar un café y charlar un poco? —pregunté al llegar a su lado.

—¿Es que no necesita hablar con su gente?

—¿Mi gente?

—Todos esos con las cámaras. Seguro que están haciendo cola al otro lado de la puerta.

—Preferiría hablar con usted. Si quiere, incluso podemos tratar de ponernos de acuerdo en lo referente al contacto con los medios de comunicación.

—Creo que tengo unos minutos. ¿Quiere bajar al sótano? ¿O prefiere acompañarme a la oficina y probar el café que preparamos en la fiscalía?

—Mejor bajemos al sótano. En su oficina estaría mirando de reojo todo el tiempo.

—¿A su exmujer?

—A ella y a otras personas. Aunque el hecho es que mi ex y yo ahora nos llevamos bien.

—Me alegro de saberlo.

—¿Usted conoce a Maggie?

En la oficina de Van Nuys había por lo menos ochenta fiscales auxiliares.

—De pasada.

Salimos de la sala y, de pie el uno junto al otro, dijimos a los periodistas allí congregados que no íbamos a hacer ningún comentario en una fase tan incipiente del caso. Al dirigirnos hacia los ascensores, por lo menos seis de ellos, de fuera de la ciudad casi todos, me pusieron sus tarjetas de visita en la mano: el *New York Times,* la CNN, *Dateline, Salon* y, *la créme de la créme* el programa de televisión *60 Minutes.* En menos de veinticuatro horas había pasado de deslomarme llevando casos de desahucio en el barrio sur de Los Ángeles por doscientos cincuenta al mes a convertirme en abogado defensor en un caso que amenazaba con convertirse en emblemático del momento económico.

Cosa que me gustaba.

—Ya no están —dijo Freeman una vez que nos encontramos en el ascensor—. Ya puede quitarse de encima esa sonrisa de politicastro.

La miré y sonreí de veras.

—Así de evidente, ¿eh?

—Ya lo creo. Y le sugiero que siga disfrutando del asunto mientras pueda.

Era un recordatorio nada sutil de a qué me enfrentaba con este caso. Freeman era de las figuras más prometedoras en la fiscalía del distrito, y había quien aseguraba que con el tiempo haría lo posible por situarse al frente de ella. Solía decirse que su ascensión y buena consideración en la fiscalía tenían que ver con el color de su piel y con cuestiones de política interna. Y que le pasaban los casos más interesantes porque era integrante de una minoría y estaba protegida por un miembro de otra minoría. Pero yo tenía claro que no era así para nada. Andrea Freeman era pero que muy buena en su trabajo, como dejaba claro mi propio historial de casos no ganados contra ella. Cuando la noche previa me informaron de que la habían asignado al caso Trammel, sentí como si estuvieran hurgando en mis costillas con un objeto contundente. Era doloroso, pero nada podía hacer por evitarlo.

Tras llegar a la cafetería del sótano, nos servimos sendas tazas de café y dimos con una mesa situada en un rincón apartado. Freeman se sentó en la silla que le permitía ver bien la entrada: una manía que tenían los encargados de hacer que la ley se cumpliera, ya fuesen agentes de policía, inspectores o fiscales. Nunca hay que dar oportunidades para que puedan atacarte por la espalda.

—Y bien… —dijo—. Aquí estamos. Tiene que procesar a una persona que muchos estadounidenses considerarían una heroína.

Freeman se echó a reír, como si yo estuviera loco de atar.

—Sí, claro. Bueno, por lo que sé, los asesinos no suelen considerarse héroes.

Se me ocurrió pensar en cierto famoso caso juzgado en Los Ángeles que bien podía contradecir sus palabras, pero lo dejé correr[2].

—Quizá he exagerado un poco –convine–. Digamos que las simpatías de la opinión pública en general van a estar con la acusada. Y creo que la atención de los medios de comunicación tan solo va a acentuar tal tendencia.

—Por el momento, sí. Pero a medida que las pruebas salgan a la luz y se conozcan todos los detalles, no creo que las simpatías de la opinión pública vayan a suponer un problema. Es mi punto de vista. Pero ¿qué es lo que está diciéndome, Haller? ¿Es que quiere llegar a un acuerdo en el que su cliente se declare culpable, cuando no llevamos ni un día con el caso?

Negué con la cabeza.

—No, nada de eso. No estoy pensando en eso en absoluto. Mi cliente dice que es inocente. Me he referido a las simpatías de la opinión pública porque el caso, a estas alturas, ya está teniendo mucho seguimiento. Un productor del informativo *Sixty Minutes* acaba de darme su tarjeta. Por eso le propongo que acordemos unas directrices y procedimientos a la hora de tratar con los medios de comunicación. Acaba de mencionar las pruebas que harán públicas. Espero que esté refiriéndose a unas pruebas que van a ser presentadas ante el tribunal y no filtradas de forma selectiva al *Los Angeles Times* u otros representantes del cuarto poder.

---

[2] Se trata de una referencia indirecta al muy sonado juicio contra O. J. Simpson. *(N. del T.)*

–Muy bien, pues si quiere, pongámosle sordina al caso desde ya mismo. Que nadie hable con los medios de comunicación bajo ninguna circunstancia.

Fruncí el ceño.

–No estoy dispuesto a ir tan lejos.

Asintió con la cabeza en gesto de complicidad.

–Eso me parecía. En tal caso, lo único que voy a sugerir es que nos andemos con cuidado. Los dos. Por mi parte, no vacilaré en hablar con el juez si en algún momento considero que está intentando influir en los miembros del jurado.

–Lo mismo digo.

–Bueno. Pues la cuestión por el momento queda aclarada. ¿Qué más?

–¿Cuándo voy a tener acceso a una mínima parte de las pruebas?

Freeman bebió un largo sorbo de café antes de responder:

–Hemos coincidido en otros casos, así que ya sabe cómo trabajo. No soy de los fiscales que dicen: «Enséñame tu cosita y yo te enseño la mía». Lo que siempre es un callejón sin salida, porque la defensa al final no enseña un carajo. De forma que prefiero guardarme según qué cosas.

–Fiscal, creo que necesitamos llegar a un acuerdo en este punto.

–Bueno, cuando hayan asignado a un juez definitivo, siempre podrá hablar con él. Yo no pienso ponerle las cosas fáciles a una asesina, y me da lo mismo quién pueda ser su abogado. Y, para que lo sepa, le he echado un buen rapapolvo a su amigo Kurlen por haberle dado ese disco ayer. No tendría que haberlo hecho, y suerte tiene de que no haya tratado de que lo apartaran del caso. Considérelo un favor que le ha hecho la fiscalía. Pero no espere más regalos…, abogado.

Era la respuesta que me había estado imaginando. Freeman era una fiscal muy competente, pero a mi modo de ver no jugaba limpio. Se suponía que un juicio tenía que ser un torneo en el que salieran a relucir tanto hechos como pruebas. En el que ambos contendientes aceptaban atenerse a la ley y a las normas de la justicia. Pero Freeman solía valerse de esas mismas normas para esconder o retener tanto hechos como pruebas. Le gustaba jugar con ventaja. No le gustaba sacar las cosas a la luz. Ni siquiera sabía lo que era la luz.

—Andrea, por favor. La policía se llevó el ordenador y todos los papeles de mi cliente. Son de su propiedad, y los necesito para fundamentar mínimamente la defensa. No puede retenerlos y someterlos al descubrimiento de pruebas.

Freeman ladeó la boca y asumió la expresión de quien está considerando la posibilidad de ceder terreno. Puro teatro. Tendría que haberme dado cuenta.

—Le propongo una cosa —dijo—: tan pronto como hayan asignado al juez, vaya a hablar con él y pídaselo. Si el juez me dice que le entregue todo eso, se lo entrego. Pero, si no, ese material es mío, y no pienso compartirlo.

—Muchas gracias.

Sonrió.

—De nada.

Su respuesta y su sonriente manera de formularla tan solo sirvieron para subrayar una idea que había estado creciendo en un rincón de mi mente desde que me dijeron que le habían asignado el caso. Tenía que encontrar una forma de que Freeman viera la luz.

5

Esa tarde, el personal al completo de Michael Haller y Asociados se reunió en la sala de estar del piso de Lorna Taylor en West Hollywood. Estaba presente Lorna, por supuesto, así como mi investigador, Cisco Wojciechowski –por algo aquel también era su piso– y la pasante del bufete, Jennifer Aronson. Me daba cuenta de que Aronson se sentía incómoda en aquel entorno, y la verdad era que no resultaba muy profesional. El año anterior había alquilado un despacho temporal, mientras estaba metido en el caso Jason Jessup, y la cosa había ido bien. Tenía claro que sería mejor llevar el caso Trammel desde un despacho de verdad, y no desde la sala de estar de dos de mis empleados. El problema era que eso supondría otro gasto que asumir hasta que consiguiera vender los derechos cinematográficos y literarios del caso…, si es que conseguía venderlos. Lo que me había llevado a sentirme aprensivo a la hora de tomar una decisión, pero, al percibir la incomodidad de Aronson, me dije que ya habían tomado la decisión por mí.

–Muy bien, vamos a empezar –dije después de que Lorna sirviera a todos refrescos y té helado–. Entiendo que esta no es la forma más profesional de llevar un bufete de abogados, por lo que vamos a buscar un despacho de algún tipo tan pronto como podamos. Entre tanto…

–¿Lo dices en serio? –apuntó Lorna, claramente sorprendida por esta información.

–Sí. Digamos que justo acabo de decidirlo.

–Pues qué bien. Me alegra ver que mi piso te gusta tanto.

–No es eso, Lorna. Pero últimamente he estado pensando que, después de haber contratado a Bullocks, aquí presente, se diría que ahora sí que somos un verdadero bufete de abogados y que quizá nos iría bien tener una dirección permanente. Ya me entiendes: para que los clientes acudan a nosotros en lugar de que nosotros tengamos que ir buscándolos por ahí.

–Por mí, perfecto. Siempre que no tenga que abrir el negocio antes de las diez y pueda seguir llevando mis zapatillas de andar por casa. Digamos que me he acostumbrado.

Me di cuenta de que se sentía insultada. En el pasado habíamos estado casados un corto tiempo, y me daba cuenta de ciertas señales. Pero ya me ocuparía de eso más adelante. Ahora era fundamental que nos concentráramos en la defensa de Lisa Trammel.

–Bueno, hablemos de Lisa Trammel. He charlado con la fiscal después de la citación de esta mañana y no ha ido demasiado bien. Ya he tenido que negociar otras veces con Andrea Freeman, es dura de pelar. Si hay la posibilidad de objetar, ella es de las que siempre objeta. Si tiene pruebas de algún tipo, las mantendrá en secreto hasta que el juez indique que ha llegado el momento de mostrarlas. En cierta forma, la admiro, pero no cuando coincidimos en el mismo caso. En pocas palabras: conseguir que comparta las pruebas va a ser un dolor de muelas.

–Pero, bueno, ¿al final habrá juicio? –preguntó Lorna.

–Estamos obligados a asumirlo –respondí–. Durante mi breve conversación con nuestra cliente, me ha dejado claro que quiere luchar contra todo. Dice que no lo hizo. Lo que por el momento significa que no vamos a impulsar un acuerdo que implique su culpabilidad. Tenemos que prepararnos para un juicio, pero siguiendo abiertos a otras posibilidades.

–Un momento –dijo Aronson–. Anoche me enviaste un correo electrónico en el que me decías que querías que mirase ese vídeo del interrogatorio. Lo que viene a ser muestra de exhibición de pruebas. ¿Es que no ha sido la fiscalía la que te ha pasado el vídeo?

Aronson tenía veinticinco años, era de complexión pequeña y llevaba el cabello corto y cuidadosamente despeinado a la moda. Lucía unas gafas de estilo retro que encubrían parcialmente sus ojos verde brillante. Había estudiado en una facultad de Derecho un tanto desdeñada por los bufetes más finolis del centro de la ciudad, pero cuando la entrevisté me di cuenta de que lo que la movía era una poderosa motivación negativa. Lo que quería era demostrarles a aquellos capullos de los bufetes más pijos que estaban muy equivocados. La contraté en el acto.

–El disco con el vídeo me lo dio el inspector que lleva el caso; la fiscal está que trina al respecto. Así pues, no hay que esperar que nos den algo más. Si queremos alguna cosa, será cuestión de hablar con el juez o de conseguirla por nuestra cuenta. Lo que nos lleva a Cisco. Cuéntanos qué es lo que has encontrado, compañero.

Todas las miradas fueron a parar a mi investigador, que estaba sentado en una silla giratoria tapizada en cuero junto al hogar lleno de macetas con plantas. Hoy se había vestido para la ocasión, lo que en su caso simplemente significaba que se había puesto una camiseta de manga larga. Pero la camiseta no terminaba de esconder los tatuajes y el bulto de la pistola. Sus bíceps prominentes hacían que pareciera un portero de garito de *striptease*, y no tanto un experimentado y habilidoso investigador.

Había necesitado mucho tiempo para hacerme a la idea de que Lorna se había separado de mí para emparejarse con ese gigantesco tiarrón. Pero al final me las había arreglado; además, no conocía a un mejor investigador para un abogado. De joven, en su época de motorista con los Road Saints, la policía había tratado de colgarle el muerto de traficar con drogas dos veces. Eso le había llevado a desconfiar de la policía para siempre. La mayoría de las personas otorgan el beneficio de la duda a los polis. Cisco no; por eso era tan bueno en su trabajo.

—Bien. Voy a hablar de dos cuestiones —indicó—. La escena del crimen y la casa de nuestra cliente, que la policía estuvo registrando ayer durante bastantes horas. Primero, la escena del crimen.

Sin consultar nota alguna, detalló todo cuanto había averiguado en la sede de WestLand National. Mitchell Bondurant se había visto sorprendido por su atacante cuando estaba saliendo del coche para ir al trabajo. Su agresor le golpeó en la cabeza con un objeto desconocido, dos veces por lo menos. Todo parecía indicar que le había atacado por la espalda. En las manos o brazos de Bondurant no había lesiones de defensa, lo que indicaba que había caído inmediatamente. Junto a su cuerpo tendido en el suelo, a un lado del neumático posterior del coche, había aparecido un vaso de papel con café de la cadena Joe's Joe, así como su maletín, que estaba abierto.

—¿Y qué pasa con esos disparos que alguien dijo haber oído? —pregunté.

Cisco se encogió de hombros.

—Debieron de oír el petardeo de algún coche.

–¿Dos petardeos?

–O uno y su eco. En todo caso, no hay indicios de disparos.

Cisco prosiguió con su informe. Aún no se conocían los resultados de la autopsia, pero él estaba casi seguro de que la causa de la muerte iba a ser el traumatismo producido con un objeto contundente. Por ahora, el momento del fallecimiento se había establecido entre las 8:30 y 8:50 de la mañana. En el bolsillo de Bondurant había aparecido un recibo del establecimiento de la cadena Joe's Joe situado a cuatro manzanas de distancia. En el recibo constaba una hora precisa, las 8:21 de la mañana, y los investigadores se decían que el trayecto desde la cafetería hasta su plaza en el aparcamiento del banco tendría que haberle llevado un mínimo de nueve minutos. Un empleado de la entidad había encontrado su cadáver y había llamado al teléfono de emergencias; la llamada estaba registrada a las ocho y cincuenta dos.

De manera que la muerte había tenido lugar dentro de un lapso aproximado de veinte minutos. No era mucho tiempo, pero constituía una eternidad a la hora de documentar los movimientos de una acusada con la idea de establecer una coartada.

La policía hizo preguntas a todos los que aparcaban sus coches en el mismo piso del aparcamiento, así como a quienes trabajaban en el mismo departamento del banco que Bondurant. El nombre de Lisa Trammel no tardó en mencionarse de forma repetida durante las entrevistas. Al parecer, Bondurant en su momento había declarado sentirse amenazado por esta mujer. En su departamento había un archivo con las amenazas recibidas y su evaluación, y Trammel encabezaba el listado. Como todo el mundo sabía, había recibido una orden de alejamiento de las dependencias del banco.

La policía dio con el filón que andaba buscando cuando una empleada de la entidad dijo haber visto a Lisa Trammel alejarse a pie del banco por Ventura Boulevard pocos minutos después del asesinato.

–¿Quién es esta testigo? –pregunté, centrándome en la parte de su informe más perjudicial para nosotros.

–Una mujer que se llama Margo Schafer. Una cajera del banco. Según mis fuentes, nunca llegó a tratar con Trammel en persona, pues trabaja en el mostrador cara al público, y no en el departamento de préstamos. Pero la foto de Trammel circuló entre los empleados después de que se estableciera la orden de alejamiento. Les dijeron a todos que tuvieran cuidado con ella y que informasen de su presencia si la veían en las cercanías de la entidad. Así que la reconoció.

–¿Trammel se encontraba en las dependencias del banco?

–No. Estaba en la acera, a media manzana de distancia. Según Schafer, andaba por Ventura en dirección este, alejándose del banco.

–¿Sabemos alguna cosa sobre esta Margo Schafer?

–Por el momento, no, pero vamos a saberlo. Estoy en ello.

Asentí con la cabeza. Por lo general, Cisco no necesitaba que yo le dijera lo que tenía que hacer. Mi investigador pasó a la segunda parte de su informe, referente al registro de la casa de Lisa Trammel. Esta vez echó mano a un documento que sacó de una carpeta.

–Lisa Trammel accedió voluntariamente (siempre según la policía) a acompañar a los inspectores a la comisaría de Van Nuys unas dos horas después del asesinato. Aseguran que no la detuvieron hasta después de interrogarla en la comisaría. Valiéndose de las declaraciones conseguidas durante el interrogatorio y del testimonio ofrecido por Margo Schafer, los inspectores consiguieron una orden de registro de la casa de Trammel. Estuvieron unas seis horas en el interior, buscando pruebas de todo tipo, entre ellas la posible arma con que se cometió el crimen, así como documentación física y digital de un plan para matar a Bondurant.

Las órdenes de registro prevén un lapso temporal específico en el que ha de tener lugar el registro. Después, la policía está obligada a entregar al tribunal con prontitud un documento, llamado resultado de la orden de registro, que enumera de forma precisa todo cuanto ha sido decomisado. A continuación, el juez tiene la responsabilidad de revisar dichas incautaciones para asegurarse de que la policía se ha mantenido dentro de los parámetros estipulados por la orden de registro. Cisco explicó que los inspectores Kurlen y Longstreth habían presentado el listado esa mañana, listado del que había conseguido una copia por medio de la secretaría del juzgado. Lo que en este momento resultaba clave, dado que la policía y la fiscalía se negaban a compartir información con la defensa. Andrea Freeman había cerrado esa puerta. Pero la petición y el resultado de la orden de registro eran unos documentos de acceso público. Freeman no podía impedir su difusión. Y estos documentos iban a darme una idea lo más aproximada posible de la forma en que la fiscalía estatal estaba construyendo sus argumentaciones.

—Danos lo principal —insté—. Pero después quiero una copia de todo todito.

—Aquí tienes la copia —dijo Cisco—. En lo referente a…

—¿Me puedes pasar otra copia también a mí, por favor? —pidió Aronson.

Cisco me miró para que le diera permiso. La situación era incómoda. Aronson venía a preguntar si era una verdadera integrante del equipo o si seguía siendo una simple pasante encargada de tratar con los clientes y que había estudiado en una facultad de medio pelo.

–Claro –dije.

–Eso está hecho –convino Cisco–. En fin, vamos con lo principal. En lo referente al arma del crimen, parece que los inspectores fueron al garaje de Trammel y decomisaron cada herramienta manual que encontraron en el banco de trabajo.

–De forma que no saben cuál fue el arma del crimen –observé.

–La autopsia aún no ha terminado –dijo Cisco–. Van a tener que establecer comparaciones en lo tocante a las lesiones. Pero tengo mis fuentes en la oficina del forense. Cuando sepan algo, yo también voy a saberlo.

–Muy bien. ¿Qué más?

–Se llevaron el ordenador portátil de Trammel, un MacBook Pro de hace tres años, así como un montón de documentos de todo tipo relacionados con la ejecución hipotecaria de la casa en Melba. Y aquí es donde el juez puede cabrearse. Los inspectores no mencionan los documentos de forma específica, seguramente porque había demasiados. Tan solo mencionan tres carpetas, que llevan el título de FLAG, EJECUCIÓN UNO, EJECUCIÓN DOS.

Me dije que todos los documentos de este tipo que Lisa pudiera tener en casa eran los que yo le había proporcionado. La carpeta FLAG –y también el ordenador en su conjunto– posiblemente contenía los nombres de los miembros que Lisa había formado, lo que indicaba la posibilidad de que la policía estuviera buscando unos cómplices.

–Muy bien. ¿Qué más?

–Se llevaron su teléfono móvil, un par de zapatos que tenía en el garaje… Y, lo mejor de todo, también se llevaron un pequeño diario. No lo describen con más detalle ni dicen lo que había en sus páginas. Pero estoy pensando que, si en él hay diatribas contra el banco o contra la víctima en particular, nos encontraremos con un problema.

–Le preguntaré al respecto cuando vaya a verla mañana –dije–. Pero un momento. El teléfono móvil. ¿En la petición de la orden de registro se especifica de forma explícita que querían hacerse con el móvil? ¿Es que sugieren la existencia de una conspiración, que Lisa contó con la ayuda de otros para cargarse a Bondurant?

–No, en la petición no se menciona a ningún cómplice. Supongo que los inspectores sencillamente querían cubrir todas las posibilidades.

Asentí con la cabeza. Resultaba de gran ayuda ver los movimientos que los investigadores estaban haciendo con la idea de enchironar a mi cliente.

–Lo más probable es que hicieran una segunda petición de registro para que el operador telefónico de turno les proporcionase el listado de llamadas de Trammel.

–Voy a mirarlo –dijo Cisco.

–Muy bien. ¿Alguna cosa más en lo referente a este tema?

–Los zapatos. El listado incluye un par de zapatos incautados en el garaje de la casa. No se dice por qué; tan solo se menciona que son unos zapatos de jardinería. Un par de zapatos de mujer.

–¿No se llevaron ningún otro zapato?

–No, que ellos digan. Tan solo este par.

–No te han dicho nada sobre huellas de zapatos en el lugar del crimen, ¿verdad?

–No, de eso no me han dicho nada.

–Entendido.

Estaba seguro de que la razón de esta incautación precisa no tardaría en quedar clara. Cuando tiene una orden de registro, la policía trata de hacerse con todo cuanto el juez permita. Es mejor decomisar cuantas más cosas mejor que olvidarse de algo. Lo que a veces implica la incautación de objetos que en último término nada tienen que ver con el caso.

—Por cierto —dijo Cisco—, si tienes un rato, la solicitud al juez resulta interesante si pasas por alto los errores de ortografía y de gramática. Principalmente, la petición se basa en el interrogatorio que le hicieron, pero eso ya lo hemos visto en el disco que te dio Kurlen.

—Sí, lo que ella describe como unas declaraciones por su parte que los inspectores luego se ocuparon de exagerar.

Me levanté y empecé a pasearme por el centro de la habitación. Lorna también se levantó y cogió la orden de registro de manos de Cisco para hacer una copia. Entró en una pequeña estancia adyacente en la que tenía su despacho y donde había una fotocopiadora.

Esperé a que volviera y le entregara una copia de los documentos a Aronson antes de continuar:

—Muy bien. Esto es lo que vamos a hacer. Lo primero es conseguir una verdadera oficina. Un lugar próximo al juzgado de Van Nuys en el que podamos establecer nuestro cuartel general.

—¿Quieres que me ocupe del asunto, Mick? —preguntó Lorna.

—Sí que quiero.

—Me aseguraré de que tenga aparcamiento y se pueda comer bien cerca.

—No estaría mal que pudiéramos ir andando al juzgado.

—Hecho. ¿Un contrato a corto plazo?

Callé un momento. Me gustaba trabajar desde el asiento trasero del Lincoln. Me daba una libertad que me ayudaba a pensar.

—La alquilaremos durante un año. Luego ya veremos.

Miré a Aronson. Con la cabeza gacha, estaba tomando notas en un cuaderno.

—Bullocks, necesito que te ocupes personalmente de nuestros demás clientes y respondas con las fórmulas acostumbradas a quienes nos llamen por primera vez. La radio va a seguir emitiendo nuestros anuncios durante todo el mes, por lo que no creo que el ritmo afloje. También voy a necesitar que me ayudes con lo de Trammel.

Levantó la mirada, y los ojos se le iluminaron ante la perspectiva de trabajar en un caso de asesinato menos de un año después de haber ingresado en el colegio de abogados.

—No te hagas demasiadas ilusiones –dije–. No estoy diciendo que vayas a llevar el caso conmigo. Más bien te ocuparás de hacer mucho del trabajo sucio. ¿Qué tal se te dio la cuestión de los indicios racionales de criminalidad en esa facultad tuya de tres al cuarto?

—Fui la mejor de mi clase.

—Me lo suponía. Bueno, ¿ves ese documento que tienes en la mano? Quiero que mires esa orden de registro con lupa, que la desmenuces y la hagas trizas. Tenemos que buscar omisiones, tergiversaciones…, cualquier cosa que podamos usar para solicitar una anulación. Lo que quiero es que el juez rechace la presentación de todo cuanto la policía encontró en casa de Lisa Trammel.

Aronson tragó saliva de forma visible: acababa de pedirle algo muy complicado que iba más allá del simple trabajo sucio; necesitaría mucho tiempo y probablemente no serviría de nada. Era raro que un juez desestimara un conjunto de pruebas en bloque. Estaba cubriéndome por todos los frentes y utilizando a Aronson en uno de ellos, sencillamente. Aronson era lo bastante lista para darse cuenta, una de las razones por la que la había contratado.

–Acuérdate de que estás trabajando en un caso de asesinato –dije–. ¿Cuántos de tus compañeros de clase pueden decir lo mismo?

–Seguramente, ninguno.

–Más claro, agua. Y por eso quiero que luego revises el disco del interrogatorio que la policía le hizo a Lisa y hagas lo mismo. Busca cualquier paso en falso por parte de los inspectores, cualquier cosa que podamos usar para que el disco también sea desestimado. Creo que la sentencia del Tribunal Supremo del año pasado puede sernos de ayuda en este sentido. ¿Estás familiarizada con esa sentencia?

–Eh… Este es mi primer caso penal.

–Pues entonces familiarízate con ella. Kurlen hizo todo lo posible para que pareciese que Trammel acudió de forma voluntaria a que la entrevistaran. Pero si conseguimos dejar claro que, en ese momento, Kurlen la tenía bajo control, con ayuda o no de unas esposas, podremos alegar que nuestra cliente estuvo detenida desde el principio. Si lo hacemos, todo cuanto ella dijera antes de que la informaran de sus derechos quedará invalidado automáticamente.

–Queda claro.

Aronson seguía tomando notas con la cabeza gacha.

–¿Has entendido lo que acabo de encargarte?

–Sí.

–Bien, pues manos a la obra, pero no te olvides de los demás clientes. Son los que nos dan de comer. Por el momento.

Me giré hacia Lorna.

–Y, Lorna, ahora que me acuerdo, necesito que te pongas en contacto con Joel Gotler y hagas que empiece a mover toda esta historia. El asunto puede escapársenos de las manos si hay un acuerdo de aceptación de culpabilidad, por lo que es mejor que tratemos de cerrar un trato con él ahora mismo. Dile que estamos dispuestos a renunciar a gran parte del porcentaje final si nos adelantan una pasta más o menos importante. Necesitamos fondos para llevar la defensa.

Gotler era el agente de Hollywood que me representaba. La persona a quien recurría cada vez que Hollywood me llamaba. Esta vez íbamos a ser nosotros los que llamáramos e hiciéramos lo posible por vender los derechos.

—Véndele la moto —le dije a Lorna—. Que sepa que tengo la tarjeta de uno de los productores de *Sixty Minutes*. Que se entere de que la cosa es cada vez más gorda.

—Hablaré con Joel —respondió ella—. Sé lo que tengo que decirle.

Dejé de pasearme por la sala. Me pregunté qué me había dejado y cuál iba a ser mi papel exacto. Miré a Cisco.

—¿Quieres que investigue a la testigo? —preguntó.

—Eso mismo. Y también a la víctima. Quiero saberlo todo sobre los dos.

Mi orden se vio puntuada por el agudo zumbido del interfono situado en la pared junto a la puerta de la cocina.

—Lo siento. Es la puerta de la calle —dijo Lorna, sin hacer amago de acercarse al interfono.

—¿No vas a responder? —pregunté.

—No. No estoy esperando a nadie, y los chicos del reparto conocen la combinación de la puerta. Lo más seguro es que sea un abogado de esos que andan buscando clientes por todas partes. Este barrio está lleno de zombis de ese tipo.

–Ya –dije–. Sigamos, pues. Lo siguiente que necesitamos es a otro asesino.

Mis palabras hicieron que todos se me quedaran mirando con atención.

–Necesitamos a un culpable –indiqué–. Si vamos a juicio, no nos bastará con hacer mella en la argumentación de la fiscalía. Necesitaremos una defensa agresiva. Necesitaremos que el jurado aparte la mirada de Lisa. Y para eso precisaremos una hipótesis alternativa.

Me daba cuenta de que Aronson no perdía comba de cuanto estaba diciendo. Me sentí como un profesor en la Facultad de Derecho.

–Lo que nos hace falta es una hipótesis de inocencia. Si conseguimos formularla, hemos ganado el caso.

El timbre de la puerta de la calle volvió a sonar. Una pausa, y se oyeron dos nuevos zumbidos insistentes.

–¿Qué demonios…? –soltó Lorna.

Irritada, se levantó y fue al interfono. Pulsó la tecla de comunicación.

–Sí. ¿Quién es?

–¿El bufete de Mickey Haller es aquí?

La voz era de mujer y me resultaba familiar, aunque no terminé de reconocerla al momento. El altavoz sonaba a metálico, y el volumen no era alto. Lorna se giró y meneó la cabeza con aire confundido. Su dirección no constaba en ninguno de nuestros anuncios. ¿Cómo era posible que esa persona estuviera en la puerta de la calle?

–Sí, pero tan solo aceptamos citas concertadas –respondió–. Puedo darle un número al que llamar si lo que quiere es hacer una consulta al señor Haller.

–¡Por favor! Tengo que hablar con él ahora mismo. Soy Lisa Trammel, una cliente suya. Necesito hablar con él cuanto antes.

Me quedé mirando el interfono como si este fuera un teléfono directo al calabozo para mujeres de Van Nuys…, donde se suponía que nuestra cliente estaba encerrada. Miré a Lorna.

–Será mejor que abras la puerta.

6

Lisa Trammel no venía sola. Una vez que Lorna abrió la puerta de su casa, entró en compañía de un hombre cuyo rostro había visto en el juzgado durante su comparecencia. Estaba sentado en la primera fila. Me fijé en él porque no tenía aspecto ni de abogado ni de periodista. Más bien parecía salido de Hollywood. Y no del Hollywood estelar y glamuroso, sino del otro: del Hollywood cutre y precario. O bien tenía el pelo teñido de cualquier manera, o bien llevaba un peluquín, con la obligada perilla a juego, con la papada colgante… Debía de tener unos sesenta años, aunque quería aparentar cuarenta, sin mucho éxito. Vestía una americana de cuero negro y un suéter de cuello alto color granate. De su cuello pendía una cadena de oro con el símbolo de la paz. Fuera quien fuera, estaba obligado a sospechar que era el responsable de que Lisa anduviera en libertad.

—Vaya, o se ha escapado del calabozo en Van Nuys, o ha conseguido la fianza —dije—. No sé por qué, pero algo me dice que es lo segundo.

—Muy listo —dijo Lisa—. Les presento a Herbert Dahl, mi amigo y benefactor.

—Se escribe D-A-H-L —aclaró el tipo, sonriente.

—Un benefactor, ¿eh? —apunté—. ¿Tengo que entender que ha pagado la fianza de Lisa?

—El depósito, nada más —dijo Dahl.

—¿A quién ha recurrido?

–A un tipo llamado Valenzuela. Tiene el despacho justo al lado de los calabozos. Muy conveniente. Me dijo que lo conocía.

–Cierto.

Guardé silencio un momento, preguntándome qué era lo que tenía que hacer. Lisa aprovechó para decir:

–Herb se ha portado como todo un héroe al sacarme de ese horroroso lugar. Ahora estoy en libertad y puedo ayudar a nuestro equipo legal a combatir esas falsas acusaciones.

Anteriormente, Lisa había tratado con Aronson, pero no con Lorna o Cisco. Dio un paso al frente, les tendió la mano y se presentó con sendos apretones, como si la situación fuera de lo más normal y hubiera llegado el momento de entrar en materia. Cisco me miró de reojo, como preguntándome: ¿qué carajo es todo esto? Me encogí de hombros. No lo sabía.

Lisa en ningún momento me había hablado de Herb Dahl, un «benefactor» y amigo lo bastante cercano como para apoquinar un depósito de doscientos mil dólares por la fianza. No me sorprendía, como tampoco lo hacía que se hubiera abstenido de recurrir a lo espléndido que era Dahl para pagar los gastos de su defensa, ni que acabara de irrumpir por sorpresa y como si nada, lista para integrarse en el equipo legal. Me decía que, en su trato con los extraños, Lisa era muy habilidosa a la hora de esconder sus problemas personales y emocionales bajo la superficie. Era muy capaz de engatusar a un tigre de Bengala. Me pregunté si Herb Dahl era consciente de dónde se estaba metiendo. Me dije que seguramente estaba trabajándose un chanchullo de algún tipo, pero que quizá no se daba cuenta de que también estaban trabajándoselo a él a su vez.

–Lisa –dije–, ¿podemos ir al despacho de Lorna y hablar un momento en privado?

–Creo que lo más conveniente es que Herb también oiga lo que tiene que decir. Tiene previsto documentar todo este caso.

–Ya, pero no va a documentar nuestra conversación, pues las comunicaciones entre usted y su abogado son privadas y confidenciales. Después, un juez podría obligarle a declarar sobre todo cuanto hubiera oído o visto.

–Ah… Pero, bueno, ¿no sería posible nombrarlo colaborador de algún tipo, para que forme parte del equipo legal?

–Lisa, venga conmigo, tenemos que hablar un momento.

Señalé la puerta del pequeño despacho. Lisa finalmente echó a andar en dirección a este.

–Lorna, ¿y si le ofreces algo de beber al señor Dahl?

Seguí a Lisa al interior del despacho y cerré la puerta. En la estancia había dos escritorios. El de Lorna y el de Cisco. Situé una silla frente al de Lorna y le dije a Lisa que se sentara. Rodeé el escritorio y tomé asiento frente a ella.

–Este bufete suyo es muy raro –comentó–. Más bien parece una casa particular o algo así.

–Es temporal. Hablemos de su presencia en este lugar, Lisa. ¿Cuánto tiempo hace que conoce a Dahl?

–Unos dos meses, más o menos.

–¿Cómo le conoció?

–Frente a las escaleras del juzgado. Vino a ver una de las protestas de FLAG. Me dijo que estaba interesado en nosotros desde el punto de vista cinematográfico.

–¿En serio? De forma que es un cineasta, ¿eh? ¿Y dónde ha dejado la cámara?

–Bueno, él en realidad se ocupa de establecer acuerdos. Tiene mucho éxito. Lleva derechos de películas, libros, ese tipo de cosas. Y va a encargarse de llevar todo lo mío. Este caso va a tener muchísimo seguimiento, Mickey. En la cárcel me dijeron que treinta y seis periodistas querían entrevistarme. Por supuesto, no me dejaron hablar con ellos... Tan solo me dejaron hacerlo con Herb.

–Así que Herb dio con usted en la cárcel, ¿eh? Este hombre no para.

–Dice que cuando se tropieza con una buena historia no para hasta conseguir lo que quiere. ¿Se acuerda de aquella niñita que estuvo una semana entera en la ladera de una montaña junto al cadáver de su padre después de sufrir un accidente de tráfico? Herb se las arregló para que hicieran un telefilme basado en la historia.

–Impresionante.

–Pues sí. Herb tiene mucho éxito.

–Ya me lo ha dicho. Entonces, ¿ha llegado a algún tipo de acuerdo con él?

–Sí. Herb va a encargarse de vender todos los derechos, e iremos al cincuenta por ciento en todo, una vez descontados sus gastos y el depósito de la fianza. Me parece muy justo, la verdad. El hecho es que está hablando de muchísimo dinero. ¡Es posible que hasta pueda conservar mi casa, Mickey!

–¿Ha firmado alguna cosa? ¿Un contrato o un acuerdo de algún tipo?

–Sí, un contrato perfectamente legal y vinculante, que le obliga a pagarme mi parte.

–¿Lo dice porque mostró ese contrato a su abogado?

–Eh... No. Pero Herb me dijo que es un contrato estándar. Un montón de palabrería legal, ya sabe. Pero me lo leí, que conste.

Claro. Se lo leyó igual que cuando firmó nuestro contrato.

–¿Puedo ver ese contrato, Lisa?

–Lo tiene Herb. Puede pedírselo a él.

—Es lo que voy a hacer. Me pregunto si le habló de los acuerdos a los que llegamos usted y yo.

—¿Los acuerdos…?

—Sí. Ayer firmó unos contratos conmigo en la comisaría, ¿se acuerda? Uno de ellos me autoriza a llevar su defensa en este caso penalista. Los otros me conceden autoridad para representarla y negociar la venta de los derechos de su historia con el propósito de financiar su defensa. ¿Se acuerda de haber firmado un contrato en el que me concedía el derecho de retención?

Trammel no respondió.

—¿Se ha fijado en que hay tres personas conmigo, Lisa? Todos estamos trabajando en su caso. Y hasta el momento no nos ha pagado un centavo. Lo que significa que tengo que aflojar de mi bolsillo todos sus salarios y todos sus gastos. Cada semana. Razón por la cual en los contratos que firmamos ayer me concedió la potestad de negociar los derechos editoriales y cinematográficos.

—Oh… Esa parte no la leí.

—Voy a hacerle una pregunta, Lisa: ¿qué es lo más importante para usted? ¿Contar con la mejor defensa posible, tratar de superar las dificultades y ganar este caso, o bien cerrar un contrato para una película o un libro?

Lisa frunció los labios y decidió eludir la cuestión.

—Pero es que usted no lo entiende. Yo soy inocente. Yo no…

—No, usted es quien no lo entiende: que sea inocente o no carece de importancia en este asunto. Lo fundamental es que podamos demostrarlo o rebatirlo ante un tribunal. Mejor dicho, que yo pueda demostrarlo o rebatirlo, Lisa. «Yo.» Su héroe soy yo, y no ese Herb Dahl con su chaqueta de cuero y su medallón de pacotilla al estilo de Hollywood.

Guardó silencio un largo instante antes de responder:

–No puedo, Mickey. Justo acaba de sacarme de la cárcel. Le ha costado doscientos mil dólares. Tiene que recuperarlos.

–Mientras sus abogados defensores pasan hambre.

–No, Mickey, voy a pagarle. Se lo prometo. Voy a llevarme la mitad de todo. Le pagaré.

–Después de que él se haya llevado doscientos mil pavos más los gastos. Unos gastos que seguramente van a ponerse por las nubes, o eso me parece.

–Herb me ha dicho que una vez le pagaron medio millón por una entrevista exclusiva con uno de los médicos de Michael Jackson. Y eso no fue más que para un periodicucho. ¡En este caso, puede que hagan hasta una película!

Trammel estaba a punto de hacerme perder la paciencia de verdad. Lorna tenía en el escritorio un juguetito de caucho cuya función era la de reducir el estrés. Era un pequeño martillo de juez, una muestra de un obsequio publicitario y promocional que estaba pensando encargar en serie, con el nombre y el número del bufete impresos en uno de los lados. Lo agarré y apreté el mango con fuerza, pensando que era el pescuezo de Herb Dahl. Al cabo de unos segundos, la rabia se fue disipando. Ese chisme funcionaba. Tomé buena nota mental; le diría a Lorna que hiciera el encargo. Siempre podríamos regalarlo en oficinas de agentes fiadores, ferias callejeras y demás.

–Muy bien –dije–. Más tarde hablaremos de todo esto. Ahora vamos a volver con los demás. Igualmente, tendrá que decirle a Herb que se vaya a casa, porque vamos a estar hablando de su caso, y eso no podemos hacerlo delante de personas no autorizadas. Más tarde le llamará y le dejará bien claro que ni se le ocurra tratar de llegar a acuerdo alguno sin mi aprobación. ¿Me estoy explicando, Lisa?

–Sí.

Lo dijo en tono manso y compungido.

–¿Quiere que me encargue yo de decirle que se marche? ¿O prefiere hacerlo usted misma?

–¿No le importa hacerlo, Mickey?

–No hay problema. Y creo que aquí ya hemos terminado.

Volvimos a la sala de estar, donde Dahl estaba terminando de contar una anécdota.

–... ¡Y eso sucedió antes del rodaje de *Titanic!*

Se echó a reír al completar la frase, pero los demás no parecían compartir su sentido del humor tan hollywoodiense.

–Bien, Herb, vamos a volver a dedicarnos al caso y necesitamos hablar con Lisa –dije–. Le acompaño hasta la puerta.

–Pero ¿cómo va a volver a casa?

–Tengo un chófer. Lo arreglaremos.

Titubeó y buscó el apoyo de Lisa con la mirada.

–No pasa nada, Herb –dijo ella–. Tenemos que hablar del caso. Te llamo tan pronto como esté en casa otra vez.

–¿Me lo prometes?

–Te lo prometo.

–Si quieres, yo misma le acompaño hasta la puerta, Mick –se ofreció Lorna.

–No, está bien. De todas maneras, tengo que ir un momento al coche.

Todos se despidieron de ese hombre, que andaba armado con el símbolo de la paz. Dahl y yo salimos del piso. Todos los apartamentos del edificio tenían una salida que daba al exterior directamente. Fuimos por un caminillo hasta la verja de entrada que comunicaba con

Kings Road. Vi que bajo el buzón había un montón de listines telefónicos recién entregado, abrí el portón y situé un mazo de listines al pie para poder volver a entrar.

Fuimos hacia mi coche, aparcado en zona prohibida. Rojas estaba de espaldas, apoyado en el capó, fumando un cigarrillo. Me había dejado el mando a distancia dentro de uno de los sujetatazas en el interior.

–¡Rojas, el maletero! –le avisé.

Sacó las llaves y abrió la tapa. Le dije a Dahl que quería darle una cosa y me siguió.

–No estará pensando en meterme ahí dentro, ¿verdad?

–Nada de eso, Herb. Simplemente, quiero darle algo.

Fuimos a la parte trasera del coche y terminé de abrir bien el maletero.

–Vaya, vaya, tiene usted de todo por aquí –comentó Dahl al ver los archivadores.

No respondí. Cogí la carpeta con los contratos y saqué los acuerdos que Lisa y yo habíamos firmado la víspera. Fui a la parte delantera y los copié en la máquina multiusos situada frente al asiento delantero. Le entregué las copias a Dahl y me quedé los originales.

–Aquí tiene. Léase todo esto cuando tenga un momento.

–¿De qué se trata?

–Este de aquí es mi contrato como representante legal de Lisa. Algo estándar. También tengo unos poderes de representación y un derecho de retención sobre todos los ingresos originados por su caso. Si se fija, Lisa firmó todos estos papeles ayer. Lo que significa que el contrato firmado con usted queda sin efecto, Herb. Lea la letra pequeña. Me otorga el control sobre todos los derechos derivados del caso: libros, películas, televisión, todo.

Vi que sus ojos se endurecían.

—Espere un momento...

—No, Herb, espérese usted un momento. Sé que acaba de pagar un depósito de doscientos mil pavos y que ha tenido que pagar también para acceder a ella en el calabozo. Entiendo su situación y me hago cargo de que ha invertido mucho dinero en todo esto. Haré lo posible para que lo recupere. Con el tiempo. Pero ahora mismo es usted el segundón, amigo. Asúmalo y manténgase al margen. Ni se le ocurra tomar una puta iniciativa sin antes consultarlo conmigo.

Hundí el dedo en el contrato que estaba mirando fijamente.

—Si no me hace caso, mejor que vaya buscándose un abogado. Uno de los buenos. Porque le tendré ocupado con este asunto durante dos años y al final no cobrará un centavo de esos doscientos mil que ha aflojado.

Cerré la puerta de un portazo para subrayar mis palabras.

—Que tenga un buen día.

Le dejé donde estaba y fui al maletero para devolver los originales a su carpeta. Al cerrar, reparé en que la sombra del grafiti aún era visible. Aunque habían quitado la pintada hecha con aerosol, el reluciente acabado de la carrocería estaba arruinado. La banda Florencia 13 me había marcado de todas todas. Miré la matrícula personalizada situada en el centro del parachoques: MELOSCOMO, rezaba.

En esta ocasión era más fácil decirlo que hacerlo. Pasé junto a Dahl, que seguía de pie en la acera, mirando los contratos. Al llegar al portón de la verja, cogí uno de los listados que la mantenía sujeta. Con el pulgar, entreabrí el listín y miré la esquina superior del dorso de una página escogida al azar. Mi anuncio aparecía impreso en la página. Con mi rostro sonriente en la misma esquina.

Hojeé unas cuantas páginas más para asegurarme de que el anuncio aparecía en todas ellas –era por lo que había pagado– y volví a dejar el listín en lo alto del montón. Ni siquiera estaba seguro de quiénes seguían usando listines telefónicos, pero mi mensaje aparecía en ellos, por si acaso.

Los demás estaban esperándome en silencio cuando volví a entrar en el piso. La llegada de Lisa acompañada de su benefactor había enrarecido un tanto el ambiente. Hice lo posible por retomar la conversación apelando a cierto espíritu de unidad.

–Bueno, ahora ya nos hemos presentado todos. Lisa, estábamos hablando de lo que vamos a hacer y de lo que necesitamos saber para seguir adelante. No teníamos la ventaja de contar con su presencia porque, francamente, estaba bastante seguro de que no iba a salir de la cárcel hasta que consiguiéramos el veredicto final de no culpable. Pero el hecho es que ahora está aquí, y desde luego que me interesa incluirla en nuestras estrategias. ¿Hay alguna cosa que quiera decirle al grupo?

Me sentía como si estuviera dirigiendo una sesión de terapia colectiva en un psiquiátrico. Lisa aprovechó la oportunidad de convertirse en el centro de atención inmediatamente.

–Sí. Lo primero que quiero hacer es decirles que les estoy muy agradecida por intentar ayudarme. Tengo claro que cosas como la culpabilidad o la inocencia no tienen verdadera importancia desde el punto de vista legal. Lo que importa es lo que puedas demostrar. Lo sé, pero a la vez pienso que no está de más que escuchen lo que voy a decir, aunque solo sea una vez: soy inocente. Yo no maté al señor Bondurant. Espero que me crean y que podamos demostrarlo durante el juicio. Tengo un hijo pequeño que necesita estar con su madre.

Nadie respondió, si bien todos asintieron con gesto sombrío.

–Muy bien –dije–. Antes de su llegada estábamos repartiéndonos todo el trabajo. Quién se encarga de qué cosa, quién tiene que centrarse en tal asunto, ya sabe. Me gustaría que usted también se ocupara de algunos puntos.

–Ayudaré en todo lo que pueda.

Estaba sentada muy erguida en el borde de la silla.

–Después de que la detuvieran, la policía estuvo en su casa durante bastantes horas. La registraron de arriba abajo y, con la autoridad que les daba una orden judicial, se llevaron muchas cosas que podrían emplearse como pruebas durante el proceso. Tenemos un listado, que puede mirar libremente. En él aparece su ordenador portátil, así como tres carpetas etiquetadas como FLAG, EJECUCIÓN UNO y EJECUCIÓN DOS. Y aquí es donde usted entra en juego. Un minuto después de que hayan sido asignados el juez y la sala, solicitaremos formalmente que nos dejen examinar el ordenador y las carpetas, pero hasta que llegue ese momento necesitamos que nos haga un listado lo más completo posible de cuanto había en las carpetas y en el ordenador. En otras palabras, Lisa, ¿qué contenían esos documentos que llevaron a los inspectores a decomisarlos? ¿Entiende lo que quiero decirle?

–Por supuesto. Y, claro, no hay problema. Esta misma noche me pongo con ello.

–Gracias. Hay otra cosa que quiero pedirle. Verá, si este caso termina en un juicio, no quiero ningún cabo suelto. No quiero que de pronto aparezcan otros desconocidos o que…

–¿Qué quiere decir con eso de «si»?

–¿Perdón?

–Ha dicho «si». Que si este caso termina en un juicio… No me gusta eso de «si».

–Discúlpeme. Ha sido un lapsus. Pero ya que estamos en ello, y para que lo sepa, un buen abogado siempre tiene que escuchar una oferta que le haga la fiscalía. Porque estas negociaciones muchas veces te permiten intuir por dónde van los tiros de la acusación. De forma que, si le digo que estoy hablando con la fiscalía sobre un posible acuerdo, tenga presente que hay un motivo ulterior, ¿entendido?

–Entendido, pero, que quede claro, no voy a confesarme culpable de algo que no he hecho. Hay un asesino suelto por las calles mientras se esfuerzan en hacerme todo esto. Anoche no pude dormir en ese lugar horroroso. No hacía más que pensar en mi hijo… Nunca más podría mirarlo a la cara si me confesara culpable de un crimen del que no soy culpable.

Pensaba que entonces iba a venirme con los lloriqueos, pero se contuvo.

–Entiendo –repuse con suavidad–. Bueno, Lisa, hay otra cosa de la que quiero hablar: de su marido.

–¿Por qué?

Se habían disparado las señales de alarma. Estábamos adentrándonos en terreno pantanoso.

–Porque es un cabo suelto. ¿Cuándo fue la última vez que supo de él? ¿Va a aparecer de repente y buscarnos un problema? ¿Está en disposición de prestar testimonio sobre su persona, acerca de algunos posibles comportamientos vengativos anteriores? Necesitamos saber cómo está la situación en este aspecto. Si él luego aparece o no, es otra cuestión. Pero, si existe la amenaza, tengo que saberlo.

–Pensaba que una persona no puede ser obligada a declarar en contra de su cónyuge.

–Hay cierto grado de confidencialidad, pero estamos hablando de una zona gris y más aún si ustedes dos ya no viven juntos. Por eso quiero amarrar este cabo suelto. ¿Tiene idea de dónde está su marido en este momento?

–No, ni idea –contestó–. Pero supongo que más tarde o más temprano terminará por aparecer.

–¿Por qué?

Lisa levantó las palmas de las manos, como viniendo a decir que la respuesta era evidente.

–Porque con este asunto se puede ganar dinero. Si mira la televisión o lee un periódico y se entera de lo que está pasando, terminará por aparecer. Puede estar seguro.

La respuesta me pareció extraña, pues Trammel estaba sugiriendo que su esposo era un sujeto codicioso. Sin embargo, yo sabía que, estuviera donde estuviera, ese hombre estaba gastando más bien poco dinero.

–Me dijo que su marido se llevó la tarjeta de crédito que le pertenecía a usted y que se fundió todos los fondos en México.

–Eso mismo. En Playas de Rosarito. Ingresó cuatro mil cuatrocientos dólares en la cuenta de la Visa y sobrepasó el límite. Tuve que cancelarla, y eso que era la única tarjeta que teníamos. Pero no pensé que, al cancelarla, ya no iba a saber por dónde andaba. Por eso le digo que no sé dónde está en este momento.

Cisco se aclaró la garganta e intervino.

–¿Ha contactado con usted en algún momento? ¿Le ha llamado, le ha enviado correos o mensajes de texto?

–Al principio me escribió unos cuantos correos. Luego nada, hasta que llamó por el cumpleaños de su hijo. Hace seis semanas.

–¿Su hijo no le preguntó dónde estaba?

Lisa titubeó y finalmente dijo que no. Mentir no se le daba bien. Allí había algo más.

–Cuéntenos, Lisa –la insté.

Calló un momento y se dio por vencida.

–Van a pensar que soy una madre horrible, pero el hecho es que no le dejé hablar con Tyler. Empezamos a discutir y yo... le colgué. Más tarde me arrepentí, pero no pude devolverle la llamada, pues me había telefoneado desde un número oculto.

–Pero, entonces, ¿tiene un teléfono móvil? –pregunté.

–No. Lo tuvo, pero ese número lleva un tiempo desactivado. No me llamó desde su teléfono. O bien le dejaron otro móvil, o bien tiene otro número, que no me ha dado.

–Pudo haber utilizado un número de usar y tirar –dijo Cisco–. Los venden en todos los pequeños supermercados.

Asentí con la cabeza. Aquella historia de desintegración marital nos había dejado mohínos a todos.

–Lisa –dije finalmente–, si vuelve a contactar con usted, hágamelo saber de inmediato.

–Lo haré.

Aparté los ojos de ella y los fijé en mi investigador. Nuestras miradas se cruzaron y le indiqué sin decir palabra que averiguase todo lo posible sobre el errabundo esposo de Lisa. No quería que el hombre apareciera por sorpresa en mitad del juicio.

Cisco me dijo que sí con la cabeza. Lo tenía más que claro.

—Un par de cosas más, Lisa, y ya tendremos lo bastante para poner manos a la obra.

—Muy bien.

—Durante el registro de su casa, ayer, los inspectores decomisaron otras cosas de las que no hemos hablado. Una de ellas aparece descrita como un diario. ¿Sabe de qué se trata?

—Sí. Estaba escribiendo un libro. Un libro sobre mi viaje.

—¿Sobre su viaje?

—Sí. Sobre el viaje emprendido para encontrarme a mí misma en esta causa. Acerca del movimiento. Sobre mi contribución a la lucha para que otros puedan salvar sus hogares.

—Ya. Estamos hablando de una especie de diario de las protestas y demás, ¿es eso?

—Justamente.

—¿Se acuerda de haber escrito el nombre de Mitchell Bondurant en el diario?

Bajó la vista e hizo memoria.

—Creo que no. Aunque es posible que sí que lo mencionara alguna vez. Ya me entiende, igual dije que era el hombre que estaba detrás de todo.

—¿No hizo anotación alguna en la que hablara de vengarse de él?

—No, nada de eso. ¡Y yo no le hice nada! ¡Yo no hice eso que dicen!

—No es lo que le estoy preguntando, Lisa. Simplemente, estoy tratando de entender qué pruebas tienen contra usted. Pero, bueno, lo que me está diciendo es que este diario no va a suponer un problema para nosotros, ¿correcto?

–Correcto. No va a haber problema. En el diario no hay nada malo.

–Entendido. Bien.

Miré a mis empleados. La esgrima verbal con Lisa había hecho que me olvidara de la siguiente cuestión. Cisco me la recordó.

–¿La testigo?

–Eso mismo. Lisa, ayer por la mañana, a la hora del asesinato, ¿estaba usted más o menos cerca del edificio de WestLand National en Sherman Oaks?

No respondió de inmediato, lo que vino a decirme que teníamos un problema.

–¿Lisa?

–Mi hijo va a la escuela en Sherman Oaks. Todas las mañanas le llevo en coche y paso por delante de ese edificio.

–Muy bien. Así que ayer le llevó a la escuela. ¿A qué hora aproximadamente?

–Eh… Hacia las ocho menos cuarto.

–A esa hora fue cuando le llevó a la escuela, ¿correcto?

–Correcto.

–¿Y qué suele hacer después de dejarlo en la escuela? ¿Vuelve por el mismo camino?

–Sí, la mayoría de los días.

–¿Qué fue lo que hizo ayer? Estamos hablando de ayer. ¿Volvió en coche por el mismo camino?

–Sí, creo que sí.

–¿Es que no se acuerda?

–Sí que me acuerdo. Volví por Ventura hasta Van Nuys, y luego fui por la autovía.

—Entonces, ¿volvió a su casa después de dejar a Tyler o hizo alguna otra cosa?

—Paré para tomar un café y luego me fui a casa. Fue cuando pasé por delante.

—¿A qué hora?

—No estoy segura. No estaba mirando el reloj. Diría que hacia las ocho y media.

—¿Se bajó del coche en las inmediaciones de West-Land National?

—No, claro que no.

—¿Está segura?

—Claro que estoy segura. Me acordaría, ¿no le parece?

—De acuerdo. ¿Dónde se detuvo a tomar café?

—En el Joe's Joe que hay en Ventura junto a Woodman. Es donde voy siempre.

Me detuve. Miré a Cisco y a Aronson. Cisco antes había informado de que Mitchell Bondurant llevaba en la mano un vaso de papel del Joe's Joe cuando lo habían atacado. Decidí que todavía no era el momento de formular la pregunta que caía por su peso: si Lisa había visto o interactuado con Bondurant durante su paso por la cafetería. Como su abogado, tenía que atenerme por completo a lo que pudiera saber. De ninguna forma podía ser cómplice de perjurio. Si Lisa me decía que había visto a Bondurant y había hablado con él, no podía permitir que diera otra versión de los hechos al prestar declaración durante el juicio.

Tenía que andarme con cuidado al solicitar unas informaciones que bien podían constreñirme en una fase tan temprana del caso. Me daba cuenta de que era una contradicción. Mi misión era enterarme de todo lo posible; sin embargo, había algunas cosas que en este momento no quería saber. Hay veces en las que saber demasiado supone una limitación. No saberlas te brinda mayores posibilidades a la hora de planificar una defensa.

Aronson me observaba, preguntándose por qué no había hecho la pregunta de rigor. Negué con la cabeza en un visto y no visto. Más tarde le daría mis razones y le impartiría una nueva lección de las que no te enseñan en la Facultad de Derecho.

Me levanté.

—Lisa, creo que ya está bien por hoy. Nos ha dado mucha información. Vamos a aprovecharla para ponernos a trabajar. Ahora mismo hablo con mi chófer para que la lleve a casa.

7

Tenía catorce años y seguían gustándole las crepes para desayunar. Mi hija y yo nos encontrábamos en uno de los reservados del Du-par en Studio City. Era nuestro ritual de los miércoles por la noche. La recogí en casa de su madre y paramos para comer unos crepes de camino a casa. Ella hacía sus deberes y yo me enfrascaba en mis casos. Aquella era mi rutina favorita.

El acuerdo oficial de custodia estipulaba que Hayley pasaba conmigo todos los miércoles por la noche y un fin de semana de cada dos. Alternábamos las Navidades y los días de Acción de Gracias, y Hayley también estaba conmigo dos semanas durante el verano. Pero esto no era más que el acuerdo oficial. Las cosas habían ido bien durante el año pasado, y ahora era corriente que los tres hiciéramos cosas juntos. En Navidad cenábamos al estilo familiar. A veces, mi exmujer venía con nosotros a comer crepes. Ese también era un momento bonito.

Pero esa noche tan solo estábamos Hayley y yo. Mi trabajo del día consistía en examinar el informe de la autopsia de Mitchell Bondurant. Contaba con fotografías del modo de operar de los investigadores y del cuerpo hallado en el aparcamiento del banco. Estaba sentado con la espalda echada hacia atrás en el respaldo, haciendo lo posible para que ni Hayley ni ningún otro comensal vieran esas terribles imágenes. No eran el mejor acompañamiento para unas crepes.

Por su parte, mi hija estaba haciendo sus deberes de ciencias naturales, estudiando las transformaciones de la materia y los elementos de combustión.

Cisco estaba en lo cierto. La autopsia concluía que Bondurant había muerto de una hemorragia cerebral resultante de múltiples trautismos craneales ocasionados con un objeto contundente.

De tres traumatismos en concreto. La documentación incluía un croquis de la parte superior de la cabeza del muerto. En lo alto estaban marcados los tres puntos de impacto, agrupados de forma tan próxima que hubiera sido posible cubrir las tres lesiones con una taza para el té.

Me animé al ver el dibujo. Fui a la primera página del informe, en el que se describía el cuerpo examinado. Mitchell Bondurant medía uno ochenta y seis y pesaba ochenta y dos kilos. No tenía los números de Lisa Trammel, por lo que llamé al móvil que Cisco le había entregado esa mañana, pues la policía se había quedado con el teléfono habitual de Lisa. Es fundamental asegurarse de poder contactar con un cliente a cualquier hora.

–Lisa, soy Mickey. Solo será un momento. ¿Cuánto mide?

–¿Cómo? Mickey, estoy en mitad de una cena con…

–Solo dígame cuánto mide y la dejo en paz. No me mienta. ¿Qué es lo que pone en su carné de conducir?

–Eh… Uno sesenta, creo.

–¿Es su estatura?

–Sí. Pero ¿qué…?

Ya está, es lo que necesitaba. Puede seguir cenando. Que tenga una buena noche.

–¿Qué…?

Colgué y tomé nota de su estatura en el cuaderno que tenía en la mesa. A su lado, anoté la estatura de

Bondurant. Lo más interesante era que Bondurant medía veinticinco centímetros más que la sospechosa de su asesinato; sin embargo, los golpes que le habían fracturado el cráneo y lo habían matado habían sido asestados en la parte superior de su cabeza. Lo que planteaba una cuestión de física elemental. La clase de cuestión que podía sorprender a un jurado y llevarle a tomar una decisión. La clase de cuestión que un buen abogado defensor puede aprovechar. Si el guante es demasiado pequeño para la mano, entonces hay que absolver, por así decirlo. La cuestión era la siguiente: ¿cómo se explicaba que la pequeña Lisa Trammel hubiera golpeado al muy alto Mitchell Bondurant en la parte superior del cráneo?

Por supuesto, la respuesta estaba en función de las dimensiones del arma y de otros factores, como la posición de la víctima. Si Bondurant estaba en el suelo en el momento de ser atacado, todo esto daría lo mismo. Pero era algo a lo que aferrarme por el momento. Volví a centrarme en una de las carpetas que había en la mesa y saqué el resultado de la orden de registro.

—¿A quién has llamado? –preguntó Hayley.

—A una cliente mía. Tenía que preguntarle por su estatura.

—¿Y eso?

—Porque quizá explique si pudo hacer lo que dicen que hizo.

Estudié la lista de objetos. Como había dicho Cisco, tan solo constaba un par de zapatos, descritos como unos zapatos de jardinería y que habían encontrado en el garaje. No se habían llevado zapatos de tacón alto, sandalias ni ningún otro tipo de calzado. Por supuesto, los inspectores habían efectuado el registro antes de la autopsia y de conocer sus resultados. Pensé en el asunto y concluí que unos zapatos de jardinero seguramente tenían muy poco tacón. Si lo que sospechaban era que Lisa llevaba puestos dichos zapatos en el momento del asesinato, Bondurant probablemente seguía sacándole veinticinco centímetros a mi cliente, siempre suponiendo que estaba de pie en el instante de la agresión.

Eso estaba bien. Subrayé la estatura del uno y de la otra tres veces. Pero al momento me puse a pensar en la extraña incautación de un único par de zapatos. El documento no especificaba por qué se habían llevado los zapatos de jardinería, pero la orden judicial confería a la policía la autoridad para decomisar cualquier cosa que hubiera podido usarse durante la comisión del crimen. Los inspectores tan solo se habían incautado de los zapatos de jardinería, y yo no tenía idea del motivo.

—Mamá me ha dicho que estás trabajando en un caso muy importante.

Miré a mi hija. Raras veces me preguntaba por mi trabajo. Pensaba que porque, tan joven como era, seguía viendo las cosas en blanco y negro, sin áreas grises de ningún tipo. La gente, o era buena, o era mala, y mi profesión me llevaba a defender a la que era mala. De forma que no había nada de lo que hablar.

—¿Eso te ha dicho? Bueno, pues sí, es un caso que ha despertado mucha expectación.

—Estamos hablando de esa mujer que mató al hombre que iba a quitarle la casa, ¿verdad? ¿Es la mujer a la que acabas de llamar?

—La *acusan* de haber matado a ese hombre. No la han condenado. Pero, sí, es ella.

—¿Y cómo es que necesitas saber su estatura?

—¿De verdad quieres saberlo?

—Ajá.

—Bueno, lo que dicen es que mató a un hombre mucho más alto golpeándole en lo alto de la cabeza con una herramienta o algo por el estilo. Estaba preguntándome si era lo bastante alta para haberlo hecho.

—Entonces, Andy va a tener que demostrar que sí que pudo hacerlo, ¿verdad?

—¿Andy?

—La amiga de mamá. Mamá me ha dicho que es la fiscal en este caso.

—¿Te refieres a Andrea Freeman? ¿Una mujer negra, alta, que lleva el pelo muy corto?

—Esa misma.

De forma que en su casa la conocían como «Andy», pensé. Andy, que me había dicho que tan solo conocía a mi exmujer de pasada.

—Así que ella y tu madre se conocen bien. No tenía idea.

—A veces van a yoga juntas. En ocasiones, Andy viene cuando estoy con Gina y sale con mamá por la noche. También vive en Sherman Oaks.

Gina era la canguro a la que mi ex recurría cuando yo no estaba disponible o ella no quería que me enterase de la vida social que llevaba. O cuando salíamos juntos los dos.

—Bueno, Hay, voy a pedirte un favor: no le digas a nadie que hemos estado hablando de esto o que me has oído hacer esa pregunta por teléfono. Es algo más o menos privado. No quisiera que Andy se enterase. No tenía que haber hecho esa llamada delante de ti.

—Vale. No te preocupes.

—Gracias, cariño.

Esperé para ver si volvía a mencionar el caso, pero se concentró de nuevo en el libro de ciencias naturales.

Me enfrasqué nuevamente en el informe de la autopsia y las fotos de las lesiones mortales en la cabeza de Bondurant. El forense le había afeitado el cráneo en las inmediaciones de las heridas; había situado una regla junto a ellas, para que el observador se hiciera una idea de las dimensiones. En la piel, los puntos de impacto eran circulares y de un color rosado. La piel estaba sajada, pero habían lavado la sangre para que las heridas se vieran bien. Dos de ellas se solapaban, y la tercera estaba a unos dos centímetros y medio de distancia.

La forma circular de la superficie de impacto del arma me llevó a pensar que a Bondurant le habían atacado con un martillo. No soy precisamente un manitas, pero sí que sé manejarme con una caja de herramientas, por lo que tenía claro que la superficie de impacto de muchos martillos era circular, ovoide en ocasiones. Estaba seguro de que el especialista de turno al servicio del forense lo confirmaría, pero nunca estaba de más ir un paso por delante y anticipar sus movimientos. Advertí que en cada una de las señales había una pequeña marca en forma de V, sin estar muy seguro de lo que significaba.

Volví a mirar el resultado de la orden de registro y vi que la policía no había incluido martillo alguno entre las herramientas requisadas en el garaje de Lisa Trammel. Lo que resultaba curioso, pues los inspectores sí que habían decomisado otras herramientas menos corrientes. Una vez más, podía ser porque habían efectuado el registro antes de que la autopsia estableciera los hechos. La policía se había llevado todas las herramientas, y no una herramienta específica. Pero seguía quedando una pregunta por responder.

¿Dónde estaba el martillo?

¿Es que había un martillo?

Como es natural, en este caso era un arma de doble filo. La fiscalía argumentaría que la falta de un martillo en un banco de trabajo plenamente equipado era un indicio de culpabilidad. La acusada había empleado el martillo para golpear y matar a la víctima; luego se había desembarazado del arma para ocultar su autoría del crimen.

La defensa daría la vuelta a esta argumentación y diría que la falta de un martillo resultaba exculpatoria. En ausencia del arma del crimen era imposible establecer una conexión con la acusada. Caso cerrado.

Era coser y cantar, sobre el papel. Pero no siempre. Los jurados acostumbraban a ponerse del lado de la fiscalía ante cuestiones de este tipo. El factor campo, podríamos llamarlo: la fiscalía siempre juega en casa.

Con todo, anoté que tenía que decirle a Cisco que hiciera lo posible por seguir la pista del martillo. Que hablara con Lisa Trammel, y a ver qué le decía. Que localizara a su marido, aunque solo fuera para preguntarle si en la casa había un martillo y qué había sido de él.

Las siguientes fotos de la autopsia correspondían a la fractura del cráneo propiamente dicho, después de que el cuero cabelludo hubiese sido apartado del hueso. Los daños eran de consideración. Cada uno de los tres golpes había perforado el cráneo, fracturado siguiendo un patrón acaso semejante al de una ola a partir de las zonas de impacto. El forense describía las heridas como mortales de necesidad, conclusión que las fotos refrendaban de manera absoluta.

La autopsia enumeraba otras laceraciones y abrasiones en el cuerpo, y hasta una fractura y tres dientes rotos, si bien el forense consideraba que todas estas lesiones se habían producido cuando Bondurant se estrelló de bruces contra el suelo de resultas del ataque. Estaba inconsciente, si no clínicamente muerto, en el momento de caer. El listado no incluía lesiones defensivas.

El informe también contenía unas fotocopias en color de las fotos de la escena del crimen aportadas al forense por el LAPD. La serie no era muy amplia: tan solo seis imágenes que mostraban la orientación del cadáver *in situ*, o tal y como lo habían descubierto. Hubiera preferido contar con la serie entera de las fotografías originales, pero estaba claro que no iba a conseguirla hasta que convenciera al juez de que obligara a «Andy» Freeman a que mostrara las pruebas que tenía en su poder.

Las fotos de la escena del crimen mostraban el cuerpo de Bondurant desde diversos ángulos. El cadáver estaba despatarrado entre dos coches estacionados en el aparcamiento. La puerta del conductor de un monovolumen Lexus estaba abierta. En el suelo había un vaso de papel de Joe's Joe y un charquito de café. Al lado, un maletín abierto.

Bondurant estaba de bruces contra el suelo, con la nuca y la parte de superior de la cabeza empapadas de sangre. Tenía los ojos abiertos y parecía estar mirando fijamente el hormigón.

En las fotos, se veían unos marcadores de la policía situados junto a distintas gotas y rastros de sangre en el hormigón. No constaba un análisis que estableciera si esas manchas eran producto de la agresión en sí o rastros dejados por el arma del crimen.

Lo del maletín no dejaba de resultarme curioso. ¿Por qué estaba abierto? ¿Se habían llevado algo? ¿El asesino se había tomado su tiempo para rebuscar en el maletín tras haber matado a Bondurant? Si era el caso, estábamos hablando de un asesino frío y calculador. El aparcamiento estaba llenándose de empleados que acudían al banco a trabajar. Eso de registrar un maletín, tomándose su tiempo mientras el cuerpo de la víctima yacía a unos pasos, parecía constituir un riesgo extremo; no era el comportamiento predecible en un asesino movido por la emoción y la sed de venganza. No era el comportamiento propio de un aficionado.

Tomé unas cuantas notas más relativas a tales cuestiones y escribí un último recordatorio. Haría que Cisco averiguase si las plazas de aparcamiento estaban asignadas de forma personal. ¿El nombre de Bondurant aparecía escrito en la pared contigua a la plaza? La descripción del asesinato de Bondurant como efectuado con premeditación y alevosía indicaba que la fiscalía consideraba que Trammel sabía dónde y cuándo encontrar a Bondurant, cosa que iban a tener que demostrar durante la vista.

Cerré las carpetas del caso Trammel, hice una pila con ellas y el cuaderno, y lo sujeté todo con una goma elástica.

—¿Todo bien? —le pregunté a Hayley.

—Sí, claro.

—Ya casi has terminado, ¿no?

—¿Con qué? ¿Con la comida o con los deberes?

—Con las dos cosas.

—He terminado de comer, pero aún me quedan los deberes de lengua y los de ciencias sociales. Pero si quieres, nos vamos.

—Todavía tengo que mirar otros papeles. Mañana tengo juzgado.

—¿Por lo del caso de asesinato?

—No, por otros casos.

—¿De esos en los que te peleas para que la gente siga viviendo en sus casas?

—De esos, sí.

—¿Cómo es que hay tantos casos de ese tipo?

Hasta las niñas se lo preguntaban.

—Por codicia, cariño. Todo se explica por la codicia de ambas partes.

Le miré para ver si con eso tenía bastante, pero estaba claro que no quería volver a concentrarse en sus deberes. Me miraba esperando más… Una adolescente de catorce años que estaba interesada en saber lo que la mayor parte del país prefería ignorar.

—Verás, por lo general, lo que pasa es que hace falta mucho dinero para comprar una casa o un piso. Por eso hay tantas personas que prefieren vivir de alquiler. La mayoría de las personas que compran una casa tienen que adelantar un montón de dinero, pero casi nunca tienen lo bastante para comprar la casa entera, por lo que han de ir al banco y pedir un préstamo. El banco decide si tienen bastantes ahorros y ganan lo bastante para devolver el préstamo, que en este caso recibe el nombre de hipoteca. Si todo parece estar en orden, compran la casa que quieren y van pagando la hipoteca por medio de plazos mensuales durante muchos años seguidos. ¿Lo vas entendiendo?

—Quieres decir que le pagan el alquiler al banco.

—Un poco. Pero, cuando alquilas una vivienda al casero, nunca llegas a ser el propietario. Si vas pagando una hipoteca, se supone que al final te conviertes en propietario. La casa es tuya, y siempre se ha dicho que el sueño americano consiste en tener una casa propia.

—¿Tú eres propietario de tu casa?

—Sí. Y tu madre también lo es de la suya.

Asintió con la cabeza, pero no estaba tan seguro de que estuviéramos hablando en un idioma comprensible para una niña de catorce años. Hayley no encontraba que el sueño americano tuviera mucho que ver con que sus padres tuvieran dos hipotecas distintas con dos direcciones distintas.

—Bueno, hace unos años se lanzaron a dar facilidades para que la gente pudiera comprarse una casa. Y pronto empezaron a conceder préstamos a casi toda persona que entraba en un banco o hablaba con un agente. Se dio mucho fraude y corrupción, y los bancos concedieron préstamos a muchas personas que no estaban en condiciones de devolverlos. A veces, eran estas personas las que mentían para conseguir los préstamos, y otras veces mentían los que prestaban el dinero. Estamos hablando de millones de préstamos, Hay. Y, cuando la cosa llega a ese nivel, no hay suficientes personas ni normas para controlarlo todo.

—¿Y nadie hacía que la gente pagara?

—Bueno, hasta cierto punto, pero lo que generalmente pasó fue que la gente tomó prestado más de lo que podía devolver. Y estos préstamos tenían unos tipos de interés que iban cambiando e indicaban lo que el propietario de la casa tenía que pagar cada mes; podían subir mucho con el tiempo. A veces, la gente tenía que abonar lo que llaman una cuota final, o un gran pago final al cabo de cinco años. Para simplificar lo que es una historia muy larga y complicada, la economía del país fue a peor y, como consecuencia, el precio de las casas bajó. La situación se convirtió en una verdadera crisis, pues en el país había millones de personas que no podían pagar las casas que habían comprado ni tampoco podían venderlas, pues ahora valían menos que la suma que tenían que pagar por ellas. Pero a los bancos, a los fondos de inversión y a los demás prestamistas que habían financiado las hipotecas todo eso les daba más o menos igual. Lo que querían era recuperar su dinero. Y, cuando la gente ya no pudo seguir pagando, empezaron a quedarse con sus casas.

—Y esa es la gente que te contrata.

—Algunos de ellos. Pero hay millones de ejecuciones hipotecarias en marcha. Los prestamistas que he mencionado quieren recuperar su dinero, y algunos de ellos hacen maldades o contratan a indeseables para que las hagan en su nombre. Mienten y engañan, y arrebatan las casas a las personas de forma poco escrupulosa o poco legal. Y ahí es donde entro yo.

Le miré. Seguramente, había perdido el hilo. Cogí el segundo montón de carpetas que tenía en la mesa y abrí una de ellas. Me puse a leer y traté de explicárselo.

—Mira, aquí tenemos un caso. Esta familia compró una casa hace seis años. El pago mensual era de novecientos dólares. Dos años después, cuando todo se fue a la puta mierda…

—¡Papá!

—Perdón. Dos años después, cuando las cosas empezaron a andar mal en el país, la tasa de interés subió, y lo mismo sucedió con el pago mensual. A todo esto, el marido perdió su trabajo como conductor de un autobús escolar porque tuvo un accidente. De forma que ambos fueron al banco y dijeron: «Miren, tenemos un problema. ¿Podríamos cambiar o reestructurar la hipoteca para que podamos seguir pagando la casa?». Es lo que se llama modificación de la hipoteca, y suele ser una tomadura de pelo. Estas dos personas hicieron lo que tenían que hacer, ir al banco y dar la cara, pero los del banco los vieron venir y les dijeron: «Sí, vamos a ayudarlos. Sigan pagando lo que puedan mientras trabajamos en el asunto». De modo que siguieron pagando lo que podían, pero no era suficiente. Estuvieron esperando y esperando, pero los del banco no les decían nada. Así hasta que se encontraron una notificación en el buzón por la que se los avisaba de que el banco iba a pasar a la ejecución hipotecaria. Es un tipo de maniobra que está muy mal y por eso intento hacer algo al respecto. Estamos hablando de David contra Goliat, Hay. Estas gigantescas instituciones financieras están avasallando a la gente normal y corriente, y no hay muchos tipos como yo que les planten cara en su nombre.

Mientras le daba esta explicación a mi hija, comprendí por qué me había decantado por esta particular rama del derecho. Sí, algunos de mis clientes estaban aprovechándose del sistema. Algunos eran unos charlatanes no mejores que los bancos a los que se enfrentaban. Pero algunos de mis clientes eran personas humilladas y desamparadas. Eran los que siempre llevaban las de perder en nuestra sociedad, y lo que yo quería era defenderlos y conseguir que siguieran viviendo en sus casas durante tanto tiempo como pudiera.

Hayley había levantado el lápiz; claramente, quería volver a concentrarse en los deberes, tan pronto como dejara de reclamar su atención. En ese sentido, era muy educada, una cualidad que debía de haber heredado de su madre.

—Bueno, esto es todo. Puedes seguir con tu trabajo. ¿Quieres beber algo más? ¿Te apetece un postre?

—Papá, las crepes son como un postre.

Hayley llevaba ortodoncia; la había escogido con las ligaduras en verde fosforescente. Cuando hablaba, no podía evitar que la vista se me fuera a los dientes.

—Ah, sí, claro. Bueno, entonces, ¿algo más para beber? ¿Otro vaso de leche?

—No, estoy bien.

—De acuerdo.

Volví a ponerme con el trabajo y separé las tres carpetas con ejecuciones hipotecarias que tenía en la mesa. Los anuncios insertados en la radio me habían traído tanto trabajo que había tenido que agrupar las citaciones. Esto es, hacía lo posible para que todas las comparecencias y todas las citaciones correspondientes a mis casos tuvieran lugar ante un solo juez. Por la mañana tenía tres comparecencias ante el juez Alfred Byrne en el juzgado del condado situado en el complejo de edificios municipales del centro. En los tres casos iba a alegar fraude e intento de apropiación indebida perpetrados por la entidad financiera o el agente prestamista.

Mis clientes estaban en sus casas y no tenían la obligación de abonar los pagos mensuales. El otro bando consideraba que era una estafa tan enorme como la epidemia de ejecuciones hipotecarias. Sus abogados me despreciaban, pues consideraban que contribuía a la perpetuación del fraude y que simplemente estaba retrasando un desenlace inevitable.

Francamente, a mí me importaba un comino. Si has sido o eres abogado penalista, estás acostumbrado a que te desprecien.

–¿Llego tarde para comer unas crepes?

Levanté la mirada y vi que mi exmujer tomaba asiento en el reservado junto a nuestra hija. Estampó un beso en la mejilla de Hayley antes de que la chica pudiera ponerse a la defensiva. Estaba en esa edad. Ojalá Maggie se hubiera sentado en mi lado del reservado y me hubiera estampado un beso a mí. Pero podía esperar.

Le sonreí y empecé a apartar las carpetas para que hubiera más espacio en la mesa.

–Nunca es tarde para las crepes –dije.

8

Lisa Trammel volvió a comparecer en Van Nuys el martes siguiente. Era una rutina que tenía por objeto ofrecer
un escrito formal de contestación a la demanda y poner
en marcha el reloj de los requerimientos del estado para
que los juicios de este tipo fueran rápidos. Sin embargo,
como mi cliente estaba en libertad bajo fianza, seguramente íbamos a renunciar al derecho a un juicio rápido.
No teníamos por qué apresurarnos mientras Lisa siguiera respirando en libertad. El caso judicial iría ganando en
dimensión poco a poco, como si fuera una tormenta de
verano, y empezaría de veras cuando la defensa estuviera completamente preparada.

Pero la comparecencia sí que era útil para que Lisa se
declarase «no culpable» de forma clara y enfática, para
que constara en las actas del juicio y también en las cámaras de vídeo de los periodistas reunidos en la sala. Si
bien estos habían acudido en menor número que durante la citación inicial (los medios de ámbito nacional acos-
tumbran a obviar los poco llamativos procedimientos de
un caso cuando está siendo tramitado por el sistema judicial), los medios locales volvieron a aparecer en número considerable, por lo que la comparecencia, de quince
minutos, quedó bien documentada.

Habían asignado el caso al juez del Tribunal Superior
Dario Morales, que iba a ocuparse de esta comparecencia y de la vista preliminar. Este último paso consistía en

la simple admisión a trámite de la denuncia. Evidentemente, Lisa sería llamada a responder. A continuación, se le asignaría el caso a otro juez, que se encargaría ya de la parte principal, del juicio en sí.

Aunque había hablado con ella por teléfono casi a diario desde su detención, no había visto a Lisa desde hacía más de una semana. Había declinado mis invitaciones a encontrarnos en persona, y ahora entendía el porqué. Al entrar en la sala, parecía haberse convertido en otra mujer. Se había cortado el pelo a la última, y su cara daba la impresión de ser demasiado rosada y suave. En la sala se oyeron cuchicheos que venían a decir que Lisa se había hecho un tratamiento facial con bótox para tener un aspecto más atractivo.

Tenía la impresión de que estas transformaciones físicas, así como el elegante vestido nuevo que llevaba puesto, eran la obra de Herb Dahl. Lisa y él parecían ser inseparables; la intervención de Dahl estaba resultando cada vez más problemática. Animaba constantemente a productores y guionistas a llamar al número de mi bufete. Aquellas incesantes llamadas hacían que Lorna no parara de rechazar todos aquellos intentos de sacarle tajada a la historia de Lisa Trammel. Una rápida consulta a Internet Movie Database solía revelar que esos conocidos de Herb Dahl en Hollywood eran unos pseudoprofesionales y buscavidas de ínfimo nivel. No era que quisiéramos rechazar una buena aportación de dinero hollywoodiense, que nos vendría de perlas para hacer frente a nuestros crecientes gastos, pero esos individuos eran todos partidarios de firmar acuerdos ahora y pagarnos a saber cuándo, cosa que no me interesaba. A todo esto, mi propio agente estaba tratando de encontrar a alguien dispuesto a pagar una suma en depósito suficiente para abonar unos cuantos salarios, alquilar un despacho y hasta devolverle el dinero a Dahl con la idea de que se marchara con viento fresco de una vez.

En casi toda comparecencia, la información más importante no es la que acaba consignada en las actas. Fue lo que pasó durante la de Lisa. Después de efectuar la contestación formal a la demanda y de que Morales programara una comparecencia de seguimiento para dos semanas después, le dije al juez que la defensa quería hacer varias solicitudes al tribunal. Morales dijo que adelante, y entregué cinco peticiones distintas a uno de sus secretarios. A continuación, le di un juego de copias a Andrew Freeman.

Aronson se había encargado de redactar los tres primeros escritos tras estudiar en detalle la petición de la orden de registro por parte del LAPD, el vídeo del inspector Kurlen con el interrogatorio a Lisa Trammel, la cuestión de la información sobre sus derechos por parte de los policías y el momento en el que a Lisa se la detenía formalmente. Aronson había encontrado inconsistencias, errores de procedimiento y exageraciones de los hechos, por lo que solicitaba la eliminación de varias pruebas. Lo que pedía era que se desestimara la grabación del interrogatorio durante el juicio, al igual que todas las pruebas procedentes del registro de la casa de la acusada.

Las solicitudes estaban bien ideadas y redactadas de forma contundente. Me sentía orgulloso de Aronson y me creía bastante listo por haber encontrado un diamante en bruto nada más ver su currículum en mi escritorio. Pero a la vez tenía claro que era poco probable que aceptaran sus peticiones. Ningún juez elegido para el cargo suele estar muy por la labor de desestimar las pruebas en un caso de asesinato, si es que quiere que los votantes sigan manteniéndolo en el cargo. El magistrado trata de dejar las cosas como están; en todo caso, se compromete a dejar que sea el jurado el que más tarde tome una decisión sobre las pruebas.

Sin embargo, los escritos de Aronson desempeñaban un papel importante en la estrategia de la defensa, pues los acompañaban otros dos escritos. Uno de ellos buscaba acelerar que se mostraran las pruebas, al pedir que la defensa pudiera acceder a todos los archivos y documentos internos relativos a Lisa Trammel y a Mitchell Bondurant que constasen en poder de WestLand Financial. El segundo pedía que la fiscalía accediera a que la defensa examinara el portátil de Trammel, su móvil y todos los documentos de los que se habían incautado en su casa.

Teniendo en cuenta que Morales seguramente trataría de mostrarse ecuánime tanto con la defensa como con la acusación, mi estrategia era empujarlo a tomar una decisión salomónica. Que cortara el niño en dos. Que rechazara las solicitudes de desestimar las pruebas en poder de la fiscalía, pero que le concediera a la defensa el acceso que solicitábamos en los otros dos escritos.

Como es natural, tanto Morales como Freeman tenían mucha mili y se olían mi estrategia a un kilómetro de distancia. Con todo, que entendieran lo que estaba poniendo en movimiento no significaba que pudieran impedirlo del todo. Además, tenía guardado en la manga un sexto escrito de solicitud que todavía no había presentado al tribunal.

Morales le concedió a Freeman diez días para responder a las solicitudes y levantó la sesión, pasando rápidamente al siguiente caso del día. Un buen juez siempre trata de mantener los casos vivos y en constante movimiento. Me giré hacia Lisa y le dije que me esperase en el pasillo, pues iba a hablar un momento con la fiscal. Vi que Dahl la esperaba junto a la puerta, a todas luces decidido a salir con ella de la sala. Ya me ocuparía de él más tarde. Fui hacia la mesa de la fiscalía. Con la cabeza gacha, Freeman estaba tomando notas en un cuaderno.

–Hola, Andy…

Levantó la mirada, con una media sonrisa, segura de que iba a encontrarse con algún amigo que la llamaba así: Andy. Al verme, la sonrisa se esfumó por completo. Dejé el sexto escrito en la mesa.

–Mírelo cuando tenga un minuto. Voy a presentarlo mañana por la mañana. Tampoco era cuestión de inundar al tribunal con un tsunami de escritos hoy mismo, ¿no? Pienso entregarlo mañana, pero se me ha ocurrido que le puede interesar echarle un vistazo, pues tiene que ver con usted.

–¿Conmigo? ¿De qué está hablando?

No respondí. La dejé donde estaba, caminé hacia la puerta y salí de la sala. Al dejar atrás las puertas dobles, vi que mi cliente y Herb Dahl estaban otorgando audiencia a un nutrido semicírculo de periodistas y cámaras. Al momento me situé detrás de Lisa, la agarré por el brazo y me la llevé de allí dejándola con la palabra en la boca.

–¡Es-esto es to-todo amigos! –me despedí imitando al cerdito Porky.

Lisa se debatió para liberarse, pero conseguí alejarla del gentío y llevármela pasillo abajo.

–¿Se puede saber qué está haciendo? –protestó–. ¡Está dejándome en ridículo!

–¿Que estoy dejándola en ridículo? Lisa, es usted la que está quedando en ridículo al ir por todas partes con ese fulano. Le dije que se olvidara de él. Y ya veo cómo ha venido aquí, maqueada como una estrella de cine. Esto es un juicio, Lisa, no la noche de los Óscar.

—Estaba contándoles a los periodistas mi versión de los hechos.

Me detuve cuando estuvimos lo bastante lejos de los chicos de la prensa como para que no pudieran escucharnos.

—Lisa, no puede hablar abiertamente con los periodistas así como así. El tiro podría salirle por la culata.

—¿Y ahora qué me está diciendo? Era la ocasión perfecta para que oyeran mi versión del asunto. Me están tendiendo una encerrona, y ha llegado el momento de hablar claro. Se lo dije: los culpables son los que no se defienden.

—El problema es que la fiscalía cuenta con un departamento asignado a la medios de comunicación, y su función es la de grabar y copiar todo cuando se dice o se emite sobre usted. De forma que tienen una copia de todas y cada una de sus palabras. Y si usted un día cambia su versión de los hechos entre una declaración y la siguiente, aunque sea de forma mínima, entonces van a tenerla pillada de todas todas. Aprovecharán las discrepancias para crucificarla delante de un jurado. Lo que quiero decirle es que no vale la pena correr ese riesgo, Lisa. Lo que tendría que hacer es dejar que sea yo el que hable en su nombre. Pero, si le resulta imposible e insiste en contar personalmente su versión de los hechos, lo que haremos será prepararla bien, ensayarlo todo y buscarle entrevistas estratégicas con la prensa.

—Pero Herb ya se está ocupando de eso. Se estaba asegurando de que yo no...

—Déjeme explicárselo otra vez, Lisa. Herb Dahl no es su abogado. Y los intereses de usted no son su prioridad. Su prioridad son los intereses de Herb Dahl. ¿Entendido? No hay manera de que me entienda, o eso parece. Tiene que librarse de Dahl. Él...

—¡No! ¡Eso no puedo hacerlo! ¡No quiero hacerlo! Herb es el único que realmente se preocupa por mí.

—No me diga. Me rompe usted el corazón, Lisa. Pero si es el único que se preocupa por usted, ¿cómo se explica que siga ahí plantado hablando con toda esa gente?

Señalé el corro de periodistas y fotógrafos. Dahl continuaba a lo suyo, dándoles todo cuanto necesitaban.

—¿Qué es lo que está diciéndoles, Lisa? ¿Lo sabe? Porque yo no tengo ni puta idea, lo que resulta curioso, pues la acusada es usted y el abogado defensor soy yo. ¿Y ese sujeto quién es?

—Está autorizado a hablar en mi nombre —dijo Lisa.

Mientras Dahl apuntaba con el dedo a otro periodista para pasar a la siguiente pregunta, vi que se abría la puerta de la sala por la que habíamos salido un momento antes. Ahí estaba Andrea Freeman, con mi sexta solicitud en la mano, mirando a su alrededor con atención. Al principio, sus ojos fueron al grupo de periodistas, pero vieron que yo no estaba delante de ellos. Su radar me detectó, y la fiscal cambió el rumbo y vino directamente hacia mí. Algunos de los periodistas le llamaron, pero ella hizo caso omiso con un enérgico gesto de la mano en que llevaba el documento.

—Lisa, vaya a uno de esos bancos, siéntese y espéreme. Y no hable con ningún periodista.

—Pero…

—Haga lo que le digo.

Lisa se marchó poco antes de que tuviera a Freeman delante. Estaba rabiosa; podía ver el fuego en su mirada.

—¿Qué es toda esa mierda, Haller?

Levantó el papel. Mantuve la calma, por mucho que estuviera irrumpiendo de lleno en mi espacio personal.

–Bueno –dije–, me parece que está más que claro: es una solicitud para que sea usted apartada del caso, pues considero que aquí hay un conflicto de intereses.

–Un conflicto de intereses, ¿eh? Pero ¿de qué está hablando?

–Mire, Andy… Porque puedo llamarla Andy, ¿verdad? Mi hija la llama así, así que yo también puedo hacerlo, ¿no cree?

–No me venga con mierdas, Haller.

–Claro, claro, no hay problema. El conflicto al que me refiero tiene que ver con el hecho de que ha estado hablando de este caso con mi exmujer y…

–Porque resulta que su mujer es fiscal y trabaja en la misma oficina que yo.

–Cierto, pero estas conversaciones entre las dos no solo han tenido lugar en la oficina. De hecho, se han producido en clase, delante de mi hija y, probablemente, por todo San Fernando Valley, o eso parece.

–Vamos, por favor. Esto es una absoluta idiotez.

–¿En serio? En tal caso, ¿por qué me mintió?

–Yo nunca le he mentido. ¿Qué está dicien…?

–Le pregunté si conocía a mi exmujer y me dijo que tan solo «de pasada», lo cual no es exactamente cierto, ¿verdad?

–Sencillamente, no quería hablar del asunto con usted.

–Así que me mintió. No lo mencioné en las anteriores solicitudes, pero puedo presentar un nuevo escrito. Y el juez será quien decida si es importante o no.

Emitió un nervioso suspiro a modo de rendición.

–¿Qué es lo que quiere?

Miré a mi alrededor. Nadie podía oírnos.

–¿Qué es lo que quiero? Quiero demostrarle que sé jugar tan fuerte como usted. Si lo que quiere es ponerme las cosas difíciles, yo también puedo ponérselas a usted.

–¿Qué quiere decir con eso, Haller? ¿Qué es lo que anda buscando a cambio?

Asentí con la cabeza. Ahora era cuando íbamos a entrar en negociación.

–Está claro que, si mañana presento este escrito, el caso habrá terminado para usted: el juez tendrá que darle la razón a la defensa para evitar una revocación. Por lo demás, ese hombre sabe perfectamente que en su oficina hay trescientos fiscales perfectamente capaces de hacer su trabajo. Siempre pueden enviar a un sustituto.

Señalé el grupo de periodistas apelotonados en la antesala, en su mayoría aún pendientes de las palabras de Herb Dahl.

–¿Se ha fijado en todos esos periodistas? ¿En toda esa expectación? Seguramente, estamos hablando del caso más importante de toda su carrera profesional, y se va a quedar sin él. Olvídese de las ruedas de prensa, de los titulares, de la atención que podría prestarle la opinión pública. Todo eso será para el que venga y ocupe su lugar.

–Mire, lo primero: me enfrentaré a lo que se propone; no está nada claro que el juez Morales vaya a tragarse sus mierdas. Voy a decirle qué es exactamente lo que está haciendo: tratar de que nombren a un fiscal que le vaya bien. Está intentando librarse de una fiscal a la que teme.

–Puede decirle todo lo que quiera, pero seguirá teniendo que explicarle al juez delante de todo el mundo por qué mi hija, de catorce años, la semana pasada estuvo mencionando varios hechos de este caso mientras cenábamos juntos.

–Y una mierda. Utilizar a su hija… Tendría que darle vergüenza…

–¿Qué es lo que me está diciendo? ¿Que el que miente soy yo? ¿O que lo hace mi hija? Porque siempre puede hacer que ella venga a prestar declaración. Aunque no creo que a sus jefes vaya a gustarles mucho semejante numerito. Tampoco los titulares de prensa posteriores. Ya me entiende: una fiscal interroga a una niña de catorce años y la acusa de mentir. Un poco cutre, ¿no cree?

Freeman me dio la espalda y dio un paso para alejarse; de pronto, se detuvo. La tenía. Lo más conveniente para ella hubiera sido olvidarse de mí y del caso, pero no podía hacerlo. Quería llevar este caso y conseguir todo cuanto podía reportarle.

Volvió a girarse hacía mí. Me miró como si yo no estuviera delante, como si estuviera muerto.

—Se lo repito. ¿Qué es lo que quiere?

—Preferiría no tener que presentar esta solicitud mañana. Lo que me gustaría es poder retirar los escritos que me vi obligado a redactar pidiendo la devolución de las pertenencias de mi cliente y permiso para ver los documentos de Westland. Lo único que quiero es cooperación. Un toma y daca amistoso en lo referente a las pruebas. Y desde ya, no a partir de otro momento. No deseo tener que hablar con el juez cada vez que quiero algo a lo que tengo derecho.

—Puedo hablar con los del colegio de abogados y quejarme de su proceder.

—Muy bien. Yo también puedo quejarme. Nos investigarán a los dos y terminarán por concluir que la única que ha hecho algo malo es usted, al hablar del caso con la exmujer y la hija del abogado defensor.

—No lo hablé con su hija. Estaba delante, nada más.

—Estoy seguro de que el colegio de abogados lo tendrá en cuenta.

Dejé que siguiera dándole vueltas al asunto un poco más. La decisión era suya, pero iba a necesitar un último empujoncito.

–Ah, y, por cierto, si mañana presento este escrito me aseguraré de mencionar el problema a los del *Times*. ¿Quién es su periodista en los juzgados? Salters, ¿no? Seguro que a la chica le parece una historia interesante y jugosa. Una bonita exclusiva.

Asintió con la cabeza como si de repente tuviera las cosas clarísimas.

–Retire las solicitudes –dijo–. El viernes por la tarde tendrá todo cuanto ha pedido.

–Mañana.

–No hay tiempo. Tengo que ordenarlo todo y hacer que lo copien. Y siempre hay cola para las copias.

–Pues el jueves a mediodía, o presento el escrito.

–Muy bien, capullo.

–Estupendo. Una vez que lo mire todo bien, a lo mejor podemos empezar a hablar de un posible acuerdo de culpabilidad. Gracias, Andy.

–Váyase a tomar por culo, Haller. Y de un acuerdo de culpabilidad, nada de nada. A esa mujer la tenemos más que pillada. Cuando se emita el veredicto, a quien voy a estar mirando es a usted, no a ella.

Se giró y empezó a alejarse; de pronto, volvió el rostro y me miró.

–Y no me llame Andy. Usted no es amigo mío.

Finalmente, se marchó, con unas zancadas grandes y furiosas, en dirección al ascensor del vestíbulo, ignorando por completo a un periodista que fue al trote en su dirección para arrancarle unas palabras.

Yo tenía claro que de acuerdo para aceptar la culpabilidad nada de nada. Mi cliente no iba a permitirlo. Pero le había mencionado la posibilidad a Freeman para que pudiera soltarme ese corte. Quería que se fuera furiosa, pero no tan furiosa. Quería que pensara que había salvado algo dc la honrilla. Así sería más fácil tratar con ella.

Miré en derredor: Lisa seguía sentada pacientemente en el banco que antes le había señalado. Le hice un gesto para que se acercara.

—Muy bien, Lisa. Vámonos de aquí.

—Pero ¿y Herb? He venido en coche con él.

—¿En su coche o en el de él?

—En el suyo.

—Entonces Herb no va a tener ningún problema. Mi chófer la dejará en su casa.

Fuimos hacia el pequeño vestíbulo de los ascensores. Por suerte, Andrea Freeman ya había bajado a la oficina de la fiscalía del distrito, situada en el segundo piso. Pulsé el botón, pero el ascensor no llegó con la suficiente rapidez. Dahl terminó por unírsenos.

—¿Cómo? Pero ¿es que iban a irse sin mí?

No respondí a su pregunta. Pero enseguida olvidé los buenos modales.

—Me está jodiendo vivo al hablar con los periodistas de esa forma, ¿sabe? Cree estar sirviendo a la causa, pero de eso nada... A no ser que estemos hablando de la causa de Herb Dahl.

—A ver un momento, ¿qué lenguaje es este? Estamos en un juzgado.

—Me da igual dónde estemos. *No* hable en nombre de mi cliente. ¿Lo ha entendido? Si vuelve a hacerlo, organizaré una rueda de prensa, y lo que voy a decir de usted no va a gustarle en absoluto.

—Está bien. Queda claro. Ha sido la última rueda de prensa por mi parte. Pero tengo una pregunta que hacerle: ¿qué me dice de todas estas personas que le han estado llamando de mi parte? Según me dicen, su personal se mostró más bien grosero con ellas.

—Pues sí. Y, si sigue haciendo que nos llamen, seguiremos tratándolas de esa manera.

—Oiga, conozco bien el negocio del cine, y estamos hablando de verdaderos profesionales.

—*Tetanic*.

Dahl se mostró confuso. Miró a Lisa y me miró a mí otra vez.

—¿Qué quiere decir?

—*Tetanic*. Vamos, hombre, ¿es que no ha oído hablar de la película *Tetanic*?

—¿Se refiere a *Titanic*? ¿La película con Leonardo DiCaprio y Kate Winslet…?

—No, me refiero a *Tetanic*. La película producida por uno de esos profesionales que nos ha estado enviando. Trata de una señorita que se enamora de un jovenzuelo en un barco y se lo monta con él tres o cuatro veces al día. Hasta que se aburre del asunto y empieza a montárselo con la tripulación al completo. No creo que fuese tan taquillera como *Titanic*.

Lisa se había quedado blanca. Tuve la sensación de que lo que yo estaba diciendo sobre los contactos de Dahl en Hollywood no coincidía con lo que Dahl había estado vendiéndole durante semanas seguidas.

—Pues sí, esto es lo que está haciendo por usted, Lisa. Esta es la clase de gente con la que quiere que haga negocios.

—A ver un momento —dijo Dahl—. ¿Usted tiene idea de lo difícil que resulta sacar algo adelante en esta ciudad? ¿Un proyecto? Hay quien puede y hay quien no puede hacerlo. Y a mí me da igual lo que un tipo hiciera en su momento si ahora puede poner un proyecto en marcha. ¿Me entiende? Estamos hablando de profesionales, y he metido mucho dinero en todo esto, Haller.

Finalmente, llegó un ascensor. Le hice un gesto a Lisa para que entrara. A continuación, acerqué la mano al pecho de Dahl y lo aparté de la puerta poco a poco.

–Largo de aquí, Dahl. Recuperará su dinero, y hasta puede que se saque algo más. Pero largo de aquí.

Entré en el ascensor y me giré para asegurarme de que Dahl no entraba también en el último instante. No lo intentó, pero tampoco se movió de donde estaba. Le aguanté esa mirada preñada de odio hasta que las puertas se cerraron.

9

Nos trasladamos a nuestro nuevo bufete el sábado por la mañana. Se trataba de una oficina con tres habitaciones en un edificio situado en la esquina de Victory con Van Nuys Boulevard. El edificio incluso tenía el nombre de Victory Building, cosa que me gustaba. El despacho también estaba completamente amueblado y a tan solo dos manzanas de distancia del juzgado donde iba a celebrarse la vista del caso Lisa Trammel.

Todos ayudaron con la mudanza. Incluso Rojas, que llevaba una camiseta y unos anchos pantalones cortos que dejaban a la vista los tatuajes que cubrían por entero sus brazos y piernas. No sabía qué me resultaba más chocante, si ver los tatuajes o si ver a Rojas con otras prendas que no fueran el traje que siempre vestía cuando me llevaba por la ciudad.

En el nuevo bufete iba a tener mi propio despacho, mientras Cisco y Aronson compartían el otro, más grande, y Lorna se encargaba del área de recepción que había entre ambos. Era todo un cambio pasar del asiento trasero de un Lincoln a una oficina con techos de tres metros de altura, un escritorio de los buenos y un sofá en el que echar cabezaditas. Lo primero que hice tras instalarme fue usar el amplio espacio y el suelo de madera pulimentada para diseminar las más de ochocientas páginas de documentos de la exhibición de pruebas que Andrea Freeman me había entregado.

La mayoría de los papeles procedían de WestLand y en gran parte no eran más que paja. Se trataba de la respuesta pasivo-agresiva de Freeman a los requerimientos de la defensa. Había decenas y decenas de páginas y paquetes de datos sobre la política y los procedimientos del banco, así como otros documentos que no me hacían falta. Los puse todos en un montón. También había copias de todas las notificaciones directamente enviadas a Lisa Trammel, con las que ya estaba familiarizado en su mayor parte. Fueron a parar a un segundo montón. Y finalmente había copias de las comunicaciones internas del banco, así como de las comunicaciones entre la víctima, Mitchell Bondurant, y la empresa externa que el banco utilizaba para llevar a cabo las ejecuciones hipotecarias.

Esta empresa se llamaba ALOFT, y ya estaba familiarizado con ella porque había sido mi adversaria en por lo menos la tercera parte de mis casos de desahucio. ALOFT era una especie de trituradora industrial, una compañía que presentaba y seguía todos los documentos requeridos en el largo proceso de un desahucio. Se trataba de una intermediaria que permitía que los banqueros y otros prestamistas no se mancharan las manos en el sucio negocio de arrebatarles los hogares a las personas. Las empresas como ALOFT hacían el trabajo sin que el banco tuviera que mandar una sola carta al cliente amenazado de ejecución hipotecaria.

Este era el montón de correspondencia que más me interesaba, y en él encontré el documento que iba a cambiar el curso del caso.

Me senté tras el escritorio y examiné el teléfono. En él había más teclas de las que iba a necesitar en la vida. Finalmente, encontré la tecla de comunicación interna; la pulsé.

–¿Hola?

Nada. La pulsé de nuevo.

–¿Cisco? ¿Bullocks? ¿Estáis ahí?

Nada. Me levanté y fui hacia la puerta, decidido a comunicarme con mi personal al estilo de toda la vida, cuando en el altavoz del teléfono resonó una respuesta.

–Mickey, ¿eres tú?

La voz era la de Cisco. Volví corriendo al escritorio y pulsé la tecla.

–Sí, soy yo. ¿Puedes venir un momento? ¿Y traer a Bullocks?

–Entendido. Un momento.

Mi investigador y mi pasante se presentaron al cabo de unos minutos.

–¿Qué es todo esto, jefe? –preguntó Cisco, mirando los montones de documentos en el suelo–. Se supone que una oficina sirve para tener los papeles metidos en cajones, archivadores y estanterías.

–Ya me ocuparé del asunto –indiqué–. Cerrad la puerta y sentaos.

Una vez acomodados, los miré a través de mi gran escritorio de alquiler y me eché a reír.

–Todo esto me resulta muy raro –confesé.

–Creo que acabaré por pillarle el gusto a eso de tener un despacho –dijo Cisco–. Aunque no sé si Bullocks…

–¿Cómo que no? –protestó Aronson–. El año pasado estuve de becaria en Shandler, Massey y Ortiz, donde tenía un despacho para mi sola.

–Bueno, si sigues con nosotros, con el tiempo igual tienes despacho propio también –repuse–. Cisco, ¿le has llevado el portátil a ese tipo que conoces?

–Sí. Ayer por la mañana. Le dije que corría prisa.

Estábamos hablando del ordenador portátil de Lisa, que la fiscalía nos había devuelto junto con su teléfono móvil y las cuatro cajas con documentos.

–¿Y crees que podrá explicarnos qué es lo que estuvieron mirando los de la fiscalía?

–Lo que me dijo fue que podría darnos un listado de los archivos que abrieron y durante cuánto tiempo estuvieron abiertos. Eso debería darnos una idea de qué fue lo que más les interesó. Pero yo no me haría muchas ilusiones.

–¿Por qué?

–Porque Freeman no se resistió mucho a la entrega del ordenador. No creo que nos lo hubiera devuelto si hubiera sido tan importante para ella.

–Es posible.

Ni él ni Aronson estaban al corriente del trato al que había llegado con Freeman ni de las presiones a las que la había sometido. Me giré hacia Aronson. Después de que a principios de semana hubiera redactado las solicitudes de desestimación, había hecho que estudiara el entorno de la víctima. Se lo dije después de que a Cisco durante la investigación le llegaran algunas indicaciones preliminares en el sentido de que no todo iba bien en la vida personal de Mitchell Bondurant.

–Bullocks, ¿qué has averiguado sobre la víctima?

–Bueno, aún me queda mucho que hacer, pero no hay dudas de que se encamina al desastre. Al desastre económico, quiero decir.

–¿Cómo es eso?

–Bueno, cuando la situación era buena y resultaba sencillo conseguir crédito, el hombre se metió de lleno en el negocio inmobiliario. Entre 2002 y 2007, compró y revendió veintisiete propiedades, residenciales en su mayoría. Ganó bastante dinero y lo invirtió en proyectos de todavía más envergadura. Pero entonces la economía se vino abajo; de repente, se encontró con el agua al cuello.

–¿Con unas hipotecas que no podía pagar?

–Exacto. En el momento de su muerte era propietario de cinco grandes propiedades que ya no valían lo que había pagado por ellas. Según parece, llevaba más de un año tratando de venderlas, sin que nadie se interesara. Y tres de ellas tenían unos pagos de cuota final previstos para este mismo año. Lo que iba a aumentar la deuda, que ya era de dos millones de euros más.

Me levanté y rodeé el escritorio. Empecé a pasearme por el despacho. El informe de Aronson era muy interesante. Aún no sabía cómo iba a utilizarlo, pero sí tenía claro que lo iba a hacer. Sería cuestión de hablarlo todo bien.

–Muy bien, de forma que Bondurant, el vicepresidente al cargo del Departamento de Préstamos Hipotecarios de WestLand, estaba viviendo algo parecido a lo que sufrían muchas de las personas a las que estaba desahuciando. Cuando el dinero fluía sin problemas, firmó unas hipotecas con cuota final a cinco años, pensando (como todos los demás) que revendería las propiedades o las rehipotecaría mucho antes de que transcurrieran esos cinco años.

–Solo que la economía se fue a tomar por saco –dijo Aronson–. Bondurant ahora no puede vender las casas ni tampoco rehipotecarlas, pues no valen lo que en su momento pagó por ellas. Ningún banco accedería, ni siquiera el suyo.

La expresión de Aronson era algo enfurruñada.

–Has hecho un buen trabajo, Bullocks. ¿Qué problema hay?

–Bueno, me pregunto qué tiene que ver todo esto con el asesinato.

–Quizá nada. Quizá todo.

Volví a sentarme tras el escritorio. Le pasé el documento de tres páginas encontrado entre los papeles entregados por la fiscalía. Lo cogió y lo sostuvo en alto para que Cisco también pudiera leerlo.

–¿Qué es esto? –preguntó.

–Creo que es la pista que necesitamos.

–Me he dejado las gafas de leer en el otro bufete –dijo Cisco.

–Léelo, Bullocks.

–Es una copia de una carta certificada que Bondurant le envió a Louis Opparizio, de A. Louis Opparizio Financial Technologies, empresa más conocida como ALOFT. Dice: «Apreciado Louis. Le adjunto correspondencia enviada por un abogado llamado Michael Haller, quien representa a la propietaria en uno de los casos de desahucio que está llevando para WestLand». Sigue el nombre de Lisa, el número del préstamo y la dirección de la casa. Y continúa: «En su carta, el señor Haller alega que en este caso se han perpetrado numerosas irregularidades fraudulentas. Como verá, Haller menciona ejemplos concretos, todos ellos llevados a cabo por ALOFT. Como sabe y hemos hablado antes, se han dado otras quejas parecidas. Estas nuevas alegaciones contra ALOFT, en caso de ser ciertas, han puesto a WestLand en una situación vulnerable, y más si consideramos el reciente interés del Gobierno por este aspecto del negocio hipotecario. A no ser que lleguemos a algún acuerdo en firme al respecto, voy a recomendar al consejo que WestLand rescinda el contrato con su empresa y deje de operar con ella de inmediato. Lo que automáticamente obligaría a que el banco presentase un IAS a las autoridades competentes: por favor, contacte conmigo tan pronto como pueda para hablar más detalladamente sobre estas cuestiones con la idea de que lleguemos a un acuerdo». Nada más. Viene con una copia de tu carta original y una copia del impreso de correos. La carta está firmada por una persona llamada Natalia… El apellido no se entiende bien. Empieza con una L.

Me arrellané en mi sillón giratorio de ejecutivo y les sonreí mientras hacía girar un sujetapapeles entre los dos como si fuese un mago. Empeñada en hacerse notar, Aronson fue la primera en hablar.

—Muy bien, Bondurant estaba cubriéndose las espaldas. Porque seguro que sabía perfectamente qué era lo que ALOFT estaba haciendo. Los bancos son uña y carne con las empresas de este tipo. Les da igual cómo se lo montan; lo que les importa son los resultados. Pero, al enviar esta carta, Bondurant estaba distanciándose de ALOFT y sus prácticas poco escrupulosas.

Me encogí de hombros como diciendo que era posible.

—«… con la idea de que lleguemos a un acuerdo» —dije.

Ambos se me quedaron mirando sin entender.

—Es lo que dice en la carta: «Contacte conmigo para hablar, con la idea de que lleguemos a un acuerdo».

—Bueno, ¿y eso qué quiere decir? —preguntó Aronson.

—Hay que leer entre líneas. No me parece que Bondurant estuviera distanciándose del asunto. Yo diría que esa carta es una amenaza. Lo que creo que significa es que Bondurant quería quedarse con parte del pastel de ALOFT. Deseaba entrar en el negocio y, a la vez, estaba cubriéndose las espaldas, sí, mediante el envío de la carta. No obstante, creo que el mensaje final es otro. Lo que quería era que le cedieran parte del negocio, o iba a quitárselo de las manos a Opparizio. Incluso amenazaba con presentar un IAS.

—¿Qué es un IAS exactamente? —preguntó Aronson.

—Un informe de actividad sospechosa —aclaró Cisco—. Es un impreso de rutina. Los bancos no paran de elevar informes de este tipo, por cualquier cosa.

–¿Y a quiénes los envían?

–Al regulador financiero, al FBI, al servicio secreto… De hecho, a quien mejor les parezca.

Me daba cuenta de que no había terminado de explicarme bien.

–¿Tenéis idea de la cantidad de dinero que está ganando ALOFT? –pregunté–. Diría que esta compañía interviene en cerca de la tercera parte de nuestros casos. Sé que no es muy científico, pero si hacemos una proyección y suponemos que ALOFT lleva la tercera parte de todos los casos en el condado de Los Ángeles, estamos hablando de millones y millones en beneficios. Y está la cuestión de la compra.

–¿Qué compra? –preguntó Aronson.

–Tienes que leer los periódicos. Opparizio está metido en el proceso de vender ALOFT a un gran fondo de inversión, una compañía llamada LeMure, que cotiza en bolsa, por lo que cualquier polémica sobre una de sus próximas adquisiciones podría influir en el acuerdo y en el valor de las acciones. Así que nos engañemos: si Bondurant estaba lo bastante desesperado, seguramente podía montar un buen follón. Y sacarse aún más dinero del que tenía previsto.

Cisco asintió con la cabeza, mostrándose de acuerdo con mi hipótesis, al menos en un principio.

–Y bien, Bondurant está en una situación económica desesperada –dijo–. Y pronto va a tener que pagar tres grandes cuotas finales. Por lo que se le ocurre tratar de sacarle tajada a Opparizio, el acuerdo con LeMure y todo el jugoso negocio de los desahucios. ¿Y por eso le asesinan?

–Exacto.

Cisco estaba convencido. Hice girar la silla para mirar directamente a Aronson.

—No sé qué decir —repuso—. Es una conclusión muy arriesgada. Y va a ser difícil demostrarla.

—¿Quién dice que tenemos que demostrarla? Lo que hemos de hacer es encontrar el modo de exponérsela al jurado.

Lo cierto era que no teníamos que demostrar ninguna puñetera cosa. Tan solo teníamos que sugerir la posibilidad y dejar que el jurado se encargara de lo demás. Era cuestión de sembrar las semillas de la duda razonable. Para establecer la hipótesis de inocencia. Me eché hacia delante por encima del gran escritorio de madera y miré a mis empleados.

—Esta es la teoría en que basaremos nuestra defensa. Opparizio va a ser nuestra cabeza de turco. El individuo al que vamos a describir como culpable. El jurado le señalará con el dedo, y nuestra cliente será absuelta.

Miré sus rostros, que no reflejaban reacción alguna. Proseguí:

—Cisco, quiero que te concentres en Louis Opparizio y su empresa. Consígueme todo lo conseguible. Su historia, sus asociados conocidos, todo. Cada uno los detalles de la adquisición. Quiero saber más cosas sobre ese acuerdo y ese fulano de las que él mismo sabe. Me propongo solicitar documentos internos de ALOFT la semana que viene. Tratarán de impedirlo, pero la cosa servirá para enredar un poco.

Aronson meneó la cabeza.

—A ver, un momento —dijo—, ¿estás dando a entender que todo esto es una patraña? ¿Una simple maniobra de la defensa, y que ese tal Opparizio en realidad no hizo todo eso? Pero ¿y si estamos en lo cierto en lo referente a Opparizio y ellos se están equivocando con Lisa Trammel? ¿Y si ella en realidad es inocente?

Me miró con una suerte de ingenua esperanza en los ojos. Sonreí y miré a Cisco.

–Díselo.

Mi investigador se giró en dirección a la joven pasante.

–A ver, jovencita: eres nueva en todo esto, así que no vamos a tenértelo en cuenta, pero nosotros nunca hacemos esa pregunta. No importa si nuestros clientes son culpables o inocentes. Nos dejamos la piel por ellos igualmente.

–Sí, pero…

–Ni pero ni pera –intervine–. Aquí estamos hablando de estrategias de defensa, de formas de proporcionar a nuestro cliente la mejor defensa posible. Y vamos a seguir estas estrategias con independencia de si el cliente es culpable o inocente. Si quieres especializarte en la defensa penalista, esto es lo que tienes que entender: al cliente nunca hay que preguntarle si lo hizo o no lo hizo. Sí o no, la respuesta tan solo es una distracción. Así que lo mejor es no saberlo.

Sus labios muy cerrados formaban una línea delgada.

–¿Has leído a Tennyson? –pregunté–. *¿La carga de la brigada ligera?*

–¿Y eso qué…?

–«No estaban allí para razonar, no estaban sino para vencer o morir.» Hazte a la idea de que somos la brigada ligera, Bullocks. Nos enfrentamos a un ejército que tiene más soldados, más armamento, más de todo. En la mayoría de los casos, nos lanzamos a un ataque suicida. Sin posibilidad de supervivencia. Sin posibilidad de ganar. Pero a veces nos encontramos con un caso en el que hay una posibilidad mínima. Muy remota, seguramente, pero posibilidad al fin y al cabo. De forma que vamos a por ella. Nos lanzamos al ataque… Y no hacemos preguntas de esa clase.

–Ahora que lo dices, creo que en realidad es «vencer y morir». Ese es el intríngulis del poema. No tenían la opción de vencer o morir. Tan solo podían vencer y morir.

–Así que has leído a Tennyson. Pero a mí me gusta más lo de «vencer o morir». La cuestión es: ¿mató Lisa Trammel a Mitchell Bondurant? Pues yo no lo sé. Trammel dice que no, y a mí me vale. Si a ti no te vale, te aparto de este caso y te pongo a trabajar con los desahucios a tiempo completo.

–No –dijo Aronson al momento–. Quiero trabajar en este caso. Hablo en serio.

–Muy bien. No hay muchos abogados que trabajen como segundo de la defensa en un caso de asesinato diez meses después de haberse graduado.

Me miró con los ojos muy abiertos.

–¿Segundo de la defensa?

Asentí con la cabeza.

–Te lo mereces. Has hecho un muy buen trabajo en este caso.

De pronto, el brillo se esfumó de sus ojos.

–¿Qué pasa?

–Que no entiendo por qué no se pueden hacer las dos cosas a la vez. Ya me entiendes: darlo todo en la defensa de un cliente, pero siguiendo unas consideraciones éticas a la hora de hacer el trabajo…, con la idea de conseguir el mejor resultado posible.

–¿El mejor resultado para quién? ¿Para tu cliente? ¿Para la sociedad? ¿O para ti? Tienes una responsabilidad con tu cliente y con la ley, Bullocks. Punto.

La miré largamente antes de añadir:

–No trates de llevarme por el camino de las consideraciones éticas. Ese camino ya me lo conozco. Y no te lleva a ninguna parte.

10

Tras haberme pasado gran parte del día organizando el nuevo despacho, cuando llegué a casa eran casi las ocho. Y me encontré con que mi exmujer estaba sentada en los escalones del porche. Nuestra hija no estaba con ella. Durante el último año nos habíamos visto bastantes veces sin la compañía de Hayley, y me encantaba la perspectiva de otro encuentro de este tipo. Estaba física y mentalmente hecho polvo después de un día de tanto trabajo, pero eso no me iba a impedir pasar un rato con Maggie McPherson.

–Hola, Mags. ¿Es que te has olvidado la llave?

Se levantó. Su rígida postura y el modo automático en que se limpió el polvo de la parte trasera de los vaqueros me indicaron que algo no iba bien. Llegué al escalón superior y fui a darle un beso, en la mejilla, nada más. Pero ella de inmediato se apartó, terminando de confirmar mis sospechas.

–Es lo mismo que hace Hayley –dije–. Girarme la cara cuando voy a darle un beso.

–Ya, pero es que no he venido para eso, Haller. No he usado mi llave porque pensé que si encontrabas a una fiscal en tu casa igual lo considerabas un conflicto de intereses.

Ah, era eso.

–Hoy has tenido yoga, ¿no? Y has visto a Andrea Freeman, ¿me equivoco?

—Justamente.

Me desinflé de golpe. Abrí la puerta de la casa con la lastimosa expresión del reo al que han asignado la indignidad de entrar por su cuenta en la habitación donde van a aplicarle la inyección letal.

—Pasa, pasa. Mejor que aclaremos todo esto cuanto antes.

Entró sin perder un segundo; mis últimas palabras no habían hecho sino irritarla aún más.

—Eso que has hecho es despreciable. Usar a nuestra hija de una forma tan desconsiderada...

Me giré.

—¿Usar a nuestra hija? Yo no he hecho nada de eso. A nuestra hija la han metido en medio de todo este asunto. Y me enteré por accidente.

—No importa. Me das asco.

—Simplemente, soy un abogado defensor. Y resulta que tu buena amiga Andy se puso a hablar de mí y de mi caso, con mi exmujer, delante de mi hija. Y luego me mintió de forma descarada.

—¿Y ahora qué me estás diciendo? Hayley no dice mentiras.

—No estoy hablando de Hayley. Estoy hablando de Andy. El mismo día que le asignaron el caso, le pregunté si te conocía, y ella me respondió que tan solo de pasada. Estarás de acuerdo conmigo en que no es así. Y no puedo jurarlo, pero diría que si explicáramos esta situación a diez jueces, diez de ellos considerarían que existe un conflicto de intereses.

—Mira, no estábamos hablando ni de ti ni del caso. El tema salió mientras almorzábamos. ¿Qué se supone que tengo que hacer? ¿Pegarle un corte a una amiga en atención a ti? Las cosas no funcionan así.

—Si la cosa no tenía importancia, ¿por qué me mintió?

–Tampoco fue una mentira directa. Andy y yo no somos amigas íntimas ni nada por el estilo. Y seguramente tampoco quería que nos metieras a todas en el asunto, como al final has terminado por hacer.

–Así que ahora hay una escala para las mentiras. Ciertas mentiras son indirectas y no tienen importancia. No es cuestión de darles importancia.

–Haller, no me seas capullo.

–Oye, ¿quieres tomar una copa?

–No quiero tomar nada. He venido a decirte que no solo nos has metido en una situación ridícula a mí y a tu hija. Tú mismo has quedado a la altura del betún. Has hecho algo muy ruin, Haller. Has utilizado unas palabras inocentes de tu propia hija para tomar cierta ventaja. Es muy ruin, pero que muy ruin.

Yo seguía con el maletín en la mano. Lo dejé en la mesita lateral de la cocina y me apoyé en el respaldo de una de las sillas mientras intentaba dar con una respuesta.

–Vamos, hombre –azuzó Maggie–. Siempre has sido de respuestas rápidas. El gran superabogado. ¿Qué vas a contarnos ahora?

Me eché a reír y sacudí la cabeza. Maggie estaba guapísima cuando algo la enfurecía. Me desarmaba. Y lo peor era que se daba cuenta, o tal me parecía.

–Muy divertido, ya lo creo. Amenazas con hundir profesionalmente a una persona y luego te partes de risa.

–No amenacé con hundirla profesionalmente. Amenacé con hacer que le apartaran del caso. Y no, no me parto de risa. Lo que pasa es que…

–¿Qué, Haller? ¿Qué? Me he pasado dos horas sentada ahí fuera preguntándome si ibas a venir, porque quería saber cómo has podido hacer algo así.

Me aparté de la mesa y pasé a la ofensiva, acercándome a ella mientras hablaba, obligándola a retroceder hasta encontrarse encajonada en un rincón, mientras mi dedo la señalaba a unos centímetros de su pecho.

–Lo hice porque soy un abogado defensor y tengo el compromiso de defender a mis representados de la mejor forma que pueda. Y sí, es verdad que vi la oportunidad de colocarme en una situación de ventaja. Está claro que tu buena amiga Andy –lo dije con retintín– y tú misma traspasasteis un límite. Es verdad que sin graves consecuencias, que yo sepa. Pero el hecho es que lo traspasasteis. Si saltas una valla donde hay un letrero de «prohibido el paso», el mal ya está hecho, aunque luego retrocedas. Así que me di cuenta de este hecho y lo usé para mi conveniencia, para conseguir algo que necesitaba para defender a mi cliente. Algo que normalmente me hubieran proporcionado sin mayor problema, pero que tu amiga se empeñaba en retener simplemente porque podía hacerlo.

»¿Que ella en todo momento se estuvo ateniendo a las normas? Sí. ¿Que estuvo obrando con justicia? No. Y una de las razones por la que te muestras tan escandalizada es que sabes que no era justo y que yo hice lo que tenía que hacer. Tú habrías hecho lo mismo.

–Ni en un millón de años. Nunca jamás me rebajaría de esa forma.

–Y una mierda.

Le di la espalda. Maggie no se movió del rincón.

–¿A qué has venido, Maggie?

–¿Qué quieres decir? Ya te he dicho a qué he venido.

–Sí, claro, pero podrías haberme telefoneado o enviado un correo. ¿A qué has venido?

–He venido porque quería verte la cara cuando me dieras una explicación.

Me giré hacia ella otra vez. Aquello era puro teatro. Me acerqué y apoyé la mano en la pared, a unos centímetros de su cabeza.

—Las discusiones absurdas de este tipo fueron las que acabaron con nuestro matrimonio –dije.

—Ya lo sé.

—¿Te das cuenta de que han pasado ocho años? Llevamos divorciados tantos años como los que estuvimos casados.

Ocho años, y seguía sin poder apartarla de mis pensamientos.

—Ocho años, y ya lo ves.

—Sí, ya lo ves.

—Voy a decirte una cosa, Haller: tú eres el que se dedica a saltar las vallas de la gente. El que entra y sale de nuestras vidas siempre que quiere. Porque te dejamos.

Me acerqué lentamente, hasta que estuvimos respirando el mismo aire. Cuando trató de decir algo, la besé; primero con delicadeza, luego, con mayor fuerza. No quería oír ni una sola palabra más. Estaba harto de tanta palabrería.

Segunda parte

La hipótesis de inocencia

11

A última hora de la tarde, el bufete estaba cerrado con llave, pero yo continuaba sentado tras el escritorio, preparando la vista preliminar. Era un martes de principios de marzo, y me hubiera gustado abrir una ventana para que entrase la fresca brisa del crepúsculo. Pero la oficina estaba herméticamente sellada por unas ventanas verticales que no se podían abrir. Lorna no se había fijado en ese detalle al examinarla y firmar el contrato de alquiler. De forma que ahora echaba de menos los tiempos en que trabajaba en el asiento trasero del Lincoln, cuando podía abrir una ventanilla y disfrutar del aire fresco siempre que me viniera en gana.

La vista preliminar se celebraría al cabo de una semana. Cuando digo que estaba preparándola quiero decir que hacía lo posible por adivinar a qué estaba dispuesta a renunciar mi oponente Andrea Freeman cuando expusiera su alegato ante el juez.

Una vista preliminar es una comparecencia de trámite previa a un juicio. Y en el cien por cien de las ocasiones es la fiscalía la que lleva la voz cantante, y en exclusiva. El estado tiene la obligación de exponer su argumentación ante el tribunal; a continuación, el juez determina si existen los suficientes indicios para organizar un juicio con jurado. Por lo que no estamos hablando del umbral de la duda razonable. Ni por asomo. El juez tan solo tiene que decidir si las pruebas son lo bastante sólidas como para sustentar la alegación de la defensa. Si decide que sí, el siguiente paso es un juicio de verdad.

Desde el punto de vista de Freeman, el truco estaba en exponer los suficientes indicios y pruebas para dejar clara su validez y obtener el beneplácito del juez sin mostrar todos los ases que se guardaba en la manga. Pues la fiscal sabía que yo miraría con lupa todo cuanto revelase.

Está claro que la fiscalía lo tiene pero que muy fácil. Si bien el concepto de la vista preliminar tiene que ver con el mantenimiento del sistema bajo control y evitar que el Gobierno atropelle al individuo, la partida no deja de estar amañada. En su momento, el Congreso del estado de California se ocupó de ello.

Frustrados por la, en apariencia, interminable duración de los casos criminales cuya lentitud colapsaba el sistema judicial, los políticos de Sacramento pasaron a la acción. La opinión generalizada era que el retraso a la hora de impartir justicia equivalía a la denegación de la justicia, sin tener en cuenta que este punto de vista entraba en conflicto con un componente fundamental del sistema judicial: una defensa poderosa y vigorosa. La vista preliminar pasó de centrarse en la exhibición pormenorizada de las pruebas en poder de la defensa a convertirse en un juego del escondite. Apenas había que tomar declaración a quien no fuera el principal investigado; el testimonio de oídas ya no se consideraba poco relevante, sino que tenía gran importancia; además, en último término, el ministerio fiscal no estaba obligado a exhibir ni la mitad de las pruebas que tenía en su poder. Con lo justo le bastaba para lograr su objetivo.

Como resultado, era rarísimo que la argumentación de la fiscalía no resultara preponderante, de tal forma que la vista preliminar se transformó en una simple admisión a trámite de los cargos, un procedimiento rutinario previo al juicio.

Con todo, no dejaba de tener cierto valor para la defensa. Aún podía atisbar qué era lo que estaba por venir y formular preguntas sobre los testigos y las pruebas que iban a aparecer en la vista. De ahí el trabajo preparatorio. Necesitaba adivinar a qué bazas iba a recurrir Freeman y pensar cómo contrarrestarlas.

Llegar a un acuerdo en el que mi cliente aceptaba su culpabilidad estaba descartado. Freeman seguía sin ceder en este punto, y otro tanto sucedía con Lisa. Habíamos puesto la directa para celebrar un juicio en abril o mayo, cosa que no me parecía nada mal. Teníamos nuestras posibilidades. Si Lisa Trammel continuaba empeñada en ir a juicio, yo estaría preparado.

En las últimas semanas habíamos recibido buenas y malas noticias en lo tocante a la cuestión de las pruebas. Como cabía esperar, el juez Morales había denegado nuestra petición de desestimar el interrogatorio policial y las pruebas que pudieran haberse encontrado en lo que habían incautado en casa de Lisa. Eso permitía que el ministerio fiscal sustentara su acusación en pilares con el motivo, la oportunidad y la declaración de la única testigo. Contaban con el proceso de ejecución hipotecaria. Con el historial de protestas de Lisa en las mismas puertas del banco. Con su inculpación cuando había hablado con la policía. Y, sobre todo, con la testigo, Margo Schafer, que aseguraba haber visto a Lisa a una manzana de distancia del banco, pocos minutos después del asesinato.

Por nuestra parte, estábamos elaborando una estrategia de defensa que socavaba cada uno de esos pilares e incluía muchos indicios y pruebas exculpatorias.

Hasta el momento, nadie había encontrado o identificado el arma del crimen, y el afán de la fiscalía en insistir en una minúscula mancha de sangre encontrada en una llave Stillson incautada en el garaje de Lisa había concluido en fiasco, pues los análisis determinaron que la sangre no era de Michell Bondurant. Por supuesto, el ministerio fiscal no iba a mencionar este episodio ni en la vista preliminar ni en el juicio, pero yo podía hacerlo, y lo haría. La defensa está obligada a aprovechar los errores y las pifias de la parte contraria y hacer que se los coman con patatas. Y yo no iba a cortarme un pelo en este sentido.

Por lo demás, mi investigador había conseguido una información que iba a sembrar dudas sobre las observaciones del testigo clave del ministerio fiscal, por mucho que fuéramos a tener que esperar al juicio para hacerlo. También contábamos con la hipótesis de la inocencia. La teoría alternativa estaba cobrando cada vez más peso. Habíamos solicitado acceso a los documentos de Louis Opparizio y de su empresa ALOFT, la trituradora especializada en desahucios, que estaba en el epicentro de la estrategia de la defensa.

Me decía que durante la vista preliminar no habría lugar para las tácticas o las pruebas de la defensa. Freeman haría que el inspector Kurlen prestara declaración, y el policía expondría el caso entero al juez, teniendo cuidado de obviar toda inconsistencia en lo referente a las pruebas. Freeman también haría que declarasen el médico y el analista forenses.

El único interrogante lo constituía Schafer, la testigo. Lo primero que pensé fue que Freeman reservaría su declaración para más adelante. Siempre podía confiar en Kurlen para exponer la información obtenida durante el interrogatorio de Schafer, anticipando de este modo lo que la propia Schafer más tarde revelaría durante el juicio. Era más que suficiente para una vista preliminar. Aunque también era posible que Freeman sacara a Schafer a declarar con la idea de sondear qué información precisa tenía yo. Si al interrogar a la testigo dejaba entrever cómo pensaba manejarme con ella en el juicio, estaría ayudando a la fiscal a entender lo que estaba por venir.

Todo en este momento era cuestión de estrategia y jueguecitos, y me daba cuenta de que se trataba de la mejor fase en un proceso judicial. Los movimientos efectuados fuera de la sala siempre eran más significativos que los realizados en el interior. Estos últimos siempre eran cuestión de preparación y una coreografía mil veces ensayada. Yo prefería las improvisaciones que tenían lugar fuera del juzgado.

Estaba subrayando el nombre de Schafer en mi cuaderno cuando oí que el teléfono sonaba en la recepción. Hubiera podido responder desde donde me encontraba, pero no me molesté. Era ya muy tarde, y tenía claro que el número que aparecía en el anuncio insertado en los listines telefónicos había sido redirigido a nuestro nuevo bufete. Quienquiera que estuviera llamando tan tarde probablemente estuviera buscando protección contra un desahucio. Y podía dejar un mensaje.

Eché mano a la carpeta con los resultados del análisis de sangre. En ella estaba el informe comparativo del ADN presente en la sangre extraída de una fisura en el mango de la llave Stillson que habían encontrado en el garaje de Lisa. Habían hecho el trabajo con gran rapidez, pues la fiscalía había encargado el análisis a una empresa externa a cambio de una suma considerable, para no tener que esperar a que el laboratorio regional le diera los resultados. Me dije que, sin duda, Freeman se había sentido muy decepcionada al ver que el informe establecía un resultado negativo. La sangre no era la de Mitchell Bondurant. No solo se trataba de un revés para el ministerio fiscal –pues un resultado positivo hubiera imposibilitado por completo que Lisa fuera absuelta y le hubiera obligado a llegar a un acuerdo de aceptación de culpabilidad–, sino que Freeman ahora sabía que yo podía mostrar el informe al jurado y decir que en la tesis de la fiscalía había callejones sin salida y pruebas que luego resultaban no ser tales.

Asimismo nos venía bien que en las grabaciones de las cámaras de vídeo emplazadas en el edificio del banco no apareciera Lisa Trammel antes o después del momento del asesinato. Las cámaras no cubrían todos los recovecos del edificio, pero esa no era la cuestión. Estábamos hablando de una verdadera prueba exculpatoria.

Mi móvil empezó a vibrar. Lo saqué del bolsillo y miré el identificador de llamada. Quien llamaba era mi agente, Joel Gotler. Vacilé un segundo, pero terminé por coger la llamada.

–Veo que trabajas hasta tarde –dije a modo de respuesta.

–Sí, claro. ¿Es que no lees tu correo electrónico? –apuntó Gotler–. He estado tratando de contactar contigo.

–Lo siento. Tengo el ordenador delante, pero hoy he estado muy ocupado. ¿Qué es lo que pasa?

–Tenemos un problema muy gordo. ¿Tú lees *Hollywood Confidential?*

–No, ¿qué es eso?

–Un blog en internet. Míralo en tu ordenador.

–¿Ahora?

–Sí, ahora. Pero ya.

Cerré la carpeta con los resultados del análisis de sangre y la puse a un lado. Eché mano al ordenador portátil y lo abrí. Entré en internet y busqué la página de *Hollywood Confidential*. Fui desplazándome hacia abajo. El blog era una especie de listado de breves noticias sobre la última actividad en Hollywood: acuerdos recientes, estimaciones de ganancias en la taquilla, tejemanejes de los estudios. Quién acababa de comprar o vender algo, quién se había ido de la agencia tal, quién estaba en horas bajas y quién en ascenso, ese tipo de cosas.

–Bueno, ¿y qué es lo que tengo que buscar en esta página?

–Busca la entrada hecha a las tres cuarenta y cinco de esta tarde.

Cada entrada del blog mostraba la hora en que había sido efectuada. Hice lo que Gotler me decía y encontré la entrada que acababa de mencionar. El simple titular fue como una patada en los cojones.

ARCHWAY SE HACE CON LOS DERECHOS DEL MISTERIOSO CASO DE ASESINATO

Fuentes bien informadas me dicen que Archway Pictures ha hecho un anticipo de seis cifras, correspondiente a un pago final de siete, para quedarse con los derechos sobre el caso de asesinato en venganza por un desahucio que pronto va a ser juzgado en nuestra maravillosa ciudad de Los Ángeles. La acusada, Lisa Trammel, ha contado con la representación de Herb Dahl para cerrar el trato, y el propio Dahl va a asumir las funciones de producción, en asociación con Clegg McReynolds, el propietario de Archway. El acuerdo cubre varias posibilidades, entre ellas las de producir un telefilme y un documental. Sin embargo, el final de la historia está por determinar, pues Trammel todavía tiene que ser juzgada por el asesinato de un banquero que estaba intentando desahuciarla de su casa. En una nota de prensa, McReynolds indica que su intención es la de valerse de la historia de Trammel para arrojar luz sobre la epidemia de desahucios que ha tenido lugar en el país durante los últimos años. Está previsto que el juicio de Trammel se celebre dentro de dos meses.

—El muy hijo de perra —dije.

—Sí, eso mismo —convino Gotler—. ¿Se puede saber qué carajo es todo esto? Estoy rompiéndome los cuernos para vender este asunto, y justo estaba a punto de llegar a un acuerdo con Lakeshore... ¡Y de pronto me encuentro con esto! Pero ¿tú de qué vas, Haller? ¿Cómo puedes apuñalarme por la espalda de esta forma?

—Mira, no sé bien qué es lo que está pasando aquí, pero tengo un contrato firmado con Lisa Trammel y...

—¿Te has preguntado si conozco a ese tipo, Dahl? Para que lo sepas, sí que lo conozco, y es un trilero de cuidado.

—Lo sé, lo sé. Trató de meterse en medio, pero le pegué un par de voces y le puse firme. El cabrón se las arregló para que Lisa firmara con él, pero...

—Ah, muy bien, ¿así que la chica ha firmado con él?

—No. Quiero decir..., sí, pero después de que firmara conmigo. Tengo un acuerdo firmado. Y soy el primer...

Me callé. Los contratos. Me acordaba de que había hecho copias y se las había entregado a Dahl. Y de que luego había devuelto los originales al archivador metido en el maletero del Lincoln. Dahl lo había visto todo.

—¡Qué hijo de puta!

—¿Qué sucede?

Miré el montón de carpetas situado en una esquina del escritorio. Todas tenían que ver con el caso Lisa

Trammel. Pero no había traído las carpetas guardadas en el maletero del Lincoln por pereza. Correspondían a contratos y casos viejos; además, tampoco estaba muy seguro de si al final me gustaría trabajar en un despacho de verdad. La carpeta con los contratos seguía estando en el maletero.

—Joel, te llamo dentro de un rato.

—Oye, pero ¿qué...?

Apagué el móvil y fui hacia la puerta. El Victory Building tenía un garaje propio de dos pisos, pero constituía una estructura aparte. Salí del edificio y me planté ante la entrada del garaje. Subí por la rampa al trote y, tras llegar al piso de arriba, me dirigí hacia mi coche, cuyo maletero abrí con el mando a distancia. Mi Lincoln era el único vehículo aparcado en el piso superior. Cogí la carpeta con los contratos y la situé bajo la lucecita del maletero para buscar el acuerdo firmado por Lisa Trammel.

No estaba.

Decir que estaba furioso sería infravalorar lo que en aquel momento sentía. Metí la carpeta en su lugar en el archivador y cerré la tapa del maletero con rabia. Cogí el móvil y llamé a Lisa mientras me encaminaba hacia la rampa. Saltó el contestador.

—Lisa, soy su abogado. Pensaba que habíamos acordado que, si le llamaba, me respondería. Con independencia de la hora que fuese o lo que estuviese haciendo. Pero, bueno, estoy llamándola y no me rcontesta. Llámeme cuanto antes. Tengo que hablar con usted sobre ese amiguito suyo, Herb, y el trato que justo acaba de cerrar. Creo que está usted al corriente. Pero lo que quizá no sepa es que a ese tipejo le voy a poner una denuncia de tres pares de cojones. Voy a crucificarlo, Lisa. ¡Así que llámeme! ¡Ahora mismo!

Apagué el móvil y lo apreté con fuerza con la mano mientras bajaba por la rampa. Casi no reparé en los dos hombres que subían por ella, hasta que uno de ellos dijo:

—Oiga, usted es quien creo que es, ¿verdad?

Me detuve, confundido por su pregunta, con la mente todavía concentrada en Herb Dahl y Lisa Trammel.

—¿Perdón?

—El abogado. Usted es ese famoso abogado que sale en la tele.

Ambos se acercaron. Dos tipos jóvenes, vestidos con sendas cazadoras de cuero, con las manos en los bolsillos. En aquel momento no tenía ganas de ponerme a hablar de tonterías.

—Eh, no, creo que se equivo…

—No, hombre, no. Es usted. El que sale mucho en la tele, ¿a que sí?

Me di por vencido.

—Bueno, es verdad que últimamente estoy llevando un caso que aparece mucho en televisión.

—Claro, claro… ¿Cómo se llamaba usted?

—Mickey Haller.

Nada más decir mi nombre vi que el silencioso compañero de mi interlocutor sacaba las manos de los bolsillos de la cazadora y cuadraba los hombros mientras daba un paso en mi dirección. Llevaba las manos cubiertas por unos mitones negros. No hacía tanto frío como para andar con mitones; en ese momento me di cuenta de que en el piso de arriba no había otros coches aparcados, así que esos dos no podían estar yendo hacia allí. Simplemente, me andaban buscando.

—Pero ¿qué…?

El compañero, tan calladito él, me envió un izquierdazo a la barriga. Me doblé. Casi en el acto, sentí que su puño derecho me rompía tres costillas. Recuerdo que en ese momento se me cayó el móvil, pero poca cosa más. Sé que traté de correr, pero el que no era tan calladito me bloqueó el paso, hizo que me girase y me sujetó los brazos por los costados.

También llevaba puestos un par de mitones.

12

La cara no me la tocaron. De hecho, cuando me desperté en la unidad de cuidados intensivos del hospital Holy Cross, el rostro era casi lo único que no me dolía o no parecía estar roto. El balance final era de treinta y ocho puntos en el cuero cabelludo, nueve costillas fracturadas, cuatro dedos rotos, dos riñones machacados y un testículo que habían retorcido en un giro de ciento ochenta grados hasta que los médicos lo devolvieron a su lugar. Mi torso tenía el color de un helado con sabor a grosella y mi orina presentaba la tonalidad oscura de la Coca-Cola.

La última vez que había estado hospitalizado terminé por engancharme a la oxicodona, adicción que por poco me cuesta mi hija y mi carrera profesional. Esta vez les dije que le echaría arrestos al asunto y me las arreglaría sin la ayuda química. Lo que por supuesto fue un error muy doloroso. Dos horas después de haberlo dicho, estaba suplicando a enfermeras, enfermeros y quienquiera que me estuviese escuchando que, por favor, me aplicaran el goteo cuanto antes. La infusión intravenosa finalmente eliminó el dolor físico, pero me dejó flotando en un lugar cercano al techo. Los médicos necesitaron dos días para dar con el adecuado equilibrio entre el alivio del dolor y la conciencia. Y fue entonces cuando empecé a aceptar visitas.

La primera de ellas fue de un par de inspectores pertenecientes a la Unidad de Delitos contra las Personas de la comisaría de Van Nuys. Sus nombres eran Stilwell y Eyman. Me hicieron las preguntas de rigor para cumplimentar el papeleo necesario. Tenían tanto interés en determinar quiénes me habían atacado como en renunciar al almuerzo para seguir con su trabajo. Al fin y al cabo, yo era el abogado defensor de una presunta asesina detenida por unos compañeros de su misma comisaría. En otras palabras, ni por asomo iban a partirse el lomo intentando aclarar lo sucedido.

Cuando Stilwell cerró su libreta, tuve claro que la entrevista había terminado, igual que la propia investigación. Me dijeron que volverían a contactar conmigo si surgía alguna cosa.

—Se olvidan de algo, ¿no les parece? –apunté.

Hablé sin mover la mandíbula, pues, por las razones que fueran, al hacerlo notaba un intenso dolor en las costillas.

—¿A qué se refiere? –dijo Stilwell.

—A que en ningún momento me han pedido que describiera a mis atacantes. Ni siquiera me han preguntado de qué raza eran.

—Podemos preguntárselo durante nuestra próxima visita. El médico nos ha dicho que necesita descanso.

—¿Les parece que concertemos hora para su próxima visita?

Ninguno de los dos inspectores dijo palabra. No iba a darse una próxima visita.

—Ya me parecía a mí –dije–. Adiós, inspectores. Es un alivio que la Unidad de Delitos contra las Personas esté investigando el caso. Uno se siente mucho más seguro.

—Mire –dijo Stilwell–, lo más probable es que fuera una agresión al azar. Dos matones que andaban buscando una presa fácil a la que atracar. La posibilidad de que vayamos a encontrarlos es…

—Sabían quién era.

—Nos ha dicho que le reconocieron de haberle visto en televisión y en los periódicos.

—Yo no he dicho eso. Lo que he dicho es que me reconocieron y que fingieron que era porque me habían visto en la tele o algo así. Si el caso les importara lo mínimo, hubieran estado más atentos.

—¿Está acusándonos de negligencia con respecto a un caso de agresión gratuita sucedido en nuestra jurisdicción?

—Pues sí, ahora que lo dice. ¿Y por qué eso de «gratuita»?

—Nos ha dicho que no conocía a sus atacantes. Así pues, a no ser que ahora nos venga con otra versión de los hechos, no hay indicios de que esta agresión pudiera no haber sido gratuita. Como mucho, podría tratarse de una agresión motivada por su condición de abogado. Esos dos tipos le reconocieron…, y seguramente no les gusta mucho que se gane la vida defendiendo a asesinos y a chusma por el estilo, por lo que decidieron descargar sus frustraciones en usted. Pueden haber sido muchas cosas.

El cuerpo me palpitaba por el dolor físico que la indiferencia de esos dos policías parecía despertar. Pero a la vez estaba cansado y quería que se fueran de una vez.

—Como ustedes digan, inspectores –repuse–. Vuelvan a la Unidad de Delitos contra las Personas y hagan todo el papeleo. Pueden olvidarse de este caso. Soy mayorcito y lo tengo asumido.

Cerré los ojos y dejé de mirarlos. Era lo único que podía hacer.

Cuando volví a abrirlos, Cisco estaba sentado en una silla en un rincón de la habitación, contemplándome.

–Hola, jefe –dijo con suavidad, como si su acostumbrado vozarrón pudiera lastimarme–. ¿Qué tal va la cosa?

Tosí mientras terminaba de despertarme; la tos provocó un paroxismo de dolor en mis testículos.

–Por lo que parece, sigue estando situada ciento ochenta grados a la izquierda.

Cisco sonrió, pues pensaba que estaba delirando. Pero me sentía lo bastante lúcido para saber que se trataba de su segunda visita y que durante la primera le había pedido que investigara unas cuantas cosas.

–¿Qué hora es? He dormido tanto que no tengo ni idea.

–Las diez y diez.

–¿Del jueves?

–No, del viernes por la mañana, Mick.

Había estado durmiendo más de lo que me imaginaba. Traté de sentarme, pero el movimiento hizo que sintiera un dolor ardiente por todo mi costado izquierdo.

–¡Por Dios!

–¿Estás bien, Mick?

–¿Qué es lo que me traes, Cisco?

Se levantó y se acercó a la cama.

–No mucho, pero sigo trabajando en el asunto. He estado mirando el atestado de la policía. No pone mucho, pero sí dice que te encontraron los empleados de la limpieza que aparecen por el edificio a las nueve de la noche. Estabas tirado en medio de la rampa del garaje. Enseguida llamaron a la policía.

–Las nueve de la noche. No mucho después de que me dieran esa paliza. ¿Vieron alguna cosa más?

–Pues no. Siempre según el atestado. Pero tengo previsto acercarme esta noche y preguntarles personalmente.

—Bien. ¿Cómo está el bufete?

—Lorna y yo hemos estado mirándolo todo. No parece que entraran. Por lo que hemos visto, no falta nada. Y eso que la cerradura no estuvo echada en toda la noche. Creo que el objetivo eras tú, Mick. No el bufete.

El goteo intravenoso de la medicación funcionaba según un sistema de alimentación regulado que iba aplicando el dulce líquido calmante a partir de los impulsos enviados por un ordenador situado en otro lugar y programado por un desconocido. Un desconocido que en aquel momento era mi héroe. Sentí que las frías gotas de un nuevo subidón se trasladaban por mi brazo hasta llegar al pecho. Guardé silencio, a la espera de que mis desquiciadas terminales nerviosas se calmaran.

—¿Qué es lo que estás pensando, Mick?

—Tengo la mente en blanco. Ya te he dicho que no reconocí a esos dos tipos.

—No estoy hablando de ellos. Estoy hablando del individuo que los envió. ¿Qué es lo que te dice el instinto? ¿Opparizio?

—Parece lo más probable, desde luego. Tiene claro que vamos a por él. Si no, ¿quién iba a ser?

—¿Dahl?

Negué con la cabeza.

—¿Para qué? Ya me había robado el contrato y cerrado el acuerdo. ¿Qué necesidad tenía de hacer que me dieran una paliza?

—Para que te lo tomaras todo con más calma, quizá. Para añadirle un poco de picante al asunto, tal vez. Porque esto supone entrar en otra dimensión. Todo formaría parte de la historia.

—Me parece poco probable. Más bien creo que ha sido cosa de Opparizio.

—Pero ¿por qué iba a hacer una cosa así?

–Por las mismas razones. Para que me lo tomara todo con más calma. Para avisarme. Opparizio no quiere tener que comparecer como testigo ni verse envuelto en toda la mierda que he averiguado sobre él.

Cisco se encogió de hombros.

–No termino de verlo claro.

–Bueno, da lo mismo quién haya sido. No pienso echarme atrás.

–¿Y qué vas a hacer en lo referente a Dahl? Ese pájaro te robó el contrato.

–Estoy dándole vueltas al asunto. Cuando me den el alta, tendré pensado lo que voy a hacer con ese mamón.

–¿Y cuándo se supone que van a darte el alta?

–Están a la espera de confirmar que me estoy recuperando como es debido. Si no, igual tienen que extirparme el huevo izquierdo.

Cisco hizo una mueca de horror, como si estuviera refiriéndome a su propio cojón izquierdo.

–Sí, ya. Hago lo posible por no pensar mucho en esa idea –convine.

–Bueno, pues pasemos a otra cosa. ¿Qué me dices de esos dos individuos? Me hablaste de dos hombres blancos, de unos treinta y pocos años, con cazadoras de cuero y mitones. ¿Te acuerdas de alguna otra cosa?

–No.

–¿Hablaban con algún acento en especial?

–No, que yo recuerde.

–¿Viste si tenían cicatrices, tatuajes…? ¿Algún otro rasgo distintivo?

Si lo vi, no me acuerdo. Todo fue muy rápido.

–Claro. ¿Te parece que podrías reconocerlos en una rueda?

Se refería a una muestra de seis fotografías policiales de posibles sospechosos.

—A uno de los dos puede que sí. El fulano que estuvo hablando conmigo. Casi ni me fijé en el otro. Cuando me dio, ya no vi nada más.

—Ya. Bueno, sigo trabajando en el asunto.

—¿Alguna cosa más, Cisco? Me siento un poco cansado.

Cerré los ojos para subrayar mis palabras.

—Bien, Maggie me dijo que la llamara tan pronto como volvieras a estar consciente. No ha tenido mucha suerte al venir a verte. Cada vez que se ha presentado con Hayley, estabas dormido como un angelito.

—Puedes llamarla. Dile que sencillamente me despierte si estoy dormido. Quiero ver a mi hija.

—Muy bien, le diré que venga con ella después del colegio. Y otra cosa: Bullocks quiere venir a verte con la petición de aplazamiento, para que la revises y la firmes antes de enviarla.

Abrí los ojos. Cisco se había movido al otro lado de la cama.

—¿Qué aplazamiento?

—El de la vista preliminar. Bullocks va a pedirle al juez que la retrase unas cuantas semanas por tu hospitalización.

—No.

—Mick, hoy es viernes. La vista preliminar está prevista para el martes. Incluso si te dejan salir de aquí antes del martes, no vas a estar en condiciones de…

—Que vaya ella.

—¿Quién? ¿Bullocks?

—Sí. La chica trabaja bien. Sabrá lo que tiene que hacer.

—Sí que trabaja bien, pero está muy verde. ¿Estás seguro de que una recién licenciada podrá llevar la vista preliminar de un juicio por asesinato?

–Es una simple vista preliminar. Trammel va a conseguir que se celebre el juicio, esté yo en la sala o no. Lo máximo que podemos conseguir es adivinar por dónde van a ir los tiros de la estrategia de la fiscalía, y eso Aronson lo puede hacer.

–¿Te parece que el juez va a permitirlo? Es posible que considere que se trata de una maniobra destinada a presentar una apelación por asistencia letrada inadecuada si al final hay una condena en firme.

–Si Lisa firma un documento de conformidad, entonces no habrá problema. Voy a llamarla y a decirle que todo forma parte de la estrategia de la defensa. Bullocks puede venir a verme durante el fin de semana para que la prepare un poco.

–Pero ¿de qué estrategia de la defensa estamos hablando, Mick? ¿Por qué no esperar a que te recuperes del todo?

–Porque quiero que piensen que se han salido con la suya.

–¿Quién?

–Opparizio. Los que me hicieron todo esto. Que piensen que estoy incapacitado o muerto de miedo. Lo que sea. Que Aronson se encargue de la vista preliminar, ya luego nos veremos las caras en el juicio.

Cisco asintió con la cabeza.

–Entendido.

–Bien. Y ahora llama a Maggie. Dile que me despierte, aunque las enfermeras se lo prohíban, sobre todo si viene con Hayley.

–Se lo digo, jefe. Pero, eh, hay otra cosa más.

–¿El qué?

–Rojas está sentado en la sala de espera. Quería entrar a visitarle, pero le dije que esperase fuera. Ya vino a verte ayer, pero estabas dormido.

Asentí con un gesto. Rojas.

–¿Has mirado el maletero del coche?

–Sí. Y no hay rastro de que forzaran el cierre. No hay rayaduras ni nada parecido.

–Muy bien. Cuando salgas, dile que pase.

–¿Quieres verlo a solas?

–Sí. A solas.

–Hecho.

Se marchó. Cogí el mando a distancia que regulaba la inclinación de la cama. Lenta y dolorosamente alcé el lecho hasta unos cuarenta y cinco grados, para poder recibir medio sentado a mi próxima visita. El ajuste disparó otra oleada de dolor lacerante que se extendió por mi costillar como un incendio en agosto.

Rojas entró con paso vacilante en la habitación. Me saludó con la mano e hizo un gesto con la cabeza.

–Hola, señor Haller. ¿Cómo se encuentra?

–He estado mejor, Rojas. ¿Qué tal usted?

–Bien, bien. Tan solo quería acercarme a saludarle…

Estaba tan nervioso como un cervatillo, y yo creía saber por qué.

–Ha sido muy amable al venir. ¿Por qué no se sienta en esa silla de allí?

–Muy bien.

Se sentó en la silla del rincón, lo que me permitía verlo muy bien y fijarme en su lenguaje corporal con la idea de leerle la mente. Ya estaba haciendo gala de algunos de los típicos comportamientos de quien no las tiene todas consigo: evitación del contacto ocular, sonrisas inadecuadas, constantes movimientos de las manos.

–¿Los médicos le han dicho cuánto tiempo tiene que estar aquí? –preguntó.

–Unos cuantos días más, parece. Hasta que deje de mear sangre, por lo menos.

–¡Joder! ¡Los muy cabrones! ¿Van a pillar a esos dos tipos?

–No parece que la policía esté dejándose la piel en el intento.

Rojas asintió con la cabeza. No dije más. El silencio suele ser un arma muy poderosa durante una conversación. Mi conductor se pasó las palmas de las manos por los muslos un par de veces más y se levantó.

–Bueno, tampoco quiero molestarle. Tendrá que dormir... o algo por el estilo.

–No, no voy a volver a dormir en todo el día, Rojas. Me duele demasiado cuando duermo. ¿Puede quedarse? ¿Qué prisa tiene? No tiene que ir a ninguna parte en particular, ¿verdad?

–No, claro, nada de eso.

Volvió a sentarse, de mala gana. Rojas había sido uno de mis clientes antes de convertirse en mi chófer. Le habían detenido por tenencia de objetos robados y ya contaba con antecedentes. El fiscal trató de enviarlo a la cárcel, pero conseguí que le concedieran la condicional. Me debía tres de los grandes por el trabajo, pero estaba sin empleo, pues resultaba que su jefe había sido la víctima del robo. Le dije que podía ir pagándome la deuda trabajando como mi chófer e intérprete, y Rojas aceptó la oferta. Empecé por pagarle setecientos cincuenta dólares a la semana, doscientos cincuenta de los cuales iban destinados al pago de la deuda. Al cabo de tres meses, la deuda estaba saldada, pero siguió trabajando para mí, cobrando los setecientos cincuenta íntegros todas las semanas. Me parecía que estaba contento y que había sentado la cabeza, pero era posible que las hechuras de ladrón no hubieran terminado de disiparse del todo.

—Señor Haller, quiero que sepa que cuando salga de aquí voy a estar a su disposición veinticuatro horas al día. No quiero que tenga que conducir a ninguna parte. Aunque sea para tomarse un café en el Starbucks de la esquina, que sepa que puede llamarme en cualquier momento.

—Gracias, Rojas. Al fin y al cabo, diría que es lo menos que puede hacer, ¿no cree?

—Eh…

Pareció confundido, pero no demasiado. Se daba cuenta de adónde quería ir a parar. Decidí poner la directa de una vez.

—¿Cuánto dinero le pagó?

Se revolvió en el asiento.

—¿Quién? ¿Para qué?

—Vamos, Rojas. Déjese de tonterías. Todo esto es lamentable.

—Es que no sé de qué me está hablando. Creo que lo mejor es que me vaya de una vez.

Se levantó.

—Usted y yo no tenemos un acuerdo de ninguna clase, Rojas. No hay un contrato por medio, tampoco un compromiso verbal. Si sale por esa puerta, considérese despedido. ¿Es eso lo que quiere?

—No importa que no haya un contrato por medio. No puede despedirme por ninguna razón en absoluto.

—Pero resulta que tengo una razón, Rojas. Herb Dahl me lo contó todo. Tendría que saber que no hay honor entre los ladrones. Dahl me dijo que usted le llamó y le dijo que podía conseguirle lo que necesitara.

El farol funcionó. Vi que la rabia asomaba a los ojos de Rojas. Por si las moscas, mi dedo estaba posado sobre el timbre de llamada a la enfermera.

—¡Ese baboso!

Asentí con la cabeza.

–Buena descripción. ¿Cómo…?

–¡Y una mierda le llamé! El mariconazo vino a verme. Me dijo que solo necesitaba mirar en el maletero durante quince segundos. Tendría que haber entendido que la cosa iba a traerme problemas.

–Pensaba que era más listo, Rojas. ¿Cuánto le pagó?

–Cuatrocientos.

–Menos de una semana de salario, y ahora se va a quedar sin salario.

Rojas se acercó a la cama. Mi dedo seguía posado en el timbre. O iba a atacarme, o iba a ofrecerme un trato.

–Señor Haller, yo… Necesito este trabajo. Mis chavales…

–Se acabó lo que se daba, Rojas. ¿Es que no aprendió que no sale a cuenta aprovecharse de quien le da trabajo?

–Sí, señor, sí que lo aprendí. Dahl me dijo que quería mirar una cosa, pero entonces cogió el papel, y cuando traté de impedirlo me dijo: «¿Y qué piensas hacer al respecto?». Me tenía pillado. No pude hacer nada.

–¿Aún tiene los cuatrocientos?

–Sí, ni los he tocado. Cuatro billetes de cien. Y de los buenos, o eso me pareció.

Señalé la silla otra vez. No quería que estuviera tan cerca.

–Muy bien, Rojas, va a tener que escoger: puede irse por esa puerta y quedarse con los cuatrocientos, y nunca volveré a verlo, o puedo darle una segunda…

–¡Una segunda oportunidad, sí! Por favor. Lo siento mucho.

–Bueno, pero va a tener que ganársela. Va a tener que ayudarme para compensar los daños que me ha causado. Pienso denunciar a Dahl por el robo de ese documento y necesitaré que preste usted declaración en el juicio y que cuente qué fue lo que pasó exactamente.

—Sí, claro. Pero ¿me creerán?

—Ahí es donde entran en juego esos cuatrocientos dólares que ha mencionado. Quiero que vaya a casa o dondequiera que sea que los tiene guardados y…

—Los llevo encima. En la billetera.

Se levantó de la silla y sacó la billetera.

—Sáquelos así.

Uní el dedo índice y el pulgar.

—¿Es que pueden encontrar huellas en un billete?

—Ya lo creo que sí, y, si encontramos las de Dahl en esos billetes, dará igual lo que diga en el juicio. Lo tendremos pillado de todas todas.

Abrí uno de los cajones de la pequeña mesita de noche. En el interior había una pequeña bolsa de plástico de las de cierre hermético con mi propia billetera, mis llaves y algo de dinero suelto. Los camilleros que habían ido al garaje del Victory Building habían metido mis cosas en la bolsa. Cisco se había hecho con ella y me la había entregado. Vacié el contenido en el cajón y le di la bolsa a Rojas.

—Perfecto, meta el dinero dentro y ciérrela bien.

Hizo lo que le dije. Con un gesto, le pedí que me devolviera la bolsa. Los billetes de cien parecían muy nuevos. Cuanto menos ha sido utilizado un billete, menos complicado resulta encontrar unas huellas precisas.

—Haré que Cisco se encargue de todo esto. Voy a llamarlo, para que vuelva y se lleve estos billetes. Más adelante necesitaré sus propias huellas dactilares, Rojas.

—Eh…

Rojas no apartaba la vista de la bolsa con los billetes de banco.

–¿Qué?

–¿Llegaré a recuperar el dinero?

Metí la bolsa en el cajón, que cerré de golpe.

–Por Dios, Rojas, váyase de aquí antes de que cambie de idea y le ponga de patitas en la puta calle.

–Muy bien, muy bien. Que sepa que lo siento mucho.

–Lo que siente es que le haya pillado, y punto. ¡Lárguese de una vez! No puedo creer que acabe de darle una segunda oportunidad. Será que soy un tonto del culo.

Rojas se retiró con el rabo entre las piernas. Una vez que se hubo esfumado, bajé la cama con lentitud, tratando de no pensar en su traición o en quién había enviado a aquellos dos individuos con los mitones negros… En nada que tuviera que ver con el caso. Levanté la vista hacia la bolsa de líquido transparente colgada en lo alto y esperé a que el ansiado subidón mitigara mi dolor, aunque fuera un poco.

13

Según lo previsto, el juez Dario Morales ordenó el juicio de Lisa Trammel por asesinato tras una vista preliminar que se prolongó todo el día en la sala del Tribunal Superior en Van Nuys. Valiéndose del inspector Howard Kurlen como principal correa de transmisión de los indicios disponibles, la fiscal Andrea Freeman urdió con habilidad una red de pruebas circunstanciales en la que rápidamente atrapó a Lisa. Freeman traspasó el umbral de preponderancia de las pruebas como si fuera una velocista de los cien metros, y el juez fue igualmente raudo a la hora de emitir su veredicto. Pura rutina. Sin darle más vueltas. En un plis plas. Lisa iba a ser sometida a juicio.

Mi cliente estuvo sentada a la mesa de la defensa durante la vista, pero yo no. Jennifer Aronson hizo todo lo que pudo, pero el resultado estaba cantado. El juez tan solo autorizó que la vista siguiera adelante tras haber interrogado a Lisa exhaustivamente, para asegurarse de que su decisión de comparecer sin mí era meditada, voluntaria y estratégica. Lisa reconoció abiertamente y ante todo el mundo que era consciente de la falta de experiencia de Aronson en un juicio de este tipo y renunció a la posibilidad de apelar a la eventual sentencia del juez argumentando una asistencia letrada inadecuada.

Estuve mirándolo casi todo desde mi casa, donde seguía recuperándome. El canal cinco de la KTLA retransmitió la sesión matinal en directo antes de pasar a la habitual programación de insípidos programas de cotilleo propios de la media tarde. Solo me perdí dos horas de la vista. Pero no me importaba: a esas alturas ya tenía claro qué iba a pasar. No había habido sorpresas; mi única decepción era no haber dado con nuevas pistas sobre la estrategia que el ministerio fiscal pensaba aplicar durante el juicio, el momento de la verdad.

Como habíamos decidido durante nuestras sesiones preparatorias en mi habitación en el hospital Holy Cross, Aronson no llamó a testigo alguno ni puso en práctica una defensa afirmativa. Preferimos reservar todas nuestras hipótesis de inocencia para el juicio, cuando el umbral de culpabilidad más allá de toda duda razonable hiciera que la partida estuviera casi igualada. Aronson interrogó a los testigos de la fiscalía, aunque de forma limitada. Esos testigos estaban más que acostumbrados a prestar declaración en un juzgado: entre ellos se contaban Kurlen, el médico forense y el forense. Freeman prefirió que Margo Schafer no declarase e hizo que fuera Kurlen quien describiera su interrogatorio de esa testigo que afirmaba haber visto a Lisa Trammel a una manzana de distancia del lugar del asesinato. Los testigos del ministerio fiscal no iban a darnos mucho juego, por lo que nuestra estrategia fue la de observar y esperar. Aguardaríamos a que llegase nuestro momento. Sencillamente, iríamos a por ellos durante el juicio: era entonces cuando íbamos a tener más posibilidades.

Al final de la vista se anunció que el caso de Lisa lo juzgaría el magistrado Coleman Perry en el sexto piso del edificio. Era un juez con el que no me había visto las caras hasta la fecha. Pero, como sabía que su sala era uno de los cuatro destinos posibles de mi cliente, había estado preguntando a varios miembros del colegio de abogados, que vinieron a decirme que Perry era un magistrado ecuánime, pero fácilmente irritable. Era un hombre justo, hasta que uno le contrariaba; entonces podía cogerte cierta ojeriza que podía prolongarse durante todo el juicio. Se trataba de una información que tenía su valor ahora que el proceso iba a entrar en la fase definitiva.

Dos días más tarde, me sentí con fuerzas para saltar al ruedo otra vez. Tenía los dedos fracturados y sujetos por una férula flexible; mi torso magullado estaba perdiendo la coloración azul oscuro y escarlata en favor de una asquerosa tonalidad amarillenta. Me habían quitado los puntos del cuero cabelludo, y podía peinarme los cabellos con cuidado por encima de la herida rasurada, como quien trata de ocultar una incipiente calvicie.

Y lo mejor de todo: el testículo que me habían retorcido y que el médico había preferido no extirpar estaba mejorando poco a poco, según el doctor y sus poderes de observación y palpación. Estaba por ver si iba a retomar su actividad y función de siempre, o si iba a marchitarse y morir como un tomate no cosechado en el huerto.

Tal y como habíamos quedado, Rojas se presentó a recogerme con el Lincoln a las once en punto. Salí de casa con cuidado, sujetando con firmeza el bastón en la mano. Él bajó para ayudarme a entrar en la parte posterior del vehículo. Lo hicimos todo con cuidado; un momento después estaba otra vez sentado en mi lugar de siempre, listo para entrar en acción. Rojas tomó asiento frente al volante, y nos pusimos en camino ladera abajo.

—No corra mucho, Rojas. Me duele demasiado como para ponerme el cinturón de seguridad. Y acabo de pegármela contra el respaldo del asiento delantero.

—Perdone, jefe. Iré con más cuidado. ¿Adónde vamos? ¿Al bufete?

Lo de «jefe» se le había pegado de Cisco. Era algo que detestaba, por muy jefe que fuera.

—Al bufete iremos después. Primero tenemos que ir a los estudios Archway, en Melrose.

—Eso está hecho.

Los de Archway eran unos estudios de segunda categoría situados en Melrose, frente a una de las grandes productoras, Paramount Pictures. Establecido como un estudio de apoyo, dotado de material y de sus propios platós, con el tiempo se convirtió en una productora independiente dirigida por el fallecido Walter Elliot. Ahora Archway producía sus propias películas todos los años, unas cintas destinadas a segmentos muy concretos de público. Cosas de la vida, en su momento, Elliot había sido cliente mío.

Rojas me llevó en veinte minutos desde mi casa, situada sobre Laurel Canyon, hasta el estudio. Se detuvo frente a la garita de seguridad emplazada junto al característico arco que coronaba la entrada a la productora. Bajé la ventanilla y le dije al guardia de seguridad que venía a ver a Clegg McReynolds. Me pidió el nombre y un documento de identidad; le entregué mi carnet de conducir. El guardia volvió al interior de la garita y consultó en la pantalla del ordenador.

—Lo siento, señor, pero su nombre no consta en el listado de visitas autorizadas. ¿Ha concertado cita?

—No, no lo he hecho, pero a McReynolds va a interesarle hablar conmigo.

Había preferido no poner a McReynolds sobre aviso.

—Ya, pero no puedo dejarle pasar sin una autorización.

—¿No puede llamarlo y decirle que estoy en la entrada? A McReynolds le interesa hablar conmigo. Sabe quién es, ¿no?

La indirecta estaba clara. Era mejor no jugar conmigo.

El guardia cerró la puerta de la garita y llamó a McReynolds. Le vi hablar a través del cristal. Finalmente abrió la puerta y me pasó el teléfono, cuyo cable era muy largo. Lo cogí y cerré la ventanilla ante las narices del guardia. Donde las dan las toman.

—Soy Michael Haller. ¿Estoy hablando con el señor McReynolds?

—No, soy la secretaria personal del señor McReynolds. ¿En qué puedo ayudarlo, señor Haller? Su nombre no aparece en el listado de visitas y, francamente, yo a usted no le conozco.

Una mujer joven y segura de sí misma.

—Soy el hombre que va a complicarle muchísimo la vida a su jefe si no se pone al teléfono pero ya.

Al otro lado se hizo una burbuja de silencio. La voz finalmente respondió:

—No me gusta ese tono amenazante. El señor McReynolds está en uno de los platós y…

—No era una amenaza. Yo no amenazo. Tan solo digo lo que hay. ¿Dónde está ese plató?

—Eso no voy a decírselo. Y no va usted a acercarse a Clegg hasta que yo sepa qué significa todo esto.

Me fijé en que se refería a su jefe por el nombre de pila. Un claxon sonó a mis espaldas. Los coches estaban empezando a hacer cola. El guardia golpeó con los nudillos en la ventanilla y acercó el rostro con la idea de escudriñar a través de los cristales ahumados. No le hice ni caso. Un segundo claxon resonó por detrás.

—Todo esto es un intento de ahorrarle muchos dolores de cabeza a su jefe. Le supongo familiarizada con el acuerdo al que llegó la semana pasada con la mujer acusada de haber matado al banquero que iba a desahuciarla de su casa.

–Sí, claro.

–Bueno, pues su jefe ha comprado esos derechos de forma ilegal. Doy por supuesto que sin mala intención, sin tener idea de lo que estaba haciendo. Si estoy en lo cierto, McReynolds está siendo víctima de una estafa, y a eso vengo, a echarle un cable en este asunto. Es ahora o nunca. Si no me deja pasar, Clegg McReynolds va a verse metido en un lío muy gordo.

La amenaza final se vio puntuada por otro largo bocinazo del coche situado a mis espaldas y por el firme golpear de los nudillos en el cristal.

–Hable con el guardia –indiqué–. Dígale que sí o dígale que no, usted misma.

Bajé la ventanilla y devolví el teléfono al irritado guardia de seguridad. El hombre se lo llevó al oído.

–¿Qué hago? Hay una cola de coches que llega hasta Melrose.

Escuchó la respuesta, se metió en la garita y colgó el teléfono. Me miró fijamente y pulsó el botón de apertura de la entrada.

–Plató nueve –dijo–. Siga recto y tuerza a la izquierda al llegar al final. No tiene pérdida.

Le dediqué una sonrisa del tipo ya-se-lo-decía-yo y cerré la ventanilla. Rojas pasó bajo el arco de la entrada.

El plató nueve era lo bastante grande como para albergar un portaaviones. A su alrededor había camiones y furgonetas con material variopinto. En uno de los lados vi aparcadas cuatro limusinas extralargas, con los motores en marcha y los chóferes a la espera de que terminara el rodaje y sus pasajeros salieran de allí.

Aquella parecía ser una producción de las importantes, pero no iba a tener ocasión de ver de qué iba la historia. Por la carretera de servicio, flanqueada a uno y otro lado por los platós nueve y diez, se acercaban un hombre maduro y una mujer joven. La mujer llevaba puestos unos auriculares, por lo que supuse que era una secretaria. Al momento señaló mi coche con el dedo.

—Muy bien. Pare aquí.

Rojas se detuvo. Iba a abrir la puerta cuando sonó mi teléfono móvil. Lo cogí y miré la pantalla: NÚMERO DESCONOCIDO.

Era lo que siempre aparecía en pantalla cuando me llamaban mis clientes vinculados al narcotráfico. Usaban móviles de usar y tirar para evitar las escuchas y los listados de llamadas. Hice caso omiso y dejé el teléfono en el asiento. Si quieres que te responda, antes dime quién eres.

Me levanté lentamente y dejé el bastón en el asiento. ¿Para qué anunciar una debilidad?, solía decir mi padre, el gran abogado. Con cuidado, fui andando hacia el productor y su secretaria.

—¿Usted es Haller? —preguntó él.

—Yo mismo.

—Pues sepa que esta producción de la que acaba de apartarme nos está saliendo por un cuarto de millón de dólares por hora. Siguen con el rodaje, pero me han dejado salir un momento para hablar con usted.

—Entiendo. Prometo ser breve.

—Así me gusta. Y bien, ¿qué coño es eso de que me están estafando? ¡A mí no me estafa nadie!

Me lo quedé mirando sin decir palabra. No pasaron ni cinco segundos, y McReynolds volvió a vociferar:

—Bueno, ¿va a decírmelo o no? No tengo todo el día.

Miré a su secretaria un momento. El hombre captó el mensaje.

—La chica se queda conmigo. Quiero contar con una testigo de todo cuanto vayamos a hablar.

Me encogí de hombros, saqué la pequeña grabadora del bolsillo y la conecté. La levanté para mostrar el piloto rojo encendido.

—En tal caso, yo también voy a grabarlo todo.

McReynolds miró el aparato; en sus ojos apareció un brillo de desprecio. La grabadora iba a preservar su voz, sus palabras. Eso podía ser peligroso en un lugar como Hollywood. Sin duda, estaba acordándose de lo sucedido a Mel Gibson en su momento.

—Muy bien. Apague ese chisme. Jenny se va ya mismo.

—¡Clegg! —protestó Jenny.

McReynolds le soltó un sonoro palmetazo en la rabadilla.

—He dicho que te vayas.

Humillada, la chica se marchó al paso rápido de una colegiala.

—A veces tienes que tratarlas así —dijo McReynolds.

—Seguro que les sirve de lección.

El tipo asintió con la cabeza, pasando por alto el sarcasmo de mi voz.

—Voy a preguntárselo otra vez, Haller. ¿Qué significa todo esto?

—Que a usted, Clegg, Herb Dahl, su asociado en lo referente al acuerdo con Lisa Trammel, le está tomando el pelo.

McReynolds negó firmemente con la cabeza.

—De eso nada. Mis asesores legales lo han estado mirando todo con lupa. La propia mujer firmó la cesión de los derechos. Si quisiera, nada me impediría rodar una película en la que Trammel fuera un putón de ciento cincuenta kilos loca por follar con negros con la polla enorme, sin que ella pudiera hacer nada al respecto. El acuerdo no tiene fisuras

—Sí, claro, pero sus asesores legales no podían saber que ninguno de los dos estaba en situación de venderle los derechos legales sobre la historia. Porque resulta que esos derechos los tengo yo. Trammel me los cedió bajo contrato antes de que Dahl se presentara demasiado tarde. Trató de arreglar la cosa robándome los contratos originales, que yo guardaba en un archivador. Pero no va a salirle bien. Cuento con un testigo del robo y con las huellas dactilares de Dahl. A ese tipo van a condenarlo por robo y estafa. Clegg, no creo que usted quiera que lo condenen por lo mismo.

—¿Está amenazándome? ¿Es un chantaje de algún tipo? ¡A mí no me chantajea nadie!

—No, no es un chantaje. Solo quiero lo que me corresponde. Y usted puede elegir: seguir con Dahl como socio o cerrar ese mismo acuerdo conmigo.

—Es demasiado tarde. Ya he firmado. Todos hemos firmado. El trato está cerrado.

Hizo amago de darme la espalda.

—¿Ha pagado a ese sujeto?

Se encaró conmigo otra vez.

—Está de coña, ¿no? Esto es Hollywood.

—Y supongo que solo ha firmado una suerte de precontrato, ¿no?

—Eso es. Los contratos de verdad los firmaremos dentro de cuatro semanas.

—Entonces, ha anunciado un acuerdo que no termina de estar cerrado del todo. Es el procedimiento habitual en Hollywood. De todos modos, si quiere que las cosas cambien, aún está a tiempo. Si desea cerrar un acuerdo muy ventajoso, todavía puede hacerlo.

—No me interesa. El proyecto me gusta. Dahl fue quien me lo propuso. Fue con él con quien llegué a un acuerdo.

Asentí con la cabeza como si comprendiera su situación.

–Como prefiera. Pero mañana por la mañana voy a ir a la policía; por la tarde presentaré la denuncia. Contra usted también, como cómplice en una operación de fraude.

–¡Yo no he hecho nada de eso! Ni siquiera tenía idea de todo esto hasta hablar con usted ahora mismo.

–Exacto. Acabo de explicárselo todo, y usted no piensa hacer nada al respecto. Prefiere seguir trabajando con un ladrón, a pesar de que ya conoce los hechos. Estamos hablando de complicidad, y la cosa no puede estar más clara.

Me llevé la mano al bolsillo y saqué la grabadora. Se la mostré, para que viera que el piloto rojo seguía encendido.

–Voy a bloquear la producción durante tanto tiempo que, cuando todo este asunto termine, el estudio estará llevándolo esa chica a la que acaba de meterle un cachetazo en el culo.

Entonces fui yo quien le dio la espalda.

–Espere un minuto, Haller.

Me giré. McReynolds estaba mirando hacia el norte, hacia ese enorme letrero que a tantos visitantes atraía.

–¿Qué es lo que tengo que hacer? –preguntó.

–Debe cerrar ese mismo trato conmigo. Yo me encargaré de Dahl. Ese tipo se merece lo que va a caerle encima.

–Necesito un número de teléfono para mis asesores legales.

Saqué una tarjeta de visita y se la entregué.

–Acuérdese de que tengo que saber algo hoy mismo.

–Me acordaré.

–Por cierto, ¿de qué cantidad estamos hablando en este acuerdo en concreto?

–Doscientos cincuenta por adelantado, y un millón en total. Y otro cuarto de millón para la producción.

Asentí con un gesto. Un cuarto de millón de dólares por adelantado serían más que suficientes para pagar la defensa de Lisa Trammel. Incluso era posible que Herb Dahl se quedara con algo. Todo dependía de cómo decidiera manejar el asunto y de lo justo que quisiera mostrarme con un ladrón. Tenía ganas de buscarle un problema a ese tipo, pero lo cierto era que había encontrado un verdadero productor para el proyecto.

—Voy a decirle una cosa. Soy el único fulano en la ciudad capaz de sorprenderle: no tengo interés en producir el asunto. Aténgase a esa parte del acuerdo con Dahl, que se lleve su parte.

—Siempre que no esté en la cárcel.

—Incluya una cláusula especial en el contrato.

—Eso va a resultar toda una novedad. Espero que mis asesores legales sepan cómo hacerlo.

—Ha sido un placer hacer negocios con usted, Clegg.

Volví a girarme para regresar al coche. Clegg esta vez vino corriendo y se puso a mi lado.

—Podremos llamarle, ¿verdad? Necesitaremos que nos asesore, sobre todo en lo tocante al guion.

—Tienen mi tarjeta.

Llegué al Lincoln y Rojas me abrió la puerta. Me subí al coche con sumo cuidado, poniendo especial atención en no hacerme aún más daño en los huevos. Me volví hacia McReynolds.

—Una cosa más —dijo él—. Estaba pensando en contratar a Matthew McConaughey para la película. Seguro que lo haría muy bien. ¿Usted cómo lo ve? ¿Quién cree que sería el actor adecuado para interpretar su papel?

Sonreí antes de cerrar la puerta.

—Lo tiene delante de sus narices, Clegg.

A través del cristal ahumado, vi la confusión en su rostro y le dije a Rojas que pusiera rumbo a Van Nuys.

14

Rojas me dijo que el teléfono me había sonado varias veces durante la charla con McReynolds. Lo comprobé,
pero no había mensajes. Abrí el listado de llamadas y vi
que durante los últimos diez minutos me habían llamado cuatro veces sin identificarse. Los intervalos tempora-
les eran demasiado dispares como para que se tratara de
una posible llamada repetida de fax. Alguien había estado tratando de contactar conmigo, pero, al parecer, la
cosa no era tan urgente como para dejar un mensaje.

Llamé a Lorna y le dije que estaba en camino. Le expliqué el acuerdo al que había llegado con McReynolds
y añadí que los del departamento legal de Archway seguramente telefonearían antes del final de la jornada. A
Lorna le gustó oír que era posible que el caso empezase
a rendir beneficios, en lugar de generar nada más que
gastos.

–¿Qué más?

–Andrea Freeman ha telefoneado dos veces.

Pensé en las cuatro llamadas hechas a mi móvil.

–¿Le has dado mi número particular?

–Sí.

–Creo que ha estado llamándome, pero no ha dejado
ningún mensaje. Será que pasa algo.

Lorna me dio el número que había dejado Andrea.

–Si llamas ahora mismo, igual todavía la encuentras.
Hasta ahora.

—Muy bien, pero ¿por dónde andan los demás?

—Jennifer está aquí en el bufete, y Cisco está volviendo de hacer un trabajito.

—¿Qué clase de trabajito?

—No me lo ha dicho.

—Muy bien. Ahora nos vemos.

Colgué y llamé al número proporcionado por Freeman. No había sabido nada de ella desde que aquellos dos matones me habían agredido. Incluso el propio Kurlen había venido a visitarme al hospital. Pero mi tan digna oponente ni me había enviado una tarjeta para desearme una pronta recuperación. Y ahora me encontraba con seis llamadas en una sola mañana, sin mensaje alguno. Me picó la curiosidad.

Freeman respondió al primer tono de llamada y fue directa al grano.

—¿Cuándo puede venir por aquí? –preguntó–. Me gustaría comentarle un par de cosas antes de pisar el acelerador a fondo.

Era su forma de decir que estaba abierta a la posibilidad de ponerle punto final al caso con un acuerdo de aceptación de culpabilidad, antes de que la maquinaria del juicio empezara a funcionar a todo trapo.

—Pensaba que me había dicho que no iba a haber una oferta de ningún tipo.

—Bueno, digamos que lo hemos estado pensando todo un poco. Sigo pensando lo mismo sobre su forma de llevar este caso, pero no veo por qué su cliente tiene que apechugar con las consecuencias de sus acciones.

Había gato encerrado. Me lo olía. La fiscal se había encontrado con algún tipo de problema. Una prueba que se había extraviado o un testigo que había cambiado su versión de los hechos. Pensé en Margo Schafer. Era posible que hubiera un problema con la testigo. Era un hecho que Freeman no le había hecho declarar durante la vista preliminar.

–No tengo ganas de ir a la oficina del fiscal. Puede venir a mi despacho o podemos encontrarnos en terreno neutral.

–No me importa jugar en campo contrario. ¿Dónde tiene el despacho?

Le di la dirección, y convinimos en encontrarnos una hora después. Colgué y traté de pensar en los posibles problemas con que pudiera haberse encontrado la fiscalía. Volví a acordarme de Schafer. Tenía que ser ella.

El teléfono móvil vibró en mi mano. Miré la pantalla: NÚMERO OCULTO.

Freeman estaba llamándome de nuevo, probablemente para cancelar el encuentro y revelar que todo había sido un numerito, otra maniobra sacada del manual de jueguecitos psicológicos de la fiscalía. Pulsé la tecla del aparato.

–¿Sí?

Silencio.

–¿Hola?

–¿Es usted Michael Haller?

Una voz masculina, desconocida.

–Sí. ¿Con quién hablo?

–Soy Jeff Trammel.

Por alguna razón, necesité un momento para situar aquel nombre, hasta que de pronto vi la luz. El marido desaparecido.

–Jeff Trammel, sí. ¿Cómo está?

–Bien, más o menos.

–¿Cómo ha conseguido mi número?

–Esta mañana he telefoneado a Lisa, para ver cómo iba todo. Y me ha sugerido que le llame.

—Bueno, pues me alegro. Jeff, ¿se da cuenta de la situación en la que se encuentra su mujer?

—Sí. Me lo ha contado todo.

—¿Es que no estaba enterado por las noticias?

—En este lugar no hay televisión ni nada por el estilo. Y tampoco leo español.

—¿Dónde se encuentra, Jeff?

—Eso prefiero no decirlo. Porque seguramente se lo contaría a Lisa, y prefiero que, por el momento, Lisa siga sin saberlo.

—¿Piensa volver para el juicio?

—No lo sé. Estoy sin blanca.

—Podríamos hacerle llegar algo de dinero para el viaje. Para que pueda estar con su mujer y su hijo en este momento tan difícil. También podría usted declarar en el juicio, Jeff. En lo referente a la casa, el banco y las presiones recibidas.

—Eh… No. Prefiero no hacerlo, señor Haller. No quiero exponerme de esa manera. No me sentiría cómodo.

—¿Es que no está dispuesto a salvar a su mujer?

—Mi exmujer, más bien. Aunque aún no estemos legalmente separados.

—Jeff, ¿qué es lo que quiere? ¿Dinero?

Se produjo una larga pausa. Jeff ahora iría al grano. Pero me sorprendió.

—No quiero nada, señor Haller.

—¿Está seguro?

—Lo único que quiero es no tener nada que ver con todo eso. Ya no forma parte de mi vida.

—¿Dónde se encuentra, Jeff? ¿Dónde tiene su vida ahora?

—No voy a decírselo.

Meneé la cabeza con frustración. Quería que siguiera hablando al teléfono, como el policía empeñado en dar con una pista, pero no había asomo de pista alguna.

–Mire, Jeff, siento tener que sacar el tema a colación, pero mi trabajo consiste en prever todas las posibilidades, ¿entiende? Y si perdemos el juicio y Lisa va a ser condenada, sus seres queridos y amigos podrán dirigirse al tribunal y hablar de los aspectos positivos de su persona. Tendremos ocasión de exponer los factores atenuantes. La lucha de Lisa por conservar su casa, por ejemplo. Y me gustaría saber que usted vendría a prestar declaración.

–¿Es que piensa que van a perder el juicio?

–No, creo que tenemos un montón de probabilidades de ganarlo. Hablo muy en serio. Las pruebas son completamente circunstanciales, y el testigo con que cuentan no tiene ni media bofetada. Pero he de estar preparado para un resultado negativo. ¿Está seguro de que no puede decirme dónde se encuentra, Jeff? Siempre puedo garantizarle confidencialidad. Y, además, necesito saber dónde está si vamos a enviarle dinero.

–Tengo que dejarle.

–¿Qué me dice del dinero, Jeff?

–Volveré a llamarle.

–¿Jeff?

Había colgado.

–Casi lo tenía, Rojas.

–Lo siento, jefe.

Dejé el teléfono sobre el reposabrazos y miré al exterior para ver dónde estábamos. Por la autovía a través del Cahuenga Pass. Aún tardaríamos veinte minutos en llegar.

Jeff Trammel no había dicho que no al dinero la última vez que lo mencioné.

Lo siguiente que hice fue llamar a mi cliente. Cuando contestó, oí el ruido de un televisor en segundo plano.

—Lisa, soy Mickey. Tenemos que hablar.

—Muy bien.

—¿Puede apagar el televisor, por favor?

—Sí, claro. Perdón.

Esperé un momento, y el silencio se hizo al otro lado.

—Ya está.

—En primer lugar, su marido acaba de llamarme. ¿Le dio mi número?

—Sí, fue lo que usted me dijo, ¿se acuerda?

—Sí, claro. Tan solo quería asegurarme. La cosa no ha ido bien. Parece que su esposo quiere mantenerse al margen.

—Fue lo que me dijo.

—¿Le reveló dónde se encuentra? Si lo supiera, podría enviar a Cisco para que tratase de convencerlo.

—No me lo dijo.

—Me parece que todavía está en México. Me ha dicho que no tiene dinero.

—Lo mismo me dijo a mí. Quiere que le envíe parte del dinero de la película.

—Entonces, ¿le ha contado lo del acuerdo?

—Van a hacer una película, Mickey. Tenía que decírselo.

O quizá tenía que pasárselo por las narices para que se fastidiara.

—¿Adónde iba a enviar el dinero?

—Me dijo que no tenía más que ingresarlo en Western Union; después podría recogerlo en cualquiera de sus oficinas.

Yo sabía que había oficinas de Western Union en toda Tijuana y en las demás ciudades situadas más al sur. Había enviado dinero a mis clientes de esa forma en anteriores ocasiones. Podíamos hacer el ingreso y esperar a ver en qué oficina recogía Jeff Trammel el dinero. Pero si

Jeff era listo, no iría a la oficina más cercana al lugar donde estaba, de forma que no averiguaríamos cosa alguna.

–Muy bien –dije–. Más tarde pensaremos qué es lo que vamos a hacer con Jeff. También quería explicarle que el acuerdo establecido por Herb Dahl con Archway ha cambiado.

–¿Cómo es eso?

–El acuerdo ahora está establecido entre Archway y yo. Si al final hacen una película, Jeff podrá llevar la producción. Y no tendrá que ir a la cárcel. De forma que ha salido bien parado de esta. Usted también ha salido bien parada, pues sus abogados defensores ahora van a cobrar, y el resto se lo lleva usted. Mucho más de lo que Herb iba a pagarle, por cierto.

–¡No puede hacer eso, Mickey! ¡El que cerró el acuerdo fue Herb!

–Pero resulta que lo he anulado, Lisa. Clegg McReynolds no tenía mucha ganas de verse metido en la maraña legal en la que iba a atrapar a Herb. Puede decírselo a Herb usted misma o puede decirle que me llame, si quiere.

Lisa guardó silencio.

–Hay otra cosa más, y es importante. ¿Me escucha?

–Le escucho.

–En este momento voy a mi bufete, donde me encontraré con la fiscal. A petición suya. Creo que hay alguna novedad. Que algo no marcha bien para ellos. Quiere hablarme de un posible trato, pues de lo contrario nunca hubiera aceptado venir a mi despacho. Simplemente, quiero que lo sepa. Le llamaré después de hablar con ella.

No quiero llegar a ningún acuerdo, Mickey. A no ser que nos ofrezca plantarse en las escalinatas del juzgado y declarar a los de la prensa y la televisión que soy inocente.

Noté que el coche viraba y miré por la ventanilla. Rojas estaba saliendo de la autovía antes de lo previsto, para evitar el intenso tráfico.

—Bueno, no creo que vaya a ofrecernos una cosa así, pero tengo la obligación de mantenerla informada de sus opciones. No quiero que se convierta en una especie de mártir por…, por esta causa que ha hecho suya. Haría mejor en escuchar todas las ofertas, Lisa.

—No voy a declararme culpable. Y punto. ¿Hay alguna otra cosa de la que quiera hablar?

—Por el momento, no. La llamo más tarde.

Dejé el teléfono en el reposabrazos. Ya había hablado lo suficiente. Cerré los ojos con intención de descansar unos minutos. Traté de mover los dedos en el interior de la férula y lo conseguí, aunque me dolió lo suyo. Tras estudiar las radiografías, el médico me había dicho que seguramente me habían pegado un pistotón en la mano cuando ya estaba inconsciente en el suelo. Y menos mal, me decía. El médico consideraba que los dedos recuperarían el movimiento sin mayor problema.

En el oscuro mundo situado tras mis párpados vi que los hombres con mitones venían en mi dirección. De forma repetida, en bucle. Reparé en que sus ojos eran desapasionados al acercarse. Para ellos era un simple encargo de rutina. Nada más. Cuatro décadas de autoestima y seguridad en mí mismo habían saltado hechas trizas, como unos huesecillos contra la acera.

Al cabo de un rato oí que Rojas anunciaba desde el asiento delantero:

—Ya hemos llegado, jefe.

15

Cuando entré en la recepción, Lorna me hizo un gesto con la mano desde el otro lado del escritorio. El gesto era de advertencia. A continuación, señaló la puerta de mi despacho, para indicarme que Andrea Freeman estaba esperándome dentro. Fui con rapidez al otro despacho, llamé a la puerta con los nudillos una vez y la abrí. Cisco y Bullocks estaban sentados ante sus respectivos escritorios. Fui al de Cisco y le mostré mi móvil.

–Me ha llamado el marido de Lisa. Varias veces, de hecho. Número oculto. ¿Puedes hacer algo?

Se pasó el dedo por los labios mientras lo pensaba.

–La empresa suministradora del servicio tiene un sistema para el rastreo de llamadas amenazantes. Si les doy la hora exacta de las llamadas, seguramente encontrarán algo. Les llevará unos cuantos días, y lo único que podrán hacer será identificar el número, pero no localizarlo. Si lo que quieres es triangular la localización de ese hombre, vas a necesitar a la policía.

–Lo único que quiero es el número. La próxima vez quiero ser yo el que le llame, y no al revés.

–Hecho.

Me giré y miré a Aronson.

–Bullocks, igual te interesa ir conmigo a ver qué tiene que decir la fiscal. ¿Cómo lo ves?

–Perfecto.

Fuimos a mi despacho. Freeman estaba sentada en una silla frente a mi escritorio, leyendo unos correos electrónicos en su móvil. Vestía con el tipo de ropa que no llevaba en un juzgado: pantalones vaqueros y un suéter. Seguramente, había estado en la oficina todo el día. Cerré la puerta y ella levantó la mirada.

—Andrea, ¿le apetece tomar alguna cosa?

—No, gracias.

—Ya conoce a Jennifer de la vista preliminar.

—Sí, claro, Jennifer la mudita. Porque no dijo ni pío durante toda la vista.

Fui a sentarme tras el escritorio y vi que Aronson estaba empezando a ruborizarse de vergüenza. Traté de echarle un cable.

—Bueno, Jennifer quería decir un par de cosas, pero yo le había dado la orden de callar. Cuestión de estrategia, ya sabe. ¿A qué se debe esta visita del ministerio fiscal a mi humilde lugar de trabajo?

—Bueno, el tiempo corre, y he estado pensando un poco. Me he dicho que usted trabaja en todo el condado y seguramente no conoce al juez Perry tan bien como yo.

—Por decirlo finamente, nunca he estado en una misma sala con él.

—Bueno, pues resulta que Perry es partidario de resolver las cosas con rapidez. Los titulares de prensa y la publicidad le dan lo mismo. Y en este caso sin duda le gustará saber que se ha dado un intento serio de cerrar el caso de mutuo acuerdo. Por lo que me he dicho que quizá sería buena idea hablar una vez más del asunto antes de ir a juicio.

—¿Una vez más? No recuerdo una vez anterior.

—¿Quiere que lo hablemos? ¿Sí o no?

Me arrellané e hice girar el asiento como si estuviera meditando la cuestión. Todo esto era una pequeña comedia, y ambos lo sabíamos. Freeman no estaba viniéndome con estas para complacer al juez Perry. Allí había algo más. Algo que no iba bien y que, en consecuencia, ofrecía una oportunidad a la defensa. Moví los dedos en el interior de la férula, pues me picaba la palma de la mano.

–Bueno… –dije–. No sé muy bien qué es lo que está pensando. Cada vez que le hablo de la posibilidad de un acuerdo de aceptación de culpabilidad, mi cliente me dice que de eso ni hablar. Lo que ella quiere es ir a juicio. Por supuesto, lo he visto mil veces antes. Quiero ir a juicio, quiero ir a juicio, y al final se prestan a un acuerdo de ese tipo.

–Justamente.

–Pero en este caso tengo las manos atadas, Andrea. Mi cliente me ha prohibido hacer una propuesta así a la fiscalía, en dos ocasiones. No me deja tomar la iniciativa. Pero ahora es usted quien viene a hablar conmigo, por lo que no hay impedimento. Sea como sea, tiene que abrir una negociación. Dígame qué está pensando.

Freeman asintió con la cabeza.

–Es justo. He sido yo quien le ha llamado, cierto. ¿Estamos de acuerdo en que esta conversación es estrictamente confidencial? ¿En que nada va a salir de aquí, incluso si no llegamos a un acuerdo?

–Naturalmente.

Aronson y yo asentimos a la vez.

–Muy bien, pues esto es lo que estamos pensando. Y que sepa que tengo autorización de las esferas superiores. Lo dejamos en homicidio y recomendamos un tipo medio.

Volví a asentir, echando hacia delante el labio inferior como para indicar que la propuesta tenía su interés. A la vez sabía que, si su oferta inicial era la de homicidio con la recomendación de una condena de tipo medio, las cosas tan solo podían ir a mejor para mi cliente. Y sabía que el instinto no me estaba engañando. La fiscalía ni en sueños me hubiera propuesto un acuerdo de este tipo si no se encontraran ante un problema muy serio. Siempre me había dicho que sus acusaciones resultaban endebles a partir del momento en que habían esposado a mi cliente. Pero ahora había algo que no iba bien. Algo gordo, y tenía que averiguar de qué se trataba.

—Es una buena oferta —dije.

—Y que lo diga. Hemos eliminado la premeditación y la alevosía.

—Supongo que estamos hablando de homicidio voluntario, ¿no es así?

—Incluso usted mismo tendría problemas para describirlo como involuntario. Su cliente no estaba en ese aparcamiento por casualidad. ¿Le parece que aceptará?

—No lo sé. Desde el principio me ha dicho que nada de acuerdos. Quiere ir a juicio. Puedo tratar de venderle la moto. Pero…

—Pero ¿qué?

—Siento curiosidad, ¿sabe? ¿Cómo es que me ofrecen un trato tan bueno? ¿Cómo se explica? ¿Con qué problemas se encuentran para venirme con rebajas de esta clase?

—No estamos hablando de rebajas. Trammel irá a la cárcel, y se habrá hecho justicia. No nos hemos encontrado con ningún problema, pero los juicios son largos y costosos. La fiscalía del distrito ha pensado en cerrar acuerdos para no tener que ir a juicio. Pero acuerdos que tengan sentido. Este es uno de esos acuerdos. Si no le interesa, me voy.

Levanté las manos en señal de rendición. Vi que su mirada iba a la férula de yeso en mi izquierda.

–No se trata de que me interese o no. La decisión la tiene que tomar mi cliente, y es mi deber proporcionarle toda la información, eso es todo. He estado en situaciones parecidas antes. Por lo general, una oferta de este tipo es tan buena que da que pensar. Si la aceptas, más tarde te enteras de que el testigo principal iba a echarse atrás o que la fiscalía se encontró con una prueba claramente exculpatoria de la que igualmente te hubieras enterado durante la presentación de pruebas, si hubieras aguantado un poco más.

–Ya, pero esta vez no es el caso. Es lo que hay. Tiene veinticuatro horas para decidirse, y luego lo dejamos correr.

–¿Y qué me dice de una condena de tipo mínimo?

–*¿Cómo?*

Casi sonó como un aullido.

–Vamos, Andrea, todavía no me ha hecho su mejor y última propuesta. Nadie trabaja de esta manera. Tiene otra oferta que hacerme, y ambos lo sabemos. Homicidio voluntario, recomendación de una condena de tipo mínimo. Como mucho, Trammel estará cinco o siete años en la cárcel.

–Quiere usted matarme. La prensa me crucificará.

–Es posible, pero lo que tengo claro es que su jefe no le ha hecho venir aquí con una sola propuesta, Andrea.

Se arrellanó en la silla, y sus ojos fueron de Aronson al despacho, a las estanterías con libros.

Me mantuve a la espera. Miré a Aronson y le hice un guiño. Sabía qué era lo que estaba al caer.

–Siento lo de su mano dijo Freeman–. Tuvo que haberle dolido.

–La verdad es que no. Ya estaba fuera de combate cuando me hicieron esto. Así que ni llegué a enterarme.

Levanté la mano de nuevo y moví los dedos, cuyas puntas eran visibles por sobre el reborde de la férula.

—Ya puedo moverlos bastante.

—Muy bien. Una condena de tipo mínimo. Pero igualmente tiene que decirme algo en firme antes de veinticuatro horas. Y todo esto es confidencial. Incluso si no llegamos a un trato, nadie más que su cliente puede enterarse de lo que hemos estado hablando.

—Ya lo habíamos convenido así.

—Bueno, pues supongo que no hay nada más. Si les parece, me voy.

Se levantó, y Aronson y yo hicimos otro tanto. Nos pusimos a charlar sobre esto y aquello, como suele suceder tras una reunión de importancia.

—Y bien, ¿quién va a ser el próximo fiscal de distrito? —pregunté.

—Sé tan poco como usted mismo —dijo Freeman—. Lo que está claro es que por ahora no hay ningún favorito.

En esos momentos, al frente de la fiscalía del distrito se encontraba un funcionario nombrado provisionalmente después de que su antecesor hubiera pasado a ocupar un alto cargo en la oficina del fiscal general estadounidense en Washington. En otoño iban a celebrarse unas elecciones especiales para nombrar al nuevo fiscal del distrito, pero los candidatos hasta el momento no eran demasiado prometedores.

Terminamos de hablar de esto y aquello, nos estrechamos las manos y Freeman se fue del bufete. Me senté otra vez tras el escritorio y miré a Aronson.

—Y bien, ¿qué piensas?

—Que creo que tienes razón. La oferta era sospechosamente buena, y Freeman incluso la mejoró después. Tienen un problema con el caso.

–Sí, pero ¿qué problema? No vamos a poder explotarlos mientras no sepamos de qué se trata.

Eché mano al teléfono y pulsé la tecla de comunicación interna. Le dije a Cisco que viniera. Sin decir palabra, hice girar la silla mientras llegaba. Cisco entró, dejó mi teléfono móvil en el escritorio y tomó asiento en la silla que antes ocupaba Freeman.

–He puesto en marcha el seguimiento de la llamada. Tardarán unos tres días. No son muy rápidos, la verdad.

–Gracias.

–¿Qué tal ha ido con la fiscal?

–Está metida en un problema, y no sabemos cuál. Sé que has investigado todo cuanto nos ha dicho, también a los testigos. Quiero que vuelvas a hacerlo. Algo ha cambiado. Algo con lo que contaban y con lo que ahora ya no cuentan. Tenemos que saber qué es.

–Margo Schafer, seguramente.

–¿Por qué lo dices?

Cisco se encogió de hombros.

–Por experiencia. Los testigos son poco fiables. Schafer es el elemento clave en un caso marcado por las pruebas circunstanciales. Si se niega a testificar o se echa atrás en sus palabras, la fiscalía tiene un problema muy gordo. Y ya sabemos que no va a serles fácil convencer a un jurado de que esa mujer vio lo que dice haber visto.

–Pero todavía no hemos hablado con ella, ¿verdad?

–Se negó a que la entrevistáramos, y no está obligada, claro.

Abrí el cajón intermedio del escritorio y saqué un lápiz. Inserté la punta bajo la abertura superior de la férula, lo corrí entre dos dedos y maniobré con él hasta rascarme la palma de la mano.

–¿Qué es lo que estás haciendo? –preguntó Cisco.

–¿A ti qué te parece? Rascarme la palma de la mano. Me ha estado picando que no veas durante la charla con Freeman.

–Ya sabéis lo que dicen sobre los picores en las palmas de las manos –apuntó Aronson.

La miré, preguntándome si la respuesta tendría un significado sexual de algún tipo.

–No, ¿qué dicen?

–Que si te pica la palma derecha significa que vas a ganar un dinero. Si te pica la izquierda, que vas a tener que pagar un dinero. Si te rascas, ni lo uno ni lo otro.

–¿Es lo que os enseñan en esa facultad de derecho, Bullocks?

–No, es lo que mi madre siempre decía. Era supersticiosa. Y pensaba que era verdad.

–Bueno, pues, si lo es, acabo de ahorrarme un dinerito.

Saqué el lápiz y lo devolví al interior del cajón.

–Cisco, inténtalo otra vez con Schafer. Intenta pillarla desprevenida. Encuéntrate con ella donde menos se lo espera. A ver cómo reacciona. Y a ver si se decide a hablar.

–Hecho.

–Si no habla, investígala otra vez a fondo. Es posible que haya algún tipo de conexión que no sabemos.

–Si la hay, la voy a encontrar.

–Cuento con ello.

16

Como suponía, Lisa Trammel no quiso ni oír hablar de un acuerdo de aceptación de culpabilidad que iba a costarle hasta siete años de cárcel, por mucho que la condena pudiera multiplicarse por cuatro en caso de ir a juicio. Prefería arriesgarse para conseguir una absolución, y yo lo entendía. Si bien no sabía cuáles eran las razones que habían llevado a la fiscalía a cambiar de orientación, la propuesta de llegar a un acuerdo ventajoso para la defensa me llevaba a sospechar que el ministerio fiscal no las tenía todas consigo y que contábamos con bastantes probabilidades de salir ganando. Si mi cliente estaba dispuesta a jugar a los dados, yo no iba a oponerme. No era mi libertad la que estaba en juego.

Al día siguiente, llamé a Andrea Freeman para comunicarle la noticia mientras volvía a casa en el coche después del trabajo. La fiscal me había estado dejando numerosos mensajes a lo largo de la jornada, y yo había tomado la decisión estratégica de no responderle, con la idea de ponerle un poco nerviosa. Pero resultó que no estaba nada nerviosa. Cuando le dije que mi cliente había rechazado la propuesta, simplemente se echó a reír.

–Haría mejor en responder los mensajes más rápido, Haller. Esta mañana he tratado de hablar con usted varias veces. La propuesta ha sido retirada de forma permanente a las diez en punto. Su cliente habría hecho mejor en aceptarla anoche; seguramente se hubiera ahorrado veinte años de cárcel.

–¿Quién ha retirado la propuesta? ¿Su jefe?

–Yo misma. He cambiado de idea, y punto.

No sabía a qué se debía un cambio tan radical en menos de veinticuatro horas. Por lo que yo sabía, esa mañana tan solo había pasado una cosa relacionada con el caso: el abogado de Louis Opparizio había pedido que nos denegaran el acceso a los archivos de su cliente y que este no tuviera que comparecer en el juicio. Pero no veía la conexión con el repentino cambio de opinión de Freeman en lo tocante al acuerdo de aceptación de culpabilidad.

Al ver que no respondía, Freeman indicó que quería ponerle punto final a la llamada.

–Y bien, supongo que nos veremos las caras en la sala.

–Sí, claro. Pero, para que lo sepa, voy a averiguarlo, Andrea.

–¿El qué?

–Lo que sea que está escondiéndome. Lo que ayer les puso nerviosos y los empujó a hacerme la propuesta. Me da igual que ahora piensen que lo tienen todo controlado. Voy a averiguarlo. Y cuando vayamos a juicio voy a contar con ese as en la manga.

Freeman se echó a reír de un modo que al momento socavó la seguridad que había puesto en mis palabras.

–Como digo, nos veremos en la sala –indicó.

–Eso es.

Dejé el teléfono en el reposabrazos y traté de adivinar qué era lo que estaba pasando. Y al momento me di cuenta. Era muy posible que ya contara con el as en la manga que le había mencionado a Freeman.

La carta de Bondurant a Opparizio estaba perdida entre la maraña de documentos que Freeman nos había entregado. Posiblemente, la fiscal tan solo hubiera reparado en ella hacía poco y hubiera comprendido lo que yo podía hacer con ese documento. A veces sucede. Un fiscal asume la dirección de un caso en el que hay unas pruebas que en principio parecen incontrovertibles, y entonces se confía en exceso. El abogado hace su trabajo y más tarde aporta otras pruebas de importancia. Demasiado tarde para el fiscal, en ocasiones.

Terminé de convencerme. Tenía que ser la carta. El día anterior, Freeman se había puesto nerviosa por esa carta. Sin embargo, ahora se sentía segura. ¿Qué había cambiado? La única diferencia era la solicitud para que nos denegaran el acceso a los documentos y el testimonio de Opparizio. Al momento comprendí la estrategia de la fiscalía. Apoyarían la denegación. Si Opparizio no prestaba declaración, era posible que yo no pudiera mostrar la carta al jurado.

Si mi hipótesis era cierta, la defensa iba a tenerlo muy mal si el juez le daba la razón al abogado de Opparizio. Comprendí con claridad que tenía que enfrentarme a esa solicitud como si el caso entero dependiera de ella. Porque era lo que pasaba.

Me metí el móvil en el bolsillo. No más llamadas. Estábamos a última hora del viernes por la tarde. Era mejor que me olvidara del caso y lo retomara por la mañana. Hasta entonces, todo podía esperar.

—Rojas, ponga un poco de música. ¡Ha llegado el fin de semana, hombre!

Rojas pulsó la tecla del reproductor de discos compactos en el salpicadero. Me había olvidado de qué disco había puesto la última vez, pero pronto identifiqué la canción como la versión de Ry Cooder de *Teardrops Will Fall*, ese clásico de los años sesenta que aparecía en la recopilación de lo mejor del cantante. La canción sonaba bien, como tenía que ser. Una canción sobre el amor perdido y el abandono.

Faltaban menos de tres semanas para que empezase el juicio. Todavía no habíamos averiguado qué era lo que Freeman escondía, pero el equipo de la defensa estaba completamente preparado para pasar a la acción. Aún teníamos que elevar unas cuantas solicitudes de interés al juez, pero, por lo demás, estábamos listos para entrar en batalla, y yo tenía cada vez mayor confianza.

El lunes siguiente me encerraría en el bufete y empezaría a coreografiar la argumentación de la defensa. Haría que la hipótesis de inocencia se expusiera con cuidado, poco a poco, por un testigo tras otro, hasta urdir una imponente teoría de la duda razonable.

Pero todavía faltaba un fin de semana entero para llegar al lunes. Mi intención era distanciarme al máximo de Lisa Trammel y de todo lo demás. En esos momentos, Cooder cantaba *Poor Man's Shangri-La,* el tema sobre los platillos volantes y los extraterrestres adolescentes mexicanos del barrio de Chávez Ravine antes de que la especulación llevara a la demolición del distrito para construir el estadio de los Dodgers.

What's that sound, what's that light?
Streaking down through the night

Le dije a Rojas que subiera el volumen. Bajé las ventanillas traseras y dejé que el viento y la música acariciaran mi cabello y mis oídos.

UFO got a radio
Little Julian singing soft and low
Los Angeles down below
DJ says, we gotta go

To El Monte, to El Monte, pa El Monte
Na, na, na, na, na
Livin' in a poor man's Shangri-La

Cerré los ojos mientras seguíamos avanzando.

17

Rojas me dejó ante los escalones de acceso a la puerta de mi casa, que subí trabajosamente mientras llevaba el Lincoln al garaje. Tenía su coche aparcado en la calle. Como de costumbre, se iría con él hasta su casa. Volvería el lunes.

Antes de abrir la puerta fui al extremo del porche y contemplé la ciudad. Al sol le quedaban un par de horas antes de que llegara el fin de semana. Desde donde me encontraba, la ciudad emitía cierto sonido que era tan identificable como el silbido de una locomotora. El atenuado zumbido de un millón de sueños que competían entre sí.

–¿Se encuentra bien?

Me giré. Era Rojas, que acababa de subir por los escalones.

–Sí, claro. ¿Por qué lo dice?

–No sé. Lo he visto ahí de pie y se me ha ocurrido que quizá hubiera algún problema, que no tenía la llave de la puerta o algo parecido.

–No. Simplemente, estaba mirando la ciudad.

Fui hacia la puerta y saqué la llave.

–Que tenga un buen fin de semana, Rojas.

–Lo mismo digo, jefe.

–Una cosa. Igual sería mejor que dejara de llamarme jefe.

–Muy bien, jefe.

–Como quiera.

Hice girar la llave en la cerradura y abrí la puerta del todo. Al momento me llegó un estridente y multitudinario grito:

–¡¡¡Sorpresa!!!

Una vez me pegaron un tiro en la barriga tras haber abierto la misma puerta. Esta sorpresa era más mucho más agradable. Mi hija vino corriendo y me abrazó; le devolví el abrazo. Miré alrededor y vi a todo el mundo: Cisco, Lorna, Bullocks. Mi hermanastro Harry Bosch y su hija, Maddie. Y también estaba Maggie. Se acercó después de que lo hubiera hecho Hayley y me besó en la mejilla.

–Eh… Tengo que daros una mala noticia –dije–. Hoy no es mi cumpleaños. Me temo que os habéis dejado engañar por algún desaprensivo con ganas de comer pastel.

Maggie me pegó un puñetazo en el hombro.

–Tu cumpleaños es el lunes. Un mal día para montar una fiesta sorpresa.

–Sí, justo lo que había pensado.

–Vamos, apártate de la puerta y deja que entre Rojas. No vamos a quedarnos tanto tiempo. Solo queremos desearte un feliz cumpleaños.

Acerqué mi rostro al suyo, la besé en la mejilla y musité:

–¿Y tú? ¿Tampoco vas a quedarte un rato?

–Ya veremos.

Fue conmigo mientras me estrechaban la mano, me besaban y me daban palmaditas en la espalda. Todo tan bonito como inesperado. Hicieron que me sentara en el extremo de la mesa; pedí una limonada.

La celebración se prolongó durante una hora más, y tuve tiempo de hablar con todos los presentes. Hacía meses que no había visto a Harry Bosch. Tenía entendido que había venido a verme al hospital, pero en un momento en que yo no estaba despierto. El año anterior habíamos colaborado en un caso en el que yo había trabajado como fiscal especial. Había estado bien eso de encontrarnos en el mismo bando; me dije que esa experiencia seguramente nos acercaría, pero no fue eso lo que sucedió. Bosch siguió manteniéndose tan distante como de costumbre, y yo continué sintiéndome tan apesadumbrado como siempre por la situación.

Cuando tuve oportunidad, me puse a su lado. Estábamos los dos de pie, uno junto al otro, frente a la ventana que ofrecía la mejor panorámica de la ciudad.

–Resulta difícil no admirarla desde este ángulo, ¿verdad? –dijo.

Me giré hacia él un momento y volví a posar la vista en la ciudad a nuestros pies. Asimismo, Harry estaba bebiendo una limonada. Me había dicho que había dejado el alcohol después de que su hija se trasladara a vivir con él.

–Entiendo lo que quieres decir –convine.

Terminó de beberse la limonada y me dio las gracias por la fiesta. Le dije que Maddie podía quedarse un rato más para estar con Hayley. Pero respondió que tenía previsto ir con ella a una galería de tiro a primera hora de la mañana siguiente.

–¿A una galería de tiro? ¿Vas a llevar a tu hija a una galería de tiro?

–En casa tengo más de una pistola. Es bueno que aprenda a manejarlas.

Me encogí de hombros. Lo que decía tenía su lógica.

Bosch y su hija fueron los primeros en irse, y los demás no tardaron en hacer otro tanto. Las únicas que se quedaron fueron Maggie y Hayley, que habían decidido dormir en mi casa.

Agotado después de aquel día, de aquella semana y de aquel mes, me pegué una larga ducha y me acosté temprano. Maggie no tardó en presentarse, después de que Hayley se quedara dormida en su cuarto. Cerró la puerta, y en ese momento comprendí que mi verdadero regalo de cumpleaños estaba por llegar.

–Eres lo que no hay, Haller –susurró.

–¿Y ahora qué es lo que he hecho?

–Meterte en líos, como siempre.

Se acercó y se sentó sobre mí. Agachó la cabeza y me acarició el rostro con los cabellos. Me besó y empezó a mover las caderas con lentitud. Llevó los labios a mi oído y dijo:

–El médico te ha dicho que vas a recuperar la función y la actividad normal, ¿verdad?

–Es lo que me ha dicho.

–Bien, vamos a comprobarlo.

Tercera parte

Bolero

18

Louis Opparizio era un hombre que no quería recibir una notificación. Como abogado, sabía que la única forma en que podían obligarle a comparecer en el juicio de Lisa Trammel consistía en recibir una notificación oficial al respecto. Evitarla equivalía a evitar prestar declaración. Ya fuera porque le habían puesto sobre aviso sobre la estrategia de la defensa o, sencillamente, porque era lo bastante espabilado para adivinarla por su cuenta, Opparizio parecía haber desaparecido desde que nos pusimos a buscarlo. Estaba en paradero desconocido, y ninguno de los trucos acostumbrados para dar con su pista había funcionado. No sabíamos si Opparizio estaba en el país, por no hablar de Los Ángeles.

Opparizio contaba con una gran ventaja a la hora de esconderse: el dinero. Si tienes suficiente dinero, puedes ocultarte de quien sea en este mundo, cosa que él sabía perfectamente. Era propietario de numerosas viviendas en numerosos estados, múltiples vehículos y hasta un avión privado para moverse a sus anchas. Cuando se trasladaba, ya fuera de un estado a otro, o de su casa en Beverly Hills a su oficina en Beverly Hills, lo hacía protegido por un batallón de guardaespaldas.

Pero también contaba con una gran desventaja: el dinero. La formidable riqueza acumulada tras trabajar al servicio de los bancos y otros prestamistas también era su talón de Aquiles. Había hecho suyos los gustos y las aspiraciones de los superricos.

Y por eso finalmente dimos con él.

En el curso de sus pesquisas para encontrarlo, Cisco reunió una tremenda cantidad de información sobre su presa. Los datos permitieron tender una trampa planificada y ejecutada a la perfección. A la oficina de Opparizio en Beverly Hills llegó un folleto lujosamente editado que anunciaba la subasta a puerta cerrada de un cuadro del pintor Aldo Tinto. El folleto indicaba que el cuadro iba a estar en exposición durante tan solo dos horas, a partir de las siete de dos días después, en la galería Studio Z, en el complejo de Bergamot Station en Santa Mónica. Y que sería posible pujar por ella hasta la medianoche.

El folleto parecía ser del tipo profesional y legítimo. La imagen del cuadro había sido tomada de un catálogo artístico en internet que mostraba colecciones privadas. Sabíamos, por un perfil de Opparizio publicado dos años atrás en una revista del colegio, que se había convertido en coleccionista de obras de pintores no muy conocidos y que estaba obsesionado por el fallecido maestro italiano Tinto. Cuando un hombre llamó al número de teléfono que aparecía en el folleto, se presentó como colaborador de Opparizio y concertó una cita para ver el cuadro, supimos que lo teníamos pillado.

A la hora precisa de la cita, el séquito de Opparizio entró en la antigua estación de tranvías Red Car, que había sido reconvertida en un lujoso complejo de galerías de arte. Mientras tres guardaespaldas con gafas oscuras se desplegaban por el terreno, otros dos se pasearon por Studio Z hasta que dieron la señal de que todo estaba en orden. Tan solo entonces Opparizio salió de la limusina Mercedes.

En el interior de la galería le recibieron dos mujeres que le desarmaron con sus sonrisas y su entusiasmo respecto a las artes en general y al cuadro que estaba a punto de ver. Una de ellas le pasó una copa de cristal con champán para celebrar el momento. La otra le entregó una gruesa carpeta de documentos con las autentificaciones y con el historial de exposiciones de la obra. Como en ese momento tenía el champán en la mano, no pudo abrir la carpeta. Le dijeron que podía echarle un ojo a los documentos más tarde, pues tenía que ver el cuadro antes de que llegase la próxima visita. Las dos mujeres le condujeron a la sala de exposición, donde el lienzo descansaba en un ornado caballete cubierto por una tela satinada. La luz de un foco solitario iluminaba el centro de la sala. Las mujeres le animaron a quitar la tela él mismo, y una de ellas se hizo con su copa de champán. Llevaba las manos enfundadas en un par de largos guantes.

Opparizio dio un paso al frente, con la mano en alto, relamiéndose de ilusión. Con cuidado, apartó la tela satinada. Pegada al caballete, estaba la citación judicial. Confuso, acercó el rostro para mirarla bien, acaso todavía pensando que era la obra del maestro italiano.

–Perfecto, señor Opparizio –dijo Jennifer Aronson–. Tiene el original en la mano.

–No entiendo –respondió, aunque sí que entendía.

–Que sepa que lo hemos estado grabando todo, desde que ha entrado –indicó Lorna.

Se acercó a la pared y pulsó el interruptor; la luz bañó la sala entera. Señaló las dos cámaras de vídeo en lo alto. Jennifer levantó la copa de champán como si fuera a hacer un brindis.

–También tenemos sus huellas dactilares, por si nos hacen falta.

Se giró y alzó la copa hacia una de las cámaras.

—No —dijo Opparizio.

—Sí —respondió Lorna.

—Nos veremos en el juicio —agregó Jennifer.

Las mujeres se dirigieron a la salida lateral de la galería, donde Cisco las esperaba sentado al volante del Lincoln. Habían cumplido su trabajo.

Eso había sucedido en su momento. Ahora yo estaba en la sala del magistrado Coleman Perry, preparándome para defender el servicio y la validez de la citación de Opparizio, que se encontraba en el centro de la argumentación de la defensa. Sentada junto a mí a la mesa de la defensa se encontraba la segunda abogada, Jennifer Aronson, y a su lado, nuestra cliente, Lisa Trammel. Oparizzio y sus dos abogados, Martin Zimmer y Landon Cross, estaban sentados a la mesa opuesta. Andrea Freeman ocupaba un asiento situado algo más atrás. Como fiscal del caso vinculado a esta comparecencia era parte interesada, aunque en principio no iba a tomar parte en ella. El inspector Kurlen también estaba en la sala, sentado unas tres filas más allá. Su presencia era un misterio para mí.

Opparizio había sido quien había solicitado esta comparecencia inicial. Sus dos abogados y él estaban empeñados en invalidar la citación y su participación en el proceso. A la hora de planificar su estrategia habían considerado prudente avisar a Freeman de la comparecencia por si la fiscalía asimismo encontraba oportuno que Opparizio no tuviera que declarar ante un jurado. Aunque su papel primordial era el de espectadora, la fiscal podía intervenir en cualquier momento, e incluso, si no lo hacía, la comparecencia le serviría para ver por dónde irían los tiros de la defensa durante el proceso.

Era la primera vez que veía a Opparizio en persona. Estaba hecho todo un hombretón y, de un modo u otro, parecía ser tan ancho como alto. La piel de su rostro era tersa y tirante por efecto de la cirugía, o tal vez por una rabia sostenida a lo largo de los años. El corte de su pelo y su trabajo denotaban que tenía mucho dinero. Y me parecía que resultaba el perfecto chivo expiatorio, pues también daba la impresión de ser capaz de matar o, por lo menos, de dar la orden de matar.

Sus abogados le habían pedido al juez que la comparecencia tuviese lugar a puerta cerrada, para que los detalles no llegaran a ser conocidos por la prensa y, en consecuencia, no pudieran influir en los miembros del jurado que iba a ser seleccionado al día siguiente. Pero todos en la sala sabíamos que a los dos abogados no les movía el altruismo. En realidad, la comparecencia a puerta cerrada tenía por objeto que los detalles sobre Opparizio no llegaran a oídos de mucha gente más allá del jurado. Evitar que llegaran a la opinión pública, en general.

Me mostré totalmente en contra de que la comparecencia fuese a puerta cerrada. Argumenté que era inevitable que la ciudadanía sospechara del juicio subsiguiente, lo que resultaría peor que la posible influencia en los miembros del jurado. Perry había sido elegido para el cargo, por lo que siempre se andaba con cuidado en lo tocante a la opinión de los electores. Me dio la razón y declaró que la comparecencia iba a ser pública. Me había apuntado un buen tanto. Probablemente, haber salido ganando en este asunto había salvado la estrategia entera de la defensa.

A la sala no acudieron muchos periodistas, pero sí los suficientes para lo que yo necesitaba. En primera fila vi a la gente del *Los Angeles Business Journal* y del *Los Angeles*

Times. Un cámara independiente que vendía sus grabaciones a todos los grandes canales estaba sentado con su aparato en la vacía tribuna del jurado. Le había avisado de la comparecencia, además de sugerirle que estuviera en el juzgado ese día. Me decía que entre los periodistas de la prensa escrita y el cámara de televisión Opparizio se sentiría lo bastante presionado como para que las cosas discurrieran de la forma que a mí me convenía.

Tras decidir que la comparecencia fuera pública, el juez fue al grano.

—Señor Zimmer, ha presentado usted una petición para denegar que el señor Oparizzio preste declaración en el caso California contra Trammel. ¿Por qué no nos explica sus razones?

Zimmer tenía aspecto de ser un abogado con el colmillo retorcido, acostumbrado a meter a sus enemigos en el maletín. Se levantó para responder al juez.

—Estamos encantados de ofrecérselas, señoría. En primer lugar, voy a referirme a la cuestión de la citación para esta comparecencia; luego, mi colega, el señor Cross, expondrá el otro punto en que basamos nuestra petición.

Zimmer alegó que mi bufete había cometido un fraude al tender la trampa que había llevado a que la citación llegara a Opparizio. Según dijo, el vistoso folleto que había embaucado a su cliente era un elemento fraudulento y su envío a través del servicio postal estadounidense constituía un delito que invalidaba toda acción subsiguiente, como la propia entrega de la citación. Y además pidió al juez que penalizara a la defensa prohibiéndole volver a solicitar que Opparizio declarase en el juicio.

Ni siquiera tuve que levantarme para responder a estas cosas, lo que era bueno, pues el simple hecho de levantarme o estar rígidamente sentado hacía que mi pecho se estremeciera de dolor. El juez movió la mano en mi dirección indicándome que no me moviera. Luego rebatió la argumentación de Zimmer; dijo que era original, pero también la tachó de ridícula e insustancial.

–Por favor, señor Zimmer, le recuerdo que esto es un asunto serio –dijo Perry–. ¿Tiene algún otro alegato más contundente?

Zimmer se remitió a su colega y tomó asiento algo avergonzado. Landon Cross se levantó para dirigirse al juez.

–Señoría –dijo–, Louis Opparizio es un hombre de elevada posición social, muy bien considerado en esta comunidad. Y nada tiene que ver con este crimen o este juicio, por lo que no está de acuerdo en que su nombre y su reputación se vean manchados. Permítame repetir enfáticamente que nada tiene que ver con este crimen, sobre el que nada sabe y del que no es sospechoso en absoluto. Mi cliente no tiene ninguna información que ofrecer al respecto, ni inculpatoria ni exculpatoria, por lo que no quiere que la defensa le haga subir al estrado para ver si pesca alguna cosa, del mismo modo que considera que la defensa pretende utilizarle para desviar la atención del caso que va a ser juzgado. Por lo que sugerimos que el señor Haller se dedique a pescar otro tipo de peces y en otras aguas.

Cross se volvió hacia Andrea Freeman.

–Señoría, quisiera añadir que la fiscalía está de acuerdo con nuestra solicitud de desestimación, por las razones que acabamos de mencionar.

El juez se movió en la silla y me miró fijamente.

–Señor Haller, ¿quiere responder?

Me levanté. Poco a poco. En la mano llevaba el martillo de caucho que solía tener en el escritorio, que estaba apretando con los dedos, recién liberados de la férula, pero todavía bastante rígidos.

–Sí, señoría. En primer lugar, quiero decir que el señor Cross no anda tan desencaminado con sus referencias a la pesca. Porque, en caso de tener lugar, la declaración del señor Opparizio en el juicio seguramente nos obligaría a armarnos de paciencia. Aunque por mi parte considero conveniente echar la caña y probar. Y estoy diciendo todo esto, señoría, porque el señor Opparizio y sus asesores legales han hecho que a la defensa le resultara imposible investigar a fondo el asesinato de Mitchell Bondurant. El señor Opparizio y sus secuaces han estado bloqueando...

Zimmer se puso en pie como impulsado por un resorte.

–¡Señoría! ¡Esto es vergonzoso! ¿¡Secuaces!? Salta a la vista que la defensa pretende influir en los periodistas presentes en la sala a costa del señor Opparizio. Antes de seguir, vuelvo a pedirle que esta comparecencia tenga lugar a puerta cerrada.

–Vamos a seguir como hasta ahora –dijo Perry–. Pero, señor Haller, sepa que no voy a permitirle llamar a declarar a este testigo sencillamente porque a usted le conviene impresionar al jurado. ¿Cuál es su relación con el caso? ¿Dónde está la vinculación?

Asentí con la cabeza, como si la respuesta fuese obvia.

–El señor Opparizio es el fundador y presidente de una compañía que opera como intermediaria en los procesos de desahucio. Cuando la víctima en este caso decidió iniciar la ejecución hipotecaria de la vivienda de la acusada, recurrió al señor Opparizio para que se encargara del asunto. Señoría, a mi modo de ver, esto sitúa al señor Opparizio en la primera línea del caso, y quisiera interrogarlo porque el ministerio fiscal ha declarado a los medios de comunicación que el desahucio es el motivo de este asesinato.

Zimmer se levantó antes de que el juez pudiera responder.

—¡Una afirmación ridícula! La empresa del señor Opparizio tiene ciento ochenta y cinco empleados. Su sede ocupa un edificio de oficinas con tres pisos. Y...

—Las ejecuciones hipotecarias son un negocio suculento —observé.

—Señor Haller —advirtió el juez.

—El señor Opparizio nada tuvo que ver en absoluto con el desahucio de la acusada; la única relación es que de la ejecución hipotecaria se encargó su empresa, una empresa que este año ha intervenido en unos cien mil casos similares —dijo Zimmer.

—¿Cien mil casos, señor Zimmer? —preguntó el juez.

—Eso es, señoría. Como promedio, la empresa ha estado llevando unos dos mil casos de desahucio por semana durante más de dos años, entre los que se incluiría el caso de la acusada. El señor Opparizio no tenía conocimiento específico sobre dicho caso. Era uno entre muchísimos otros y jamás estuvo en su punto de mira.

El juez se sumió en sus pensamientos; daba la impresión de que ya había oído suficiente. Yo hubiera preferido no tener que revelar el as que guardaba en la manga, y menos todavía delante de la fiscal. Pero tenía que asumir que Freeman ya estaba al corriente de la existencia de la carta de Bondurant y del valor que esta tenía.

Abrí la carpeta que tenía en la mesa. Dentro estaba la carta, con cuatro copias prestas a ser distribuidas.

—Señor Haller, me siento inclinado a...

—Señoría, con su permiso, quisiera preguntarle al señor Opparizio cuál es el nombre de su secretaria personal.

—¿Quiere saber cómo se llama su secretaria?

—Su secretaria personal, sí.

—¿Y a qué viene ese interés suyo, si se puede saber?

—Le estoy pidiendo permiso para preguntarlo, sencillamente.

—Muy bien. ¿Señor Opparizio? El señor Haller quiere preguntarle cómo se llama su secretaria personal.

Opparizio echó la cabeza hacia delante y miró a Zimmer como pidiéndole su aprobación. Con un gesto, este le indicó que respondiera.

—Bueno, señor juez, en realidad tengo dos. Una se llama Carmen Esposito, y la otra, Natalie Lazarra.

Volvió a arrellanarse en el asiento. El juez me miró. Había llegado el momento de sacarse el as de la manga.

—Señoría, aquí tengo las copias de una carta certificada escrita por Mitchell Bondurant, la víctima de asesinato, y enviada al señor Opparizio. La recibió su secretaria personal Natalie Lazarra, que fue quien firmó el recibo. Esta carta formaba parte de la presentación de pruebas que hizo la fiscalía. Quisiera que el señor Opparizio prestara declaración en el juicio para preguntarle por esta carta.

—Vamos a ver —dijo Perry.

Me levanté y entregué copias al juez y a Zimmer. Al volver hacia la mesa, pasé junto a Freeman y le ofrecí otra.

—No, gracias. Ya la tengo.

Asentí con la cabeza, llegué junto a la mesa y me mantuve en pie.

—¿Señoría? —dijo Zimmer—. ¿Sería posible hacer un breve receso para estudiar el documento? No lo habíamos visto hasta ahora.

—Quince minutos —indicó Perry.

El juez bajó del estrado y se marchó por la puerta en dirección a su despacho. Esperé a ver si Opparizio y su gente salían a la antesala. Como no lo hicieron, yo tampoco lo hice. Me interesaba ponerles nerviosos ante la posibilidad de que pudiera escuchar alguna cosa.

Me volví hacia Aronson y Trammel.

–¿Qué están haciendo? –murmuró Aronson–. Está claro que ya conocían esa carta.

–Estoy seguro de que la fiscalía les entregó una copia –dije–. Opparizio se está comportando como si fuera el más listo en la sala. Ahora comprobaremos si lo es.

–¿Qué quieres decir?

–Que le hemos puesto entre la espada y la pared. Sabe que tendría que decirle al juez que si le pregunto por la carta se acogerá a la quinta enmienda, y que en consecuencia no tendría que prestar declaración en el juicio. Pero también sabe que va a tener un problema si se acoge a la quinta enmienda delante de los periodistas, porque estos van a oler sangre.

–¿Y qué cree que va a hacer? –preguntó Trammel.

Me levanté de la mesa. Fui andando entre la una y la otra con paso despreocupado. Zimmer me miró por encima del hombro y acercó el rostro al de su cliente. Finalmente, llegué junto a Freeman, quien seguía sentada en su silla.

–¿Cuándo piensa intervenir?

–Bueno, creo que no será necesario.

–Opparizio y su gente ya tenían la carta, ¿verdad? Porque usted se la dio.

Se encogió de hombros sin responder. Miré a Kurlen, sentado tres filas más allá.

–¿Qué hace Kurlen aquí?

–Bueno… Igual nos hace falta.

Una respuesta muy elocuente.

–La semana pasada, cuando nos hizo la propuesta… Fue después de que se tropezaran con la carta, ¿verdad? Se dijo que iba a ser un verdadero quebradero de cabeza.

Levantó la mirada y sonrió, sin revelar sus bazas.

–¿Qué fue lo que cambió? ¿Por qué retiraron la propuesta?

Tampoco me respondió.

–Opparizio seguramente va a acogerse a la quinta enmienda, ¿no le parece?

De nuevo se encogió de hombros.

–Es lo que yo haría –dije–. Pero ¿él…?

Volví a la mesa y me senté. Trammel me susurró que seguía sin estar claro qué era lo que iba a pasar.

–Lo que nos interesa es que Opparizio comparezca como testigo en el juicio. No quiere hacerlo, pero el juez tan solo le librará si se acoge a la quinta enmienda, para no tener que declarar contra sí mismo. Si lo hace, estamos muertos. Opparizio es nuestra cabeza de turco. Necesitamos que declare.

–¿Crees que va a acogerse a la quinta enmienda?

–Me huele que no. No le conviene, con todos esos periodistas en la sala. Está a punto de firmar un importante acuerdo de adquisición y sabe que, si se acoge a la quinta enmienda, la prensa no va a dejarle en paz. Creo que se cree lo bastante listo para considerar que podrá salir de esta cuando comparezca como testigo. Es lo que espero. Que siga creyéndose más listo que nadie.

–Pero ¿y si…?

Calló, pues el juez acababa de volver al estrado. Se reanudó la sesión, y Zimmer pidió permiso para hablar.

–Señoría, quisiera dejar constancia de que, en contra del criterio de la defensa, mi cliente me ha indicado que retiremos la solicitud de desestimación.

El juez asintió con la cabeza y frunció los labios. Sus ojos fueron a Opparizio.

–En consecuencia, ¿su cliente comparecerá como testigo ante el jurado? –preguntó.

–Sí, señoría –dijo Zimmer–. Es la decisión que acaba de tomar.

–¿Está seguro, señor Opparizio? Cuenta usted con dos abogados muy experimentados.

–Sí, señoría –respondió Opparizio–. Estoy seguro.

–En tal caso, la petición queda desestimada. ¿Hay algo más que quieran hablar antes de que mañana procedamos a la selección del jurado?

La mirada de Perry se posó en Freeman de forma reveladora. El juez sabía que había más cosas de las que hablar. Freeman se levantó. Tenía una carpeta en la mano.

–Sí, señoría. Con su permiso.

–Adelante, señorita Freeman.

La fiscal dio un paso al frente, pero esperó a que Opparizio y sus abogados terminaran de recogerlo todo y se marcharan de la mesa del ministerio fiscal. El juez esperó pacientemente. Freeman se situó ante la mesa, pero no llegó a sentarse.

–A ver si lo adivino –dijo Perry–. Quiere hablar sobre el nuevo listado de testigos redactado por el señor Haller.

–Sí, señoría. Y también quisiera referirme a una cuestión que tiene que ver con las pruebas. ¿Por dónde quiere que empiece?

Una cuestión referente a las pruebas. De pronto comprendí por qué Kurlen estaba en la sala.

–Comencemos por el listado de testigos –indicó el magistrado–. Es lo que me veía venir.

–Sí, señoría. El señor Haller ha incluido el nombre de la segunda abogada en el listado de testigos y creo que, en primer lugar, está obligado a escoger entre contar con la señorita Aronson como segunda abogada o contar con ella como testigo. En segundo lugar, y más importante, la señorita Aronson hasta la fecha ha representado a la defensa en la vista preliminar y en otros procedimientos, razón por la que la fiscalía pide que se desestime esta reciente inclusión de su nombre como testigo que declarar en el juicio.

Freeman tomó asiento. El juez me miró.

—Un poco tarde en el juego, ¿no cree, señor Haller?

Me levanté.

—Sí, señoría, salvo por el hecho de que esto no es un juego y de que estamos hablando de la libertad de mi cliente. La defensa pide comprensión en este punto. La señorita Aronson estuvo profundamente implicada en la defensa contra la ejecución hipotecaria de la vivienda de mi cliente, y la defensa ha llegado a la conclusión de que es necesario que explique a los miembros del jurado los antecedentes y lo que estaba sucediendo en el momento de la muerte del señor Bondurant.

—¿Y su intención es la de que asuma la doble función de testigo y abogada defensora? Eso no va a suceder en mi sala, señor.

—Señoría, en el momento de incluir el nombre de la señorita Aronson en el listado final, di por sentado que la señorita Freeman objetaría. La defensa está abierta a la decisión de su señoría sobre este punto.

Perry miró a Freeman por si quería añadir algo. La fiscal se mantuvo inmóvil.

—Muy bien —dijo el juez—. Acaba de perder el concurso de su segunda abogada, señor Haller. Doy permiso para que la señorita Aronson siga formando parte del listado de testigos, pero mañana va a encontrarse solo cuando empecemos a seleccionar el jurado. La señorita Aronson se mantendrá alejada de esta sala hasta que se la llame a prestar declaración.

—Gracias, señoría —dije—. ¿Podrá volver a desempeñarse como segunda abogada una vez que haya declarado?

–No veo ningún problema al respecto –respondió el juez–. Señorita Freeman, iba usted a plantear una segunda cuestión.

Freeman dio un paso al frente. Me senté y cogí el bolígrafo para tomar notas. El movimiento hizo que un dolor estremecedor me recorriera el torso; tuve que contenerme para no soltar un resoplido.

–Señoría, el ministerio fiscal quiere adelantarse a rebatir una objeción y protesta que la defensa inevitablemente va a elevar. A última hora de ayer recibimos los resultados del análisis del ADN de una diminuta muestra de sangre encontrada en uno de los zapatos de la acusada, incautados durante el registro que se hizo en su casa y su garaje el día del asesinato.

El dolor en mis costillas se esfumó: fue como si me hubieran soltado un puñetazo en el estómago. El instinto me dijo que esto lo cambiaba todo.

–El análisis establece que la sangre hallada en el zapato se corresponde con la de la víctima, Mitchell Bondurant. Antes de que la defensa proteste, tengo que informar a su señoría de que el análisis de sangre se retrasó porque la muestra era muy muy pequeña. Dificultad a la que se sumaba la necesidad de conservar una parte para la defensa.

Tiré el bolígrafo por los aires; rebotó sobre la mesa y terminó por caer al suelo. Me puse en pie.

–Señoría, esto es sencillamente escandaloso. ¿En la misma víspera de la selección del jurado? ¡Y muchas gracias por reservar una parte para la defensa! Tendremos que salir corriendo y hacer que la analicen antes de que mañana empiece la selección del jurado. Voy a decirle una cosa, esto es un…

–Se ha explicado perfectamente, señor Haller –me interrumpió el juez–. A mí tampoco me gusta. Señorita

Freeman, han contado con esta prueba desde el mismo comienzo del caso. ¿Cómo se explica que los resultados les hayan llegado de forma tan tardía como conveniente, justo antes de la selección del jurado?

—Señoría —dijo Freeman—, soy consciente del problema que supone para la defensa y el tribunal. Pero es lo que hay. Me he enterado de los resultados a las ocho de esta mañana, después de que me llegara el informe del laboratorio. Esta es la primera ocasión que he tenido de hacérselo saber al tribunal. En cuanto al motivo por el que el resultado nos ha llegado ahora, bueno, hay unas cuantas razones. Estoy segura de que su señoría está informado de los constantes retrasos en los análisis de ADN realizados en el laboratorio de la universidad estatal. Estamos hablando de millares de casos. Es verdad que las investigaciones de homicidios tienen prioridad, pero no hasta llegar a la exclusión de otros casos. Optamos por no recurrir a un laboratorio privado que habría trabajado con mayor rapidez porque nos preocupaba lo minúsculo de la muestra. Teníamos claro que, si un análisis externalizado de este tipo salía mal, perderíamos toda oportunidad de analizar la sangre… y de contar con una parte para la defensa.

Meneé la cabeza con frustración, esperando mi oportunidad de volver a hablar. Esto lo cambiaba todo. Las pruebas hasta el momento eran completamente circunstanciales. Pero ahora había una prueba que relacionaba a la acusada con el crimen de forma directa.

—¿Señor Haller? —dijo el juez—. ¿Quiere responder?

—Por supuesto, señoría. Creo que estamos ante una jugada muy sucia, y ni por asomo me creo eso de que la entrega a última hora haya sido producto de las circunstancias. Solicito que el tribunal le indique al ministerio fiscal que es demasiado tarde para sacar a relucir una cosa así. Y pido que esta supuesta prueba se excluya del juicio.

–Siempre se puede retrasar la celebración del juicio, ¿no cree? –dijo el magistrado–. ¿Le parece bien que le dé el tiempo suficiente para realizar su propio análisis y ponerse al día?

–¿Ponerme al día? Señoría, no es cuestión de que hagamos nuestro propio análisis. Estamos hablando de que quizá necesitemos cambiar toda la estrategia de la defensa, de arriba abajo. No solo necesito tiempo para hacer el análisis del ADN. Después de dos meses, me veo obligado a repensar nuestra estrategia. Es un impacto a la zona de flotación, señoría, y la supuesta prueba tendría que ser desestimada por la simple razón del juego limpio.

Freeman amagó con contestar, pero el juez no se lo permitió. Me lo tomé como una buena señal, hasta que vi que se ponía a mirar el calendario colgado en la pared detrás de la mesa del alguacil: solo estaba dispuesto a mejorar la situación concediéndome más tiempo. Iba a permitir que la prueba del ADN se mostrara en el juicio, y tan solo me daría algo de tiempo adicional para prepararlo todo un poco.

Me senté, derrotado. Lisa Trammel acercó el rostro y musitó con desesperación.

–Mickey, esto no puede ser. Es una encerrona. No es posible que su sangre estuviera en mis zapatos. Tiene que creerme.

Levanté la mano para que guardara silencio. No tenía por qué creer en sus palabras; además, todo eso ahora carecía de importancia. La cuestión era que la fiscalía estaba decantando las cosas a su favor. No era de extrañar que Freeman volviera a mostrarse tan confiada.

De pronto me acordé de una cosa. Me levanté. Con demasiada rapidez. El dolor estremeció mi torso y mi entrepierna, y me doblé sobre la mesa de la defensa.

—¿Señoría...?

—¿Se encuentra bien, señor Haller?

Me enderecé con lentitud.

—Sí, señoría, pero necesito agregar una cosa más, con su permiso y para que conste.

—Adelante.

—Señoría, la defensa pone en duda la veracidad de lo dicho por la fiscalía: que tan solo esta mañana se han enterado de los resultados del análisis del ADN. Hace tres semanas, la señorita Freeman ofreció a mi cliente una propuesta muy interesante y dio a la señorita Trammel veinticuatro horas para pensársela. Pero entonces...

—¿Señoría? —intervino Freeman.

—No interrumpa —ordenó el juez—. Prosiga, señor Haller.

No me importaba quebrantar la promesa que le había hecho a Freeman de no revelar la propuesta de la fiscalía. A estas alturas, la cortesía había quedado olvidada.

—Gracias, señoría. Y bien, nos hicieron esa propuesta el jueves por la noche, pero, de pronto, el viernes por la mañana, la señorita Freeman retiró la oferta, de forma misteriosa y sin darnos explicaciones. Creo que ahora tenemos la explicación, señoría. La señorita Freeman en ese momento (hace tres semanas) ya estaba al corriente de la existencia de esta supuesta prueba del ADN, pero decidió mantenerla en secreto para pillar desprevenida a la defensa la víspera del comienzo del juicio. Me parece que...

—Gracias, señor Haller. ¿Qué tiene que decir, señorita Freeman?

Reparé en que el juez había entornado los ojos. Estaba irritado. Lo que yo acababa de revelar sonaba pero que muy plausible.

—Señoría —dijo Freeman en tono indignado—. Nada puede estar más lejos de la verdad. En la sala se encuentra el inspector Kurlen, quien no tendrá problema en declarar bajo juramento que el informe del ADN llegó a su despacho el fin de semana y que lo vio por primera vez esta mañana a las siete y media, poco después de llegar al trabajo. Me llamó a continuación, y justo acabo de proporcionarle la prueba al tribunal. La fiscalía no ha mantenido nada en secreto, y tengo que protestar por las insinuaciones que la defensa ha vertido sobre mi persona.

El juez fijó la vista en Kurlen. Volvió a mirar a Freeman.

—¿Por qué retiraron esa propuesta al día siguiente de haberla efectuado? —preguntó.

Era la pregunta del millón de dólares. A Freeman pareció incomodarle que el magistrado insistiera en aclarar este punto.

—Señoría, tomamos la decisión en razón de varios factores internos que seguramente no convendría airear en público.

—Quiero una explicación, fiscal. Si su intención es presentar esta prueba a juicio, primero va a tener que disipar todas mis dudas, con independencia de esos factores internos que menciona.

Freeman asintió con la cabeza.

—Sí, señoría. Como sabe, contamos con un fiscal de distrito interino, después de que el señor Williams pasara a trabajar en la oficina del fiscal general en Washington. El resultado es una situación en la que no siempre contamos con líneas claras de comunicación y dirección. Baste con saber que el jueves uno de mis superiores dio su aprobación a la oferta que luego le hice al señor Haller. Pero, el viernes, un cargo más alto de la fiscalía me dijo que la propuesta había sido desestimada internamente, razón por la que la retiré.

Era una gran mentira, pero bien formulada, y yo no contaba con nada que la contradijera. Cuando aquel viernes me dijo que habían retirado la oferta, su tono de voz dejo entrever que algo nuevo había pasado, algo inesperado, y que su decisión nada tenía que ver con la comunicación y la dirección internas.

El juez emitió su veredicto.

—Voy a posponer la selección del jurado para dentro de diez días hábiles. Para que la defensa tenga tiempo de efectuar su propio análisis del ADN, si tal es su intención. Considero que diez días son más que suficientes para que la defensa adopte los cambios en su estrategia que puedan necesitarse a partir de dicho análisis. El ministerio fiscal tiene la responsabilidad de ofrecer su cooperación absoluta a este respecto y de entregar la muestra biológica a la defensa cuanto antes. La elección del jurado tendrá lugar dentro de dos semanas, quedan avisados. Se levanta la sesión.

El juez se marchó rápidamente. Contemplé la página en blanco en mi cuaderno. Acababan de pegarme un mazazo.

Empecé a recoger mis cosas con lentitud.

—¿Qué vamos a hacer? —preguntó Aronson.

—Aún no lo sé —respondí.

—Hagan la prueba del ADN —dijo Lisa Trammel al momento—. Esos resultados están mal. La sangre en mis zapatos no puede ser la de ese hombre. No puede ser.

La miré. Sus ojos oscuros brillaban de convencimiento y sinceridad.

—No se preocupe. Ya pensaré en algo.

El optimismo me resultaba amargo en el paladar. Miré a Freeman. Estaba mirando las carpetas que tenía en el maletín. Fui hacia ella; me miró con desdén. No estaba interesada en escuchar mis lamentaciones.

–Por su expresión, diría que las cosas han salido tal y como las tenía planeadas –observé.

No movió un músculo del rostro. Cerró el maletín y se dirigió hacia la puerta. Antes de abrirla se giró, me miró y dijo:

–Quiere jugar fuerte, ¿no es así, Haller? En tal caso, que sepa que va a recibir más de un golpe.

19

Las siguientes dos semanas transcurrieron con rapidez, y no sin ciertos progresos. Tuve que repensar completamente la estrategia de defensa. Hice que un laboratorio independiente confirmase los resultados del ADN enviados a la fiscalía –cuatro mil dólares, por la urgencia– y a continuación me esforcé por acomodar la devastadora evidencia a una argumentación defensiva que reconocía la veracidad del análisis científico al tiempo que establecía que la inocencia de mi cliente era posible, y hasta probable. Se trataba de una típica maniobra exculpatoria que encajaría de forma natural con la apuesta por una cabeza de turco. Empecé a creer que la cosa podría funcionar y fui ganando en confianza otra vez. Cuando llegó el momento de seleccionar el jurado estaba en buena forma e hice lo posible por escoger a unos miembros susceptibles de creerse la nueva versión de los hechos que iba a desgranar para ellos.

Sin embargo, durante la cuarta jornada dedicada a la selección del jurado, Freeman me soltó un nuevo golpe inesperado. Estábamos a punto de completar dicha selección, y era una de esas raras veces en las que tanto la fiscalía como la defensa estaban contentas con la composición del jurado, aunque por razones distintas. Entre sus miembros había varios hombres y mujeres de clase trabajadora. Parejas y matrimonios con dos sueldos y propietarios de sus viviendas. Pocos tenían estudios superiores y ninguno pasaba de la simple licenciatura universitaria. Gente común y corriente, lo que resultaba perfecto para mí. Me interesaba dirigirme a personas que no las tenían todas consigo en un momento económico tan difícil, que se imaginaban perfectamente lo que podía ser que la amenazasen con desahuciarla y que no solían mirar a los banqueros con simpatía.

Por otra parte, el ministerio fiscal había estado haciendo preguntas sobre la situación económica de cada posible miembro, con la idea de escoger a profesionales que trabajaban con ahínco para ganarse la vida y que tampoco iban a ser proclives a considerar que quien dejaba de pagar su hipoteca era una víctima. El resultado, hasta la mañana de ese cuarto día, era un jurado formado por miembros que ninguno de los dos bandos en principio encontraba rechazables; tanto ellos como nosotros nos decíamos que seguramente lograríamos convencerlos para nuestra propia causa y convertirlos en nuestros propios soldados de la justicia.

El golpe inesperado se produjo cuando el juez Perry hizo un receso a media mañana. Freeman se levantó y preguntó si sería posible hablar con la defensa en el despacho del juez durante el receso para debatir una cuestión referente a las pruebas que justo acababan de salir a la luz. La fiscal pidió que el inspector Kurlen también estuviera presente. Perry accedió a la petición y estipuló que el descanso iba a ser de media hora y no de los quince minutos de costumbre. Freeman y yo acompañamos a la taquígrafa y al juez al despacho de este último. Kurlen nos siguió por detrás. Me fijé que bajo el brazo llevaba un gran sobre color manila con un precinto rojo de la policía. El sobre era voluminoso; parecía que en el interior había algo pesado y de buen tamaño. Pero lo verdaderamente revelador era que fuera un sobre de papel.

Las pruebas biológicas siempre iban envueltas en papel. Las bolsas de plástico atrapaban el aire y la humedad; a veces dañaban las muestras biológicas. Por lo que tuve claro que Freeman se disponía a soltarme un nuevo bombazo relacionado con el ADN.

—Ya estamos otra vez igual —mascullé para mí al entrar en el despacho del juez.

El magistrado tomó asiento tras su escritorio, dándole la espalda a la ventana, orientada al sur, por la que se veían las colinas situadas más allá de Sherman Oaks. Freeman y yo tomamos asiento frente al escritorio. Kurlen cogió una silla de una mesa cercana y la taquígrafa se sentó en un taburete a la derecha del juez, con la máquina de estenotipia dispuesta sobre un trípode al frente.

—Todo esto va a constar en las actas —dijo el juez—. ¿Señorita Freeman?

—Señoría, quería hablar con usted y con el abogado defensor cuanto antes porque me parece claro que el señor Haller otra vez va a poner el grito en el cielo cuando oiga lo que tengo que decir y vea lo que tengo que mostrar.

—Pues vamos con ello —indicó Perry.

Freeman le hizo un gesto con la cabeza a Kurlen, que empezó a quitar el precinto adhesivo del sobre de papel. No dije nada. El policía llevaba puesto un guante de goma en la mano derecha.

—La fiscalía se ha hecho con el arma del crimen —anunció Freeman como si nada— y queremos adjuntarla como prueba y ponerla a disposición de la defensa para que la examine.

Kurlen abrió el sobre, metió la mano dentro y sacó un martillo de orejas con la cabeza de acero pulimentado y la superficie de golpeo circular. El mango era de madera rojiza y pulida; tenía un taco de goma negro en el extremo. Vi que contaba con una hendidura en la parte superior de la superficie de golpeo y me pareció que se correspondía con la impresión en el cráneo catalogada durante la autopsia.

Me levanté indignado y me alejé del escritorio.

—¡Por favor! —exclamé escandalizado—. ¿Es que están de broma?

Miré la estantería con manuales jurídicos que Perry tenía a un lado del despacho, puse los brazos en jarras, airado, y me giré hacia el escritorio otra vez.

—Señoría, perdone mi lenguaje, pero esto es una puta mierda. La fiscal no puede volver a hacernos lo mismo. Sacar a relucir esto… ¡Cuando llevamos cuatro días seleccionando al jurado y falta un día para que empiece el juicio! Ya hemos escogido a casi todos los miembros del jurado, seguramente podremos empezar mañana… ¡Y ahora me viene con la supuesta arma del crimen!

El magistrado se arrellanó en el asiento como para distanciarse del martillo que Kurlen tenía en la mano.

—Más le vale ofrecer una explicación convincente, señorita Freeman —dijo.

—Puedo ofrecerla, señoría. No he podido aportar esta prueba hasta esta misma mañana y estoy más que dispuesta a explicar por qué…

—¡Usted es quien ha permitido todo esto! —interrumpí, señalando al juez.

—Discúlpeme, señor Haller, pero no se atreva a señalarme con el dedo —dijo, esforzándose en mantener un tono neutro.

—Lo siento, señoría, pero la culpa es suya. Dejó que la fiscal se saliera con la suya cuando nos vino con el cuento chino sobre la prueba del ADN, y está claro que ahora no tiene nada que temer y puede…

–*Discúlpeme*, señor, pero sugiero que se ande con un poco más de prudencia. Estoy a cinco segundos de hacer que le encierren en el calabozo. No es de recibo señalar con el dedo o dirigirse al juez de un tribunal superior del modo que acaba de hacerlo. ¿Me ha entendido?

Me giré hacia los manuales jurídicos y respiré con fuerza. Sabía que tenía que sacar algún beneficio de todo esto. Debía salir de ese despacho de tal modo que el juez estuviera en deuda conmigo.

–Entendido –dije finalmente.

–Bien –convino Perry–. Y ahora vuelva aquí y siéntese. Escuchemos lo que la señorita Freeman y el inspector Kurlen tienen que decirnos. Espero que sea convincente.

Volví sobre mis pasos de mala gana, como un niño al que acabaran de reñir, y me dejé caer en la silla.

–Señorita Freeman, explíquese.

–Sí, señoría. El arma nos llegó el lunes por la tarde. Un jar…

–¡Fantástico! –dije–. Lo sabía. Así que han esperado a que llevásemos cuatro días metidos en la selección del jurado para…

–¡Señor Haller! –tronó el juez–. Se me ha acabado la paciencia con usted. No vuelva a interrumpir. Continúe, señorita Freeman. Por favor.

–Por supuesto, señoría. Como decía, el arma llegó a la comisaría de Van Nuys del cuerpo de policía de Los Ángeles el lunes por la tarde. Creo que lo mejor es que el inspector Kurlen les dé todos los detalles sobre la cadena de custodia.

Perry hizo un gesto al inspector, instándole a proseguir.

–Lo que pasó fue que, esa mañana, un jardinero que se encontraba trabajando en un jardín de Dickens Street cerca de Kester Avenue encontró el martillo, que estaba metido en un seto cerca de la fachada de la casa de su cliente. Estamos hablando de la calle que se encuentra detrás de WestLand National. La casa está situada a unas dos manzanas de distancia de la parte posterior del banco. El jardinero que encontró el martillo trabaja para Gardenia y no estaba al corriente del asesinato. Pensó que la herramienta era de su cliente, de forma que se la dejó en el porche. El propietario de la casa, un hombre llamado Donald Meyers, no la vio hasta que volvió del trabajo a eso de las cinco la tarde. Meyers no entendió qué había sucedido, pues tenía claro que el martillo no era suyo. Sin embargo, en ese momento recordó haber leído unos artículos sobre el asesinato de Bondurant; al menos en uno de ellos se indicaba que el arma del crimen posiblemente era un martillo, que aún no había aparecido. Meyers llamó al jardinero, que le explicó lo sucedido. A continuación, contactó con la policía.

—Bien, acaban de contarnos cómo se han hecho con el martillo —observó Perry—. Pero no nos han explicado por qué estamos enterándonos con tres días de retraso.

Freeman asintió con la cabeza. Estaba preparada para responder y tomó la voz cantante:

—Señoría, está claro que teníamos que confirmar qué era lo que teníamos, así como la cadena de custodia. Enseguida entregamos el martillo al Departamento de Investigación Científica. Recibimos los informes del laboratorio ayer a última hora, cuando la sala ya estaba cerrada.

—¿Y esos informes qué concluyen?

—Las únicas huellas que hay en el arma son las de...

—Un momento —dije, arriesgándome a despertar nuevamente la ira del juez—. ¿Podemos referirnos a ese objeto como el martillo? Llamarlo «el arma» resulta un tanto arriesgado en este momento.

—No hay problema —dijo Freeman adelantándose al juez—. El martillo. Las únicas huellas que hay en el *martillo* son las del señor Meyers y las de su jardinero, Antonio Ladera. Sin embargo, hay dos cosas que lo vinculan con el caso claramente. El análisis de una pequeña manchita de sangre presente en el cuello del martillo demuestra de forma concluyente que el ADN se corresponde con el de Mitchell Bondurant. Hicimos que el análisis lo efectuara un laboratorio externo, de forma urgente, en razón de las protestas efectuadas por la defensa ante las precauciones tomadas en el anterior análisis. También entregamos el martillo al equipo del médico forense para que hicieran comparaciones con la forma de la lesión en el cráneo de la víctima. Otra vez se da una correspondencia. Señor Haller, puede usted llamarlo el martillo, la herramienta o lo que prefiera. Pero yo la llamo el arma del crimen. Y tengo unas copias de los informes del laboratorio que voy a entregarle ahora mismo.

Metió la mano en el sobre color manila, sacó dos papeles sujetos con un clip y me los entregó con una sonrisa de satisfacción en el rostro.

—Bueno, pues muy amable —dije con abierto sarcasmo—. Muchas gracias.

—Ah, y también tengo esto.

Metió la mano en el sobre otra vez y extrajo dos fotos de tamaño estándar; me dio una de ellas y entregó la otra al juez. En la foto aparecía una mesa de trabajo con varias herramientas colgadas de un tablero de clavijas pegado a la pared situada tras la mesa. Me di cuenta de que era la mesa que había en el garaje de Lisa Trammel. Había estado en ese garaje.

–Una fotografía hecha en el garaje de Lisa Trammel. Se tomó el día del asesinato durante el registro que se efectuó con autorización judicial. Si se fijan, verán que en el tablero falta una herramienta. El espacio vacío se corresponde con las dimensiones de un martillo de orejas.

–Esto es una locura.

–El Departamento de Investigación Científica ha identificado el martillo recuperado como de la marca Craftsman, fabricado para los grandes almacenes Sears. Este modelo de martillo no se vende por separado, sino que viene en una gran caja de herramientas de carpintería que tiene doscientas treinta y nueve piezas. En esta fotografía hemos identificado más de cien herramientas pertenecientes a dicha caja. Pero el martillo no está. Y no está porque Lisa Trammel lo tiró a un seto tras abandonar la escena del crimen.

Mi mente iba a toda velocidad. Una defensa bien podía basarse en la teoría de que a la acusada le habían tendido una encerrona, pero era preciso atender a la llamada «ley de los rendimientos decrecientes». Explicar la presencia de la gota de sangre en el zapato era una cosa. Explicar que tu cliente era la propietaria del arma del crimen no era una simple cosa más. Las probabilidades de que se tratara de una encerrona se reducían de forma drástica con cada nueva prueba que aportaba la fiscalía. Por segunda vez en tres meses, la defensa acababa de encajar un golpe devastador, y yo estaba casi sin palabras. El juez se giró hacia mí. Algo tenía que responderle, pero no se me ocurría nada que valiera la pena.

–Esta es una prueba muy sólida, señor Haller –indicó–. ¿Tiene alguna cosa que decir?

No tenía nada, pero me rehíce antes de que el magistrado contara hasta diez.

–Señoría, esta supuesta prueba que ha caído del cielo de forma tan conveniente tendría que habérsele sido exhibida al tribunal y la defensa en el momento en que la fiscalía se hizo con ella. No tres días después, ni siquiera un día después. Aunque solo fuera para que la defensa pudiera inspeccionarla de forma debida, realizar sus propios análisis y estudiar los efectuados por el ministerio fiscal. Se supone que el martillo estuvo metido en esos arbustos desde hace –¿cuánto?– unos tres meses. Y ahora, *¡voilà!*, nos encontramos con que el ADN se corresponde con el de la víctima. Todo esto apesta a montaje. Y ya es demasiado tarde, señoría. El tren ha salido de la estación. Es muy posible que el juicio empiece mañana mismo. La fiscalía ha tenido toda la semana para pensar cómo iba a asestarle el martillazo a mi cliente. ¿Qué se supone que puedo hacer a estas alturas?

–¿Usted tenía previsto efectuar su alegato durante la apertura del juicio o pensaba esperar hasta más adelante? –preguntó el magistrado.

–Pensaba hacerlo mañana mismo –mentí–. Ya lo tengo escrito. Pero esta nueva información también hubiera podido serme útil a la hora de escoger a los miembros del jurado. Señoría, todo esto es… Mire, todo cuanto puedo decirle es que la fiscalía estaba desesperada hace cinco semanas. La señorita Freeman vino a mi bufete a hacerle una propuesta a mi cliente. Lo quiera admitir o no, la camisa no le llegaba al cuerpo, y en ese momento aceptó todo cuanto le pedí. Y entonces, de repente, nos encontramos con el ADN en el zapato. Y luego, el martillo aparece milagrosamente y, por supuesto, ya nadie habla de la posibilidad de un acuerdo de aceptación de culpabilidad. Tantas coincidencias son más que sospechosas. Por no hablar de la mala fe en el manejo de estas supuestas pruebas, que tendría que ser suficiente como para que desestimara su presentación durante el juicio.

–Señor juez –dijo Freeman–, pido permiso para responder a la acusación de mala fe hecha por el señor Hall...

–No es necesario, señorita Freeman. Como he dicho, estamos ante una prueba material muy sólida. Aparecida en un momento inoportuno, sí, pero es evidente que el jurado ha de tenerla en consideración. Voy a permitir su presentación en el juicio, pero también voy a dar tiempo adicional a la defensa para que lo prepare todo bien. Y ahora vamos a volver a ponernos con la selección del jurado. Los alegatos de apertura y el comienzo del juicio quedan pospuestos hasta el lunes próximo. Tiene tres días más para preparar su declaración inicial, señor Haller. Debería ser suficiente. Sus colaboradores, incluida esa joven tan despierta que ha estudiado en la misma facultad que yo, podrán recurrir a los expertos y análisis que necesite en lo referente al martillo.

Negué con la cabeza. No era suficiente. La cosa cada vez iba a peor.

–Señoría, solicito la suspensión del juicio, pues pienso interponer un recurso.

–Puede usted recurrir, señor Haller. Está en su derecho. Pero no por eso vamos a suspender el juicio. Empezaremos el lunes.

Me hizo un pequeño gesto con la cabeza; me lo tomé como una amenaza. Si presentaba un recurso, Perry no iba a olvidarlo durante el juicio.

–¿Hay algo más que hablar? –preguntó.

–Por mi parte he terminado –respondió Freeman.

–¿Señor Haller?

Negué con la cabeza, pues la voz me falló.

–En tal caso, salgamos a terminar con la selección del jurado.

Sentada a la mesa de la defensa, Lisa Trammel estaba esperándome con expresión pensativa.

–¿Qué pasa? –preguntó en voz baja y tono urgente.

–Lo que pasa es que han vuelto a darnos para el pelo. Y esta vez de forma definitiva.

–¿Qué quiere decir?

–Quiero decir que han encontrado el puto martillo que tiró entre los arbustos después de matar a Mitchell Bondurant.

–Eso que dice es una locura. Yo...

–No, la loca es usted. Pueden vincular el martillo tanto con Bondurant como con usted misma. Porque el martillo se encontraba en su puta mesa de trabajo en el garaje. No sé cómo pudo ser tan estúpida, pero eso ahora da igual. En comparación, lo de conservar los zapatos con la mancha de sangre hasta parece una buena idea. Ahora he de buscar la manera de llegar a un acuerdo con Freeman cuando la fiscal no tiene la menor necesidad de cerrar un trato conmigo. El caso está clarísimo, así que ¿para qué llegar a un acuerdo?

De pronto, Lisa me agarró por el lado izquierdo del cuello de mi camisa. Puso mi rostro frente al suyo. Y musitó con los dientes entrecerrados:

–¡Tendría que oírse hablar! ¿Que cómo pude ser tan estúpida? Buena pregunta, y la respuesta es que no lo fui. Puedo ser lo que sea, pero no soy estúpida, y eso lo sabe perfectamente. Se lo llevo diciendo desde el primer día: todo esto ha sido un montaje. Y tenía usted razón. Louis Opparizio. Ese tipo necesitaba quitarse de encima a Mitchell Bondurant y me utilizó como chivo expiatorio. Bondurant le envió esa carta. Y ahí empezó todo. Yo no...

Le fallaron las palabras; los ojos se le inundaron de lágrimas. Puse mi mano sobre la suya, como tratando de calmarla, y la aparté del cuello de mi camisa. Me daba cuenta de que el jurado estaba llegando al estrado y no quería que se apercibieran de las discordias entre el abogado y la acusada.

–Yo no hice nada de todo eso –insistió–. ¿Me ha oído? No quiero llegar a ningún acuerdo. No voy a confesarme culpable de algo que no he hecho. Si eso es lo mejor que se le ocurre, entonces quiero otro abogado.

Aparté la vista. El juez Perry estaba mirándonos.

–¿Podemos proseguir, señor Haller?

Miré a mi cliente y luego al juez.

–Sí, señoría. Podemos proseguir.

20

Nos sentíamos como si estuviéramos en el vestuario del equipo perdedor, pero todavía teníamos que disputar el partido. Era domingo por la tarde, faltaban dieciocho horas para que presentáramos los alegatos iniciales al jurado. Estaba reunido con mis colaboradores y daba la batalla por perdida. Me decía que todo había terminado de forma amarga, antes incluso de empezar

—No lo entiendo —dijo Aronson, rompiendo el silencio que se había adueñado de mi despacho—. Dijiste que necesitábamos una hipótesis de inocencia. Una teoría alternativa. Y Opparizio nos la pone en bandeja. ¿Qué problema hay?

Miré a Cisco. Tan solo estábamos nosotros tres. Yo iba vestido con pantalones cortos y camiseta, mientras que Cisco llevaba puestas sus ropas para ir en moto: negros pantalones vaqueros y camiseta sin mangas color verde militar. Por su parte, Aronson vestía como si tuviera que ir a un juzgado. No había caído en que era domingo.

—El problema es que durante el juicio no vamos a pillar a Opparizio en falso.

—Pero si él mismo renunció a su derecho a no declarar… —objetó Aronson.

—Eso da igual. El juicio va a centrarse en las pruebas que la fiscalía tiene en contra de Trammel. Y no en qué otras personas pudieron cometer el crimen. Las demás posibilidades no cuentan. Puedo hacer que Opparizio comparezca como testigo en su calidad de conocedor de la ejecución hipotecaria de la casa de Trammel y de la epidemia de desahucios en general. Pero ni por asomo podré interrogarlo como otro posible sospechoso. El juez no me lo permitirá, a no ser que pueda demostrar que la cuestión es pertinente. Nos hemos estado rompiendo los cuernos, pero seguimos sin poder demostrarlo. Seguimos sin tener algo que implique a Opparizio de forma directa.

Pero Aronson no se rendía.

—La decimocuarta enmienda garantiza que Trammel disponga de «la oportunidad significativa de gozar de una defensa completa». Una defensa completa tiene que incluir la exposición de una hipótesis alternativa.

Aronson se sabía la Constitución de memoria. Era muy leída, pero le faltaba mundo.

—California contra Hall, 1986. Échale una ojeada.

Señalé su ordenador portátil, que estaba abierto en una esquina del escritorio. Se acercó y empezó a teclear.

—¿Sabes el número de párrafo?

—Creo que es el cuarenta y uno.

Tecleó, y la sentencia judicial apareció en pantalla. Se puso a leerla con rapidez. Miré a Cisco, que no tenía idea de qué era lo que estaba haciendo.

—Léela en voz alta —indiqué—. Las partes relevantes.

—Eh… «Los indicios de que otra persona tuvo el motivo o la oportunidad de cometer el crimen mencionado, o tuvo una remota relación de algún tipo con la víctima o la escena del crimen, resultan insuficientes para establecer el requisito de la duda razonable… Los indicios de la culpabilidad de un tercero tan solo son relevantes y admisibles cuando vinculan a dicho tercero con la perpetración del crimen en sí…» Ya veo. Estamos jodidos.

Asentí con la cabeza.

—Mientras no podamos situar a Opparizio o alguno de sus matones en el aparcamiento del banco, vamos a seguir estando jodidos.

—¿No basta con la carta? —preguntó Cisco.

—Pues no —dije—. Ni de lejos. Freeman me pegará una buena tunda si digo que la carta resulta clave. Es verdad que proporciona un motivo a Opparizio. Pero no le relaciona de forma directa con el crimen.

—Mierda.

—Tú lo has dicho. Ahora mismo no tenemos nada. No tenemos una defensa. Y en lo tocante al ADN y el martillo… La fiscalía lo tiene de maravilla para clavarnos en la cruz. Y perdón por el chiste malo.

—El informe de nuestro laboratorio indica que no hay ninguna conexión biológica con Lisa —indicó Aronson—. También cuento con un especialista de Craftsman dispuesto a declarar que es imposible asegurar que el martillo de marras procedía de una u otra caja de herramientas. También sabemos que la puerta del garaje no estaba cerrada con llave. Incluso si el martillo es de Lisa, cualquiera pudo entrar y llevárselo. Y cualquiera pudo dejar la mancha de sangre en los zapatos.

—Sí, sí, todo esto ya lo sé. Pero no es suficiente para explicar qué fue lo que pasó. Lo que necesitamos es poder decir: lo que pasó fue esto y esto, y podemos fundamentar nuestra versión de los hechos. Si no podemos, no tenemos la menor oportunidad. Opparizio es la persona clave. Necesitamos estar en disposición de ir a por él sin que Freeman objete a cada nueva pregunta nuestra por la cuestión de la pertinencia.

Aronson seguía sin darse por vencida.

—Tiene que haber algo —dijo.

—Siempre hay algo. Lo que pasa es que todavía no lo hemos encontrado.

Me giré en la silla y miré a Cisco. Mi investigador frunció el ceño y asintió con la cabeza. Adivinaba lo que estaba por llegar.

—Tu turno, amigo —dije—. Tienes que encontrarme algo. Freeman va a necesitar una semana, más o menos, para exponer el alegato de la fiscalía. El mismo tiempo que vas a tener tú. Pero, si mañana me la juego y digo que voy a demostrar que el crimen lo cometió otro, después tendré que cumplir mi promesa.

—Vuelvo a mirarlo todo bien —convino Cisco—. Desde el principio. Voy a encontrarte algo. Mañana haz lo que tengas que hacer.

Asentí con la cabeza para darle las gracias porque de veras creyera que alguna cosa encontraría. No terminaba de estar convencido de que hubiera algo que encontrar. Mi cliente era culpable, y al final se haría justicia. Punto.

Miré el escritorio. En él había atestados y fotografías del lugar del crimen. Cogí la foto del maletín de la víctima abierto en el suelo de hormigón del aparcamiento. Era lo que más me había llamado la atención desde el principio, lo que me había dado la esperanza de que quizá mi cliente no hubiera cometido el asesinato. Esto es, hasta que el juez estimó conveniente la presentación en juicio de las dos últimas pruebas proporcionadas por la fiscal.

—Sigue sin haber un informe sobre los contenidos del maletín y acerca de si falta alguna cosa, ¿no es así?

—Está claro que a nosotros no nos ha llegado nada —dijo Aronson.

Le había asignado el examen pormenorizado de la presentación de pruebas efectuada por el ministerio fiscal hasta la fecha.

—Entonces, por mucho que el maletín del muerto estuviera completamente abierto, ¿no han tratado de averiguar si faltaba algo?

–Hicieron un inventario del contenido. Eso lo tenemos. Pero creo que no se molestaron en escribir un informe sobre lo que pudiera faltar en el interior. Kurlen se las sabe todas. Y no quería facilitarnos las cosas.

–Sí, ya, pues ya te digo que cuando termine de interrogarlo en el juicio, Kurlen va a sentirse como si tuviera ese maletín metido en el culo.

Aronson se ruborizó. Señalé a mi investigador.

–El maletín, Cisco. Tenemos el inventario de lo que había dentro. Habla con la secretaria de Bondurant. Averigua si faltaba alguna cosa.

–Ya lo intenté en su momento. Pero se negó a hablar conmigo.

–Inténtalo otra vez. Aunque tengas que enseñarle la verga. Gánatela.

Flexionó los brazos. Aronson seguía ruborizándose. Me levanté.

–Me voy a casa a trabajarme el alegato de mañana.

–¿Estás seguro de que quieres hacerlo mañana? –preguntó Aronson–. Si lo dejas para más adelante, estarás al corriente de lo que Cisco pueda haber encontrado.

Negué con la cabeza.

–El juez lo pospuso todo para después del fin de semana porque le dije que quería exponer el alegato al principio del juicio. Si ahora me echo atrás, pensará que hemos perdido el viernes por mi culpa, y ya me tiene cierta ojeriza por haber perdido los nervios en su despacho.

Rodeé el escritorio y le pasé la foto del maletín a Cisco.

–Trata de arreglar esto.

Rojas no trabajaba los domingos, de forma que yo mismo conduje el Lincoln hasta mi casa. El tráfico era escaso, por lo que no tardé en llegar, y eso que paré para comprar una pizza en el pequeño establecimiento italiano situado en el mercado al final de Laurel Canyon. Cuando llegué a casa, no me molesté en meter el gran Lincoln en el garaje junto al otro coche del mismo modelo. Lo aparqué junto a los escalones, cerré la puerta con llave y subí. Al llegar al porche, vi que alguien estaba esperándome.

Por desgracia, no era Maggie McPherson En su lugar, vi a un hombre al que no conocía sentado en una de las sillas de director de cine situadas en uno de los extremos del porche. Era de complexión delgada y desaliñado, con las mejillas cubiertas por una barba de una semana. Tenía los ojos cerrados y la cabeza echada hacia atrás. Estaba dormido.

No me preocupó mi seguridad. El hombre estaba solo y no llevaba mitones negros. Con todo, no hice ruido al meter la llave en la cerradura y abrí la puerta con idéntico sigilo. Entré, cerré en silencio y dejé la pizza en la encimera de la cocina. Fui a mi dormitorio y entré en el vestidor adyacente. Llevé la mano a la estantería superior –allí donde mi hija no podía llegar– y cogí la caja con la Colt Woodsman heredada de mi padre. Una pistola con una historia trágica, que esperaba no tener que ampliar en los próximos minutos. Inserté un peine entero de balas en el arma y fui a la puerta de la casa.

Cogí la otra silla de director y la moví de lugar hasta situarla frente al hombre dormido. Me senté, con la pistola descuidadamente puesta sobre el regazo y le di una patadita en la rodilla.

Se despertó de golpe, con los ojos muy abiertos y mirando a uno y otro lado, hasta que finalmente se posaron en mi rostro y, un instante después, en la pistola.

–¡Un momento, hombre! ¡Un momento!

—Eso digo yo: un momento. ¿Usted quién es? ¿Y qué es lo que quiere?

No señalé la pistola. Mi tono era deliberadamente casual. El otro levantó las manos en señal de rendición.

—El señor Haller, ¿verdad? Soy Jeff, hombre. Jeff Trammel. Estuvimos hablando por teléfono, ¿se acuerda?

Me lo quedé mirando un momento y comprendí que no le había reconocido porque nunca había visto una fotografía suya. En la casa de Lisa Trammel no había ninguna imagen suya enmarcada. Después de que Jeff se hubiera largado, Lisa había borrado su recuerdo.

Y ahora lo tenía delante de mis narices. Con los ojos bajos y la expresión de un perro apaleado. Creí adivinar qué era lo que andaba buscando.

—¿Cómo se ha enterado de mi dirección? ¿Quién le dijo que viniera a verme aquí?

—No me lo dijo nadie. Sencillamente, he venido a verlo. La dirección la encontré en la página web del colegio de abogados de California. En la página no aparece la dirección de su bufete, pero sí la dirección de correo. He venido y he visto que era una casa particular, por lo que me he dicho que seguramente vivía aquí. No quería asustarlo ni nada por el estilo. Es que tengo que hablar con usted.

—Podría haberme llamado.

—Han desactivado mi teléfono. Voy a tener que comprarme otro.

Decidí ponerlo a prueba.

—El día que me llamó, ¿dónde se encontraba?

Se encogió de hombros como si eso ya no tuviera importancia.

—En Playas de Rosarito. Es ahí donde he estado viviendo.

Era mentira. Cisco había conseguido rastrear la llamada: tenía el número de teléfono y el de la antena repetidora. Habían llamado desde Venice Beach, unos trescientos kilómetros al norte de la población mexicana de Playas de Rosarito.

–¿De qué quería hablar conmigo, Jeff?

–Es que puedo ayudarle, amigo.

–¿Ayudarme? ¿Y cómo?

–He estado hablando con Lisa. Me ha explicado lo de ese martillo que encontraron. El martillo no es suyo… Nuestro, quiero decir. Puedo decirle dónde está el nuestro. Puedo llevarle hasta allí.

–Muy bien, ¿y dónde está?

Asintió con la cabeza; su mirada fue hacia la derecha, hacia la ciudad, más abajo. El incesante zumbido del tráfico ascendía hasta nosotros.

–Hay una cosa, señor Haller: necesito algo de dinero. Quiero volver a México. Allí no necesitas mucho, pero sí lo suficiente para organizarte algo, no sé si me explico.

–¿Y cuánto necesita para organizarse algo?

Se giró y me miró directamente a los ojos: ahora estaba hablando su idioma.

–Con diez mil tengo suficiente, amigo. Los del cine van a pagarle ese pastón por los derechos, así que diez mil tampoco es tanto. Usted me da los diez mil, y yo le doy el martillo.

–¿Y ya está?

–Eso mismo. No volverá a verme el pelo.

–¿Y qué me dice de la posibilidad de declarar en favor de Lisa durante el juicio? Si recuerda, ya le hablé del asunto.

Negó con un gesto.

–No, eso no puedo hacerlo. Lo de aparecer en un juicio no es lo mío. Pero sí que puedo ayudarle de otras maneras, llevándole al lugar donde está el martillo, y cosas así. Herb dice que el martillo es la prueba principal, y yo digo que una mierda, porque sé dónde está nuestro martillo de verdad.

—Así que también está en contacto con Herb Dahl.

La mueca en su rostro me indicó que había dado un paso en falso. Se suponía que no tenía que mencionar a Herb Dahl durante nuestra conversación.

—Eh, no, es lo que Lisa me ha dicho que le dijo. Yo ni siquiera le conozco.

—Voy a preguntarle una cosa, Jeff: ¿cómo voy a saber que se trata del verdadero martillo y no de uno de pega que ha ideado con Lisa y Herb?

—Porque se lo estoy diciendo. Porque lo sé. Porque yo fui el que lo dejó en el lugar donde está. ¡Yo mismo!

—Pero usted no va a declarar en el juicio, con lo que me voy a encontrar con un martillo en la mano, pero sin explicación alguna al respecto. ¿Usted sabe lo que significa «fungible», Jeff?

—Fun… Eh, no.

—Entre otras cosas significa «mutuamente intercambiable». La ley establece que un objeto es fungible cuando puede ser reemplazado por otro idéntico. Y esto es lo que ahora tenemos, Jeff. Ese martillo suyo me resulta inútil si no hay una explicación detrás. Y usted es el único que puede dar esa explicación y declarar al respecto. Si no lo va a hacer, entonces el martillo carece de importancia.

—Eh…

De pronto estaba cabizbajo.

—¿Dónde se encuentra ese martillo, Jeff?

—No voy a decírselo. Es lo único que tengo.

—No voy a pagarle un centavo por el martillo, Jeff. Incluso si creyera que ese martillo (el martillo de verdad) existe, no le pagaría un centavo. Las cosas no funcionan así. De forma que piénselo todo bien y dígame lo que sea, ¿entendido?

–Entendido.

–Y ahora váyase de mi casa.

Cogí la pistola y, con el arma en el costado y apuntando hacia abajo, volví al interior y cerré bien la puerta. Agarré las llaves del coche que estaban sobre la caja con la pizza y corrí por la casa hasta llegar a la puerta trasera. Salí y fui por el lado de la vivienda hasta un vallado de madera con salida a la calle. Entreabrí la puerta unos centímetros y traté de detectar a Jeff Trammel.

No le vi, pero oí que el motor de un coche se ponía en marcha. Me quedé donde estaba, y un automóvil no tardó en pasar por delante. Salí a la calle y traté de ver la matrícula, pero ya era demasiado tarde. El coche iba ladera abajo. Era un sedán azul, pero estaba demasiado ocupado en mirar la matrícula como para identificar la marca y el modelo. Tan pronto como torció por la primera curva, eché a correr calle arriba en dirección a mi propio coche.

Para seguirlo tenía que llegar al pie de la colina a tiempo y ver si giraba a la derecha o a la izquierda en Laurel Canyon Boulevard. De lo contrario, las probabilidades de que se me escapara serían del cincuenta por ciento.

Pero ya era demasiado tarde. Cuando el Lincoln terminó de dejar atrás todas las curvas pronunciadas y llegó a la intersección con Laurel Canyon Boulevard, el sedán azul se había esfumado. Detenido ante la señal de stop, no me lo pensé más. Giré a la derecha y me dirigí a San Fernando Valley. Cisco había averiguado que, en su momento, Jeff Trammel me había llamado desde Venice, pero todo en aquel caso tenía San Fernando Valley como escenario. Así que fui para allí.

La carretera que se dirigía al norte ascendiendo por entre las colinas de Hollywood era de un solo carril. Una vez emprendido el descenso, en dirección a San Fernando Valley, era de dos carriles. Pero en ningún momento vi a Trammel, y pronto comprendí que había elegido mal. Tendría que haber puesto rumbo al sur, en dirección a Venice.

No me gusta mucho la pizza fría o recalentada, por lo que me detuve a comer algo en el Daily Grill, en la esquina de Laurel con Ventura. Estacioné el Lincoln en el aparcamiento subterráneo; estaba subiendo por las escaleras mecánicas cuando me di cuenta de que llevaba la Colt Woodsman en la parte trasera de los pantalones. Cosa poco recomendable. Volví al coche y la metí debajo del asiento, tras de lo cual me aseguré de que el auto estaba bien cerrado.

Era pronto, pero el restaurante ya estaba lleno. Me senté a la barra, para no tener que esperar a que hubiera una mesa libre, y pedí un té helado y una gran empanada de pollo. A continuación saqué el teléfono y llamé a mi cliente, que me respondió al momento.

—Lisa, soy yo, su abogado. ¿Usted le ha dicho a su marido que viniera a hablar conmigo?

—Bueno, le dije que seguramente era lo mejor, sí.

—¿La idea fue suya? ¿O de Herb Dahl?

—No, mía. Es verdad que Herb estaba aquí, pero la idea la tuve yo. ¿Ha estado hablando con Jeff?

—Sí.

—¿Y le ha dicho dónde está el martillo?

—No, no me lo ha dicho. Me ha exigido diez mil dólares a cambio.

Se produjo una pausa, y me mantuve a la espera.

—Mickey, no me parece que sea tanto dinero a cambio de algo que va a hacer trizas la argumentación de la fiscal.

–Las pruebas no se compran, Lisa. Si pagas por una prueba, ya puedes dar el caso por perdido. ¿En qué lugar está viviendo su marido estos días?

–No me lo ha dicho.

–¿Ha hablado con él en persona?

–Sí, vino a verme. Tenía un aspecto horroroso.

–Necesito encontrarle para pedir oficialmente su comparecencia en el juicio. ¿Tiene idea de...?

–No va a declarar. Me lo dijo claramente. Imposible. Lo único que le interesa es el dinero y ver que lo estoy pasando mal. Su propio hijo le da lo mismo. Ni siquiera pidió hablar con él un momento cuando vino por aquí.

La camarera me trajo la empanada y más té helado. Corté un poco de la parte superior de la empanada, con el tenedor, para que se enfriara un poco. Por el vapor que salió, me dije que no iba a poder comérmela antes de diez minutos.

–Lisa, escúcheme. Es importante. ¿Tiene alguna idea de dónde está viviendo Jeff en estos momentos?

–No. Me dijo que acababa de llegar de México.

–Eso es mentira. Ha estado aquí todo el tiempo.

Pareció asombrada.

–¿Cómo lo sabe?

–Por las llamadas telefónicas. Mire, eso ahora da igual. Si la llama o va a verla, averigüe dónde está viviendo. Prométale que hay un dinerito que está al caer, o haga lo que sea, pero necesito que me dé su dirección. Si conseguimos que declare, tendrá que decirnos dónde está el martillo.

–Lo intentaré.

–No basta con intentarlo, Lisa. Hágalo. Es su vida la que está en juego.

–Muy bien, muy bien.

—A ver, cuando habló con usted, ¿le dio alguna pista sobre el paradero del martillo?

—No, la verdad. Tan solo dijo: «¿Te acuerdas de que siempre llevaba el martillo en el coche cuando me tocaba recuperar los impagados?». Cuando trabajaba en el concesionario de BMW, a veces tenía que ir a recuperar los autos que la gente no había terminado de pagar. Se turnaban para hacerlo. Creo que llevaba el martillo como protección, o por si tenía que romper el cristal de un coche para entrar en él. Algo así.

—¿Lo que le estaba diciendo es que el martillo procedente de la caja de las herramientas que tienen en el garaje solía estar dentro de su coche?

—Creo que sí. El BMW. Pero el coche se lo quitaron después de que me dejara y desapareciera.

Asentí con la cabeza. Podía hacer que Cisco se pusiera a investigar y tratara de confirmar el asunto, que averiguase si habían encontrado un martillo en el maletero del BMW que Jeff Trammel había dejado atrás.

—Muy bien, Lisa. ¿Quiénes son los amigos de Jeff? En la ciudad, quiero decir.

—No lo sé. Tenía algunos amigos en el concesionario, pero nunca venía con ellos a casa. La verdad es que no teníamos amigos de verdad.

—¿Sabe los nombres de esos amigos suyos del concesionario?

—No, la verdad.

—Lisa, no está ayudándome.

—Lo siento. No se me ocurre nada. Sus amigos no me gustaban. Le dije que no los trajera a casa.

Meneé la cabeza, pero al momento me puse a pensar en mí mismo. ¿Qué amigos tenía yo fuera del trabajo? ¿Qué podría decir Maggie al respecto si alguien se lo preguntaba?

–Entendido, Lisa. Dejemos esa cuestión para otro momento. Ahora quiero que piense en lo que va a pasar mañana. Acuérdese de lo que hemos hablado. De cómo tiene que comportarse y hablar delante del jurado. Es mucho lo que está en juego.

–Lo sé. Y estoy preparada.

Bien, pensé. Ojalá yo también lo estuviera.

21

El juez Perry quería recuperar parte del tiempo perdido el viernes, por lo que el lunes tomó la arbitraria decisión de limitar a treinta minutos los alegatos iniciales destinados al jurado. No pareció tener en cuenta que tanto la fiscalía como la defensa habían estado trabajando durante el fin de semana en unas argumentaciones para las que estaba prevista una hora entera en cada caso. A decir verdad, a mí ya me iba bien. No creía que pudiera hablar más allá de diez minutos. Cuanto más se explaya la defensa, más tiene que objetar la fiscalía en su exposición posterior. Menos siempre es más en lo referente a la defensa. Sin embargo, no convenía perder de vista lo caprichoso de la decisión judicial. El mensaje estaba claro. El juez estaba diciéndonos que no pasábamos de ser unos simples procuradores y que él era quien llevaba con firmeza las riendas de la sala y del juicio. Nosotros no éramos más que meros visitantes.

Freeman fue la primera en hablar y, como suelo hacer en estas ocasiones, no aparté la vista del jurado mientras la fiscal desgranaba sus argumentos. Escuchaba con atención, presto a objetar en cualquier momento, pero sin mirarla. Quería leer en las miradas de los miembros del jurado; adivinar cómo estaban reaccionando a la exposición de Freeman. Quería ver si había estado en lo cierto al decantarme por aquellos miembros y no por otros.

Freeman habló con elocuencia, pero con claridad. Sin recurrir al histrionismo ni a los golpes de efecto. El suyo fue un alegato directo y al grano.

–Estamos aquí por una razón concreta –dijo, con los pies asentados con firmeza en el espacio situado frente al estrado del jurado–. Estamos aquí por causa de un arrebato de ira. Porque una persona sintió la necesidad de descargar en otra todas sus frustraciones y carencias.

Como era de esperar, dedicó varios minutos a alertar al jurado sobre lo que denominó los equívocos de la defensa. Segura de que tenía las de ganar, se empleó a fondo para socavar mi posición.

–La defensa va a tratar de venderles un montón de cosas. Conspiraciones por todas partes y mucho melodrama. Este asesinato es importante, pero su historia resulta muy sencilla. No se dejen manipular. Fíjense bien en todo. Escuchen con atención. Asegúrense de que todo cuanto hoy van a decirles sea confirmado durante el juicio con pruebas, con pruebas significativas.

»Este fue un crimen bien planeado. La persona que lo cometió estaba al corriente de la rutina diaria de Mitchell Bondurant. Esta persona estuvo siguiendo a Bondurant. Le esperó de forma premeditada y le atacó con alevosía y con el fin de acabar con su vida. La persona que cometió el crimen es Lisa Trammel, quien va a ser juzgada en esta sala.

Freeman señaló con el dedo acusador a mi cliente. Tal y como yo le había indicado de antemano, Lisa le devolvió la mirada sin pestañear.

Clavé los ojos en el miembro número tres del jurado, que estaba sentado en el centro de la fila delantera en el estrado. Leander Lee Furlong júnior era mi as en la manga. El hombre en quien podía confiar, el único cuyo voto a mi favor daba por seguro en todo momento. Incluso si su voto personal estaba en desacuerdo con los de los demás integrantes del jurado.

Una media hora después de que se iniciara la selección del jurado, el secretario judicial me entregó el listado con los primeros ochenta preseleccionados. Pasé el listado a mi investigador, que fue al vestíbulo, abrió su ordenador portátil y se puso a trabajar.

Internet ofrece muchas formas de investigar el entorno y el historial de un potencial miembro del jurado, y más todavía cuando el juicio tiene algo que ver con una transacción económica como un desahucio. Todos los preseleccionados habían rellenado un cuestionario con diversas preguntas fundamentales. ¿Usted o algún familiar inmediato se ha visto envuelto en un proceso de desahucio? ¿Alguna vez le han embargado el coche? ¿Alguna vez se ha declarado insolvente? Eran unas preguntas destinadas a eliminar candidatos. El juez o la fiscal vetarían a toda persona que respondiera que sí, pues se consideraría que alguien así no estaría en condiciones de evaluar las pruebas de manera imparcial.

Pero las preguntas eran muy generales, por lo que se daban zonas grises y aspectos que no estaban tan claros. Y de ahí el trabajo de Cisco. Mientras el juez terminaba de revisar los cuestionarios rellenados por los primeros doce candidatos, Cisco me entregó unas cuantas anotaciones hechas sobre diecisiete de entre ochenta. Me interesaba dar con personas que hubieran tenido malas experiencias con los bancos o con las instituciones del Gobierno, que incluso pudieran estar resentidas al respecto. Entre los diecisiete nombres había algunos que habían mentido de forma descarada al responder en lo tocante a desahucios o embargos, otros que en su momento se habían querellado contra entidades bancarias… Y también estaba Leander Furlong.

Leander Lee Furlong júnior tenía veintinueve años y trabajaba como subencargado en el supermercado Ralph's de Chatsworth. Furlong había respondido que no a la pregunta sobre los desahucios. Pero Cisco se había empleado a fondo y había buscado su nombre en varias páginas de datos de ámbito nacional. Y se encontró con la referencia a un desahucio efectuado en 1994 en Nashville, Tennessee, el de una propiedad atribuida a Leander Lee Furlong. La entidad que había emprendido la ejecución hipotecaria era el First National Bank of Tennessee.

El nombre del candidato resultaba inusual, por lo que tenía que existir una correlación. Eso sí, el potencial miembro del jurado por entonces tendría trece años de edad. Me dije que seguramente había sido su padre el que se había visto desahuciado por el banco, cosa que Leander Lee Furlong júnior había olvidado mencionar al rellenar el cuestionario.

Durante las dos siguientes jornadas de selección del jurado, esperé con nerviosismo a que el juez y los fiscales llamaran a Furlong al estrado para preguntarle directamente. Por mi parte, me las arreglé para escoger a unos cuantos candidatos prometedores y para descartar a otros tras hacerles unas cuantas preguntas más bien expeditivas.

Finalmente, durante la cuarta mañana llamaron a Furlong, que tomó asiento en el estrado para responder a sus preguntas. Cuando oí que hablaba con acento sureño, me dije que había encontrado mi as en la manga. Sin duda, estaba resentido contra el banco que se había quedado con la casa de sus padres, cosa que ocultaba con intención de formar parte del jurado.

Furlong superó sin el menor problema las preguntas del juez y la fiscal, diciendo justo lo que convenía decir y presentándose como un trabajador infatigable, de convicciones religiosas, pero con la mente abierta. Cuando llegó mi turno, empecé por hacer unas cuantas preguntas generales, hasta que formulé la que realmente me interesaba. Tenía que convencerme de que iba a ser un jurado aceptable para mis intereses. Le pregunté si consideraba que los afectados por los desahucios merecían su suerte o si era posible que las personas a veces no pudieran pagar sus hipotecas por razones perfectamente legítimas. Con su acento del sur, Furlong respondió que cada caso era diferente y que era un error generalizar sobre todos los afectados por los desahucios.

Unos minutos y unas preguntas después, Freeman dio su aceptación. Hice otro tanto. Furlong estaba en el jurado. Ahora solo me quedaba esperar que el ministerio fiscal no se enterase de su historia familiar. Si se enteraba, a Furlong le apartarían del juzgado con tanta rapidez como a un pandillero de los Crips de una celda ocupada por los de la banda rival de los Bloods.

¿Que si me comporté de modo poco ético o quebranté las normas al no informar al tribunal sobre el secreto de Furlong? Todo depende de la definición que queramos darle a «inmediato», en el sentido de «algún familiar inmediato». El significado de quién y qué es un familiar de este tipo cambia a medida que uno progresa en la vida. El informe sobre Furlong especificaba que estaba casado y tenía un hijo pequeño. En ese momento, su mujer y su hijo eran sus familiares inmediatos. Por lo que yo sabía, su padre bien podía estar muerto. La pregunta en el cuestionario rezaba: «¿Usted o algún familiar inmediato se ha visto envuelto en un proceso de desahucio?». La expresión «en algún momento» no aparecía por ningún lado.

De forma que se trataba de una zona gris, y yo no creía tener la obligación de ayudar a la fiscalía señalando lo que creía que faltaba en aquella pregunta. Freeman contaba con el mismo listado de nombres que yo, y además tenía a su disposición los recursos de la fiscalía del distrito y el LAPD, el cuerpo de policía de Los Ángeles. En aquellas dos grandes burocracias por fuerza tenía que haber alguien tan despierto como mi propio investigador. Que lo miraran todo y encontraran los datos por su cuenta. Y si no lo hacían, pues mala suerte.

Seguía mirando a Furlong mientras Freeman enumeraba los fundamentos de la acusación: el arma del crimen, la testigo, la sangre en el zapato de la acusada y su historial de protestas contra el banco. Furlong estaba sentado con los dos codos sobre los brazos de la silla, con los dedos cruzados frente a la boca. Como si estuviera escondiendo el rostro, atisbando a la fiscal con disimulo por encima de las manos. Su postura física me decía que no me había equivocado con él. Estaba claro que Furlong era mi as en la manga.

Freeman comenzó a perder fuelle al establecer de forma apresurada e incompleta que todas las pruebas hablaban de la existencia de una culpabilidad más allá de toda duda razonable. Saltaba a la vista que aquí era donde había recortado su alegato en atención al límite temporal que el juez había dictado arbitrariamente. La fiscal sabía que más adelante podría retomar este hilo, por lo que cortó por lo sano y pasó a exponer su conclusión.

–Señoras y señores del jurado, la sangre no puede ser más reveladora –dijo–. Aténganse a las pruebas, y todo señalará a Lisa Trammel, sin ningún género de duda. Lisa Trammel fue quien se cobró la vida de Mitchell Bondurant. Le arrebató todo cuanto tenía. Y ahora ha llegado el momento de hacer justicia.

Dio las gracias al jurado y volvió a ocupar su asiento. Era mi turno. Por debajo de la mesa, me aseguré con la mano de que tenía bien cerrada la cremallera del pantalón. Si ya te ha pasado que te has dirigido al jurado con la bragueta abierta, bueno, ya no te puede suceder una segunda vez. Me levanté y fui al punto central que Freeman había ocupado hacía un minuto. Una vez más, hice lo posible por disimular que aún no me había recuperado del todo de mis lesiones. Y empecé.

—Señoras y señores del jurado, comenzaré haciendo dos presentaciones. Me llamo Michael Haller y soy el abogado defensor en este caso. Mi trabajo es defender a Lisa Trammel de estas acusaciones tan graves. Nuestra Constitución establece que toda persona acusada de un delito o crimen tiene derecho a una defensa completa y vigorosa, justo lo que me propongo aportar durante el curso de este juicio. Si en algún momento molesto a alguno de ustedes al hacerlo, les pido disculpas de antemano. Pero, por favor, tengan siempre presente que Lisa no tiene por qué pagar mis comportamientos.

Me giré hacia la mesa de la defensa y levanté la mano, como si estuviera dándole la bienvenida a Lisa Trammel.

—Lisa, ¿le importaría levantarse un momento?

Trammel se irguió y se giró ligeramente hacia el jurado; sus ojos recorrieron los doce rostros con lentitud. Su expresión era de resolución, de firmeza. Justo la que yo le había instado a adoptar.

—Les presento a Lisa Trammel, mi representada. La señorita Freeman quiere convencerlos de que Lisa fue la que cometió este crimen. Pero Lisa apenas mide un metro sesenta, pesa unos cincuenta kilos, con la ropa puesta, y es maestra de escuela. Gracias, Lisa. Puede sentarse.

Trammel volvió a tomar asiento. Me volví hacia el jurado; mis ojos iban de un rostro al otro mientras hablaba.

–Estamos de acuerdo con la señorita Freeman en que este crimen fue tan despiadado como violento y premeditado. Nadie tendría que haber matado a Mitchell Bondurant, y quien lo haya hecho tiene que comparecer ante la justicia. Pero no conviene llegar a conclusiones precipitadas, cosa que las pruebas terminarán por demostrar en su momento. Los investigadores de este caso han visto los hechos y se han decantado por la explicación más fácil. Pero han hecho caso omiso de la verdadera explicación. Se han olvidado del verdadero asesino.

Oí que la voz de Freeman decía a mis espaldas.

–Señoría, pido su permiso para hacer un aparte.

Perry frunció el ceño, pero con un gesto nos indicó que subiéramos al estrado. Fui con Freeman al lateral, formulando en mi mente la respuesta a la objeción que sabía que iba a hacer. El juez conectó un ventilador distorsionador del sonido para que los miembros del jurado no oyesen nuestras palabras, y formamos un pequeño corrillo.

–Señoría –dijo Freeman–. No me gusta nada tener que interrumpir un alegato inicial, pero todo esto no tiene nada que ver con un alegato inicial. ¿Qué es lo que se propone la defensa? ¿Exponer los hechos y las pruebas que obran en su poder? ¿O hablar de generalidades y referirse a un asesino misterioso cuya existencia nadie conoce?

El juez me invitó a responder con la mirada. Consulté mi reloj.

–Señoría, tengo que objetar a la protesta. Apenas he estado hablando cinco minutos de los treinta de los que dispongo, ¿y la fiscal ya nos viene con objeciones porque no he presentado las pruebas? Por favor, señoría. La fiscal está tratando de hacerme quedar mal delante del jurado, por lo que solicito que no vuelva a aceptar nuevas objeciones por su parte ni permita que vuelva a interrumpirme.

—Diría que el señor Haller tiene razón, señorita Freeman —dijo el magistrado—. Lo cierto es que es muy pronto para hacer objeciones. Si veo la necesidad, yo mismo me encargaré de objetar a las palabras de la defensa. Entre tanto, vuelva a su mesa y haga el favor de escuchar en silencio.

Apagó el ventilador e hizo rodar la silla hasta el centro del estrado. Freeman y yo volvimos a nuestros respectivos lugares en la sala.

—Como estaba diciendo antes de que me interrumpieran, hay una verdadera explicación para este caso, y la defensa va a mostrársela. La fiscalía está empeñada en hacerles creer que se trata de un simple caso de venganza. Pero el asesinato nunca resulta simple, y la búsqueda de explicaciones fáciles durante una investigación inevitablemente lleva a que algunas piezas no encajen, a que la propia acusada no encaje en absoluto con lo sucedido. Lisa Trammel ni siquiera conocía personalmente a Mitchell Bondurant. Nunca antes le había visto. No tenía un motivo para matarle, porque la razón que la fiscalía va a exponerles es completamente falsa. La fiscalía les dirá que Lisa mató a Bondurant porque este iba a arrebatarle su casa. El hecho es que Bondurant no iba a conseguirlo, cosa que vamos a demostrar. La motivación es como el timón de un barco. Cuando no existe, el barco se mueve a merced de los vientos. Y el alegato de la fiscalía es parecido. Palabras que se lleva el viento.

Encajé las manos en los bolsillos y clavé la vista en mis pies. Conté hasta tres mentalmente, levanté la cabeza y miré directamente a Furlong.

—En realidad, este caso tiene que ver con el dinero. Con la oleada de desahucios que están barriendo el país entero. No estamos hablando de un simple acto de venganza. Estamos hablando del asesinato frío y calculado de un hombre que amenazaba con revelar la corrupción existente entre los bancos y sus agentes encargados de llevar a cabo los desahucios. Todo en este caso tiene que ver con el dinero, con los que tienen el dinero y no están dispuestos a perderlo de ninguna manera... Aunque tengan que llegar al asesinato.

Volví a callarme; descargué el peso de mi cuerpo sobre el otro pie, y mis ojos fueron de un miembro del jurado al siguiente. Hasta detenerse en una mujer llamada Esther Marks. Sabía que era madre soltera y que trabajaba como secretaria en el barrio de las tiendas de ropa. Seguramente ganaba menos dinero que los varones que hacían el mismo trabajo, e intuía que se mostraría algo comprensiva con mi cliente.

—A Lisa Trammel le tendieron una encerrona para acusarla de un crimen que no cometió. Lisa fue la cabeza de turco. El chivo expiatorio. Porque había estado protestando contra las despiadas y fraudulentas prácticas del banco en lo referente a los desahucios. Que estuviera combatiendo los desahucios provocó que le impusieran una orden de alejamiento. Las mismas razones que la convertían en sospechosa a ojos de unos investigadores perezosos hacían de ella la perfecta cabeza de turco. Es lo que vamos a demostrar.

Todas las miradas estaban puestas en mí. Había captado su entera atención.

—Las pruebas de la fiscalía son muy muy endebles —afirmé—. Y vamos a desactivarlas una tras otra. Les recuerdo que van a tener que tomar su decisión atendiendo al baremo de la culpabilidad más allá de toda duda razonable. Les pido que pongan mucha atención y que piensen por ustedes mismos. Si lo hacen, les prometo que al final van a tener dudas razonables para dar y regalar. Hasta el punto de que tan solo tendrán una única pregunta que hacerse: ¿por qué? ¿Por qué acusaron de un crimen así a esta mujer? ¿Por qué le hicieron pasar por todo esto?

Hice una última pausa, asentí con la cabeza y les di las gracias por su atención. Fui a mi silla y me senté. Lisa se acercó y puso la mano sobre mi brazo, como dándome las gracias por haber acudido en su ayuda. Se trataba de otro de los gestos que habíamos estado coreografiando. Era pura actuación, pero, aun así, me gustó.

El juez anunció un descanso de un cuarto de hora antes de que los testigos pasaran a declarar. La sala empezó a vaciarse, pero me quedé sentado a la mesa de la defensa. Mi alegato inicial me había insuflado nuevas fuerzas. La fiscalía iba a llevar la voz cantante durante las siguientes jornadas, pero Freeman ya estaba avisada de que iba a por ella.

—Gracias, Mickey —dijo Lisa Trammel, mientras se levantaba para salir al vestíbulo en compañía del recién llegado Herb Dahl.

—Aún no me las dé —respondí.

22

Concluido el descanso, Andrea Freeman llamó a declarar a los que yo denominaba los testigos «para entrar en calor». Sus declaraciones solían ser espectaculares, pero no establecían la culpabilidad o la inocencia del acusado. Solo comparecían para ayudar al ministerio fiscal a construir la arquitectura de sus argumentaciones, para preparar el escenario para las pruebas y declaraciones que estaban por llegar.

La primera testigo fue una recepcionista del banco llamada Riki Sánchez, la mujer que había encontrado el cadáver de la víctima en el aparcamiento del edificio. Su función era ayudar al establecimiento del momento de la muerte y transmitir el horror del asesinato a las personas normales y corrientes que integraban el jurado.

Cada día, Sánchez llegaba al trabajo en coche desde su casa en Santa Clarita Valley, de forma que por las mañanas seguía una rutina muy estricta. Según indicó, prácticamente todas las jornadas llegaba al aparcamiento del banco a las nueve menos cuarto, lo que le daba diez minutos para estacionar el coche, ir a la puerta de los empleados y sentarse a su escritorio a las nueve menos cinco, en preparación para la apertura de puertas a la hora en punto.

Sánchez añadió que el día del asesinato siguió esa misma rutina y encontró una plaza de aparcamiento libre situada a unas diez de distancia del espacio reservado a Michell Bondurant. Se bajó del coche, lo cerró y fue andando al paso elevado que conectaba el aparcamiento con el edificio del banco. Entonces fue cuando descubrió el cadáver. Lo primero que vio fue el café derramado en el suelo; luego, el maletín abierto; finalmente, el cuerpo de Mitchell Bondurant, ensangrentado y boca abajo.

Sánchez se arrodilló junto al cuerpo, trató de encontrar señales de vida y, por último, cogió el móvil de su bolso y llamó al 911, el número para las emergencias.

Es poco corriente que un abogado pueda sacarle partido a uno de estos testigos llamados a comparecer para entrar en calor. Sus declaraciones suelen ser muy fragmentarias y raramente aportan algo a la cuestión de la culpabilidad o la inocencia. Pero nunca se sabe. Cuando me llegó el turno de interrogar a la señorita Sánchez, decidí probar suerte con unas cuantas preguntas con doble intención.

–Bien, señorita Sánchez, nos ha explicado su rutina de todas las mañanas, pero, por lo que entiendo, esta cesa una vez que entra con el coche en el aparcamiento del banco, ¿no le parece?

–Creo que no le entiendo bien.

–Quiero decir que usted no tiene plaza asignada en el aparcamiento, por lo que ya no cabe hablar de una rutina. Entra en el aparcamiento y tiene que ponerse a buscar una plaza libre, ¿no es así?

–Bueno, más o menos. El banco aún no está abierto, por lo que siempre hay muchas plazas libres. Por lo general, subo a la segunda planta y aparco por la zona de esa misma mañana.

–Muy bien. ¿Alguna vez había entrado a trabajar en compañía del señor Bondurant?

–No. Por lo general, él llegaba antes.

–Ya. Y el día que encontró el cadáver del señor Bondurant, ¿en qué lugar del aparcamiento vio a la acusada, Lisa Trammel?

Se detuvo, como si la pregunta tuviera truco. Lo tenía.

–Yo… La verdad es que no la vi.

–Gracias, señorita Sánchez.

La siguiente en declarar fue la operadora del 911 que recibió la llamada a las ocho y cincuenta y dos de esa mañana. Se llamaba LeShonda Gaines y su testimonio tenía la función primordial de sacar a colación la grabación de la llamada efectuada por Sánchez. Su reproducción constituía una maniobra tan espectacular como innecesaria, pero el juez la había autorizado a pesar de que yo había objetado antes del juicio. Freeman entregó las transcripciones de la llamada a los miembros del jurado, al juez y a la defensa, y procedió a su reproducción:

GAINES: Nueve-once. ¿Nos llama por una emergencia?

SÁNCHEZ: Hay un hombre ahí tirado… ¡Creo que está muerto! Está cubierto de sangre y no se mueve.

GAINES: ¿Cómo se llama usted, señorita?

SÁNCHEZ: Riki Sánchez. Estoy en Sherman Oaks, en el aparcamiento del banco WestLand National.

(Pausa)

GAINES: ¿En Ventura Boulevard?

SÁNCHEZ: Sí. ¿Van a enviar a alguien?

GAINES: La policía y la ambulancia están en camino.

SÁNCHEZ: Me parece que está muerto. Hay mucha sangre.

GAINES: ¿Sabe de quién se trata?

SÁNCHEZ: Creo que es el señor Bondurant, pero no estoy segura. ¿Quiere que le dé la vuelta?

GAINES: No, espere a que llegue la policía. ¿Está usted en peligro, señorita Sánchez?

(Pausa)

SÁNCHEZ: Eh, creo que no. Por aquí no hay nadie más.

GAINES: Muy bien. Haga el favor de esperar a la policía y de dejar libre esta línea.

No me molesté en hacer preguntas ni traté de sembrar dudas. En ese punto, la defensa no tenía nada que ganar.

Freeman me vino con la primera de sus sorpresas después de la declaración de Gaines. Yo esperaba que a continuación compareciera el primer policía que llegó a la escena del crimen. Que Freeman le hiciera declarar sobre su llegada al lugar y mostrar al jurado las fotos tomadas en dicho lugar. Pero lo que hizo fue sacar a Margo Schafer, la testigo presencial que situaba a Trammel en las inmediaciones del lugar de los hechos. Al momento comprendí la estrategia de la fiscal. En lugar de hacer que los miembros del jurado se fueran a almorzar con las fotografías de la escena del crimen en la mente, lo que quería era que se marcharan impresionados por la primera comparecencia significativa en el juicio. La primera declaración que relacionaba a Trammel con el asesinato.

El plan era bueno, pero Freeman no estaba al corriente de lo que yo sabía sobre su cliente. Esperaba poder someterla a interrogatorio antes de la hora del almuerzo.

Schafer era una mujer pequeña, de aspecto nervioso y pálido en el momento de subir a declarar. Tuvo que bajar el soporte del micrófono para ponerlo a su altura.

Freeman le hizo varias preguntas directas y la testigo explicó que era cajera en el banco y que había vuelto a trabajar en la entidad cuatro años atrás, después de haber tenido un hijo. Schafer no tenía la ambición de ascender en el escalafón del banco. Sencillamente, disfrutaba con la responsabilidad derivada de su empleo y con la interacción con los clientes.

Después de hacer unas cuantas preguntas personales más, destinadas a que el jurado mirase a Schafer con simpatía, Freeman fue al grano y preguntó a la testigo por la mañana del asesinato.

–Esa mañana llegaba tarde –explicó Schafer–. Se supone que a las nueve tengo que estar en la ventanilla. Lo primero que hago es ir a la cámara acorazada, retirar los fondos asignados a mi ventanilla y firmar un recibo. Por lo que a menos cuarto ya suelo estar en el banco. Pero esa mañana había mucho tráfico en Ventura Boulevard por culpa de un accidente de tráfico.

–¿Recuerda exactamente con cuánto retraso llegaba, señorita Schafer? –preguntó Freeman.

–Sí. Diez minutos exactos. No hacía más que mirar el reloj en el salpicadero, por lo que me acuerdo de que llegaba con diez minutos exactos de retraso.

–Entendido, y, cuando estaba llegando al banco, ¿vio alguna cosa inusual, algo que le resultara preocupante?

–Sí.

–¿Qué fue lo que vio?

–Vi que Lisa Trammel estaba andando por la acera, alejándose del banco.

Me levanté y objeté, con el argumento de que la testigo no tenía forma de saber de qué estaba alejándose la persona que creía haber reconocido como Trammel. El juez estuvo de acuerdo y aceptó la protesta.

–¿Hacia dónde estaba andando la señorita Trammel? –preguntó Freeman.

–Hacia el este.

—¿Y dónde se encontraba en relación con el banco?

—A media manzana de distancia del banco en dirección este.

—De forma que estaba andando en sentido contrario a donde se encuentra el banco, ¿es eso?

—Sí, correcto.

—¿A cuánta distancia se encontraba de ella cuando la vio?

—Yo iba en dirección oeste por Ventura y estaba en el carril izquierdo, con la idea de girar y entrar por la puerta del garaje. De forma que ella estaba tres carriles más allá de donde me encontraba.

—Usted estaba con la vista puesta en el tráfico, ¿no?

—No. Cuando me fijé en ella, estaba parada ante un semáforo.

—De forma que ella estaba en ángulo recto cuando la vio, ¿correcto?

—Correcto. Estaba directamente situada al otro lado de la calle.

—¿Y cómo es que supo que esa mujer era la acusada, Lisa Trammel?

—Porque hay una foto suya colgada en la sala de los empleados y en el subterráneo de las cámaras acorazadas. De hecho, hacía tres meses que ya nos habían enseñado su foto a los empleados.

—¿Por qué se la enseñaron?

—Porque el banco había conseguido que le impusieran una orden de alejamiento que le prohibía estar a menos de treinta metros del edificio. Nos enseñaron la foto y nos dijeron que diéramos parte de inmediato si la veíamos en el terreno que pertenece al banco.

—¿Puede decirle al jurado a qué hora precisa vio a Lisa Trammel andando por la acera en dirección este?

–Sí, me acuerdo de la hora exacta porque llegaba tarde. Eran las 8:55.

–De modo que Lisa Trammel a las 8:55 estaba andando en dirección este, en sentido contrario a donde se encuentra el banco, ¿correcto?

–Sí, correcto.

Freeman hizo unas cuantas preguntas más, todas ellas destinadas a indicar que Lisa Trammel estaba a tan solo media manzana del banco pocos minutos después de que hubiera sido efectuada la llamada a emergencias avisando del asesinato. A las once y media finalmente terminó con la testigo, y el juez me preguntó si prefería almorzar pronto y proceder con mi contrainterrogatorio más tarde.

–Señoría, creo que con media hora me bastará para cerrar este asunto. Prefiero hacer las preguntas ahora. Estoy preparado.

–Muy bien, señor Haller. En tal caso, adelante.

Me levanté y fui al atril que quedaba entre la mesa del ministerio fiscal y la tribuna del jurado. Conmigo llevaba un cuaderno grande y dos tableros de exposición encarados el uno frente al otro de tal forma que no era posible ver lo que decían. Los dejé en el suelo, apoyados contra un lado del atril.

–Buenos días, señora Schafer.

–Buenos días.

–En su declaración ha mencionado que esa mañana llegaba tarde por culpa de un accidente de tráfico, ¿correcto?

–Sí.

–¿Llegó a ver los restos del accidente mientras iba en coche al banco?

–Sí. Estaban justo al oeste de Van Nuys Boulevard. Una vez que rebasé el lugar del accidente, el tráfico empezó a ser fluido.

—¿A qué lado de Ventura quedaban esos restos?

—Ese era el problema. En uno de los carriles en dirección este, pero todo el mundo aminoraba para mirar lo sucedido.

Hice una anotación en el cuaderno y cambié de tercio.

—Señorita Schafer, he advertido que la fiscal ha olvidado preguntarle si la señorita Trammel llevaba un martillo en la mano cuando reparó en su presencia en la acera. No vio que llevara ningún martillo, ¿verdad?

—No, no lo vi. Pero sí que llevaba una bolsa de la compra bastante grande, lo suficiente para esconder un martillo dentro.

Era la primera mención que oía a una bolsa de la compra. Nadie había dicho nada de eso en el momento de la exhibición de pruebas. Schafer, la testigo tan deseosa de cooperar, estaba introduciendo nuevos elementos. O eso me parecía.

—¿Una bolsa de la compra? ¿Se acuerda si mencionó dicha bolsa de la compra durante sus entrevistas con la policía o con la fiscal de este caso?

Schafer lo pensó un momento.

—No estoy segura. Es posible que no.

—Entonces, por lo que recuerda, la policía ni siquiera le preguntó si la acusada llevaba alguna cosa en la mano.

—Creo que es lo correcto.

No sabía qué significaban esas palabras, si es que significaban alguna cosa. No obstante, opté por olvidarme de la bolsa de la compra por el momento y pasar a otra cuestión. Nunca conviene que el testigo sepa adónde quieres ir a parar.

—Y bien, señorita Schafer, hace unos minutos ha dicho que se encontraba a tres carriles de la acera en la que supuestamente vio a la acusada. Pero diría que se ha equivocado al hacer el cálculo, ¿no le parece?

Este segundo abrupto cambio en la dirección del interrogatorio hizo que vacilara un momento.

–Eh… No, nada de eso.

–Bien. ¿En qué cruce se encontraba cuando la vio?

–En el de Cedros Avenue.

–En Ventura hay dos carriles en dirección este, ¿no es así?

–Sí.

–Y al llegar a Cedros hay otro carril para girar, ¿verdad?

–Exacto. Tres carriles en total.

–¿Y qué me dice del carril de aparcamiento?

Schafer me miró como diciendo: «Vamos, por favor».

–Ese no es un verdadero carril.

–Bueno, se trata de un espacio existente entre usted y la mujer que describe como Lisa Trammel, ¿no?

–Si usted lo dice. Creo que está forzando mucho las cosas.

–¿En serio? A mí me parece que estoy siendo preciso, nada más, ¿o acaso usted lo ve de otra manera?

–Yo creo que la mayoría de la gente diría que entre ella y yo había tres carriles de tráfico.

–Bueno, y el reservado para aparcar, que de hecho es incluso un poco más ancho, ¿correcto?

–De acuerdo, ya que se muestra tan puntilloso. Digamos que había cuatro carriles. Me he equivocado.

Rectificaba de mala gana, por no decir con amargura, y estaba seguro de que el jurado se estaba dando cuenta de que la que estaba siendo puntillosa era ella.

–Por consiguiente, lo que ahora está diciéndonos es que cuando supuestamente vio a la señorita Trammel en realidad se encontraba a cuatro carriles de la acera, y no a los tres declarados en su momento, ¿correcto?

–¿Correcto? Ya le he dicho que me he equivocado.

Hice una anotación en el cuaderno que en realidad no significaba nada; quería que los miembros del jurado pensasen que estaba llevando un recuento de algún tipo. A continuación, cogí los dos tableros, los separé y escogí uno de ellos.

–Señor juez, me gustaría mostrarle a la testigo una fotografía del lugar del que estamos hablando.

–¿El ministerio fiscal la ha visto?

–Señoría, la fotografía aparece en el disco compacto con las pruebas mostradas en el momento de la presentación. Es verdad que no he proporcionado un tablero específico a la señorita Freeman, pero ella tampoco me lo ha pedido.

Freeman no puso objeción, y el juez me dijo que continuara, no sin antes dar el nombre de «prueba de la defensa número 1A» al tablero. Abrí un caballete en un lugar situado a medio camino entre la testigo y la tribuna del jurado. La fiscalía tenía previsto utilizar las pantallas en las paredes a la hora de presentar las pruebas, y yo mismo haría lo mismo más adelante, pero en este caso quería hacerlo según el método tradicional. Puse el tablero sobre el caballete y volví a situarme tras el atril.

–Señorita Schafer, ¿reconoce la fotografía que acabo de poner en el atril?

La imagen tenía casi un metro de ancho y otro de alto, y mostraba el tramo de dos manzanas de Ventura Boulevard que nos interesaba. Tan solo nos había costado el precio de la ampliación y de su fijación al tablero.

–Sí. Parece ser una vista aérea de Ventura Boulevard… Se ve el banco, así como el cruce con Cedros Avenue a una manzana de distancia, más o menos.

–En efecto, es una vista aérea. ¿Sería tan amable de acercarse y marcar con el rotulador que hay en el caballete el punto en el que cree haber visto a Lisa Trammel?

Schafer miró al juez como pidiéndole permiso. Perry asintió con la cabeza. Schafer fue al caballete, cogió el rotulador negro que había en la parte inferior y trazó un círculo en la acera, a media manzana de distancia de la entrada al banco.

–Gracias, señorita Schafer. ¿Y ahora tendría la amabilidad de señalar para el jurado el punto donde estaba su coche cuando miró por la ventanilla y creyó ver a Lisa Trammel?

Marcó un punto en el carril que daba la impresión de estar a por lo menos tres plazas de automóvil del paso de peatones situado al frente.

–Gracias, señorita Schafer. Puede volver a sentarse en su lugar.

Schafer dejó el rotulador en el saliente del caballete y fue a ocupar su silla.

–Y bien, ¿cuántos coches diría que estaban por delante de usted, esperando a que el semáforo se pusiera en verde?

–Por lo menos dos. Es posible que tres.

–¿Y qué me dice del carril para girar situado inmediatamente a su izquierda? ¿Había algún otro coche esperando para poder girar?

Schafer estaba esperando la pregunta y no pensaba dejar que la enredase a este respecto.

–No. Desde donde estaba veía la acera perfectamente.

–A ver, un momento. ¿Está diciéndonos que, en plena hora punta, no había un solo coche esperando en el carril de desvío con la idea de llegar al trabajo de una vez?

–No había ninguno a mi lado, pero yo estaba dos o tres coches por detrás. Es posible que hubiera alguien esperando para girar, pero no al lado de mi coche.

Pedí permiso al juez para enseñar el segundo tablero, la prueba de la defensa número 1B. Perry me dio su autorización, y puse el tablero en el caballete. Era otra ampliación, pero la fotografía estaba hecha en el mismo terreno. Una foto tomada por Cisco desde la ventanilla de un coche detenido ante el semáforo en el carril central en dirección sur de Ventura Boulevard con Cedros Avenue a las nueve menos cinco de un lunes, un mes después del asesinato. En la esquina inferior derecha de la imagen aparecían la fecha y la hora precisas.

Desde donde me encontraba, pedí a Schafer que describiera lo que estaba viendo.

—Es una foto tomada en ese mismo lugar, desde el suelo. Ahí está Danny's Deli. A veces vamos a almorzar a ese establecimiento.

—Sí. ¿Sabe usted si Danny's está abierto a la hora de desayunar?

—Sí que lo está.

—¿Alguna vez ha desayunado en el local?

Freeman se levantó para objetar.

—Señoría, no veo que todo esto tengo algo que ver con la declaración de la testigo o los elementos del juicio.

Perry me miró.

—Si su señoría me concede un momento, la relevancia pronto será patente.

—Adelante, pues, pero no pierda el tiempo.

Volví a concentrarme en Schafer.

—¿Alguna vez ha desayunado en Danny's, señorita Schafer?

—No, nunca he ido a desayunar allí.

—Pero sabe que el local suele llenarse a la hora del desayuno, ¿correcto?

—No, no puedo saberlo.

No era la respuesta que andaba buscando, pero me resultaba conveniente. Por primera vez, Schafer estaba mostrándose claramente evasiva, haciendo lo posible por eludir la respuesta obvia. Los miembros del jurado más atentos empezarían a verla no ya como una testigo imparcial, sino como una mujer que se negaba a apartarse de la línea trazada por la fiscal.

–Permita que le haga otra pregunta. ¿Qué otros establecimientos de la manzana están abiertos antes de las nueve de la mañana?

–La mayoría de las tiendas abren más tarde. En la foto aparecen los rótulos.

–¿Y cómo explica el hecho de que todas y cada una de las plazas de aparcamiento junto a la acera estén ocupadas? ¿Pueden ser los clientes de Danny's?

Freeman volvió a objetar, con el argumento de que la testigo no tenía manera de saber la respuesta a la pregunta. El juez le dio la razón y me instó a pasar a otra cosa.

–Volvamos al lunes por la mañana a las ocho cincuenta y cinco, el momento en que dice haber visto a la señorita Trammel a cuatro carriles de distancia. ¿Recuerda cuántos coches estaban aparcados en la cuneta frente al restaurante?

–No, no me acuerdo.

–Hace unos momentos, ha declarado, y si quiere puedo hacer que se lo lean, que vio a Lisa Trammel con total claridad. ¿Está diciéndonos que no había coches aparcados en el carril de estacionamiento?

–Es posible que hubiera algunos, pero yo la vi perfectamente.

–¿Y qué me dice de los carriles de circulación? ¿En ellos tampoco había coches?

–No. Pude verla bien.

–Antes ha dicho que estaba llegando tarde porque el tráfico en dirección oeste avanzaba muy lentamente por culpa de un accidente, ¿no es así?

–Sí.

–Me pregunto: ¿hasta qué punto estaban congestionados los carriles situados hacia el este si los carriles situados al oeste se encontraban tan atestados de coches como para llegar al trabajo con diez minutos de retraso?

–No me acuerdo bien, la verdad.

Una respuesta perfecta. Perfecta para mí. Un testigo poco de fiar siempre es de ayuda para la defensa.

–Señorita Schafer, ¿no es verdad que tuvo que mirar a través de dos carriles con tráfico intenso (y de un carril de estacionamiento lleno de coches) para ver a la acusada en la acera?

–Todo cuanto sé es que la vi. Estaba allí.

–Y, según nos dice, incluso vio que llevaba una gran bolsa de la compra en la mano, ¿cierto?

–Cierto.

–Una bolsa de la compra, ¿de qué tipo?

–Una bolsa con asas, de las que te dan en unos grandes almacenes.

–¿De qué color era esa bolsa?

–De color rojo.

–¿Y pudo ver si estaba llena o vacía?

–Eso no pude verlo.

–¿La acusada llevaba la bolsa a un lado o por delante del cuerpo?

–A un lado. La llevaba en una mano.

–Parece usted haberse fijado mucho en esa bolsa. ¿Estaba mirando la bolsa o el rostro de la mujer que la llevaba en la mano?

–Tuve tiempo de mirar las dos cosas.

Meneé la cabeza y miré mis anotaciones.

–Señorita Schafer, ¿usted sabe qué estatura tiene la señorita Trammel?

Me giré hacia mi cliente y, con un gesto, le indiqué que se levantara. Seguramente tendría que haber pedido permiso al juez antes, pero estaba metido en faena y no quería más distracciones. Perry no dijo nada.

–No tengo idea –respondió Schafer.

–¿Me creerá si le digo que solo mide un metro sesenta?

Hice un gesto con la cabeza a Lisa, quien volvió a tomar asiento.

–Le creo, sí.

–Mi cliente apenas mide uno sesenta, ¿y usted la vio a través de cuatro carriles llenos de coches?

Freeman protestó, como estaba claro que iba a hacer. Perry le dio la razón, pero yo ya había dejado claro lo que quería comunicar sin necesidad de una respuesta por parte de Schafer. Miré el reloj y vi que eran las doce menos dos minutos. Hora de disparar mi último torpedo.

–Señorita Schafer, ¿podría mirar la fotografía y señalar el punto exacto de la acera en el que se ve a la acusada?

Todas las miradas fueron a la ampliación fotográfica. El carril de aparcamiento estaba completamente lleno de coches, por lo que resultaba imposible identificar a los peatones que en ese momento andaban por la acera. Freeman se levantó de un salto y protestó, con el argumento de que la defensa estaba tratando de manipular a la testigo y el tribunal. Perry nos llamó en conciliábulo. Y se mostró muy severo conmigo.

–Señor Haller, ¿la acusada aparece en esa foto? ¿Sí o no?

–No, señoría.

–En tal caso está tratando de engañar a la testigo, cosa que no voy a permitir que suceda en esta sala. Quite esa foto de ahí.

–Señoría, no estoy tratando de engañar a nadie. Sencillamente, la testigo podría decir que la acusada no aparece en la foto. Pero está claro que no puede ver a los peatones situados al otro lado de los coches, y lo único que quiero es dejar claro…

–Lo que usted quiera no me importa. Quite esa foto de ahí y no vuelva a venirme con más trucos por el estilo, o se encontrará con un cargo de desacato al final de este juicio. ¿Queda claro?

–Sí, señor.

–Señoría –dijo Freeman–, sería conveniente explicarle al jurado que la acusada no aparece en la foto.

–De acuerdo. Vamos a ello.

Fui hacia el atril y quité los tableros del caballete.

–Señoras y señores del jurado –dijo Perry–, que quede constancia de que la acusada no aparece en la fotografía mostrada por la defensa.

No me parecía mal que el juez informase al respecto. Me había salido con la mía. El hecho de que fuera necesario explicarle al jurado que Lisa no estaba en la foto subrayaba lo muy difícil que tenía que haber sido ver e identificar a una persona que pasara por aquella acera.

El juez me invitó a proseguir con el contrainterrogatorio. Acerqué la boca al micrófono y dije:

–No tengo más preguntas, señoría.

Me senté y puse los tableros con las fotos en el suelo, bajo la mesa. Me habían sido útiles. A pesar de la bronca del juez, la cosa había valido la pena. Siempre vale la pena cuando consigues transmitir aquello que te interesa.

23

Lisa Trammel estaba eufórica por el contrainterrogatorio al que acababa de someter a Margo Schafer. Incluso el propio Herb Dahl no pudo reprimirse y me felicitó. El juicio seguiría después del almuerzo. Les recomendé que no se dejaran llevar por el entusiasmo. Acabábamos de empezar, y los testigos como Schafer suelen ser los más fáciles de manejar y de dejar mal ante un jurado. Pero nos esperaban testigos más difíciles y jornadas bastante más complicadas. De eso podían estar seguros.

–Me da igual –dijo Lisa–. Lo ha hecho usted de maravilla, y esa zorra mentirosa se ha llevado lo que se merecía.

Sus palabras denotaban odio, lo que me hizo guardar silencio antes de responder:

–La fiscal sigue teniendo la posibilidad de mejorar su credibilidad o matizar sus respuestas después del almuerzo.

–Ya. Pero luego usted puede volver a destrozarla.

–Bueno… Eso de destrozar a alguien no es lo mío. No es eso lo que…

–¿Le apetece comer con nosotros, Mickey?

Lisa subrayó la pregunta rodeando a Dahl con el brazo; ya me lo imaginaba: no solo estaban juntos en cuestiones de negocios.

–Por aquí no hay ningún lugar que valga la pena –añadió–. Estamos pensando en bajar por Ventura Boulevard y buscar otro sitio. Tal vez probemos en Danny's Deli.

—Gracias, pero no. Tengo que volver al bufete y reunirme con mis colaboradores. No han venido porque no han podido. Están trabajando, y necesito saber qué es lo que han encontrado.

Lisa me lanzó una mirada que decía: «No te creo», cosa que me importaba más bien poco. Yo era su representante legal en el juicio y eso no implicaba que tuviera que comer con ella y el hombre que —estaba seguro— tenía planeado desplumarla, con independencia de la naturaleza de su relación…, si es que llegaba a ser una relación amorosa. Salí del juzgado por mi cuenta y caminé a mi despacho en el Victory Building.

Lorna se había acercado al establecimiento que competía con Danny's y que era bastante mejor, Jerry's Famous Deli de Studio City, de donde había vuelto con unos emparedados de pechuga de pavo con ensalada de col. Di cuenta del mío sentado a la mesa, mientras explicaba a Cisco y a Bullocks lo acontecido aquella mañana en el juzgado. A pesar de las reservas que me suscitaba mi cliente, estaba bastante contento con el contrainterrogatorio que le había hecho a Schafer. Di las gracias a Bullocks por haberse ocupado de los tableros de exposición, que a mi entender habían impresionado al jurado. No hay nada mejor que un elemento visual para sembrar dudas sobre un supuesto testigo presencial.

Terminé de contarles lo sucedido en el juicio y pregunté qué era lo que habían hecho. Cisco respondió que todavía estaba examinando con lupa la investigación de la policía, para encontrar errores de procedimiento cometidos por esta que pudieran emplearse contra Kurlen durante mi contrainterrogatorio.

–Bien, porque voy a necesitar toda la munición disponible –dije–. Bullocks, ¿algo nuevo por tu parte?

–Me he pasado casi toda la mañana revisando los documentos de la ejecución hipotecaria. Quiero tenerlo todo perfectamente amarrado cuando llegue mi turno.

–De acuerdo, pero creo que te queda tiempo por delante. Sospecho que la defensa no va a empezar hasta la semana que viene. Parece que Freeman está tratando de llevar el caso con cierto ritmo y empuje, pero tiene un listado con unos cuantos testigos, y no parece que sean de relleno.

Es corriente que los fiscales y abogados defensores elaboren unas listas de testigos destinadas a pillar por sorpresa al contrario en lo referente al orden de las comparecencias y la verdadera importancia de cada una de las personas que llaman a declarar. No me parecía que Freeman estuviera aplicando un subterfugio de este tipo. Su listado era relativamente corto, y cada uno de los nombres que aparecían en él tenía algo importante que aportar durante el juicio.

Mojé el emparedado en un manchurrón de salsa mil islas pegado al papel del envoltorio. Aronson señaló uno de los tableros de exposición con que había vuelto del juzgado. La foto tomada en la calle con la que había tratado de desconcertar a Margo Schafer.

–Una jugada un poco arriesgada, ¿no? ¿Y si Freeman no hubiera objetado?

–Sabía que iba a objetar. Y, si no lo hubiera hecho, el juez habría objetado por ella. No les gusta que intentes enredar a un testigo de esa forma.

–Ya. Pero los del jurado entonces se dan cuenta de que estás mintiendo.

–No estaba mintiendo. Hice una pregunta a la testigo. ¿Podía ver a Lisa en la foto? En ningún momento dije que Lisa aparecía en la foto. Si le hubieran dado ocasión de contestar, su respuesta habría sido que no. Y punto.

Aronson frunció el ceño.

—Acuérdate de lo que te dije, Bullocks. No es cuestión de tener mala conciencia. En este caso tenemos que ir a por todas. Se la he jugado a Freeman, y la fiscal está tratando de jugármela a mí. Es posible que ya me la haya jugado, sin que yo lo sepa. Me arriesgué y el juez me soltó un pequeño rapapolvo. Pero mientras, me lo soltaba, todos los miembros del jurado estaban mirando esta foto, diciéndose que era muy difícil que Margo Schafer pudiera haber visto lo que dice que vio. Así es como funcionan las cosas. Hay que ser frío y calculador. A veces sales ganando, y muchas otras sales escaldado.

—Ya veo —dijo con desdén—. Pero no por ello tiene que gustarme.

—Eso está claro.

24

Después del almuerzo, Freeman me sorprendió al no hacer que Margo Schafer compareciese otra vez, a fin de enmendar los daños causados durante el contrainterrogatorio. Me dije que seguramente tenía algo planeado para más adelante, con intención de hacer más creíble su testimonio. Lo que hizo fue llamar a declarar al sargento del LAPD David Covington, el primer policía llegado a la sede de WestLand National después de que Riki Sánchez llamara a emergencias.

Covington era un veterano experimentado y un sólido testigo de la fiscalía. En el tono preciso –y no muy alegre– de quien ha visto más cadáveres y declarado al respecto de lo que puede recordar, explicó su llegada al lugar de los hechos, donde estableció que la víctima había sido asesinada. Según agregó, a continuación cerró el acceso al aparcamiento entero, agrupó a Riki Sánchez y a los demás posibles testigos y acordonó con precinto policial el lugar donde se encontraba el cadáver.

El testimonio de Covington llevó a la presentación de las fotografías hechas en la escena del crimen, espectacularmente pródigas en sangre, en las dos pantallas planas del juzgado. En mayor medida que la declaración del policía, fueron estas imágenes las que certificaban la comisión de un asesinato, paso necesario para la eventual condena de la acusada.

Durante una escaramuza previa al juicio, había obtenido cierto éxito residual en lo referente a las fotos tomadas en la escena del crimen. Me mostré en desacuerdo con su presentación durante el proceso y, en especial, con la forma en que la fiscalía tenía previsto mostrarlas: con grandes ampliaciones dispuestas sobre caballetes situados ante la tribuna del jurado. Alegué que una cosa así perjudicaría a mi cliente. Las fotos de víctimas de asesinatos siempre resultan chocantes y provocan fuertes reacciones emocionales. El deseo de castigar duramente a los responsables forma parte intrínseca de la naturaleza humana. Es frecuente que la visión de unas fotografías predisponga a un jurado contra el acusado, con independencia de las pruebas reales que lo vinculan al crimen. Perry optó por una solución salomónica. Limitó a cuatro el número de fotos que la fiscalía podría mostrar y ordenó a Freeman que lo hiciera en las dos pantallas planas que había en las paredes de la sala, lo que reducía el tamaño de las imágenes. Algo había ganado al objetar, pero a la vez tenía claro que las imposiciones del juez no atenuarían la respuesta visceral de los miembros del jurado. Era la fiscalía la que había terminado por salir ganadora.

Freeman escogió las cuatro fotos que mostraban mayor cantidad de sangre y el lastimoso ángulo en que el rostro de Bondurant se había estrellado contra el suelo de hormigón del aparcamiento.

Durante el contrainterrogatorio me concentré en una foto en particular e hice lo posible para que el jurado no pensara en la necesidad de vengar al muerto. La mejor forma de hacerlo consiste en formular preguntas. Si las preguntas quedan sin responder, entonces he hecho bien mi trabajo.

Con el permiso del juez, utilicé el mando a distancia de la proyección para eliminar tres de las fotografías en las pantallas, dejando tan solo una.

—Sargento Covington, quisiera llamar su atención sobre la foto que estamos viendo. Creo que está etiquetada como «prueba de la fiscalía número tres». ¿Puede decirme qué es lo que vemos en primer término de la imagen?

—Sí. Un maletín abierto.

—Muy bien. ¿Así fue como lo encontró cuando llegó al lugar de los hechos?

—Sí.

—¿Estaba abierto, tal y como aparece en la foto?

—Sí.

—Entendido. ¿Trató de averiguar o preguntó a alguno de los testigos si alguien lo había abierto después de que el cadáver fuera encontrado?

—Pregunté a la mujer que llamó al 911 si lo había abierto. Me dijo que no. Fue todo lo que hice. Preferí dejar el asunto en manos de los inspectores.

—Muy bien. Según ha declarado, lleva usted veintidós años trabajando como policía, patrullando las calles, ¿no es así?

—Sí, correcto.

—Habrá respondido a muchas llamadas del 911.

—Sí.

—¿Qué pensó al ver ese maletín abierto?

—No mucho, la verdad. Era algo que estaba en la escena del crimen.

—¿Su experiencia le llevó a pensar que además de un asesinato pudo haberse producido un robo?

—La verdad es que no. No soy inspector.

—Si el robo no fue uno de los motivos de este crimen, ¿cómo se explica que el asesino se tomara su tiempo para abrir el maletín de la víctima?

Freeman protestó antes de que Covington pudiera responder, con el argumento de que la pregunta iba más allá de la experiencia personal del testigo.

—El sargento Covington ha patrullado las calles durante toda su carrera en la policía. No es un inspector. Nunca ha investigado un robo.

El juez asintió con la cabeza.

—Tengo que darle la razón a la señorita Freeman, señor Haller.

—Señoría, es posible que el sargento Covington nunca haya trabajado como inspector, pero me parece claro que sí ha respondido a llamadas relacionadas con robos y ha puesto en práctica investigaciones preliminares, por lo que creo que sin duda está capacitado para responder a una pregunta sobre sus primeras impresiones al llegar a la escena del crimen.

—Sigo considerando oportuna la objeción hecha por el ministerio fiscal. Pase a su siguiente pregunta.

Derrotado en ese punto, miré las anotaciones que acababa de tomar sobre Covington. Estaba bastante seguro de haber sugerido al jurado de forma convincente la posibilidad del robo como motivo del asesinato, pero no quería dejar la cosa ahí. Decidí probar suerte con un farol.

—Sargento, después de haber llegado en respuesta a la llamada del 911 e inspeccionado el lugar de los hechos, ¿pidió que acudieran investigadores, forenses y especialistas científicos?

—Sí, llamé a la central, confirmé que se trataba de un asesinato y pedí que la comisaría de Van Nuys me prestara el apoyo habitual en estos casos.

—¿Y la escena del crimen estuvo bajo su responsabilidad hasta que llegaron?

–Sí, es lo normal en estos casos. Después traspasé la custodia de la escena del crimen a los investigadores. Al inspector Kurlen, para ser exactos.

–Muy bien, y en ese momento, ¿habló con Kurlen u otros policías sobre la posibilidad de que el asesinato fuera el producto de un intento de robo?

–No, nada de eso.

–¿Está seguro, sargento?

–Estoy muy seguro.

Hice una anotación en mi cuaderno. Un garabato sin sentido, destinado a las miradas del jurado.

–No tengo más preguntas.

Una vez que Covington se hubo marchado, uno de los camilleros que llegó tras la llamada al 911 prestó declaración y confirmó que la víctima estaba muerta cuando se presentaron en el lugar de los hechos. El hombre no estuvo hablando ni cinco minutos, pues Freeman tan solo estaba interesada en la confirmación de la muerte; por mi parte, no tenía nada que ganar con un contrainterrogatorio.

El siguiente en hablar fue el hermano de la víctima, Nathan Bondurant. Su función fue la de confirmar la identidad del muerto, otro requisito necesario para una eventual condena. A la vez, Freeman se valió de él para despertar la emoción del jurado, del mismo modo que lo habían hecho las fotografías de la escena del crimen. Entre lágrimas, el hombre explicó que los inspectores le habían llevado a las dependencias del médico forense, donde identificó el cuerpo de su hermano menor. Freeman le preguntó por la última vez que lo había visto con vida, y su respuesta, asimismo empañada en lágrimas, fue que habían ido juntos a ver un partido de los Lakers una semana antes del asesinato.

Por lo general, si una persona está llorando, lo mejor es dejarla en paz. No suele ser útil interrogar a un familiar de la víctima, pero Freeman había entreabierto una puerta, y decidí cruzarla. Corría el riesgo de que los miembros del jurado me considerasen cruel si me extralimitaba a la hora de preguntar al devastado hermano del muerto.

—Señor Bondurant, siento mucho lo sucedido a su familia. Tan solo tengo que hacerle unas pequeñas preguntas. Ha mencionado que usted y su hermano fueron al partido de los Lakers una semana antes de que tuviera lugar este horrendo crimen. ¿De qué estuvieron hablando ese día?

—Eh, de muchas cosas. La verdad es que ahora mismo no me acuerdo muy bien.

—¿Solo estuvieron hablando de baloncesto y de los Lakers?

—No, claro que no. Éramos hermanos. Estuvimos hablando de muchas cosas. Me preguntó por mis hijos. Y si estaba viéndome con alguna mujer. Cosas así.

—¿Él estaba viéndose con alguien?

—No, en ese momento no. Según me dijo, estaba muy ocupado con el trabajo.

—¿Qué más le contó sobre el trabajo?

—Solo que estaba muy ocupado. Que estaba al cargo del Departamento de Hipotecas y que la situación económica era mala. Que había muchos desahucios y demás. Tampoco me explicó demasiado.

—¿Le habló de sus propias inversiones inmobiliarias y lo que estaba pasando con ellas?

Freeman protestó, alegando que la pregunta no era pertinente. Pedí hablarlo en un aparte, y el juez accedió. Fui al estrado y argumenté que ya le había dicho al jurado que no solo iba a desmontar la tesis de la fiscalía, sino que también iba a aportar datos que ofrecían una explicación diferente del asesinato.

–Esta es la explicación diferente, señoría. Bondurant tenía problemas de dinero, y fueron sus esfuerzos para salir del agujero los que le llevaron a la muerte. Por eso necesito que me autorice a hacer preguntas en este sentido a todo testigo llamado a declarar por el ministerio fiscal.

–Señor juez –intervino Freeman–, el hecho de que la defensa diga que algo es pertinente no significa que lo sea en realidad. El hermano de la víctima no tiene conocimiento directo de la situación económica o las inversiones hechas por Mitchell Bondurant.

–Señoría, si tal es el caso, Nathan Bondurant puede decirlo con claridad, y entonces pasaré a otra cuestión.

–Entendido. Se rechaza la protesta. Formule la pregunta, señor Haller.

Volví a mi lugar y pregunté otra vez al testigo.

–Habló muy poco del tema, sin entrar en detalles –respondió.

–¿Qué fue lo que le dijo exactamente?

–Solo que había invertido en unas propiedades que ahora tenían menos valor. No me dijo ni cuántas eran ni cuánto había invertido. Eso fue todo lo que me contó.

–¿Qué quiso decir exactamente con eso de que las propiedades ahora tenían menos valor?

–Que debía más dinero de lo que las propiedades valían en ese momento.

–¿Le contó si estaba tratando de venderlas?

–Me dijo que no podía venderlas sin hacer un negocio ruinoso.

–Gracias, señor Bondurant. No tengo más preguntas que hacer.

Freeman terminó con la ronda de testigos de poca monta haciendo salir a declarar a una mujer llamada

Gladys Pickett, que se identificó como cajera de la sucursal de WestLand National en Sherman Oaks. Tras interesarse por sus funciones precisas en el banco, Freeman pasó a formular las preguntas que le interesaban.

—Usted está al cargo de los cajeros del banco. ¿Cuántas personas responden ante usted, señora Pickett?

—Unas cuarenta en total.

—¿La señorita Margo Schafer es una de ellas?

—Sí, Margo es una de las cajeras a mi cargo.

—Me gustaría preguntarle por la mañana de la muerte de Mitchell Bondurant. ¿Margo Schafer fue a hablar con usted preocupada por alguna cuestión en particular?

—Sí que lo hizo.

—Si es tan amable, ¿puede explicarle al jurado de qué se trataba?

—Margo vino y me dijo que había visto a Lisa Trammel a media manzana de distancia del banco, andando por la acera y alejándose de nuestro edificio.

—¿Cómo es que Margo Schafer estaba preocupada?

—Bueno, porque la foto de Lisa Trammel está puesta en la sala de los empleados, y nos habían dicho que informáramos a nuestros superiores si alguna la vez veíamos en las inmediaciones.

—¿Sabe el porqué de estas instrucciones?

—Sí. Porque el banco había conseguido una orden de alejamiento que le prohibía acercarse a nuestra sede.

—¿Puede explicar al jurado a qué hora le dijo Margo Schafer que había visto a la señorita Trammel cerca del banco?

—Sí. Me lo dijo nada más llegar al trabajo. Fue lo primero que hizo.

—¿Usted lleva un registro de la hora a la que los cajeros se presentan en el trabajo?

–Sí. En el subterráneo de las cámaras acorazadas hay un papel en el que anotan la hora de llegada.

–La hora a la que bajan a recoger los fondos para sus cajas respectivas, ¿no es así?

–Sí, eso es.

–¿A qué hora anotó su llegada Margo Schafer el día en cuestión?

–A las 9:09. Esa mañana llegó tarde.

–¿Y fue entonces cuando le dijo que había visto a Lisa Trammel?

–Eso es.

–Y bien, ¿a qué hora se enteró de que habían asesinado a Mitchell Bondurant en el aparcamiento?

–Eso todavía no lo sabíamos, pues Riki Sánchez se quedó en el aparcamiento hasta que llegó la policía y la interrogó. No teníamos idea.

–De forma que no es posible que Margo Schafer se inventara la historia de que había visto a Lisa Trammel tras enterarse del asesinato del señor Bondurant, ¿correcto?

–Correcto. Margo me lo contó antes de que ella, yo o cualquier otra persona del banco supiéramos lo sucedido al señor Bondurant.

–Entonces, ¿en qué momento se enteró de la muerte del señor Bondurant en el aparcamiento y divulgó la información facilitada por Margo Schafer?

–Cerca de media hora después. Cuando me enteré de lo sucedido, lo primero que pensé fue que había que decirle a la policía que habíamos visto a esa mujer por las inmediaciones.

–Gracias, señora Pickett. No tengo más preguntas.

El juez Perry dio su permiso para que Pickett se marchara y anunció el descanso de quince minutos de la tarde. Mientras la gente se levantaba para abandonar la sala, mi cliente acercó su rostro al mío.

—¿Por qué no ha ido a por ella? –murmuró.

—¿A por quién? ¿A por Pickett? Porque no quería empeorar las cosas haciéndole las preguntas inadecuadas.

—¿Está de broma? Tendría que haber acabado con ella, como hizo con Schafer.

—Hay una diferencia: a Schafer podía sacarle algo, a Pickett no iba a sacarle nada de interés, y preguntarle a alguien a quien no vas a sacarle nada muchas veces resulta desastroso. Por eso la he dejado en paz.

Vi que la rabia empañaba su mirada.

—Ya, pero tendría que haberla pillado en falso de alguna forma.

Me lo dijo en tono sibilante, entre dientes, o eso me pareció.

—Mire, Lisa. El abogado aquí soy yo, y quien decide…

—Dejémoslo correr. Tengo que irme.

Se levantó y se marchó a toda prisa hacia la puerta de salida. Miré a Freeman de reojo, para ver si se había percatado de la pequeña discusión entre la acusada y su abogado. Me miró con sorna, en indicación de que sí se había dado cuenta.

Decidí salir al vestíbulo para ver por qué mi cliente se había ido con tantas prisas. Salí, y al momento vi que todas las cámaras estaban enfocando uno de los bancos pegados a la pared entre las puertas de las distintas salas. Estaban grabando a Lisa, quien, sentada en el banco, se abrazaba a su hijo, Tyler. El niño daba la impresión de sentirse muy incómodo por la presencia de las cámaras.

—Por Dios… –musité.

Vi que la hermana de Lisa estaba un poco al margen del grupo y me acerqué a ella.

—¿Qué es todo esto, Jodie? Su hermana ya sabe que el juez ha prohibido que el niño entre en la sala.

–Lo sé. Tyler no va a entrar en la sala. Esta tarde no tiene clase, y Lisa me ha pedido que lo trajera. Creo que piensa que le vendrá bien que los periodistas le saquen en compañía de Ty.

–Ya, pero aquí los periodistas ni pinchan ni cortan. Y el niño no entra en la sala. No vuelva a traerlo aquí. No me importa lo que diga su hermana; no vuelva a traerlo.

Miré en derredor en busca de Herb Dahl. Esto sin duda había sido idea suya, y quería decirle lo mismo. Pero no se veía ni rastro del supuesto pez gordo de Hollywood. Seguramente había sido lo bastante listo para no tener que vérselas conmigo.

Entré en la sala otra vez. Me quedaban diez minutos de respiro y pensaba emplearlos para meditar sobre qué implicaba trabajar para una cliente que no me gustaba y a la que estaba comenzando a despreciar.

25

Después del descanso, Freeman pasó a lo que yo llamo la «fase de caza y recolección» en la estrategia de la fiscalía. Era el turno de los técnicos que estuvieron en la escena del crimen. Su testimonio iba a ser la base para que después entrara en acción el inspector Howard Kurlen, el principal investigador.

El primer cazador-recolector fue un investigador forense llamado William Abbott, quien fue al lugar de los hechos y se encargó de la documentación y el transporte del cadáver a las dependencias del médico forense para realizar la autopsia.

Abbott describió la escena del crimen, las lesiones existentes del cráneo de la víctima y las pertenencias personales que llevaba encima. Entre ellas se contaban la billetera de Bondurant, su reloj, algunas monedas y ciento ochenta y tres dólares. También un recibo de la cadena Joe's Joe que ayudó a los investigadores a determinar el momento de la muerte.

Al igual que Covington antes, Abbot hizo su declaración en tono muy neutro y profesional. La presencia en la escena de un crimen violento era una cuestión rutinaria para él. Cuando me llegó el turno de hacer preguntas, me centré en este último aspecto.

—Señor Abbot, ¿cuánto tiempo hace que es investigador forense?

—Casi veintinueve años ya.

—¿Siempre ha trabajado en el condado de Los Ángeles?

—Sí.

—¿En cuántas escenas de un crimen habrá estado a lo largo de su carrera profesional?

—Bueno, no sé, en dos mil o así. En un montón.

—Eso me imaginaba. Y adivino que habrá estado en escenas de crímenes muy violentas.

—Gajes del oficio.

—¿Y qué me dice de esta escena en particular? Examinó y fotografió las heridas de la víctima, ¿verdad?

—Sí, claro. Es el protocolo que seguimos antes de levantar un cadáver.

—Tiene usted delante el informe aceptado como prueba antes de la celebración del juicio. ¿Sería tan amable de leer el segundo párrafo del sumario para el jurado?

Abbott abrió el informe y encontró el párrafo en cuestión.

—«Hay tres claras lesiones en lo alto de la bóveda craneal, caracterizadas por su violencia y gravedad. La posición del cadáver indica que la víctima perdió la conciencia de forma inmediata, antes de caer al suelo.» A continuación añadí la expresión «exceso de fuerza» entre paréntesis.

—Sí. Eso me produce cierta curiosidad. ¿Qué quiso decir con eso «exceso de fuerza»?

—Sencillamente, que me parecía que cualquiera de los tres impactos habría resultado suficiente. La víctima estaba inconsciente y puede que hasta muerta antes de caer al suelo. De resultas del primer golpe. Eso indicaría que los dos siguientes se los dieron cuando ya estaba en el suelo. Exceso de fuerza. Lo que me lleva a sospechar que el agresor odiaba a la víctima.

Seguramente, Abbott se creía muy listo y pensaba que estaba dándome la respuesta que menos me interesaba oír. Lo mismo que Freeman. Pero se equivocaban.

—Entonces, en el sumario viene a sugerir que en este asesinato se daba un fuerte componente emocional, ¿es eso?

—Sí, es lo que estaba pensando.

—¿Qué tipo de formación recibió en lo concerniente a la investigación de homicidios?

—Bueno, hice un curso de seis meses antes de acceder al puesto, hace ya treinta años. Y dos veces al año nos someten a unos cursillos de puesta al día. Nos enseñan las últimas técnicas de investigación y cosas por el estilo.

—¿Estamos hablando de la investigación específica de homicidios?

—No totalmente, pero sí en gran parte.

—¿Diría que uno de los principios fundamentales del homicidio es el que el uso de fuerza excesiva suele indicar que la víctima conocía a su asesino? ¿Que había una relación personal?

—Eh...

Finalmente, Freeman entendió por dónde iba. Al momento se levantó y protestó, con el argumento de que Abbott no era un investigador de homicidios y de que la pregunta había que hacérsela a un verdadero especialista en la materia. No tuve que responder. El juez levantó la mano para que guardara silencio y le dijo a Freeman que yo justo acababa de preguntarle a Abbott sin que la fiscalía hubiera puesto objeción alguna. El investigador había descrito su experiencia y su formación en lo tocante a los homicidios sin que Freeman dijera ni mu.

—Ha estado haciendo una apuesta, señorita Freeman. Pensaba que las cosas iban a decantarse en su favor.

Ahora no puede echarse atrás. Y el testigo va a responder a la pregunta.

–Contésteme, señor Abbott –dije.

Abbott trató de ganar tiempo e hizo que la taquígrafa le repitiera la pregunta. El juez tuvo que instarle a responder de una vez.

–Es una posibilidad –dijo finalmente.

–¿Una posibilidad? –repetí–. ¿Qué quiere decir con eso?

–Que, cuando se da un asesinato con mucha violencia, hay que tener en cuenta la hipótesis de que la víctima hubiera conocido personalmente a su agresor. Al asesino.

–Cuando habla de un asesinato con mucha violencia, ¿se está refiriendo al uso de fuerza excesiva?

–La fuerza excesiva podría darse, sí.

–Gracias, señor Abbott. Y bien, ¿qué me dice sobre las demás observaciones que hizo en la escena del crimen? ¿Se formó una opinión de algún tipo sobre la fuerza física necesaria para asestar esos tres golpes brutales en la parte superior del cráneo del señor Bondurant?

Freeman volvió a objetar a la pregunta, con el argumento de que Abbot no era un médico forense, por lo que no estaba en condiciones de responder. Esta vez, Perry le dio la razón, cosa que le otorgó una pequeña victoria a la fiscalía.

Decidí conformarme con los resultados obtenidos hasta el momento.

–No tengo más preguntas que hacer –indiqué.

El siguiente en hablar fue Paul Roberts, el especialista de mayor rango en la unidad del LAPD asignada a las escenas de un crimen. Su declaración fue menos interesante que la de Abbott porque Freeman intentó atarlo en corto. Roberts tan solo describió los procedimientos seguidos, lo que recogió en la escena del crimen y más tarde analizó en el laboratorio de la policía. Durante el contrainterrogatorio tuve ocasión de utilizar lo escaso de las pruebas materiales en provecho de mi cliente.

–¿Puede explicar al jurado dónde estaban localizadas las huellas dactilares recogidas en el lugar de los hechos, que más tarde resultaron corresponderse con las de la acusada?

–No encontramos ninguna huella.

–¿Puede explicar al jurado qué muestras de sangre recogidas en el lugar de los hechos resultaron corresponder a la acusada?

–No recogimos ningunas muestras.

–Y bien, ¿qué muestras de cabellos o fibras encontraron? Supongo que situaron a la acusada en el lugar de los hechos a partir de alguna muestra de ese tipo, ¿no?

–No.

Me paseé un par de segundos en silencio, como si me sintiera frustrado por sus respuestas.

–Señor Haller –dijo el juez–, no está usted en el escenario de un teatro.

–Gracias, señoría –dijo Freeman.

–No me he dirigido a usted, señorita Freeman.

Miré al jurado prolongadamente antes de hacer mi última y definitiva pregunta.

–Para resumir, señor, ¿usted y sus compañeros encontraron alguna prueba material en el garaje que situara a Lisa Trammel en el lugar de los hechos?

–¿En el garaje? No, no encontramos nada.

–Gracias. No tengo más que añadir.

Sabía que Freeman siempre podía enmendar lo sucedido preguntando a Roberts sobre el martillo con sangre de Bondurant y el zapato con manchas de la misma sangre hallado en el garaje de mi cliente, pues el grupo de

Roberts había investigado ambos lugares. Pero pensaba que no iba a hacerlo. Freeman había coreografiado la presentación de sus alegatos hasta el último detalle, y la modificación de dicha coreografía en este momento bien podría desequilibrar el ritmo de su estrategia, frenar el crescendo de sus argumentos y poner en peligro el impacto final de sus aseveraciones. Era una fiscal demasiado buena para correr tal riesgo. Preferiría encajar estos pequeños golpes sin inmutarse y esperar a soltar el puñetazo demoledor y definitivo en la fase final del juicio.

–Señorita Freeman, ¿quiere hacer nuevas preguntas al testigo? –preguntó el juez mientras yo me sentaba en mi silla.

–No, señoría.

–El testigo puede retirarse.

Tenía el listado de los testigos de la fiscalía grapado a la solapa interior de una carpeta sobre mi mesa. Taché los nombres de Abbott y Roberts; miré los que quedaban. Aún faltaba bastante para que terminara el primer día del juicio, pero Freeman había progresado notablemente. Me dije que el siguiente testigo sería el inspector Kurlen. Pero una medida así representaría un pequeño problema para el ministerio fiscal. Consulté el reloj. Eran las 16:25, y estaba previsto que la sesión terminara a las cinco. Si Freeman llamaba a Kurlen a declarar, apenas estaría entrando en calor cuando el juez levantara la sesión. Quizá podría hacer que el policía soltara una revelación lo bastante impactante como para dejar impresionado al jurado hasta la mañana siguiente, pero eso solo lo conseguiría si apresuraba la declaración del inspector, y algo me decía que Freeman no estaba por la labor.

Volví a mirar el listado con la idea de encontrar un comodín, un testigo al que la fiscal pudiera recurrir en cualquier momento. Nada. Sin saber muy bien qué se disponía a hacer, miré a Freeman al otro lado del pasillo.

—Señorita Freeman —dijo el juez—, llame a su próximo testigo, por favor.

La fiscal se levantó y dijo:

—Señoría, considero que el próximo testigo va a efectuar una declaración muy extensa, pues tanto el ministerio fiscal como la defensa lo van a interrogar. Quisiera pedirle comprensión en este sentido y poder interrogar al testigo mañana a primera hora, para que el jurado no vea truncada una declaración tan importante.

El juez fijó la vista en el reloj situado a espaldas de Freeman, en la pared posterior de la sala. Meneó la cabeza con lentitud y respondió:

—No. Eso no vamos a hacerlo. Tenemos más de media hora disponible, y vamos a utilizarla. Llame a su próximo testigo, señorita Freeman.

—Sí, señoría —respondió ella—. Señor Gilbert Modesto, por favor.

Me había equivocado en lo del comodín. Modesto era jefe de seguridad en WestLand National y Freeman seguramente pensaba que su declaración podía tener lugar en cualquier momento sin afectar el ritmo y la estrategia del ministerio fiscal.

Modesto prestó juramento. De pie en el estrado, procedió a describir su experiencia como antiguo policía y sus actuales funciones en WestLand National. A continuación, Freeman le preguntó qué estaba haciendo en el momento del asesinato de Mitchell Bondurant.

—Cuando me enteré de lo que le había pasado a Mitch, lo primero que hice fue echar mano a la carpeta de las amenazas, para entregársela a la policía —indicó.

—¿Qué es la carpeta de las amenazas? —preguntó Freeman.

—Es una carpeta en la que guardamos todas las amenazas enviadas por correo ordinario o electrónico y dirigidas al banco o a sus empleados. También incluimos notas sobre todas las demás amenazas que puedan habernos llegado por teléfono, por medio de una tercera persona o por parte de la propia policía. Contamos con un protocolo para evaluar la seriedad de tales amenazas, un listado de nombres y demás.

—¿Hasta qué punto está familiarizado con esa carpeta?

—Estoy muy familiarizado. Siempre estoy estudiándola. Es mi trabajo.

—¿Cuántos nombres constaban en la carpeta la mañana del asesinato de Mitchell Bondurant?

—No los conté, pero diría que unos veinticinco o así.

—¿Se consideraba que todas estas personas constituían una verdadera amenaza para el banco y sus empleados?

—No. Tenemos por norma guardar en la carpeta todas las amenazas que nos llegan. Da igual que sean de verdad o no. Todas van a parar a la carpeta. En su mayoría no resultan muy serias, sin embargo. Muchas veces se trata de personas que simplemente quieren descargar algunas de sus frustraciones o malos rollos.

—Esa mañana, ¿cuál era el nombre que encabezaba el listado en relación con la peligrosidad de la amenaza?

—El de la acusada, Lisa Trammel.

Freeman hizo una pausa efectista. Miré al jurado. Casi todos sus miembros tenían la vista puesta en mi cliente.

—¿Cómo es eso, señor Modesto? ¿Es que la acusada lanzó alguna amenaza específica contra el banco o alguno de sus empleados?

—No, eso no lo hizo. Pero estaba metida en una disputa con el banco por cuestión de un desahucio y durante un tiempo estuvo protestando frente a la fachada de nuestra sede, hasta que nuestros abogados consiguieron que un juez emitiera una orden de alejamiento. Sus comportamientos fueron lo que nos llevaron a considerarla una amenaza, y parece que estábamos en lo cierto.

Me levanté y objeté. Le dije al juez que la última frase de Modesto era claramente improcedente y muestra de un prejuicio personal por su parte. Perry me dio la razón y amonestó a Modesto, a quien instó a guardarse para sí sus propias opiniones.

Freeman a continuación preguntó:

—Señor Modesto, ¿sabe usted si Lisa Trammel, en algún momento, amenazó de forma directa a algún empleado del banco, como el señor Bondurant?

El truco es transformar las debilidades en ventajas. Freeman ahora estaba formulando mis propias preguntas, robándome la posibilidad de formularlas con un tono escandalizado.

—No, no de forma específica. Pero, a la hora de evaluar las amenazas recibidas, nos decíamos que convenía no perder de vista a esta persona.

—Gracias, señor Modesto. ¿A qué policía del LAPD entregó esa carpeta?

—Al inspector Kurlen, que era quien estaba llevando la investigación. Fui a hablar con él con la carpeta en la mano.

—¿Volvió a hablar con el inspector Kurlen en otro momento del día?

—Bueno, sí, hablamos unas cuantas veces mientras investigaba lo sucedido. Me preguntó si en el aparcamiento había cámaras de seguridad y otras cosas parecidas.

—¿Más tarde volvió a contactar con él?

—Sí, cuando me enteré de que una de las empleadas, una cajera, le había dicho a su jefa que creía haber visto a Lisa Trammel en los terrenos del banco o en sus inmediaciones la mañana de los hechos. Me dije que la policía tenía que enterarse, por lo que llamé al inspector Kurlen e hice lo posible para que interrogara a la cajera mencionada.

—Esta cajera es Margo Schafer, ¿no?

—Efectivamente.

Freeman terminó sus preguntas. Había llegado mi turno de contrainterrogar al testigo. Opté por ser breve y sembrar algunas dudas que más tarde pudieran dar fruto.

—Señor Modesto, en su calidad de jefe de seguridad de WestLand, ¿estaba familiarizado con la ejecución hipotecaria que el banco había emprendido en contra de los intereses de Lisa Trammel?

Modesto negó de forma tajante con la cabeza.

—No. Esa era una cuestión que llevaba el departamento legal y a la que yo no tenía acceso.

—Entonces, cuando entregó al inspector Kurlen esa carpeta con el listado encabezado por Lisa Trammel, no podía saber si Trammel estaba a punto de quedarse sin casa o no, ¿correcto?

—Eso es.

—Usted no podía saber si estaban a punto de desahuciarla, pues el banco había recurrido a una empresa que llevaba a cabo prácticas fraudulentas, y por eso…

—¡Protesto, señoría! —gritó Freeman—. La defensa está dando por sentadas unas circunstancias que no constan en el sumario.

—Protesta aceptada —dijo Perry—. Señor Haller, ándese con cuidado.

—Sí, señoría. Señor Modesto, cuando entregó la carpeta de las amenazas al inspector Kurlen, ¿le habló de Lisa Trammel específicamente o dejó que él mismo viera el listado por su cuenta?

—Le dije que esa mujer era la primera en nuestro listado.

—¿El inspector le preguntó por qué?

—La verdad es que no lo recuerdo bien. Me acuerdo de que le hablé de ella, pero ahora no estoy seguro de si lo hice por propia iniciativa o si el inspector me preguntó al respecto.

—En el momento de hablar con el inspector Kurlen sobre la posibilidad de que Lisa Trammel constituyera una amenaza, usted no tenía idea de cuán avanzada estaba la ejecución hipotecaria de su casa, ¿verdad?

—No lo sabía, no.

—De forma que el inspector Kurlen tampoco tenía esa información, ¿correcto?

—No puedo hablar por el inspector Kurlen. Eso tendrá que preguntárselo a él.

—No se preocupe, lo haré. Bueno, por el momento no tengo más preguntas.

Miré el reloj de pared antes de volver a tomar asiento. Eran las cinco menos cinco, y tenía claro que la jornada estaba a punto de terminar. Preparar un juicio siempre conlleva mucho esfuerzo. El final de la primera sesión suele ir acompañado de una gran sensación de fatiga. Estaba empezando a notarla.

El magistrado recomendó a los miembros del jurado que tuvieran las mentes abiertas a todo cuanto habían escuchado y visto ese día. Les dijo que no siguieran la información sobre el juicio difundida por los medios de comunicación y que no hablaran del caso ni entre ellos ni con nadie más. Luego les dijo que podían irse.

Mi cliente se marchó con Herb Dahl, que había vuelto al juzgado. Seguí a Freeman en dirección a la puerta.

—Buen comienzo —elogié.

—Usted tampoco lo ha hecho mal.

–Bueno, los dos sabemos que el comienzo de un juicio suele ser pan comido. Las cosas después siempre se complican.

–Sí, y van a complicarse mucho para usted. Buena suerte, Haller.

Nos separamos en el vestíbulo. Freeman se marchó escaleras abajo, en dirección a la oficina del fiscal del distrito, y yo bajé en el ascensor y me dirigí al bufete. No importaba lo fatigado que pudiera estar. Todavía me quedaba trabajo que hacer. Kurlen seguramente iba a declarar al día siguiente. Y yo iba a estar preparado.

26

–La fiscalía llama a declarar al inspector Howard Kurlen.

De pie ante la mesa del ministerio fiscal, Andrea Freeman se giró y le sonrió al inspector, que caminó por el pasillo con dos carpetas azules muy gruesas –los llamados «informes de asesinato»– bajo el brazo. Daba la impresión de sentirse a sus anchas. Comparecer en un juicio era una rutina para él. Dejó los dos informes de asesinato en el estante situado ante la silla de los testigos y levantó la mano para prestar juramento. En ese momento me miró de soslayo. Kurlen se mostraba exteriormente tranquilo, calmado, sosegado. Pero ambos habíamos bailado este baile en ocasiones anteriores y era natural que estuviera preguntándose con qué sorpresas iba a venirle esta vez.

Kurlen llevaba puesto un traje azul marino de muy buen corte y una llamativa corbata de color naranja. Los inspectores siempre lucían sus mejores galas a la hora de testificar. Pero entonces me di cuenta de un detalle. En el pelo del policía no había la menor traza de grises, y eso que Kurlen estaba próximo a cumplir los sesenta. Se había teñido el cabello en atención a las cámaras de televisión.

Vanidad. Pura vanidad. Me pregunté si podría utilizarla a mi favor cuando llegara mi turno.

Kurlen terminó de prestar juramento, tomó asiento en la silla y se puso cómodo. Lo más probable era que estuviera sentado en ella el día entero y posiblemente más. Se sirvió un vaso de agua de la jarra traída por el alguacil. Ya estaba preparado.

–Buenos días, inspector Kurlen. Para empezar, me gustaría que le explicara al jurado algo de su experiencia e historial profesional.

–Ningún problema –dijo Kurlen con una cálida sonrisa–. Tengo cincuenta y seis años e ingresé en el cuerpo de policía de Los Ángeles hace veinticuatro, después de haber servido en la infantería de marina durante una década. Hace nueve años que trabajo como inspector especializado en homicidios en la comisaría de Van Nuys. Antes estuve tres años como investigador de homicidios en la comisaría de Foothill.

–¿En cuántas investigaciones de homicidio ha trabajado?

–Este caso es el número sesenta y uno. Durante los seis años previos a mi especialización en homicidios, trabajé como inspector asignado a la investigación de robos en general: robos con escalo, robos de automóviles, etcétera.

Freeman estaba de pie. Abrió una página de su cuaderno de notas, con intención de pasar a lo que interesaba de verdad.

–Inspector, empecemos por la mañana del asesinato de Mitchell Bondurant. ¿Puede describirnos los primeros pasos de su investigación?

Lo de «describirnos» había estado muy bien, pues venía a sugerir que la fiscal y el jurado formaban parte del mismo equipo. No dudaba de la capacidad de Freeman, y estaba claro que iba a lucirse al interrogar a su principal investigador. La fiscal sabía que, si me las arreglaba para sembrar dudas sobre Kurlen, su alegato podía venirse abajo.

305

–Estaba sentado ante mi escritorio hacia las nueve y cuarto cuando el teniente vino a hablar conmigo y con mi colega, la inspectora Cynthia Longstreth. Nos dijo que se había producido un asesinato en el aparcamiento de la sede de WestLand National en Ventura Boulevard. La inspectora Longstreth y yo salimos para allí de inmediato.

–¿Fueron al lugar de los hechos?

–Sí, inmediatamente. Llegamos a las nueve y media y asumimos el control de la escena del crimen.

–¿Qué tipo de control es ese?

–Bueno, lo primero es recoger y conservar las pruebas materiales existentes en la escena del crimen. Los agentes de patrulla ya habían acordonado la zona y tenían agrupadas a todas las personas. Una vez que nos dimos por satisfechos en este sentido, dividimos el trabajo. Dejé que mi colega se encargara de dirigir la investigación en el lugar de los hechos y pasé a hacer unos interrogatorios preliminares a los testigos agrupados por los agentes de patrulla.

–La inspectora Longstreth tiene menos experiencia profesional que usted, ¿correcto?

–Correcto. Lleva tres años trabajando conmigo en la investigación de homicidios.

–¿Cómo es que dejó a una persona menos experimentada al cargo de algo tan importante como la dirección de la investigación en la escena del crimen?

–Lo hice porque tenía claro que los especialistas en escenas del crimen y el investigador forense asignados al caso eran todos veteranos con muchos años de experiencia, por lo que Cynthia estaría muy bien asesorada.

A continuación, Freeman hizo que Kurlen respondiera a una serie de preguntas sobre el interrogatorio hecho a los testigos allí reunidos, empezando por Riki Sánchez, que había descubierto el cadáver y había llamado al 911. Kurlen se sentía a sus anchas en el estrado y su forma de hablar era casi coloquial. Sabía hacerse simpático.

Freeman era lo bastante lista para saber que con la simpatía personal no basta para mantener la atención de un jurado. Al rato dejó los preliminares vinculados a la escena del crimen y empezó a sustentar su alegato contra Lisa Trammel.

–Inspector, durante la investigación, ¿alguien mencionó por primera vez el nombre de la acusada?

–Sí. El jefe de seguridad del banco vino al aparcamiento y pidió ver a mi compañera. Hablé con él un momento y le acompañé a su despacho, donde comprobamos las grabaciones hechas por las cámaras situadas en la entrada de vehículos, las salidas del aparcamiento y los ascensores.

–¿Y el visionado de esas grabaciones le proporcionó alguna pista en su investigación?

–Al principio, no. No vi a nadie que llevara un arma o se comportara de forma sospechosa antes o después del momento aproximado de la muerte. Nadie había salido corriendo del garaje. Los vehículos que habían entrado o salido no tenían nada de sospechosos. Por supuesto, más adelante comprobaríamos todas las matrículas. Pero al principio no encontramos nada en las grabaciones que nos fuera de ayuda y, por supuesto, las cámaras no recogieron el asesinato en sí. El autor del crimen también parecía haber reparado en este otro detalle.

Me levanté y objeté a la última frase pronunciada por Kurlen. El juez ordenó que fuera eliminada de la transcripción y le dijo al jurado que no lo tuviera en cuenta.

–Inspector –continuó Freeman–, creo que iba a decirnos en qué momento le mencionaron el nombre de Lisa Trammel por primera vez.

–Sí, eso mismo. Bien, el señor Modesto, el jefe de seguridad del banco, también me entregó una carpeta destinada a evaluar las posibles amenazas, según explicó. Me la dio, y, bueno, en ella había muchos nombres, el de la acusada entre ellos. Luego, poco rato después, el señor Modesto me llamó y me informó de que alguien había visto a Lisa Trammel, una de las personas incluidas en el listado, cerca del banco, esa misma mañana.

–A la acusada. Y así fue como su nombre entró a formar parte de la investigación, ¿correcto?

–Correcto.

–¿Qué hizo con esta información, inspector?

–Lo primero que hice fue volver a la escena del crimen. Le indiqué a mi colega que interrogara a la testigo que decía haber visto a Lisa Trammel cerca del banco. Era importante que confirmásemos que la había visto y nos enterásemos de los detalles. A continuación, me puse a leer la documentación que había en la carpeta de las amenazas, con la idea de estudiar todos los nombres y detalles relacionados con las supuestas amenazas.

–¿Y llegó a algunas conclusiones?

–No me parecía que ninguno de los individuos del listado pudiera llevar sus amenazas a la práctica atendiendo a lo que se decía de ellos y a sus problemas con el banco. Sin embargo, el caso de Lisa Trammel era distinto, pues el señor Modesto acababa de decirme que alguien creía haberla visto en las inmediaciones del banco a la hora del asesinato.

–Entonces, ¿en ese momento estuvo pensando en la proximidad geográfica y temporal de Lisa Trammel al banco?

–Sí, pues la proximidad podía ser muestra de acceso. Por lo visto en la escena del crimen, supusimos que alguien había estado esperando a la víctima. Esta tenía reservada una plaza de aparcamiento con su nombre en la pared. Junto a esta plaza había una gran columna de hormigón. Nuestra teoría inicial fue la de que el asesino se escondió tras la columna y esperó a que el señor Bondurant llegara y aparcara. Al parecer, el primer golpe lo recibió por detrás, en el momento preciso en que estaba saliendo del coche.

–Gracias, inspector.

Freeman hizo otras preguntas sobre varias de las medidas adicionales tomadas en el lugar de los hechos antes de volver a concentrarse en Lisa Trammel.

–Su colega, la inspectora, ¿en algún momento volvió a la escena del crimen para informarle del interrogatorio a la empleada que aseguraba haber visto a Lisa Trammel cerca del banco?

–Sí que lo hizo. Mi compañera y yo pensamos que la identificación hecha por la testigo era muy interesante. Estuvimos conversando sobre Lisa Trammel y acerca de la necesidad de hablar con ella cuanto antes.

–Sin embargo, inspector, ustedes tenían entre manos una investigación de la escena del crimen y un listado con los nombres de las personas que habían amenazado al banco o a sus empleados. ¿Cómo se explica tanta urgencia en lo referente a Lisa Trammel?

Kurlen se arrellanó en el asiento y adoptó una expresión de veterano policía que se las sabía todas.

–Bueno, había un par de cosas que nos empujaban a hablar con la señorita Trammel cuanto antes. En primer lugar, estaba su disputa con el banco, motivada por la ejecución hipotecaria de su casa. Es decir, la disputa la tenía con el departamento hipotecario, de forma específica. La víctima, el señor Bondurant, era el vicepresidente al cargo del departamento hipotecario. No podíamos perder de vista esta conexión. Es más…

–Permítame que le interrumpa, inspector. Ha mencionado una conexión. ¿Sabían si la víctima y Lisa Trammel se conocían personalmente?

–No, en ese momento no lo sabíamos. Lo que sí teníamos claro era que la señorita Trammel había estado protestando por el desahucio de su casa y que el señor Bondurant, la víctima, era quien había emprendido el proceso de ejecución hipotecaria. Pero en ese momento no sabíamos si se conocían personalmente, aunque fuera de vista.

Era una maniobra inteligente: sacar a relucir ante el jurado las deficiencias en su proceder antes de que yo mismo lo hiciera. Una maniobra que dificultaba la labor de la defensa.

–Muy bien, inspector –dijo Freeman–. Cuando le he interrumpido, iba usted a mencionar una segunda razón para actuar con celeridad en lo tocante a la señorita Trammel.

–Lo que quería explicar es que la investigación de un asesinato siempre resulta fluida. Uno tiene que actuar con cuidado y con cautela, pero a la vez tiene que hacer lo que la situación le sugiera. Si no lo haces, pones en peligro las posibles pruebas materiales... y, posiblemente, también a otras víctimas potenciales. En aquel momento de la investigación nos dijimos que teníamos que hablar con Lisa Trammel lo antes posible. No podíamos esperar. No podíamos darle tiempo a destruir las pruebas o agredir a otras personas. Teníamos que actuar.

Miré al jurado. Kurlen estaba más en forma que nunca. Todas las miradas estaban puestas en él. Si Clegg McReynolds finalmente llegaba a producir una película, quizá lo mejor fuera que Kurlen se interpretara a sí mismo.

–Y bien, ¿qué hicieron entonces, inspector?

–Comprobamos el carnet de conducir de Lisa Trammel, anotamos su dirección en Woodland Hills y fuimos a su casa.

–¿Quién se quedó en el lugar de los hechos?

–Unas cuantas personas. Nuestro coordinador, así como todos los especialistas técnicos y la gente del forense. Todavía tenían mucho por hacer, y nosotros en ese momento sencillamente estábamos esperando a que terminaran con su labor. El desplazamiento a la casa de Lisa Trammel de ningún modo fue en detrimento del trabajo en la escena del crimen.

–¿Su coordinador? ¿Quién es esa persona?

–El tercer inspector en el grupo de homicidios. Jack Newsome. Jack estaba al cargo de la escena del crimen.

–Entiendo. ¿Qué pasó cuando llegaron a la vivienda de la señorita Trammel? ¿Ella estaba en casa?

–Sí. Llamamos a la puerta con los nudillos y nos respondió.

–¿Qué sucedió a continuación?

–Nos identificamos y explicamos que estábamos investigando un crimen. No especificamos cuál; tan solo dijimos que era algo serio. Pedimos permiso para entrar y hacerle unas cuantas preguntas. Nos dijo que sí, y entramos.

Noté una vibración en el bolsillo: acababan de enviarme un mensaje de texto al móvil. Lo saqué con disimulo y lo miré por debajo de la mesa, para que el juez no se diera cuenta. El mensaje era de Cisco:

Tengo que hablar contigo. He de enseñarte algo.

Le respondí con otro mensaje, y mantuvimos una rápida conversación:

¿Has verificado la carta?

No, es otra cosa.
Sigo con lo de la carta.

Hablamos después de la sesión.
Averigua lo de la carta.

Volví a llevarme el móvil al bolsillo y a concentrarme en las preguntas de Freeman. La carta en cuestión había llegado a mi apartado de correos de forma anónima. Pero si Cisco lograba confirmar lo que en ella se decía, entonces contaría con una nueva arma. Un arma muy poderosa.

–¿Cómo encontraron a la señorita Trammel? –preguntó la fiscal.

–Yo la encontré muy tranquila –respondió Kurlen–. No parecía sentir particular curiosidad por las razones que nos empujaban a hablar con ella ni por la naturaleza precisa del crimen. No parecía darle mucha importancia a nuestra visita.

–¿Dónde estuvieron hablando con ella?

–Nos llevó a la cocina y nos invitó a sentarnos a la mesa. Nos preguntó si queríamos agua o café; los dos respondimos que no.

–Y empezaron a hacerle preguntas.

–Sí. Lo primero que preguntamos fue si había estado en casa toda la mañana. Nos dijo que sí, con la salvedad de que a las ocho había llevado a su hijo a la escuela en Sherman Heights. Le preguntamos si se había detenido en algún lugar durante el camino de regreso, y respondió que no.

–¿Y eso qué les dijo?

–Bueno, pues que alguien estaba mintiéndonos. Teníamos una testigo que aseguraba haberla visto cerca del banco hacia las nueve. Algo no encajaba o alguien estaba mintiendo.

–¿Qué hicieron a continuación?

–Le pregunté si estaba dispuesta a acompañarnos a la comisaría, donde le haríamos unas cuantas preguntas más y le pediríamos que mirase algunas fotografías. Dijo que sí, y la llevamos a Van Nuys.

–¿Antes la informaron de su derecho constitucional a no declarar en ausencia de un abogado?

–No en ese momento. Entonces no la considerábamos sospechosa. Simplemente, era una persona que nos interesaba, cuyo nombre había salido a relucir. No me parecía que fuera necesario informarla de sus derechos. Aún quedaban muchas cosas por averiguar. Existía una discrepancia entre lo que ella decía y lo que la testigo nos había dicho. Y teníamos que resolver esa contradicción antes de determinar quién era sospechoso.

Freeman otra vez estaba recurriendo a la misma maniobra. Lo que se proponía era remendar unos cuantos descosidos antes de que yo pudiera desgarrarlos completamente. Resultaba frustrante, pero nada podía hacer al respecto. Anoté varias de las preguntas que más tarde le haría a Kurlen, unas preguntas que iban a pillar desprevenida a Freeman.

Con habilidad, la fiscal trasladó a Kurlen a la comisaría de Van Nuys y a la sala de entrevistas en la que estuvo sentado con mi cliente. Eso le sirvió como introducción al vídeo de la jornada, que pasó a reproducir en las dos pantallas en la pared. En su momento, Aronson había argumentado de forma razonada en contra de la proyección del vídeo, aunque sin éxito. El juez Perry había dado su autorización. Siempre podríamos apelar en caso de que se produjera una condena, pero las probabilidades a nuestro favor serían muy escasas. Tenía que intervenir ya, encontrar la forma de convencer al jurado de que la investigación estaba amañada desde el principio, de que la policía había tendido una trampa a mi cliente inocente.

El vídeo estaba grabado desde arriba, circunstancia que, de hecho, era favorable para la defensa, pues Howard Kurlen era un hombre corpulento y Lisa Trammel era pequeña. Sentado frente a Trammel al otro lado de la mesa, el policía parecía estar arrinconándola y hasta intimidándola, lo que resultaba positivo para mí, pues encajaba con cuanto pensaba sacar a la palestra durante el contrainterrogatorio.

El sonido era claro, perfectamente audible. A pesar de mis objeciones, habían entregado copias de la transcripción a los miembros del jurado y demás participantes en el juicio. Había objetado porque no quería que los del jurado estuvieran leyendo de un papel. Lo que quería era que vieran cómo aquel grandullón intimidaba a la mujer pequeñita. Las posibles simpatías hacia esta última no iban a proceder de las palabras impresas en un papel.

Kurlen empezó hablando en tono casual. Dio los nombres de todos los presentes en la sala y le preguntó a Trammel si se encontraba allí de forma voluntaria. Mi cliente dijo que sí, pero la crudeza de las imágenes y el ángulo de grabación no encajaban con su respuesta. Lo que parecía era que a Lisa le habían metido en la cárcel.

–¿Por qué no nos cuenta qué es lo que ha estado haciendo hoy? –preguntó Kurlen.

–¿A partir de qué momento? –dijo Trammel.

–A partir del momento en que se despertó, por ejemplo. ¿Le parece bien?

Trammel pasó a describir lo que hizo a primera hora de la mañana. Tras levantarse, desayunó con su hijo, le vistió para ir a la escuela y lo llevo en coche hasta allí. El chaval iba a una escuela privada, y el trayecto duraba entre veinte y cuarenta minutos, en función del tráfico. Lisa explicó que, tras dejarlo en el colegio, se detuvo a comprar un café para llevar y terminó por volver a su casa.

—Antes nos dijo que en ningún momento se había detenido. ¿Y ahora nos viene con que paró para comprar un café?

—Supongo que me olvidé.

—¿Dónde compró ese café?

—En una cafetería llamada Joe's Joe que hay en Ventura.

Interrogador veterano, Kurlen cambió de tercio abruptamente, para pillar a su presa desprevenida.

—¿Esta mañana fue a la sede de WestLand National?

—No. Así que se trata de eso.

—Entonces, si alguien dijera haberla visto por allí, esa persona estaría mintiendo, ¿correcto?

—Sí. ¿Quién ha dicho eso? Yo no he quebrantado la orden de alejamiento. Ustedes…

—¿Conoce a Mitchell Bondurant?

—¿Que si lo conozco? No. He oído hablar de él. Sé quién es. Pero no lo conozco.

—¿Hoy ha visto a ese señor?

Trammel guardó silencio un momento, lo que no era bueno para sus intereses. El vídeo dejaba claro que estaba meditando bien su respuesta, que estaba considerando si decir la verdad o no. Miré al jurado. Todos los rostros sin excepción estaban vueltos hacia las pantallas.

—Sí que lo he visto.

Pero si acaba de decirnos que no estuvo en la sede de WestLand.

—Porque no estuve. Mire, no sé quién les ha dicho eso de que estuve en el banco. Si ha sido él mismo, que sepan que les ha mentido. En ningún momento estuve en el banco. Vi a ese hombre, pero en la cafetería, no en el ban...

–¿Por qué no nos lo ha dicho esta mañana, en su casa?

–¿Cómo? Pues porque no me lo preguntaron.

–¿Se ha cambiado de ropa desde esta mañana?

–¿Cómo?

–¿Se ha cambiado de ropa después de volver a casa?

–Oiga, pero ¿esto qué es? Me han pedido que viniera a hablar con ustedes, pero esto es una especie de encerrona. No he quebrantado la orden de alejamiento. Yo no...

–¿Usted agredió a Mitchell Bondurant?

–¿Qué?

Kurlen no respondió. Se limitó a mirar fijamente a Trammel mientras la boca de mi cliente trazaba un círculo perfecto. Miré al jurado otra vez. Todas las miradas seguían puestas en las pantallas. Esperaba que viesen lo que yo estaba viendo. La expresión de sincero asombro en la cara de mi cliente.

–¿Es que...? ¿Alguien ha agredido a Mitchell Bondurant? ¿Se encuentra bien?

–No. Está muerto. Y llegados a este punto, quiero informarle sobre los derechos que le brinda nuestra Constitución.

Kurlen le leyó sus derechos. A continuación, Lisa pronunció las palabras mágicas, las tres palabras más sensatas que había dicho en la vida.

–Quiero un abogado.

Eso puso fin al interrogatorio. Kurlen le dijo que estaba detenida por asesinato. Y Freeman en ese momento se levantó y dijo que no tenía más preguntas que hacer al inspector. Me sorprendió su repentino anuncio. La fiscal volvió a sentarse. Todavía tenía que exponer al jurado la cuestión del registro de la casa de mi cliente. Y la cuestión del martillo. Pero daba la impresión de que la fiscal no iba a valerse de Kurlen para hacerlo.

Eran las doce menos cuarto. El juez suspendió la sesión con quince minutos de adelanto, para que fuésemos a almorzar. Eso me daba una hora y cuarto para ultimar los preparativos para el contrainterrogatorio de Kurlen. Una vez más, bailaríamos la danza del jurado.

27

Me acerqué al atril cargando con dos gruesas carpetas y mi gran cuaderno de notas. No iba a necesitar las carpetas durante el contrainterrogatorio, pero las traía con intención de impresionar un poco al jurado. Me tomé mi tiempo para disponerlo todo en el atril. Me proponía darle para el pelo a Kurlen. Mi intención era la de tratarlo del mismo modo en que él había tratado a mi cliente. Quería confundirle y sorprenderle, soltarle un golpe con la izquierda cuando estuviera esperando un derechazo, sin darle tiempo a recuperarse.

Freeman había sido lista al dejar para más adelante el testimonio de la inspectora Longstreth. Ahora tan solo iba a vérmelas con Kurlen, de forma que no tendría opción de cuestionar las alegaciones completas de la acusación. Tendría que resignarme a preguntar a Longstreth mucho más tarde. La buena coreografía de los testigos era uno de los puntos fuertes de Freeman, como estaba dejando claro ahora mismo.

—Cuando quiera, señor Haller —instó el juez.

—Sí, señoría. Tan solo estoy terminando de poner mis notas en orden. Buenos días, inspector Kurlen. Me gustaría empezar por volver a la escena del crimen. ¿Ustedes…?

—Como prefiera.

—Sí, gracias. ¿Durante cuánto tiempo permanecieron usted y su colega en la escena del crimen antes de ir a por Lisa Trammel?

–Bueno, yo no diría que en ese momento fuéramos a por ella. Nosotros...

–¿Lo dice porque ella en ese momento no era sospechosa?

–Es una de las razones.

–Simplemente, era una persona que les interesaba, ¿no es eso lo que ha dicho?

–Eso es.

–Y bien, ¿cuánto tiempo se quedaron en el lugar de los hechos antes de ir a hablar con esa mujer que no era sospechosa, sino que tan solo les interesaba?

Kurlen consultó sus notas.

–Mi compañera y yo llegamos a la escena del crimen a las 9:27, y estuvimos en ella (uno o los dos) hasta que nos fuimos juntos a las 10:39.

–O sea... Una hora y doce minutos. De forma que tan solo estuvieron setenta y dos minutos en el lugar de los hechos antes de decirse que tenían que llevarse a una mujer que ni siquiera resultaba sospechosa. ¿Lo he entendido bien?

–Es una forma de verlo.

–¿Y cómo lo vieron ustedes, inspector?

–En primer lugar, nuestra marcha del lugar de la escena del crimen no suponía ningún problema, pues la zona estaba bajo el control y la dirección del coordinador del grupo de homicidios, con el que se encontraban varios técnicos del Departamento Científico de la policía. Nuestro trabajo no consistía en estar en la escena del crimen, sino en seguir las pistas allí donde nos llevaran, y en ese momento nos conducían a Lisa Trammel. No era sospechosa cuando fuimos a verla, pero pasó a serlo cuando empezó a caer en contradicciones e incongruencias durante nuestra entrevista con ella.

—Se refiere a la entrevista efectuada en Van Nuys, ¿correcto?

—Correcto, sí.

—Entendido. ¿Y cuáles fueron esas contradicciones e incongruencias que acaba de mencionar?

—En su casa nos dijo que en ningún momento se detuvo durante el trayecto de vuelta desde la escuela de su hijo. En la comisaría, de pronto, recordó que se había parado a comprar un café y que vio a la víctima en la cafetería. También nos dijo que no había estado en las inmediaciones del banco, pero una testigo decía haberla visto a media manzana de distancia. Y este último fue el factor principal.

Sonreí y meneé la cabeza como si estuviera tratando con un individuo corto de entendederas.

—Inspector, lo está diciendo en broma, ¿no?

Kurlen me miró con irritación por primera vez. Justo lo que yo quería. Si el jurado percibía que se mostraba arrogante, todo iría mucho mejor cuando finalmente lo humillara.

—No, no lo estoy diciendo en broma —respondió Kurlen—. Yo me tomo mi trabajo muy en serio.

Pedí permiso al juez para volver a proyectar parte del interrogatorio al que habían sometido a Trammel. Me dio su autorización y pulsé la tecla de avance rápido, fijándome en el código de tiempo situado en la parte inferior de la imagen. Puse la velocidad normal al llegar al momento que me interesaba que el jurado volviera a ver: la respuesta negativa de Trammel cuando le preguntaron por su presencia cerca de WestLand.

—*¿Usted esta mañana fue a la sede de WestLand National?*

—*No. Así que se trata de eso.*

—*Entonces, si alguien dijera haberla visto por allí, esa persona estaría mintiendo, ¿correcto?*

–Sí. ¿Quién ha dicho eso? Yo no he quebrantado la orden de alejamiento. Ustedes...

–¿Conoce a Mitchell Bondurant?

–¿Que si lo conozco? No. He oído hablar de él. Sé quién es. Pero no lo conozco.

–¿Hoy ha visto a ese señor?

–Sí que lo he visto.

–Pero si acaba de decirnos que no estuvo en la sede de West-Land.

–Porque no lo estuve. Mire, no sé quién les ha dicho eso de que estuve en el banco. Si ha sido él mismo, que sepan que les ha mentido. En ningún momento estuve en el banco. Vi a ese hombre, pero en la cafetería, no en el ban...

–¿Por qué no nos lo ha dicho esta mañana en su casa?

–¿Cómo? Pues porque no me lo preguntaron.

Paré el vídeo y miré a Kurlen.

–Inspector, ¿en qué momento se contradice Lisa Trammel?

–Acaba de decir que no estaba cerca del banco, pero hay una testigo que dice que sí que lo estaba.

–Entonces, la contradicción se da entre las declaraciones de la una y la otra. Pero Lisa Trammel en ningún momento se contradice a sí misma, ¿correcto?

–Me viene usted con cuestiones de semántica.

–¿Puede responder a la pregunta, inspector?

–Sí, vale, hay una contradicción entre las dos declaraciones.

Kurlen consideraba que la distinción no era importante, pero yo esperaba que el jurado lo viera de otra forma.

–Inspector, ¿no es verdad que Lisa Trammel en ningún momento ha contradicho su declaración respecto a que no estaba delante del banco el día del asesinato?

—Ni idea, oiga. No estoy al corriente de todas las cosas que esa mujer ha dicho desde entonces.

Kurlen estaba empezando a mostrarse faltón, cosa que me iba de perlas.

—Muy bien, inspector. Por lo que usted sabe, ¿Lisa Trammel, en algún momento, ha contradicho lo que le explicó en su momento, que no estaba en las inmediaciones del banco?

—No.

—Gracias, inspector.

Pedí permiso al juez para volver a proyectar otro segmento de la grabación; me lo dio. Fui hacia un momento inicial de la entrevista y detuve el vídeo. Solicité a Perry que me dejara proyectar en una de las pantallas una de las fotos hechas en la escena del crimen, dejando el vídeo en la otra pantalla. El juez me dio su autorización.

Proyecté la fotografía que me interesaba: una imagen en gran angular que mostraba el lugar de los hechos casi en su totalidad. En ella aparecía el cuerpo de Bondurant, así como su coche, el maletín abierto y el vaso con el café derramado en el suelo.

—Inspector, permítame que le pida mirar la fotografía hecha en la escena del crimen etiquetada como prueba material de la defensa número tres. ¿Puede describirme qué es lo que ve en primer término?

—¿Se refiere al maletín o al cadáver?

—¿Qué otras cosas puede ver, inspector?

—El café derramado, así como el pequeño marcador situado a la izquierda, allí donde encontraron un fragmento de tejido más tarde identificado como procedente del cuero cabelludo de la víctima. En la foto no termina de apreciarse bien.

Le pedí al juez que eliminaran de la transcripción la parte de la respuesta referente al fragmento de tejido, pues no era pertinente. Lo que yo le había demandado a Kurlen era que describiese lo que podía ver en la foto, no lo que no podía ver. El juez desestimó mi objeción y permitió que la respuesta completa constara en las actas. Pasé a otra cosa.

—Inspector, ¿puede leer lo que pone en el vaso del café?

—Sí, pone Joe's Joe. El vaso es de una cafetería de alto nivel que queda a unas cuatro manzanas del banco.

—Muy bien, detective. La vista le funciona mejor que a mí.

—Será porque siempre estoy tratando de averiguar la verdad.

Miré al juez y abrí las manos como un entrenador de béisbol escandalizado por una infracción del equipo rival. Antes de que pudiera decir palabra, el juez se encaró con Kurlen sin contemplaciones.

—¡Inspector! —tronó Perry—. Sabe usted que esto no es de recibo.

—Disculpe, señoría —dijo Kurlen en tono contrito, sin apartar la vista de mí—. El señor Haller siempre parece sacar lo peor de mí.

—No es excusa. Si vuelve a hacer una de estas, usted y yo vamos a tener un problema muy serio.

—No volverá a suceder, señoría. Se lo prometo.

—Pido al jurado que no tome en consideración el comentario hecho por el testigo. Señor Haller, prosiga y sáquenos de aquí.

—Gracias, señoría. Haré lo que pueda. Inspector, usted estuvo setenta y dos minutos en el lugar de los hechos antes de ir a interrogar a la señorita Trammel en su casa de Woodland Hills. ¿Llegó a fijarse en la procedencia del vaso de café?

—Bueno, eso lo vimos más tarde y…

–No, no, no. No le he preguntado qué fue lo que vieron más tarde, inspector. Le he preguntado por esos setenta y dos minutos en los que estuvieron en la escena del crimen. En ese momento, antes de ir a la casa de Lisa Trammel en Woodland Hills, ¿se fijaron en la procedencia del café?

–No, eso aún no lo habíamos determinado.

–Muy bien. En tal caso no sabían quién dejó caer el café en el lugar de los hechos, ¿verdad?

–Protesto –intervino Freeman–. La defensa está respondiendo a su propia pregunta.

La protesta era absurda y tan solo tenía la finalidad de interrumpirme ahora que había cogido carrerilla.

–No se admite la protesta –dijo el juez al momento, sin darme tiempo a responder–. Puede responder a la pregunta, inspector: ¿ustedes sabían quién había dejado caer ese vaso de café en la escena del crimen?

–No, en ese momento no.

Volví al vídeo y reproduje el fragmento que acababa de seleccionar, correspondiente al comienzo de la entrevista, cuando Trammel estaba explicando lo que había estado haciendo la mañana del asesinato.

–*¿Que se detuvo a comprar un café?*

–*Supongo que me olvidé del asunto.*

–*¿Dónde compró ese café?*

–*En una cafetería que se llama Joe's Joe. Está en Van Nuys Boulevard, junto al cruce con Ventura.*

–*¿El vaso de café era grande o pequeño? ¿Se acuerda?*

–*Grande. Yo bebo mucho café.*

Detuve el vídeo.

–Dígame una cosa, inspector: ¿por qué le preguntó por el tamaño del café que compró en la cafetería?

–Porque siempre hay que hacer cuantas más preguntas mejor. Y enterarse de todos los posibles detalles.

–¿O porque pensaba usted que el vaso de papel encontrado en la escena del crimen podía haber sido de Lisa Trammel?

–En ese momento, era una posibilidad.

–¿Consideró que se trataba de una de las admisiones de culpabilidad de Lisa Trammel?

–Pensé que se trataba de un punto significativo en ese momento de la conversación. No me parecía que se tratara de admisión de nada.

–Y, sin embargo, usted siguió haciendo preguntas, y ella después le dijo que había visto a la víctima en la cafetería, ¿correcto?

–Correcto.

–¿Y eso no cambió su percepción de lo que representaba el vaso de café tirado en el lugar de los hechos?

–No era más que otra información que tener en cuenta. Todavía estábamos en una fase muy inicial de la investigación. No teníamos ningún otro testimonio que confirmara que la víctima estuvo en la cafetería. Contábamos con la declaración de esta persona, pero su declaración no coincidía con la hecha por una testigo con la que habíamos hablado. Es verdad que Lisa Trammel en ese momento nos dijo que había visto a Mitchell Bondurant en la cafetería, pero eso no significaba que fuese verdad. Todavía teníamos que confirmarlo. Cosa que luego hicimos.

–Y bien, ¿se da cuenta de que lo que ustedes consideraron en esa fase temprana del interrogatorio una incongruencia por parte de mi cliente resultó que más adelante se ajustaba perfectamente a la verdad?

–En este caso.

Kurlen no quería dar su brazo a torcer. Tenía claro que estaba tratando de empujarle al borde de un precipicio. Se iba a defender con uñas y dientes.

—De hecho, inspector, ¿no le parece que más tarde quedó claro que la única incongruencia que se dio durante el interrogatorio a Lisa Trammel fue la de que ella decía no haber estado cerca del banco y ustedes contaban con una testigo que decía lo contrario?

—Es muy fácil verlo todo con claridad a toro pasado. Pero esa incongruencia era y sigue siendo pero que muy importante. Una testigo fiable la situó cerca del lugar de los hechos en el momento del crimen. Eso no ha cambiado desde el primer día.

—Una testigo fiable. Usted habló unos pocos minutos con Margo Schafer, ¿y dice que es una testigo fiable?

Lo dije en el tono apropiado, entre sorprendido y escandalizado. Freeman protestó, alegando que yo simplemente estaba mareando al testigo porque este no me daba las respuestas que quería. El juez desestimó la protesta, pero la fiscal había logrado transmitir al jurado el mensaje que quería enviarle: yo no estaba consiguiendo lo que me proponía. Cuando, de hecho, era al revés.

—Es verdad que nuestra primera entrevista con Margo Schafer fue breve —dijo Kurlen—. Pero, más tarde, otros investigadores volvieron a interrogarla, repetidamente. Y la señorita Schafer no ha cambiado ni una coma de lo que declaró ese primer día. Por lo que creo que vio lo que dice que vio.

—No lo dudo, inspector —dije—. Volvamos al vaso del café. ¿Finalmente llegaron a una conclusión en lo referente al establecimiento del que procedía el café derramado en la escena del crimen?

—Sí. Encontramos un pequeño recibo del Joe's Joe en el bolsillo de la víctima, un ticket de compra de un café grande de las 8:21 de esa mañana. Y entonces nos dijimos que el vaso de papel encontrado en el lugar de los hechos seguramente fuera suyo. Más tarde, el análisis de las huellas dactilares lo confirmó. La víctima salió del coche con el café en la mano, y el agresor le atacó por la espalda.

Asentí con la cabeza, para que el jurado pudiera ver que en realidad sí que estaba consiguiendo lo que me proponía.

—¿En qué momento encontraron ese pequeño recibo en el bolsillo de la víctima?

Kurlen revisó sus notas, pero no dio con la respuesta.

—No estoy seguro. Quien lo encontró fue el investigador forense encargado de registrar los bolsillos de la víctima y conservar todo cuanto apareciese en ellos. Lo tuvo que encontrar antes de que levantaran el cadáver y lo llevaran al instituto forense.

—Eso sucedió bastante después de que usted y su colega se marcharan de allí y fueran a por Lisa Trammel, ¿correcto?

—No fuimos a por Lisa Trammel, pero sí, sí que tuvieron que encontrar el recibo después de que nos marchásemos para hablar con ella.

—¿El investigador forense los llamó para anunciarles el descubrimiento del ticket de compra?

—No.

—¿Se enteraron de su existencia antes o después de detener a Lisa Trammel como sospechosa de asesinato?

—Después. Pero había otros indicios que apuntaban a que...

—Gracias, inspector. Si no le importa, limítese a responder a las preguntas que le hago.

—No tengo ningún problema en decir la verdad.

—Bien. A eso hemos venido. Dígame, ¿está de acuerdo en afirmar que detuvieron a Lisa Trammel basándose en unas supuestas incongruencias y contradicciones en su declaración que más tarde resultaron ajustarse a los hechos conocidos en este caso?

Kurlen respondió casi de corrido.

—Teníamos a una testigo que situaba a Trammel cerca de la escena del crimen en el momento del asesinato.

—Y eso era todo lo que tenían, ¿correcto?

—Había otras pruebas que la relacionaban con el asesinato. Teníamos el martillo y...

—¡Estoy hablando del momento de la detención! —grité—. ¡Haga el favor de limitarse a responder a lo que le pregunto, inspector!

—¡Un momento! —exclamó el juez—. En esta sala tan solo hay una persona que tiene la prerrogativa de levantar la voz, y esa persona no es usted, señor Haller.

—Lo siento, señoría. ¿Podría indicar al testigo que se limite a responder a lo que se le pregunta, y no a lo que no se le pregunta?

—Considérelo indicado. Prosiga, señor Haller.

Guardé silencio un instante, a fin de recobrar el aliento, y miré a los miembros del jurado. Estaba tratando de detectar alguna expresión de simpatía, pero no vi ni una sola. Ni siquiera por parte de Furlong, que evitó mi mirada. Volví a centrarme en Kurlen.

—Acaba de mencionar el martillo. El martillo propiedad de la acusada. Una prueba material que no tenían en el momento de la detención, ¿correcto?

—Correcto.

—¿No es verdad que, una vez hecha la detención, al ver que las supuestas incongruencias en realidad no lo eran, se pusieron a buscar unas pruebas que se ajustaran a la teoría que tenían sobre el caso?

—Para nada. Teníamos a la testigo, pero seguíamos estando abiertos a todas las posibilidades. No estábamos ni mucho menos obcecados. Personalmente, no hubiera tenido problema en retirar la acusación contra Lisa Trammel, pero la investigación seguía en marcha y las pruebas que nos iban llegando no hablaban en su favor.

–No solo eso, sino que también tenían un motivo, ¿verdad?

–La víctima iba a desahuciar a la acusada. El motivo me parecía lo bastante sólido.

–Sin embargo, usted no estaba al corriente de los detalles de la ejecución hipotecaria. Tan solo sabía que la ejecución estaba en marcha, ¿correcto?

–Sí, y que a la acusada le habían impuesto una orden de alejamiento temporal.

–¿Está diciéndome que esa orden de alejamiento fue motivo suficiente para matar a Mitchell Bondurant?

–No, no estoy diciendo nada por el estilo. Lo que estoy diciendo es que formaba parte del conjunto.

–Un conjunto que en ese momento le llevó a precipitarse en sus actuaciones, ¿no le parece, inspector?

Freeman se levantó de un salto y protestó. El juez le dio la razón. Me parecía bien. No estaba interesado en la respuesta de Kurlen. Lo único que me interesaba era hacer que los miembros del jurado pensaran en la cuestión.

Miré el reloj de pared situado en la parte posterior de la sala y vi que eran las tres y media. Hice saber al juez que iba a pasar a otras cuestiones en el contrainterrogatorio e indiqué que quizá sería buena idea proceder al descanso de la tarde. El magistrado se mostró conforme y anunció un receso de quince minutos.

Me senté a la mesa de la defensa. Mi cliente acercó su rostro al mío y me apretó el antebrazo con fuerza.

–¡Está haciéndolo muy bien! –murmuró.

–Ya veremos. Aún queda mucho por delante.

Echó la silla hacia atrás con intención de levantarse.

—¿No sale a tomar café? –preguntó.

—No, tengo que hacer una llamada. Salga usted. Pero recuerde: nada de hablar con los periodistas. Mejor dicho, no diga una palabra a nadie.

—Ya lo sé, Mickey. Las indiscreciones cuestan caras.

—Usted lo ha dicho.

Se marchó. Miré cómo salía de la sala. No vi por ninguna parte a Herb Dahl, su inseparable compañero.

Eché mano al móvil y llamé a Cisco, que respondió al momento.

—Solo tengo un minuto, Cisco. Necesito saber lo de la carta.

—Está hecho.

—¿Qué quieres decir? ¿Que has podido confirmarla?

—Es completamente legítima.

—Suerte tenemos de estar hablando por teléfono.

—¿Por qué lo dices, jefe?

—Porque, si no, tendría que darte un beso a modo de agradecimiento.

—Eh… Tampoco hace falta.

28

Dediqué los últimos minutos del descanso a preparar la segunda parte del contrainterrogatorio a Kurlen. La noticia que Cisco acababa de darme iba a influir en el curso entero del proceso. Cómo manejase dicha información mientras preguntaba a Kurlen determinaría el resto del juicio. Al cabo de unos minutos, todos volvieron a ocupar sus puestos. Sentado ante el atril, estaba listo para continuar. Tan solo me quedaba hablar de una cosa antes de pasar a la cuestión de la carta.

–Inspector Kurlen, volvamos a la escena del crimen que puede ver en la pantalla. ¿Ustedes identificaron al propietario del maletín que estaba abierto junto al cadáver de la víctima?

–Sí. Dentro estaban las pertenencias de la víctima, cuyas iniciales estaban grabadas en la placa de latón correspondiente al cierre. El maletín era el suyo.

–Cuando llegó al lugar de los hechos y vio el maletín abierto junto al cadáver, ¿qué fue lo primero que pensó?

–Nada en particular. Siempre trato de tener la mente abierta a todas las posibilidades, sobre todo al principio de un caso.

–¿Pensó que el maletín abierto podía indicar que el motivo del crimen había sido el robo?

–Sí, entre otras posibilidades.

–¿Pensó que habían matado a un banquero y que el maletín abierto podía ser indicio de que el asesino andaba buscando algo en particular?

–Tuve que considerar tal posibilidad. Pero, como he dicho antes…

–Gracias, inspector.

Freeman protestó, argumentando que no le había dado tiempo al testigo para responder. El juez le dio la razón y dejó que Kurlen terminara.

–Estaba diciendo que la posibilidad del robo era una simple hipótesis. También era perfectamente posible que hubieran dejado el maletín abierto para que pareciese que el motivo era el robo, aunque en realidad no lo fuese.

Al momento pregunté:

–¿Llegaron a establecer qué se habían llevado del maletín?

–Por lo que sabíamos entonces y sabemos hoy, nada. Aunque no contamos con ningún inventario de lo que solía haber en el maletín. Hicimos que la secretaria del señor Bondurant mirase las carpetas y demás para ver si encontraba que faltaba alguna cosa. No encontró que faltara nada.

–Entonces, ¿cómo explica usted que el maletín estuviera abierto?

–Como he dicho antes, quizá lo abrieron con la idea de dar una pista falsa. Aunque también es muy posible que se abriera por sí solo al caer al suelo de hormigón en el momento del ataque.

Adopté una expresión de incredulidad.

–¿Y cómo es que se le ha ocurrido esa posibilidad, señor?

–El mecanismo de cierre del maletín no funcionaba bien. Cualquier golpe podía hacer que se abriera. Hicimos varios experimentos con el maletín y descubrimos que al dejarlo caer sobre una superficie dura desde una altura de un metro o más, el cierre se abría por sí solo una de cada tres veces, más o menos.

Asentí con la cabeza, fingiendo que estaba asimilando esta información por primera vez, aunque ya la conocía porque la había leído en uno de los atestados presentados durante la presentación de pruebas.

–Entonces, está diciéndome que había una probabilidad entre tres de que el maletín se abriera por sí solo cuando el señor Bondurant lo dejó caer al suelo.

–Correcto, sí.

–Y dice que es muy posible que fuera eso lo que sucedió, ¿correcto?

–Bastante posible.

–Aunque, por supuesto, había más probabilidades de que el maletín no se hubiera abierto de esa forma, ¿no?

–Puede verlo de esa forma.

–Era más probable que alguien hubiese abierto el maletín, ¿correcto?

–Como digo, puede verlo de esa forma. Pero en su momento determinamos que en el maletín no faltaba nada, por lo que no había razón aparente para abrirlo, como no fuera la de dar una pista falsa. Nuestra hipótesis de trabajo es que se abrió por sí solo al estrellarse contra el suelo.

–Inspector, si se fija en la fotografía hecha en la escena del crimen, verá que ninguna de las cosas que estaban dentro del maletín salió despedida hasta caer al suelo, ¿estoy en lo cierto?

–Está en lo cierto.

–¿Tiene a mano un inventario del contenido del maletín que pueda leer para el jurado?

Kurlen se tomó su tiempo para encontrarlo y leyó el inventario. Dentro del maletín había seis carpetas, cinco bolígrafos, un iPad, una calculadora, una agenda de direcciones y dos cuadernos de notas en blanco.

—Cuando probaron a dejar caer el maletín al suelo para ver si se abría por sí solo, ¿en su interior había las mismas cosas?

—Más o menos las mismas, sí.

—Y las veces que se abrió por sí solo, ¿el contenido siempre permaneció en el interior?

—No siempre, pero sí la mayoría de las veces. Quedó claro que era perfectamente posible.

—¿A qué conclusiones científicas llegaron tras realizar este experimento científico, inspector?

—El experimento lo hicieron los del laboratorio. No fue cosa mía.

Con un bolígrafo, y exagerando mucho el gesto, tracé varias cruces en mi cuaderno de notas. A continuación, pasé al aspecto más importante del contrainterrogatorio.

—Inspector —dije—, antes nos ha contado que un empleado de WestLand National les entregó una carpeta con un listado de amenazas, en el que constaba información sobre mi representada. ¿En algún momento investigaron los demás nombres escritos en el listado?

—Estudiamos esa carpeta bastantes veces e hicimos algunas averiguaciones. Pero, a medida que se iban acumulando pruebas contra la acusada, cada vez nos parecía menos necesario hacerlo.

—No querían perder el tiempo en tonterías cuando ya tenían una sospechosa a mano, ¿es eso?

—Yo no lo diría así. Nuestra investigación fue meticulosa y exhaustiva.

—¿Esta investigación tan meticulosa y exhaustiva comprendía el seguimiento de otros indicios que pudieran aparecer y no tuvieran nada que ver con la sospechosa Lisa Trammel?

–Por supuesto. Forma parte de nuestro trabajo.

–¿Examinaron los papeles y los archivos de trabajo del señor Bondurant y buscaron pistas que nada tuvieran que ver con Lisa Trammel?

–Así es.

–Ha declarado que en este caso investigaron las amenazas hechas a la víctima. ¿También investigaron las amenazas que la víctima hubiera podido hacer a otros?

–¿Está hablándome de unas amenazas hechas por la víctima? No, que yo recuerde.

Pedí permiso al juez para mostrar al testigo la prueba material de la defensa número dos. Entregué copias a todos. Freeman protestó, pero por pura inercia. La cuestión de la carta de queja enviada por Bondurant a Louis Opparizio había quedado resuelta durante las negociaciones preliminares al juicio. Y Perry había autorizado la presentación de la misiva durante el juicio, aunque solo fuera para compensar el permiso otorgado a la fiscalía para que presentara el martillo y el análisis del ADN. El juez desestimó la objeción de Freeman y me instó a continuar.

–Inspector Kurlen, lo que tiene en la mano es una carta enviada mediante correo certificado por Mitchell Bondurant, la víctima, a Louis Opparizio, presidente de ALOFT, una empresa subcontratada por WestLand National. ¿Sería tan amable de leer la carta al jurado?

Kurlen miró el papel largamente antes de ponerse a leer.

–«Apreciado Louis. Le adjunto correspondencia enviada por un abogado llamado Michael Haller, que representa a la propietaria en uno de los casos de desahucio que estás llevando para WestLand. La propietaria se llama Lisa Trammel y el número de la hipoteca es 0404719. La hipoteca está a nombre del matrimonio Jeffrey y Lisa Trammel. En su carta, el señor Haller alega que en este caso se han perpetrado numerosas irregularidades fraudulentas. Como verá, Haller menciona ejemplos concretos, todos ellos llevados a cabo por ALOFT. Como sabe y hemos hablado antes, se han dado otras quejas parecidas. Estas nuevas alegaciones contra ALOFT, en caso de ser ciertas, han puesto a WestLand en una situación vulnerable, y más si consideramos el reciente interés del Gobierno por este aspecto del negocio hipotecario. A no ser que lleguemos a algún acuerdo en firme al respecto, voy a recomendar al Consejo que WestLand rescinda el contrato con su empresa y deje de operar con ella de inmediato. Automáticamente, esto obligaría a que el banco presentase un IAS a las autoridades competentes: por favor, contacte conmigo tan pronto como pueda para hablar más en detalle sobre estas cuestiones con la idea de que lleguemos a un acuerdo.»

Kurlen me tendió la carta como si hubiera terminado con ella. Hice caso omiso.

—Gracias, inspector. Y bien, en la carta se menciona un IAS. ¿Sabe lo que es?

—Un informe de actividades sospechosas. Todos los bancos están obligados a enviarlos a la comisión federal de comercio si detectan actividades de este tipo.

—¿Usted ha visto antes esta carta que tiene en las manos, inspector?

—Sí que la he visto.

—¿Cuándo?

—Al mirar en los papeles de trabajo de la víctima. En ese momento.

—¿Puede darme una fecha concreta?

–Una fecha concreta no. Pero diría que vi la carta cuando la investigación llevaba unas dos semanas en curso.

–O sea, dos semanas después de que detuvieran a Lisa Trammel por asesinato. Después de ver esta carta, ¿hizo algunas averiguaciones al respecto? ¿Habló con Louis Opparizio, por ejemplo?

–Hice algunas averiguaciones y me enteré de que el señor Opparizio tenía una coartada muy sólida en lo referente al momento del asesinato. Así que lo dejé correr.

–¿Y qué me dice de la gente que trabaja para Opparizio? ¿Todos ellos también tenían una coartada?

–No lo sé.

–¿No lo sabe?

–Acabo de decírselo. No hice más averiguaciones porque parecía ser una disputa de negocios, y no un verdadero motivo para el asesinato. No me parece que esta carta constituya una amenaza.

–¿No le pareció raro que, en esta época de comunicaciones instantáneas, la víctima decidiese enviar una carta certificada en lugar de un correo electrónico, un mensaje de texto o un fax?

–No especialmente. Entre sus papeles había copias de muchas otras cartas enviadas por correo certificado. Parece haber sido su forma de trabajar, para que quedara constancia de todo cuanto enviaba.

Asentí con un gesto. Eso quedaba claro.

–¿Sabe si el señor Bondurant, en algún momento, envió un informe de actividad sospechosa referente a Louis Opparizio o su compañía?

–Hice la consulta a la Comisión Federal de Comercio. No era el caso.

–¿Consultó a otros organismos gubernamentales para saber si Louis Opparizio o su empresa estaban siendo investigados?

–En la medida de lo posible. No encontré nada.

–En la medida de lo posible… Se dijo que todo esto venía a ser un callejón sin salida, ¿correcto?

–Correcto.

–Habló con los de la Comisión Federal de Comercio y comprobó la coartada de un individuo, pero luego lo dejó correr. Ya tenía a una sospechosa, a la que iba a ser fácil enviar a la cárcel, y eso a usted ya le iba bien, ¿correcto?

–La investigación de un asesinato nunca es fácil. Uno tiene que ser meticuloso. Y no dejar piedra sin remover.

–¿Qué me dice del servicio secreto de nuestro país? ¿Dejó esa piedra sin remover?

–¿El servicio secreto? No estoy seguro de qué es lo que me quiere decir.

–En el curso de esta investigación, ¿en algún momento consultó a miembros del servicio secreto?

–No, no lo hice.

–¿O a la oficina del fiscal federal en Los Ángeles?

–Yo no hice nada de todo eso. Aunque no puedo hablar por mi compañera o los demás colegas asignados a este caso.

Era una buena respuesta, pero no lo bastante buena. Vi por el rabillo del ojo que Freeman estaba sentada en el borde de la silla, lista para protestar ante preguntas en el momento oportuno.

–Inspector Kurlen, ¿usted sabe lo que es una notificación de investigación federal?

Freeman se levantó antes de que Kurlen pudiese responder. Protestó y pidió hablar con el juez en privado.

–Creo que lo mejor será que vayamos los tres a mi despacho –convino el magistrado–. Ordeno que el jurado y los empleados del juzgado permanezcan en la sala mientras hablamos de la cuestión. Señor Haller, señorita Freeman, acompáñenme.

Saqué de una carpeta cierto documento grapado a su sobre y seguí a Freeman por la puerta que conducía al despacho del juez. Tenía una cosa muy clara: o estaba a punto de decantar el juicio en favor de la defensa, o el juez iba a enviarme al calabozo por desacato.

29

El juez Perry no era un magistrado complaciente. Ni siquiera se molestó en tomar asiento tras el escritorio. Nada más entrar en el despacho, se giró hacia mí y cruzó los brazos sobre el pecho. Me miró con dureza y espero a que la taquígrafa se sentara y pusiera a punto su aparato antes de hablar.

—Muy bien, señor Haller. Sospecho que la objeción de la señorita Freeman se debe a que es la primera vez que oye hablar del servicio secreto, de la fiscalía federal y de una notificación de investigación federal, y de lo que puedan tener o no que ver con este caso. Yo mismo objeto también, pues es la primera vez que oigo una mención al Gobierno federal y no voy a permitir que suelte vaguedades con la idea de impresionar al jurado. Si tiene algo concreto, quiero que me lo enseñe ahora mismo… Y luego quiero que me explique por qué la señorita Freeman no tiene la menor idea al respecto.

—Gracias, señoría —dijo la fiscal con tono indignado y los brazos en jarras.

Traté de atenuar la tensión del momento dando un par de pasos hacia atrás y de manera casual separarme de los dos y acercarme a la ventana, que tenía vistas a las montañas de Santa Mónica. Las casas con voladizos sobre la ladera resultaban perfectamente visibles. Daban la impresión de ser unas cajas de cerillas que fueran a venirse abajo con el próximo terremoto. Conocía esa sensación, la de estar al borde del abismo.

—Señoría, en mi despacho hemos recibido un sobre enviado de forma anónima por correo en cuyo interior encontramos la copia de una notificación de investigación federal cursada a Louis Opparizio y ALOFT. La notificación informaba de que él y su compañía estaban siendo investigados por prácticas fraudulentas en los procesos de desahucio tramitados por encargo de sus clientes, los bancos.

Levanté el documento y el sobre.

—Aquí tienen la carta. Está fechada dos semanas antes del asesinato y tan solo ocho días después de la carta de queja enviada por Bondurant a Opparizio.

—¿Cuándo recibió esta carta supuestamente anónima? —preguntó Freeman con la voz rebosante de escepticismo.

—Llegó ayer a mi apartado de correos, pero no la abrí hasta anoche. Si la fiscal no me cree, puede usted hacer que mi secretaria venga y responda a todas las preguntas que hagan falta. Ella fue la que recogió la carta en mi apartado de correos.

—Tendría que haberla mencionado esta mañana —reprochó el juez—. Como mínimo, tendría que haber entregado una copia a la fiscal y haberle avisado de que pensaba referirse a ella.

—Señoría, es lo que hubiera hecho, pero está claro que se trata de una simple fotocopia enviada por correo. No sería la primera vez que me manipulan. Supongo que a todos nos ha pasado en algún momento. Necesitaba verificar este documento y cerciorarme de su autenticidad antes de hablarlo con alguien. Y la confirmación me ha llegado hace menos de una hora, durante el último descanso.

–¿Qué fuente le ha dado esa confirmación? –preguntó Freeman antes de que lo hiciera el juez.

–No sé los detalles precisos. El investigador que trabaja para mí simplemente me ha dicho que las autoridades federales le han confirmado que la notificación es auténtica. Si quiere saber más detalles, puedo hacer que venga el investigador.

–Eso no va a ser necesario, pues estoy seguro de que la señorita Freeman querrá hacer sus propias preguntas cuando lo considere oportuno. En todo caso, sacar esta carta a relucir en pleno contrainterrogatorio es muy reprochable, señor Haller. Esta mañana tendría que haber informado al tribunal de que le había llegado algo por correo, que estaba tratando de autentificarlo y que tenía previsto mostrarlo en la sala. Ha estado jugando al escondite con el ministerio fiscal… Y también con el tribunal.

–Le pido disculpas, señoría. Mi intención ha sido la de no dar ningún paso en falso. Y considero que no he hecho más que seguir el ejemplo de la fiscalía, que ha jugado al escondite conmigo dos veces por lo menos, con pruebas materiales aparecidas por sorpresa y otras cuestiones referentes al calendario y la cadena de custodia.

Perry me miró de mala manera, pero yo sabía que había captado el mensaje. Me decía que en último término era un juez imparcial y que se comportaría como tal. Se daba cuenta de que la carta era auténtica y resultaba vital para los intereses de la defensa. Por puro sentido de la ecuanimidad, tenía que darme permiso para utilizarla. Freeman leyó lo mismo que yo y trató de ganar tiempo.

–Señoría, son las cuatro y cuarto. Solicito que la sesión sea suspendida, para que el ministerio público pueda estudiar este nuevo material y prepararse debidamente para responder mañana.

Perry negó con la cabeza.

–No me gusta perder el tiempo –indicó.

–Ni a mí, señoría –respondió Freeman–. Pero, como usted mismo ha dicho, está claro que aquí han estado jugando al escondite conmigo. La defensa tendría que habernos comunicado esta información por la mañana. No puede permitir que ahora la utilice sin que la fiscalía haya podido prepararse y efectuar sus propias averiguaciones en lo referente a esta carta. Tan solo le pido cuarenta y cinco minutos, señoría. Y me parece claro que la fiscalía tiene derecho a pedirlos.

El juez me miró, esperando mi respuesta. Abrí las manos en el aire.

–Por mí no hay problema, señoría. La fiscalía puede tomarse todo el tiempo del mundo, pero eso no cambia el hecho de que Opparizio estaba y sigue estando sometido a una investigación federal por sus componendas con WestLand y otros bancos. Y Mitchell Bondurant bien podría convertirse en un testigo inculpatorio…, cosa que ya queda clara en la anterior carta mostrada al tribunal. La policía y el ministerio fiscal han ignorado por completo este aspecto del caso, y la señora Freeman ahora quiere matar al mensajero para encubrir su poca…

–Ya basta, señor Haller. Aquí no estamos delante del jurado –cortó Perry–. Ya veo por dónde va. Voy a suspender la sesión de forma anticipada, pero mañana a las nueve en punto vamos a seguir con el juicio, y espero que los dos estén debidamente preparados y no se den más retrasos.

–Gracias, señoría –dijo Freeman.

–Volvamos a la sala –dijo Perry.

Y así lo hicimos.

Lisa Trammel me cogió por el brazo cuando salimos del juzgado. Quería saber qué más detalles conocía sobre aquella investigación federal. Herb Dahl nos estaba siguiendo como si fuera la estela de un barco. Me incomodaba estar hablándoles a los dos a la vez.

—Mire, Lisa, no sé lo que implica esa notificación. Es una de las razones por las que el juez ha suspendido la sesión: para que tanto la defensa como la fiscalía puedan averiguar algo al respecto. Lo que tiene que hacer es no estar tan encima de todo y dejar que mis colaboradores y yo nos ocupemos del asunto.

—Pero esto puede ser lo que necesitamos, ¿verdad, Mickey?

—¿Qué quiere decir con eso de «lo que necesitamos»?

—Que es la prueba de que yo no lo hice… ¡La prueba que lo deja claro de una vez por todas!

Me detuve y me giré hacia ella. Sus ojos escudriñaron mi rostro en busca de un indicio de confirmación. Algo en su desesperación me llevó a pensar por primera vez que resultaba posible que efectivamente hubieran tratado de convertirla en el chivo expiatorio del asesinato de Bondurant.

Pero eso de creer en la inocencia de las personas no terminaba de dárseme bien.

—Mire, Lisa, con un poco de suerte, la carta demostrará al jurado con claridad que hay otra posibilidad alternativa que tener muy en cuenta, una posibilidad que incluye el motivo y la oportunidad. Pero necesito que se tranquilice un poco y reconozca que es posible que la carta tampoco demuestre nada. Lo previsible es que la fiscal mañana alegue alguna cosa para que el jurado no llegue a verla. Tenemos que estar preparados tanto para hacer frente a una alegación en ese sentido como para seguir adelante sin poder enseñar la notificación. Así que tengo mucho en que ocuparme y…

—¡Pero eso no pueden hacerlo! ¡Estamos hablando de una prueba!

–Lisa, la fiscal puede alegar lo que crea más conveniente. Y el juez será quien decida. Por suerte, Perry nos debe una. Mejor dicho, nos debe dos, por lo del martillo y la prueba del ADN llovidos del cielo. Por lo que espero que se porte y nos dé permiso para utilizar la carta. Por eso ahora tiene que dejarme. Necesito volver al despacho y ponerme a trabajar en todo esto.

Se acercó, acarició mi corbata y me ajustó bien el cuello de la americana.

–Muy bien, entendido. Haga lo que tiene que hacer, pero llámeme por la noche, ¿de acuerdo? Quiero saber cómo está la situación al final del día.

–Si hay tiempo, Lisa. Si no estoy demasiado cansado, la llamaré.

Miré por encima de su hombro y posé la vista en Dahl, que andaba un par de pasos por detrás. Lo cierto era que en ese momento necesitaba la ayuda de ese fulano.

–Herb, ocúpese de Lisa. Acompáñela a casa mientras me marcho a trabajar.

–Voy con ella –respondió–. No se preocupe.

«No se preocupe.» Pues claro que no. Tenía que preocuparme por el caso entero, y no podía evitarlo, pero también me preocupaba la idea de que mi cliente se fuera a casa con el hombre a quien justo acababa de pedírselo. ¿Dahl era trigo limpio o simplemente estaba empeñado en proteger su inversión? Los miré mientras se alejaban por la plaza en dirección al aparcamiento. Me puse en camino otra vez, pasé junto a la biblioteca y fui en dirección norte, hacia mi despacho. El hecho era que seguramente me sentía más entusiasmado que la propia Lisa ante las posibilidades ofrecidas por la carta que había llegado por sorpresa. Simplemente, no lo dejaba entrever. Nunca hay que mostrar tu baza antes de que tu oponente haya hecho la apuesta definitiva.

Cuando llegué al despacho, seguía flotando en un mar de adrenalina. El tipo de adrenalina pura y de alto octanaje que te empuja cuando se produce un inesperado giro a tu favor. Cisco y Bullocks estaban esperándome. Se pusieron a hablar los dos a la vez, por lo que tuve que levantar los brazos para que se calmaran un poco.

–Un momento, un momento –dije–. De uno en uno, y el primero soy yo. Perry ha suspendido la sesión para que la fiscal pueda estudiar la notificación de investigación federal. Tenemos que estar preparados, pues mañana a primera hora van a venirnos con la artillería pesada, y quiero que el jurado vea esa carta. Cisco, ahora tú: ¿qué tienes para contarme? Háblame de la carta.

Con el empuje que me daba lo que había pasado en el juzgado, fui hacia mi despacho, seguido por Bullocks y Cisco, y me senté tras el escritorio. La silla aún estaba caliente; era evidente que alguien había estado trabajando allí toda la tarde.

–Muy bien –convino Cisco–. Hemos confirmado que la notificación es auténtica. En la fiscalía federal no quisieron hablar con nosotros, pero averigüé que el agente del servicio secreto cuyo nombre aparece en la carta, Charles Vasquez, está asignado a una unidad de enlace con el FBI. El trabajo de esta unidad es el de investigar todo cuanto tenga que ver con los desahucios fraudulentos que están dándose en el sur de California. ¿Te acuerdas de que los grandes bancos pararon los desahucios el año pasado? ¿Y que todos los miembros del Congreso se comprometieron a investigar la situación?

–Sí, claro, pensé que de pronto me iba a quedar sin trabajo. Hasta que los bancos volvieron a poner en marcha los desahucios.

–Eso mismo. Pero resulta que el Congreso también puso en marcha algunas investigaciones. Una de ellas aquí mismo. Lattimore creó esa unidad de enlace.

Reggie Lattimore era el representante de la fiscalía nacional asignado al distrito. Le conocía de años atrás, de cuando era abogado de oficio. Más tarde cambió de bando, se convirtió en fiscal federal, y pasamos a movernos en órbitas diferentes. Yo siempre hacía lo posible por mantenerme alejado de los juzgados federales. De vez en cuando me tropezaba con él en alguno de los restaurantes de comida rápida del centro.

–Ya. Está claro que Lattimore no va a decirnos nada. Pero ¿qué pasa con Vasquez?

–También he probado con él. Conseguí que se pusiera al teléfono, pero cuando se enteró de qué iba la cosa me dijo que no tenía nada que decirme. Volví a llamarle más tarde, pero me colgó, directamente. Creo que si queremos hablar con él vamos a tener que conseguir una citación.

La experiencia me decía que conseguir que un juez enviara una citación a un agente federal podía ser tan difícil como pescar con una caña sin anzuelo en el sedal. Si no quieren tener que declarar, los agentes federales siempre se las arreglan para salirse con la suya.

–Es posible que no tengamos que hacerlo –observé–. El juez ha suspendido la sesión con antelación, para que la fiscal pueda estudiar bien la carta. Y algo me dice que hará que Lattimore o Vasquez comparezcan antes de que nosotros lo consigamos. Y tratará de arreglárselas para que declaren en beneficio de la acusación.

–Freeman tratará de evitar que la cosa le estalle en la cara durante la alegación de la defensa –añadió Aronson, como la experimentada veterana que no era–. Y la

mejor forma de evitarlo es hacer que Vasquez comparezca a petición del ministerio fiscal.

—¿Qué es lo que sabemos sobre esa unidad de enlace?
—pregunté.

—No conozco a nadie que forme parte de ella —respondió Cisco—. Pero sí conozco a alguien lo bastante metido en el ajo para saber qué es lo que está pasando. Es
evidente que esta unidad de enlace tiene gran orientación política. Los del Congreso pensaron que hay tanto
fraude en lo tocante a los desahucios que dar con unos
cuantos culpables sería pan comido y les permitiría acaparar titulares y fingir que verdaderamente estaban haciendo algo para arreglar este follón de mil demonios.
Opparizio es el objetivo perfecto: rico, arrogante y repu-
blicano. Sea lo que sea lo que le tienen preparado, la
cosa acaba de empezar y no ha llegado muy lejos.

—No importa —dije—. Con la citación de investigación
federal nos basta y nos sobra. Porque nos servirá para
mostrar que la carta enviada por Bondurant constituía
una auténtica amenaza.

—¿Piensas que eso fue lo que pasó en realidad? —preguntó Aronson—. ¿O sencillamente estamos usando esta
coincidencia para desviar la atención del jurado?

Seguía de pie frente al escritorio, por mucho que Cisco y yo nos hubiéramos sentado. El gesto tenía algo de
simbólico. Como si al no estar sentada mientras urdía-
mos esta maniobra no estuviera participando del asunto
ni vendiendo su alma al diablo.

—Eso no importa, Bullocks —respondí—. Está claro que
nuestro trabajo es el de conseguir un veredicto de no
culpable. Y si para conseguirlo tenemos que…

No necesité terminar la frase. Su rostro dejaba ver
que seguía teniendo problemas a la hora de asimilar las
lecciones no impartidas en un aula. Me giré hacia Cisco.

–Y bien, ¿quién nos ha filtrado la carta?

–Eso no lo sé –respondió–. Dudo que fuera Vasquez. Cuando hablé con él por teléfono, se mostró bastante sorprendido y mosqueado. Sospecho que ha sido alguien que trabaja en la oficina del fiscal federal.

Estaba de acuerdo.

–Es posible que haya sido el propio Lattimore –dije–. Si tenemos la suerte de conseguir que Opparizio comparezca, los agentes federales seguramente se encontrarán con la ventaja de contar con su testimonio bajo juramento.

Cisco asintió con la cabeza. Era una posibilidad tan válida como cualquier otra. Pasé a otra cuestión.

–Cisco, en el mensaje de texto que me enviaste al juzgado, decías que había otra cosa que no tenía que ver con esto.

–Es algo que quiero enseñarte. Cuando terminemos aquí, tenemos que coger el coche.

–¿Para ir adónde?

–Prefiero que lo veas con tus propios ojos.

Su expresión me dijo que no quería hablar del asunto delante de Bullocks, por mucho que esta formara parte de nuestro equipo y gozara de nuestra confianza. Capté el mensaje y me volví hacia Bullocks.

–Bullocks, ¿querías decirme alguna otra cosa?

–Eh, no. Tan solo quería hablar un poco sobre mi comparecencia. Pero aún faltan varios días. Si te parece, lo dejamos para otro rato.

–¿Estás segura? Tengo tiempo.

–No, vete con Cisco. Quizá mañana encontremos un momento.

Me daba cuenta de que algo de cuanto habíamos dicho la inquietaba. Lo dejé correr y me levanté de la silla. La comprendía y simpatizaba con ella, pero hasta cierto punto. El idealismo siempre termina por esfumarse.

30

Fuimos en el Lincoln, pues Cisco había ido al trabajo en moto. Me indicó que fuera en dirección norte por Van Nuys Boulevard.

—¿Esto tiene que ver con el marido de Lisa? —pregunté—. ¿Le has encontrado?

—Eh… No, no es eso. Tiene que ver con los dos tipos aquellos del aparcamiento.

—¿Los que me pegaron la paliza? ¿Es que los has relacionado con Opparizio?

—Sí y no. Tiene que ver con ellos, pero no con Opparizio.

—Entonces, ¿quién demonios les pagó para que fueran a por mí?

—Herb Dahl.

—¿Qué? No me vengas con mierdas, Cisco.

—Ojalá.

Lo miré. Confiaba en él por completo, pero no encontraba sentido a la posibilidad de que Dahl hubiera contratado a los dos matones para darme una lección. Era cierto que habíamos discutido sobre el control de los derechos cinematográficos y el dinero, pero ¿de qué le servía hacer que me rompieran las costillas y me retorcieran los cojones? En el momento de ser agredido, justo acababa de enterarme de que había cerrado un trato con McReynolds. Y la paliza me la pegaron antes de que tuviera tiempo material para protestar.

—Será mejor que me lo expliques todo desde el principio, Cisco.

—Ahora mismo no puedo hacerlo. Por eso estamos en el coche.

—Pero dime algo. ¿Qué es lo que pasa? Te recuerdo que estoy en mitad de un juicio.

—Muy bien. Me dijiste que no te fiabas de Dahl y me pediste que averiguara alguna cosa sobre él. Me puse a investigar. E hice que un par de mis muchachos lo siguieran con discreción.

—Cuando dices eso de «los muchachos», ¿te refieres a los Saints?

—Eso es.

Érase una vez, mucho antes de casarse con Lorna, que Cisco formó parte de los Road Saints, un grupo de moteros situado a mitad de camino entre los Ángeles del Infierno y los payasos del circo. Se las arregló para dejarlo sin estar fichado por la policía, pero seguía manteniendo cierta vinculación con ellos. Yo mismo había hecho otro tanto durante largo tiempo, en el que fui su abogado y llevé varios casos de lesiones y tenencia o tráfico de drogas que dejaban en mal lugar a los integrantes de los Saints. Así fue como conocí a Cisco, quien por entonces se encargaba de llevar a cabo investigaciones de seguridad para el grupo. Empecé a utilizar sus servicios durante los casos penales que me iban cayendo, y el resto es historia.

A lo largo de los años, Cisco más de una vez había recurrido a los Saints para que me echaran un cable. Siempre voy a estarles agradecido por salvar a mi familia del peligro cuando estuve ocupado con el caso Louis Roulet. No terminaba de sorprenderme que Cisco hubiera recurrido a ellos de nuevo, por mucho que no se hubiera molestado en informarme.

–¿Por qué no me lo dijiste?

–Porque no quería complicarte la vida todavía más. Bastante tenías con llevar el caso. Así que me encargué de esos dos mierdas que te dejaron hecho polvo.

No solo se refería a las lesiones físicas. Cisco había optado por mantenerme en la ignorancia porque tenía claro que los daños psicológicos a veces resultan peores que los físicos. Y no quería que me distrajera del caso ni que sintiera la necesidad de andar siempre mirando a mis espaldas.

–Muy bien. Lo entiendo –convine.

Cisco llevó la mano al interior de su chaleco de cuero y sacó una fotografía doblada. Me la entregó. Esperé a detenerme frente al semáforo en rojo en el cruce con Roscoe para echarle una ojeada. La desdoblé y vi la imagen de Herb Dahl entrando en un coche con los dos matones de los mitones negros que me habían pegado una paliza de las buenas en el aparcamiento del Victory Building.

–¿Los reconoces? –preguntó Cisco.

–Sí, claro. Son ellos –respondí, con una rabia creciente que me salía de la garganta–. El hijo de perra de Dahl. Voy a arrancarle la puta cabeza.

–No te digo que no. Ahora gira a la izquierda. Vamos al cuartel general.

Miré por encima del hombro y entré en el carril de desvío tan pronto como cambió la luz del semáforo. Nos dirigimos al oeste, por lo que tuve que bajar el visor para protegerme del sol del atardecer. Yo sabía que lo de «cuartel general» designaba la sede social de los Saints, próxima a la fábrica de cervezas situada al otro lado de la autovía 405. Hacía algún tiempo que no visitaba el lugar.

–¿De cuándo es esta foto? –pregunté.

–Mi gente la hizo cuando estabas en el hospital. Ellos no…

–¿Y no me has dicho nada hasta ahora?

–Tranquilo. Tampoco estaba en contacto con mi gente todos los días, ¿entiendes? Y ellos no sabían que te habían pegado una paliza de campeonato. Simplemente, vieron a Dahl con esos tipejos y tomaron un par de fotos, pero no me las enseñaron porque no se les ocurrió imprimirlas hasta un mes más tarde. La cagaron, vale, pero hay que tener en cuenta que los chicos no son unos profesionales. Unos vagos de cuidado, eso es lo que son. Pero asumo la responsabilidad. De forma que, si quieres echarle las culpas a alguien, échamelas a mí. Anoche vi la foto por primera vez. Otra cosa que los chicos me dijeron fue que vieron cómo Dahl entregaba a los dos mamones un buen fajo de billetes. También se olvidaron de hacer la foto, pero creo que la cosa está más que clara. Dahl los contrató para que te dieran una buena tunda, Mick.

–El muy hijo de perra.

Me embargó el mismo desamparo que había sentido cuando uno de los agresores me inmovilizó los brazos y el otro empezó a golpearme con las manos enguantadas. Noté que el sudor brotaba de mi cuero cabelludo. Y sentí un dolor inesperado en las costillas y los testículos.

–Si un día tengo la oportunidad de…

Me detuve y miré a Cisco. Sentado en el asiento de al lado, en su rostro había aparecido una pequeña sonrisa.

–¿Es lo que estoy pensando? ¿Tienes a esos dos tipos en el cuartel general?

No respondió, pero la pequeña sonrisa seguía siendo la misma.

–Cisco, estoy en mitad de un juicio, ¿y ahora me dices que el fulano que se ha camelado a mi cliente es el que hizo que…, que me dieran una paliza? Esto es demasiado, amigo. Yo no…

–Quieren hablar.

Dejé de protestar en el acto.

–¿Has estado preguntándoles?

–No. Están esperándote. Me he dicho que lo mejor es que tú seas el primero en hablar con ellos.

Conduje en silencio durante el resto del trayecto, preguntándome con qué escena iba a encontrarme. No tardamos en detenernos frente a la verja situada al este de la fábrica de cervezas. Cisco salió para abrir el portón; al momento, el coche se inundó por el agrio olor de la cerveza.

El cuartel general estaba rodeado por un vallado metálico con alambre de espinos en lo alto. La sede social, construida en bloques de hormigón y situada en el centro de una parcela baldía, desmerecía de las motos relucientes aparcadas en hilera frente a su fachada. Tan solo se veían Harleys y Triumphs. A los muchachos no les gustaban las máquinas japonesas.

Entramos en el edificio y necesitamos un momento para que nuestros ojos se acostumbraran a la penumbra. A continuación, Cisco fue a una barra de bar de las de autoservicio, ante la que otros dos motoristas vestidos con chaleco de cuero estaban sentados en sendos taburetes.

–¿Preparados? –preguntó.

Los motoristas se giraron en los taburetes y se levantaron al unísono. Ambos medían más de un metro noventa y pesaban ciento treinta o ciento cuarenta kilos. Dos soldados del grupo. Cisco me los presentó: Tommy Guns y Bam Bam.

–Están ahí dentro –indicó Tommy Guns.

Nos llevaron por un pasillo situado tras la barra. Eran tan corpulentos que tenían que andar en fila india. Había puertas a uno y otro lado del corredor. Bam Bam abrió una de ellas, emplazada a la derecha a mitad del pasillo. Entramos en una habitación sin ventanas, cuyas paredes y techo estaban pintados de negro, con una bombilla solitaria en el techo por toda iluminación. El cuarto estaba en penumbra, pero entreví los dibujos pintados en las paredes. Hombres barbados y con el pelo largo. Comprendí que el lugar venía a ser una especie de santuario erigido en honor de los miembros de los Saints muertos. Lo primero en que pensé fue en *Pulp Fiction*. Lo segundo fue que no me gustaba estar allí. Vi a dos hombres tumbados de bruces en el suelo, con los brazos y las piernas amarrados por las espaldas. Con los rostros cubiertos por sendas bolsas negras.

Bam Bam fue hacia ellos y empecé a quitarles las bolsas. Al momento se pusieron a gemir de miedo.

–Un momento –dije–. Cisco, yo no puedo estar aquí. Estás buscándome un proble…

–¿Son ellos? –zanjó Cisco–. Míralos bien. No te conviene equivocarte.

–¿A mí? ¡No soy yo el que está equivocándose! ¡Yo no te he pedido que hicieras esto!

–Tranquilo. Has venido, de forma que míralos bien. ¿Son ellos?

–¡Por Dios!

Ambos estaban amordazados con cinta americana, a conciencia: la cinta les rodeaba la cabeza. Sus caras estaban aún más distorsionadas por la hinchazón y la tumefacción visibles en torno a los ojos. Les habían pegado una paliza. Sus rasgos no se ajustaban ni a mi recuerdo de lo sucedido en el aparcamiento del Victory Building ni a la fotografía que Cisco me había enseñado antes. Me agaché para verlos de cerca. Ambos me miraron con el terror pintado en los ojos.

–No sabría decirlo –dije.

–¿Sí o no, Mick?

–No es tan fácil. Cuando me sacaron la mierda de las orejas a golpes, no estaban ni amordazados ni muertos de miedo.

–Quitadles la cinta –ordenó Cisco.

Bam Bam dio un paso al frente, abrió una navaja automática y cortó a lo bruto la cinta que amordazaba al que le quedaba más cerca. A continuación, la arrancó, llevándose una buena porción de pelo de la nuca al hacerlo. El tipo soltó un grito de dolor.

–¡Cierra la puta boca! –bramó Tommy Guns.

El segundo aprendió bien la lección y no dijo ni pío cuando le quitaron la cinta sin contemplaciones. Bam Bam tiró la mordaza a un lado y se situó detrás de ellos. Con la manaza agarró el nexo del cable que amarraba los brazos a las piernas y volteó a cada uno de ellos hacia un lado, para que pudiera verles mejor las caras.

–Por favor, no nos maten –suplicó uno de ellos, con la voz trémula de desesperación–. No fue nada personal. Fue un trabajo por el que nos pagaron. Podríamos haberle matado, pero no lo hicimos.

De pronto le reconocí. Era el que había estado hablándome en el garaje.

–Son ellos, sí –dije, señalándolos con el dedo–. Este fue el que estuvo hablándome, y el otro fue el que me molió a palos. ¿Cómo se llaman?

Cisco asintió con la cabeza, como si su identificación hubiera sido una pura formalidad.

–Son dos hermanitos. El parlanchín se llama Joey Mack. Y el milhombres se llama Angel Mack. ¡Angel! Tiene gracia la cosa.

–¡A ver un momento! Ni siquiera sabíamos de qué iba el asunto –exclamó el parlanchín–. ¡Por favor! ¡Lo que pasó fue que nos equivocamos! No...

–¡Ya lo creo que os equivocasteis, mamón! –gritó Cisco, cuya voz retumbó desde lo alto como la expresión de la cólera divina–. Y ahora vais a pagarlo. ¿Quién quiere ser el primero?

El milhombres se puso a lloriquear. Cisco fue hacia una mesa de juego en la que estaban diseminadas varias armas y herramientas, así como el rollo de cinta americana. Escogió una llave Stillson y unos alicates y fue hacia ellos. Anhelé fervientemente que todo fuera puro teatro, pero, si era así, la actuación de Cisco se merecía un Óscar. Le puse la mano en el hombro y lo detuve. No hizo falta que le dijera nada; el mensaje estaba más que claro. Deja que yo me ocupe de ellos.

Cogí la llave Stillson de manos de Cisco y me acuclillé junto a ellos, como un receptor de béisbol. Sopesé la contundencia de la pesada herramienta un momento y pregunté:

–¿Quién os contrató para que me dierais una paliza?

El parlanchín respondió al instante. Lo único que le interesaba era protegerse él y a su hermano.

–Un fulano llamado Dahl. Nos dijo que le diéramos bien fuerte, pero que no le matáramos. ¡No pueden hacernos esto, hombre!

–Y yo creo que podemos hacer lo que nos dé la gana. ¿De qué conocían a Dahl?

–No lo conocíamos. Pero teníamos un amigo en común.

–¿Quién es ese amigo?

No respondió. Bam Bam no tardó en mostrarme el porqué de su apodo. Se agachó y, con unos puños que parecían pistones, les soltó sendos mamporros en las mandíbulas. El parlanchín escupió sangre al contestarme:

–Jerry Castille.

—¿Y quién es ese Jerry Castille?

—A ver un momento. Esto no puede decírselo a nadie.

—No estáis en situación de decirme lo que puedo o no puedo hacer. ¿Quién es Jerry Castille?

—El representante en la costa oeste.

Esperé a oír más, pero el otro se calló.

—No tengo toda la noche, compañero. ¿De quién es el representante en la costa oeste?

—De cierta organización que hay en la costa este. ¿Lo va pillando?

Miré a Cisco. ¿Herb Dahl estaba vinculado al crimen organizado de la costa este? Me parecía poco verosímil.

—A ver, el que no lo pilla eres tú —dije—. Yo soy abogado. Y quiero una respuesta directa. ¿De qué organización estamos hablando? Tienes cinco segundos para…

—Castille trabaja para Joey Giordano, uno que controla las cosas en Brooklyn, ¿entendido? Y acabo de firmar nuestra sentencia de muerte al decírselo. Así que váyase a tomar por culo.

Echó la cabeza atrás y me soltó un escupitajo de sangre. Yo había dejado la americana y la corbata en el despacho. Miré mi camisa blanca y vi una mancha de sangre junto al espacio que la corbata acostumbraba a cubrir.

—Esta camisa me la hicieron a medida, mamonazo.

Al momento, Tommy Guns se situó entre los dos, y oí el impacto brutal de su puño en la cara del otro, aunque no llegué a verlo en razón de su corpachón descomunal. Dio un paso atrás y vi que el parlanchín ahora estaba escupiendo dientes.

—Una camisa a medida, hombre —dijo Tommy Guns, como si quisiera explicar lo despiadado de su intervención.

Me levanté.

—Muy bien. Soltadlos —dije.

Cisco y los dos miembros de los Saints se giraron hacia mí.

—Que los soltéis —repetí.

—¿Estás seguro? —dijo Cisco—. Lo más seguro es que vayan corriendo a contárselo todo a ese mierda de Castille, a decirle que lo sabemos todo.

Miré a los dos hombres atados en el suelo y negué con la cabeza.

—No, eso no van a hacerlo. Si le dicen que han hablado, lo más seguro es que los maten. Así que soltadlos y olvidémonos todos del asunto. Estos dos pájaros van a estar escondidos hasta que se les vayan los moratones. Y luego no van a decir palabra.

Me agaché y acerqué el rostro a uno de ellos.

—Tengo razón, ¿verdad? —dije.

—Sí —respondió el parlanchín, en cuyo labio superior se estaba formando un bulto del tamaño de una canica.

Miré a su hermano.

—¿Tengo razón? Quiero que me lo digáis los dos.

—Sí, sí, claro que sí —respondió el milhombres.

Miré a Cisco. Asunto concluido. Dio la orden.

—Vamos a ver, Guns. Escúchame bien. Vais a esperar hasta que se haga de noche. Que se queden donde están, y esperáis hasta la noche. Luego os los lleváis y los dejáis donde os digan. Los dejáis, pero sin ponerles la mano encima. ¿Entendido?

—Entendido.

El pobre Tommy Guns. Parecía realmente decepcionado.

Observé por última vez a los hombres ensangrentados en el suelo. Me miraron desde allí. La sensación de que sus vidas estaban en mi mano hizo que me estremeciera como por efecto de una descarga eléctrica. Cisco me dio un toquecito en el hombro, y salí con él de la habitación. Una vez en el pasillo, puse la mano en su brazo y dije:

—No tendrías que haberlo hecho. No tendrías que haberme traído a este lugar.

—Estás de coña. Sí que tenía que traerte.

—¿De qué me estás hablando? ¿Por qué?

—Porque esos dos tipos te hicieron daño. Por dentro. Perdiste algo, Mick, y tienes que recuperarlo o no vas a poder ayudarte ni a ti mismo ni a nadie más.

Me lo quedé mirando largamente. Asentí con la cabeza.

—Lo he recuperado.

—Bien. Ya no tenemos que volver a hablar más del asunto. ¿Puedes llevarme al despacho para que recoja la moto?

—Sí, claro.

31

Mientras conducía a solas, tras haber dejado a Cisco en el aparcamiento, me puse a pensar en las leyes del país y las leyes de la calle, así como en las diferencias entre unas y otras. Cuando estaba en un juicio, siempre insistía en que la aplicación de las leyes del país fuera justa y apropiada. Pero la escena en la que acababa de tomar parte en aquella habitación pintada de negro nada tenía de justa o de apropiada.

Pero no me preocupaba. Cisco tenía razón. Necesitaba recuperar aquello que había perdido en mi interior para volver a salir como ganador de una sala de justicia o de cualquier otro lugar. Me sentía renovado por dentro mientras conducía. Abrí todas las ventanillas del Lincoln y dejé que el aire de la noche corriera por el interior del coche mientras bajaba por Laurel Canyon hacia mi casa.

Maggie esta vez había usado su propia llave. Estaba dentro cuando llegué, y su visita resultaba tan inesperada como bienvenida. La encontré escudriñando el interior de la nevera.

—En realidad, he venido porque antes siempre llenabas la nevera a conciencia antes de que empezara un juicio. Tu frigorífico parecía un supermercado de congelados. Pero ¿ahora qué es lo que pasa? Ahí dentro no tienes nada.

Dejé las llaves en la mesa. Maggie había pasado por su casa después del trabajo y se había cambiado. Llevaba puestos unos vaqueros, una blusa y unas sandalias con gruesos tacones de corcho. Sabía que el conjunto me gustaba.

—Supongo que esta vez no he tenido tiempo.

—Bueno, pues ojalá lo hubiera sabido. Habría pensado en ir a cenar a otro sitio la única noche de esta semana que tengo canguro.

Me sonrió con picardía. No terminaba de entender por qué no seguíamos viviendo juntos.

—¿Y si vamos a Dan's?

—¿A Dan Tana's? Pensaba que solo ibas a ese lugar cuando habías ganado un caso. ¿Es que tienes el caso en el bote, Haller?

—No, nada de eso. Pero, si solo fuera al Dan's cada vez que gano un juicio, casi nunca podría comer en ese restaurante.

Me señaló con el dedo y sonrió. Era un ritual que ambos conocíamos muy bien. Cerró la tapa del frigorífico, salió por la puerta de la cocina y pasó por mi lado sin molestarse en besarme.

—Dan's cierra bastante tarde —dijo.

Le miré ir por el pasillo hacia el dormitorio principal. Se quitó la blusa campesina por encima de la cabeza en el momento preciso de desaparecer en la habitación.

No hicimos el amor, no realmente. Algo de cuanto había visto y sentido en la habitación negra en la sede de los Saints seguía estando conmigo. Llamémoslo una agresividad residual o la liberación de la rabia y la impotencia que había experimentado. Fuera lo que fuera, dictó mi forma de manejarme con Maggie. Empujé y pugné con fuerza excesiva. Le mordí el labio y le sujeté las manos por encima de la cabeza. Estaba controlándola, y me daba cuenta de lo que se trataba mientras estaba en ello. Al principio, Maggie se dejó llevar. Probablemente, la novedad le resultaba interesante. Pero la curiosidad al poco tiempo dejó paso a la inquietud, y terminó por girar el rostro y debatirse para soltarse de mis manos. Le apreté las muñecas con más fuerza todavía. Finalmente, vi que las lágrimas empezaban a anegar sus ojos.

—¿Qué? —le musité en el oído, hundiendo la nariz en sus cabellos con fuerza.

—Termina de una vez —indicó.

Al momento, toda mi agresividad, fogosidad y deseo se fueron por el sumidero de mi psique. Sus lágrimas y su indicación de que terminara de una vez me incapacitaron para hacerlo. Me separé de ella y me tumbé boca arriba en la cama. Me cubrí los ojos con el antebrazo, pero sabía que Maggie continuaba mirándome.

—¿Qué?

—¿Qué es lo que te pasa esta noche? ¿Todo esto tiene algo que ver con Andrea? ¿Es una forma de vengarte por lo que está pasando en el juicio o algo parecido?

Noté que se levantaba de la cama.

—¡Maggie! ¡Por supuesto que no! El juicio no tiene nada que ver.

—Entonces, ¿de qué se trata?

Pero la puerta del baño se cerró sin darme tiempo a responder. Y al momento oí el chorro de la ducha.

—Te lo cuento durante la cena —indiqué, a sabiendas de que no podía oírme.

Dan Tana's estaba abarrotado, pero Christian salió a recibirnos y no tardó en conseguirnos un reservado en el rincón de la izquierda. Maggie y yo no habíamos cruzado palabra durante el trayecto de quince minutos hasta West Hollywood. En un momento dado traté de darme a la cháchara insustancial sobre nuestra hija, pero Maggie no me respondió, así que lo dejé correr. Me dije que volvería a intentarlo en el restaurante.

Los dos pedimos el filete al estilo de la casa con guarnición de pasta. Con salsa Alfredo para Maggie; con salsa boloñesa para mí. Ella pidió una copa de tinto italiano, y yo una botella de agua mineral con gas. Una vez desaparecido el camarero, llevé la mano al otro lado de la mesa y la puse sobre su muñeca, con delicadeza esta vez.

—Lo siento, Maggie. Olvidemos lo sucedido.

Apartó el brazo y dijo:

—Todavía tienes que darme una explicación, Haller. Eso no ha sido hacer el amor. No sé qué pasa. No me parece bien que trates así a una persona, y menos todavía a mí.

—Maggie, creo que estás exagerando un poco. Durante un rato estuviste disfrutando del asunto, y lo sabes.

—Hasta que empezaste a hacerme daño.

—Lo siento. Nunca se me ocurriría hacerte daño.

—Y no trates de hacerme creer que ha sido una cosa pasajera. Si quieres que nos volvamos a ver otra vez, más te vale explicarme qué es lo que te pasa.

Meneé la cabeza y miré el comedor lleno de gente. En la pantalla de televisión situada sobre la barra de bar que dividía el local en dos estaban retransmitiendo un partido de los Lakers. El gentío estaba apiñado en triple hilera tras los clientes afortunados que disfrutaban de un taburete. El camarero nos trajo las bebidas, lo que me concedió un pequeño respiro. Pero Maggie volvió a insistir tan pronto como se hubo marchado.

—Habla conmigo, Michael, o digo que me preparen la comida para llevar. Y me voy en taxi.

Bebí un largo sorbo de agua y la miré.

—Lo que ha pasado no tiene nada que ver con el juicio, con Andrea Freeman o con cualquier otra cosa o persona que tenga que ver contigo, ¿entendido?

–No, no lo he entendido. Háblame.

Dejé el vaso a un lado y crucé los brazos sobre la mesa.

–Cisco encontró a los dos tipos que me dieron la paliza.

–¿Dónde? ¿Quiénes son?

–Eso no importa. Cisco ni llamó a la policía ni los llevó a comisaría.

–¿Quieres decir que los dejó marchar?

Solté una risa y negué con la cabeza.

–No, los mantuvo prisioneros. Él y dos de sus amigos de los Saints. Para mí. En ese lugar que tienen. Para que hiciera lo que quisiera con ellos. Lo que quisiera. Me dijo que yo lo necesitaba.

Acercó la mano por el mantel de cuadros y la puso sobre la mía.

–Haller, ¿qué hiciste?

Le sostuve la mirada un momento.

–Nada. Les pregunté y luego le dije a Cisco que los dejara marcharse. Ahora sé quién los contrató.

–¿Quién?

–Prefiero no entrar en ese tema. No es importante. Pero ¿sabes una cosa, Maggie? Cuando estaba en el hospital, a la espera de que me dijeran si iban a poder salvarme el huevo que me habían retorcido, no hacía más que contemplar imágenes de violencia, imágenes en las que me vengaba de esos dos individuos. Estoy hablando de torturas como las que ves en los cuadros de Hyeronimus Bosch, el Bosco. De cosas muy chungas, al estilo medieval. Quería que sufrieran lo máximo posible. Luego tuve mi oportunidad de hacerlo, y créeme que a esos dos después los habrían hecho desaparecer. Pero lo dejé correr… Y luego estuve contigo y…

Se echó hacia atrás en su asiento. Mirando al vacío, con una mezcla de tristeza y resignación en el rostro.

–Jodido, ¿verdad?

–Preferiría que no me lo hubieras dicho.

–¿Porque eres una fiscal?

–Eso también.

–Ya, pero has insistido en preguntármelo. Supongo que habría hecho mejor en inventarme un cuento chino sobre el cabreo que tengo con Andrea Freeman. Entonces no habrías tenido problema, ¿verdad? Si la cosa hubiera tenido que ver con hombres y con mujeres, entonces lo habrías entendido.

Me devolvió la mirada.

–No me tomes por tonta.

–Lo siento.

Cenamos en silencio, mirando hacia la barra de vez en cuando. La gente bebía y estaba pasándolo bien. Exteriormente, cuando menos. Los camareros, vestidos con esmoquin, iban de un lado a otro, pasando como buenamente podían entre las mesas llenas de comensales.

Cuando nos trajeron los platos, yo ya no tenía mucha hambre, por mucho que en mi plato descansara el mejor filete de la ciudad.

–¿Puedo hacerte una pregunta y termino con el tema? –dijo Maggie.

Me encogí de hombros. No le veía mucho sentido a seguir hablando del asunto, pero acepté.

–Adelante.

–¿Cómo puedes estar seguro de que Cisco y esos dos amigos suyos han dejado marchar a los dos tipos?

Corté el filete, y la sangre empezó a rezumar en el plato. Estaba muy poco hecho. Miré a Maggie.

–Supongo que no tengo forma de saberlo al cien por cien.

Volví a concentrarme en el filete, pero vi por el rabillo del ojo que Maggie llamaba la atención del ayudante de camarero.

–Quisiera que me empaquetaran esto para llevar; voy a coger un taxi en la puerta. ¿Serían tan amables?

–Naturalmente. Ahora mismo.

El ayudante de camarero se llevó el plato.

–Maggie –dije.

–Necesito un poco de tiempo para pensar en todo esto.

Salió del reservado.

–Puedo llevarte en coche.

–No. No hay problema.

Estaba de pie junto a la mesa. Abrió el bolso.

–Olvídalo. Yo me encargo.

–¿Seguro?

–Si el taxi tarda en llegar, mira hacia el Palm, que está calle abajo. Es posible que allí haya uno esperando.

–Muy bien, gracias.

Se fue a esperar a que le llevaran la comida a la puerta. Empujé mi plato unos centímetros hacia el centro de la mesa. Contemplé la copa medio llena de vino que Maggie había dejado a sus espaldas. Seguía mirándola cinco minutos después cuando ella de pronto reapareció con la comida para llevar en la mano.

–Han tenido que llamar a un taxi –dijo–. Supongo que está al caer.

Cogió la copa y bebió un sorbito.

–Hablemos después del juicio –repuso.

–Muy bien.

Dejó la copa en la mesa, agachó la cabeza y me besó en la mejilla. Y se marchó. Me quedé allí sentado un rato, pensando en esto y aquello. Me dije que aquel beso final quizá me había salvado la vida.

32

Esta vez, el juez Perry se sentó tras el escritorio en su despacho. Eran las nueve y cinco del miércoles por la mañana, y me encontraba allí junto con Andrea Freeman y la taquígrafa judicial. Antes de reemprender el juicio, el magistrado había aceptado la solicitud de la fiscal de celebrar una nueva reunión a puerta cerrada. Perry esperó a que terminásemos de sentarnos y se aseguró de que la taquígrafa tenía su máquina a punto.

–Muy bien. Que las actas recojan que seguimos con el caso California contra Trammel –indicó–. Señorita Freeman, me ha solicitado usted una reunión a puerta cerrada. Espero que no sea para decirme que necesita más tiempo para estudiar la cuestión de la notificación de investigación federal.

Freeman se sentó en el borde de la silla.

–Nada de eso, señor juez. Aquí no hay nada que estudiar. Hemos investigado la cuestión de manera pormenorizada y tengo claro qué es lo que están haciendo los organismos federales competentes, pero no estoy convencida en absoluto. Por lo que hemos averiguado, parece evidente que el señor Haller está tratando de conseguir que el juicio descarrile sacando a relucir cuestiones que nada tienen que ver con lo que el jurado tiene que evaluar.

Me aclaré la garganta, pero el juez se me adelantó.

–Señorita Freeman, antes de que empezara el juicio estuvimos hablando de la posibilidad de que el culpable fuera una tercera persona. Y convine en dejar que la defensa pudiera argumentar sobre dicha hipótesis hasta cierto punto. Pero usted ahora tiene que darme algo. El simple hecho de que usted no quiera que el señor Haller muestre esta notificación de investigación no la convierte en irrelevante.

–Entiendo, señoría. Pero ¿y si...?

–Perdón –dije–. ¿Yo también puedo hablar? Me gustaría responder a las insinuaciones de la señorita Freeman en el sentido de que estoy tratando de...

–Deje que la señorita Freeman termine, que luego podrá explayarse, señor Haller. Tiene mi palabra. ¿Señorita Freeman?

–Gracias, señoría. Lo que estaba tratando de explicar es que una notificación de investigación federal en principio no significa casi nada. Se trata de la notificación de una investigación que está por realizarse. No es una acusación. Ni siquiera es una alegación. No significa que hayan encontrado algo o que vayan a encontrarlo. Se trata de una simple herramienta usada por los agentes federales diciendo que han oído alguna cosa y que se proponen investigarla. Pero, en manos del señor Haller y delante del jurado, esa citación va a convertirse en poco menos que el juicio final, por mucho que nada tenga que ver con lo que está siendo juzgado. Aquí estamos juzgando a Lisa Trammel, y todo este asunto de la citación ni por asomo guarda relación con la cuestión principal. Y le pido que no autorice al señor Haller a hacer nuevas preguntas al inspector Kurlen sobre esta cuestión.

El juez estaba arrellanado en el asiento, con las manos cruzadas sobre el pecho. Giró el rostro hacia mí. Me había llegado el turno.

–Señoría, si me encontrara en su situación, creo que preguntaría a la fiscal, que dice haber investigado a fondo esta carta y su procedencia, si está previsto que un gran jurado federal investigue los casos de desahucio fraudulento en el sur de California. Y luego le preguntaría cómo ha llegado a esa conclusión de que una citación de investigación federal «no significa casi nada». Porque no me parece que el tribunal esté recibiendo una información ponderada de lo que esa carta implica o del papel que puede desempeñar en el caso.

El juez volvió a girarse hacia Freeman. Separó uno de los dedos entrelazados y señaló en su dirección.

—¿Qué tiene que decirme, señorita Freeman? ¿Lo del gran jurado es verdad?

—Señoría, está poniéndome en una situación incómoda. Como es sabido, los grandes jurados trabajan en secreto y…

—Aquí todos somos amigos, señorita Freeman —zanjó Perry en tono severo—. ¿Ese gran jurado existe?

Freeman titubeó un momento y asintió con la cabeza.

—El gran jurado existe, señoría, pero ninguno de los testigos se ha referido a Louis Opparizio. Como he dicho, la citación de investigación es un simple aviso de que se va a investigar. Estamos hablando de puras declaraciones referenciales, que en absoluto resultan admisibles en este juicio. Es verdad que la carta lleva la firma del fiscal federal asignado a nuestro distrito, pero quien la redactó en realidad fue un agente del servicio secreto involucrado en la investigación. Este agente está sentado y a la espera en mi despacho. Si el tribunal lo considera oportuno, puedo hacer que esté aquí dentro de diez minutos para que confirme punto por punto lo que acabo de decirle. El señor Haller está recurriendo a simples fuegos artificiales. En el momento de la muerte del señor Bondurant, la investigación aún no estaba en curso, por lo que no hubo relación entre una cosa y la otra. Lo único que había era esa carta.

Era un error por su parte. Al revelar que Vasquez, el agente del servicio secreto que había escrito la notificación de investigación, se encontraba en el edificio, Freeman acababa de poner al juez en una situación difícil. Que el agente estuviera cerca y fuera tan accesible complicaba la posibilidad de que Perry desestimara la cuestión. Intervine antes de que el juez pudiera responder.

–¿Juez Perry? Sugiero que, ya que el ministerio fiscal dice que el agente federal que escribió la carta se encuentra en el edificio de los juzgados, la señorita Freeman haga que salga a declarar como testigo para contrastar lo que el inspector Kurlen pueda decir durante mi contrainterrogatorio. Si la fiscal está tan segura de que el agente dirá que la carta en cuestión carece de importancia, que sea el propio agente quien lo ratifique ante el jurado. Que desmonte mis argumentos definitivamente. Ayer le pregunté a Kurlen por la notificación. Si ahora volvemos a la sala y nos abstenemos de hablar de ella otra vez o se le indica al jurado que haga lo posible por borrarla de su memoria… Creo que eso sería más perjudicial para nuestra causa colectiva que la completa aclaración de este episodio.

Perry respondió sin vacilar.

–Me parece que tiene usted razón en este punto, señor Haller. No me gusta la idea de dejar al jurado pensando en esa misteriosa notificación durante toda la noche para después quitarles el caramelo de la boca a primera hora de la mañana.

–Señoría –intervino Freeman al momento–. ¿Puedo volver a hablar?

–No, creo que no es necesario. Es hora de dejar de perder el tiempo en mi despacho y pasar al juicio de una vez.

—Pero, señor juez, hay otra cuestión de importancia que el tribunal ni siquiera ha tomado en consideración.

El juez la miró con expresión de fastidio.

—¿Y de qué se trata, señorita Freeman? Estoy empezando a perder la paciencia.

—El hecho de autorizar una declaración referente a una notificación de investigación dirigida al principal testigo de la defensa seguramente repercutirá en la decisión previa tomada por dicho testigo de no acogerse a la quinta enmienda durante su comparecencia en este caso. Es muy posible que Louis Opparizio y sus abogados reconsideren esta decisión una vez que el jurado sepa de esta notificación. Por consiguiente, también es muy posible que el señor Haller esté desplegando una estrategia de defensa por la que su testigo principal (y cabeza de turco, si se me permite añadirlo) termine por negarse a prestar testimonio. Que conste en las actas que, si el señor Haller quiere jugar a este juego, tendrá que atenerse a las consecuencias. La próxima semana, cuando Opparizio decida que no le interesa declarar en el juicio y solicite una revisión de la citación judicial, no quiero que la defensa nos venga con lloriqueos ni apelaciones. Una apelación estaría fuera de lugar, señoría.

Perry asintió con la cabeza, dándole la razón.

—Eso vendría a ser como el caso del hombre que mató a sus padres y luego pidió clemencia al tribunal alegando que era un pobre huerfanito. Estoy de acuerdo, señor Haller. Queda avisado de que, si se decanta por esta opción, tendrá que atenerse a las consecuencias.

—Entendido, señoría —convine—. Y voy a asegurarme de que mi cliente también lo entienda así. Tan solo quiero matizar una cosa: la fiscal acaba de describir a Louis Opparizio como cabeza de turco. Opparizio no es una cabeza de turco, y vamos a demostrarlo.

–Bien –dijo el juez–. Por lo menos va a tener la oportunidad de hacerlo. Pero dejemos de perder el tiempo de una vez. Volvamos a la sala.

Seguí a Freeman al exterior, mientras el magistrado se ponía la toga en el despacho. Pensaba que la fiscal aprovecharía para vituperarme, pero hizo lo contrario.

–Buen trabajo, señor letrado –elogió.

–Gracias, supongo.

–¿Quién cree que le envió la carta?

–Ojalá lo supiera.

–¿Los agentes federales han contactado con usted? Porque me parece claro que querrán saber quién ha estado filtrando documentos confidenciales.

–A mí nadie me ha dicho nada. Es posible que los propios agentes federales filtraran la notificación. Si consigo que salga al estrado a declarar, Opparizio va a verse comprometido por sus propias palabras. Es posible que el Gobierno federal esté utilizándome como instrumento. ¿Ha pensado en esa posibilidad?

La sugerencia hizo que se frenara un poco al andar. Pasé por su lado, con una sonrisa en el rostro.

Al entrar en la sala vi que Herb Dahl estaba sentado en primera fila, justo detrás de la mesa de la defensa. Reprimí el impulso de agarrarlo por el cuello, arrastrarlo hacia mí y machacarle la cara contra el suelo de piedra. Freeman y yo nos sentamos a nuestras mesas respectivas. Sin levantar la voz, le expliqué a mi cliente lo que había pasado en el despacho del juez. Perry entró y ordenó que llamaran a los miembros del jurado.

Todo estuvo a punto cuando el inspector Kurlen volvió a subir al estrado. Cogí mis carpetas y mi cuaderno y me situé ante el atril. Se diría que había pasado una semana desde que mi contrainterrogatorio quedó interrumpido, pero no había transcurrido ni un día. Me puse a hablar como si no hiciera ni un minuto.

—Inspector Kurlen, cuando lo dejamos ayer, justo le había preguntado si sabe usted lo que es una notificación de investigación federal. ¿Puede responder a mi pregunta?

—Por lo que entiendo, se trata de una carta que los organismos federales a veces envían avisando de que están interesados en reunir información sobre un individuo o una compañía, con los que se proponen hablar. El mensaje viene a ser: «Le sugerimos que hable con nosotros para aclarar las cosas».

—¿Es todo?

—Bueno, yo no soy agente federal.

—¿Diría que una notificación del Gobierno federal en la que se te informa de que van a investigarte tiene su importancia?

—Es posible, supongo. Imagino que depende del delito que estén tratando de investigar.

Pedí permiso al juez para mostrarle un documento al testigo. Freeman protestó de forma rutinaria, alegando que mi iniciativa no era pertinente. El juez desestimó la objeción sin decir palabra y me indicó que podía entregar el documento al testigo.

Le di el papel a Kurlen, volví a situarme ante el atril y le pedí a Perry que le diera al documento el nombre de «prueba material de la defensa número tres». A continuación, le pedí a Kurlen que leyera la carta.

—«Apreciado señor Opparizio. Por la presente, le comunico...»

—Un momento —le interrumpí—. ¿Primero puede leer lo que hay en la parte superior de la carta? ¿El encabezamiento?

–Dice «Oficina del fiscal federal en Los Ángeles». A un lado está la imagen de un águila, y al otro, la bandera de Estados Unidos. ¿Puedo pasar a leer la carta?

–Sí, por favor.

–«Apreciado señor Opparizio. Por la presente le comunico que una comisión de enlace establecida por varios organismos federales para la investigación de todos los casos de desahucios fraudulentos en el sur de California tiene previsto someter a investigación a, entre otros, A. Louis Opparizio Financial Technologies (compañía conocida como ALOFT) y a usted mismo como persona física. Con la recepción de esta carta queda usted avisado de la prohibición de destruir o esconder cualquier tipo de documentos o materiales de trabajo vinculados a las operaciones de su empresa. Si está dispuesto a debatir esta investigación y cooperar con los miembros del mencionado grupo de enlace, no dude en llamar o hacer que su abogado se ponga en contacto conmigo o con el señor Charles Vasquez, el agente del servicio secreto de Estados Unidos asignado a la investigación pormenorizada de las actividades de ALOFT. Queda avisado de que vamos a hacer todo lo posible por encontrarnos con usted para hablar de las cuestiones mencionadas. Si su intención es la de no cooperar, puede estar seguro de que los agentes del grupo de enlace no tardarán en ponerse en contacto con usted. Una vez más, le recuerdo que tiene prohibido eliminar u ocultar los documentos y materiales de trabajo existentes en su oficina y lugares parecidos. Una vez recibida esta notificación, la eliminación u ocultación de tales documentos y materiales constituye un delito de gravedad penado por las leyes del país. Le saluda atentamente, Reginald Lattimore, oficina del fiscal federal en Los Ángeles.» Esto es todo... Bueno, con la salvedad de que abajo aparecen los números de teléfono de estas personas.

Un murmullo sordo corrió por la sala entera. Yo tenía claro que la opinión pública en general no estaba al corriente de cosas como las notificaciones de investigación federal. Eran paradigmáticas de la forma de actuar de los órganos de seguridad en los nuevos tiempos. Estaba seguro de que la llamada comisión de enlace no pasaba de ser un grupito de agentes procedentes de distintos organismos, sin dedicación exclusiva y carentes de un verdadero presupuesto. En lugar de establecer una costosa investigación, lo que harían sería probar suerte metiendo el miedo en el cuerpo a unos cuantos individuos, para ver si estos corrían a pedirles clemencia. La idea era la de detener a un puñado de sospechosos evidentes, acaparar titulares en los periódicos y olvidarse del asunto después. Un tipo como Opparizio seguramente había utilizado la carta certificada como papel higiénico. Pero eso a mí me daba igual. Mi propósito era usar la carta para facilitar que mi cliente siguiera en libertad.

—Gracias, inspector Kurlen. ¿Puede decirnos qué fecha tiene esta notificación?

Kurlen miró la fotocopia y respondió:

—18 de enero de este año.

—Inspector, ¿había visto esta carta antes?

—No. ¿Por qué tendría que haberla visto? No tiene nada que ver…

—Me temo que el testigo se niega a responder debidamente —dije con rapidez—. Señoría, la pregunta que acabo de hacer es muy simple: si había visto esta carta antes.

El magistrado ordenó a Kurlen que se limitara a responder a la pregunta formulada.

—No había visto esta carta hasta ayer.

—Gracias, inspector. Y ahora pasemos a la otra misiva, la que ayer le pedí que leyera, la dirigida por la víctima,

Mitchell Bondurant, al mismo Louis Opparizio destinatario de la notificación de investigación federal. ¿Tiene la copia a mano?

–Un momento.

–Por favor.

Kurlen encontró la carta en el interior de su carpeta, la sacó y la mostró.

–Bien. ¿Puede decirnos la fecha de esta otra carta, por favor?

–10 de enero de este año.

–Esta carta llegó a manos del señor Opparizio por correo certificado, ¿no es así?

–La enviaron por correo certificado –matizó–. No puedo decirle si el señor Opparizio la recibió o si llegó a leerla. La firma de quien la recibió corresponde a otra persona.

–No importa quién firmó. El hecho es que la carta se envió el 10 de enero, ¿correcto?

–Eso parece.

–Y la segunda carta de la que hemos estado hablando, la notificación hecha por el agente del servicio secreto, asimismo se envió por correo certificado, ¿correcto?

–Eso mismo.

–A ver si lo entiendo bien. El señor Bondurant envía a Louis Opparizio una carta certificada en la que amenaza con exponer las prácticas fraudulentas de su empresa. Ocho días después, una comisión federal de enlace envía al señor Opparizio una nueva carta certificada indicando que se le va a investigar por prácticas fraudulentas en los procesos de desahucio. ¿Hasta aquí voy bien, inspector Kurlen?

–Por lo que entiendo, sí.

–Y luego, menos de dos semanas después, el señor Bondurant muere brutalmente asesinado en el aparcamiento de WestLand, ¿correcto?

–Correcto.

Callé y me froté el mentón como si estuviera dándole vueltas al asunto. Quería que el jurado se fijara en el gesto. Lo que en realidad quería era mirar sus rostros, pero eso dejaría claras mis intenciones. Así pues, me contenté con mantener la expresión pensativa.

–Inspector, nos ha dicho usted que tiene larga experiencia como inspector de homicidios, ¿correcto?

–Tengo mucha experiencia, sí.

–Hablando en el plano hipotético, ¿le gustaría haber sabido en su momento lo que ahora sabe?

Kurlen entrecerró los ojos como si se sintiera confuso, aunque sabía perfectamente lo que estaba diciéndole y adónde quería ir a parar.

–Creo que no termino de entender –dijo.

–Se lo preguntaré de otra forma: ¿le hubiera venido bien tener estas dos cartas a mano el día en que emprendió la investigación del homicidio?

–Sí, claro. ¿Por qué no? Siempre es deseable tener todas las pruebas e información el primer día que te pones a investigar. Pero eso es algo que nunca sucede.

–Hablando en el plano hipotético, de haber sabido que la víctima, Mitchell Bondurant, había enviado una carta amenazando con exponer las actividades delictivas de otro individuo tan solo ocho días antes de que este individuo se enterase de que iba a ser sometido a una investigación federal, ¿hubiera considerado que se encontraba ante nuevos datos interesantes, susceptibles de ser investigados?

–No es fácil saberlo.

Ahora sí que miré al jurado. Kurlen estaba yéndose por las ramas, negándose a reconocer lo que el sentido común le obligaba a entender. No hacía falta ser inspector de policía para darse cuenta.

–¿Que no es fácil saberlo? ¿Está diciéndonos que, de haber contado con esta información y estas cartas el día del asesinato, no sabe si las hubiera considerado como unas pistas significativas que merecían ser investigadas?

–Lo que estoy diciendo es que no tenemos todos los detalles, por lo que no es fácil saber hasta qué punto son significativas, si es que llegan a serlo. Pero, para responderle en términos generales, nosotros investigamos todas las pistas. Así de sencillo.

–Así de sencillo. Ya, pero ustedes nunca investigaron estas pistas precisas, ¿verdad?

–Yo no contaba con esta notificación. ¿Cómo iba a investigarla?

–Pero sí que contaba con la primera carta enviada por la víctima y no hizo nada al respecto, ¿verdad?

–Eso no es verdad. Verifiqué esa carta y determiné que no tenía nada que ver con el asesinato.

–¿Y tampoco es verdad que a esas alturas ya tenía a una supuesta culpable del asesinato, por lo que no iba a permitir que otras cosas le hicieran cambiar de idea o actuar de otra forma?

–No, no es verdad. Para nada.

Contemplé a Kurlen largo rato, con la esperanza de que mi expresión fuera de completo disgusto.

–No tengo más preguntas que hacer por el momento —dije finalmente.

33

Freeman hizo que Kurlen siguiera otros quince minutos en el estrado y, por medio de sus preguntas, trató de redibujar su versión de la investigación como un modélico ejemplo de trabajo policial. Cuando terminó, no me molesté en volver a las andadas con el policía, pues estaba seguro de que Kurlen ya no iba a serme de utilidad. Mi intención había sido sugerir que la investigación había sido un ejercicio de obcecación y me parecía claro que lo había conseguido.

Al parecer, Freeman estaba diciéndose que era necesario abordar cuanto antes la cuestión de la notificación de investigación federal. Su siguiente testigo fue el agente del servicio secreto Charles Vasquez. Aunque veinticuatro horas antes ni siquiera conocía su nombre, Freeman ahora estaba insertándolo de forma apresurada en su cuidadosamente orquestada sucesión de testigos y pruebas materiales. Podría haber objetado a la comparecencia del agente federal con el argumento de que no había tenido tiempo para preparar mis propias preguntas, pero me dije que no me convenía poner a prueba al juez Perry. Decidí que lo mejor sería ver qué era lo que el agente tenía que decir antes de reconsiderar la posibilidad de efectuar una objeción tan impertinente.

Vasquez tendría unos cuarenta años y era de tez y cabellos oscuros. Empezó por explicar que anteriormente había sido agente de la DEA, el organismo federal antidroga, para después pasar al servicio secreto. De perseguir a los traficantes pasó a perseguir a los falsificadores, hasta que le llegó la oportunidad de integrarse en el grupo de enlace para la investigación de los desahucios. Según añadió, el grupo de enlace contaba con un mando superior y diez agentes procedentes del servicio secreto, el FBI, el servicio de correos y la Hacienda estadounidenses. Un fiscal federal auxiliar se encargaba de supervisar su labor, pero los agentes –que operaban por parejas– solían gozar de gran autonomía en su trabajo y eran libres de investigar a los individuos que considerasen oportuno.

–Agente Vasquez, el 18 de enero de este año escribió usted una llamada citación de investigación federal a un hombre llamado Louis Opparizio, y la carta luego la firmó el fiscal federal Reginald Lattimore. ¿Se acuerda de ello?

–Sí que me acuerdo.

–Antes de pasar a hablar de la carta en cuestión, ¿puede explicarle al jurado qué es exactamente una notificación de investigación judicial?

–Es una herramienta que empleamos para dar con sospechosos y culpables de haber cometido delitos.

–¿Y eso cómo funciona?

–En resumidas cuentas, los informamos de que vamos a investigar sus actividades, sus prácticas profesionales y todo cuanto han estado haciendo. Una notificación de investigación siempre invita al destinatario a dar la cara y hablar con los agentes. En muchas ocasiones, los destinatarios hacen eso exactamente. Lo que a veces lleva a emprender acciones judiciales y otras veces origina nuevas investigaciones. Es una herramienta que resulta efectiva porque las investigaciones son muy costosas. Y no tenemos el presupuesto necesario. Si con una de estas cartas conseguimos que se abra un juicio, que un testigo coopere o que nos proporcione una pista interesante que investigar, entonces nos damos por satisfechos.

—Ciñéndonos a Louis Opparizio, ¿qué fue lo que los llevó a enviarle una carta de este tipo?

—Verá, mi colega y yo estábamos muy familiarizados con su nombre porque había aparecido repetidas veces en otros casos que estábamos investigando. No necesariamente de forma negativa; lo que pasaba era que la compañía de Opparizio era lo que llamamos una trituradora de desahucios. ALOFT lleva todo el papeleo de los desahucios para muchos de los bancos que operan en el sur de California. Estamos hablando de millares de casos. Como digo, el nombre de ALOFT aparecía una y otra vez, y en ocasiones se daban quejas por sus métodos y su forma de proceder. Mi colega y yo decidimos examinarlo todo más a fondo. Y enviamos la carta para ver qué tipo de respuesta recibíamos.

—Un poco como el pescador que lanza el anzuelo para ver qué pesca, ¿es eso?

—Era más que eso. Como decía, esta compañía estaba echando mucho humo. Lo que nos interesaba era ver si había un fuego. A veces, la reacción provocada por la notificación de investigación dicta lo que vamos a hacer a continuación.

—En el momento de escribir y enviar la notificación, ¿tenían indicios o pruebas de que Opparizio o su empresa hubieran cometido actos delictivos?

—No. En ese momento, no.

—¿Qué pasó después de que enviaran la carta?

—Hasta la fecha, nada.

—¿Louis Opparizio llegó a responder a la carta?

—Quien nos respondió fue un abogado, diciendo que el señor Opparizio no tenía problema en someterse a la investigación, pues así tendría la oportunidad de dejar claro que su negocio estaba limpio de polvo y paja.

—¿Ustedes han hecho lo sugerido en dicha respuesta y han emprendido una investigación del señor Opparizio o su compañía?

—No, porque no hemos tenido tiempo. Hay otras investigaciones en curso que parecen más prometedoras.

Freeman consultó sus notas antes de terminar.

—Por último, agente Vasquez, ¿la comisión de enlace actualmente está investigando a Louis Opparizio o a ALOFT?

—Técnicamente, no. Pero tenemos previsto llevar a la práctica lo anunciado en la carta.

—Entonces, ¿la respuesta es que no?

—Correcto.

—Gracias, agente Vasquez.

Freeman tomó asiento. Tenía el rostro iluminado y era evidente que estaba contenta con la declaración que le había arrancado al agente. Me levanté y dejé el cuaderno en el atril. Había anotado unas cuantas preguntas momentos antes.

—Agente Vasquez, ¿está usted diciéndole al jurado que un individuo que no responde a una de sus notificaciones presentándose ante ustedes de inmediato y confesando su culpabilidad tiene que ser considerado inocente de todo delito?

—No, no es lo que estoy diciendo.

—Louis Opparizio no hizo cuanto acabo de sugerir. Como no lo hizo, ¿ustedes pasaron a considerarlo inocente?

—No, nada de eso.

—Y bien, agente Vasquez, ¿dónde diría que está la línea roja? ¿Qué hay que hacer para recibir una notificación de investigación federal?

–Por decirlo así, todo empieza cuando me fijo en un nombre por las razones que sean. Entonces hago unas cuantas averiguaciones preliminares, que más tarde pueden llevarme a escribir una carta de este tipo. No las enviamos al azar. Sabemos lo que estamos haciendo.

–¿Usted, su colega u otro agente del grupo de enlace hablaron con Mitchell Bondurant sobre las prácticas de ALOFT?

–No, no lo hicimos. Nadie llegó a hablar con él.

–¿Diría que les hubiera gustado hablar con él?

Freeman protestó, con el argumento de que la pregunta era vaga. El juez le dio la razón. Decidí que lo mejor era dejar que la pregunta no contestada flotara en el aire para el jurado.

–Gracias, agente Vasquez.

Concluido el testimonio de Vasquez, Freeman volvió a atenerse al orden que se había trazado y llamó al jardinero que había descubierto el martillo entre los arbustos del jardín de la casa situada a una manzana y media de la escena del asesinato. Su declaración fue breve y no demasiado impactante, de poca importancia en principio, a no ser que más tarde pudiera ser relacionada con los testigos del instituto forense que la fiscalía llamara al estrado. Me apunté un pequeño tanto al conseguir que el jardinero reconociese que había estado trabajando en esos arbustos y en su entorno durante por lo menos doce veces antes de descubrir el martillo. Se trataba de una pequeña semilla que sembré para el jurado: era posible que alguien hubiera dejado el martillo en ese lugar bastante después del asesinato.

Tras la comparecencia del jardinero, el ministerio público interrogó brevemente al propietario de la casa y a los agentes de policía responsables de la cadena de custodia del martillo hasta su entrega en el laboratorio policial. No me molesté en contrainterrogarlos. No tenía intención de poner en duda ni la cadena de custodia ni el hecho de que el martillo había sido el arma del crimen. Mi plan era reconocer no solo que habían matado a Mitchell Bondurant con ese martillo, sino también que este pertenecía a Lisa Trammel.

La mía iba a ser una jugada inesperada, pero también la única que se ajustaba a la hipótesis de la defensa de que todo había sido un montaje en contra de mi cliente. El indicio proporcionado por Jeff Trammel de que el martillo bien pudiera estar en el maletero del BMW que había dejado atrás antes de largarse a México no había resultado fructífero. Cisco se las arregló para encontrar el coche, que seguía estando en el concesionario donde Jeff Trammel había trabajado, pero en el maletero no había martillo alguno; además, el encargado del concesionario le dijo que nunca habían guardado un martillo allí. Me dije que lo referido por Jeff Trammel probablemente no tenía más objeto que el de ganar algo de dinero a cambio de una historia que quizá pudiera ayudar a la defensa de la mujer a la que había abandonado.

Era casi la hora del almuerzo cuando cesaron las declaraciones sobre el arma del crimen, y el juez –como empezaba a ser su costumbre– levantó la sesión de la mañana con quince minutos de adelanto. Me giré hacia mi cliente y la invité a almorzar conmigo.

–¿Y qué pasa con Herb? –apuntó–. Le prometí que iría a comer con él.

–Herb puede venir también.

–¿En serio?

–Claro, ¿por qué no?

–Porque pensaba que usted no… Da igual, ahora se lo digo.

–Muy bien. Vamos en mi coche.

Hice que Rojas nos recogiera a los tres, y fuimos por Van Nuys hasta el Hamlet, cerca de Ventura. El establecimiento tenía décadas de antigüedad. Si bien tenía ciertas pretensiones desde que perdió su antiguo nombre de Hamburger Hamlet, la comida seguía siendo exactamente la misma. Como el juez nos había hecho salir antes de tiempo, nos ahorramos las colas del mediodía. Al momento, el camarero nos llevó a uno de los reservados.

–¡Me encanta este lugar! –dijo Dahl–. Aunque hace la tira que no vengo por aquí.

Me senté frente a ellos dos. No respondí a su entusiasta comentario. Estaba demasiado ocupado pensando en lo que iba a hacer durante el almuerzo.

Pedimos nuestros platos rápidamente, pues no teníamos mucho tiempo. La conversación se centró en el caso y en cómo Lisa percibía que estaban yendo las cosas. Hasta el momento estaba contenta.

–Reconozco que siempre le saca algo a cada testigo, algo que me resulta favorable –dijo–. No es nada fácil.

–Ya, pero la cuestión no es si les saco lo suficiente o no –respondí–. Y lo que ha de tener claro es que la cosa va poniéndose cada vez más cuesta arriba. ¿Conoce el *Bolero*? De Ravel, si no me equivoco.

Lisa me miró sin entender.

–Es la que suena en *Diez*, la película con Bo Derek –intervino Dahl–. ¡Esa música me encanta!

–Ya. La composición es larga, de unos quince minutos. Empieza de forma lenta, con unos pocos instrumentos apagados, pero al poco rato va cobrando empuje, cada vez mayor, hasta llegar al crescendo, al gran final ejecutado al unísono por todos los instrumentos de la orquesta. En paralelo, las emociones del oyente también van subiendo de tono hasta llegar a un mismo final apoteósico. Y eso es lo que la fiscal está haciendo en este caso. Amplificar el volumen y subir el tono poco a poco. Freeman aún ha de sacar lo mejor que tiene en reserva, y va a hacerlo de forma conjunta, con tambores, cuerdas y vientos al final. ¿Entiende lo que quiero decir, Lisa?

Asintió con la cabeza. Su expresión se tornó sombría.

–No es que quiera desanimarla. Se siente animada, con esperanza, convencida de que la razón está de su parte, y quiero que siga sintiéndose así. Porque el jurado se fija en ello, lo que es tan útil como todo cuanto yo pueda hacer. Pero ha de tenerlo presente: la cosa va poniéndose cada vez más cuesta arriba. Freeman todavía no ha hecho comparecer a los científicos, y a los jurados les encantan los científicos, porque les ofrecen una salida, una forma de delegar la responsabilidad. La gente cree que eso de formar parte de un jurado es estupendo. Uno no tiene que ir al trabajo, se sienta en primera fila a observar un interesante caso de la vida real, lo que resulta mucho mejor que verlo por la tele desde casa. Pero los miembros de un jurado al final tienen que mirarse a las caras y tomar una decisión. Una decisión sobre la vida de una persona. Y, créame, no hay tanta gente dispuesta a hacer algo así. Los científicos les facilitan las cosas. «Ah, bueno, si el análisis del ADN dice que sí, entonces no puede ser que no. El veredicto tiene que ser de culpabilidad.» ¿Lo entiende? Esto es lo que vamos a tener que afrontar, Lisa, y no quiero que se haga falsas ilusiones al respecto.

Con gesto caballeroso, Dahl llevó la mano a su brazo apoyado en la mesa. Lo apretó para mostrarle su apoyo.

–Así pues, ¿qué vamos a hacer en lo referente a ese análisis del ADN que tienen? –preguntó Lisa.

–Nada –respondí–. Allí no puedo hacer nada. Antes del juicio le dije que habíamos encargado otro análisis por nuestra cuenta y que el resultado era el mismo. Los resultados son concluyentes.

Entrecerró los ojos en señal de derrota. Vi que las lágrimas asomaban, justo lo que yo quería. La camarera se presentó en ese momento con nuestros platos. Esperé a que se marchara y añadí:

—No se lo tome así, Lisa. Lo del ADN es pura fachada.

Me miró confusa.

—Pero si acaba de decirme que es concluyente.

—Y lo es. Pero eso no significa que no pueda haber una explicación de otro tipo. Yo me ocupo del ADN. Como ha venido a decir antes, mi trabajo es el de sembrar una pequeña duda cada vez que sacan a declarar a un nuevo testigo, con la esperanza de que, después, cuando la fiscalía termine de pintar el retablo final y se lo enseñe al jurado, todas esas pequeñas dudas sembradas anteriormente hayan germinado en algo que cambia la percepción de ese cuadro. Si lo conseguimos, nos ponemos morenos.

—¿Qué quiere decir?

—Que nos vamos a casa. Nos vamos a la playa a tomar el sol y nos ponemos morenos.

Le sonreí; me devolvió la sonrisa. Las lágrimas habían arruinado el elaborado maquillaje que se había aplicado esa misma mañana.

El resto de la comida discurrió entre charlas insustanciales y observaciones sobre el sistema judicial poco exactas o inanes hechas por mi cliente y su compañero de fatigas. Lo había visto antes en otros de mis clientes. No conocen las leyes, pero son muy rápidos a la hora de decirte qué es lo que no funciona en ellas. Esperé a que Trammel se llevara a la boca la última porción de ensalada.

—Lisa, se le ha corrido un poco el rímel mientras hablábamos. Es muy importante que se mantenga firme y que ofrezca una imagen de fuerza. Quiero que vaya al cuarto de baño y se arregle hasta que vuelva a proyectar esa imagen de fuerza, ¿entendido?

–¿No puedo hacerlo en el juzgado?

–No. Es posible que al llegar coincidamos con periodistas o miembros del jurado. Nunca se sabe con quién vas a encontrarte. Y no quiero que alguien pueda pensar que se ha pasado la hora del almuerzo llorando, ¿comprende? Por eso prefiero que lo haga ahora mismo. Yo me encargo de llamar a Rojas para que venga a recogernos.

–Es posible que necesite unos minutos.

Miré mi reloj.

–Tómese su tiempo. Espero un poco antes de llamar a Rojas.

Dahl se levantó para que Trammel pudiera salir del reservado. Nos quedamos los dos a solas. Había puesto mi plato a un lado y tenía los codos hincados en la mesa y las manos entrelazadas delante de mi boca, como un jugador de póker que levantara los naipes para esconder la expresión. En último término, un buen abogado es un negociador. Y había llegado la hora de negociar la salida de Herb Dahl.

–Bueno, Herb... Ha llegado el momento de que desaparezca.

Sonrió ligeramente, sin entender.

–¿Qué quiere decir? Hemos venido los tres juntos.

–No, de que desaparezca del caso, quiero decir. De la vida de Lisa. Ha llegado el momento de que desaparezca.

Seguía mirándome con la misma cara de no entender nada en absoluto.

–No voy a desaparecer, para nada. Lisa y yo... nos sentimos muy unidos. Y he invertido mucho dinero en este asunto.

—Bueno, pues ese dinero lo ha perdido. Y, en cuanto a Lisa, la comedia también se ha terminado. Desde ya.

Llevé la mano al bolsillo interior de la americana y saqué la foto de Herb con los hermanos Mack que Cisco me había entregado la noche anterior. Se la pasé por encima del mantel. La miró un instante y soltó una risa nerviosa.

—No entiendo de qué va esta broma. ¿Y estos dos quiénes son?

—Los hermanos Mack. Los dos sujetos que contrató para que me metieran una paliza.

Negó con la cabeza y miró por encima del hombro hacia el pasillo que llevaba a los servicios. Volvió a girarse en mi dirección.

—Lo siento, Mickey, pero no sé de qué me está hablando. Y creo que tengo que recordarle que usted y yo hemos cerrado un acuerdo en lo referente a la película. Un acuerdo cuyos detalles precisos seguramente serían de interés para el colegio de abogados de California, pero, aparte de eso...

—¿Está amenazándome, Dahl? Porque, si es el caso, está cometiendo un error.

—No, no estoy amenazándolo. Tan solo estoy tratando de entender de dónde viene su...

—Voy a decirle de dónde vengo yo: de una habitación pintada de negro en la que he mantenido una interesante charla con los hermanos Mack.

Dahl volvió a doblar la fotografía y me la entregó.

—¿Estos dos? Simplemente, me preguntaron por una dirección, eso es todo.

—Una dirección, ¿eh? ¿Está seguro de que, en realidad, no estaban pidiéndole su dinero? Porque también tenemos las fotos del momento.

—Es posible que les diera unos pocos billetes. Me pidieron ayuda, y no parecían ser malos chicos.

No lo pude evitar: sonreí.

–Voy a decirle una cosa, Herb, es usted muy bueno en lo suyo, pero resulta que esos dos me lo han contado todo con detalle. Así pues, dejémonos de mierdas y vayamos al grano.

Se encogió de hombros.

–Muy bien, usted manda. ¿Qué es lo que hay?

–Lo que hay es lo que acabo de decirle. Usted desaparece, Herb. Ya puede despedirse de Lisa. Ya puede despedirse del acuerdo para la película. Ya puede despedirse de su dinero.

–Son muchas despedidas. ¿Y yo qué me saco a cambio?

–No ir a la cárcel, eso es lo que se saca.

Negó con la cabeza y volvió a mirar por encima del hombro.

–Las cosas no funcionan así, Mick. Verá, ese dinero no era mío. El que apoquinó no fui yo.

–¿Quién fue entonces? ¿Jerry Castille?

Sus ojos fueron de un lado a otro con celeridad, hasta quedarse quietos otra vez. La mención de ese nombre había sido como un golpe invisible. Ahora sabía que, efectivamente, los hermanos Mack se habían ido de la boca, y bastante.

–Sí, es verdad que sé quién es Jerry. Y también Joey, el de Nueva York. Entre los ladrones no hay honor, Herb. Los hermanos Mack están dispuestos a cantar *La traviata*, si es necesario. Y le tengo cogido por las pelotas, Herb. O desaparece hoy mismo de mi vida y de la de Lisa, o voy con el cuento a la oficina del fiscal del distrito, donde resulta que trabaja mi exmujer. Ella misma es fiscal y se sintió muy angustiada cuando me pegaron esa paliza.

»Tengo claro que mi ex convencería a un gran jurado en menos de una mañana. Para ella sería coser y contar.

De forma que le condenarían por un delito de lesiones con ensañamiento. Lo de ensañamiento es la clave: tres años más de condena para usted. Y puede tener claro que, como víctima, exigiré que le apliquen la pena máxima. Aunque solo sea por el huevo que me retorcieron. Con buen comportamiento y todo eso, de la trena saldría al cabo de unos cuatro años, Herb. Y voy a decirle una cosa: a los presos de la cárcel de Soledad les hará mucha gracia verlo entrar con ese medallón que me lleva colgado en el cuello con el puto símbolo de la paz.

Dahl hincó los codos en la mesa y echó la cabeza hacia delante. Por primera vez vi la desesperación en sus ojos.

—No sabe dónde coño se está metiendo. No tiene idea de con quién se la está jugando.

—Escúcheme, capullo. Puedo llamarle capullo, ¿no? Me importa una mierda con quién me la esté jugando. Se lo estoy diciendo clarito: lo que quiero es que desaparezca de mi vida, de este caso y…

—No, no, no. No lo pilla. Pero puedo ayudarle. Usted cree saber de qué va este caso. Pero no tiene ni puta idea. Eso sí, puedo ponerle en antecedentes, Haller. Tal vez así podamos salir todos de esta y ponernos morenos.

Eché la cabeza hacia atrás y dejé que mi mano descansara en el acolchado brazo de la silla. El sorprendido ahora era yo. Hice un gesto desdeñoso con la mano, como si todo esto fuera una completa pérdida de tiempo.

—Bueno, pues póngame en antecedentes.

—¿Usted cree que un buen día me presenté en una de esas protestas ante el banco y le dije a Lisa que hiciéramos una película? ¿Cómo puede ser tan gilipollas? Me enviaron allí. Ya estaba trabajándome a Lisa antes incluso de que se cargaran a Bondurant. ¿De verdad pensaba que todo pasó como por casualidad?

–¿Y quiénes fueron los que le enviaron?

–¿Usted qué cree?

Me lo quedé mirando fijamente y sentí que todo encajaba, como cuando unos torrentes de montaña terminan por formar un río. La hipótesis de la inocencia no era una hipótesis. Todo había sido un montaje.

–Opparizio.

Dahl asintió ligeramente con la cabeza. En ese momento vi que Lisa volvía por el pasillo del fondo, con la mirada otra vez brillante y decidida, presta a regresar a la sala. Miré a Dahl otra vez. Quería hacerle muchas preguntas, pero no teníamos tiempo.

–A las siete en mi despacho. Venga solo. Y me cuenta lo de Opparizio. Me lo cuenta todo… o voy a la oficina del fiscal de distrito.

–Con una condición: nunca voy a declarar, en la vida.

–A las siete.

–Se supone que esta noche voy a cenar con Lisa.

–Bueno, pues hay cambio de planes. Invéntese lo que sea. Usted se viene a mi despacho. Y ahora nos vamos.

Me levanté para salir del reservado mientras Lisa llegaba a nuestro lado. Saqué el móvil y llamé a Rojas.

–Ya estamos –dije–. Recójanos en la puerta.

34

Cuando el juicio se reanudó, la fiscalía hizo subir al estrado a la inspectora Cynthia Longstreth. Al llamar a declarar a la colega de Kurlen como siguiente testigo, Freeman estaba confirmando aquello que cada vez me resultaba más claro: su versión del *Bolero* de Ravel tendría un clímax «científico». Era lo más inteligente. Terminar con lo que no puede ser ni cuestionado ni denegado. Describir la investigación por medio de Kurlen y de Longstreth y atar todos los cabos valiéndose de los especialistas científicos. La estrategia de la fiscal iba a culminar con la comparecencia del médico forense y la presentación del análisis del ADN. Y el paquetito estaría completo, perfectamente envuelto, con su lacito y todo.

La inspectora Longstreth no se mostró tan severa y dura de pelar como durante el comienzo del caos, cuando la vi por primera vez en la comisaría de Van Nuys. En primer lugar, llevaba puesto un vestido que le daba más aspecto de maestra de escuela que de inspectora de policía. Antes había visto otras transformaciones de este tipo, que siempre me resultaban preocupantes. Ya fuera por iniciativa del fiscal de turno o por la propia astucia de la mujer policía de turno, en más de un juicio había tenido que vérmelas con una inspectora que de pronto presentaba una imagen mucho más amable y agradable para el jurado. Pero, si me atrevía a hacer esta observación al juez –o a quien fuera, de hecho–, corría el riesgo de recibir un rapapolvo y que se me tildara de machista.

Era lo que había, y casi siempre me tocaba quedarme calladito al respecto.

Freeman estaba valiéndose de Longstreth para describir la segunda mitad de la investigación. Su declaración iba a centrarse sobre todo en el registro de la casa de Trammel y lo que en ella hallaron. En este punto, no esperaba encontrarme con muchas sorpresas. Tras establecer las credenciales de la testigo, Freeman fue al grano.

–¿El juez les concedió una orden de registro garantizándoles el acceso a la vivienda de Lisa Trammel? –preguntó.

–Sí.

–¿En qué consiste este proceso? ¿Qué hay que hacer para que un juez les conceda una orden de este tipo?

–Tenemos que hacer una solicitud en la que se estipulen los indicios, las pruebas y los hechos de que disponemos y que nos lleven a creer necesario el registro de la casa. Fue lo que hice, aportando la declaración de la testigo que vio a la sospechosa en las inmediaciones del banco, así como las propias incongruencias formuladas por la sospechosa durante la entrevista inicial. El juez Companioni dio su conformidad y firmó la orden de registro. Con la orden en la mano, fuimos todos a la casa en Woodland Hills.

–Aclare eso de «todos», por favor, inspectora.

–Mi colega el inspector Kurlen y yo, así como un cámara de vídeo y un equipo de especialistas en escenas del crimen, cuya función era procesar todo cuanto encontrásemos durante el registro.

–¿De forma que grabaron en vídeo el registro entero?

–Bueno, entero no. Mi compañero y yo nos dividimos para trabajar con más rapidez. Solo había un cámara, y no podía seguirnos a los dos a la vez. Acordamos llamar al cámara cada vez que encontrásemos algo que pudiera ser una prueba material o que decidiéramos conservar para su examen.

–Entiendo. ¿Y ha traído esa grabación de vídeo a la sala?

–Sí. Está en el reproductor y a punto.

–Perfecto.

A continuación, proyectaron el vídeo para el jurado, una grabación de noventa minutos con comentarios de la propia Longstreth. La cámara seguía al grupo de policías durante su llegada a la casa, que a continuación rodeaba en su totalidad, para mostrarla bien. Mientras en las pantallas aparecía el jardín trasero, Longstreth le indicó al jurado que se fijara en un pequeño huerto de verduras y hierbas aromáticas delimitado por viejas traviesas del ferrocarril y cuya tierra estaba húmeda y recién removida. Era lo que los grandes cineastas solían denominar «una prefiguración», una indicación de lo que está por llegar. Su significado resultaría evidente una vez que la cámara entrase en el garaje.

Me resultaba difícil concentrar toda mi atención en aquel testimonio. Dahl había soltado un bombazo al revelarme su vinculación con Opparizio. Y en este momento pensaba en la posible explicación y en el efecto que esta podía ejercer en el caso. Lo que quería era que la sesión terminara ya, que fueran las siete de la tarde de una vez por todas.

En el vídeo, los policías usaron una de las llaves requisadas a Lisa Trammel, junto con sus demás pertenencias, para acceder al interior de la casa sin hacer destrozos. Una vez dentro comenzaron a registrar la vivienda de forma sistemática, siguiendo un protocolo nacido de la experiencia. Examinaron los desagües de la ducha y la bañera en busca de rastros de sangre. La lavadora y la secadora también. Registraron de forma particularmente meticulosa los armarios y el vestidor, donde examinaron cada prenda y cada zapato, sometiéndolos a tratamientos químicos y luminosos diseñados para detectar manchas de sangre.

Después, la cámara siguió a Longstreth, que salió de la casa por una puerta lateral, fue por un pequeño porche y entró por otra puerta, que no estaba cerrada con llave. La cámara le acompañó al interior del garaje. Freeman paró el vídeo en este instante. Como si fuera una experta directora de Hollywood, había logrado captar la atención de todos los espectadores a la espera de la resolución inminente.

—Lo que encontraron dentro del garaje ha resultado ser muy importante en la investigación, ¿no es así, inspectora?

—Sí, así es.

—¿Qué fue lo que encontraron?

—Quizá sería más apropiado preguntar qué fue lo que no encontramos.

—¿Puede explicarse, por favor?

—Sí. En el garaje había un banco de herramientas pegado a la pared posterior. Encima había herramientas de todo tipo, o eso parecía. La mayoría colgaban de ganchos sujetos a un tablero de clavijas situado en la pared. Debajo de cada uno de los ganchos había una etiqueta con el nombre de la herramienta en cuestión. Todo estaba perfectamente ordenado.

—Muy bien, ¿puede enseñárnoslo?

Volvió a poner en marcha el vídeo, y la cámara mostró el banco de trabajo desde arriba. Freeman congeló la imagen en las pantallas.

—Esto es el banco de trabajo, ¿correcto?

—Correcto.

—Podemos ver las herramientas colgadas del tablero de clavijas. ¿Falta alguna cosa?

—Sí. El martillo.

Freeman pidió permiso para que Longstreth bajara del estrado y, con la ayuda de un puntero láser, señalara en las pantallas el espacio del tablero reservado al martillo. Perry se lo concedió. Longstreth lo señaló en una y otra pantalla y volvió a subir al estrado.

—Y bien, inspectora, ¿ese espacio estaba específicamente reservado para el martillo?

—Sí.

—De forma que el martillo no estaba.

—No lo encontramos ni en el garaje ni en la casa.

—Más tarde identificaron la marca y el modelo precisos de las herramientas colgadas del tablero, ¿no es así?

—Sí. El examen de las demás herramientas nos permitió determinar que los Trammel tenían un juego de herramientas determinado. Un juego de doscientas treinta y nueve piezas fabricado por Craftsman y comercializado por los almacenes Sears, llamado «cajón de herramientas de carpintería».

—¿Es posible comprar aparte el martillo de este juego?

—No. El martillo que faltaba formaba parte del juego.

—¿Y ese martillo no estaba en el garaje de Lisa Trammel?

—Correcto.

—Más tarde, en el curso de la investigación, una persona entregó a la policía un martillo que encontró cerca de la escena del asesinato de Mitchell Bondurant, ¿verdad?

—Sí, así es. Un jardinero encontró el martillo entre unos arbustos, a una manzana y media de distancia del aparcamiento donde tuvo lugar el asesinato.

–¿Usted vio ese martillo?

–Estuve examinándolo brevemente, antes de entregárselo al Departamento Científico para que hicieran un análisis.

–El martillo, ¿de qué tipo era?

–Un martillo de orejas.

–¿De qué marca? ¿Lo sabe?

–De la marca Craftsman, en venta en los almacenes Sears.

Freeman se detuvo como si esperase que todos los miembros del jurado se hubieran quedado con la boca abierta, por mucho que todos los presentes en la sala estuviéramos al corriente de la información. A continuación, se acercó a la mesa del ministerio fiscal y abrió una bolsa de papel marrón, de esas que se utilizan para conservar las pruebas materiales. Sacó un martillo envuelto en otra bolsa, de plástico transparente esta vez. Con el martillo en la mano, volvió a situarse ante el atril.

–Señor juez, pido permiso para mostrarle una prueba material a la testigo.

–Concedido.

Freeman fue hacia Longstreth y le entregó el martillo.

–Inspectora, me gustaría que identificara el martillo que tiene en la mano.

–Es el martillo encontrado entre los arbustos, el que luego nos entregaron. En la bolsa de papel constan mis iniciales y mi número de placa.

Freeman se hizo con el martillo otra vez y pidió que se admitiera como prueba material en poder de la fiscalía. El juez así lo autorizó. La fiscal dejó el martillo en la mesa otra vez, volvió a situarse frente al atril y continuó con las preguntas:

–Usted ha declarado que entregaron el martillo a la unidad de la policía científica para que lo analizaran, ¿correcto?

–Correcto.

–Dicha unidad, más tarde, les facilitó un informe del análisis.

–Sí. Lo tengo conmigo.

–¿Qué fue lo que encontraron?

–Dos cosas en particular. La primera, que este tipo de martillo tan solo está a la venta como parte del cajón de herramientas de carpintería fabricado por Craftsman.

–Del que proceden todas las demás herramientas que se encontraron en el garaje de la acusada, ¿no es así?

–Efectivamente.

–Con la salvedad de que el martillo no estaba en el garaje.

–Correcto.

–¿Qué otra cosa en particular encontraron los de la policía científica?

–Rastros de sangre en el mango del martillo.

–¿Por mucho que hubiera estado metido entre unos arbustos durante bastantes semanas?

Me levanté y protesté, alegando que no había testimonios o pruebas que indicasen el tiempo que el martillo había estado metido entre los arbustos.

–Señoría –dijo Freeman después–, el hallazgo del martillo se produjo varias semanas después del asesinato. Lo lógico es suponer que estuvo entre los arbustos durante todo ese tiempo.

Respondí al momento, antes de que el juez pudiera pronunciarse.

–Señoría, una vez más, el ministerio fiscal no está aportando pruebas o testimonios que establezcan que el martillo estuvo metido entre los arbustos durante todo ese periodo. De hecho, el hombre que lo encontró ha declarado que después del asesinato estuvo trabajando en ese lugar por lo menos doce días y que no vio el martillo en absoluto. Es perfectamente posible que alguien lo dejara entre los arbustos la noche anterior a su descubrimiento y que...

–¡Protesto, señoría! –gritó Freeman–. La defensa ha objetado para sembrar unas dudas que tan solo le benefician y...

–¡Basta ya! –tronó el magistrado–. Y se lo estoy diciendo a los dos. Protesta aceptada. Señorita Freeman, tiene que reformular su pregunta de tal forma que no incluya unas circunstancias que están por demostrarse.

La fiscal miró sus notas, tratando de calmarse.

–Inspectora, cuando le entregaron el martillo, ¿vio rastros de sangre en él?

–No, no los vi.

–En tal caso, ¿cuánta sangre había en el martillo?

–En el informe se habla de «sangre residual», un rastro diminuto, situado bajo la parte superior de la empuñadura de caucho que rodea el mango de madera.

–¿Qué hizo después de recibir el informe?

–Hice que un laboratorio exterior, ubicado en Santa Mónica, analizara la sangre procedente del martillo.

–¿Cómo es que no recurrió al laboratorio regional de criminalística perteneciente a la Universidad Estatal de California? Ese es el procedimiento habitual, ¿no?

–Sí que lo es, pero nos interesaba actuar con rapidez. Había dinero en el presupuesto, por lo que pudimos acelerar la cosa. Luego hice que nuestro laboratorio estudiara el mencionado informe.

Freeman hizo una pausa y pidió al juez que incluyera el informe del laboratorio entre las pruebas materiales en posesión del ministerio público. No puse objeción alguna, y el juez accedió a la solicitud. A continuación, Freeman cambió de tema, dejando la cuestión del ADN para el científico especializado que sin duda coronaría las alegaciones completas de la fiscalía.

—Inspectora, volvamos al garaje. ¿Encontraron alguna otra cosa significativa?

Volví a protestar, en lo relativo a la formulación de la pregunta esta vez, pues Freeman daba por sentado que la policía había hecho otros descubrimientos significativos, cuando de hecho nada lo indicaba. Era una tontería, un pequeño golpe bajo, pero lo asesté porque la fiscal se había puesto un poco nerviosa ante mi objeción de antes. Y me interesaba que siguiera poniéndose nerviosa. El juez le instó a reformular la frase, cosa que hizo.

—Inspectora, acaba de hablarnos sobre lo que no encontraron en el garaje. El martillo. ¿Qué fue lo que sí que hallaron?

Freeman se giró hacia mí, como pidiéndome permiso. Asentí con la cabeza y sonreí. El simple hecho de que reconociera mi presencia en la sala era señal de que mis dos últimas protestas habían hecho mella en ella.

—Encontramos un par de zapatos de jardinería con rastros de sangre. Los detectamos al hacer la prueba del Luminol.

—El Luminol es un producto que reacciona a la sangre bajo la luz ultravioleta, ¿correcto?

—Correcto. Se utiliza para detectar aquellas superficies en las que han limpiado o borrado manchas de sangre.

—¿En qué lugar preciso encontraron la sangre?

—En el cordón del zapato izquierdo.

—¿Cómo es que hicieron la prueba del Luminol con este par de zapatos en particular?

—En primer lugar, es habitual aplicar el Luminol a todos los zapatos y prendas de ropa en busca de rastros de sangre. En la escena del crimen había sangre, por lo que era lógico sospechar que el agresor pudiera haberse manchado, aunque fuera un poco. En segundo lugar, nos habíamos fijado en que alguien había estado trabajando recientemente en el pequeño huerto del jardín trasero. La tierra aparecía removida, y, sin embargo, estos zapatos estaban muy limpios.

–Bueno, es posible que ese alguien limpiara bien los zapatos antes de entrar en la casa, ¿no?

–Es posible, pero no estábamos en la casa, sino en el garaje, y los zapatos se encontraban dentro de una caja de cartón en la que había abundantes rastros de tierra, del jardín, seguramente. Sin embargo, los zapatos estaban bastante limpios. Lo que nos llamó la atención.

Freeman hizo correr el vídeo hasta llegar a un plano de los zapatos. Estaban dentro de una caja con la leyenda COCA-COLA, en un estante situado bajo el banco de trabajo. No estaban escondidos en absoluto; debían de estar en el lugar de costumbre.

–¿Estos son los zapatos?

–Sí. Aquí se ve como uno de los especialistas los recoge.

–Entonces, está diciéndonos que los zapatos resultaban sospechosos porque estaban muy limpios, pero metidos dentro de una caja bastante sucia, ¿es eso?

Protesté con el argumento de que Freeman estaba haciendo de apuntadora de la testigo. El juez me dio la razón y el jurado se quedó con la copla. Freeman pasó a otra cuestión.

–¿Qué los llevó a pensar que los zapatos eran de Lisa Trammel?

–Que fueran pequeños, claramente de mujer. Después, en la casa, encontramos una fotografía enmarcada en la que Lisa aparecía trabajando en el jardín. Llevaba puestos esos zapatos.

–Gracias, inspectora. ¿Qué hicieron con los zapatos y con la mancha en el cordón inicialmente reconocida como de sangre?

–El cordón lo entregamos al laboratorio regional de criminalística dependiente de la universidad estatal.

–¿Por qué en este caso no recurrieron a un laboratorio externo?

–Porque la muestra de sangre era muy pequeña. Preferimos no correr el riesgo de que en un laboratorio externo pudieran perderla. De hecho, mi colega y yo la entregamos en persona en el laboratorio regional. También enviamos otras muestras, para que las compararan.

–«Otras muestras, para que las compararan.» ¿Qué quiere decir?

–Enviamos muestras de sangre de la víctima por otro conducto, para que el laboratorio pudiera compararlas con la encontrada en el zapato.

–¿Por qué las enviaron por separado?

–Para que no hubiera posibilidad de contaminación accidental entre una muestra y otra.

–Gracias, inspectora Longstreth. No tengo más preguntas por el momento.

El juez indicó que había llegado el momento del descanso de la tarde, tras el cual pasaríamos a mi contrainterrogatorio. Como desconocía cuál había sido mi verdadero propósito cuando antes le había propuesto almorzar juntos, mi cliente me propuso ir a tomar un café con ella y con Dahl. Le dije que no, que tenía que redactar las preguntas para el contrainterrogatorio. En realidad, ya las tenía escritas. Era verdad que antes del juicio había pensado que Freeman se valdría de Kurlen para hablar del martillo, el zapato y el registro en la casa de Lisa Trammel, pero es que su interrogatorio había salido según lo previsto, punto por punto.

Durante el receso estuve hablando por teléfono con Cisco, preparando el encuentro con Dahl a las siete. Le dije que avisara a Bullocks y que se ocupara de que Tommy Guns y Bam Bam montasen guardia en el exterior del Victory Building por razones de seguridad. No estaba seguro de que Dahl fuera a jugar limpio y toda precaución era poca.

35

Después del descanso, la inspectora Longstreth volvió al estrado, y el juez me dio permiso para preguntarle. No perdí el tiempo con cuestiones insustanciales y me concentré en lo que me interesaba que el jurado tuviera en consideración. En lo primordial, que la policía estuvo mirándolo todo en las inmediaciones de la sede de West-Land el día del asesinato. Como, por ejemplo, la casa –y seguramente el jardín–, donde más tarde encontraron el martillo.

–Inspectora –dije–, ¿no le pareció extraño que el martillo apareciese tanto tiempo después del crimen, y, más aún, en un lugar tan cercano a la escena de este, situado dentro de un perímetro de búsqueda exhaustiva?

–No, no tanto. Después de que nos entregaran el martillo, fui a ver los arbustos que conforman el seto de esa casa. Resultaron ser muy grandes y tupidos. No me sorprendió ni me pareció raro que el martillo hubiera podido estar allí dentro todo el tiempo. De hecho, me dije que habíamos tenido bastante suerte de que alguien lo viera.

Buena respuesta. Empezaba a darme cuenta de por qué Freeman había decidido repartir los papeles entre Kurlen y Longstreth. La inspectora estaba resultando ser una testigo muy competente, acaso mejor todavía que su veterano compañero. Pasé a otra cosa. Una de las reglas del juego consiste en distanciarse de los propios errores. De nada sirve insistir en algo que no va a ninguna parte.

—Muy bien, pasemos a hablar de la casa en Woodland Hills. Inspectora, ¿no le parece que la irrupción en esa vivienda fue un verdadero abuso?

—¿Un abuso? No me parece que fuera un abuso. Yo...

—¿Encontraron ropas ensangrentadas en la casa de mi cliente?

—No, no las encontramos.

—¿Encontraron sangre de la víctima en los desagües del baño o la ducha?

—No.

—¿Y en la lavadora?

—No.

—Durante este juicio, ¿qué pruebas materiales ha presentado la fiscalía que se encontraran en el interior de la casa de mi cliente? No estoy hablando del garaje, sino de la casa.

Longstreth se lo pensó durante varios segundos, mientras efectuaba un inventario mental. Finalmente, negó con la cabeza.

—En este momento no recuerdo ninguna. Pero eso no quiere decir que el registro fuera abusivo. Hay veces en las que no encontrar ninguna prueba resulta tan significativo como encontrarlas.

Callé. Estaba echándome un anzuelo. Lo que quería era que le pidiera que se explicase. Pero, si lo hacía, a saber por dónde iba a salirme. Decidí echar el freno, no picar el anzuelo y pasar a otra cosa.

—Muy bien, pero el hecho es que las pruebas que encontraron estaban todas en el garaje, ¿verdad? Las pruebas que han sido presentadas en este juicio o van a serlo más tarde.

—Sí, creo que sí.

—Estamos hablando del zapato con la muestra de sangre y del juego de herramientas sin el martillo, ¿correcto?

—Correcto.

—¿Me olvido de algo?

—No, creo que no.

—Muy bien, entonces permítame mostrarle algo en las pantallas.

Cogí el mando a distancia, que Freeman había dejado en el atril. Rebobiné la grabación, con la vista fija en una de las pantallas. Llegué a las imágenes que me interesaban y detuve el vídeo. Fui adelante un poco, hasta llegar al punto preciso, y pulsé la tecla de pausa.

—A ver, ¿puede explicarle al jurado qué es lo que aparece en este momento del vídeo?

Pulsé la tecla de reproducción; la imagen empezó a moverse en la pantalla. Longstreth y uno de los especialistas científicos estaban saliendo de la casa y cruzando por el pórtico que conducía al garaje.

—Eh, bueno, es el momento en que fuimos al garaje —confirmó la inspectora.

Su voz se oyó en el vídeo en ese momento.

—*Es posible que tengamos que pedirle la llave a Kurlen.*

Pero, en la imagen, su mano enguantada fue al pomo de la puerta, que giró sin dificultad.

—*No hace falta, está abierta.*

Dejé que Longstreth y el especialista terminaran de entrar en el garaje y encendieran las luces. Y pulsé la tecla de pausa.

—¿Esta fue la primera vez que entró en el garaje, inspectora?

—Sí.

–Veo que encendieron las luces. ¿Alguien del equipo asignado al registro entró en el garaje antes que usted?

–No.

Volví atrás con lentitud, hasta el momento en que abría la puerta para entrar. Pulsé nuevamente la tecla de reproducción y dije:

–Veo que no usaron una llave para entrar en el garaje, inspectora. ¿Cómo es eso?

–Como se aprecia, intenté abrir y resultó que la cerradura no estaba echada.

–¿Sabe usted por qué?

–No. Lo único que sé es que no estaba echada.

–¿Había alguien en la casa cuando ustedes llegaron?

–No, estaba vacía.

–Y la puerta de la casa sí que estaba bien cerrada con llave, ¿correcto?

–Sí. La señorita Trammel la cerró con llave cuando convino en acompañarnos a Van Nuys.

–¿La cerró por propia iniciativa o porque ustedes se lo dijeron?

–No, por propia iniciativa.

–Por consiguiente, la acusada cerró con llave la puerta principal de la casa, pero dejó sin cerrar la puerta del garaje, ¿correcto?

–Es lo que parece.

–Lo que está claro es que dicha puerta no estaba cerrada con llave cuando usted y sus compañeros se presentaron con la orden de registro, ¿correcto?

–Correcto.

–Lo que implica que cualquier persona pudo entrar en el garaje mientras la propietaria de la casa, Lisa Trammel, estaba bajo custodia policial, ¿correcto?

–Supongo que es posible, sí.

–Por cierto, cuando usted y el inspector esa mañana se fueron de la casa junto con la señorita Trammel, ¿dejaron a un agente de policía vigilando la vivienda, para asegurarse de que nadie tocaba nada en el interior?

–No.

–¿No lo consideraron prudente, teniendo en cuenta que era posible que en la casa hubiera pruebas materiales vinculadas a un caso de asesinato?

–En ese momento, la señorita Trammel no era sospechosa. Tan solo queríamos hablar con ella un poco.

Casi se me escapó una sonrisa, y otro tanto le pasó a Longstreth. Había eludido la trampa que acababa de tenderle. Era muy lista.

–Ah –dije–. No era sospechosa, claro. Bueno, ¿durante cuánto tiempo diría que esa puerta estuvo sin el cierre echado, de forma que cualquiera podía entrar en el garaje?

–No tengo forma de saberlo. Porque no sé cuándo fue la última vez que la cerraron con llave. Es posible que la acusada no tuviera costumbre de cerrarla con llave.

Asentí con la cabeza e hice una pausa efectista.

–¿Usted o el inspector Kurlen les indicaron a los especialistas que comprobaran si había huellas dactilares en la puerta del garaje?

–No, no lo hicimos.

–¿Por qué no, inspectora?

–No nos pareció necesario. Estábamos haciendo el registro de la casa, no asegurando el perímetro de la escena de un crimen.

–Voy a hacerle una pregunta hipotética, inspectora. ¿Cree posible que una persona capaz de planificar y cometer un asesinato de forma cuidadosa pudiera dejar un par de zapatos ensangrentados en el garaje de su casa, un garaje que no está cerrado con llave, y después de haberse tomado su tiempo para desembarazarse del arma del crimen?

Freeman protestó, argumentando que la pregunta era compuesta y que daba por sentadas unas circunstancias hasta ahora no demostradas. Me dio lo mismo. No era una pregunta para Longstreth, sino para el jurado.

–Señoría, la retiro –convine–. No tengo más preguntas.

Volví a la mesa y me senté. Miré a los miembros del jurado con intención, pasando de un rostro al otro. Por último, fijé la vista en Furlong, el tercero por la izquierda. Me sostuvo la mirada, sin desviar los ojos. Me pareció muy buena señal.

36

Herb Dahl vino solo. Cisco le recibió en la puerta del bufete y le acompañó hasta mi despacho, donde lo esperaba. Bullocks estaba sentada a mi izquierda y habíamos dejado una silla vacía para Dahl justo delante de la mesa. Cisco iba a quedarse de pie, como habíamos planeado. Quería que se paseara por el despacho sin decir nada. Y que Dahl se sintiera intranquilo y pensara que una palabra mal dicha por su parte podría despertar la ira de ese hombre corpulento vestido con una ceñida camiseta negra.

No ofrecí a Dahl ni café, ni agua ni refrescos. No quería perder el tiempo con tonterías o esforzándome en arreglar nuestra deteriorada relación personal. Sencillamente, fui directo al grano.

—Herb, estamos aquí para saber qué ha hecho exactamente, qué relación ha tenido con Louis Opparizio y qué vamos a hacer al respecto. Por lo que sé, nadie va a necesitarme hasta las nueve de la mañana, así que tenemos la noche entera, si es que hace falta.

—Antes de empezar quiero saber si voy a sacar algo si coopero con usted —dijo Dahl.

—Ya le dije durante el almuerzo que lo que va a sacar es no ir a la cárcel. A cambio, usted me cuenta todo lo que sabe. No le prometo nada más.

—No pienso declarar en un juicio. Esta información tan solo es para usted. Y además tengo algo que para usted es más valioso que mi comparecencia en un juicio.

–Eso vamos a verlo. Pero, de momento, empecemos por el principio. Usted hoy me ha dicho que le ordenaron ir a esas protestas que estaba organizando Lisa Trammel. Cuéntemelo todo a partir de ese momento.

Dahl asintió con la cabeza, pero al momento recapacitó.

–Creo que tengo que empezar por hablar de antes. Todo se remonta a comienzos del año pasado.

Levanté las palmas de las manos.

–Pues empiece. Tenemos toda la noche.

Dahl procedió a contarme una larga historia sobre una película que había producido, llamada *Purasangre*. Era una película sentimental, apta para todos los públicos, protagonizada por una chica a la que regalaban un caballo llamado Chester. La chica encontraba un número tatuado en el interior del labio inferior del equino, lo que demostraba que era un caballo purasangre de carreras al que años atrás se le había dado por muerto tras el incendio de un granero.

–Y la chica y su padre entonces se ponen a investigar y...

–A ver, un momento –corté–. La película parece muy interesante, pero ¿y si me habla de Louis Opparizio? Es verdad que tenemos la noche entera, pero mejor será que nos ciñamos a lo nuestro.

–Pero esta es la cuestión. La película. En principio, iba a ser de muy bajo presupuesto, pero a mí me chiflan los caballos, desde que era un niño. Y me dije que con esta película seguramente podría salir de los supermercados.

–¿De los supermercados?

–Que podría olvidarme de seguir haciendo películas que no llegan a estrenarse y se venden en DVD en los supermercados baratos. Me dije que esta era un diamante en bruto y que si hacíamos las cosas bien podríamos conseguir que se estrenara en los cines de todo el país. Pero para eso hace falta un buen nivel de producción, y para eso se precisa dinero.

Al final, todo es cuestión de pasta.

—¿Pidió el dinero prestado?

—Pedí el dinero prestado y lo invertí en la peli. Una estupidez, ya lo sé. La nueva deuda se sumaba a la contraída con los inversores al principio. Pero el director resultó ser un español perfeccionista hasta decir basta. El hombre casi no hablaba inglés, pero le contratamos. Y rodaba una toma tras otra de cada secuencia. ¡Treinta tomas para rodar una tontería de escena en una hamburguesería! Para resumir, nos quedamos sin dinero, y me hacía falta un cuarto de millón para terminar la película. Por lo menos. Ya había pedido a todo el mundo, pero esta película me apasionaba. Pensaba que con esta pequeña película me iba a hacer de oro, ¿entiende?

—¿Y pidió dinero a un usurero? —preguntó Cisco a espaldas de Dahl.

Dahl se giró hacia él, levantó la vista y asintió.

—Sí, a un fulano que conozco. Uno que come muchos espaguetis.

—¿Cómo se llama? —pregunté.

—No hace falta que diga su nombre —objetó Dahl.

—Sí que hace falta. ¿Cómo se llama?

—Danny Greene.

—Pensaba que había dicho que…

—Sí, claro. Ese fulano trabaja para ellos, pero se llama Greene. ¿Qué quiere que le diga? G-R-E-E-N-E —deletreó.

Miré a Cisco. Tendría que averiguar cosas sobre el tal Greene.

—Muy bien. Danny Greene le prestó un cuarto de millón. ¿Qué pasó entonces?

Dahl levantó las palmas de las manos en gesto de frustración.

—Que no pasó nada, eso fue lo que sucedió. Terminé la peli, pero no pude venderla. La llevé a todos los putos festivales de Norteamérica, pero nadie la quiso. Fui al American Film Market, alquilé una puta *suite* en el Loews de Santa Mónica, pero tan solo conseguí venderla a unos españoles. Por supuesto, el único país interesado tenía que ser el del capullo de mi director.

—Y Danny Greene no estaba muy contento, supongo.

—No, no lo estaba. Yo había estado pagándole los plazos convenidos, pero el préstamo era a seis meses; llegado el momento, me reclamó todo el montante. Y yo no podía pagárselo todo. Le garanticé todo el dinero procedente de España, pero casi toda esa pasta está por llegar. Tienen que doblar la peli, y no voy a ver casi ningún dinero hasta finales de este año, cuando la estrenen de una vez. Así pues, tenía un problema muy chungo.

—¿Qué pasó entonces?

—Bueno, que Danny un día vino a verme. Se presentó sin avisar; pensé que venía a romperme las piernas. Pero no: me dijo que me necesitaban para hacer algo. Una especie de trabajo a largo plazo. Si lo hacía, me revisarían los pagos de la deuda y hasta me harían una quita importante de lo que quedaba por apoquinar. Amigo, no me dejó más opción. ¿Qué iba a hacer? ¿Decirle que no a Danny Greene? Ni hablar. Las cosas no funcionan así.

—Dijo que sí.

—Eso mismo. Dije que sí.

—¿Y qué trabajo era ese?

—Acercarme a esa gente que estaba protestando y manifestándose contra los desahucios. Los de ese grupo llamado FLAG. Lo que Greene quería era que me infiltrase entre ellos. Fue lo que hice, y conocí a Lisa de esa forma. Ella era la agitadora número uno.

La historia me parecía demencial, pero hice como que me la creía.

–¿Le explicaron por qué?

–No demasiado. Tan solo me contaron que había cierto individuo que era un poco paranoico y que quería saber qué era lo que Lisa se proponía. El fulano estaba a punto de cerrar un negocio importante de alguna clase y no quería que esa gente se lo reventara. Por consiguiente, si Lisa estaba organizando una protesta, mi función era la de contarle a Danny dónde iba a tener lugar, quién era el objetivo y demás.

De repente, la historia empezó a sonarme plausible. Me acordé del proyectado acuerdo con LeMure. Opparizio estaba metido en una negociación para culminar la venta de ALOFT a esta gran compañía que cotizaba en bolsa. Resultaría prudente por su parte vigilar de cerca toda potencial amenaza sobre el acuerdo antes de cerrarlo en febrero. Y posiblemente se decía que Lisa Trammel constituía una amenaza. La publicidad negativa podía poner en peligro la venta. Los accionistas siempre quieren que las adquisiciones estén libres de polvo y paja.

–Muy bien, ¿qué más?

–No mucho más. Me limité a reunir información. Me hice amigo de Lisa, pero entonces, cosa de un mes después, la detuvieron por asesinato. Danny vino a verme otra vez. Pensé que iba a decirme que se acabó lo que se daba, porque ella estaba en la cárcel. Pero no, lo que me dijo fue que quería que yo pagase la fianza para sacarla de la trena. Me dio una bolsa de papel con el dinero: doscientos mil del ala. Después de que Lisa saliera con la condicional, se suponía que mi función iba a ser la misma, pero con ustedes. Tendría que hacerme amigo del abogado defensor y sus colaboradores, enterarme de cuanto más mejor y contárselo todo a Danny.

Miré a Cisco. Seguía paseándose con el semblante pensativo, pero ya no estaba haciendo el numerito. Ambos teníamos claro que Dahl podía ser la punta de un iceberg capaz de perforar la base de la acusación y hundirla sin remedio. También nos dábamos cuenta de que nuestra cliente, Lisa Trammel, podía resultar muy desagradable, pero que era inocente.

Y si Lisa era inocente...

–¿Y Opparizio qué tiene que ver con todo esto? –pregunté.

–Bueno, Opparizio no participa de forma directa en el juego. Pero, cada vez que le llamo, Danny insiste en preguntarme qué es lo que ustedes saben sobre Opparizio. Me lo pregunta con estas palabras: «¿Qué saben de Opparizio?». Siempre me lo está preguntando. Por lo que a veces me digo que quizá en realidad yo estoy trabajando para Opparizio, ¿entiende lo que quiero decir?

No respondí. Me giré en la silla, pensando en todo cuanto acababa de escuchar.

–¿Sabe qué es lo que no entiendo y que no aparece en su historia, Dahl? –preguntó Cisco.

–¿Qué?

–Lo de los dos tipos a los que contrató para que le dieran una paliza a Mick. Ha olvidado mencionarlo, capullo.

–¿Qué me dice de todo eso? –apunté.

Dahl levantó las manos en gesto de inocencia.

–Oiga, fue lo que me ordenaron que hiciera. Ellos fueron lo que me enviaron a los dos matones.

–¿Por qué querían darme una paliza? ¿De qué iba a servirles?

–Bueno, la paliza le dejó para el arrastre un tiempo, ¿no? Esa gente quiere que condenen a Lisa, y estaban empezando a pensar que era un abogado demasiado bueno. Y no les interesaba que fuera tan rápido.

Dahl eludió el contacto visual limpiando con la mano una imaginaria mota de polvo en el pantalón mientras hablaba, lo que me llevó a pensar que seguramente estuviera mintiendo. Era la primera vez que le pillaba en falso durante toda la confesión. Intuía que la paliza había sido iniciativa del propio Dahl, que quizá fuera él quien quería que me hicieran daño.

Miré a Bullocks, luego a Cisco. A pesar de mis dudas sobre la última respuesta de Dahl, nos encontrábamos ante una oportunidad. Sabía lo que Dahl iba a ofrecerme a continuación: trabajar como agente doble. Nos pondríamos todos morenos a base de suministrar informaciones falsas a Opparizio.

Iba a tener que pensármelo. Sería muy fácil dar información inexacta a Dahl para que se la transmitiera a Danny Greene. Pero esa sería una maniobra arriesgada, por no hablar de las distintas consideraciones éticas.

Me levanté y le señalé la puerta a Cisco.

–Quédense ahí sentados un momento. Quiero hablar con mi investigador en privado.

Salimos a la recepción y cerré la puerta a mis espaldas. Fui al escritorio de Lorna.

–¿Te das cuenta de lo que esto significa?

–Significa que vamos a ganar el puto caso.

Abrí el cajón intermedio del escritorio de Lorna y saqué el montoncito de menús de comida para llevar de los restaurantes y cafeterías de la zona.

–No, me estoy refiriendo a esos dos sujetos del cuartel general de los Saints. Es incluso posible que fueran los verdaderos asesinos de Bondurant. Y en tal caso la hemos cagado bien cagada con esos jueguecitos en la habitación pintada de negro.

–No sé qué decir, jefe.

–Ya. ¿Qué hicieron con ellos tus dos amigos?

–Exactamente lo que yo les dije: soltarlos donde dijeron. Más tarde me contaron que los tipos pidieron que les dejasen delante de cierto club para bebedores que hay en el centro. Y ya está. Estoy diciéndote la verdad, Mick.

–Pero la hemos cagado igualmente.

Cogí los menús y fui hacia la puerta del despacho. A mis espaldas, Cisco preguntó:

–¿Te parece que Dahl está diciendo la verdad?

Le miré antes de abrir la puerta.

–Hasta cierto punto.

Entré en el despacho y dejé los menús en el escritorio. Volví a sentarme y miré a Dahl. Era una comadreja, un tipejo escurridizo que siempre andaba tramando algo. Y yo estaba a punto de secundarle en sus maniobras.

–Mejor no hacerlo –dijo Bullocks.

La miré.

–¿El qué?

–Utilizarlo para dar información falsa a Opparizio. Lo que tenemos que hacer es llamarlo a declarar y obligarle a contarle toda esta historia al jurado.

A Dahl le faltó tiempo para protestar.

–¡De declarar, nada! ¿Quién coño es esta tía para decirme…?

Levanté las manos, llamando a la calma.

–Usted no va a declarar –dije–. Incluso, si yo quisiera, se negarían a aceptarle como testigo. Porque no nos ha dicho nada que relacione a Opparizio de forma directa con todo esto. Vamos a ver. ¿Usted conoce a ese hombre personalmente?

–No.

–¿Le ha visto alguna vez?

–Sí, en el juzgado.

–Antes de eso.

–No, y nunca había oído su nombre hasta que Danny me preguntó por él.

Miré a Bullocks y negué con la cabeza.

–Son demasiado listos para establecer una conexión directa en este sentido. Ni por asomo el juez autorizaría su comparecencia.

–Bueno, ¿y qué me dices de Danny Greene? Que sea él quien comparezca.

–¿Y cómo podemos obligarle a declarar? Al hombre le faltará tiempo para acogerse a la quinta enmienda. Tan solo podemos hacer una cosa.

Esperaba que fuese a protestar otra vez, pero Bullocks de pronto se había sumido en un silencio malhumorado. Volví a mirar a Dahl. Ese hombre me repelía y me resultaba tan falso como aquella pelambrera que llevaba en la cabeza. Pero no por ello dejé de dar el siguiente paso.

–Dahl, ¿cómo hace para contactar con Danny Greene?

–Acostumbro a llamarle a las diez.

–¿Cada noche?

–Sí, desde que empezó el juicio. Quiere que le mantenga informado en todo momento. La mayoría de las noches responde al momento; si no, me llama poco después.

–Muy bien. Antes que nada, vamos a pedir algo para cenar. Y la llamada de esta noche va a hacerla desde aquí.

–¿Y qué voy a decirle?

–La llamada tiene que hacerla a las diez, por lo que hay tiempo para pensarlo bien. Pero, en líneas generales, lo que va a decirle a Danny Greene es que Louis Opparizio no tiene que preocuparse por nada a la hora de comparecer en el juicio. Va a decirle que no sabemos nada, que hemos ido de farol y que no hay moros en la costa.

37

Estaba previsto que el jueves fuera el día en que la fiscalía uniera todos los elementos orquestales en un *crescendo* final. Desde el lunes por la mañana, Andrea Freeman había estado exponiendo cuidadosamente sus alegatos, manejándose sin dificultad con mis andanadas ocasionales y con la aparición inesperada de la notificación de investigación federal, en una estrategia progresiva y en ascenso cada vez más impactante y destinada a terminar hoy. El jueves era el día de los científicos, la jornada en que todos los elementos de prueba y testimonio encontrarían su nexo común: la irrompible ligazón del hecho científico.

Era una buena estrategia, pero yo me proponía darles la vuelta a sus planes. Durante un juicio, el fiscal y el abogado defensor están obligados a tener tres cosas en consideración en todo momento: lo que se sabe, lo que se conoce que no se sabe y lo que se desconoce que no se sabe. Tanto el fiscal como el abogado defensor han de tener claras las dos primeras y estar en todo momento preparados para la tercera. Este jueves, yo mismo pensaba convertirme en uno de los elementos de los que se desconocía su existencia. Había visto venir la estrategia de Andrea Freeman desde un kilómetro de distancia. No iba a ver venir la mía hasta que de pronto se hundiera en ella como en arenas movedizas, acallando el *crescendo* por completo.

Su primer testigo fue el doctor Joachim Gutiérrez, el médico forense que realizó la autopsia del cadáver de Mitchell Bondurant. Valiéndose de una morbosa selección de diapositivas cuya presentación yo había objetado sin mucha esperanza y con ningún éxito, el forense hizo que el jurado emprendiera un recorrido mágico y misterioso por el cadáver de la víctima, catalogando cada contusión, cada abrasión y cada diente roto. Como era de esperar, Gutiérrez dedicó la mayor parte de su tiempo a mostrar por las pantallas el daño causado por los tres impactos del arma del crimen. Señaló cuál había sido el primero de los tres golpes y por qué había sido fatal. Habló de fuerza excesiva en referencia a los otros dos golpes, propinados cuando la víctima estaba de bruces, y añadió que la experiencia le decía que la fuerza excesiva tenía origen en factores emocionales. Los tres golpes brutales dejaban claro que el asesino le tenía una animosidad personal a la víctima. Yo hubiera podido objetar, pero sus palabras se ajustaban de un modo interesante a una cuestión que más tarde iba a plantear.

—Doctor —dijo Freeman en un momento dado—, estamos hablando de tres golpes brutales asestados en la bóveda craneal, en una circunferencia de unos diez centímetros. ¿Cómo puede estar tan seguro de cuál de los golpes fue el primero y el mortal de necesidad?

—El proceso resulta laborioso, pero también es muy sencillo. Los golpes en el cráneo crearon dos líneas de fractura. El impacto más inmediato y perjudicial se produjo en el área de contacto donde los golpes del arma crearon lo que se llama una fractura calvarial deprimida, el término especializado para decir que los golpes provocaron una depresión en el cráneo, una abolladura, por así decirlo.

—¿Una abolladura?

–Verá. Todo hueso tiene cierta elasticidad. En el caso de las heridas de este tipo (el resultado de golpes traumáticos), el hueso del cráneo se deprime adoptando la forma del instrumento ejecutor del golpe. Y pasan dos cosas: en la superficie aparecen unas líneas paralelas de ruptura (denominadas fracturas en escalón), y en el interior surge una profunda fractura en depresión, la abolladura. En la superficie interna del cráneo, esta depresión origina una fractura que denominamos astilla piramidal. Esta se proyecta a través de la duramadre, que es el tejido que recubre el interior, apuntando directamente al cerebro. Muchas veces, como en este mismo caso, la astilla se rompe y penetra en el tejido cerebral como si fuera una bala, lo que al momento provoca el cese de la función cerebral y la muerte.

–Como una bala, ha dicho. Ya que estos tres impactos en la cabeza de la víctima fueron tan violentos, ¿podríamos decir que fueron el equivalente a recibir tres disparos en la cabeza?

–Sí, es correcto. Pero tan solo bastaba con una de estas astillas para matarla. Con la primera.

–Lo que me lleva a mi pregunta inicial: ¿cómo puede saber cuál de los tres fue el primer impacto?

–Con su permiso, voy a demostrárselo.

El juez autorizó a Gutiérrez a situar un diagrama del cráneo humano en las pantallas. La imagen había sido tomada desde arriba y mostraba los tres puntos de impacto del martillo. Estos puntos estaban señalados en azul. Las restantes fracturas estaban en rojo.

–Para establecer la secuencia de golpes en un cuadro multitraumático, lo que hacemos es examinar las fracturas secundarias, las que aquí aparecen marcadas en color rojo. Antes me he referido a estas roturas de tipo paralelo como fracturas en escalón porque, como ya he descrito, parecen unos escalones que se fueran alejando del punto de impacto. Una fractura o fisura de esta clase puede extenderse por el hueso completamente, y en el caso de la víctima vemos que se extienden a través de la región parietal-temporal. Pero las fracturas de este tipo siempre terminan al encontrarse con una fractura preexistente, por así decirlo. Digamos que la fractura previa sencillamente absorbe toda la energía. En consecuencia, el estudio del cráneo de la víctima y la observación de las fracturas escalonadas hacen que sea posible determinar cuál de estas fracturas fue la primera. Por supuesto, luego no hay más que buscar el punto de origen de dicha fractura para establecer con facilidad el orden en que se propinaron los golpes.

En el dibujo en la pantalla, los golpes asestados a Mitchell Bondurant estaban marcados con los números 1, 2 y 3. El primer golpe –el impacto mortal– se había estrellado en el punto más alto de la bóveda craneal.

Freeman pasó a otras cuestiones y dedicó la mayor parte de la mañana a exprimir a fondo al testigo, hasta el punto de que al final estaba volviendo a lo obvio en muchas cuestiones, con multitud de preguntas repetitivas o no demasiado pertinentes. El juez le dijo dos veces que pasara a centrarse en otros aspectos. Empecé a pensar que la fiscal estaba tratando de ganar tiempo como fuera. Tenía que mantener al forense en el estrado durante toda la mañana porque su siguiente testigo no estaba a mano... Y hasta era posible que se hubiera echado atrás.

Empeñada en ganar tiempo, Freeman terminó por recurrir a los elementos de atrezo. Después de la autopsia de Bondurant, Gutiérrez había hecho un moldeado del cráneo de la víctima. También tomó una serie de fotos del cuero cabelludo, por lo que contaba con imágenes de las lesiones a escala real.

Cuando la fiscal le entregó la prueba material del martillo, Gutiérrez lo sacó de la bolsa de plástico y mostró que su base plana y circular se ajustaba perfectamente a las lesiones y las abolladuras en el cráneo. Asimismo, el martillo tenía una muesca en forma de V en la parte superior de la base que podía emplearse para sujetar un clavo. Esta hendidura era claramente visible en la depresión dejada en el cráneo. El rompecabezas encajaba de forma intachable, tal y como Freeman pretendía. La fiscal tenía el rostro iluminado, pues era consciente de que aquella prueba era clave para impresionar al jurado como era debido.

—Doctor, ¿tiene usted alguna duda de que esta herramienta bien pudo causar la herida mortal a la víctima?

—Ninguna.

—Entiende que esta herramienta no es única, ¿verdad?

—Por supuesto. No estoy diciendo que este martillo preciso causara las heridas. Lo que estoy diciendo es que pudo ser este martillo u otro idéntico y procedente del mismo fabricante. No puedo ser más concreto.

—Gracias, doctor. Hablemos de la muesca en la base de golpeo del martillo. ¿Qué puede decirnos sobre la posición de la hendidura en la herida en el cráneo?

Gutiérrez levantó el martillo y señaló la muesca.

—La muesca se encuentra en la parte superior. Y está imantada, de tal forma que basta con poner el clavo en ella para que el martillo lo sujete para clavarlo en la superficie en la que uno esté trabajando. Como sabemos que la muesca está en la parte superior, podemos mirar las heridas y determinar desde dónde asestaron los golpes.

–¿Y desde dónde lo hicieron?

–Por detrás. A la víctima la golpearon por detrás.

–De forma que es posible que no llegara a ver a su agresor.

–Efectivamente.

–Gracias, doctor Gutiérrez. Por el momento, no tengo más preguntas.

El juez me indicó que subiera al estrado. Al cruzarme con Freeman en el camino al atril, la fiscal me dedicó una mirada casi imperceptible que venía a decir: «Y ahora haz lo que puedas, capullo».

Y esa era mi intención. Dejé mi cuaderno en el atril, me ajusté bien la corbata y solté los gemelos de la camisa. Miré al testigo. Me proponía darle un pequeño susto antes de sentarme.

–En el instituto forense le conocen por el apodo de Doctor Tripas, ¿no es así?

Era una pregunta sorprendente; el testigo se preguntaría qué otra información interna podía tener y cuál sería capaz de sacar a relucir de forma igualmente inesperada.

–Eh, a veces, sí. De modo informal, claro.

–¿Cómo es eso, doctor?

Freeman protestó, alegando que la cuestión no era pertinente. El juez la escuchó y apuntó:

–Señor Haller, ¿quiere usted explicarme qué tiene que ver esto con la razón por la que estamos en la sala?

–Señoría, creo que, si da por buena mi pregunta, el doctor Gutiérrez podrá explicarnos que es experto en ciertas patologías que nada tienen que ver con las formas de las herramientas o las lesiones craneales.

Perry lo meditó un segundo y asintió con la cabeza.

–Que el testigo responda a la pregunta.

Me giré hacia Gutiérrez otra vez.

—Doctor, puede responder a lo que le pregunto. ¿Cómo es que le llaman «Doctor Tripas»?

—Porque, como ha dicho, estoy especializado en las enfermedades del conducto gastrointestinal: las tripas. Y también por cuestión de mi apellido, sobre todo cuando es pronunciado de forma incorrecta[3].

—Gracias, doctor. Y bien, ¿puede decirnos cuántas veces se ha encontrado con un caso en el que ha tenido que efectuar la correspondencia entre un martillo y unas heridas en el cráneo de la víctima?

—Esta sería la primera vez.

Asentí con la cabeza para subrayar su respuesta.

—En tal caso, es usted un poco novato en lo referente a un asesinato cometido con un martillo.

—Cierto, pero hice un reconocimiento tan pormenorizado como prudente. No me he equivocado en mis conclusiones.

El hombre sufría de un evidente complejo de superioridad: soy médico, así que no puedo estar equivocado.

—¿Alguna vez se ha equivocado cuando ha comparecido como testigo en un juicio?

—Todo el mundo comete errores. Estoy seguro de que yo también los he cometido.

—¿Como en el caso Stoneridge, por ejemplo?

Freeman protestó al instante, cosa que me esperaba. Pidió hablar con el juez, que ordenó que nos acercáramos a él. Yo tenía claro que no iba a dejarme seguir con el tema, pero había conseguido lo que quería: mencionarlo ante el jurado. Por lo poco que habían escuchado, ahora sabían que Gutiérrez en el pasado había declarado de forma errónea. Era todo cuanto necesitaba.

---

[3] En inglés, «tripas» es *guts*. *(N. del T.)*

–Señor juez, ambos tenemos claro adónde quiere ir a parar la defensa. Y la pregunta no solo no es pertinente en este juicio; es que el caso Stoneridge sigue bajo investigación, sin que se haya llegado a una conclusión oficial. Y...

–Retiro la pregunta.

Freeman me miró con rabia y hostilidad.

–No se preocupe, que tengo otra pregunta que hacer.

–Sí, claro, mientras el jurado oiga la pregunta de marras, la respuesta da lo mismo. Señoría, quiero que tome buena nota: lo que la defensa está haciendo no resulta procedente.

–Tomo buena nota. Vuelvan a ocupar sus sitios. Y, señor Haller, ándese con cuidado.

–Gracias, señoría.

El juez instó a los miembros del jurado a hacer caso omiso de mi pregunta y les recordó que no era procedente que en el momento de deliberar tuvieran en consideración cosas que no guardaban relación alguna con las pruebas materiales presentadas durante el juicio. A continuación, me dio permiso para seguir; rápidamente, tomé otra dirección.

–Doctor, pasemos a hablar de la herida mortal, de forma un poco más detallada. Dice usted que estamos ante una fractura con depresión, ¿correcto?

–Lo que he dicho es que se trata de una fractura deprimida calvarial, para ser exactos.

Me encantaba que un testigo del ministerio fiscal me corrigiese.

–Está bien. ¿Llegó a medir la depresión o abolladura dejada por este impacto traumático?

–¿A medirla? ¿De qué forma?

–En su profundidad, por ejemplo. ¿Midió la profundidad?

–Sí que lo hice. ¿Le importa si consulto mis anotaciones?

–Adelante, doctor.

Gutiérrez miró su copia del informe de la autopsia.

–Sí, al impacto mortal le dimos el nombre de herida 1A. Y, efectivamente, tomé las medidas de las definiciones de la lesión. ¿Quiere que se las dé?

–Enseguida. Por favor, doctor, cuéntenos: ¿cómo tomó tales mediciones?

Gutiérrez respondió mirando el informe.

–Las hicimos en cuatro puntos del impacto circular. En el sentido de las agujas del reloj, a las tres, seis, nueve y doce. Las doce señalan el emplazamiento preciso de la muesca en la superficie.

–¿Y qué le dijeron tales mediciones?

–Las diferencias eran mínimas. Entre cada uno de los cuatro puntos de medición había menos de un cuarto de centímetro de distancia. La profundidad tenía un promedio de siete milímetros.

Levantó la mirada. Anoté los números que acababa de darme, aunque ya los tenía en el informe de la autopsia. Miré la tribuna del jurado con el rabillo del ojo y vi que algunos de sus miembros también estaban tomando nota en sus propios cuadernos. Buena señal.

–Doctor, he visto que la señorita Freeman no le ha preguntado por este aspecto de su labor. ¿Qué le dijeron tales mediciones en lo tocante al ángulo de impacto del arma del crimen?

Gutiérrez se encogió de hombros. Miró un instante a Freeman y captó el mensaje de la fiscal: ándese con ojo.

–En realidad, estos números no dicen mucho al respecto.

–¿En serio? ¿No le parece que el hecho de que la impresión en el hueso dejada por el martillo (la abolladura, como ha dicho) fuera casi plana en todos los puntos indica que el martillo golpeó de lleno la bóveda craneal, de forma casi completamente uniforme?

Gutiérrez miró sus notas. Era un hombre de ciencia. Acababa de hacerle una pregunta de tipo científico, y sabía cómo responderla. Pero también se daba cuenta de que, de una forma u otra, acababa de internarse en un campo minado. No sabía cómo o por qué, pero la fiscal, sentada a cuatro metros de distancia, de pronto estaba nerviosa.

–¿Doctor? ¿Quiere que le repita la pregunta?

–No, no es necesario. Pero tiene que recordar que, en la ciencia, un milímetro de más o de menos puede implicar una gran diferencia.

–Señor, ¿está diciéndome que el martillo no golpeó al señor Bondurant de manera uniforme?

–¡No! –contestó con voz irritada–. Tan solo estoy diciendo que las cosas a veces no son tan evidentes como supone la gente. Y sí, parece que el martillo impactó de lleno contra la víctima.

–Gracias, doctor. Y, al mirar las mediciones del segundo y tercer golpe, estas no resultan tan uniformes, ¿verdad?

–Correcto. En ambos impactos hay una desviación de tres milímetros.

Le había pillado. Todo iba sobre ruedas. Di un paso hacia atrás y me moví hacia la izquierda, al espacio existente entre el atril y la tribuna del jurado. Metí las manos en los bolsillos y adopté la postura de un hombre que está completamente seguro de sí mismo.

–Y bien, doctor, dice usted que el primer golpe, mortal de necesidad, impactó de lleno en la bóveda craneal, de manera uniforme. No sucedió otro tanto con los dos golpes posteriores. ¿Cómo explica esta diferencia?

—Por la orientación del cráneo. El primer golpe terminó con la función cerebral, en menos de un segundo. Las abrasiones y otras lesiones en el cuerpo (los dientes rotos, por ejemplo) indican que la víctima estaba de pie y se desplomó muerta contra el suelo. Es probable que el segundo y el tercer golpe tuvieran lugar cuando ya estaba en el suelo.

—Acaba de decir que las otras dos heridas señalan que la víctima estaba de pie y se desplomó muerta contra el suelo. ¿Cómo puede estar seguro de que la víctima se encontraba de pie en el momento en que la atacaron por detrás?

—Así lo indican las abrasiones que observamos en ambas rodillas.

—¿No es posible que estuviera de rodillas en el momento de recibir el golpe mortal?

—Es poco probable. Las abrasiones en las rodillas indican otra cosa.

—¿Es posible que estuviera acuclillado, como un jugador de béisbol?

—Tampoco resulta probable, si uno se fija en las laceraciones en las rodillas. Estamos hablando de laceraciones profundas y de una fractura de la rótula izquierda.

—Entonces, para usted está claro que Bondurant estaba de pie en el momento de recibir el golpe mortal.

—Para mí está clarísimo.

Posiblemente fuera la respuesta más importante facilitada a lo largo de todo el juicio, pero pasé a otra cosa como si no tuviera especial relevancia.

—Gracias, doctor. Volvamos a hablar del cráneo un momento. ¿Hasta qué punto diría que el cráneo era resistente en el punto donde encajó el golpe mortal?

—Todo depende de la edad del individuo. Los cráneos se vuelven más gruesos con los años.

—El individuo es Mitchell Bondurant, doctor. ¿Qué grosor tenía su cráneo? ¿Lo midió?

—Lo medí. En la región del impacto, su grosor era de ocho centímetros.

—¿Ha llevado a cabo algún tipo de estudio o prueba para determinar la fuerza que un martillo hubiera necesitado para provocar la lesión mortal de la que estamos hablando?

—No, la verdad.

—¿Sabe que existen estudios sobre esta cuestión?

—Sé que los hay. Las conclusiones son muy imprecisas. Y yo soy de la opinión de que cada caso resulta único. No es posible basarse en los estudios de tipo general.

—Suele admitirse que el umbral mínimo de fuerza para el establecimiento de una fractura con depresión está situado en unos cuatrocientos cincuenta kilos de presión por pulgada al cuadrado, ¿no es así?

Freeman se levantó y protestó: mi pregunta escapaba a la experiencia y los conocimientos del doctor Gutiérrez, según ella.

—El propio señor Haller ha indicado en su contrainterrogatorio que el testigo es especialista en enfermedades del conducto gastrointestinal, no en la depresión y elasticidad de los huesos.

La situación era mala para el ministerio fiscal, y Freeman había escogido el menor de los dos males: relativizar los conocimientos de su testigo o permitir que siguiera haciendo unas preguntas cuyas respuestas Gutiérrez desconocía.

—Se acepta la propuesta —indicó el juez—. Pasemos a otra cosa, señor Haller. Formule su siguiente pregunta.

—Sí, señoría.

Fingí leer unas cuantas páginas de mi cuaderno para ganar tiempo para mi próxima maniobra. Me giré y miré el reloj situado en la pared posterior de la sala. Faltaban quince minutos para la hora del almuerzo. Si quería que el jurado saliera del juzgado con la duda, tenía que actuar pero ya.

—Doctor —dije—, ¿tomó usted nota de la estatura de la víctima?

Gutiérrez consultó su informe.

—El señor Bondurant medía un metro con ochenta y cinco en el momento de morir.

—Por lo que el punto situado en lo alto de la bóveda craneal estaría situado a un metro con ochenta y cinco de altura. ¿Es así, doctor?

—Así es.

—De hecho, como el señor Bondurant llevaba unos zapatos puestos, la altura seguramente era incluso un poco superior, ¿correcto?

—Sí, quizá unos tres centímetros más, por los tacones.

—Y bien, ahora que hemos establecido la estatura de la víctima y que el golpe mortal impactó de lleno y de modo uniforme en lo alto de la bóveda craneal, ¿qué nos dice todo esto sobre el ángulo en que se produjo el ataque?

—No entiendo bien a qué se refiere con eso del ángulo del ataque.

—¿Seguro que no, doctor? Me refiero al ángulo del martillo en relación con la zona de impacto.

—Eso es imposible saberlo, pues no conocemos cuál era la postura de la víctima, si trató de eludir el golpe o en qué situación exacta se encontraba en el momento de que la golpearan.

Gutiérrez asintió con la cabeza, como si estuviera orgulloso de su respuesta a mi pregunta.

—Pero, doctor, ¿no le ha explicado usted a la señorita Freeman que, en su opinión, al señor Bondurant le golpearon por la espalda y por sorpresa?

–Sí.

–¿Y ello no está en contradicción con lo que ahora ha respondido, que la víctima quizá tratara de eludir el golpe? O es lo uno o es lo otro, ¿no le parece, doctor?

Sintiéndose acorralado, Gutiérrez respondió como suelen responder los hombres acorralados: con arrogancia.

–Mi opinión es que no sabemos exactamente qué pasó en el aparcamiento ni en qué postura estaba la víctima ni hacia dónde estaba orientado su cráneo en el instante del golpe mortal. Jugar a las adivinanzas con tales cuestiones resulta absurdo.

–¿Está diciéndonos que resulta absurdo tratar de comprender qué fue lo que sucedió en el aparcamiento?

–¡No! No estoy diciendo eso en absoluto. Está usted haciéndome decir cosas que yo no he dicho.

Freeman tenía que hacer algo. Se levantó y protestó: estaba confundiendo al testigo de forma deliberada. Pero no era el caso, y el juez así lo entendió, pero la pequeña interrupción sirvió para que Gutiérrez se tranquilizara un poco y volviera a darse aires de imperturbabilidad y superioridad. Decidí enfilar la recta final. En lo fundamental, había estado usando al Doctor Tripas como telonero de mi propio experto, a quien más tarde llamaría a declarar. Me parecía que el asunto ya casi estaba finiquitado.

–Doctor, ¿estaría dispuesto a reconocer que, si pudiéramos determinar la postura de la víctima y la orientación de su cráneo en el momento del primer golpe, el mortal de necesidad, conseguiríamos entender mejor el ángulo en el que el asesino blandió el arma del crimen?

Gutiérrez consideró la pregunta durante más tiempo del que había necesitado para hacerla. De mala gana, terminó por asentir con la cabeza.

–Sí, conseguiríamos entenderlo un poco mejor. Pero es imposibl...

–Gracias, doctor. Mi siguiente pregunta es esta: si lográramos saber todas estas cosas (la postura, la orientación, el ángulo del arma), ¿le parece que estaríamos en situación de hacernos una idea de la estatura del agresor?

–No tiene sentido. Porque no tenemos forma de saber todas estas cosas.

Levantó ambas manos en gesto de frustración y se giró hacia el juez como pidiendo ayuda, pero sin éxito.

–Doctor, no está respondiendo a mi pregunta. Voy a hacérsela otra vez: si lográramos conocer todos estos factores, ¿le parece que podríamos hacernos una idea de la estatura del agresor?

Bajó las manos en señal de rendición.

–Sí, claro, por supuesto. Pero desconocemos esos factores.

–¿Que no los sabemos? Querrá decir que usted no los sabe, porque no trató de averiguarlos, ¿verdad?

–No, yo...

–¿Diría que no quería conocer tales factores porque dejarían claro que era físicamente imposible que la acusada, que apenas mide un metro con sesenta, pudiera haber cometido...?

–¡Protesto!

–¿... el asesinato de un hombre veinticinco centímetros más alto que ella?

Era una suerte que en California los jueces ya no usaran el martillo, pues Perry hubiera hecho trizas el suyo.

–¡Se acepta la protesta! ¡Se acepta la protesta!

Agarré mi cuaderno y lo cerré en gesto definitivo de extrema frustración.

–Por el momento, no tengo más pregunt...

–¡Señor Haller! –ladró el magistrado–. Le he avisado repetidamente en lo referente a estos numeritos para disfrute del jurado. Considérese avisado por última vez. La próxima vez habrá consecuencias.

–Entendido, señoría. Gracias.

–El jurado hará caso omiso de las últimas frases intercambiadas entre la defensa y el testigo, que se eliminarán de la transcripción.

Me senté, sin atreverme a mirar hacia la tribuna del jurado. Pero la cosa había salido bien, o eso me decía el instinto. Me miraban. Me los había metido en el bolsillo.

No a todos, pero sí a los suficientes.

38

Dediqué la hora del almuerzo a explicarle a Lisa Trammel lo que había que esperar de la sesión de la tarde. Herb Dahl no estaba presente; le habíamos hecho alegar cierto recado urgente para que yo pudiera estar a solas con mi cliente. Traté de explicarle lo mejor que pude cuáles eran los riesgos que nos acechaban cuando la fiscalía terminara de plantear su alegato final y llegara el turno de la defensa. Trammel estaba asustada, pero confiaba en mí, y eso es casi todo lo que uno puede pedirle a un cliente. ¿La verdad? No. ¿Confianza? Sí.

Una vez reanudado el juicio, Freeman hizo salir al estrado a la doctora Henrietta Stanley, que se identificó como jefa de biología en el laboratorio de criminalística de la región de Los Ángeles dependiente de la Universidad Estatal de California. Adivinaba que iba a ser el último testigo del ministerio fiscal y que su declaración constaría de dos partes de importancia: confirmaría que el análisis del ADN de la sangre que se encontró en el martillo establecía una perfecta correspondencia con la de Mitchell Bondurant y que la sangre hallada en el zapato de jardinero de Lisa Trammel también se correspondía con la de la víctima.

El testimonio científico cerraría el círculo planteado por la fiscalía, con la sangre como nexo común. Mi único propósito era el de aguarle la fiesta al ministerio público.

–Doctora Stanley –empezó Freeman–, usted realizó o supervisó todo el análisis del ADN procedente de la investigación de la muerte de Mitchell Bondurant, ¿no es así?

–Supervisé y confirmé un análisis efectuado por un laboratorio externo. El otro análisis lo llevé a cabo yo misma. Pero tengo que añadir que en el laboratorio tengo dos ayudantes que me auxiliaron en el encargo, pues suelen hacer gran parte del trabajo bajo mi dirección.

–En un momento dado de la investigación se les pidió que llevaran a cabo el análisis del ADN encontrado en un martillo para cotejarlo con el de la víctima, ¿no es así?

–Este análisis lo efectuamos a través de un laboratorio externo, pues la urgencia era máxima. Yo misma me encargué de supervisar el proceso y más tarde confirmé los resultados.

–¿Señoría?

Estaba de pie ante la mesa de la defensa. El juez me miró irritado, pues estaba interrumpiendo el interrogatorio de la fiscal.

–¿Y ahora qué quiere, señor Haller?

–Para ahorrarles tiempo al tribunal y al jurado, para no tener que someterlos a una extensa explicación del análisis y el cotejo del ADN, la defensa quiere exponer su acuerdo.

–¿Su acuerdo con qué, señor Haller?

–Con que la sangre que se encontró en el martillo era la de Mitchell Bondurant.

El juez no se lo pensó dos veces. La oportunidad de ganar una hora, o más, le encantaba. Aunque también se mostró cauto.

–Muy bien, señor Haller, pero que quede claro que no va a poder tratar de rebatir este hecho durante el alegato de la defensa. Lo entiende, ¿verdad?

–Lo entiendo, señoría. No voy a tratar de ponerlo en duda.

–¿Y su cliente no tiene objeción que hacer a esta iniciativa?

Me volví ligeramente hacia Lisa Trammel, a quien señalé.

–Mi representada es perfectamente consciente de la iniciativa y está de acuerdo. No solo eso, sino que está dispuesta a declararlo así, para que conste en las actas.

–Me parece que no va a ser necesario. ¿Y el ministerio fiscal qué tiene que decir?

La expresión de Freeman era de suspicacia, pues se olía que allí había gato encerrado.

–Señoría –dijo–, quiero que quede perfectamente claro que la acusada reconoce que la sangre encontrada en el martillo era, efectivamente, la de Mitchell Bondurant. Y quiero una renuncia expresa a toda posibilidad de apelación basada en una asistencia letrada ineficiente.

–No me parece que sea necesaria una renuncia por escrito –dijo Perry–. Pero lo mejor es que sea la propia acusada la que nos dé su conformidad.

A continuación, el juez le hizo varias preguntas a Trammel, quien confirmó que estaba completamente de acuerdo con mi iniciativa.

Una vez que Freeman dijo haberse dado por satisfecha, Perry se giró en el asiento en dirección al jurado.

–Señoras y señores, la testigo iba a ofrecer una descripción en detalle de la ciencia del análisis y el cotejo del ADN para entender mejor su testimonio relativo a los análisis hechos en el laboratorio para cotejar la sangre encontrada en el martillo con la de la víctima, Mitchell Bondurant. Pero la defensa se muestra de acuerdo con esta conclusión y se ha comprometido a no ponerla en duda, por lo que queda claro que la sangre encontrada en el martillo que había aparecido entre los arbustos cercanos al banco era, efectivamente, la de la víctima, Mitchell Bondurant. Se considera que esto es un hecho probado y voy a encargarme de que conste por escrito cuando les llegue el momento de deliberar.

Asintió con la cabeza y le indicó a Freeman que continuara. Mi inesperada maniobra había hecho que la fiscal perdiera el ritmo, por lo que le pidió al juez que le concediera unos minutos para volver a situarse y reemprender el interrogatorio. Finalmente, miró a la testigo y dijo:

—Muy bien, doctora Stanley, el hecho es que no solo le pidieron que analizase la muestra de sangre encontrada en el martillo, ¿verdad?

—Verdad. También nos dieron otra muestra de sangre, procedente de un zapato encontrado en la propiedad de la acusada. En el garaje, si recuerdo bien. Hicimos…

—Señoría —dije, levantándome otra vez—, la defensa de nuevo quiere exponer su acuerdo.

Mi intervención hizo que la sala se sumiera en el silencio. Eso que suele llamarse un silencio absoluto.

El juez estaba sentado con los dedos entrelazados bajo la barbilla. Continuó así un largo instante; finalmente hizo un gesto indicándonos a Freeman y a mí que nos acercáramos.

—Vengan un momento, por favor.

Freeman y yo fuimos a su lado. El juez musitó:

—Señor Haller, ya había oído hablar de usted antes de que le tocara venir a mi sala en este caso. Más de una persona me dijo que era un gran abogado defensor, infatigable, podríamos decir. Sin embargo, me veo obligado a preguntarle si se da cuenta de lo que está haciendo en este momento. ¿Se muestra conforme con la afirmación de la fiscalía de que en el zapato de su cliente había una muestra de sangre de la víctima? ¿Está completamente seguro, señor Haller?

Asentí con la cabeza, como diciéndole que hacía bien en cuestionar mi estrategia de defensa.

–Señoría, nosotros mismos efectuamos un análisis, y el resultado fue positivo. La ciencia no miente, y la defensa no está tratando de confundir al tribunal o al jurado. Si un juicio consiste en la búsqueda de la verdad, que la verdad salga a relucir. La defensa se muestra conforme con el resultado del análisis. Más tarde vamos a demostrar que alguien dejó esa muestra de sangre en el zapato. Porque esa es la verdad que nos interesa, y no la referente a si la sangre era o no la de Bondurant. Reconocemos que sí que lo era y queremos pasar página.

–¿Puedo hablar, señor juez? –dijo Freeman.

–Adelante, señorita Freeman.

–El ministerio fiscal objeta la iniciativa de la defensa.

Finalmente lo había pillado. El juez se quedó atónito.

–No lo entiendo, señorita Freeman. Acaba de conseguir lo que quería. Queda reconocido que la muestra de sangre en el zapato era de la víctima.

–Señoría, la doctora Stanley es la última de mis testigos. La defensa está tratando de socavar las alegaciones del ministerio público negándome la posibilidad de presentar las pruebas materiales en el orden que me parece más conveniente. El testimonio de la declarante resulta devastador para la defensa, que por eso se muestra conforme, para evitar el efecto que dicho testimonio tendría sobre el jurado. Pero las dos partes tienen que estar de acuerdo para que la conformidad de la defensa se acepte. He cometido un error al aceptar su conformidad en lo referente al martillo, pero esta vez no voy a cometerlo. No en lo referente a los zapatos. El ministerio fiscal objeta a la iniciativa de la defensa.

El juez estaba impertérrito. Estaba viendo que podía reducir la duración del juicio en media jornada por lo menos, y no estaba dispuesto a desaprovechar la oportunidad.

—Señorita Freeman, tiene que entender que el tribunal puede desestimar su apelación atendiendo a la deseable celeridad del juicio. No me gustaría tener que dar ese paso.

Estaba diciéndole a la fiscal que no le contradijera en este punto, que aceptara la muestra de conformidad de la defensa.

—Lo siento, señor juez, pero la fiscalía mantiene la objeción.

—Objeción desestimada. Pueden volver a sentarse.

Como en el caso del martillo, el juez informó al jurado sobre la conformidad de la defensa y prometió facilitar un documento en el que constaran las pruebas materiales y las declaraciones aceptadas por ambas partes antes de que se pusieran a deliberar. Me las había arreglado para ponerle sordina al crescendo final de la argumentación del ministerio fiscal. En lugar de llegar al momento álgido entre tambores, cuerdas, vientos y pruebas materiales que proclamaban ¡TRAMMEL ES CULPABLE! ¡TRAMMEL ES CULPABLE!, la fiscalía había visto cómo el globo se deshinchaba ante sus narices. Freeman estaba que echaba humo. Porque sabía lo importante que era el *crescendo* final para conseguir el resultado deseado. Uno no escucha el *Bolero* de Ravel durante diez minutos y apaga la radio cuando a la pieza le quedan dos minutos para terminar.

No solo había truncado su estrategia de forma dolorosa, sino que, en la práctica, había conseguido que su testigo final y más importante se convirtiera en el primero de la defensa. Al mostrar mi conformidad, había dado a entender que, de hecho, el análisis del ADN era la base en la que inicialmente iba a sustentar mi alegato de defensa. Tras decirle a Stanley que podía retirarse del estrado, Freeman se sentó a la mesa del ministerio fiscal y empezó a revisar sus notas. Seguramente estaba preguntándose si le convenía sacar a declarar otra vez a Kurlen o a Longstreth, para que los policías hicieran un resumen de las pruebas materiales en contra de mi cliente. Pero una iniciativa así conllevaba ciertos riesgos. Freeman antes había ensayado con ellos todo cuanto tenían que declarar. Pero ahora tendrían que improvisar, por así decirlo.

–¿Señorita Freeman? –dijo el juez finalmente–. ¿Quiere llamar a declarar a algún otro testigo?

La fiscal miró hacia la tribuna del jurado. Estaba obligada a creer que tenía el veredicto de culpabilidad en el bolsillo. ¿Y qué si todos los testigos no habían declarado conforme a la coreografía que había preparado tan cuidadosamente? Las pruebas materiales seguían siendo un hecho que constaba en las actas. La sangre de la víctima en el martillo y en el zapato de la acusada. Era más que suficiente. Tenía el veredicto de culpabilidad en el bolsillo.

Se levantó con lentitud, sin dejar de mirar a los miembros del jurado. Se giró y observó al juez.

–Señoría, el ministerio fiscal ha expuesto su versión de los hechos.

El momento era solemne, y en la sala volvió a hacerse un silencio sepulcral que casi se prolongó un minuto.

–Muy bien –convino el juez finalmente–. Creo que ninguno de nosotros pensaba que llegaríamos a este punto con tanta rapidez. Señor Haller, ¿está preparado para presentar las alegaciones de la defensa?

Me levanté.

–Señoría, la defensa está preparada.

El magistrado asintió con la cabeza. Aún parecía un tanto asombrado por la decisión de la defensa de aceptar y reconocer como prueba material la presencia de sangre de la víctima en uno de los zapatos de la acusada.

–En tal caso, nos tomaremos el descanso de la tarde con un poco de antelación. Cuando volvamos, la defensa procederá a exponer sus alegaciones.

Cuarta parte

El quinto testigo

39

Si el comportamiento de la defensa durante la última fase de la exposición de la fiscalía resultó sorprendente, el primer paso tomado a la hora de efectuar sus propias alegaciones llevó a que varios de los presentes pusieran en duda la competencia profesional del abogado de la acusada. Una vez que todo el mundo se hubo sentado después del receso de la tarde, volví a descolocarlos por completo.

–La defensa quiere llamar a declarar a la acusada, Lisa Trammel.

El juez pidió silencio mientras mi cliente se levantaba y se dirigía al estrado. El hecho de que yo hubiera pedido su comparecencia como testigo era inaudito y provocó toda suerte de murmullos en la sala. Por norma general, los abogados hacen lo posible por que sus clientes no salgan a declarar como testigos. Hacerlo es una maniobra muy arriesgada. Nunca puedes estar seguro de lo que tu cliente va a decir, porque jamás puedes terminar de creerte lo que te ha dicho antes. El hecho de que a tu cliente le pillen en falso una sola vez y bajo juramento, en el estrado y delante de las doce personas que van a establecer su culpabilidad o no, resulta desastroso.

Sin embargo, esta vez me encontraba ante un caso distinto. Lisa Trammel en ningún momento había flaqueado a la hora de proclamar su inocencia. En ningún momento se había sentido abrumada por las pruebas en su contra. En ningún momento se había mostrado remotamente interesada en llegar a un acuerdo de algún tipo con la fiscal. Atendiendo a tales antecedentes, así como a los últimos acontecimientos vinculados a la conexión entre Herb Dahl y Louis Opparizio, hoy tenía una opinión de Trammel distinta de la que tenía al comienzo del juicio. Lisa había insistido en tener la oportunidad de decirle al jurado que era inocente, y la noche previa me dije que era conveniente que gozase de dicha oportunidad, y cuanto antes mejor. Iba a ser la primera en declarar.

La acusada prestó juramento con una pequeña sonrisa dibujada en el rostro, gesto que no parecía ser muy indicado en vista de las circunstancias. Tomó asiento, su nombre constó en el acta, y al momento empecé con mis preguntas.

—Lisa, he visto que sonreía al prestar juramento. ¿Cómo se explica que estuviera sonriendo?

—Bueno, porque me siento un poco nerviosa, claro. Y aliviada también.

—¿Aliviada?

—Aliviada, sí. Porque al fin tengo ocasión de decir la mía. De decir la verdad.

La cosa empezaba bien. Pasé a formular las preguntas de rigor en estas ocasiones: quién era, cómo se ganaba la vida, estado civil…, así como la delicada cuestión de si era propietaria o no de la casa en la que vivía.

—¿Usted conocía a Mitchell Bondurant, la víctima de este terrible crimen?

—No personalmente. Pero sabía quién era.

—¿Qué quiere decir?

—Bueno, que, durante el último año aproximadamente, cuando empecé a tener problemas con la hipoteca, llegué a verlo incluso. Fui al banco un par de veces para exponerle mi punto de vista. En ninguna de las dos veces me dejaron hablar con él, pero sí que le vi en su despacho. Estaba completamente acristalado, lo que parecía ser una burla. Como viniendo a decir que podías verlo, pero no hablar con él.

Miré al jurado. No vi ninguna clara reacción positiva, pero me pareció que la respuesta y la imagen descrita por mi cliente eran perfectas. El banquero que se refugiaba tras un cristal, sin que los empobrecidos y desamparados pudieran acceder a él.

—¿Vio a Bondurant en algún otro lugar?

—Sí, la mañana del asesinato. En la cafetería, cuando entré un momento. Estaba haciendo cola, lo mismo que yo, detrás de un par de personas desde donde me encontraba. De ahí mi confusión cuando hablé con los inspectores. Me estaban preguntando por el señor Bondurant, a quien había visto esa mañana. Yo no sabía que hubiera muerto. No me daba cuenta de que estaban investigándome por un asesinato de cuya existencia ni me había enterado.

Todo bien hasta aquí. Estaba desempeñándose según lo que habíamos hablado y ensayado. Por ejemplo, en todo momento estaba refiriéndose a la víctima con absoluto respeto, ya que no con simpatía.

—¿Habló con el señor Bondurant esa mañana?

—No. Tuve miedo de que pensara que estaba siguiéndole los pasos o algo parecido y me pusiera una demanda. Además, usted me había instado a evitar todo encuentro o confrontación con la gente del banco. Así que pagué mi café y me marché con rapidez.

—Lisa, ¿usted mató a Mitchell Bondurant?

—¡No! ¡Claro que no!

—¿Le sorprendió por detrás con un martillo que se llevó del garaje y le golpeó tan fuertemente en la cabeza que Bondurant murió antes incluso de estrellarse contra el suelo?

—¡No! ¡Nada de eso!

—¿Le golpeó dos veces más mientras estaba en el suelo?

—¡No!

Me detuve y fingí estudiar mis notas. Lo que quería era que el tribunal y cada uno de los miembros del jurado terminaran de asimilar sus negativas.

—Lisa, usted se hizo bastante conocida porque estuvo resistiéndose al desahucio de su casa, ¿verdad?

—No era mi intención. Lo único que quería era que mi hijo y yo pudiéramos conservar la casa. Hice lo que pensaba que tenía que hacer. Es verdad que mucha gente se fijó.

—Al banco no le convenía que tanta gente se fijase, ¿verdad?

Freeman protestó, con el argumento de que estaba haciendo una pregunta que Trammel no estaba en condiciones de responder. El juez le dio la razón y me instó a reformular.

—Con el tiempo, el banco trató de ponerle fin a sus protestas, manifestaciones y demás, ¿no es así?

—Sí. Me llevaron a juicio y consiguieron una orden de alejamiento. Ya no iba a poder seguir protestando delante del banco. Por lo que empecé a manifestarme delante de los juzgados.

—¿Hubo personas que se unieron a sus protestas?

—Sí, creé una página web, y se me unieron centenares de personas. En su mayoría eran personas como yo, gente a la que estaban quitándole la casa.

—Empezó a ser bastante conocida como la líder de este grupo, ¿no es así?

—Eso creo. Pero nunca tuve la intención de hacerme famosa. Lo que quería era poner de relieve lo que estaban haciendo, los fraudes que cometían al quitarle las casas y los pisos a la gente.

–¿Cuántas veces cree que apareció en los periódicos o los informativos de televisión?

–No las conté, pero unas cuantas veces. Me sacaron en canales nacionales, como la CNN y la Fox.

–Y bien, Lisa, durante la mañana del asesinato, ¿estuvo andando en las inmediaciones de la sede de West-Land National en Sherman Oaks?

–No, en absoluto.

–¿No era usted la persona a la que vieron andando por la acera a tan solo media manzana de distancia?

–Para nada.

–Entonces, ¿la mujer que ha declarado haberla visto en la acera ha estado mintiendo bajo juramento?

–No quiero acusar a nadie de mentir, pero yo no estaba allí. Esa es la verdad. Es posible que esa mujer se confundiera, sencillamente.

–Gracias, Lisa.

Consulté mis anotaciones y cambié de dirección. Parecía que mi intención fuera la de desconcertar a mi cliente y pillarla con la guardia baja cambiando de tema y de preguntas, pero lo que en realidad estaba haciendo era pillar desprevenido al jurado. No quería que me leyeran el pensamiento ni adivinaran mis propósitos. Quería contar con su atención absoluta, darles a deglutir la historia en trocitos y en el orden que a mí me interesaba.

–¿Suele cerrar con llave la puerta del garaje de su casa, por lo general?

–Sí, siempre.

–¿Cómo es eso?

–Bueno, es que el garaje es independiente, no está pegado a la casa. Hay que salir de la casa para entrar en él. Por eso siempre cierro bien la puerta. Dentro no tengo casi nada más que trastos viejos, pero hay algunas cosas que tienen su valor. Mi marido siempre trataba las herramientas como si fueran objetos preciosos, y también tengo el tanque de helio para los globos de las fiestas, y no quiero que los chavales del barrio puedan acceder a él. Y, también…, una vez leí un artículo sobre una mujer cuyo garaje era como el mío, separado de la casa. Ella nunca cerraba la puerta del garaje con llave. Un día fue al garaje y se encontró con que un ladrón había entrado y estaba robando cosas. Y entonces la violó. Es otra razón por la que siempre echo la llave.

–¿Tiene idea de por qué la cerradura no estaba echada el día del asesinato, cuando la policía registró su hogar?

–No. Yo siempre cierro con llave.

–Antes de este juicio, ¿cuándo vio por última vez el martillo que tenía sobre el banco de trabajo?

–No recuerdo haberme fijado nunca en él. Mi marido era quien se ocupaba de todo cuanto tuviera que ver con las herramientas. Yo nunca he sido muy buena con las herramientas.

–¿Y qué nos dice de sus herramientas de jardinería?

–Bueno, con esas sí que me manejo mejor. El jardín lo cuido yo, y sí que hago uso de esos utensilios.

–¿Tiene idea de cómo un micropunto de sangre del señor Bondurant fue a parar a uno de sus zapatos de jardinero?

Lisa miró al vacío con expresión angustiada. La barbilla le tembló ligeramente al responder.

–No lo sé. No tengo explicación. Hacía mucho que no me había puesto esos zapatos… Y yo no maté al señor Bondurant.

Dijo esto último casi en tono de súplica, desgarrado y sincero. Callé para subrayar sus palabras, con la esperanza de que el jurado tomara buena nota de ellas.

Seguí haciéndole preguntas durante una media hora, insistiendo en más o menos las mismas cuestiones y negativas. Hice que diera más detalles sobre su encuentro con Bondurant en la cafetería, sobre el proceso de desahucio y acerca de las esperanzas que tenía de ganar el caso.

Su comparecencia como testigo tenía tres propósitos: necesitaba que sus negativas y explicaciones constaran en las actas; que su personalidad despertara las simpatías del jurado y aportara un rostro humano a un caso de asesinato; y, por último, que los miembros del jurado empezaran a preguntarse si esta mujer diminuta y de apariencia frágil verdaderamente había sido capaz de esconderse y descargar un martillo a sangre fría contra la cabeza de un hombre. En tres ocasiones.

Hacia el final de mis preguntas, empecé a decirme que seguramente había conseguido gran parte de estos tres objetivos. E hice lo posible por terminar con un pequeño *crescendo* por mi parte.

–¿Usted odiaba a Mitchell Bondurant? –pregunté.

–Yo odiaba lo que él y su banco estaban haciéndome a mí y a otros como yo. Pero no le odiaba personalmente. Ni siquiera le conocía.

–Pero su matrimonio se había ido a pique, había perdido su empleo y ahora corría el riesgo de quedarse sin su hogar. ¿No tenía ganas de vengarse de aquellos que a su juicio estaban perjudicándola?

–Ya estaba vengándome a mi manera. Protestando contra lo que estaban haciéndome. Había contratado a un abogado y estaba resistiéndome al desahucio. Sí que estaba indignada. Pero no de forma violenta. No soy una persona violenta. Soy maestra de escuela. Estaba vengándome, si quiere usar esa palabra, de la única forma que sabía hacerlo: pacíficamente, protestando contra algo que estaba mal. Porque estaba muy mal, eso es evidente.

Miré al jurado y creí ver que una mujer sentada en la bancada trasera estaba enjugando una lágrima. Pedí a Dios que fuera cierto. Me volví hacia mi cliente y me preparé para dar el golpe de efecto final.

—Se lo pregunto otra vez, Lisa: ¿mató usted a Mitchell Bondurant?

—No.

—¿Se armó con un martillo y le golpeó en la cabeza dentro del aparcamiento del banco?

—No, yo no estaba en ese lugar. No fui yo quien lo hizo.

—En tal caso, ¿cómo se explica que le mataran valiéndose de un martillo procedente del garaje de su casa?

—No lo sé.

—¿Cómo es que encontraron sangre de la víctima en uno de sus zapatos?

—¡No lo sé! Yo no lo hice. ¡Todo fue un montaje!

—Una última pregunta, Lisa. ¿Cuánto mide?

Me miró confusa, como una muñeca de trapo zarandeada.

—¿Qué quiere decir?

—Sencillamente, díganos cuál es su estatura.

—Un metro sesenta.

—Gracias, Lisa. Por el momento, no tengo más preguntas.

Freeman lo tuvo difícil. Lisa Trammel había mostrado ser una testigo convincente, y la fiscal no conseguía pillarla en falta. Trató de sacarle respuestas contradictorias una y otra vez, pero Lisa se mantuvo muy firme. Cuando la fiscal llevaba ya media hora intentando abrir una puerta con la ayuda de un mondadientes, empecé a pensar que mi cliente iba a salir más que airosa de esta. Pero nunca hay que confiarse hasta que tu cliente ha salido del estrado y está sentada a tu lado otra vez. Freeman tenía por lo menos un as en la manga y lo sacó.

–Cuando el señor Haller le ha preguntado si cometió este crimen, usted dijo que no era una persona violenta. Dijo que era una maestra de escuela y que no era violenta, ¿se acuerda?

–Sí. Es la verdad.

–Pero ¿no es cierto que hace tres años la obligaron a cambiar de escuela y a someterse a una terapia de control de las propias emociones, después de que hubiera pegado a un alumno con un cartabón?

Me levanté de inmediato, protesté y solicité un aparte con el juez. Perry nos dijo que fuéramos a su lado.

–Señoría –musité, adelantándome al propio juez–, en la presentación de pruebas en ningún momento se mencionó un cartabón. ¿De dónde sale todo esto?

–Señoría –musitó Freeman, adelantándose al propio juez–, se trata de una nueva información que nos llegó la semana pasada. Y que tuvimos que verificar.

–Venga, por favor –dije–. ¿Está diciéndonos que no han tenido acceso a su expediente como maestra desde el minuto uno? ¿Y espera que nos lo creamos?

–Puede usted creer lo que le venga en gana –contestó Freeman–. No mencionamos el asunto durante la presentación de pruebas porque no tenía intención de sacarlo a relucir, a menos que su cliente nos viniera con protestas de no violencia, cosa que acaba de hacer, por lo que es perfectamente razonable que pongamos sus protestas en duda.

Me giré hacia Perry otra vez.

–Señor juez, se trata de una excusa irrelevante. La fiscal no se ha estado ajustando al protocolo de presentación de pruebas. La pregunta tiene que ser desestimada, y hay que prohibir que el ministerio fiscal siga formulando preguntas en el mismo sentido.

–Señoría, esto es…

–La defensa tiene razón, señorita Freeman. Podrá mencionar este episodio en caso de impugnación, siempre y cuando haga declarar a los testigos oportunos, pero ahora mismo queda desestimado. Tendría que habernos hablado del asunto durante la presentación de pruebas.

Volvimos a ocupar nuestros respectivos lugares. Ahora tendría que hacer que Cisco investigase el incidente en cuestión, pues estaba claro que Freeman volvería a sacarlo a colación más adelante, cosa que me irritaba, pues uno de los primeros encargos que le hice a Cisco al comienzo del caso fue el de averiguarlo todo sobre nuestra cliente. Y, por las razones que fueran, no había llegado a enterarse del episodio del cartabón.

El juez instó al jurado a hacer caso omiso de la pregunta de la fiscal y ordenó a Freeman pasar a plantear cuestiones de otro tipo. Pero estaba claro que el jurado acababa de oír una señal de alarma. Era posible borrar ese punto de las actas, pero no de la mente de los miembros del jurado.

Freeman prosiguió con su contrainterrogatorio, tendiendo pequeñas emboscadas a Trammel aquí y allí, aunque sin hacer mella en sus anteriores declaraciones. No había forma de que mi cliente se contradijera en su afirmación de que no había estado caminando cerca de WestLand National durante la mañana del crimen. Cartabones aparte, era un comienzo fenomenal, pues el mensaje que le estábamos transmitiendo al jurado era que la nuestra era una defensa activa: no íbamos a rendirnos sin plantear batalla.

La fiscal siguió haciendo preguntas hasta las cinco en punto, con lo que se reservaba la posibilidad de presentarse con alguna nueva sorpresa por la mañana y sacudirle a Trammel en la cabeza con ella. El juez indicó el fin de la sesión, y todos se fueron a casa. Todos menos yo. Tenía que volver al despacho. Quedaban cosas por hacer.

Antes de abandonar la sala me acerqué a la mesa de la defensa, acerqué el rostro al de mi cliente y musité con enfado:

–Gracias por haberme contado lo del cartabón. ¿Qué otras cosas no sé?

–Nada. Eso fue una tontería.

–¿El qué fue una tontería? ¿Pegarle a un chaval con un cartabón? ¿O no contármelo?

–Eso pasó hace cuatro años, y el niño se lo tenía merecido. Es todo cuanto pienso decir al respecto.

–No va a ser usted quien lo decida. Freeman puede volver a sacar el tema en caso de impugnación, así que más vale que empiece a pensar qué es lo que va a decir.

En su rostro apareció una expresión de inquietud.

–¿Y cómo es que puede hacerlo? El juez le dijo al jurado que se olvidaran del asunto.

–Freeman tiene prohibido volver a mencionarlo durante el contrainterrogatorio, pero seguramente se las arreglará para hacerlo más tarde. Las cosas cambian en caso de impugnación. Así que será mejor que me cuente todo este episodio y cualquier otra cosa de importancia que haya olvidado contarme.

Miró por encima de mi hombro, y comprendí que estaba buscando a Herb Dahl. No tenía idea de lo que ese tipo me había dicho ni de su nuevo trabajo como agente doble.

—Dahl no está en la sala —le dije—. Hable conmigo, Lisa. ¿Qué otras cosas tengo que saber?

Cuando llegué al bufete, Cisco estaba de pie en la salita de recepción, con las manos en los bolsillos y charlando con Lorna, sentada tras el escritorio de la recepción.

—¿Qué sucede? —quise saber—. Pensaba que ibas a recoger a Shami al aeropuerto.

—Al final le dije a Bullocks que fuera ella misma —respondió Cisco—. La ha recogido. Están volviendo.

—Bullocks tendría que estar aquí, preparando su comparecencia; lo más seguro es que tenga que declarar mañana. El investigador eres tú, por lo que tendrías que haberte encargado de recogerla en el aeropuerto. No me fío de que puedan cargar con el maniquí las dos solas.

—Tranquilo, jefe, que lo están haciendo muy bien. Las dos se apañan perfectamente. Bullocks acababa de llamar desde la autopista. Así pues, tú tranquilo, y deja que nosotros nos encarguemos de todo.

Lo miré irritado. Me daba igual que me sacara quince centímetros y que pesara treinta y cinco kilos de puro músculo más que yo. Estaba lo que se dice harto. Tenía que ocuparme de todo yo solo, y estaba hasta las narices.

—Con que «tú tranquilo», ¿eh? Con que me quede tranquilito, ¿eh? Vete a la mierda, Cisco. Justo acabamos de empezar nuestra defensa, y el problema es que no tenemos una defensa de verdad. Lo único que tengo es mucho palique y un maniquí. El problema es que, como no saques las manos de los bolsillos y te pongas a currar de una vez, se me va a quedar más cara de tonto que al puto maniquí de los cojones. Así que no me vengas con eso de tú tranquilo, ¿entendido? Yo soy el que tiene que dar la cara ante el puto jurado todos los días.

Lorna fue la primera en romper a reír a carcajadas. Cisco no tardó en hacer otro tanto.

–¿Os parece que todo esto es divertido? –solté, escandalizado–. Pues no tiene ni puta gracia. ¿Cómo coño podéis encontrarlo divertido?

Cisco levantó las manos pidiendo un poco de calma, pero no podía contenerse.

–Lo siento, jefe, pero es que cuando te pones hecho una furia… Y eso del maniquí ha sido estupendo.

Sus palabras hicieron que Lorna volviera a reírse a carcajadas. Me dije que la despediría después del juicio. De hecho, iba a despedirlos a los dos. A ver la gracia que les hacía.

–Vamos a ver –dijo Cisco, quien al parecer empezaba a darse cuenta de que no encontraba divertida la situación–. Ve a tu despacho, quítate la corbata y siéntate un momentito. Voy a por mis cosas, y te enseño qué es lo que tengo en marcha. He estado hablando con los de Sacramento todo el día, y la cosa lleva su tiempo, pero estoy cerca del final.

–¿Con los de Sacramento? ¿Con los del Laboratorio Estatal de Criminalística?

–No, he estado pidiendo datos sobre compañías. A los burócratas del Gobierno estatal, Mickey. Por eso la cosa lleva su tiempo. Pero no tienes que preocuparte. Tú haz tu trabajo, que yo haré el mío.

–Resulta difícil hacer mi trabajo mientras sigo esperando a que termines de hacer el tuyo.

Fui hacia mi despacho. Le dirigí una mirada furibunda a Lorna cuando pasé por su lado. Tan solo sirvió para que volviera a echarse a reír.

40

Ni me habían invitado ni me estaban esperando. Pero llevaba una semana sin ver a mi hija –tuve que cancelar la cena a base de crepes del miércoles por culpa del juicio– y mi último encuentro con Maggie no había ido bien, por lo que me sentí obligado a pasarme por su casa en Sherma Oaks. Maggie me abrió la puerta con el ceño fruncido; seguramente me había visto a través de la mirilla.

–Mala noche para una visita sorpresa, Haller –dijo.

–Bueno, en ese caso, tan solo quisiera ver a Hayley un momento.

–Lo de la mala noche iba por ella.

Dio un paso atrás, invitándome a entrar.

–¿En serio? –pregunté–. ¿Qué problema hay?

–Tiene un montón de deberes que hacer y no quiere saber nada de nadie. De mí tampoco.

Miré hacia la sala de estar, pero no vi a mi hija.

–Está en su cuarto, con la puerta cerrada. Buena suerte. Aprovecho para limpiar un poco en la cocina.

Me dejó a solas. Miré a lo alto de las escaleras. El cuarto de Hayley estaba en el piso de arriba; de repente, subir hasta allí me resultó angustioso. Mi hija era una adolescente propensa a los repentinos cambios de humor tan propios de esa edad. Nunca sabías cómo iba a recibirte.

Me aventuré a subir. Llamé a la puerta con los nudillos, delicadamente.

–¿¡Y ahora qué pasa!? –respondió.

—Soy tu padre. ¿Puedo entrar?

—¡Papá, tengo un mogollón de deberes que hacer!

—Entonces, ¿no puedo entrar?

—Como quieras.

Abrí la puerta y entré. Hayley estaba en la cama, cubierta por los edredones, rodeada de carpetas y libros, con el ordenador portátil delante.

—Y no me beses. Acabo de ponerme la pomada contra el acné.

Fui a su lado y agaché la cabeza. Me las compuse para besarle en la frente antes de que levantara el brazo para apartarme.

—¿Te queda mucho con los deberes?

—Ya te lo he dicho. Tengo un montón.

El manual de matemáticas estaba abierto y boca abajo para marcar la página. Lo cogí, para ver por qué lección estaba.

—¡No me pierdas la página!

En su voz resonó todo el pánico y la angustia del mundo.

—No te preocupes. Llevo cuarenta años manejando libros.

Por lo que vi, la lección era sobre ecuaciones con muchas X y muchas Y. Estaban enseñándole unas cosas sobre las que yo no tenía ni idea. Y que por desgracia no iban a servirle para nada, casi con toda seguridad.

—Hay, con esto no puedo ayudarte, aunque me gustaría hacerlo.

—Ya. Mamá tampoco tiene ni idea. Estoy sola en el mundo.

—Como todos, ¿no?

Me di cuenta de que no me había mirado a la cara ni una sola vez desde que había entrado en la habitación, lo que me resultaba deprimente.

–Bueno, tan solo quería decir hola. Ya me voy.

–*Ciao*. Te quiero.

Tampoco estableció contacto visual al decirlo.

–Buenas noches.

Cerré la puerta al salir y bajé a la cocina. La otra mujer que parecía ser capaz de controlar mi humor a su capricho estaba sentada en un taburete ante la alta mesa de la cocina. Delante tenía un vaso de chardonnay y una carpeta abierta.

Por lo menos, Maggie sí que me miró. No sonrió, pero estableció contacto visual, lo que tomé por una victoria, pues estábamos en su casa. Volvió a posar la mirada en la carpeta.

–¿En qué estás trabajando?

–Solo estoy refrescándome un poco la memoria. Mañana tengo que asistir a la vista preliminar de un caso de extorsión, y no había vuelto a mirar estos papeles desde que me los dieron.

Los latazos habituales en el sistema judicial. No me ofreció una copa de vino, pues sabía que no bebía. Me puse de espaldas contra la encimera y dije:

–Estoy pensando en presentarme como candidato a fiscal del distrito.

Levantó la cabeza y me miró con sorpresa.

–¿Cómo?

–Nada, tan solo estoy tratando de que alguien de esta casa me haga un poco de caso.

–Lo siento, pero esta noche estoy muy ocupada. Tengo que trabajar.

–Bueno, pues ya me voy. Supongo que tu amiga Andy estará haciendo lo mismo que tú.

–Eso creo. Habíamos quedado para tomar una copa después del trabajo, pero me ha llamado para cancelarlo. ¿Qué es lo que le has hecho, Haller?

–Bueno, pues bajarle los humos un poco al final de su alegato. Y luego se moría de ganas de joderme vivo. Supongo que ahora mismo estará planeando su próximo movimiento.

–Lo más probable.

Volvió a concentrarse en la carpeta. No lo decía, pero estaba claro que quería que me fuese de una vez. Primero mi hija, y ahora mi ex, a la que seguía queriendo. Pero no quería que las cosas quedaran así.

–Y bien, ¿qué pasa con nosotros? –pregunté.

–¿Qué quieres decir?

–Tú y yo. Las cosas no terminaron muy bien la otra noche en el Dan Tana's.

Cerró la carpeta, la dejó a un lado y me miró con atención. Finalmente.

–Hay noches que resultan complicadas. Y eso no cambia nada.

Me separé de la encimera y fui hacia la mesa alta. Apoyé los codos en ella.

–Si eso no cambia nada, ¿qué pasa con nosotros? ¿Qué vamos a hacer?

Se encogió de hombros.

–Quiero volver a intentarlo. Yo sigo queriéndote, Mags. Lo sabes.

–También sé que en su momento no funcionó. Los dos somos de esas personas que se traen los problemas del día a casa. Eso no era bueno.

–Estoy empezando a creer que mi cliente es inocente y que le tendieron una encerrona, pero que es posible que no consiga librarle de ir a la cárcel. ¿Te parece poco problema para llevar a casa por la noche?

–Si tanto te preocupan estas cosas, quizá harías bien en presentarte a fiscal del distrito. Ya sabes que la plaza está vacante.

–Puede ser.

–«Haller, el candidato del pueblo.»

–Justo.

Seguí en la cocina unos minutos más, pero me di cuenta de que aquella noche no tenía nada que hacer con Maggie. Tenía la capacidad de mostrarse de hielo contigo y dejártelo más que claro.

Le dije que subía un momento a darle las buenas noches a Hayley. Seguía teniendo poca prisa a la hora de marcharme. Pero Maggie en ese momento dijo algo que me alegró.

–Dale un poco de tiempo al asunto, Michael.

Me giré desde el umbral.

–¿Qué quieres decir?

–Que nos des un poco de tiempo… A Hayley y a mí.

Asentí con la cabeza y dije que claro, naturalmente.

Mientras conducía el coche a casa, dejé que las cosas que habían salido bien durante la jornada me levantaran un poco el ánimo. Me puse a pensar en el próximo testigo que iba a llevar al estrado después de Lisa. Lo que nos quedaba por delante seguía siendo complicadísimo, pero de nada servía pensarlo todo con demasiada antelación. Hay que ir paso a paso y aprovechar todo cuanto aparece por el camino.

Subí por Beverly Glen y fui por Mulholland en dirección este, hacia Laurel Canyon. Al norte y al sur se veían retazos de las luces de la ciudad. Los Ángeles se extendía como un océano reluciente. Seguí avanzando, sin música en los altavoces, pero con las ventanillas abiertas, dejando que el aire frío me calara los huesos en la misma medida que lo hacía la soledad.

41

El viernes por la mañana, cuando Andrea Freeman continuó con el contrainterrogatorio de Lisa Trammel, en apenas veinte minutos perdí todo cuanto había ganado la víspera. Que el fiscal te la juegue en mitad de un juicio nunca resulta agradable, pero en muchos sentidos es parte del juego, algo que debes asumir. Son cosas que pasan. Pero que quien te la juegue sea tu propio cliente es lo peor que puede pasarte. Estas cosas no tendrían que suceder.

Trammel estaba en el estrado, y Freeman fue hacia el atril cargando con un grueso documento con las hojas muy blancas y una nota adhesiva de color rosado inserta entre ellas. Pensé que se trataba de un puro elemento de atrezo, que la fiscal llevaba consigo con la idea de ponerme nervioso, así que no presté mucha atención. Empezó por formular las que yo llamo preguntas trampa, cuyo objetivo es que en las actas consten unas respuestas de la testigo que luego van a revelarse falsas. Me daba cuenta de que Freeman estaba tendiendo una trampa, pero no sabía cuál era exactamente.

–Y bien, ayer declaró usted que no conocía a Mitchell Bondurant, ¿correcto?

–Sí, correcto.

–¿Nunca lo conoció personalmente?

–Nunca.

–¿Nunca habló con él?

–Nunca.

–Pero sí que trató de conocerlo y hablar con él, ¿verdad?

–Sí, fui dos veces al banco, con la idea de reunirme con él y hablar de mi casa, pero se negó a verme.

–¿Recuerda cuándo exactamente?

–El año pasado. Pero no me acuerdo de las fechas concretas.

En ese momento, Freeman dio la impresión de cambiar de tema, pero yo sabía que todo formaba parte de un plan cuidadosamente ideado.

Formuló una serie de preguntas, en apariencia inocuas, sobre el grupo FLAG y su propósito. Todo esto ya había salido a relucir durante mi interrogatorio de ayer, por lo que seguía sin entender su intención. Me fijé en el documento con la nota adhesiva de color rosado y empecé a decirme que quizá no era atrezo. La noche anterior, Maggie me había dicho que Freeman estaba preparando alguna cosa. Y ahora entendía por qué. Estaba claro que había encontrado alguna cosa. Eché el rostro hacia delante, en dirección a la testigo, como si el gesto fuera a ayudarme a entenderlo todo mejor.

–Y usted tiene una página web dedicada a las actividades de FLAG, ¿verdad?

–Sí –respondió Trammel.

–También está en Facebook, ¿verdad?

–Sí.

Respondió con voz apocada y cauta, lo que me indicó que ahí estaba la trampa; yo no sabía lo de Facebook.

–En atención a los miembros del jurado que acaso no sepan de qué se trata, ¿qué es Facebook exactamente, señorita Trammel?

Me arrellané en el asiento y, con disimulo, eché mano al móvil. Envié un mensaje de texto a Bullocks con rapidez, diciéndole que dejara lo que estaba haciendo y mirase la página de Lisa en Facebook.

—Bueno, es una red social. La uso para mantenerme en contacto con los demás miembros de FLAG. Suelo colgar notificaciones de las cosas que vamos a organizar. Los informo sobre dónde vamos a encontrarnos, manifestarnos y demás. También acostumbro a colgar comentarios. Los miembros pueden recibir estas notificaciones y comentarios de forma automática en sus ordenadores o móviles. Resulta muy útil para organizarlo todo bien.

—Es posible colgar una notificación desde el teléfono móvil, ¿verdad?

—Sí que lo es.

—Y este lugar digital en el que cuelga notificaciones y comentarios se llama «el muro», ¿verdad?

—Sí.

—Usted ha estado utilizando su muro en Facebook para colgar no solo notificaciones sobre manifestaciones, sino también otras cosas, ¿verdad?

—A veces.

—También ha estado colgando actualizaciones regulares sobre el proceso de desahucio, ¿verdad?

—Sí, quería llevar una especie de diario del desahucio.

—¿También se ha valido de Facebook para avisar a la prensa de sus actividades?

—Sí, también.

—Si quiere recibir estas informaciones, uno tiene que inscribirse como amigo de usted, ¿correcto?

—Sí, así funciona. Los que quieren ser mis amigos me hacen una petición, yo los acepto como amigos, y entonces tienen acceso a mi muro.

—¿Cuántos amigos tiene en Facebook?

No sabía adónde quería llegar la fiscal, pero tenía claro que no era bueno para nosotros. Me levanté y protesté, con el argumento de que la fiscal parecía estar haciendo preguntas a tontas y a locas, sin la menor pertinencia. Freeman prometió que muy pronto iba a quedar claro que sí resultaban pertinentes, y Perry la autorizó a continuar.

—Puede responder a la pregunta —le indicó a Trammel.

—Eh, pues… Bueno, la última vez que miré tenía algo más de mil amigos.

—¿Cuándo se hizo la cuenta de Facebook?

—El año pasado. Creo que en julio o agosto, cuando registré FLAG como asociación y empecé con la página web. Fue todo por la misma época.

—Para que quede muy claro, cualquier persona conectada a internet puede acceder a la página web, ¿correcto?

—Correcto.

—Sin embargo, su página de Facebook es un poco más privada y personal. Quien quiera acceder primero tiene que hacerse amigo suyo, ¿verdad?

—Sí, aunque lo normal es que acepte como amigo a todo el que me lo pide. No conozco a todas esas personas, pues son demasiadas. Sencillamente, doy por sentado que están al corriente de nuestro encomiable trabajo y que la cosa les interesa. Nunca digo que no a alguien que quiere ser amigo mío. Y por eso tengo más de mil amigos menos de un año después.

—Entendido. Usted ha estado colgando cosas en su muro de forma regular desde que se hizo Facebook, ¿no es así?

—De forma bastante regular, sí.

—De hecho, incluso ha estado colgando comentarios y entradas sobre este juicio, ¿verdad?

—Sí, mis opiniones al respecto.

Noté que la temperatura subía en mi cuerpo. Sentía como si mi traje fuera de plástico y estuviera atrapando todo mi calor corporal. Deseé poder aflojarme la corbata, pero sabía que el gesto resultaría desastroso si alguno de los miembros del jurado se daba cuenta.

—Y bien, ¿es posible que una persona vaya a su página y cuelgue un comentario bajo su nombre?

—No, eso solo puedo hacerlo yo. La gente puede responder y hacer sus propios comentarios, pero no con mi nombre.

—¿Cuántas entradas diría que ha colgado desde el verano pasado?

—No tengo idea. Muchas.

Freeman levantó el grueso documento con la nota adhesiva de color rosado.

—¿Le parece posible que haya colgado más de mil doscientos comentarios en su muro?

—No lo sé.

—Bueno, pues aquí tengo impresos todos y cada uno de esos comentarios. Señoría, pido permiso para mostrar estos comentarios a la acusada.

Pedí hacer un aparte antes de que el juez pudiera responder. Perry nos indicó que fuésemos hacia él. Freeman llevaba consigo el voluminoso documento.

—Señor juez, ¿qué es lo que está pasando aquí? —dije—. Tengo que hacer la misma protesta que ayer: el ministerio fiscal otra vez está negándose de forma deliberada a efectuar la debida presentación de pruebas. No había advertido de nada de esto, pero ahora quiere enseñarnos mil doscientos comentarios colgados en Facebook. ¡Por favor! Señoría, convendrá en que no hay derecho a esto.

—No hablamos de esto porque no nos enteramos de la existencia de esta cuenta de Facebook hasta ayer mismo.

—Señoría, si va a creerse eso que dice la fiscal, que scpa que me gustaría venderle una mansión en Malibú que estoy llevando.

471

–Señoría, a mi equipo y a mí ayer nos llegó una impresión de todos los comentarios efectuados por la acusada en su página de Facebook. Y me aconsejaron leer una serie de entradas hechas el pasado septiembre que son relevantes en lo que se refiere a este caso y al testimonio de la propia acusada. Si me permite continuar, pronto voy a dejarlo muy claro, incluso a ojos de la defensa.

–¡«Ayer nos llegó»! –repetí–. ¿Y eso qué quiere decir? Señoría, hay que ser amigo de mi cliente para ver su muro en Facebook. Si el ministerio fiscal ha echado mano a un subterfu...

–La impresión me la entregó un periodista que es amigo de la acusada en Facebook –me cortó Freeman–. De subterfugio, nada. Pero la cuestión importante no es la procedencia del documento. *Res, ipsa loquitur.* El documento habla por sí solo, señoría, y estoy segura de que la acusada puede confirmar ante el jurado que efectivamente escribió esos comentarios. La defensa simplemente está tratando de evitar que el jurado vea lo que es una clara muestra de que su cliente ha estado...

–Señor juez, no tengo la menor idea de a qué se está refiriendo. Justo acabo de enterarme de la existencia de esa página de Facebook. La defensa considera que...

–Muy bien, señorita Freeman –interrumpió Perry–. Entregue el documento a la acusada, pero proceda con rapidez.

–Gracias, señoría.

Volvía a tomar asiento. El móvil me vibró en el bolsillo. Lo saqué con disimulo y leí el mensaje de texto por debajo de la mesa. Era de Bullocks, que decía que había accedido al muro de Lisa y estaba trabajando en lo que le había pedido. Tecleé una rápida respuesta, instándole a mirar los comentarios hechos en septiembre. Me metí el móvil en el bolsillo.

Freeman entregó la impresión a Trammel e hizo que esta confirmara que efectivamente reproducía los comentarios colgados en su página de Facebook.

—Gracias, señorita Trammel. ¿Puede ir a la página señalada con la nota adhesiva?

De mala gana, Lisa hizo lo que se le pedía.

—Como ve, he subrayado con rotulador tres de sus comentarios efectuados el 7 de septiembre. ¿Puede leerle el primero de ellos al jurado, incluida la hora precisa en que lo escribió?

—Eh... «13:46. Voy a WestLand a ver a Bondurant. Esta vez no voy a conformarme con que me digan que no.»

—Acaba de pronunciar el apellido como Bondurant, pero, sin embargo, en el comentario aparece escrito de forma errónea, ¿no es así?

—Sí.

—¿Cómo aparece escrito en el comentario?

—B-O-N-D-U-R-U-N-T.

—Bondurunt. Me he fijado en que el apellido aparece escrito de esta forma en todos los comentarios donde se habla de él. ¿De forma intencionada o por error?

—Ese hombre estaba dejándome sin casa.

—¿Puede hacer el favor de responder a lo que se le pregunta?

—De forma intencionada, sí. Le llamaba Bondurunt porque no era una buena persona.

Sentí que el sudor empapaba mis cabellos. La Lisa oculta estaba a punto de salir a la luz.

—¿Sería tan amable de leer el siguiente comentario subrayado? ¿Mencionando la hora precisa?

—«14:18. Otra vez me han impedido verlo. Qué injusticia.»

—Y ahora, por favor, lea el siguiente comentario, con la hora precisa.

–«14.21. He visto cuál es su plaza de aparcamiento. Voy a esperarle en el garaje.»

El silencio de la sala resultó estruendoso.

–Señorita Trammel, ¿estuvo esperando a Mitchell Bondurant en el aparcamiento de WestLand el 7 de septiembre del año pasado?

–Sí, pero no mucho rato. Me di cuenta de que era una tontería y de que él no iba a salir hasta el final de la jornada. Así pues, me marché.

–¿Volvió al aparcamiento y estuvo esperándolo la mañana del asesinato?

–¡No, nada de eso! Yo no estuve allí.

–Lo vio en la cafetería, sintió un acceso de rabia y se dijo que sabía dónde encontrarlo a continuación, ¿verdad? Fue al garaje, esperó a que llegara y…

–¡Protesto! –aullé.

–… Y le mató a golpes con el martillo, ¿verdad?

–¡No! ¡No! ¡No! –gritó Trammel–. Yo no lo hice.

Rompió a llorar, entre sonoros gemidos propios de un animal acorralado.

–¡Protesto, señoría! ¡La fiscal está…!

Perry pareció despertar de sus meditaciones, fijó la mirada en Trammel y dijo:

–¡Se acepta la protesta!

Freeman guardó silencio. La sala entera estaba en silencio; solo se oían los sollozos de mi cliente. El alguacil se acercó con una caja con pañuelitos de papel, y Lisa poco a poco fue dejando de llorar.

–Gracias, señoría –dijo Freeman finalmente–. No tengo más preguntas.

Solicité el adelanto del descanso matinal, para que mi cliente se recuperase y yo tuviera tiempo de pensar bien lo que iba a hacer a continuación. El juez accedió, seguramente porque le di pena.

Las lágrimas de Lisa no empañaban el hecho de que Freeman había tendido su trampa de forma magistral. Pero no estaba todo perdido. Lo mejor a la hora de defenderse contra una emboscada de este tipo es que la defensa utilice casi cada prueba y testimonio, incluso el proporcionado por tu propio cliente.

Una vez que el jurado se hubo marchado, fui a consolar a mi cliente. Saqué dos pañuelitos de la caja de cartón y se los pasé. Cerré la mano en torno al micrófono, para evitar que la sala entera pudiera escuchar nuestra conversación. Hice lo que pude para controlar mi tono de voz.

–Lisa, ¿por qué demonios me entero de lo de Facebook ahora? ¿Tiene idea de lo que todo esto puede suponer?

–¡Pensaba que ya lo sabía! Porque me hice amiga de Jennifer en Facebook.

–¿De Aronson?

–¡Sí!

Nada es tan bonito como enterarte de que tu segunda y tu cliente saben más que tú.

–Pero ¿qué me dice de esos comentarios de septiembre? ¿Se da cuenta del daño que nos hacen?

–¡Lo siento! Me había olvidado por completo. Hace tanto que los escribí...

Me pareció que se avecinaba una nueva catarata de lágrimas y traté de evitarla.

–Bueno, pues hemos tenido suerte. Es posible que al final salgamos ganando con este asunto.

Dejó de enjugarse la cara con el pañuelito y me miró.

–¿En serio?

–Es posible. Pero tengo que salir y llamar a Bullocks.

–¿Quién es Bullocks?

–Lo siento, es el apodo que damos a Jennifer. Usted quédese ahí sentada y trate de calmarse.

—¿Van a hacerme más preguntas?

—Sí. Se las voy a hacer yo.

—¿Puedo ir a arreglarme un momento?

—Sí, buena idea. Pero no tarde demasiado.

Salí a la antesala y llamé a Bullocks al despacho.

—¿Te has fijado en las entradas hechas el 7 de septiembre? —pregunté a modo de saludo.

—Justo acabo de verlas. Si Freeman…

—Freeman ya las ha visto.

—¡Mierda!

—Ya, mejor que no las hubiera visto, pero igual podemos arreglarlo. Lisa me ha dicho que sois amigas en Facebook. ¿Es verdad?

—Sí. Lo siento. Sabía que tenía una página. No se me ocurrió mirar sus entradas anteriores.

—Luego hablaremos. Pero ahora necesito que me digas si puedes acceder a su listado de amigos.

—Lo tengo aquí delante.

—Muy bien, pues imprime todos los nombres, entrega el listado a Lorna y que Rojas la traiga aquí con el listado en la mano. Ahora mismo. Y luego quiero que Cisco y tú empecéis a mirar esos nombres uno por uno para averiguar quiénes son esas personas.

—Hay más de mil. ¿Quieres que las miremos todas?

—Si hace falta. Lo que estoy buscando es una conexión con Opparizio.

—¿Opparizio? ¿Por qué…?

—Porque Trammel constituía una amenaza para ella, del mismo modo que lo era para el banco. Trammel estaba protestando y manifestándose contra los desahucios fraudulentos. Justo a lo que se dedicaba la compañía de Opparizio. Herb Dahl nos ha dicho que Opparizio ya se había fijado en ella. Por lo que es muy posible que alguien de su empresa estuviera mirando todas sus entradas en Facebook. Lisa acaba de declarar que aceptaba como amigos a todos los que se lo pedían. Igual tenemos suerte y encontramos un nombre que nos interesa.

Se hizo un silencio. Y Bullocks expresó justo lo que yo estaba pensando.

—Si seguían su cuenta de Facebook, siempre estarían al corriente de lo que Lisa pensaba hacer.

—Y también pudieron enterarse de que una vez estuvo esperando a Bondurant en el aparcamiento.

—Lo que les hubiera venido bien para escenificar el asesinato en torno a ese comentario hecho en Facebook.

—Bullocks, me fastidia tener que decirlo, pero estás empezando a pensar como una abogada defensora.

—Bueno, pues ahora mismo nos ponemos con el asunto.

En su voz había urgencia.

—De acuerdo, pero primero imprime el listado de amigos y házmelo llegar. Empiezo con las preguntas dentro de unos quince minutos. Dile a Lorna que me lo traiga aquí mismo. Y si tú y Cisco encontráis algo, enviadme un mensaje de texto inmediatamente.

—Hecho.

42

Cuando volví a la sala, Freeman seguía estando rebosante de orgullo por su triunfo. Se acercó, cruzó los brazos y apoyó la cadera en la mesa de la defensa.

—Haller, dígame que no es verdad eso de que no sabía nada sobre la página de Facebook.

—Lo siento, pero no puedo decirle nada.

Entornó los ojos.

—Vaya vaya. Me parece que hay alguien que necesita una nueva cliente, alguien que no le esconda cosas… Y puede que hasta un nuevo investigador.

Pasé de su pulla, con la esperanza de que se fuera de una vez. Me puse a hojear uno de mis cuadernos, fingiendo que andaba en busca de algo preciso.

—Cuando anoche me llegó esa impresión y leí esas entradas, me dije que aquello era como maná caído del cielo.

—Seguro que estuvo muy contenta consigo misma. Me pregunto que chupatintas de mierda se lo dio.

—Le gustaría saberlo, ¿a que sí?

—Voy a averiguarlo. Ese tipejo será el que publique la próxima exclusiva filtrada por la fiscalía. Por mi parte, no voy a darle ni un «sin comentarios».

Freeman soltó una risita. Mi amenaza se la traía al pairo. Había conseguido refregarle las entradas al jurado por las narices; todo lo demás no le importaba. Al final, la miré directamente y dije:

–No termina de pillarlo, ¿verdad?

–¿El qué? ¿Que el jurado ahora sabe que su cliente estuvo en la escena del crimen antes, lo que demuestra que sabía cómo encontrar a la víctima? Me temo que lo pillo de sobra.

Aparté la vista y meneé la cabeza.

–Ya veremos. Si me disculpa…

Me levanté y fue hacia el estrado. Lisa Trammel justo acababa de volver del cuarto de baño, donde había estado arreglándose el maquillaje. Nos pusimos a hablar, y al momento volví a cerrar la mano en torno al micrófono.

–¿Qué hace hablando con esa arpía? ¡Qué persona más asquerosa! –dijo.

Un poco atónito por su odio, volví a mirar a Freeman, que ahora estaba sentada a la mesa de la fiscalía.

–Ni es una arpía ni es asquerosa, ¿entendido? Simplemente está…

–Sí que lo es. Lo que pasa es que usted no se da cuenta.

Acerqué mi rostro y musité:

–¿Y usted sí? Mire, Lisa, no me saque a relucir ese carácter bipolar que tiene. Aún tiene que declarar durante casi media hora. Hagámoslo todo sin que el jurado se dé cuenta de esos problemas personales suyos, ¿entendido?

–No sé a qué se está refiriendo, pero no me gusta nada.

–Bueno, pues lo siento. Estoy tratando de defenderla, y no me viene bien enterarme de la existencia de su página de Facebook cuando la fiscal le pregunta al respecto.

–Lo siento. Ya se lo he dicho. Y su segunda sí que lo sabía.

–Ya, sí. Pero yo no.

–En fin. Antes me ha dicho que cree que podemos darle la vuelta al asunto. ¿Cómo?

–Muy fácil. Si alguien se propuso tenderle una encerrona, la página de Facebook resultaba ideal para sus propósitos.

¡Maná del cielo! Levantó la vista al cielo, y en su rostro se pintó una expresión de puro alivio al comprender la táctica a la que pensaba recurrir. La ira que ensombreciera su expresión un instante atrás había desaparecido. El juez entró en la sala en ese momento preciso, presto a reanudar la sesión. Le hice un gesto a mi cliente con la cabeza y fui a sentarme a la mesa de la defensa mientras Perry hacía llamar al jurado.

Una vez que todo el mundo estuvo en su lugar, el juez me preguntó si quería hacer nuevas preguntas a la acusada. Me levanté de un salto, como si llevara años esperando la oportunidad. Pagué un precio al hacerlo: un estremecimiento de dolor recorrió mi torso como una descarga eléctrica. Las costillas se habían soldado, pero cualquier movimiento brusco hacía que me dolieran mucho.

Mientras me dirigía al atril, la puerta lateral de la sala se abrió y Lorna entró de repente. No podía llegar en mejor momento. Con un casco de motociclista y una carpeta en mano, se acercó a paso rápido por el pasillo.

–Señoría, ¿puedo hablar un momento con mi colaboradora?

–Pero rápido, por favor.

Fui a encontrarme con Lorna, que me entregó la carpeta.

–Aquí tienes el listado de todos sus amigos en Facebook, pero no parece que Dennis o Jennifer hayan encontrado una relación con quien ya sabes.

Me sonó extraño oír los nombres de pila de Cisco y Bullocks. Me fijé en el casco de motociclista que llevaba puesto y murmuré:

–¿Has venido en la moto de Cisco?

–Necesitabas esto ya, y la moto la podía aparcar aquí al lado.

–¿Dónde está Rojas?

–No lo sé. No ha respondido cuando le he llamado al móvil.

–Pues qué bien. Escúchame: quiero que dejes la moto de Cisco en la acera y vuelvas al despacho andando. No tengo ganas de que te la pegues con ese cacharro del demonio.

–Ya no soy tu mujer. Ahora estoy con Cisco.

En ese momento miré por encima de su hombro y vi que Maggie McPherson estaba sentada entre el público. Me pregunté si estaba allí para apoyarme a mí o para apoyar a Freeman.

–Mira –dije–. Esto ahora mismo da igual y...

–¿Señor Haller? –dijo el juez a mis espaldas–. Estamos esperándolo.

–Sí, señoría –dije con voz retumbante pero sin girarme. En un susurro, le repetí a Lorna–: Vuelve andando.

Fui al atril y abrí la carpeta. En el interior tan solo había información en bruto: más de mil nombres catalogados en dos columnas por página. Miré los papeles como si fueran el arca perdida.

–Muy bien, Lisa, hablemos de su página de Facebook. Antes ha declarado que tiene más de mil amigos. ¿Los conoce a todos en persona?

–No, nada de eso. Lo que pasa es que mucha gente me conoce a través de FLAG, por lo que, si alguien me pide ser su amigo, asumo que está de mi lado y le digo que sí sin más.

–En tal caso, las entradas en su muro resultan accesibles para muchas personas que son amigas suyas en Facebook, pero a las que no conoce de nada en la vida real. ¿Correcto?

–Sí, es correcto.

Noté la vibración del móvil en mi bolsillo.

–Entonces, si alguno de esos desconocidos estaba interesado en seguir sus movimientos (pasados o presentes), no tenía más que ir a su página de Facebook y consultar las entradas en su muro, ¿correcto?

–Correcto, sí.

–Supongamos, por ejemplo, que alguien accede a su muro, lo va mirando todo hacia atrás y descubre que en septiembre del año pasado estuvo usted en el aparcamiento de WestLand, esperando a Mitchell Bondurant. Eso sería posible, ¿no?

–Sí, lo sería.

Me saqué el teléfono del bolsillo y, valiéndome del atril como cortina, lo dejé sobre la superficie de trabajo. Mientras hojeaba con una mano el listado con los nombres, con la otra abrí el mensaje que me acababa de llegar. Era de Bullocks.

Página 3, columna derecha, el 5 desde abajo. Don Driscoll. En ALOFT estuvo trabajando un informático llamado Donald Driscoll. Seguimos mirando.

Bingo. Ahora tenía algo de verdad.

–Señoría, quisiera mostrar este documento a la testigo. Es un listado de los amigos que Lisa Trammel tiene en Facebook.

Temerosa de ver empañada su victoria anterior, Freeman protestó, pero el juez desestimó la objeción: la propia fiscal era quien había abierto esta puerta. Entregué el listado a mi cliente y volví a situarme tras el atril.

–Si es tan amable, ¿puede ir a la tercera página del documento y leer el quinto nombre desde abajo en la columna de la derecha?

Freeman volvió a protestar, alegando que nadie había verificado dicho listado. El juez le sugirió hacer preguntas al respecto más adelante, si de veras pensaba que yo estaba presentando una falsa prueba material. Insté a Lisa a leer el nombre que aparecía.

–Don Driscoll. Y bien, ¿el nombre le suena?

–Pues no mucho, la verdad.

–Pero es uno de sus amigos en Facebook.

–Sí, pero, como ya he dicho, no conozco personalmente a todos los que quieren ser amigos míos. Son demasiados.

–Bien, ¿recuerda si Don Driscoll contactó con usted directamente y le indicó que trabajaba en una empresa llamada ALOFT?

Freeman protestó y pidió un aparte. El juez nos hizo ir a su lado.

–Señoría, ¿qué es todo esto? La defensa sencillamente está mencionando unos nombres que nada tienen que ver con lo que nos ocupa. Quiero pruebas de que no está limitándose a sacar nombres del listado al azar.

Perry asintió con expresión pensativa.

–Estoy de acuerdo, señor Haller.

Mi móvil seguía en el atril. Si Bullocks me había dado más datos, en este momento no me servían de nada.

–Juez, si quiere, podemos ir a su despacho y llamar a mi investigador. Pero voy a pedir al tribunal un poco de manga ancha en este punto. El ministerio público ha sacado a relucir lo de Facebook esta misma mañana, y estoy haciendo lo que puedo para responder. Podemos posponer la cuestión hasta que tengamos pruebas materiales más sólidas, pero la defensa tiene pensado llamar a declarar al señor Driscoll, de forma que la fiscalía podrá preguntarle directamente si hemos estado describiéndolo de forma errónea.

–¿Van a llamarlo a comparecer?

–No creo tener otra alternativa después de que el ministerio fiscal haya decidido investigar las antiguas entradas de Facebook de mi cliente.

–Muy bien, pues esperaremos a que el señor Driscoll preste testimonio. No me haga una jugarreta, señor Haller. No quiero que más tarde me diga que ha cambiado de parecer a este respecto. Me llevaré un disgusto si lo hace.

–Sí, señoría.

Volvimos a nuestros lugares respectivos y volví a preguntar a Lisa:

–¿Don Driscoll le dijo que trabajaba para ALOFT cuando contactó con usted, en Facebook o en otro lugar?

–No, no me lo dijo.

–¿Sabe lo que es ALOFT?

–Sí, es el nombre del subcontratista que los bancos como WestLand emplean para llevar todo el papeleo de los desahucios.

–¿Esta compañía estaba involucrada en la ejecución hipotecaria de su hogar?

–Sí, completamente.

–ALOFT es un acrónimo, ¿no? ¿Sabe lo que significa?

–A. Louis Opparizio Financial Technologies. Es el nombre oficial de la empresa.

–¿Qué pensaría usted si esta persona, Donald Driscoll, uno de sus amigos en Facebook, fuera un empleado de ALOFT?

–Pensaría que alguien de ALOFT habría estado espiando mis entradas.

–Por lo que esta persona, Driscoll, en todo momento sabría dónde había estado usted y dónde iba a estar a continuación, ¿correcto?

–Sí, correcto.

–Gracias, Lisa. No tengo más preguntas.

No pude evitarlo y miré a Freeman de tapadillo mientras volvía hacia mi asiento. Ya no estaba tan radiante. Sus ojos miraban al frente sin desviarse. Traté de ver a Maggie entre el público, pero ya se había marchado.

43

La protagonista de la tarde fue Shamiram Arslanian, mi especialista forense procedente de Nueva York. Ya había recurrido a ella con gran éxito en otros juicios, y mi intención esta vez era la misma. Arslanian estaba titulada por Harvard, el MIT y John Jay, era investigadora en este último centro y proyectaba una imagen ganadora y telegénica. Y además tenía una integridad que permeaba todas y cada una de sus palabras e impresionaba a los jurados. Shami era el sueño de todo abogado defensor. Era cierto que trabajaba por dinero, pero tan solo lo hacía si creía en la veracidad de los datos científicos y en lo que iba a declarar en el estrado. Y en este caso en particular me ofrecía una ventaja adicional: tenía la misma estatura exacta que mi cliente.

Arslanian aprovechó la hora de la comida para situar un maniquí delante de la tribuna del jurado. Era una figura masculina de un metro con ochenta y cinco de estatura, la altura de Bondurant. El maniquí estaba vestido con un traje parecido al que Bondurant llevaba puesto el día de su muerte y calzaba unos zapatos del mismo modelo. También tenía unas extremidades que permitían remedar toda la gama de movimientos naturales de un cuerpo humano.

Una vez reanudado el juicio, cuando mi testigo salió al estrado, me tomé mi tiempo para establecer bien sus credenciales. Quería que los miembros del jurado entendiesen lo que esta mujer representaba y que se acostumbraran a su modo informal y agradable de responder a las preguntas. También quería que comprendiesen que su capacidad y conocimiento estaban por encima de los de los especialistas forenses llamados a declarar por el ministerio fiscal. Muy por encima.

Una vez dejados claros estos puntos, pasé a centrarme en el maniquí.

–Y bien, doctora Arslanian, le he pedido que estudiara diversos aspectos concernientes al asesinato de Mitchell Bondurant, ¿no es así?

–Justamente.

–Y que se fijara de modo particular en los aspectos físicos del crimen, ¿no es verdad?

–Sí. Ante todo me ha pedido que averigüe si su cliente pudo haber cometido el crimen en la forma que la policía asegura que lo hizo.

–¿Y usted ha concluido que sí que pudo haberlo hecho?

–Bueno, sí y no. He establecido que sí que pudo haberlo hecho, pero no de la manera indicada por los inspectores.

–¿Puede explicar esta conclusión?

–Voy a tratar de hacerlo poniéndome físicamente en el lugar de su cliente.

–¿Usted cuánto mide, doctora Arslanian?

–Un metro sesenta con los calcetines puestos. La misma estatura exacta que Lisa Trammel, o eso es lo que me han dicho.

–Le he enviado un martillo que es el duplicado exacto del recuperado por la policía y que se estableció como arma del crimen, ¿no es así?

–Sí. Y lo he traído conmigo.

Cogió el martillo del estante situado frente a la silla de los testigos y lo levantó.

—También le envié unas fotos de los zapatos de jardinero incautados en el garaje de la acusada, el que no estaba cerrado con llave. Los zapatos en los que más tarde apareció sangre de la víctima.

—Sí que me las mandó, y conseguí comprar un par de zapatos idénticos en internet. Son los que llevo puestos en este momento.

Levantó la pierna para mostrar bien el zapato impermeable. En la sala se oyeron algunas risas contenidas. Pedí permiso al juez para que mi testigo efectuara la demostración de cuanto había averiguado. Perry me lo concedió, sin que la fiscalía objetara.

Arslanian se levantó de la silla y procedió a efectuar la demostración.

—Estuve preguntándome cómo pudo una mujer con la estatura de la acusada (uno con sesenta, lo mismo que yo) descargar el golpe mortal en la bóveda craneal de un hombre que medía cerca de uno ochenta y ocho con los zapatos puestos. Es verdad que el martillo mide unos veinte centímetros de largo, lo que resultaba de ayuda, pero no parecía ser suficiente. Fue lo que quise determinar.

—Doctora, si me permite interrumpirla, ¿puede hablarnos de este maniquí y de su papel en esta comparecencia?

—Claro que sí. Les presento a Manny, al que siempre recurro cuando tengo que declarar en un juicio o efectuar una prueba en mi laboratorio en John Jay. Manny tiene las extremidades de un ser humano, puedo desmontarlo si me hace falta, y (lo mejor de todo) nunca me contesta de mala manera ni me dice que los vaqueros me engordan el tipo.

De nuevo se oyeron unas cuantas risas contenidas.

—Gracias, doctora —dije con rapidez, antes de que el juez le instara a guardar la seriedad—. Si es tan amable, pase a efectuar la demostración.

–Claro. Y bien, lo que hice fue utilizar el informe, las fotos y los dibujos de la autopsia para localizar en qué punto exacto del maniquí se asestó el golpe mortal. La muesca o hendidura en la parte superior nos indica que al señor Bondurant le golpearon por detrás. La profundidad de la fractura depresiva en el cráneo también nos indica que el golpe dio de lleno en lo alto de la cabeza, de manera uniforme. Así pues, la acción de situar el martillo en un ángulo paralelo de este modo...

Se subió a una corta escalera de peldaños por detrás de Manny y se las arregló para situar la superficie de golpeo del martillo contra la parte superior del cráneo, al que luego fijó con dos gruesas gomas elásticas que rodeaban la barbilla del maniquí carente de rostro. Se bajó de la escalera y señaló el martillo y su mango, que estaban en ángulo recto, en paralelo al suelo.

–Como pueden ver, esto no funciona. Con estos zapatos puestos, mido uno sesenta y dos, exactamente lo mismo que la acusada, y el mango está demasiado arriba.

Trató de alcanzar el mango del martillo. No había forma de que lo pudiera agarrar debidamente.

–Esto nos indica que la acusada no pudo asestar el golpe mortal si la víctima se encontraba en esta postura: de pie y erguido, con la cabeza en lo alto. Y bien, ¿qué otras posturas pudieron ajustarse a lo que sabemos? Lo que sabemos es que el golpe se asestó por detrás, de manera que si la víctima estaba agachada hacia delante (porque se le cayeron las llaves o por lo que fuera), está claro que la cosa tampoco funciona, pues me resulta imposible alcanzar el martillo a través de la espalda de Manny.

Mientras lo decía, manipuló el maniquí, haciendo que se doblara hacia delante por la espalda; trató de agarrar el mango del martillo por detrás.

–No, no funciona. Y bien, me he pasado dos días tratando de dar con otras formas de asestar el golpe mortal, entre una clase y otra, pero las únicas soluciones son las de que la víctima estuviera de rodillas, acuclillada por alguna razón o mirando al techo del aparcamiento.

Manipuló el maniquí otra vez, hasta enderezarlo. A continuación, echó la cabeza hacia atrás, de tal modo que el mango del martillo quedó en vertical. Arslanian lo cogió sin mucha dificultad, pero, asimismo, el maniquí estaba mirando prácticamente en vertical.

–Pero, bueno, según la autopsia, el cadáver presentaba abrasiones importantes en las rodillas y hasta una fractura de rótula. El informe las describe como lesiones traumáticas producidas cuando el señor Bondurant cayó al suelo tras encajar el golpe. Primero cayó de rodillas y luego se desplomó de bruces. «La caída de la muerte», como solemos decir. Y bien, en vista de esas lesiones en las rodillas, hay que descartar completamente que estuviera de rodillas o acuclillado. Eso solo nos deja una posibilidad.

Señaló la cabeza del maniquí, que seguía mirando al techo casi en vertical. Escudriñé los rostros del jurado. Todos estaban mirando con absoluta atención.

–Muy bien, doctora, en caso de situar la cabeza en su ángulo normal, o incluso un poquito elevado, ¿es posible determinar el rango aproximado de estatura del verdadero autor del crimen?

Freeman se levantó de un salto y protestó, con voz de completa desesperación.

–¡Señoría, esto no tiene nada que ver con la ciencia! Es una farsa seudocientífica, ¡y la defensa ahora está pidiendo a la testigo que le dé la estatura de una persona desconocida! Es imposible establecer con certeza qué postura o ángulo tenía la víctima de este horrible crimen y…

—Señor juez, los alegatos finales tendrán lugar la semana que viene —interrumpí—. Si la fiscal tiene una objeción, lo más conveniente es que la formule a su debido momento, sin necesidad de dirigirse al jurado con...

—Muy bien —dijo Perry—. Un poco de calma, y esto va por los dos. Señor Haller, el tribunal le ha estado concediendo mucha manga ancha con esta testigo. Pero yo mismo estaba diciéndome lo mismo que la fiscal antes de que se pusiera a soltar un mitin de cara al jurado. Se acepta la protesta.

—Gracias, señoría —dijo Freeman, con el tono de alguien al que acaban de rescatar de una isla desierta.

Me recompuse, miré a mi testigo y el maniquí, consulté mis notas y asentí con la cabeza. Había conseguido lo que quería.

—No tengo más preguntas —dije.

A continuación, Freeman trató de enredar a Shami Arslanian en una maraña de preguntas, pero la veterana fiscal no logró que la también veterana testigo cediera un milímetro. Freeman estuvo trabajándosela a fondo durante casi cuarenta minutos, pero lo más que consiguió fue que Arslanian reconociera que no había forma de saber con seguridad qué había sucedido en el garaje durante el asesinato de Bondurant.

Unos días antes, Perry había anunciado que la sesión del viernes iba a ser más corta, pues por la tarde estaba prevista la celebración de una reunión de jueces del distrito. Así pues, no hubo pausa para almorzar y seguimos trabajando hasta casi las cuatro, momento en que el magistrado suspendió el proceso hasta el lunes. Llegaba el fin de semana, y tenía la impresión de contar con la baza ganadora. Habíamos contrarrestado los argumentos del ministerio fiscal poniendo en duda muchas de sus pruebas materiales, Lisa Trammel había asegurado ser inocente y víctima de un montaje, y mi testigo finalmente había declarado que resultaba físicamente imposible que la acusada hubiera cometido el crimen. A no ser, por supuesto, que hubiera propinado el golpe mortal mientras la víctima estaba mirando al techo del aparcamiento.

Las semillas de duda eran muy consistentes. Estaba contento por cómo habían ido los últimos días, y al terminar de meterlo todo en mi maletín me quedé remoloneando junto a la mesa de la defensa, haciendo ver que estudiaba unos documentos. Casi estaba esperando que Freeman viniera y me pidiera que convenciese a mi cliente para que se conformara con un pacto.

No fue eso lo que pasó. Al levantar la mirada del documento, vi que la fiscal se había ido de la sala.

Bajé al segundo piso por el ascensor. Los jueces iban a reunirse para hablar de la necesidad de seguir manteniendo el decoro en sus salas, pero me decía que en la oficina de la fiscalía del estado seguramente seguirían trabajando hasta las cinco. Pregunté por Maggie McPherson en la entrada, y me dejaron pasar. Maggie compartía despacho con otro asistente del fiscal, pero por suerte este se encontraba de vacaciones. Estábamos a solas. Eché mano a la silla del fiscal ausente y tomé asiento frente a Maggie.

–Me he acercado un par de veces a la sala –dijo ella–. He estado mirando parte de tu interrogatorio a esa doctora de la universidad. Una buena testigo.

–Sí que es buena. Antes te vi entre el público. Pero no sabía con quién estabas: conmigo o con Freeman.

Sonrió.

–Es posible que estuviera en la sala por cuenta propia. Sigo aprendiendo de ti, Haller.

Ahora fui yo quien sonrió.

–¿Que Maggie McPherson está aprendiendo de mí? ¿En serio?

–Bueno…

–No, mejor no me respondas.

Nos echamos a reír los dos.

–Pero, bueno, me alegro de que hayas venido a verme –dije–. ¿Qué planes tenéis Hay y tú para el fin de semana?

–No lo sé. Supongo que quedarnos en casa. Y tú tienes mucho trabajo.

Asentí con la cabeza.

–Creo que vamos a tener que localizar a alguien. Y el lunes y el martes van a ser los dos días decisivos del juicio. Pero tal vez podamos quedar para ir al cine o algo así.

–Claro.

Guardamos silencio un largo instante. Acababa de vivir una de las mejores sesiones en un juzgado de toda mi carrera profesional; aun así, me sentía crecientemente embargado por unos sentimientos de pérdida y tristeza. Miré a mi exmujer.

–Nunca vamos a volver a estar juntos, ¿verdad, Maggie?

–¿Cómo?

–Justo acabo de darme cuenta. Lo que tú quieres es que sigamos como estamos ahora. Que nos veamos cuando uno de los dos lo necesita de verdad, pero no quieres que volvamos a vivir juntos. Eso nunca vas a concedérmelo.

–¿Por qué te empeñas en hablar de esto ahora mismo, Michael? Estás en mitad de un juicio. Tienes que…

–Estoy en mitad de mi vida, Mags. Y me gustaría dar con la forma de conseguir que Hayley y tú os sintierais orgullosas de mí.

Se acercó y llevó la mano a mi mejilla. La mantuvo allí un momento y la apartó.

—Creo que Hayley está orgullosa de ti.

—Ah, ¿sí? ¿Y tú?

Sonrió, con melancolía.

—Lo que yo creo es que tendrías que irte a casa y no pensar ni en el juicio ni en nada más durante toda la noche. Te vendrá bien aclararte un poco la mente. Y tranquilizarte.

Negué con un gesto.

—Ahora mismo no puedo. Estoy citado con un chivato a las cinco.

—¿Relacionado con el caso Trammel? ¿Qué chivato es ese?

—Eso da igual, y no trates de cambiar de tema. Nunca vas a perdonar y olvidar por completo, ¿verdad? No estás hecha de esa pasta, y quizá por eso eres una fiscal tan buena.

—Sí, sí, buenísima, claro. Por eso me tienen arrinconada aquí en Van Nuys, llevando casos de atracos a mano armada.

—Por cuestiones de politiqueo. No por tu capacidad o tu dedicación.

—Eso da igual, y ahora mismo no puedo mantener esta conversación. Estoy en horario de trabajo, y tú tienes que ir a ver a tu chivato. ¿Por qué no me llamas mañana si te apetece ir con Hayley al cine? Seguramente puedes llevártela, y así aprovecho para hacer unos recados.

Me levanté. Me daba cuenta de cuándo había perdido la partida.

—Muy bien, me voy. Mañana te llamo. Pero espero que vengas con nosotros al cine.

—Ya veremos.

—Entendido.

Bajé por las escaleras para alejarme de allí con rapidez. Crucé por la plaza y fui al norte por Sylmar, en dirección a Victory. Pronto vi una motocicleta aparcada en la cuneta. La de Cisco. Una codiciada Harley-Davidson de 1963 con motor OHV de dos cilindros con el depósito negro y perlado y los guardabarros a juego. Se me escapó la risa. Lorna, mi segunda exmujer, en realidad había hecho lo que le había sugerido. Por primera vez en la vida.

Había dejado la moto sin el candado echado, pues seguramente se había dicho que estaría segura aparcada frente a los juzgados y la adyacente comisaría de policía. La agarré por el manillar y caminé con ella por Sylmar. La estampa tenía que ser extraña: un hombre vestido con su mejor traje de Corneliani, empujando una Harley calle abajo, con el maletín encajado en el manillar.

Cuando llegué al bufete, no eran más que las cuatro y media; faltaban treinta minutos para que Herb Dahl se presentara a informarnos según lo que habíamos convenido. Reuní a mis colaboradores para hablar del caso, con intención de olvidarme de la conversación mantenida con Maggie. Le dije a Cisco dónde había aparcado la moto y le pregunté qué más había averiguado al estudiar el listado de amigos que nuestra cliente tenía en Facebook.

—Y, lo primero, ¿por qué coño nadie me dijo nada sobre su cuenta de Facebook? —pregunté.

—La culpa es mía —respondió Aronson al momento—. Como te he dicho antes, sabía que existía y hasta acepté su propuesta de amistad. Pero no le di la importancia que podía tener.

—A mí también se me escapó —reconoció Cisco—. Lisa también me pidió ser amigos. Miré por encima y no vi nada raro. Tendría que haber mirado más a fondo.

—Lo mismo digo —terció Lorna.

Miré sus rostros. Me encontraba ante una especie de frente unificado.

–Estupendo –dije–. Por lo visto, ninguno de los cuatro caímos, y la cliente no se molestó en mencionarlo. Y bien, tendrían que despedirnos a todos de golpe.

Hice una pausa para subrayar mis palabras.

–Pero, bueno, ¿y ese nombre que me habéis dado? Ese Don Driscoll, ¿de dónde sale? ¿Se sabe algo más sobre él? Es posible que Freeman esta mañana nos haya dado sin querer la clave de todo este caso, compañeros. ¿Qué es lo que sabemos?

Bullocks miró a Cisco, invitándole a responder.

–Como sabes –dijo este–, el fondo de inversión LeMure compró ALOFT en febrero pasado y mantuvo a Opparizio en la dirección. LeMure es una compañía que cotiza en bolsa, por lo que la compra fue supervisada por la Comisión Federal de Comercio, que luego hizo público un informe completo sobre la adquisición en el que constaba un listado de los empleados que iban a seguir trabajando en ALOFT después de la operación. Tengo el listado, que lleva la fecha del 15 de diciembre.

–Empezamos a cotejar los nombres de los empleados de ALOFT con los amigos de Lisa en Facebook –prosiguió Bullocks–. Por suerte, Donald Driscoll estaba al principio del orden alfabético. No tardamos en encontrarlo.

Asentí con la cabeza, impresionado.

–¿Y quién es Driscoll?

–En los papeles de la comisión federal consta como «informático» –indicó Cisco–. No me lo pensé dos veces, llamé a ALOFT, pedí que me pusieran con el departamento de informática y pregunté por él. Me dijeron que Donald Driscoll había estado trabajando allí, pero que su contrato expiró en febrero y no se lo renovaron. Ya no está en la empresa.

–¿Lo estáis buscando por otras partes? –pregunté.

–Sí, claro. Pero es un apellido corriente, lo cual complica las cosas. Tan pronto como sepamos algo más, serás el primero en enterarte.

Siempre llevaba su tiempo localizar a una persona cuando uno trabajaba en el sector privado. Los policías lo tenían mucho más fácil, pues les bastaba insertar un nombre en una de las numerosas bases de datos que tenían a su disposición.

–Seguid con el tema –indiqué–. Puede ser el factor decisivo.

–No te preocupes, jefe –dijo Cisco–. Seguimos.

44

Donald Driscoll, de treinta y un años, antiguo empleado de ALOFT, vivía en Long Beach, en la zona de Belmont Shore. El domingo por la mañana fui con Cisco a informarle de que teníamos una citación judicial para él, con la esperanza de que hablara conmigo para no tener que declarar a ciegas en el estrado.

Rojas convino en trabajar durante su día libre para compensar su comportamiento de hacía unos días. Mientras conducía el Lincoln, Cisco me expuso sus conclusiones en relación con los últimos acontecimientos en el caso Bondurant. Tenía muy claro que el alegato de la defensa estaba cobrando una fuerza cada vez mayor y que Driscoll bien podría ser el testigo decisivo.

—Voy a decirte una cosa —apunté—: si Driscoll coopera y dice lo que pienso que va a decir, podemos ganar este juicio.

—Tú supones mucho —respondió Cisco—. Y el caso es que no sabemos cómo va a responder este fulano. Por lo poco que hemos averiguado, es posible que el asesino fuera él. El tipo mide casi uno noventa. Lo pone en su carnet de conducir.

Miré a mi investigador.

—Sé que no estoy autorizado a ver su carnet, pero resulta que me lo encontré delante de las narices —explicó.

—No me reveles ningún delito, Cisco.

–Lo único que digo es que vi esa información en el carnet, y punto.

–Bien. Pues déjalo ahí. ¿Qué sugieres que hagamos cuando lleguemos? Yo tenía pensado llamar a la puerta tranquilamente.

–Es lo que vamos a hacer. Pero tienes que andarte con cuidado.

–Iré detrás de ti.

–Claro, eres un gran amigo

–Y que lo digas. Por cierto, si mañana te hago salir a declarar, quiero que vayas vestido con una camisa de verdad, con sus mangas y su cuello. Vístete de forma un poco presentable, hombre. No sé cómo Lorna aguanta tus mierdas, la verdad.

–Sí, ya, pero hasta ahora ha tenido más paciencia conmigo que contigo.

–Eso es verdad.

Giré el rostro y miré por la ventanilla. Tenía dos ex-mujeres, que seguramente eran mis mejores amigas. Pero la cosa no iba más allá. Había estado con ambas, pero no había sabido mantenerlas a mi lado. ¿Y eso qué decía de mí? Estaba constantemente sumido en la ensoñación de que Maggie, mi hija y yo un día volveríamos a vivir en familia. Pero estaba clarísimo que eso nunca iba a suceder.

–¿Estás bien, jefe?

Me volví hacia Cisco.

–Sí, ¿por qué?

–No sé. Te veo un poco raro. ¿Por qué no me dejas llamar a la puerta a mí solo? Si el tipo está dispuesto a hablar, te envío una llamada perdida, y vienes a la casa.

–No, vamos a hacerlo juntos.

–Tú mandas.

–Sí, yo mando.

Pero me sentía como un perdedor. En ese momento decidí que iba a cambiar las cosas y encontrar un modo de redimirme. Justo después del juicio.

Belmont Shore tenía la atmósfera de un pequeño pueblo playero, por mucho que formara parte de Long Beach. La residencia de Driscoll se encontraba en una casa de dos pisos construida en los años cincuenta pintada de blanco y azul claro junto a Bayshore, a tiro de piedra del paseo marítimo.

Su apartamento estaba en el segundo piso y se llegaba a él por un pasillo exterior que discurría pegado a la fachada del edificio. El apartamento 24 quedaba a mitad de camino. Cisco llamó con los nudillos y al momento se hizo a un lado, dejándome solo frente a la puerta.

—¿Estás de broma? —dije.

Me miró. No estaba de broma.

Me hice a un lado también. Nos mantuvimos a la espera, pero nadie respondió, y eso que no eran ni las diez de una mañana de domingo. Cisco me miró y enarcó las cejas, como preguntándome qué era lo que quería hacer.

No respondí. Me giré en dirección a la barandilla y miré al aparcamiento situado más abajo. Vi que había algunas plazas vacías y que en todas estaba pintado un número. Señalé hacia allí.

—Vamos a ver si su coche está en la plaza número veinticuatro.

—Ve tú —dijo Cisco—. Yo me quedo a mirar por aquí.

—¿El qué?

No veía que hubiera mucho que mirar. Estábamos en un pasillo exterior de poco más de metro y medio de ancho que discurría por delante de todos los apartamentos del segundo piso. En él no había muebles viejos, bicicletas ni nada. Tan solo hormigón.

–Tú ve a comprobar el aparcamiento.

Bajé por las escaleras. Tras agacharme para mirar debajo de tres coches, con el objetivo de ver el número pintado en el suelo, comprendí que los números del aparcamiento no se correspondían con los de los apartamentos. En el edificio había doce apartamentos, numerados del 1 al 6 en la planta baja, y del 21 al 26 en el piso de arriba. Sin embargo, las plazas del aparcamiento estaban numeradas del 1 al 16. Me dije que, siguiendo este orden numérico, a Driscoll le correspondería la plaza número 10, si había una por apartamento, pues dos de ellas estaban reservadas a las visitas y otras tantas a los vehículos para personas con discapacidad.

Estaba terminando de hacer este cálculo e iba a mirar bajo el BMW de diez años de antigüedad aparcado en la plaza 10 cuando Cisco me llamó desde arriba. Miré y, con un gesto, me indicó que subiera.

Subí. Al llegar, estaba de pie ante la puerta abierta del apartamento 24. Me invitó a entrar con un gesto.

–Estaba durmiendo, pero al final ha contestado y me ha invitado a entrar.

Entré y vi a un hombre desarreglado y despeinado, sentado en un sofá en una sala de estar apenas amueblada. Tenía los cabellos erizados y medio aplastados en la sien derecha; estaba hecho un ovillo, con una manta sobre los hombros. A pesar de su aspecto, vi que su rostro era el que aparecía en la foto que Cisco había sacado de la cuenta de Donald Driscoll en Facebook.

–Este amigo suyo miente –espetó–. Yo no le he invitado a entrar. Esto se llama allanamiento de morada.

–No, usted me ha invitado –replicó Cisco–. Tengo un testigo.

Me señaló con el dedo. Con los ojos fatigados, el hombre me miró por primera vez. Vi que reconocía mi cara. Sabía que estábamos ante Driscoll y que la visita iba a resultar interesante.

—Oigan, a ver un momento, no sé qué significa todo est...

—¿Usted es Donald Driscoll? —pregunté.

—No voy a decirle una mierda, compañero. No pueden entrar así por la cara y...

—¡A callar! —tronó Cisco.

Driscoll dio un respingo en el sofá. Yo mismo me sobresalté, pues desconocía esta novedosa forma que Cisco tenía de llevar una entrevista.

—Usted responda a la pregunta —continuó Cisco, con voz más calmada—. ¿Usted es Donald Driscoll?

—¿Y ustedes quiénes son?

—Eso ya lo sabe —contesté—. Me ha reconocido nada más verme. Y, Donald, ya sabe por qué estamos aquí, ¿verdad?

Me adentré en la sala de estar y saqué la citación que llevaba plegada en el bolsillo del impermeable. Driscoll era alto, pero también muy flaco, y tenía la tez tan blanca como la de un vampiro, lo que resultaba raro en alguien que vivía a una manzana de la playa. Dejé el documento en su regazo.

—¿Y esto qué es? —preguntó, tirándolo al suelo de un manotazo sin molestarse en desdoblarlo.

—Es una citación judicial, y puede tirarla al suelo y no leerla, si no quiere, pero eso da lo mismo. Se la hemos entregado, Donald. Tengo un testigo y soy un agente judicial. Si mañana a las nueve no se presenta a declarar, a mediodía estará en el calabozo acusado de desacato.

Driscoll se agachó y recogió el documento.

—Esto es una puta broma, ¿no? ¡Van a conseguir que me maten!

Miré a Cisco de soslayo. Esto se estaba poniendo cada vez más interesante.

–¿Se puede saber de qué me está hablando?

–¡De que no puedo declarar en un juicio! Si me acerco a un juzgado, soy hombre muerto… ¡Y lo más probable es que estén vigilándome en este puto momento!

Miré a Cisco otra vez. Volví a posar la vista en el hombre sentado en el sofá.

–¿Quiénes van a matarlo, Donald?

–Eso no voy a decírselo. Además, ¿usted qué coño piensa?

Me tiró la citación, que me rebotó en el pecho y cayó al suelo revoloteando. Se levantó de un salto y trató de ir corriendo hacia la puerta. La manta fue a parar al suelo, y vi que tan solo llevaba puestos una camiseta y unos pantalones cortos de deporte. Antes de que pudiera dar tres zancadas, Cisco se lanzó en plancha y le hizo un placaje propio del fútbol americano. Driscoll se estrelló contra la pared y fue a parar al suelo. El póster enmarcado de una chica de pie sobre una tabla de surf que había en la pared se deslizó hacia abajo, y el marco se hizo añicos contra el suelo.

Sin alterarse, Cisco se agachó, puso a Driscoll en pie e hizo que se sentara en el sofá otra vez. Fui a la puerta y la cerré, por si el ruido contra la pared llevaba a algún vecino a curiosear. Volví a la sala de estar.

–De esta no va a escapar, Donald –indiqué–. Más vale que nos cuente lo que sabe, y entonces podremos ayudarlo.

–Ayudarán a que me maten, capullos. Y creo que me han roto el puto hombro.

Empezó a mover el brazo y el hombro como si se dispusiera a lanzar una pelota de béisbol. Hizo una mueca de dolor.

–¿Cómo se siente? –pregunté.

–Me lo he roto, ya se lo dicho. He notado que algo se rompía.

–Si lo tuviera roto, no podría moverse –apuntó Cisco.

Lo dijo en tono amenazante, como si fuera a haber serias consecuencias en caso de que la fractura fuese real. Cuando hablé, lo hice con voz tranquila y amable:

–¿Qué es lo que sabe, Donald? ¿Por qué es usted peligroso para Opparizio?

–Yo no sé nada. Y no he dicho ese nombre. Ese nombre lo ha dicho usted.

–Tiene que entender una cosa: acaba de llegarle una notificación legal. O comparece y declara, o se queda encerrado en el calabozo hasta que lo haga. Pero piénselo, Donald: si declara y cuenta lo que sabe sobre ALOFT y su trabajo en la compañía, pasará a estar protegido. Y nadie tratará de hacerle algo, pues estaría clarísimo quién sería el responsable. Usted es quien decide.

Negó con la cabeza.

–Sí, estaría clarísimo si lo hicieran ahora. Pero ¿y si lo hacen dentro de diez años, cuando todos se hayan olvidado de su juicio de mierda y esa gente siguiera teniendo todo el dinero del mundo para esconderse?

La suya era una pregunta a la que no tenía por qué contestar.

–Mire, soy el abogado de la acusada, cuya vida depende de todo esto. Tiene un hijo pequeño, y están tratando de quitárselo todo. No voy a dejar que…

–Váyase a tomar por culo, hombre. Lo más seguro es que la tipa hiciera eso que dicen que hizo. Y aquí estamos hablando de dos cosas distintas. Yo no puedo ayudarla. No tengo pruebas. No tengo nada. Así que déjenme en paz de una vez, ¿está claro? ¿Qué pasa con mi propia vida, a ver? Yo también tengo una vida, para que lo sepan.

Le miré y meneé la cabeza con tristeza.

–No puedo dejarlo en paz. Mañana voy a llamarlo a declarar. Puede negarse a responder a las preguntas. Incluso puede acogerse a la quinta enmienda si ha cometido algún delito. Pero usted va a estar en la sala, y ellos van a enterarse. Y van a saber que con usted tienen un problema de largo recorrido. Lo mejor es que cante *La traviata*, Donald. Hable y le protegerán. Cinco años, diez años… Nunca podrán hacerle nada, pues quedarán las actas del juicio.

Driscoll estaba contemplando un cenicero lleno de monedas que había en la mesita baja, pero lo que estaba viendo era otra cosa.

—Creo que voy a tener que llamar a un abogado –dijo.

Miré a Cisco. Eso era exactamente lo que menos me interesaba. Nunca es conveniente que un testigo comparezca acompañado por su propio abogado.

—Muy bien, como quiera: si tiene un abogado, llámelo. Pero su abogado no va a poder impedir que el juicio siga en marcha. Y esta citación es lo que vale, Donald. Un abogado le cobrará mil dólares para conseguir que la revoquen, pero eso no va a lograrlo. Tan solo servirá para que el juez se irrite con usted por retrasar la marcha del proceso.

El móvil empezó a zumbar en mi bolsillo. Era domingo, y aún bastante temprano, por lo que no esperaba la llamada de nadie. Miré la pantalla. Maggie McPherson.

—Piense en lo que acabo de decirle, Donald. Tengo que coger esta llamada. Será un minuto.

Fui hacia la cocina y respondí.

—¿Maggie? ¿Todo en orden?

—Sí, claro. ¿Qué problema iba a haber?

—No sé. Es un poco pronto para que me llames en domingo. ¿Hayley sigue durmiendo?

Los domingos, mi hija siempre dormía a pierna suelta. Si nadie la despertaba, era muy capaz de seguir durmiendo hasta después del mediodía.

–Claro que sí. Tan solo te llamo porque ayer no nos dijiste nada, por lo que supongo que hoy toca ir al cine.

–Eh…

Recordé vagamente que el viernes por la tarde prometí a Maggie que iríamos al cine.

–Estás ocupado.

En su voz había aparecido «aquel tono»: ese desdeñoso que venía a decirme que yo era un mierda.

–Ahora mismo sí. Estoy en Long Beach, hablando con un testigo.

–Entonces, ¿se acabó lo de ir al cine? ¿Es lo que tengo que decirle?

Podía oír las voces de Cisco y Driscoll en la sala de estar, pero estaba demasiado agobiado para escuchar lo que decían.

–No, Maggie, no le digas eso. No sé cuánto rato voy a estar aquí. Pero os llamo en cuanto termine. Antes de que ella se despierte, ¿entendido?

–Entendido. Quedamos a la espera.

Colgó, dejándome con la palabra en la boca. Me llevé el móvil al bolsillo y miré a mi alrededor. Por lo que parecía, la cocina era la estancia menos utilizada de la casa.

Volví a la sala de estar. Driscoll continuaba sentado en el sofá. Cisco estaba de pie, lo bastante cerca como para evitar otro posible intento de fuga.

–Donald justo acaba de decirme cómo quiere declarar –afirmó Cisco.

–¿De verdad? ¿Cómo es que ha cambiado de idea, Donald?

Me situé ante Driscoll. Me miró, se encogió de hombros. Observó a Cisco.

–Su amigo dice que a usted nunca le han matado a un testigo y que, si la cosa se pone mal, conoce a unos que pueden darle para el pelo a esa gente. No sé por qué, pero me lo creo.

Asentí con la cabeza. Por mi mente pasó el cuarto pintado de negro en el cuartel general de los Saints. Hice lo posible por sacar esa imagen de mi cabeza.

–Sí, bueno, pues tiene razón –convine–. Entonces, ¿dice que está dispuesto a cooperar?

–Sí. Voy a contarles todo lo que sé.

–Bien. ¿Por qué no empezamos ahora mismo?

45

Al comienzo del juicio, Andrea Freeman se las había arreglado para que mi pasante, Jennifer Aronson, no pudiera sentarse a la mesa de la defensa en calidad de segunda abogada, con el argumento de que Aronson iba a comparecer como testigo en el proceso. El lunes por la mañana, cuando le llegó el turno para declarar, la fiscal trató de impedir su comparecencia, alegando que no era pertinente en este caso. En su momento no pude evitar la objeción inicial de Freeman, pero ahora me decía que los dioses del derecho estaban de mi parte. Y resultaba que el juez seguía en deuda conmigo tras haber dado la razón al ministerio fiscal en dos decisiones decisivas tomadas al principio del proceso.

—Señoría —dije—, me cuesta creer que la fiscal pueda estar haciendo esta objeción en serio. Es el propio ministerio público el que ha establecido ante el jurado un motivo por el que la acusada supuestamente cometió el crimen: porque la víctima iba a arrebatarle su casa. Rabiosa y frustrada, la acusada habría matado a Bondurant. Es la explicación que la fiscalía ha estado dando desde el principio. Por eso, el hecho de que ahora objete a la comparecencia de una testigo que va a hablar en detalle de ese supuesto motivo, la ejecución hipotecaria, con el argumento de que su declaración es improcedente, resulta engañosa en el mejor de los casos e hipócrita en el peor de los casos.

El juez no tardó en decir:

–Queda desestimada la objeción del ministerio fiscal. Y ahora, que entre el jurado.

Una vez que el jurado hubo ocupado su lugar y Aronson estuvo sentada en la silla asignada a los testigos, comencé por clarificar que era la experta de la defensa en lo tocante a la ejecución hipotecaria de la casa de Lisa Trammel.

–Señorita Aronson, usted no fue la abogada titular en el caso del desahucio a Lisa Trammel, ¿verdad?

–No, fui su segunda.

Asentí con la cabeza.

–En su calidad de segunda, estuvo haciendo todo el trabajo, por mucho que fuera yo el que firmase, ¿correcto?

–Sí, correcto. Yo fui quien preparé la mayor parte de los documentos necesarios para impedir el desahucio. Por lo que tenía un profundo conocimiento del caso.

–Así es la vida de una pasante durante su primer año en un bufete de abogados, ¿verdad?

–Eso parece.

Compartimos una sonrisa. A continuación, hice que describiera el proceso de ejecución hipotecaria paso a paso. Nunca es conveniente dirigirse a un jurado como si sus miembros fueran tontos, pero sí que hay que hablar en un lenguaje comprensible para todos. Ya sean agentes de bolsa o amas de casa, los doce miembros del jurado tienen cada uno su propia mente, y todos parten de experiencias vitales distintas. Tienes que contarles a todos una misma historia. Y tan solo tienes una oportunidad para hacerlo. Ahí está el truco. Doce mentes, pero una sola historia. Una historia que llegue a todos y cada uno de ellos.

Una vez establecidas las cuestiones económicas y legales a las que mi cliente estaba haciendo frente, pasé a otra cosa: los comportamientos de WestLand y su empresa subcontratista, ALOFT.

—Y bien, ¿qué fue lo primero que hizo después de que le encargara llevar este caso?

—Bueno, usted me dijo que me fijara bien en todas las fechas y detalles, de forma sistemática. Me dijo que en todos los casos de desahucio hay que comprobar que el demandante (la entidad que pone en marcha la ejecución hipotecaria) efectivamente tiene derecho a poner en marcha dicho proceso.

—Pero ¿esto no resultaba evidente en este caso? Recordemos que el matrimonio Trammel llevaba casi cuatro años pagando la hipoteca a WestLand, hasta que empezaron a tener problemas económicos.

—No, necesariamente, pues estábamos enterándonos de que el negocio de las hipotecas se había salido de madre a mediados de la década. Las entidades financieras concedían unas hipotecas que luego revendían en paquetes, y estos más tarde también eran revendidos, una y otra vez, hasta tal punto que la cuestión del traspaso muchas veces no terminaba de estar clara. En este caso, lo que de verdad importaba no era el nombre de la entidad a la que los Trammel estaban pagando la hipoteca. Lo que importaba era saber qué entidad era la legítima propietaria de la hipoteca.

—Entendido. ¿Y qué fue lo que halló al mirar todas las fechas y detalles de la ejecución hipotecaria de la casa de los Trammel?

Freeman volvió a protestar: la cuestión no era pertinente. Pero el juez volvió a desestimar su petición. No le tuve que repetir la pregunta a Aronson.

—Al revisar las fechas y los detalles encontré discrepancias e indicios de fraude.

—¿Puede describir tales indicios?

–Sí. Había pruebas irrefutables de que algunos documentos del traspaso de la hipoteca de una entidad a otra habían sido falsificados. Por lo que WestLand, en realidad, no tenía derecho a emprender un proceso de desahucio.

–¿Tiene esos documentos, señorita Aronson?

–Sí que los tengo, y los podemos mostrar con la ayuda de un PowerPoint.

–Hágalo, por favor.

Aronson abrió un portátil que tenía delante. El documento en cuestión apareció en las dos pantallas de la pared. Seguí haciendo preguntas.

–¿Qué es esto que estamos viendo, señorita Aronson?

–Voy a explicárselo. Hace seis años, Lisa y Jeff Trammel compraron su casa tras conseguir que una empresa financiera llamada CityPro Home les concediera una hipoteca. CityPro después agrupó esta hipoteca en un paquete con otras cincuenta y nueve hipotecas de parecida cuantía. WestLand luego compró este paquete. En ese momento, WestLand tenía la responsabilidad de asegurarse de que el traspaso de las hipotecas al banco estaba perfectamente certificado por la oportuna documentación legal. Pero no fue eso lo que pasó. En el caso de los Trammel, el traspaso de la hipoteca no llegó a ser certificado de la forma requerida.

–¿Cómo lo sabe? ¿Es que lo que tenemos ahí arriba no es el contrato de traspaso?

Me aparté del atril y señalé las pantallas en las paredes.

Aronson respondió:

–Se supone que este documento es el contrato de traspaso de la hipoteca, pero si vamos a la última página…

Pulsó la tecla oportuna en el ordenador y fue a la última página del documento. En ella constaban las firmas

–las de una representante del banco y de un notario–, así como el sello de este último, como exigía la normativa del estado.

–Dos cosas –dijo Aronson–. En principio, el sello del abogado indica que este documento se firmó el 6 de marzo de 2007, poco después de que WestLand comprase el paquete de hipotecas a CityPro. La representante del banco firma como Michelle Monet. No hemos conseguido dar con ninguna Michelle Monet que sea o haya sido empleada de WestLand en ninguna de sus sucursales y oficinas. La segunda cuestión es que, si una se fija en el sello del notario, la fecha de expiración que consta es 2014, como se aprecia con claridad.

Lo dejó ahí, tal y como habíamos ensayado, como si el fraude del sello del notario fuera algo clarísimo. Me mantuve en silencio un largo instante, como esperando una explicación por su parte.

–Bueno, ¿y qué tiene de malo que la fecha de expiración sea 2014?

–En el estado de California, las certificaciones notariales tienen una validez de cinco años, por lo que este documento tendría que llevar un sello notarial de 2009; sin embargo, la fecha de la certificación es el 6 de marzo de 2007. Pero la certificación en realidad no se hizo en 2007. Eso nos lleva a concluir que estamos ante un documento falsificado con intención de validar el traspaso de la hipoteca de los Trammel a WestLand National.

Volví al atril, consulté mis anotaciones y dejé que el jurado terminara de asimilar la declaración de Aronson. Miré de soslayo y vi que varios de sus miembros estaban contemplando las pantallas con atención. Buena señal.

–¿Qué pensó al detectar esta falsificación documental?

–Que podíamos cuestionar el derecho de WestLand a poner en marcha el desahucio de los Trammel. West-

Land no era el legítimo propietario de la hipoteca. El legítimo propietario seguía siendo CityPro.

–¿Informó a Lisa Trammel de su descubrimiento?

–El 17 de diciembre del año pasado, usted y yo nos reunimos con Lisa, nuestra cliente. La informamos de que teníamos indicios muy sólidos de irregularidades en la puesta en marcha de la ejecución hipotecaria. También le dijimos que utilizaríamos estos indicios para tratar de negociar y conseguir una solución ventajosa para sus intereses.

–¿Cómo reaccionó Lisa?

Freeman protestó: según ella, la respuesta a mi pregunta iba a ser solo un testimonio de oídas. Respondí que tenía derecho a establecer el estado de ánimo de la acusada por la época del asesinato. El juez me dio la razón, por lo que Aronson pudo responder:

–Lisa se mostró muy contenta y optimista. Dijo que lo que le habíamos explicado era una especie de regalo de Navidad, pues ahora tenía claro que el banco no iba a poder dejarla en la calle de inmediato.

–Gracias. Poco después escribió una carta a WestLand, que yo mismo firmé, ¿verdad?

–Sí, así es. Escribí una carta que llevaba su firma, explicando que habíamos encontrado estos indicios de fraude documental. Se la envié a Mitchell Bondurant.

–¿Y cuál era el propósito de dicha carta?

–Forzar la negociación de la que le habíamos hablado a Lisa Trammel. La idea era informar al señor Bondurant de lo que ALOFT estaba haciendo en nombre del banco. Nos decíamos que Bondurant posiblemente querría evitar la mala publicidad, cosa que facilitaría el establecimiento de una negociación beneficiosa para los intereses de nuestra representada.

–Cuando escribió esa carta que luego firmé, ¿sabía que el señor Bondurant la enviaría a Louis Opparizio, el propietario de ALOFT, o que tenía previsto hacerlo?

–No, en absoluto.

–Gracias, señorita Aronson. Por el momento, no tengo más preguntas.

El juez anunció el descanso de la mañana. Aronson se sentó en la silla de la acusada después de que Lisa y Herb Dahl salieran al pasillo a estirar un poco las piernas.

–Por fin puedo sentarme a la mesa de la defensa –dijo.

–Lo has hecho estupendamente, Bullocks. Pero ahora viene lo difícil.

Miré a Freeman, que estaba sentada a la mesa del ministerio fiscal, revisando las preguntas que iba a formular a continuación.

–Recuerda en todo momento que tienes permiso para tomarte tu tiempo. Cuando te haga una pregunta complicada, simplemente respira hondo, tómatelo con calma y responde si sabes la respuesta.

Me miró como preguntándome: «¿Estás pidiéndome que diga la verdad?».

Asentí con la cabeza.

–Todo irá bien.

Después del descanso, Freeman fue al atril y abrió la carpeta con sus anotaciones y preguntas. Lo primero era causar cierto efecto. A continuación, hizo lo que pudo, pero siempre es difícil hacerle preguntas a un abogado, aunque sea novato. Durante una hora entera, trató de pillar a Aronson en contradicciones, pero no lo logró.

Finalmente, probó en otra dirección, recurriendo al sarcasmo una y otra vez. Era una señal de que se sentía frustrada.

–Después de esa reunión tan maravillosa y feliz que mantuvieron con su cliente antes de Navidad, ¿cuándo volvió a ver a la acusada?

Aronson tuvo que pensarlo mucho antes de responder.

–Creo que después de que la detuvieran.

–Ya, pero ¿qué nos dice de las llamadas telefónicas? Después de la reunión con su cliente, ¿cuándo volvió a hablar con ella por teléfono?

–Estoy bastante segura de que nuestra representada habló con el señor Haller, varias veces, pero yo no volví a hablar con ella hasta después de su detención.

–Por consiguiente, no tenía usted forma de saber cuál era su estado mental entre el día de la reunión y la mañana del asesinato, ¿verdad?

Tal y como le había dicho, mi joven pasante se tomó su tiempo antes de contestar.

–Si la señorita Trammel hubiera cambiado de opinión o de estado de ánimo en lo referente a su caso, creo que me lo habría hecho saber, directamente o por medio del señor Haller. Pero no fue eso lo que sucedió.

–Lo siento, pero no le he preguntado su opinión. Le he preguntado qué es lo que usted sabe directamente. ¿Está diciéndole al jurado que, tras la reunión celebrada en diciembre, podía saber cuál era el estado mental de la acusada un mes más tarde?

–No, no estoy diciendo eso.

–Entonces, no tiene forma de saber en qué estado mental se encontraba Lisa Trammel la mañana del asesinato, ¿verdad?

–Tan solo puedo decirle lo que supe a partir de nuestra reunión con ella.

–¿Y puede decirnos qué pasó por su mente cuando se tropezó en la cafetería con Mitchell Bondurant, el hombre que estaba tratando de quitarle la casa?

–No, eso no puedo hacerlo.

Freeman consultó sus notas y pareció que dudaba. Entendía por qué: tenía que tomar una decisión complicada. Sabía que acababa de anotarse unos cuantos tantos de cara el jurado, y ahora tenía que decidirse entre tratar de sumar unos pocos más o dejar las cosas en ese punto favorable para la acusación.

Finalmente, decidió que ya había logrado bastante y plegó su carpeta otra vez.

–No tengo más preguntas, señoría.

Estaba previsto que Cisco compareciese después, pero el juez adelantó la hora del almuerzo. Fui con mis colaboradores a Jerry's Famous Deli en Studio City. Lorna estaba esperándonos sentada en un reservado cercano a la puerta que llevaba a la bolera situada detrás del restaurante. Me senté junto a Jennifer, frente a Lorna y a Cisco.

–¿Qué tal ha ido esta mañana? –preguntó Lorna.

–Yo creo que bien –respondí–. Freeman se ha apuntado algún que otro tanto, pero diría que hemos salido ganando. Jennifer lo ha hecho muy bien.

No sabía si se habían fijado en el detalle, pero ya no iba a seguir llamándola Bullocks. Después de su actuación en el estrado, me parecía fuera de lugar. Ya no era la abogada recién licenciada por aquella facultad de Derecho de tres al cuarto. Había dejado clara su valía con su trabajo dentro y fuera de la sala.

–¡Y ahora por fin puede sentarse a la mesa de la defensa! –exclamé.

Lorna soltó un vítor y aplaudió.

–Ahora es el turno de Cisco –observó Aronson, claramente incómoda ante tanta atención.

–Tal vez no –dije–. Creo que primero voy a tener que llamar a Driscoll a declarar.

–¿Cómo es eso? –apuntó Aronson.

–Porque esta mañana les he informado de su existencia a Perry y a Freeman, en una reunión en el despacho del juez. También les he dicho que tenía previsto llamarlo a declarar. Freeman ha objetado, pero ella misma fue la que sacó a relucir lo de Facebook, de forma que el juez me ha dicho que sí. Y estoy diciéndome que, cuanto antes lo saque al estrado, menos tiempo tendrá Freeman para prepararse. Si sigo con el plan inicial y llamo a Cisco a declarar, Freeman muy bien puede pasarse la tarde entera haciendo preguntas mientras sus investigadores averiguan cosas sobre Driscoll.

Tan solo Lorna asintió con la cabeza en señal de que compartía mi lógica. Con ella tenía suficiente.

–Mierda, y yo que me he vestido para la ocasión… –se quejó Cisco.

Era cierto; llevaba una camisa de manga larga que amenazaba con reventar por las costuras si le daba por flexionar los músculos. Ya la había visto antes: era su camisa para las comparecencias.

Ignoré sus protestas.

–Hablando de Driscoll, ¿qué se sabe de él, Cisco?

–Mis amigos esta mañana le han recogido y se lo han llevado. Lo último que me han dicho es que estaba jugando al billar en el cuartel general.

Miré fijamente a mi investigador.

–No estarán dándole alcohol, supongo.

–Claro que no.

–Es lo último que necesito: un testigo borracho en el estrado.

–Descuida. Les he dicho que nada de alcohol.

–Bueno, pues llama a tus amigos y diles que dejen a Driscoll en la puerta del juzgado a la una. Va a ser el siguiente.

En el restaurante había demasiado ruido para hacer una llamada. Cisco se escurrió del reservado y fue hacia la calle. Se sacó el móvil del bolsillo y lo miramos salir.

–La verdad es que está muy guapo con una camisa de verdad –observó Aronson.

–¿Eso te parece? –dijo Lorna–. A mí esas mangas no me gustan.

46

Casi no reconocí a Donald Driscoll al verlo vestido con traje y repeinado. Cisco le había llevado a una habitación reservada a los testigos y situada junto al pasillo que conducía a la sala. Cuando entré, Driscoll levantó la mirada de la mesa y me miró con ojos asustados.

–¿Cómo le ha ido en el cuartel general de los Saints? –pregunté.

–Hubiera preferido estar en cualquier otro lugar –respondí.

Asentí con la cabeza, en falso gesto de simpatía.

–¿Está preparado para todo esto?

–No, pero aquí estoy.

–Muy bien, dentro de unos minutos, Cisco vendrá y le llevará a la sala.

–Pues bueno.

–Mire, está claro que todo esto no parece gustarle mucho, pero está haciendo lo que tiene que hacer.

–Tiene razón en lo de que no me gusta mucho.

No supe qué responderle.

–Muy bien. Nos vemos en la sala.

Salí de la habitación y le hice una seña a Cisco, que estaba en el pasillo con los dos hombres que habían estado ocupándose de Driscoll. Señalé hacia la puerta de la sala, y Cisco asintió con la cabeza. Fui hacia allí, entré y vi que Jennifer Aronson y Lisa Trammel estaban sentadas a la mesa de la defensa. Me senté, pero, antes de que pudiera decirles algo, el juez entró y fue a ocupar su lugar. Hizo volver al jurado y reanudó el juicio en un santiamén. Pedí que Donald Driscoll saliera a declarar. Prestó juramento. Luego, fui directo al grano:

–Señor Driscoll, ¿cuál es su profesión?

–Trabajo en el campo de la IT.

–¿Y qué significa eso de la IT?

–Tecnología de la información, por sus siglas en inglés. Significa que trabajo con ordenadores, con internet. Mi trabajo consiste en encontrar nuevas tecnologías para reunir información importante para mi cliente de turno.

–Usted antes estuvo trabajando en ALOFT, ¿correcto?

–Sí, estuve trabajando en esa empresa durante diez meses, hasta principios de este año.

–¿En el terreno de la tecnología de la información?

–Sí.

–¿Qué era lo que hacía en ALOFT exactamente?

–Tenía distintas funciones. Todas ellas relacionadas con la informática. La compañía tenía muchos empleados y gran necesidad de acceder a información por medio de internet.

–Y usted ayudó a conseguir esa información.

–Sí.

–¿Conoce a la acusada, Lisa Trammel?

–No la conozco personalmente. He oído hablar de ella.

–¿En razón de este caso judicial?

–Sí, pero también de antes.

–¿De antes? ¿Cómo es eso?

–Una de mis funciones en ALOFT era intentar llevar un seguimiento de Lisa Trammel.

–¿Por qué?

–No sé por qué. Tan solo me dijeron que lo hiciera. Y lo hice.

–¿Quién le dijo que llevara el seguimiento de Lisa Trammel?

–El señor Borden, mi jefe.

–¿Le pidió que llevara el seguimiento de otras personas?

–Sí, de unas cuantas.

–¿De cuántas?

–De unas diez…, más o menos.

–¿Quiénes eran esas personas?

–Gente como Trammel, que protestaba y se manifestaba contra los desahucios. Y también empleados de algunos de los bancos con los que hacíamos negocios.

–Como el señor Bondurant, la víctima del asesinato.

Miré mis anotaciones unos segundos, para que mi frase calara en el jurado.

–¿Qué quiere decir exactamente con eso de «llevar un seguimiento»?

–Averiguar en internet todo lo que se pueda sobre esa gente.

–¿El señor Borden alguna vez le dijo por qué le había hecho este encargo?

–Un día se lo pregunté; me contestó que porque el señor Opparizio quería esta información.

–¿Se refiere a Louis Opparizio, el fundador y presidente de ALOFT?

–Sí.

–Y bien, ¿el señor Borden le dio instrucciones específicas en lo referente a Lisa Trammel?

–No, lo que vino a decirme fue que mirase y a ver qué encontraba.

–¿Y cuándo le hizo este encargo?

–El año pasado. Entré a trabajar en ALOFT en abril, y eso fue unos cuantos meses después.

–¿Podría haber sido en julio o agosto?

–Sí, eso mismo. Por entonces.

–¿Le transmitió la información al señor Borden?

–Sí.

–En un momento dado, vio que Lisa Trammel estaba en Facebook, ¿verdad?

–Sí, claro, fue casi lo primero que miré.

–¿Y se hizo su amigo en Facebook?

–Sí.

–Lo que facilitó que pudiera ver sus entradas sobre el grupo FLAG y el desahucio de su casa, ¿correcto?

–Correcto.

–¿Le contó a su jefe lo de la cuenta en Facebook?

–Sí. Le dije que Trammel estaba en Facebook y que era bastante activa, lo que me servía para controlar qué estaba haciendo y qué planes tenía para FLAG.

–¿Cómo respondió su jefe?

–Me dijo que lo controlara todo y que una vez a la semana se lo resumiera en un correo electrónico. Fue lo que hice.

–Cuando envió la petición de amistad a Lisa Trammel, ¿utilizó su propio nombre?

–Sí. Yo también estaba en Facebook, como sabe. De forma que no lo escondí. A ver, era casi seguro que Trammel desconocía quién era yo.

–¿Cómo eran esos informes que enviaba a Borden?

–Bueno, los avisaba de que su grupo tenía previsto organizar una manifestación, les daba la fecha y la hora, ese tipo de cosas.

–«Los», dice usted. ¿Es que estaba enviando esos informes a otras personas, además de a Borden?

–No, pero sabía que Borden luego se los mandaba al señor Opparizio, pues este, de vez en cuando, me enviaba correos en los que se refería a las cosas que le había contado a Borden. Era evidente que el hombre leía los informes.

–¿En algún momento hizo algo ilegal mientras ejercía como espía de Borden y Opparizio?

–No, señor.

–Entendido. ¿En alguno de sus informes semanales sobre las actividades de Lisa Trammel hizo referencia a sus entradas en Facebook en las que decía haber estado en el aparcamiento de WestLand National porque quería hablar con Mitchell Bondurant?

–Sí. WestLand era uno de los principales clientes de la compañía, y me dije que (si aún no lo sabía) al señor Bondurant le interesaría saber que esa mujer había estado esperándolo en el aparcamiento.

–Por lo que le explicó en detalle al señor Borden que Lisa Trammel había encontrado la plaza de aparcamiento de Bondurant y había estado esperándolo.

–Sí.

–¿Borden le dio las gracias?

–Sí.

–¿Todo esto constaba por escrito en esos correos electrónicos?

–Sí.

–¿Conservó una copia de ese correo electrónico que mandó al señor Borden?

–Sí que lo hice.

–¿Cómo es eso?

–Es una costumbre que tengo, la de guardar copias de casi todo, sobre todo al tratar con gente importante.

–¿Tiene consigo una copia de ese correo?

–Sí.

Freeman protestó y pidió hacer un aparte con el juez. La fiscal argumentó, con éxito, que no había forma de verificar la autenticidad de esa supuesta impresión de un viejo correo electrónico. El juez no me permitió utilizarlo y dijo que me contentara con los recuerdos verbales de Driscoll.

Mientras volvía a situarme frente al atril, me dije que el jurado ahora tenía claro que, en su momento, Borden sabía que Trammel había estado en el aparcamiento y que Borden estaba en contacto permanente con Opparizio. Se daban todos los elementos para un montaje inculpatorio. El ministerio público les diría que Lisa estuvo esa primera vez en el aparcamiento con la idea de preparar el asesinato que pensaba cometer. Yo iba a decirles que la persona que había organizado el montaje que debía inculpar a Trammel tenía todo cuanto necesitaba tener, gracias a Facebook.

Continué con las preguntas.

—Señor Driscoll, ha dicho usted que también le pidieron que reuniera información sobre Mitchell Bondurant, entre otros, ¿correcto?

—Sí.

—¿Qué averiguó sobre Bondurant?

—Sobre todo encontré información acerca de sus inversiones inmobiliarias. Las propiedades que tenía, cuándo las compró y por cuánto. Con quién tenía las hipotecas. Ese tipo de cosas.

—De modo que suministró al señor Borden un resumen de la situación económica de Bondurant.

—Eso es.

—¿Descubrió que Bondurant tenía problemas con sus inversiones inmobiliarias?

—Tenía muchos problemas. Debía dinero a bastante gente.

—¿Le comunicó a Borden todo esto?

—Sí.

Decidí dejar ahí su declaración sobre Bondurant. No quería que el jurado se olvidara del punto clave que

Driscoll nos había mostrado: ALOFT había estado investigando a Lisa y disponía de toda la información necesaria para tenderle una encerrona y endosarle la culpabilidad de un asesinato. Driscoll había resultado efectivo, y yo ahora iba a hacer que su comparecencia terminara de forma espectacular.

–Señor Driscoll, ¿cuándo dejó de trabajar en ALOFT?

–El 1 de febrero.

–¿Por propia voluntad o porque le despidieron?

–Les dije que iba a marcharme, y entonces me despidieron.

–¿Por qué quería marcharse?

–Porque habían matado al señor Bondurant en el aparcamiento y no sabía si la mujer a quien habían detenido, Lisa Trammel, era la asesina o si allí había alguna otra cosa. El día después de que se conociera la noticia, cuando todos en la oficina estaban al corriente de lo que había pasado, coincidí con el señor Opparizio en el ascensor. Subimos los dos juntos, pero, cuando el ascensor llegó a mi planta, Opparizio me cogió por el brazo y dejó que salieran todos los demás. Subimos a la última planta los dos solos. No soltó palabra hasta que se abrieron las puertas. En ese momento se giró y dijo: «Usted no diga ni una puta palabra». Salió del ascensor, y las puertas se cerraron.

–¿Eso fue lo que dijo? ¿«Usted no diga ni una puta palabra»?

–Sí.

–¿Nada más?

–Nada más.

–¿Y todo eso le llevó a dejar la empresa?

–Sí. Una hora después, más o menos, lo comuniqué con las dos semanas de antelación que se requerían. Sin embargo, unos diez minutos más tarde, el señor Borden vino a mi despacho y me dijo que estaba despedido. Que me echaban a la calle. Vino con una caja de cartón para que pusiera mis cosas en ella y llamó a un guardia de seguridad; estuvieron mirándome mientras lo recogía todo. Luego me acompañaron hasta la puerta del edificio.

—¿Le dieron una indemnización de algún tipo?

—En la puerta, el señor Borden me dio un sobre. Dentro había un talón por el equivalente al salario de todo un año.

—Muy generoso por su parte, eso de pagarle el salario de un año, teniendo en cuenta que no había trabajado ni doce meses en la compañía y que usted mismo les había dicho que dejaba el trabajo, ¿no le parece?

Freeman protestó, alegando que la pregunta no era pertinente. El juez le dio la razón.

—No tengo más preguntas que hacerle al testigo.

Freeman fue a ocupar mi lugar y se situó ante el atril con su carpeta de siempre. La abrió. Yo no había incluido el nombre de Driscoll en mi listado de testigos hasta esta misma mañana, pero su apellido había sido mencionado durante la sesión del viernes. Estaba seguro de que Freeman había hecho algún tipo de trabajo preparatorio. Y ahora iba a averiguar hasta qué punto.

—Señor Driscoll, usted no tiene un título universitario, ¿verdad?

—Eh, no.

—Sin embargo, estudió en la Universidad del Estado de Los Ángeles, ¿no es así?

—Sí.

—¿Cómo es que no llegó a licenciarse?

Me levanté y protesté con el argumento de que la pregunta nada tenía que ver con la declaración anterior de Driscoll. Pero el juez dijo que yo mismo había abierto esa puerta al hacer que el testigo hablara de sus credenciales y experiencia en la tecnología de la información. Perry instó a Driscoll a responder a la cuestión.

—No llegué a graduarme porque me expulsaron.

—¿Por qué?

—Por hacer trampas. Hackeé el ordenador de uno de los profesores y me bajé el examen que iba a ponernos al día siguiente.

Driscoll lo dijo en tono casi aburrido, como si supiera que iban a sacar a la luz ese episodio. Yo conocía aquel episodio y le había dicho que, si lo sacaban a relucir, tan solo tenía una salida: contar toda la verdad. Lo contrario sería una invitación al desastre.

—Entonces es usted un tramposo y un ladrón, ¿no es así?

—Lo fui en su momento, pero eso pasó hace más de diez años. Ya no hago trampas. No sirve para nada.

—¿En serio? ¿Y qué nos dice de eso de robar?

—Lo mismo. Yo no robo.

—¿No es verdad que le despidieron de ALOFT tan bruscamente porque descubrieron que estaba robándole a la empresa de modo sistemático?

—Eso es mentira. Yo les dije que me iba, y ellos entonces me despidieron.

—¿No es usted el que está mintiendo en este punto?

—No, estoy diciendo la verdad. ¿Acaso le parece que todo lo de antes me lo he inventado?

Driscoll me miró con desesperación, cosa que lamenté, pues se podría interpretar como una prueba de que estábamos confabulados. Driscoll iba a estar abandonado a su suerte mientras siguiera en el estrado. No podía ayudarlo.

—Vamos a ver, señor Driscoll —dijo Freeman—, ¿no es verdad que durante su etapa en ALOFT montó cierto pequeño negocio por su cuenta?

–No.

Driscoll negó enérgicamente con la cabeza. Me di cuenta de que en este momento estaba mintiendo y me dije que yo tenía un problema muy serio. La indemnización, pensé. Un año de salario. Si has estado robando, en el momento de despedirte no te dan una indemnización equivalente al salario de un año. ¡Que hablara de la indemnización otra vez!

–¿No es verdad que estaba valiéndose de su puesto en ALOFT para encargar costosos programas informáticos, cuyos códigos de seguridad luego reventaba, para vender copias pirateadas a través de internet?

–Eso no es verdad. Sabía que pasaría algo así si contaba a alguien lo que sé.

Esta vez hizo algo más que mirarme: me señaló con el dedo.

–Le dije que pasaría esto. Le dije que esa gente no…

–¡Señor Driscoll! –tronó el juez–. Limítese a responder a la pregunta de la acusación. Ni se le ocurra hablarle a la defensa ni a nadie más.

Ahora que estaba embalada, Freeman se dispuso a asestar el golpe definitivo.

–Señoría, ¿puedo mostrarle un documento al testigo?

–Adelante. ¿Piensa catalogarlo?

–Como la prueba material de la fiscalía número nueve, señoría.

Tenía copias para todos. Me acerqué a Aronson para leerlo juntos. Era un informe de una investigación interna realizada por ALOFT.

–¿Sabes algo de todo esto? –musitó Aronson.

–Nada de nada –respondí en un susurro.

Agaché la cabeza para estudiar bien el documento. No tenía ganas de que una abogada recién licenciada me mirara con reproche por haber metido la pata hasta el fondo en lo referente a mi último testigo.

–¿Qué es este documento, señor Driscoll? –preguntó la fiscal.

–No lo sé –respondió el testigo–. Es la primera vez que lo veo.

–Es el resumen de una investigación hecha por ALOFT, ¿no?

–Si usted lo dice.

–¿Qué fecha lleva?

–1 de febrero.

–Ese fue su último día de trabajo en ALOFT, ¿no es así?

–Sí. Esa mañana avisé a mi jefe de que pensaba marcharme pasados los quince días, y entonces borraron mi contraseña de acceso y me despidieron.

–Por una razón precisa.

–Por ninguna razón. ¿Por qué cree que me dieron ese talón con tanto dinero en la puerta? Porque yo sabía cosas, y estaban tratando de comprar mi silencio.

Freeman levantó la vista y miró al juez.

–Señoría, ¿puede pedirle al testigo que se abstenga de responder a mis preguntas con sus propias preguntas?

Perry asintió con un gesto.

–Que el testigo se limite a responder a las preguntas, sin formular otras por su cuenta.

Ya no importaba, pensé. Driscoll había mencionado lo del talón. Por fin.

–Señor Driscoll, ¿sería tan amable de leer el párrafo del informe que he subrayado en amarillo?

Protesté: el informe no constaba entre las pruebas materiales inicialmente presentadas por la fiscalía. El juez desestimó mi objeción y dio su permiso para que el testigo lo leyera, dejando en suspenso para más adelante la aceptación del informe como prueba material.

Driscoll leyó el informe para sí y meneó la cabeza.

—En voz alta, señor Driscoll —ordenó el magistrado.

—Pero aquí no hay más que una mentira tras otra. Es lo que hacen para…

—Señor Driscoll —cortó Perry en tono irritado—, lea el párrafo en voz alta, por favor.

Driscoll volvió a titubear, pero finalmente leyó:

—El empleado reconoce que compró los programas de software utilizando el nombre de la compañía y que luego los devolvió, tras haber copiado los contenidos protegidos legalmente. El empleado reconoce que estuvo vendiendo copias de estos programas informáticos a través de internet, utilizando los ordenadores de la empresa para su negocio. El empleado reconoce que se ha llevado más de cien mil dólares…

De pronto, Driscoll estrujó el papel con las dos manos, hizo una bola con él y lo tiró a través de la sala.

En mi dirección.

—¡La culpa la tiene usted! —me gritó, señalándome con el dedo otra vez—. ¡Yo no tenía problema hasta que se presentó en mi casa!

Una vez más, Perry echó en falta el tradicional martillo de juez. Instó al orden en la sala y dictó que los miembros del jurado volvieran a la sala de deliberación. Se fueron rápidamente, como si Driscoll les diera miedo. Una vez que la puerta se cerró, el magistrado ordenó al alguacil:

—Jimmy, conduzca al testigo al calabozo mientras hablo de este asunto con la fiscal y el letrado.

Se levantó y fue hacia su despacho a paso rápido, sin darme tiempo a protestar por el trato infligido a mi testigo.

Freeman le siguió. Me acerqué a Driscoll un momento:

—Acompañe a ese hombre un momento; voy a arreglar esto ahora mismo. Dentro de dos minutos está fuera.

—Puto embustero —dijo, con los ojos preñados de rabia—. Me dijo que todo sería fácil y seguro, y mire lo que está pasando. ¡Ahora todos creen que me dedico a robar putos programas informáticos! ¿Cree que voy a volver a encontrar trabajo alguna vez?

—Bueno, de haber sabido que se dedicaba a piratear esos programas, seguramente no le habría llamado a declarar.

—Váyase a la mierda, Haller. Más le vale que esto termine pronto. Porque, si tengo que volver a declarar, voy a inventarme las mierdas que sean y le voy a hundir a base de bien.

El alguacil se lo llevó hacia la puerta del calabozo situado junto a la sala. Vi que Aronson estaba de pie junto a la mesa de la defensa. Su cara lo decía todo. Todo el buen trabajo que había estado haciendo por la mañana no había servido para nada, o eso parecía.

—¿Señor Haller? —dijo el secretario judicial, sentado tras su escritorio—. El juez está esperándole.

—Sí, ya —dije—. Voy.

Fui hacia la puerta.

47

Los lunes por la noche, el Four Green Fields siempre estaba vacío. Era uno de los bares preferidos por los profesionales del derecho, pero lo normal era que la semana ya estuviera entrada cuando los abogados empezaban a necesitar el alcohol para empapar sus problemas de conciencia. Casi todas las mesas estaban libres, pero nos sentamos a la barra. Aronson se situó entre Cisco y yo.

Pedimos un cosmopolitan, una cerveza y un vodka con tónica y lima, pero sin el vodka. Todavía escocido por el fiasco de la comparecencia de Don Driscoll, quería hablar con ellos dos sobre el martes. Además, a mis dos colaboradores no les vendría mal echar un trago.

En la tele estaban retransmitiendo un partido de baloncesto, pero ni me molesté en mirar quién jugaba o cuál era el resultado. Me daba lo mismo: el desastroso testimonio de Driscoll ocupaba todos mis pensamientos. Su estallido verbal y su gesto de señalarme con el dedo habían puesto fin a la comparecencia. En su despacho, el juez nos informó de lo que pensaba decirle al jurado, al que poco después indicó que tanto la fiscalía como la defensa habían convenido que no era necesario que el testigo siguiera prestando declaración. El testimonio de Driscoll no me había servido de nada, y eso en el mejor de los casos. Era verdad que su declaración reforzaba la tesis de la defensa en el sentido de que Louis Opparizio estaba detrás de la muerte de Mitchell Bondurant, pero su credibilidad se había visto socavada por las preguntas de la fiscal, sin que fueran de ayuda ni su comportamiento volátil ni el resentimiento que me tenía. Por último, era evidente que el juez me consideraba responsable del espectáculo, lo que seguramente iría en detrimento de la defensa.

–Y bien –dijo Aronson, tras darle un pequeño trago al cosmopolitan–, ¿y ahora qué vamos a hacer?

–Seguir luchando, eso es lo que vamos a hacer. Un testigo nos ha salido rana. Son cosas que pasan en todo juicio.

Señalé el televisor.

–¿Te gusta el fútbol americano, Jennifer?

Yo sabía que había estudiado en la Universidad de California en Santa Bárbara y después en la Universidad Southwestern antes de pasar a la Facultad de Derecho. Ninguno de los dos centros era precisamente conocido por sus equipos de fútbol.

–Pero si no están jugando al fútbol. Es un partido de baloncesto.

–Ya, claro, pero ¿a ti te gusta el fútbol?

–Bueno, me gustan los Raiders.

–¡Lo sabía! –dijo Cisco con regocijo–. ¡La chica es de las mías!

–Bueno –dije–, un abogado defensor viene a ser como un defensa en un equipo de fútbol. De vez en cuando vas a meter la pata; es algo que hay que tener muy claro. Forma parte del juego. Y, si te pasa, tienes que rehacerte y olvidar lo sucedido, porque el partido continúa. Hoy hemos metido la pata… Yo he metido la pata. Pero el partido no se ha terminado, Jennifer. Ni de lejos.

–Ya, pero ¿qué vamos a hacer?

–Lo que teníamos previsto. Ir a por Opparizio. Todo depende de él. Creo que Cisco me ha dado la munición suficiente para llevarlo al límite, y esperemos pillarlo con la guardia baja, pues Dahl ha estado diciéndole que todo va a ir sobre ruedas. Para ser realista, diría que el partido ahora mismo está empatado. Después del estallido de Driscoll, o estamos empatados, o la fiscal nos lleva unos pocos puntos de ventaja. Y mañana tengo que cambiar esta situación. Si no lo consigo, perdemos.

Se sumieron en un silencio sombrío. Finalmente, Aronson hizo otra pregunta:

—¿Y qué pasa con Driscoll, Mickey?

—¿Qué pasa con él? Ya hemos terminado con Driscoll.

—Sí, pero ¿le crees en lo referente a eso de los programas informáticos? ¿Te parece que la gente de Opparizio le ha tendido una trampa? ¿Que es mentira eso de que había estado pirateando los programas? Porque es lo que ahora están diciendo todos los periodistas.

—No lo sé. Freeman ha sido muy lista. Porque ha relacionado lo de los programas con algo que Driscoll no podía o no pensaba denegar: el robo del examen en la universidad. Una cosa llevaba a la otra, más o menos. Pero, en fin, da igual lo que yo piense. Lo que importa es lo que piense el jurado.

—Creo que te equivocas. Tal como yo lo veo, lo que uno piensa siempre es importante.

Asentí con la cabeza.

—Es posible, Jennifer.

Bebí un largo sorbo de mi anémico copazo. Aronson pasó a otra cosa:

—¿Cómo es que has dejado de llamarme Bullocks?

La miré; volví a posar la vista en mi vaso. Me encogí de hombros.

—Porque hoy lo has hecho muy bien. Como si de pronto hubieras crecido, o algo por el estilo. De repente, ya no me parece buena idea llamarte por un apodo.

Miré a Cisco y le señalé con el dedo.

–Con él es otra cosa. Con un apellido como Wojcie-chowski, vamos a seguirle llamando por el apodo hasta que se muera de viejo. Y punto.

Nos reímos los tres, y el ambiente se relajó un poco. Tenía claro que una copa me vendría bien, pero llevaba dos años sin tocar el alcohol y tenía fuerza de voluntad. No iba a caer en la tentación.

–¿Qué le has dicho a Dahl que cuente esta noche? –preguntó Cisco.

Me encogí de hombros otra vez.

–Que la defensa está naufragando y que han perdido su mejor oportunidad, pues Freeman ha dejado a Driscoll hecho unos zorros. Y lo de siempre, que no tenemos la menor prueba contra Opparizio y que su comparecencia va a ser coser y cantar. Se supone que Dahl tiene que lla-marme cuando haya terminado de hablar con su contacto.

Cisco asintió con la cabeza.

–Me parece claro que la clave está en Opparizio –dije–. Si consigo transmitir al jurado lo que Cisco me ha proporcionado sobre sus negocios, a través de mis pre-guntas y de sus respuestas, y si consigo hacer que pierda la serenidad, creo que lo dejaré ahí. Sin necesidad de que salgas a declarar, Cisco.

Aronson frunció el ceño, como si no estuviera muy convencida.

–Bien –aprobó Cisco–. Así no tendré que volver a po-nerme esta camisa de payaso.

Estiró del cuello de la camisa, como si estuviera sofo-cándolo.

–No, te la pones otra vez, por si acaso. Supongo que tienes otra camisa de este tipo, ¿no?

–Pues no, la verdad. Tendré que lavarla cuando lle-gue a casa esta noche.

–¿Lo dices en serio? ¿Solo tienes…?

Cisco soltó un silbido apagado y señaló la puerta con un gesto de la cabeza. Me giré en el momento preciso en que Maggie McPherson se acomodaba en el taburete situado a mi lado.

–Aquí te pillo.

–Maggie, la fiera.

Señaló mi bebida.

–Espero que eso no sea lo que parece.

–Tranquila, que no lo es.

–Bien.

Le pidió un vodka con tónica de verdad a Randy, el camarero, seguramente para fastidiarme.

–Así que estáis ahogando vuestras penas en alcohol. Bueno, tú no tanto. He oído que hoy han ganado los buenos.

Se refería al ministerio fiscal, como era de esperar.

–Es posible. ¿Cómo es que has hecho venir a la canguro en lunes?

–No la he hecho venir. Ella misma se ha ofrecido. Le digo que sí siempre que puede. Se ha echado un novio, así que ya puedo despedirme de salir los viernes y los sábados.

–Ya. Ha venido a tu casa, ¿y te ha dado por salir tú sola por los bares?

–Quizá estaba buscándote, Haller. ¿No lo has pensado?

Me giré en el taburete, hasta darle la espalda a Aronson y mirar a Maggie cara a cara.

–¿En serio?

–Quizá. Me he dicho que tal vez vendría bien un poco de compañía. No me has estado respondiendo al móvil.

–Me he olvidado de conectarlo al salir de la sala.

Cogí el móvil y lo conecté. Con razón no había recibido la llamada de Herb Dahl.

–¿Te apetece que vayamos a tu casa? –preguntó Maggie.

La miré largamente y respondí:

–Mañana va a ser el día clave en el juicio. Creo que sería mejor que...

–Tengo hasta la medianoche.

Respiré con fuerza, pero espiré más aire del que inspiré. Acerqué el rostro, de tal forma que nuestras cabezas se rozaron, del mismo modo que las espadas de dos esgrimistas antes de entrar en combate. Musité a su oído:

–Yo no puedo seguir así, Maggie. Tenemos que arreglarlo de verdad o dejarlo para siempre.

Llevó la mano a mi pecho y me empujó hacia atrás con suavidad. Me daba miedo pensar en lo que sería de mi vida si Maggie se iba de ella para siempre. Me arrepentí del ultimátum que acababa de darle, porque sabía que, si se veía obligada a tomar una decisión, se decantaría por la segunda opción.

–¿Y si te digo que tan solo pensemos en esta noche, Haller?

–Muy bien –respondí, con tanta rapidez que los dos nos echamos a reír.

Había eludido el disparo que yo mismo acababa de pegarme en el pie. O eso parecía, por el momento.

–Pero todavía me queda algo de trabajo por hacer.

–Bueno, pues ya lo arreglaremos.

Llevó la mano a la barra para coger su copa, pero la que cogió fue la mía, por error. O acaso no fue por error. Bebió un sorbo e hizo una mueca de asco.

–Esto tiene un sabor horroroso sin el vodka. ¿Cómo se te ocurre?

—Sí, ya. ¿Es que querías asegurarte?

—No, me he equivocado.

—Claro.

Bebió de su propio vaso. Me giré un poco y miré a Cisco y a Aronson. Estaban conversando entre ellos, sin hacerme el menor caso. Me volví hacia Maggie otra vez.

—Cásate conmigo otra vez, Maggie. Voy a cambiarlo todo después de este caso.

—Eso ya lo he oído antes. La segunda parte, quiero decir.

—Sí, pero esta vez va en serio. Ya estoy cambiándolo todo, de hecho.

—¿Tengo que darte la respuesta ahora mismo? ¿Es una proposición de las que se hacen una vez en la vida? ¿O tengo tiempo para pensarlo?

—Claro, tómate unos minutos. Voy a pegarme una colleja en la cabeza y estoy contigo otra vez.

Volvimos a reír. Acerqué mi rostro y la besé. Hundí la cara en sus cabellos. Susurré:

—No me imagino viviendo con ninguna otra mujer.

Se giró un poco y me besó en el cuello. Se apartó.

—No me gustan las muestras de cariño en público, y menos aún en los bares. Me parecen una cursilada.

—Lo siento.

—Vámonos.

Se bajó del taburete. Bebió un último trago ya de pie.

Saqué la billetera y dejé lo suficiente incluso para cubrir la propina para el camarero. Les dije a mis colaboradores que me iba.

—Pensaba que todavía teníamos que hablar de Opparizio –protestó Aronson.

Vi que Cisco llevaba la mano a su brazo con disimulo, como diciéndole que no era el momento. Se lo agradecí.

–¿Sabéis una cosa? –dije–. El día ha sido muy largo. A veces, la mejor forma de preparar las cosas consiste en no pensar en ellas. Estaré en el bufete mañana a primera hora, antes del juicio. Por si queréis venir. Si no, nos vemos en la sala a las nueve.

Terminamos de despedirnos y salí a la calle con mi exmujer.

–¿Dejas el coche aquí? –pregunté.

–No. Eso de volver después de cenar y acostarme contigo puede ser un poco peligroso. Igual me da por tomar la última copa, y es posible que no sea la última. La canguro tiene que irse a su hora, y mañana también trabajo.

–¿A eso se reduce todo? ¿A cenar y a acostarte conmigo? ¿Para estar en tu casa a las doce?

Maggie en ese momento hubiera podido herirme y decirme que estaba quejándome como las mujeres se quejan de los hombres. Pero no lo hizo.

–No –respondió–. De hecho, para mí va a ser la mejor noche de toda la semana.

Fuimos andando hacia nuestros coches. Llevé mi mano a la parte posterior de su cuello; ese gesto le gustaba, por mucho que fuera una muestra de cariño en público.

48

Aquel martes por la mañana, cada paso que Louis Opparizio daba hacia el estrado hacía crecer la tensión. Iba
vestido con un traje color mantecado, camisa azul y corbata color granate. Su aspecto era muy digno, y todo en
él rezumaba dinero y poder. Estaba claro que me miraba
con desdén. Aunque era uno de los testigos de la defensa, saltaba a la vista que no me tenía el menor aprecio.
Me había pasado el juicio entero indicando que la culpable no era mi cliente, sino otra persona: Opparizio, quien
ahora estaba sentándose delante de mí. La suya era la
comparecencia más esperada. La sala hoy estaba más llena que nunca, de periodistas y de público en general.

Empecé hablando en tono cordial, pero no iba a seguir por ese camino. Tenía un propósito claro, y el veredicto dependía de si lo conseguía o no. Tenía que llevar
al límite al hombre que estaba sentado delante. Estaba
en la sala por su codicia y su vanidad. Había hecho caso
omiso del consejo de sus abogados de acogerse a la quinta enmienda y había aceptado el reto de medirse conmigo mano a mano en una sala atestada de gente. Mi labor
era hacer que se arrepintiera de su decisión, conseguir
que se acogiera a la quinta enmienda en las narices del
jurado. Si lo hacía, Lisa Trammel saldría en libertad. No
hay duda razonable más consistente que la que te ofrece
tu chivo expiatorio cuando se acoge a la quinta enmienda y dice que no quiere declarar contra sí mismo. Des-

pués de una cosa así, ¿cómo podría un jurado honesto establecer un veredicto de culpabilidad más allá de toda duda razonable?

–Buenos días, señor Opparizio. ¿Qué tal está?

–Preferiría estar en otro lugar. ¿Y usted qué tal?

Sonreí. Opparizio parecía listo para pelear.

–Eso se lo diré dentro de unas pocas horas –respondí–. Gracias por estar hoy aquí. He creído percibir que tiene cierto acento del este del país. ¿No es usted de Los Ángeles?

–Nací en Brooklyn, hace cincuenta y un años. Vine a California a estudiar Derecho y me quedé para siempre.

–Durante este juicio se han hecho varias referencias a usted y su compañía. Parece que su empresa es la preponderante en el negocio de los desahucios, por lo menos en este condado. Yo...

–¿Señoría? –interrumpió Freeman desde su asiento–. ¿La defensa está haciendo una pregunta?

Perry se la quedó mirando un momento.

–¿Acaba de formular una protesta, señorita Freeman?

La fiscal comprendió que no se había levantado. El juez nos había dejado bien claro en las reuniones previas al juicio que tendríamos que levantarnos cada vez que presentáramos una objeción. Freeman se levantó rápidamente.

–Sí, señoría.

–Haga la pregunta que tenga que hacer, señor Haller.

–A eso iba, señoría. Señor Opparizio, ¿puede explicarnos qué es lo que ALOFT hace exactamente?

Opparizio se aclaró la garganta y se giró hacia el jurado para responder. Se trataba de un testigo serio y competente. Ya me iba bien.

—Será un placer. En lo fundamental, ALOFT es una empresa de intermediación. Las grandes entidades crediticias, como WestLand National, recurren a mi compañía para que lleve los procesos de ejecución hipotecaria, desde el principio hasta el final. Nos encargamos de todo: presentamos los documentos necesarios, entregamos las notificaciones pertinentes, comparecemos en juicio cuando es necesario. A cambio de una tarifa plana. A nadie le gusta oír hablar de los desahucios. A todos nos cuesta pagar una hipoteca para contar con nuestro propio hogar. Pero las cosas a veces no funcionan, y es preciso recurrir al desahucio. Ahí es donde entramos nosotros.

—Dice usted que las cosas a veces no funcionan. Pero a usted le han estado yendo muy bien durante los últimos años, ¿no es así?

—Nuestra compañía ha experimentado un tremendo crecimiento durante los últimos cuatro años; tan solo ahora está empezando a estabilizarse.

—Antes ha mencionado el nombre de WestLand, uno de sus clientes. WestLand era un cliente muy importante, ¿verdad?

—Lo era y lo sigue siendo.

—¿Cuántos desahucios llevan para WestLand a lo largo de un año, de forma aproximada?

—Ahora mismo no sé darle la cifra exacta, pero creo que, sumando el total de sus oficinas en el oeste del país, el número estará cerca de los diez mil casos al año.

—¿Me creerá si le digo que durante los últimos cuatro años han estado llevando un promedio de más de dieciséis mil casos para WestLand? Es lo que dice el informe anual del banco.

Lo levanté para que todos lo vieran.

—Sí, me lo creo. Los informes anuales no mienten.

–¿Cuál es esa tarifa plana que ALOFT cobra por cada caso de desahucio?

–En los casos de propiedades inmobiliarias cobramos veinticinco mil dólares por todo el servicio, incluso si tenemos que ir a juicio en un caso concreto.

–Entonces, si sumamos estas cifras, este único cliente, WestLand, reporta a su empresa cuarenta millones de beneficios al año, ¿correcto?

–Si las cifras que me ha dado son las correctas, será eso más o menos, sí.

–Por consiguiente, está claro que WestLand era muy importante para ALOFT.

–Sí, aunque todos nuestros clientes son importantes para la compañía.

–Entendido. Supongo que usted conocía bastante bien a Mitchell Bondurant, la víctima de este asesinato, ¿verdad?

–Por supuesto que le conocía bien; lo que le pasó fue horroroso. Era un buen hombre que trataba de hacer bien su trabajo.

–Estoy seguro de que todos apreciamos su compasión. Pero, en el momento de su muerte, usted ya no se llevaba tan bien con el señor Bondurant, ¿verdad?

–No sé muy bien qué quiere decir. Hacíamos negocios juntos. De vez en cuando teníamos pequeños desacuerdos, pero eso es lo normal en nuestro mundo.

–Ya, pero no estoy refiriéndome a pequeños desacuerdos ni a lo que es normal en el mundo de los negocios. Estoy refiriéndome a una carta que Bondurant le envió poco antes de su asesinato, amenazando con revelar las prácticas fraudulentas de su compañía. Su secretaria firmó el recibo de esa carta certificada. ¿Usted la leyó?

–Por encima. Lo que venía a decir era que uno de entre mis ciento ochenta y cinco empleados se había pasado un poquito de la raya. Estamos hablando de un pequeño desacuerdo, sin que la carta tuviera nada de amenazante, como usted sostiene. Le indiqué a la persona en cuestión que arreglara lo sucedido. Eso es todo, señor Haller.

Pero eso no era todo cuanto yo tenía que decir sobre la carta. Hice que Opparizio la leyera para el jurado y, durante la media hora siguiente, estuve haciéndole preguntas cada vez más específicas e incómodas. A continuación, pasé a la notificación de investigación federal, que también le hice leer para el jurado. Pero Opparizio no se dejó intimidar y dijo que la carta de los organismos federales era un simple palo de ciego.

—Los invité con los brazos abiertos a venir a hablar conmigo —indicó—. Pero ¿sabe qué pasó después? Que nadie vino a verme. Durante todo este tiempo no he vuelto a saber del señor Lattimore, del agente Vasquez o de cualquier otro agente federal. Porque la notificación no tenía el menor sentido. No me escondí ni traté de escaparme. No protesté ni me escondí tras un abogado. Les dije que entendía que tenían un trabajo que hacer y que vinieran a mirarlo todo. Que nuestras puertas estaban abiertas y no teníamos nada que ocultar.

La respuesta era buena y estaba bien preparada; saltaba a la vista que Opparizio estaba ganando esos primeros asaltos, cosa que a mí me parecía bien, pues estaba reservando mis golpes más contundentes para después. Lo que quería era que se confiara, que pensara que lo tenía todo controlado. Por medio de Herb Dahl, habíamos estado dándole a entender que no tenía que preocuparse por nada. Le habíamos hecho creer que yo tan solo tenía unos pocos y frágiles indicios de conspiración, que podría desmentir sin mayor problema, como estaba haciendo justo en ese momento. Cada vez se sentía más confiado. Pero cuando su confianza y su complacencia fueran casi absolutas, iría a por él para dejarlo fuera de combate. No llegaríamos a los quince asaltos. No iba a durar tanto.

–Cuando recibió estas dos cartas, usted estaba llevando ciertas negociaciones en secreto, ¿no es así?

Opparizio guardó silencio un momento, por primera vez desde que comenzara a interrogarlo.

–En ese momento estaba tratando de cerrar ciertos acuerdos de negocio en privado, como casi siempre es el caso. No usaría la expresión «en secreto», por las connotaciones que tiene la expresión. El secretismo no es de recibo, pero las negociaciones en privado sí que lo son.

–Ya, y esta negociación de hecho se centraba en la venta de su empresa, ALOFT, a una gran compañía que cotiza en bolsa, ¿correcto?

–Sí, efectivamente.

–Una compañía llamada LeMure, ¿no?

–Sí, es correcto.

–Un acuerdo que podía reportarle mucho dinero de forma directa, ¿no es así?

Freeman se levantó y pidió hacer un aparte. Fuimos a hablar con el juez, y la fiscal protestó con un enérgico murmullo.

–¡No es pertinente! ¡¿Qué va a ser lo próximo?! La defensa ahora nos lleva a Wall Street, lo que no tiene nada que ver ni con Lisa Trammel ni con las pruebas materiales en su contra.

–Señoría –incidí con rapidez, antes de que el juez pudiera abrir la boca–, muy pronto va a quedar claro que sí que es pertinente. La señorita Freeman sabe perfectamente adónde estamos yendo a parar, y no le interesa que lleguemos a ese lugar. Pero el tribunal me ha concedido permiso para poner en práctica una estrategia de defensa vinculada a la hipótesis de la culpabilidad de un tercero. De esto se trata, señor juez. Estamos empezando a atar todos los hilos, y por eso pido comprensión al tribunal.

Perry no se lo pensó demasiado y respondió:

—Puede usted continuar, señor Haller, pero no quiero que se alargue demasiado al hacerlo.

—Gracias, señoría.

Volvimos a nuestros respectivos lugares. Decidí acelerar un poco el ritmo.

—Señor Opparizio, el pasado enero, cuando estaba metido de lleno en esas negociaciones con LeMure, usted tenía claro que iba a ganar muchísimo dinero si finalmente cerraba el acuerdo, ¿no es así?

—Sería una compensación generosa por los años empleados en establecer la compañía.

—Pero si perdía a uno de sus principales clientes (uno que le reportaba un beneficio de unos cuarenta millones al año), entonces el acuerdo correría peligro, ¿no es así?

—Ningún cliente amenazó con dejarnos.

—Señor, permítame que le llame la atención sobre la carta que le envió el señor Bondurant. ¿No diría que en ella Bondurant amenazaba con que WestLand dejara de ser su cliente? Creo que tiene una copia delante de usted, por si quiere confirmar este punto.

—No necesito leer esa carta. En ella no hay amenazas de ningún tipo. Mitch me la envió, y yo me encargué de arreglar el problema.

—¿Del mismo modo que arregló el problema con Donald Driscoll?

—Protesto —intervino Freeman—. El comentario es improcedente.

—Lo retiro. Señor Opparizio, usted recibió esta carta cuando estaba metido de lleno en las negociaciones con LeMure, ¿correcto?

–Durante las negociaciones, sí.

–En el momento de recibir la carta, sabía que el señor Bondurant tenía serios problemas económicos, ¿no es así?

–Yo no tenía idea de la situación económica personal del señor Bondurant.

–¿No hizo que un empleado de su compañía investigara la situación personal del señor Bondurant y otros banqueros con los que trataba?

–No, eso es ridículo. El que se lo haya dicho está mintiendo.

Había llegado el momento de comprobar qué tal se había desempeñado Herb Dahl en sus funciones de agente doble.

–En el momento en que le envió esa carta, ¿estaba el señor Bondurant al corriente de sus negociaciones secretas con LeMure?

La respuesta de Opparizio tendría que haber sido: «No lo sé». Pero yo le había indicado a Dahl que le contara a su hombre que los abogados de Trammel no habían encontrado nada en lo referente a este aspecto clave en la estrategia de la defensa.

–Bondurant no estaba al corriente en absoluto –respondió–, pues durante la fase de negociación no dije nada a los bancos con los que trabajábamos.

–¿Quién es el director financiero de LeMure?

Opparizio dio la impresión de quedarse un poco sorprendido por la pregunta y el aparente cambio de tema.

–Se refiere usted a Syd Jenkins. Sydney Jenkins.

–El señor Jenkins estuvo al frente de la comisión de LeMure que negoció con usted el acuerdo de adquisición, ¿no es así?

Freeman protestó y preguntó que adónde iba todo esto. Le dije al juez que pronto lo sabría. Perry me permitió continuar e instó a Opparizio a responder a la pregunta.

—Sí, estuve negociando el acuerdo con Syd Jenkins.

Abrí una carpeta, saqué un documento y le pedí permiso al juez para enseñárselo al testigo. Como era de esperar, Freeman protestó, y, en un aparte, estuvimos debatiendo la pertinencia del documento. Pero, del mismo modo que Freeman había ganado la batalla a la hora de mostrar a Driscoll el informe de investigación interna de ALOFT, Perry niveló la balanza y me permitió enseñar el documento atendiendo a su decisión anterior.

Con su autorización, le entregué una copia al testigo.

—Señor Opparizio, ¿puede explicarle al jurado qué es ese documento que tiene en la mano?

—No estoy muy seguro.

—Es una impresión de una página de una agenda digital.

—Si usted lo dice.

—¿Qué nombre aparece en lo alto de la página?

—Mitchell Bondurant.

—¿Y qué fecha lleva la página?

—13 de diciembre.

—¿Puede leer con quién iba a reunirse Bondurant a las diez de esa mañana?

Freeman pidió hacer un nuevo aparte. Volvimos a situarnos frente al juez.

—Señoría, aquí estamos juzgando a Lisa Trammel. No a Louis Opparizio ni a Mitchell Bondurant. Esto es lo que pasa cuando una persona se aprovecha de la buena disposición del tribunal a la hora de concederle manga ancha. Objeto a que se sigan formulando esta clase de preguntas. La defensa está llevándonos a un terreno que nada tiene que ver con la decisión que tiene que tomar el jurado.

—Señoría —dije yo—, una vez más, esto tiene que ver con la posibilidad de que una tercera persona fuese la autora del crimen. La defensa tuvo acceso a esta página de agenda digital desde el momento de la presentación de pruebas. Y las respuestas a mis preguntas van a dejarle claro al jurado que la víctima estaba implicada en cierta extorsión hecha al testigo. Lo que es un motivo para el asesinato.

—Señor juez, esto es...

—Ya está bien, señorita Freeman. Permiso concedido.

Volvimos a nuestros lugares respectivos, y el magistrado le ordenó a Opparizio que respondiera a la pregunta. La repetí, por si el jurado la había olvidado.

—¿Puede leer con quién iba a reunirse Bondurant a las diez de la mañana del 13 de diciembre?

—Aquí pone: «Sydney Jenkins, LeMure».

—¿Esta anotación no le dice que Bondurant se enteró del inminente acuerdo entre ALOFT y LeMure en diciembre del año pasado?

—No tengo la menor idea de lo que estuvieron hablando durante esa reunión, si es que al final llegaron a celebrarla.

—¿Qué razón iba a tener el encargado de negociar la compra de ALOFT para reunirse con el representante de unos de los principales clientes bancarios de ALOFT?

—Eso tendría que preguntárselo al señor Jenkins.

—Es posible que lo haga.

A Opparizio estaba empezando a agriársele el gesto. Tal vez el trabajo solapado de Herb Dahl hubiera sido efectivo.

—¿Cuándo se cerró el acuerdo de venta de ALOFT a LeMure?

—El acuerdo se cerró a finales de febrero.

—¿Cuánto pagó LeMure por la compra?

–Prefiero no decirlo.

–LeMure es una compañía que cotiza en bolsa, señor, por lo que esa información es pública. Si tiene la amabilidad de no hacernos perder el tiempo…

–Noventa y seis millones de dólares.

–En su condición de único propietario, la mayor parte de ese dinero fue a parar a su bolsillo, ¿no es así?

–Un porcentaje importante, sí.

–Y también le proporcionaron un buen paquete de acciones de ALOFT, ¿cierto?

–Cierto.

–A todo esto, usted sigue siendo el presidente de ALOFT, ¿no es así?

–Sí. Sigo al frente de la empresa. Solo que ahora tengo unos cuantos jefes por encima.

Esbozó una pequeña sonrisa, pero la mayoría de los currantes que integraban el jurado no le vieron la gracia al asunto. Más bien estaban pensando en los millones que el testigo se había sacado con el acuerdo.

–Entonces, ¿sigue usted estando estrechamente vinculado a las operaciones diarias de la compañía?

–Sí, señor.

–Señor Opparizio, en su momento, el *Wall Street Journal* publicó que la venta de ALOFT le reportó unos beneficios personales de sesenta y un millones de dólares. ¿Es verdad?

–Se equivocaron.

–¿En serio?

–Es verdad que me pagaron una suma parecida, pero no de golpe.

–Entonces, ¿están pagándole a plazos?

–Algo así, pero no termino de ver qué tiene que ver todo esto con el asesinato de Mitch Bondurant, señor Haller. ¿Por qué estoy aquí? Yo no tuve nada que ver con…

–¿Señoría?

–Un momento, señor Opparizio –dijo el juez.

Echó la cabeza hacia delante y guardó silencio un momento, como si estuviera meditando.

–Vamos a pasar al descanso de la mañana, y quiero que la defensa y la fiscalía vengan a mi despacho a hablar conmigo un momento. Se suspende la sesión.

Una vez más, seguí al juez a su despacho. Una vez más, Perry iba a pegarme un rapapolvo. Pero esta vez estaba tan furioso con él que pasé a la ofensiva. Perry y Freeman se sentaron, pero yo me quedé de pie.

–Señoría, con todos los respetos, estaba metido en plena faena, pero me ha reventado el interrogatorio al anunciar la pausa de la mañana.

–Señor Haller, no dudo de que estuviera metido en plena faena, pero estábamos yéndonos muy lejos de lo que aquí nos ocupa. Hasta el momento he sido más que generoso al plegarme a sus solicitudes, pero empiezo a pensar que me van a tomar por tonto.

–Señoría, estaba a tan solo cuatro preguntas de cerrar el círculo en lo referente a este caso, pero usted me lo ha impedido.

–Usted mismo es el responsable, señor letrado. No puedo quedarme de brazos cruzados y permitir que siga por estos derroteros. La señorita Freeman ha estado objetando, y hasta el propio testigo empieza a objetar. Y estoy quedando como un pardillo. Porque usted sigue empeñado en tirar la caña y a ver qué pesca. Me dijo (y se lo dijo al jurado) que no solo iba a probar que su cliente no cometió el crimen, sino que además iba a demostrar quién fue el que lo cometió. Pero la defensa ya ha hecho salir a cinco testigos, y usted sigue empeñado en tirar la caña y a ver qué pesca.

–Señoría, no puedo creer que... Mire, de tirar la caña, nada. Estoy demostrando cosas. Bondurant amenazó a este hombre con hacerle perder sesenta y un millones de dólares. Cualquiera con un poco de sentido común se da cuenta. Y si eso no es motivo para el asesinato, pues...

–Un motivo no es lo mismo que una prueba –terció Freeman–. No es lo mismo que una prueba material, y es evidente que usted no tiene ninguna. La estrategia de la defensa es puro humo. ¿Qué va a ser lo siguiente? ¿Decir que todos los amenazados de desahucio por Bondurant son sospechosos?

Señalé en su dirección.

–Tampoco sería tan mala idea. Pero el hecho es que la estrategia de lá defensa no es puro humo, y si me dan la oportunidad de seguir interrogando al testigo voy a tardar muy poco en sacar a relucir las pruebas oportunas.

–Siéntese, señor Haller, y haga el favor de no dirigirse a mí en según qué tono.

–Sí, señor juez. Discúlpeme.

Tomé asiento y me mantuve a la espera mientras Perry consideraba la cuestión. Finalmente dijo:

–Señorita Freeman, ¿alguna cosa más?

–Creo que el tribunal ha tomado buena nota de lo que el ministerio fiscal piensa sobre las concesiones hechas al señor Haller. Desde el primer momento repetí que su intención era la de desviar la atención del caso que tenemos entre manos. Ahora hemos llegado a este punto, y tengo que estar de acuerdo con su aseveración de que van a tomarlo por tonto y fácilmente manipulable.

Había ido demasiado lejos. Vi que la piel en torno a los ojos de Perry se tensaba cuando Freeman dijo que estaba dando la impresión de ser tonto. Intuí que lo había tenido metido en el bolsillo, pero que acababa de perderlo.

–Bueno, pues muchas gracias, señorita Freeman. Llegados a este punto, creo que voy a darle al señor Haller la última oportunidad de mostrar que sus preguntas están justificadas. ¿Entiende lo que quiero decir con eso de «última», señor Haller?

–Sí, señor juez. Y voy a cumplir.

–Más le vale, señor letrado, porque al tribunal está empezando a agotársele la paciencia. Volvamos a la sala.

Al llegar a ella, vi que Aronson seguía sentada a la mesa de la defensa y comprendí que no me había seguido al despacho del juez. Me senté fatigosamente.

–¿Dónde está Lisa?

–En la antesala, con Dahl. ¿Cómo ha ido?

–Me ha dado una última oportunidad. Pero tengo que acelerarlo todo y entrar a matar cuanto antes.

–¿Puedes hacerlo?

–Veremos. Tengo que ir un momento al baño antes de que se reanude la sesión. ¿Por qué no me has acompañado al despacho del juez?

–Porque nadie me lo pidió, y no estaba segura de si querías que lo hiciera.

–La próxima vez me sigues.

La arquitectura de los juzgados está pensada para separar a los distintos grupos. Los jurados tienen su propia tribuna y sala de deliberación, y hay pasillos y barandillas que separan a los bandos en conflicto y sus partidarios respectivos. Pero los servicios escapan a la norma. Cuando entras en ellos, nunca sabes a quién te vas a encontrar. Entré por la puerta del de caballeros y casi me estampé de bruces con Opparizio, que estaba lavándose las manos. Con la cabeza gacha, me miró a través del espejo.

–Y bien, señor letrado, me temo que el juez le ha pegado una pequeña bronca, ¿no es así?

–Eso no es asunto suyo. Y no se preocupe, que voy a buscar otro cuarto de baño.

Me giré para marcharme, pero Opparizio me detuvo.

–No se moleste. Ya me voy yo.

Agitó las manos húmedas y se dirigió hacia la puerta. Al pasar por mi lado, de pronto se detuvo.

–Es usted despreciable, Haller –espetó–. Su cliente es una asesina, pero tiene los cojones de tratar de endosarme el crimen. ¿Cómo puede mirarse al espejo por las mañanas?

Se giró y señaló la hilera de urinarios.

–Este es su lugar –dijo–. Los retretes.

49

Todo iba a decidirse durante la próxima media hora, a lo sumo durante la próxima hora. Me senté a la mesa de la defensa, tratando de poner en orden mis pensamientos, y esperé. Todos estaban en su lugar, menos el juez, que seguía en su despacho, y Opparizio, que estaba charlando de forma un poco jactanciosa con sus dos abogados, sentados en primera fila. Mi cliente acercó el rostro a mi oído y musitó en voz muy baja, para que ni la propia Aronson le oyera:

–Tiene más, ¿verdad?

–¿Perdón?

–Tiene más cosas, ¿verdad, Mickey? Más cosas con las que comprometerlo.

Incluso ella se daba cuenta de que no bastaba con lo revelado hasta ahora. Le respondí con otro murmullo:

–Eso vamos a saberlo antes del almuerzo. O estaremos bebiendo champán del bueno, o estaremos llorando como una Magdalena.

Se abrió la puerta del despacho del juez, y Perry entró en la sala. Antes incluso de llegar a su asiento, ordenó que el jurado y el testigo volvieran a ocupar sus puestos. Unos minutos después, estuve otra vez ante el atril, mirando a Opparizio desde arriba. La confrontación en los servicios parecía haber renovado su confianza. Adoptó una postura relajada que proclamaba a los cuatro vientos que se sentía pero que muy tranquilo. Decidí que ya no tenía sentido esperar más. Había llegado la hora de empezar a repartir.

—Y bien, señor Opparizio, retomando el asunto donde lo habíamos dejado, usted no ha terminado de decir toda la verdad a lo largo de su declaración, ¿verdad?

—He dicho toda la verdad, y no me gusta eso que acaba de sugerir.

—Ha estado mintiendo desde el principio, ¿verdad? Pues dio un nombre falso en el momento de prestar declaración.

—Me cambié el nombre de forma legal hace treinta y un años. Por lo que no he mentido en absoluto. Y no veo qué tiene que ver con todo esto.

—¿Qué nombre consta en su partida de nacimiento?

Opparizio calló un segundo, y me pareció que por primera atisbaba adónde quería ir a parar.

—Nací con el nombre de Antonio Luigi Apparizio. Igual que ahora, pero con una «a» al principio. Cuando era un chaval, todos me llamaban Lou o Louie, porque en nuestro barrio había muchos Anthonys y Antonios. Decidí seguir con Louis. Y me cambié el nombre legalmente a Anthony Louis Opparizio. Sencillamente, americanicé mi nombre. Eso es todo.

—Pero ¿cómo es que también cambió la primera letra de su apellido?

—Por entonces había un jugador profesional de béisbol que se llamaba Luis Aparicio. Y me parecía que nuestros nombres sonaban demasiado parecidos. Louis Apparizio y Luis Aparicio. No me gustaba eso de llamarme casi igual que una persona famosa, por lo que cambié una letra del apellido. ¿Le parece bien, señor Haller?

El juez reprendió a Opparizio y le ordenó que se limitara a responder a las preguntas sin formular otras por su parte.

–En su momento, Luis Aparicio se retiró del béisbol profesional. ¿Sabe usted cuándo? –pregunté.

Miré al juez de soslayo. Si la paciencia antes estaba agotándosele, sus reservas a estas alturas tenían que ser tan escasas como la anchura de un papel con una citación por desacato al tribunal.

–No, no sé cuándo se retiró.

–¿Le sorprendería saber que dejó el béisbol ocho años antes de que usted se cambiara de nombre?

–No, no me sorprende.

–¿Y espera que el jurado crea que se cambió de nombre para que no le confundieran con un jugador que llevaba años y años sin jugar al béisbol?

Opparizio se encogió de hombros.

–Fue lo que pasó.

–¿No es verdad que se cambió el nombre (de Apparizio a Opparizio) porque era un hombre joven y ambicioso y quería distanciarse de su familia, aunque fuera en apariencia?

–No, eso no es verdad. Me interesaba tener un nombre que sonara más americano, pero no era mi intención distanciarme de alguien.

Vi que la mirada de Opparizio iba a sus abogados una fracción de segundo.

–A usted le bautizaron en honor a su tío, ¿no es así? –pregunté.

–No, eso no es cierto –respondió Opparizio al instante–. No me bautizaron en honor a nadie.

–Un tío suyo se llamaba Antonio Luigi Apparizio, el mismo nombre que consta en su partida de nacimiento. ¿Está diciéndonos que por pura casualidad?

Al darse cuenta de su error al mentir, Opparizio trató de recuperar parte del terreno perdido, pero tan solo consiguió empeorar las cosas.

–Mis padres nunca me dijeron por quién me habían puesto el nombre, si es que me lo habían puesto por alguien.

–¿Y una persona despierta como usted no terminó por sumar dos y dos?

–Nunca pensé en el asunto. A los veintiún años me vine a vivir a California, por lo que ya no estaba cerca de mi familia.

–¿En el sentido geográfico, quiere decir?

–En todos los sentidos. Empecé una nueva vida. Me quedé a vivir aquí para siempre.

–Su padre y su tío estaban involucrados en el crimen organizado, ¿no es así?

Freeman protestó al instante y solicitó hacer un aparte. Una vez en presencia del juez hizo todo cuanto estuvo en su mano, menos poner los ojos en blanco, para transmitir su frustración.

–Señoría, esto pasa de castaño oscuro. La defensa no tiene reparo en empañar el buen nombre de uno de sus propios testigos, pero esto tiene que terminar. Estamos en un juicio, señor juez, y no a bordo de un barco pesquero.

–Señoría, me ha pedido usted que acelere las cosas, y es lo que estoy haciendo. Tengo una propuesta de prueba material que deja claro que aquí nadie está de pesca.

–¿A qué se refiere, señor Haller?

Entregué un grueso documento encuadernado que llevaba conmigo. De sus páginas sobresalían numerosas notas adhesivas de diferentes colores.

–Al informe sobre el crimen organizado que el fiscal general de Estados Unidos presentó al Congreso en 1986. Por entonces, el fiscal general era Edwin Meese. Si abre la página marcada con la nota de color amarillo, verá un párrafo subrayado. Es mi propuesta de prueba.

El juez leyó el párrafo y le pasó el volumen a Freeman, para que la fiscal pudiera leerlo. Antes de que Freeman terminara de hacerlo, Perry emitió su decisión en lo tocante a la protesta del ministerio fiscal.

–Haga sus preguntas, señor Haller, pero tan solo le doy diez minutos para relacionar unas cosas con otras. Si no lo hace en ese tiempo, le retiraré la palabra.

–Gracias, señoría.

Me situé otra vez frente al atril y volví a formular la pregunta, si bien en otros términos.

–Señor Opparizio, ¿usted sabía que su padre y su tío eran miembros de un grupo criminal organizado conocido como la «familia Gambino»?

Opparizio me había visto mostrar el volumen encuadernado al juez. Sabía que tenía algo con lo que respaldar mis palabras. En lugar de negarlo de plano, salió con una respuesta vaga:

–Como he dicho, dejé a mi familia cuando fui a la universidad. No supe mucho de ellos desde entonces. Y antes no me habían dicho nada.

Había llegado el momento de acosar a Opparizio, de llevarlo al borde del precipicio.

–¿No es verdad que a su tío le llamaban Anthony *el Gorila* Apparizio, por su fama de hombre violento y sin escrúpulos?

–No tengo ni idea.

–¿No es verdad que su tío fue la figura paterna durante su adolescencia, en un momento en que su verdadero padre estaba en la cárcel por un delito de extorsión?

–Mi tío nos estuvo ayudando económicamente, pero no fue una figura paterna para mí.

–Usted se trasladó a vivir a California cuando cumplió los veintiuno. ¿Lo hizo para distanciarse de su familia o para extender los negocios de su familia a la costa oeste del país?

—¡Eso es mentira! Vine aquí para estudiar en la Facultad de Derecho. No tenía nada ni traje nada conmigo a California. Tampoco las conexiones familiares.

—¿Le suena la palabra «topo», en el sentido empleado por los investigadores del crimen organizado?

—No sé de qué me está hablando.

—¿Le sorprendería saber que, a partir de los años ochenta, el FBI sostenía que la mafia estaba tratando de infiltrarse en negocios legales enviando a los miembros más jóvenes de su organización a estudiar en las universidades y otros centros para que echaran raíces y montaran empresas? ¿Y que a estas personas las llamaban «topos»?

—Mis negocios son completamente legales. A mí nadie me envió a ninguna parte. Me pagué los estudios de Derecho trabajando en una gestoría.

Asentí con la cabeza, como si hubiera esperado la respuesta.

—Hablando de gestorías, usted es propietario de muchas empresas, ¿no es así, señor?

—No entiendo.

—Permítame decírselo de otra manera. Cuando vendió ALOFT al fondo LeMure, siguió siendo el propietario de numerosas empresas subcontratadas por ALOFT, ¿no es así?

Opparizio se tomó su tiempo a la hora de contestar. Volvió a dirigir una mirada furtiva a sus abogados. En demanda de auxilio. Sabía adónde estaba yendo a parar y que no podía permitirse que llegara a ese lugar. Pero estaba en el estrado como testigo: solo tenía una opción.

—Soy propietario o copropietario de varias sociedades. Todas ellas legales, legítimas y limpias por completo.

Era una buena respuesta, pero no lo bastante buena.

—¿Qué tipo de sociedades? ¿Qué servicios ofrecen estas empresas?

—Bueno, antes hemos estado hablando de una gestoría, pues tengo otra de ellas. Tengo una agencia de trabajo temporal para personal de oficina. Y una empresa de venta de mobiliario de oficina. Y un...

—¿Es usted propietario de una empresa de mensajería?

El testigo se detuvo antes de responder. Estaba tratando de leerme la mente con dos preguntas de antelación, pero no conseguía seguirme el ritmo.

—Soy uno de los inversores. No soy el único propietario.

—Hablemos de esa empresa de mensajería. ¿Cómo se llama?

—Wing Nut Courier Services.

—¿Esta empresa tiene su sede en Los Ángeles?

—En Los Ángeles, sí, pero tiene oficinas en siete ciudades, pues opera en toda California y en Nevada.

—¿Qué porcentaje preciso de Wing Nuts posee usted?

—Una parte... Creo que mi participación está en torno al cuarenta por ciento.

—¿Puede darnos los nombres de algunos de los demás asociados?

—Bueno, es que hay muchos. Y algunos no son personas físicas, sino que son otras empresas.

—¿Cómo AA-Best Consultants, de Brooklyn, Nueva York? Este nombre consta en los archivos del registro mercantil en Sacramento como participante en Wing Nuts, ¿no es así?

Opparizio de nuevo tardó en responder. Dio la impresión de sumirse en oscuros pensamientos, hasta que el juez le instó a contestar de una vez.

–Sí, creo que es una de las empresas asociadas.

–Y bien, la documentación mercantil procedente del estado de Nueva York indica que el socio mayoritario de AA-Best es un tal Dominic Capelli. ¿Conoce usted a este hombre?

–No, en absoluto.

–¿Está diciéndonos que no conoce a uno de sus socios en Wing Nuts, señor?

–AA-Best sencillamente es uno de los socios. Y yo también. No conozco a todos los individuos vinculados a la empresa.

Freeman protesto. Ya era hora. Llevaba por lo menos cuatro preguntas esperando a que protestara de una vez. Casi estaba mordiéndome las uñas.

–Señor juez, ¿todo esto tiene algún sentido? –preguntó.

–Yo mismo estoy empezando a preguntármelo –dijo Perry–. ¿Qué nos dice, señor Haller?

–Tres preguntas más, señoría, y la pertinencia de este interrogatorio va a quedar más que clara para todos –respondí–. Pido que el tribunal sea comprensivo y me permita hacer tres últimas preguntas.

Lo dije sin dejar de mirar a Opparizio en todo momento. Estaba enviándole el mensaje. Da ese paso ahora mismo, o el mundo entero va a enterarse de tus secretos. LeMure va a conocerlos. Lo mismo que tus accionistas. Y que el fiscal federal. Todos van a conocerlos.

–Muy bien, señor Haller.

–Gracias, señoría.

Consulté mis notas. Había llegado el momento. Si había leído bien a Opparizio, este era el instante preciso. Volví a clavar la vista en él.

–Señor Opparizio, ¿está usted al corriente de que el estado de Nueva York ha incluido el nombre de Domi-

nic Capelli, el socio a quien dice desconocer, en un listado de...?

–¿Señoría?

Era el propio Opparizio. Acababa de dejarme con la
palabra en la boca.

–Por consejo de mis abogados y acogiéndome a mis
derechos y privilegios garantizados por la quinta enmienda de la Constitución de Estados Unidos y el estado
de California, me niego respetuosamente a responder a
esta y a otras preguntas.

Hecho.

Me quedé quieto, pero tan solo exteriormente. La
energía fluía por mi cuerpo como un grito. Casi ni me
daba cuenta de los multitudinarios murmullos en la sala.
Hasta que una voz resonó a mis espaldas con firmeza.

–Señoría, solicito permiso para dirigirme al tribunal.

Me giré y vi que era Martin Zimmer, uno de los abogados de Opparizio.

A continuación, oí que la voz de Freeman casi chilla-
ba al protestar y pedir un aparte con el juez.

Pero yo tenía claro que un aparte a estas alturas no
iba a servir de nada. Y lo mismo estaba diciéndose Perry.

–Señor Zimmer, puede volver a sentarse. Ahora vamos a irnos a almorzar, y espero que todos estén de
vuelta a la una en punto. Desaconsejo a los miembros
del jurado que hablen entre ellos de este caso o que lle-
guen a alguna conclusión a partir de la declaración y la
petición efectuadas por el último testigo.

La sala se vació ruidosamente, pues los periodistas estaban comentando en voz alta lo sucedido. Cuando el
último miembro del jurado terminó de salir por la puerta, fui a la mesa de la defensa y le musité a Aronson al
oído:

–Será mejor que esta vez me acompañes al despacho.

Aronson iba a preguntarme qué quería decir con eso, pero el juez no tardó en aclarárselo:

—Quiero que la defensa y el ministerio fiscal me acompañen a mi despacho. Ahora mismo. Señor Opparizio, usted quédese donde está. Puede hablar con sus abogados, pero no abandone la sala.

Dicho esto, el juez se levantó y se encaminó hacia el despacho.

Lo seguí.

50

A estas alturas estaba empezando a conocer a fondo el mobiliario y los cuadros que decoraban las paredes del despacho del juez. Pero me decía que esta seguramente iba a ser mi última visita, también la más difícil. Nada más entrar, el magistrado se quitó la toga y la tiró de cualquier manera sobre el perchero del rincón sin colgarla con cuidado en una percha, como había hecho en anteriores apartes en su despacho. A continuación, se dejó caer en el asiento y suspiró ruidosamente. Se echó hacia atrás y miró al techo. Su expresión era malhumorada, como si lo que más le preocupara en este momento fuese su propia reputación como jurista antes que hacer justicia a la víctima de un asesinato.

–Señor Haller –dijo por fin, como si estuviera liberándose de una carga muy pesada.

–¿Sí, señoría?

El magistrado se frotó la cara.

–Por favor, dígame que todo esto no lo ideó desde el principio, que su plan no era obligar al señor Opparizio a acogerse a la quinta enmienda delante del jurado.

–Señor juez –dije–, yo no tenía ni idea de que iba a acogerse a la quinta enmienda. En su momento se mostró más que dispuesto a declarar, por lo que ni por asomo pensaba que iba a hacer una cosa así. Es verdad que he estado zarandeándolo un poco, pero porque quería que respondiera a mis preguntas.

Freeman meneó la cabeza.

–¿Tiene algo que añadir, señorita Freeman?

–Señoría, creo que la defensa ha hecho gala de un verdadero desacato ante el tribunal, desde el mismo comienzo del juicio. Usted acaba de formular una pregunta, y no le ha respondido que no tuviera ese plan desde el principio. Lo que le ha respondido es que no tenía idea. Son dos cosas diferentes, que dejan claro que el señor letrado es muy sibilino y ha estado tratando de sabotear este juicio desde el primer día. Y se ha salido con la suya. Para él, Opparizio siempre ha sido un chivo expiatorio al que situar ante el jurado, con intención de acorralarlo y desacreditarlo por completo cuando se acogiera a la quinta enmienda. Tal ha sido su plan, y si eso no es subvertir el procedimiento judicial contencioso, yo ya no sé en qué mundo vivo.

Miré a Aronson un segundo. Parecía sentirse mortificada y hasta conmovida por la argumentación de Freeman.

–Señor juez –repuse con calma–, solo puedo responderle una cosa a la señorita Freeman: demuéstrelo. Si tan segura está de que esto ha sido una especie de plan diabólico por mi parte, que trate de demostrarlo. La verdad es (y así lo puede confirmar mi joven e idealista colega, aquí presente) que no supimos de las conexiones de Opparizio con el crimen organizado hasta hace muy poco. Mi investigador se tropezó con ellas, literalmente, mientras estudiaba las empresas de Opparizio registradas ante la Comisión de Bolsa y Valores. La policía y el ministerio público también tuvieron oportunidad de hacerlo, pero, o bien prefirieron ignorar la cuestión, o bien pensaron que con un culpable ya tenían bastante. Y creo que el ministerio fiscal en gran parte está molesto por dicha circunstancia, más que por las tácticas a las que yo pueda recurrir en la sala.

El juez seguía con la vista perdida en el techo. Hizo un gesto con la mano en mi dirección, pero no llegué a entender el significado.

–¿Señoría?

Perry se giró hacia nosotros y echó la cabeza hacia delante, para dirigirse a los tres.

–Y bien, ¿qué vamos a hacer a este respecto?

Me miró a mí en primer lugar. Escudriñé el rostro de Aronson, por si se le ocurría alguna propuesta, pero se había quedado de piedra. Me giré hacia Perry.

–No creo que haya mucho que hacer. El testigo se ha acogido a la quinta enmienda. Con lo que su comparecencia en el juicio se ha acabado. No podemos seguir preguntándole y darle la oportunidad de acogerse a la quinta de forma selectiva, cada vez que le convenga. Se ha acogido a ella, y no hay más que hablar. Hay que pasar al siguiente testigo. Tan solo tengo uno más, y con él habré terminado de hacer preguntas. Puede usted contar con mi alegato final para mañana por la mañana.

Freeman ya no era capaz ni de seguir sentada. Se levantó y empezó a pasearse nerviosamente junto a la ventana.

–Todo esto es muy injusto y se ajusta al plan ideado por el señor Haller desde el principio. Hace que comparezca el testigo que le interesa, acorrala a Opparizio para que se acoja a la quinta enmienda, y la fiscalía luego no tiene ocasión de hacer sus propias preguntas al testigo. ¿Le parece que todo esto tiene algo que ver con la justicia, señoría?

Perry no respondió. No era necesario: todos los presentes sabíamos que la situación resultaba injusta para la fiscalía. Freeman ahora no tenía oportunidad de contrainterrogar a Opparizio.

–Voy a ordenar a la taquígrafa judicial que elimine de las actas la declaración del testigo al completo –afirmó Perry–. Y le voy a indicar al jurado que no la tome en consideración.

Freeman se cruzó de brazos y meneó la cabeza con frustración.

–Me temo que este enorme descosido no se arregla tan fácilmente –dijo–. Señoría, esto es un completo desastre para el ministerio fiscal. Es totalmente injusto.

No dije nada. Freeman tenía razón. Perry era muy libre de indicar a los miembros del jurado que no tomaran en consideración ni una sola de las palabras de Opparizio, pero ya era demasiado tarde. Les había llegado el mensaje, que no iban a poder borrar de su mente. Justo lo que me había propuesto.

–Por desgracia, no veo más alternativa –dijo el juez–. Ahora salgamos a almorzar, que más tarde volveré a pensar en esta cuestión. Sugiero que ustedes tres hagan otro tanto. Si se les ocurre alguna nueva propuesta antes de la una, los escucharé con atención.

Nadie dijo nada. Era difícil creer que hubiésemos llegado a este punto. Que el final del caso estuviera a la vista. Y que todo hubiera sucedido de acuerdo con mi plan.

–Pueden irse –indicó Perry–. Le comunicaré al alguacil que puede llevarse al señor Opparizio de la sala. Lo más probable es que todos esos periodistas estén esperándolo con los dientes afilados. Y que seguramente considere que usted es el culpable, señor Haller. Sugiero que no se acerque demasiado a él mientras permanezca en el juzgado.

–Sí, señoría.

Perry echó mano al teléfono para llamar al alguacil. Los tres salimos por la puerta. Seguí a Freeman por el pasillo en dirección a la sala. No me pilló por sorpresa cuando se giró completamente indignada, su mirada dejaba claro qué era lo que sentía.

–Ahora ya lo sé, Haller.

–¿Ahora ya sabe el qué?

–Por qué Maggie y usted no volverán a estar juntos.

Me detuve. Aronson vino por detrás y se puso a mi altura. Freeman nos dio la espalda y siguió su camino.

–Eso ha sido un golpe bajo, Mickey –dijo Aronson.

Miré a Freeman, que salió a la sala por la puerta.

–No –dije–. No lo ha sido.

51

Hice salir al estrado al último testigo de la defensa, mi investigador de confianza. Dennis *Cisco* Wojciechowski compareció después del almuerzo, una vez que el juez les hubo indicado a los miembros del jurado que había ordenado borrar de las actas la declaración entera de Louis Opparizio. Cisco tuvo que deletrearle el apellido dos veces a la taquígrafa, como cabía esperar. Por supuesto, llevaba puesta la misma camisa del día anterior, aunque sin americana ni corbata. La luz de los fluorescentes del techo hacía que las cadenas de tinta negra que rodeaban sus bíceps fueran claramente visibles a través de las ceñidas mangas de la camisa azul muy claro.

—Me dirigiré a usted como Dennis, si me lo permite, para facilitarle el trabajo a la taquígrafa —dije.

En la sala se oyeron algunas risas apagadas.

—No hay problema —respondió el testigo.

—Y bien, usted trabaja para mí como investigador de mi bufete de abogados, ¿no es así, Dennis?

—Sí, eso es.

—Y ha estado trabajando largamente para la defensa en la investigación del asesinato de Mitchell Bondurant, ¿correcto?

—Correcto. Un poco he estado basándome en la investigación de la policía, con la idea de ver si se habían olvidado de algo o si se equivocaron en algún paso.

–¿Ha estado trabajando a partir de los atestados policiales y otros informes de investigación entregados a la defensa por el ministerio público?

–Sí, eso es.

–En unos de estos atestados aparecía un listado de matrículas de automóvil, ¿correcto?

–Correcto. En el aparcamiento de WestLand National había una cámara situada sobre la entrada para vehículos. Los inspectores Kurlen y Longstreth estudiaron la grabación de la cámara y anotaron las matrículas de todos los coches que entraron en el aparcamiento entre las siete, la hora de apertura, y las nueve, cuando la muerte del señor Bondurant ya era conocida. A continuación, comprobaron los números de matrícula en las bases de datos de los organismos policiales para determinar si alguno de los propietarios de los coches tenía antecedentes o era sospechoso por algún motivo.

–¿La policía hizo más averiguaciones a partir de este listado?

–Según los informes, no.

–Dennis, dice usted que se ha basado en las investigaciones de la propia policía. ¿Comprobó personalmente las matrículas que constaban en este listado?

–Sí. En los setenta y ocho casos. Hice todo lo que pude, pues no tenía acceso a las bases de datos que acabo de mencionar.

–¿Alguna de esas matrículas le llamó la atención en particular? ¿O llegó a la misma conclusión que los inspectores Kurlen y Longstreth?

–Me dije que uno de los coches resultaba particularmente interesante. Así que seguí investigando.

Pedí autorización para entregarle al testigo una copia del listado de las setenta y ocho matrículas. El juez me lo concedió. Cisco sacó las gafas de leer del bolsillo de la camisa y se las puso.

—¿Cuál fue la matrícula que despertó su interés?

—W-N-U-T-Z nueve.

—¿Y por qué le llamó la atención?

—Porque en el momento de mirar el listado ya habíamos hecho averiguaciones en otros sentidos. Y sabía que Louis Opparizio era uno de los socios en una empresa llamada Wing Nuts. Me dije que tal vez hubiera una relación con el vehículo que tenía esa matrícula.

—¿Y qué fue lo que encontró?

—Que el coche estaba a nombre de Wing Nuts, una empresa de mensajería participada por Louis Opparizio.

—Tengo que insistir. ¿Por qué este dato resultaba interesante?

—Bueno, como he dicho, yo tenía la ventaja del tiempo. Kurlen y Longstreth elaboraron el listado el mismo día del asesinato. Ellos no conocían los factores o individuos vinculados al caso. Por mi parte, miré este listado bastantes semanas más tarde. Y por entonces sabía que la víctima, el señor Bondurant, había enviado una carta incendiaria al señor Opparizio y…

Freeman protestó por la descripción de la carta, y el juez hizo que eliminaran de las actas la palabra «incendiaria». Invité a Cisco a continuar.

—Desde nuestro punto de vista, esa carta indicaba que Opparizio era una persona de interés, así que me puse a hacer averiguaciones sobre él. Vi que uno de sus socios en Wing Nuts era un hombre llamado Dominic Capelli. Los organismos policiales del estado de Nueva York tienen claro que Capelli está asociado a un grupo criminal organizado, dirigido por un individuo llamado Joey Giordano. Capelli también está conectado con otros elementos dudosos y…

Freeman volvió a protestar, y el juez le dio la razón. Adopté mi mejor expresión de frustración, como si el magistrado y la fiscal se hubieran aliado para evitar que el jurado llegara a saber la verdad.

—Muy bien, volvamos al listado y su significado. ¿Qué decía el listado sobre el automóvil propiedad de Wing Nuts?

—Que el coche entró en el aparcamiento a las 8:05.

—¿Y a qué hora se fue?

—La cámara de la puerta de salida indicaba que a las 8:50.

—De forma que este vehículo entró en el aparcamiento antes del asesinato y se fue después del crimen. ¿Correcto?

—Correcto, sí.

—Y dice usted que el vehículo estaba a nombre de una firma participada por un hombre con lazos directos con el crimen organizado. ¿También es correcto?

—También es correcto.

—Muy bien. ¿Se le ocurrió pensar si la presencia en el aparcamiento del coche propiedad de Wing Nuts tenía alguna posible explicación?

—Por supuesto. Esta empresa se dedica a la mensajería. Y ALOFT recurre a Wing Nuts de forma habitual para enviar documentos a WestLand National. Pero me llamó la atención que el coche llegara a las 8:05 y se marchara antes de las 9:00, la hora de apertura del banco.

Miré a Cisco un largo instante. El instinto me decía que le había sacado todo cuanto necesitaba. Aún quedaba carne en los restos del pollo, pero a veces es mejor apartar el plato. En ocasiones, es preferible que sea el propio jurado el que se formule la pregunta inevitable.

—No tengo más que añadir —dije.

Mis preguntas habían sido muy precisas, pues tan solo se referían a la cuestión de la matrícula. Así pues, Freeman no tenía mucho con lo que trabajar cuando le llegó el turno de preguntarle a Cisco. Sin embargo, se las arregló para apuntarse un tanto al hacer que reconociera que WestLand National tan solo ocupaba tres plantas de un edificio de diez pisos. Era posible que el coche de Wing Nuts hubiera venido a hacer una entrega en otras oficinas del edificio, lo que explicaría su presencia en el aparcamiento antes de que el banco abriera sus puertas.

Me dije que, si existía un registro de entrega a otra de las oficinas en el edificio, Freeman sin duda lo sacaría a relucir –acaso con la mágica ayuda de la gente de Opparizio–, si al final se daba una impugnación.

Al cabo de media hora, la fiscal tiró la toalla y se sentó. El juez me preguntó si iba a llamar a otro testigo.

–No, señoría –respondí–. La defensa ha hecho comparecer a todos sus testigos.

El magistrado hizo salir a los miembros del jurado, después de citarlos en la sala de recepción a las nueve de la mañana siguiente. Una vez que se hubieron ido, Perry terminó de prepararlo todo para el final del juicio y nos preguntó si pensábamos llamar a declarar a eventuales testigos de refutación. Respondí que no. Freeman dijo que quería reservarse el derecho a llamar a testigos de refutación por la mañana.

–Muy bien, en tal caso, reservaremos la sesión de la mañana a las declaraciones de los testigos de refutación, si es que los hay –indicó Perry–. Empezaremos con los alegatos finales nada más volver del almuerzo, y tendrán un límite de una hora cada uno para exponer sus argumentaciones. Con un poco de suerte, y si no hay más sorpresas, el jurado empezará a deliberar mañana a esta misma hora.

Perry se marchó. Fui a la mesa de la defensa, a la que estaban sentadas Aronson y Trammel. Lisa puso su mano sobre la mía.

–Lo han hecho fantásticamente bien –dijo–. Todo ha ido genial esta mañana. Creo que el jurado está empezando a comprender. Me he fijado bien en sus caras. Me parece que ahora saben la verdad.

Miré a Trammel y, después, a Aronson. Sus expresiones eran diferentes.

–Gracias, Lisa. Supongo que mañana lo comprobaremos definitivamente.

52

Por la mañana, Andrea Freeman me sorprendió justamente porque no apareció con ninguna sorpresa. De pie frente al juez, dijo que no iba a llamar a ningún testigo de refutación. La fiscalía más tarde efectuaría su alegato final.

Me extrañé. Había llegado al juzgado convencido de que Freeman me vendría con algún último as en la manga. Un testigo que explicase la presencia del coche de Wing Nuts en el aparcamiento del banco, o quizá un antiguo jefe de Driscoll que lo pusiera de vuelta y media, o incluso un experto en desahucios que contradijera las explicaciones de Aronson. Pero nada. Freeman había pasado página.

Iba a basar su alegato final en la sangre. Le hubiera despojado o no de su *crescendo* al estilo del *Bolero* de Ravel, la fiscal iba a argumentarlo todo centrándose en el único aspecto del juicio que resultaba incontrovertible: la sangre.

El juez Perry suspendió la sesión de la mañana para que la defensa y la fiscalía pudieran trabajar en sus respectivos alegatos finales, mientras él mismo preparaba en su despacho las instrucciones al jurado, las indicaciones finales que los miembros del jurado iban a tener que seguir durante sus deliberaciones.

Llamé a Rojas e hice que me recogiera en Delano. No quería volver al bufete. Demasiadas distracciones. Le dije que condujera el coche por ahí y abrí mis carpetas y miré mis anotaciones en la parte trasera del Lincoln, donde siempre me resultaba más fácil pensar y preparar mis alegatos.

La sesión se reanudó a la una en punto. Como siempre sucede en el sistema de justicia penal, el ministerio público llevaba las de ganar a la hora de presentar los alegatos finales. La fiscal iba a ser la primera y la última en hablar. La defensa tenía que contentarse con hacerlo en medio.

Me pareció que Freeman iba a ajustarse al formato habitual en los alegatos finales del ministerio fiscal: dedicar la primera parte a la construcción de una base factual atendiendo a los hechos conocidos y en la segunda centrarse en apelar a las emociones del jurado.

Poco a poco, desgranó las pruebas contra Lisa Trammel, sin dejar en el tintero nada de lo presentado desde el comienzo del juicio, al menos en apariencia. La exposición resultaba árida, pero acumulativa. Se refirió a los medios y al motivo, y lo enmarcó todo con la sangre. El martillo, los zapatos, los análisis del ADN no cuestionados por la defensa.

–Desde el primer momento les dije que la sangre iba a ser la explicación de este caso –indicó–. Y en esto estamos. Si nos abstraemos de todos los demás factores, las pruebas materiales relacionadas con la sangre provocan que el veredicto de culpabilidad sea inevitable. Estoy seguro de que van a hacer caso a sus conciencias y verlo con claridad.

Tomó asiento, y me llegó el turno. Me situé ante la tribuna del jurado y me dirigí a ellos directamente. Pero no estaba solo. Con el permiso de Perry, Manny se encontraba a mi lado. El silencioso compañero de fatigas de la doctora Shamiram Arslanian estaba erguido, con el martillo pegado en lo alto de la bóveda craneal y la cabeza echada hacia atrás y mirando hacia arriba, en el ángulo inusual que posibilitaría que una persona de la estatura de Lisa Trammel hubiera asestado el golpe mortal.

—Señoras y señores del jurado —empecé—, tengo buenas noticias para todos: es de prever que al final de la jornada nos hayamos ido de aquí y estemos en casa llevando nuestra vida normal otra vez. Les doy las gracias por la paciencia y la atención de la que han hecho gala durante el juicio, así como por su consideración de las pruebas materiales. No voy a extenderme mucho, pues quiero que estén en sus casas lo antes posible. Y hoy lo tenemos fácil, o eso creo. Hoy vamos a poner la directa. En mi opinión, este caso es de los que se resuelven con una deliberación de cinco minutos. Aquí, la duda razonable resulta más que evidente, por lo que tengo claro que llegarán a emitir un veredicto por unanimidad durante la primera votación.

Pasé a hablar de las pruebas aportadas por la defensa y de las contradicciones y deficiencias inherentes a la alegación de la fiscalía. Formulé las preguntas que habían quedado sin respuesta. ¿Cómo se explicaba que el maletín estuviera abierto? ¿Cómo se explicaba que el martillo hubiera aparecido tanto tiempo después? ¿Cómo se explicaba que la puerta del garaje de Lisa Trammel no estuviera cerrada con llave? ¿Por qué iba a empeñarse en matar a Bondurant una persona que tenía todas las de ganar en un caso de desahucio?

Lo que me llevó al motivo central de mi alegato: el maniquí.

—La demostración llevada a cabo por la doctora Arslanian desmiente las argumentaciones de la defensa. Sin entrar a considerar otros aspectos, con Manny nos basta y nos sobra para que exista la duda razonable. Las lesiones en las rodillas de la víctima nos dicen que estaba de pie cuando le propinaron el golpe mortal. Si se encontraba de pie, la única postura que podía tener en caso de que Lisa Trammel efectivamente fuera la asesina era con la cabeza echada hacia atrás y mirando al techo. Tienen que preguntarse: ¿una cosa así es posible? ¿Es probable? ¿Cómo se explica que Mitchell Bondurant estuviera mirando hacia arriba? ¿Qué era lo que estaba mirando?

Me detuve en este punto, con una mano en el bolsillo, en estudiado gesto de confianza y seguridad en mí mismo. Escudriñé las miradas de los miembros del jurado. Todas estaban fijas en el maniquí. A continuación, llevé la mano al mango del martillo y, con cuidado, lo fui empujando hacia arriba, hasta que la cara de plástico miró al frente con normalidad y el mango formó un ángulo de noventa grados, fuera del alcance de la pequeña Lisa Trammel.

–Señoras y señores, la respuesta es que no estaba mirando hacia arriba, porque no fue Lisa Trammel quien cometió este crimen. Lisa Trammel estaba conduciendo de vuelta a casa con su vaso con café cuando otra persona ejecutó lo planeado y eliminó la amenaza que Mitchell Bondurant suponía para un tercero.

Una nueva pausa, para que lo asimilaran bien.

–Mitchell Bondurant había despertado las iras de un tigre al enviar esa carta a Louis Opparizio. Fuera su intención o no, la carta constituía una amenaza para las dos cosas en que el tigre basaba su fiereza y poderío: el dinero y el poder. La amenaza iba más allá de Louis Opparizio y de Mitchell Bondurant. La amenaza se cernía sobre un acuerdo comercial importantísimo, y en consecuencia había que hacer algo al respecto.

»Y lo hicieron. Decidieron que Lisa Trammel iba a ser el necesario chivo expiatorio. Los que cometieron este crimen sabían quién era, habían estado espiando sus movimientos y se decían que en principio tenía un motivo plausible. Lisa era la perfecta cabeza de turco. Nadie le creería cuando protestase y se declarase inocente. Ni por asomo. Establecieron un plan y lo llevaron a cabo de forma eficiente y despiada. Mitchell Bondurant yacía muerto en el suelo de hormigón del aparcamiento, con el maletín abierto a la derecha del cadáver. Y la policía apareció y dio por bueno el montaje urdido por los criminales.

Meneé la cabeza con horror, como si estuviera cargando con el disgusto del mundo entero.

—La policía tuvo una visión de túnel. Como esos caballos a los que ponen unas anteojeras para que tan solo vean la pista por la que tienen que correr. La policía únicamente veía la pista que conducía a Lista Trammel, y no iba a ver nada más pasara lo que pasara. Lisa Trammel, Lisa Trammel, Lisa Trammel… Pero ¿y ALOFT? ¿Y los beneficios de decenas de millones de dólares que Mitchell Bondurant ponía en peligro? No, eso no interesaba. Lisa Trammel, Lisa Trammel, Lisa Trammel. Era cuestión de atenerse al camino prefijado y no desviarse un milímetro.

Callé y me paseé ante el jurado. Por primera vez, recorrí la sala con la mirada. Estaba llena a rebosar; incluso había gente de pie en la parte posterior. Vi que Maggie McPherson estaba allí, con mi hija a su lado. La sorpresa me dejó paralizado una fracción de segundo, pero conseguí disimular. Me sentía bien cuando me giré hacia el jurado y pasé a exponer mi última consideración.

—Pero ustedes tienen ante sus ojos lo que la policía no pudo o no quiso ver. Se dan cuenta de que la policía estuvo investigando con las anteojeras puestas. Están viendo que la policía fue manipulada de forma habilidosa. Están viendo la verdad.

Señalé el maniquí.

–Las pruebas materiales aportadas por el ministerio fiscal no resultan convincentes. Las pruebas circunstanciales no son convincentes. Su alegato no resulta convincente en vista de los hechos. En este caso se da una más que evidente duda razonable. El sentido común así se lo dice a todos ustedes. Por lo que les pido que dejen a Lisa Trammel en libertad. Que le dejen marcharse como corresponde. Es lo que dicta la conciencia.

Les di las gracias y caminé hacia la mesa de la defensa. Di un toquecito a Manny en el hombro cuando pasé por su lado. Según lo convenido, Lisa Trammel me agarró y apretó el brazo cuando tomé asiento a su lado. Y musitó la palabra «gracias» de tal forma que el jurado lo vio con claridad.

Llevé la mano bajo la mesa y consulté mi reloj de pulsera. Mi alegato final apenas me había llevado veinticinco minutos. Antes de pasar a la segunda parte de su propio alegato final, Freeman le pidió al juez que me ordenara retirar el maniquí de la sala. El juez así me lo indicó, y me levanté de la silla.

Llevé el maniquí a un lado de la sala, donde Cisco vino a encontrarse conmigo.

–Ya me encargo yo, jefe –dijo–. Ahora mismo lo saco a la calle.

–Gracias.

–Y buen trabajo.

–Gracias.

Freeman salió a exponer la segunda parte de su alegato final. No perdió un instante a la hora de contrarrestar los argumentos de la defensa.

–No tengo intención de usar elementos de atrezo para confundirlos. No voy a referirme a supuestas conspiraciones o asesinos anónimos o desconocidos, pues cuento con los hechos y las pruebas que demuestran más allá de toda duda razonable que Lisa Trammel asesinó a Mitchell Bondurant.

Y eso no fue más que el comienzo. Freeman dedicó toda la intervención a martillear los argumentos de la fiscalía y a insistir en la relevancia de las pruebas que ella misma había presentado. El suyo fue un alegato final de tipo más bien rutinario y ramplón. Se limitó a enumerar los hechos –o los supuestos hechos– de forma insistente y machacona. No lo hizo mal del todo, pero tampoco demasiado bien. Vi que algunos miembros del jurado tenían la mirada distraída, lo que podía interpretarse de dos maneras: la primera, que la fiscal no los estaba convenciendo; la segunda, que ya los había convencido antes, por lo que no necesitaban oír otra vez lo mismo.

Freeman fue subiendo de tono hasta llegar a la culminación de su alegato, un previsible resumen del poder y la capacidad del ministerio fiscal para establecer los hechos precisos y conseguir que se hiciera justicia.

–En este caso, los hechos son los que son. No mienten. Las pruebas indican con claridad que la acusada estuvo esperando a Mitchell Bondurant escondida tras la columna en el aparcamiento. En su martillo y en su zapato aparecieron muestras de sangre de la víctima. Estamos hablando de hechos, señoras y señores. De hechos incuestionables. De pruebas muy concretas que apuntan en una misma dirección. De pruebas que demuestran más allá de toda duda razonable que Lisa Trammel mató a Mitchell Bondurant. Que le sorprendió por la espalda y le golpeó con el martillo de forma despiadada. Que incluso volvió a golpearlo cuando ya estaba muerto, en el suelo. No sabemos con exactitud en qué posturas precisas se encontraban él o ella. La acusada es la única que lo sabe. Pero sí sabemos que fue ella quien cometió el crimen. Las pruebas materiales tan solo apuntan en su dirección.

Como era de esperar, Freeman no pudo reprimirse y señaló con el dedo a mi cliente.

—En su dirección. En la de Lisa Trammel. Esta mujer fue la autora del crimen, pero ahora se esconde tras las argucias de su abogado y les pide que la consideren no culpable. No le den esa satisfacción. Háganle justicia a Mitchell Bondurant. Declárenla culpable de su asesinato. Gracias.

Freeman tomó asiento. Evalué su alegato final con un bien, pero me decía que el mío se merecía un sobresaliente. Egocéntrico que es uno. Pero lo cierto es que al ministerio fiscal solía bastarle con un suficiente para ganar un juicio. La fiscalía siempre juega con ventaja, y el trabajo de la defensa muchas veces no basta para superar esa ventaja.

Al momento, el juez Perry pasó a leer sus instrucciones al jurado. Estas no solo abarcaban las normas que debían seguir durante la deliberación, sino que también incluían instrucciones específicamente vinculadas a este caso. Se extendió en lo referente a Louis Opparizio e indicó que el jurado estaba obligado a hacer caso omiso de su declaración.

Las instrucciones del juez ocuparon casi tanto tiempo como mi propio alegato final. Justo después de las tres, Perry ordenó que los doce miembros del jurado fueran a la sala de deliberación para empezar con su labor. Los miré salir en fila india por la puerta con el ánimo relajado, aunque sin tenerlas todas conmigo. Había llevado a cabo la mejor de las defensas posibles. Estaba claro que había quebrantado unas cuantas normas y había llevado las cosas al límite más de una vez. Incluso me había puesto a mí mismo en situación de riesgo. Ateniéndome a las leyes, pero también por un motivo que resultaba más peligroso. Me había puesto en situación de riesgo al creer en la posibilidad de que mi cliente fuera inocente.

La puerta de la sala de deliberación se cerró. Miré a Lisa. En sus ojos no vi miedo, y volví a decirme que era inocente. Estaba segura de cuál iba a ser el veredicto. Su expresión lo dejaba más que claro.

—¿Qué piensas? —me susurró Aronson al oído.

—Que estamos al cincuenta por ciento, y que más no podemos pedir, sobre todo en un caso de asesinato. Ya veremos.

El juez suspendió la sesión después de hacer que su secretario tomase todos nuestros números de contacto y de ordenarnos que permaneciéramos a menos de un cuarto de hora de distancia del juzgado, por si el jurado llegaba a un acuerdo. Mi despacho se encontraba dentro de ese radio, por lo que fuimos hacia allí. Me sentía optimista y magnánimo, así que llegué a decirle a Lisa que Herb Dahl podía acompañarnos. Tenía claro que más tarde o más temprano tendría que informarle del papel desempeñado por su ángel guardián, pero ya habría tiempo para eso.

Cuando el grupo de la defensa salió a la antesala, los periodistas se nos echaron encima y, a gritos, nos pidieron declaraciones a Lisa y a mí. Miré más allá y vi que Maggie esperaba, con la espalda apoyada contra la pared, y que mi hija estaba sentada en un banco a su lado, escribiendo en el móvil. Le indiqué a Aronson que se ocupara de los periodistas y me preparé para escabullirme.

—¿Yo? —apuntó Aronson.

—Ya sabes lo que tienes que decir. Sencillamente, no dejes que Lisa responda. No hasta que tengamos un veredicto.

Saludé con la mano a un par de periodistas rezagados y llegué junto a Maggie y Hayley. Hice una rápida finta a un lado, me giré y besé a mi hija en la mejilla antes de que pudiera esquivarme.

–¡Papááá!

Me enderecé y miré a Maggie. En su rostro había una pequeña sonrisa.

–Por lo que veo, has ido a recogerla al colegio –dije.

–Me he dicho que tendría que estar en la sala.

Era una concesión importante.

–Gracias –dije–. Y, bueno, ¿qué piensas?

–Lo que pienso es que podrías vender hielo a los esquimales.

Sonreí.

–Pero eso no quiere decir que vayas a ganar –añadió.

Fruncí el ceño.

–Pues muchas gracias.

–Bueno, ¿qué quieres que te diga? Soy fiscal. No me gusta ver que una persona culpable se va de rositas.

–Bueno, pues esas circunstancias no se han dado en este caso.

–Supongo que cada uno cree en lo que tiene que creer.

Volví a sonreír. Miré a mi hija y vi que estaba escribiendo otro mensaje de texto. Como de costumbre, no hacía el menor caso a nuestra conversación.

–¿Freeman habló contigo anoche?

–¿En lo referente al quinto testigo que sacaste a declarar? Sí. Tú no juegas limpio, Haller.

–Porque la partida está amañada. ¿Freeman te contó lo que me dijo después?

–No. ¿Qué te dijo?

–Da igual. Pero se equivocaba.

Maggie frunció el entrecejo. Le picaba la curiosidad.

–Luego te lo cuento –dije–. Ahora nos vamos al despacho a esperar. ¿Quieres venir con nosotros?

–No, es mejor que me vaya a casa con Hayley. Tiene que hacer los deberes.

El móvil vibró en mi bolsillo. Lo saqué y miré. En la pantalla se leía: «Tribunal Superior de Los Ángeles». Respondí a la llamada. Era el secretario del juez Perry. Escuché lo que tenía que decirme y colgué. Miré a mi alrededor para asegurarme de que Lisa Trammel seguía por allí.

–¿Qué sucede? –preguntó Maggie.

Miré a mi exmujer.

–El jurado ya ha emitido su veredicto. En cuestión de cinco minutos.

Quinta parte

La hipocresía de la inocencia

53

Se presentaron en tropel, procedentes de todo el sur de California, atraídos por los cantos de sirena colgados en Facebook. Lisa Trammel había anunciado la celebración de la fiesta la mañana posterior al veredicto, y este sábado por la tarde había colas de diez personas para comprar bebidas en las distintas barras de bar. Llevaban banderas estadounidenses, e iban vestidos de rojo, blanco y azul. La lucha contra los desahucios en compañía de la casi mártir líder de la causa hoy resultaba todavía más patriótica que antes. Junto a cada una de las puertas de la casa y situados a intervalos en los jardines delantero y posterior, había cubos de cincuenta litros para que los asistentes dejaran sus donaciones destinadas a sufragar los gastos de Trammel y a continuar con la lucha común. Insignias de FLAG por un dólar, baratas camisetas de algodón por diez. Quien quisiera hacerse una foto en compañía de Lisa tenía que efectuar una donación mínima de diez dólares.

Pero nadie se quejaba. Sometida a la ordalía de las falsas acusaciones, Lisa Trammel había superado la prueba sin daños aparentes y estaba empezando a dejar de ser una activista para convertirse en un icono, cosa que no le desagradaba en absoluto. Corría el rumor de que Julia Roberts estaba interesada en interpretar su papel en la película.

Mis colaboradores y yo nos encontrábamos en el patio trasero, en torno a una mesa de pícnic dotada de un parasol. Habíamos llegado pronto, razón por la que teníamos el privilegio. Cisco y Lorna estaban bebiendo sendas latas de cerveza, mientras que Aronson y yo nos contentábamos con agua mineral. En la mesa había una ligera tensión; me pareció que era porque Cisco se había quedado con Aronson hasta muy tarde en el Four Green Fields el lunes por la noche, después de que me marchara en compañía de Maggie McPherson.

—Desde luego... Fijaos en toda esta gente —apuntó Lorna—. ¿Es que no saben que un veredicto de no culpabilidad no necesariamente significa que Lisa sea inocente?

—Esas no son formas, Lorna —dije—. No es muy elegante decir una cosa así, y menos en referencia a una cliente nuestra.

—Ya.

Frunció el ceño y meneó la cabeza.

—¿Es que no crees en su inocencia, Lorna?

—A ver, no me digas que tú sí que te la crees.

Me alegré de haberme puesto unas gafas de sol, no quería revelar lo que pensaba a este respecto. Me encogí de hombros como si no lo supiera o me diera lo mismo.

Pero no me daba lo mismo. Y es que uno tiene que vivir en paz consigo mismo. La idea de que era muy posible que Lisa Trammel en realidad no hubiera cometido el crimen hacía que por las mañanas me sintiera mucho mejor al mirarme al espejo.

—Pero, bueno, voy a decirte una cosa —añadió Lorna—: desde que conseguimos el veredicto de no culpabilidad, no hacen más que llamarnos al bufete. En los próximos meses vamos a tener pero que muchísimo trabajo.

Cisco asintió con la cabeza en gesto de aprobación. Era un hecho. Se diría que todo acusado de haber cometido un crimen en la ciudad quería contratarme, lo que hubiera sido una noticia excelente si ese fuese mi propósito.

–¿Viste a cuánto se cotizaba la acción de LeMure ayer por la tarde? –preguntó Cisco.

Le miré con sorpresa.

–¿Es que ahora te dedicas a seguir la bolsa de Wall Street?

–Tan solo quería ver si alguien había estado fijándose, y eso parece. Las acciones de LeMure han perdido el treinta por ciento de su valor en dos días. No los ayudó que el *Wall Street Journal* publicara un artículo conectando a Opparizio con Joey Giordano y especulando respecto a cuánto de los sesenta y ocho millones de dólares fue a parar a los bolsillos de la mafia.

–Todos, seguramente –dijo Lorna.

–Una cosa, Mickey –terció Aronson–: ¿cómo lo sabías?

–¿El qué?

–Que Opparizio se acogería a la quinta enmienda.

Volvía a encogerme de hombros.

–No lo sabía. Simplemente, pensé que, si se daba cuenta de que sus conexiones iban a salir a la luz durante el juicio, quizá tratase de evitarlo de la única forma posible: acogiéndose a la quinta enmienda.

Aronson me miró con expresión de no estar muy convencida. Aparté la mirada y contemplé el jardín lleno de gente. El hijo de mi cliente estaba sentado a una mesa cercana, en compañía de la hermana de Lisa. Ambos parecían mortalmente aburridos, como si los hubieran obligado a estar allí. Junto al pequeño huerto delimitado por las viejas traviesas del ferrocarril había un gran grupo de niños. Situada en el centro del círculo, una mujer repartía los caramelos que llevaba en una bolsa. Iba vestida de rojo, blanco y azul, y llevaba puesto un sombrero como el del Tío Sam.

–¿Cuánto tiempo tenemos que quedarnos, jefe? –preguntó Cisco.

–Hoy no trabajas –recordé–. Tan solo pensé que estaría bien acercarnos un momento.

Unos minutos después, la protagonista de la fiesta salió por la puerta de atrás, seguida por un periodista y un cámara. Situaron a Lisa Trammel con los chiquillos al fondo y procedieron a hacer una rápida entrevista a mi cliente. No me molesté en escucharla. Había oído y leído esa entrevista un millón de veces durante los últimos dos días.

Lisa terminó con la entrevista, dejó a los periodistas a sus espaldas, estrechó unas cuantas manos y posó para varias fotos. Finalmente se acercó a nuestra mesa, aunque antes se detuvo para acariciar el cabello de su hijo un momento.

–Aquí están –dijo al llegar–. ¡Los vencedores! ¿Cómo están los miembros de la defensa?

Me las compuse para sonreír.

–Bien, Lisa, bien. Tiene buen aspecto. ¿Por dónde anda Herb?

–No lo sé. Ya tendría que haber llegado.

–Qué lástima –dijo Cisco–. Vamos a echarle de menos.

Lisa no pareció percatarse del sarcasmo.

–Una cosa, Mickey: después voy a tener que hablar con usted –dijo–. No sé en qué programa de televisión aparecer, si en *Good Morning America* o en *Today*, y quiero que me dé su opinión. Los productores de ambos programas insisten en entrevistarme la semana próxima, pero tengo que escoger, pues ninguno está dispuesto a ser el segundón.

Hice un gesto con la mano para decirle que eso daba igual.

–No sé. Supongo que Herb podrá ayudarte a decidirlo. El experto en los medios de comunicación es él.

Lisa miró hacia el grupo de niños. En su rostro apareció una sonrisa.

–Ah, tengo una cosa para esos chavales. Discúlpenme un momento.

Se marchó a paso rápido y rodeó una de las esquinas de la casa.

—Salta a la vista que Lisa está disfrutando a lo grande con todo esto –comentó Cisco.

–A mí también me pasaría –dijo Lorna.

Miré a Aronson.

–¿Cómo es que no dices nada?

Se encogió de hombros.

–No sé qué decirte. No estoy tan segura de que me guste esto del derecho penalista. Si aceptas representar a alguno de esos individuos que han estado llamándote, creo que prefiero seguir trabajando en los casos de desahucio. Si te parece bien.

Asentí con la cabeza.

–Creo que sé cómo te sientes. Puedes continuar llevando los desahucios, si es lo que quieres. Vamos a seguir teniendo mucho trabajo en ese sector mientras los tipos como Opparizio continúen haciendo negocios. Pero voy a decirte una cosa: esa sensación que ahora tienes terminará por desaparecer. Créeme, Bullocks, sé de lo que me hablo.

No respondió, ni a que me hubiera vuelto a dirigir a ella por su apodo ni a ninguna de mis demás palabras. Me giré a mirar el jardín otra vez. Lisa estaba de vuelta, haciendo rodar por el suelo la bombona de helio que había ido a buscar al garaje. Les indicó a los niños que se acercaran y empezó a llenar los globos con el gas. El cámara de televisión se acercó para recoger la escena, que resultaría perfecta para los informativos de última hora de la tarde.

–¿Vosotros qué pensáis? –apuntó Cisco–. ¿Está inflando esos globos para los niños? ¿O para la cámara?

–¿La pregunta va en serio? –dijo Lorna.

Lisa separó de la boquilla de la bombona un globo de color azul y lo anudó habilidosamente con un cordel. Se lo entregó a una niña de unos seis años, que agarró el cordel y dejó que el globo subiera un par de metros sobre su cabeza. La pequeña sonrió y levantó la mirada para mirar su nuevo juguete. Y en ese momento comprendí qué era lo que Mitchell Bondurant había mirado cuando Lisa le golpeó con el martillo.

–Sí que lo hizo –musité entre dientes.

Sentí que el fuego de un millón de conexiones nerviosas ardía bajo mi cuello y a lo largo de mis hombros.

–¿Qué es lo que has dicho? –apuntó Aronson.

La miré, pero no respondí. Volví a clavar los ojos en mi cliente. Llenó de gas otro de los globos, anudó el extremo y se lo entregó a un niño. Volvió a pasar lo mismo. El niño agarró el cordel y alzó el alegre rostro para mirar el globo rojo. Una respuesta instintiva, natural. La de mirar hacia el globo en lo alto.

–Oh, por Dios… –dijo Aronson.

También acababa de sumar dos y dos.

–Lo hizo justo así.

Cisco y Lorna también se habían girado hacia mí.

–La testigo dijo que Lisa iba por la acera cargando con una gran bolsa de la compra –dijo Aronson–. Lo bastante grande para llevar un martillo, sí, pero también para llevar un par de globos.

Continué con la explicación.

–Lisa entra en el garaje disimuladamente y deja los globos sobre la plaza de aparcamiento de Bondurant.

Quizá con una nota pegada a cada cordel, para que Bondurant se fije en ellos.

–Sí –convino Cisco–. Como viniendo a decir: prepárate para salir volando en globo.

–Se esconde tras la columna y se mantiene a la espera.

–Y cuando Bondurant mira hacia los globos –concluyó Cisco–, ¡pum!, le suelta el martillazo en la cabeza.

Asentí con un gesto.

–Y los dos ruidos que alguien tomó por disparos y que luego se descartaron como el petardeo de un motor no fueron ni lo uno ni lo otro –dije–. Lisa reventó los dos globos mientras salía del aparcamiento.

En la mesa se hizo un silencio ominoso. Lorna fue quien lo rompió.

–Un momento. ¿Estáis diciendo que Lisa lo planeó todo de esa manera? ¿Pensando que, si golpeaba a Bondurant en lo alto del cráneo, el jurado le declararía no culpable?

Negué con la cabeza.

–No, eso fue pura suerte. Lo único que quería era distraer a Bondurant un momento, lo suficiente. Se valió de los globos para distraerlo y poder sorprenderlo por la espalda. Lo demás fue pura chiripa... Una circunstancia que el abogado defensor supo cómo utilizar.

No me sentía con fuerzas para mirar a mis compañeros. Mis ojos fueron a Lisa, que seguía hinchando globos y más globos.

–Entonces..., hemos contribuido a que se vaya de rositas.

Lorna lo afirmó, no lo preguntó.

–Y a Lisa no pueden juzgarla dos veces por la misma causa –observó Aronson–. Eso es legalmente imposible.

Como si nos hubiera oído, Lisa nos miró mientras terminaba de anudar el extremo de otro globo más, blanco esta vez. Se lo dio a otro de los niños.

Me sonrió.

—Cisco, ¿a cuánto están cobrando la cerveza?

—A cinco dólares la lata. Un abuso.

—Mickey, no lo hagas —dijo Lorna—. No vale la pena. Siempre has sido muy bueno, Mickey.

Aparté la vista de mi cliente y miré a Lorna.

—¿Bueno? ¿Estás diciéndome que soy uno de los buenos de la película?

Me levanté, los dejé allí sentados y fui hacia la barra de bar que había en el jardín posterior. Me puse a hacer cola. Esperaba que Lorna me siguiera, pero fue Aronson quien vino.

—¿Se puede saber qué estás haciendo? —me dijo en voz muy baja—. Me dijiste que no me convenía cultivar la conciencia. ¿Es que ahora piensas otra cosa?

—No lo sé —musité—. Lo único que sé es que Lisa me ha manipulado como a un puto muñeco… Y voy a decirte una cosa: Lisa sabe que yo lo sé. Acaba de sonreírme de esa forma. Lo he visto en sus ojos. Y se siente orgullosa. Ha sacado la bombona de helio al jardín para que la viera y me diera cuenta…

Meneé la cabeza.

—Estuvo controlándome desde el primer día. Todo formaba parte de su plan. Hasta el menor…

Me detuve. Acababa de darme cuenta de una cosa.

—¿Qué? —dijo Aronson.

—Ese marido suyo ni siquiera era su marido.

—¿Qué quieres decir?

—Estoy hablando del fulano que me telefoneó y luego se presentó en mi casa. ¿Dónde está, ahora que puede cobrar su pasta? No ha venido porque, en realidad, no era su marido. No era más que otro actor más en esta comedia.

–¿Y dónde está el verdadero marido?

Era la pregunta del millón. Pero yo no tenía la respuesta. En realidad, ya no tenía respuestas.

–Me largo.

Salí de la cola y fui hacia la puerta posterior de la casa.

–Mickey, ¿adónde vas?

No respondí. Crucé la casa con rapidez y salí por la puerta delantera. Había llegado lo bastante pronto como para aparcar el coche a unos pocos metros de la entrada. Estaba caminando por la acera en dirección al Lincoln cuando oí que alguien me llamaba por detrás.

Era Lisa, que se acercaba en mi dirección.

–¡Mickey! ¿Es que ya se va?

–Me voy, sí.

–¿Por qué? La fiesta no ha hecho más que empezar.

Llegó andando y se detuvo.

–Me voy porque lo sé todo, Lisa. Todo.

–¿Qué es eso que cree saber?

–Que me estuvo utilizando como a todos los demás. Incluso como a Herb Dahl.

–Vamos, por favor, usted es abogado. Y ahora va a llegarle más trabajo que nunca.

Acababa de reconocerlo todo: así de fácil.

–¿Y si no quiero aceptar los casos de ese tipo? ¿Y si prefiero creer que hay personas que no mienten?

Guardó silencio. No terminaba de entenderlo.

–No se ponga así, Mickey. Ya se le pasará.

Asentí con un gesto. Era un buen consejo.

–¿Y él quién era, Lisa? –pregunté.

–¿Él? ¿A qué «él» se refiere?

–Al fulano que me envió y que se hizo pasar por su marido.

De repente, su labio inferior dibujó una casi imperceptible sonrisa de orgullo.

–Adiós, Mickey. Gracias por todo.

Se giró y echó a andar hacia la casa. Me subí al Lincoln y me alejé de allí.

54

Estaba sentado en la parte trasera del Lincoln. Cruzábamos el túnel de Third Street cuando mi móvil empezó a zumbar. En la pantalla aparecía el nombre de Maggie. Le indiqué a Rojas que apagara la música –en la radio estaban poniendo *Judgement Day,* un tema del último álbum de Eric Clapton– y respondí a la llamada.

–¿Esto ha sido cosa tuya? –me preguntó a bote pronto.

Miré por la ventanilla. Acabábamos de salir del túnel. El sol brillaba en lo alto, lo que se ajustaba a mi estado de ánimo en aquel momento. Habían pasado tres semanas desde que el jurado había hecho público su veredicto; cuantos más días me distanciaba, mejor me sentía. Ahora ya estaba con algo nuevo entre manos.

–Pues sí.

–¡Vaya! Me alegro mucho.

–Pero está claro que voy a seguir siendo un muerto de hambre. La competencia es feroz, y estoy sin un centavo.

–No importa. Ahora todos saben quién eres, y la gente se fija y te respeta por haber mostrado un mínimo de integridad. Yo por lo menos te respeto. Y has dejado claro que tú no te vendes. Y los que no se venden acaban saliendo adelante. Así que no te preocupes, que terminarás por ganar dinero.

No estaba seguro de que en una misma frase pudieran casar bien mi nombre y la palabra «integridad». Pero estaba dispuesto a creerme lo otro. Además, hacía mucho mucho tiempo que la fiera de Maggie McPherson no me hablaba con tanta felicidad en la voz.

—Bueno, pues a ver qué pasa —dije—. Pero, si tú estás contenta, me da lo mismo lo que piensen los demás.

—Muy amable, Haller. ¿Y ahora qué?

—Buena pregunta. Voy a tener que abrir una cuenta en un banco y…

El móvil empezó a sonar. Tenía otra llamada. Miré la pantalla y vi que procedía de un número oculto.

—Mags, espera un momento, déjame responder a esta otra llamada.

—Adelante.

Pasé a la otra llamada.

—Michael Haller.

—¡Esto ha sido cosa suya!

Reconocí la voz rabiosa de Lisa Trammel.

—¿Qué ha sido cosa mía?

—¡La policía se ha presentado en casa! Y están excavando en el jardín, buscándolo. ¡Y usted les ha dicho que vinieran!

Supuse que lo de «buscándolo» era una referencia a su marido desaparecido, el que nunca terminó de llegar a México. Lisa estaba hablándome con ese familiar tono estridente que denotaba que estaba a punto de perder los nervios por completo.

—Lisa, yo…

—¡Necesito que venga aquí ahora mismo! Necesito un abogado. ¡Van a detenerme!

De forma que sabía qué era lo que la policía iba a encontrar en el jardín.

—Lisa, yo ya no soy su abogado. Puedo recomendarle a…

—¡Nooo! ¡No puede abandonarme! ¡Ahora no puede dejarme tirada!

–Lisa, acaba de acusarme de haber hecho que la policía se presente en su casa. ¿Y ahora quiere que le represente?

–Le necesito, Mickey. Por favor.

Rompió a llorar, con aquel sollozo prolongado y retumbante que ya había oído demasiadas veces.

–Búsquese a otro, Lisa. Yo ya he terminado con lo mío. Con un poco de suerte, terminaré por ser el fiscal en su próximo juicio.

–¿De qué habla?

–De que acabo de presentar mi candidatura para ser fiscal del distrito.

–No entiendo.

–Voy a cambiar de vida. Estoy harto de mezclarme con gente como usted.

Al principio, no respondió, pero podía oír su respiración. Cuando finalmente lo hizo, su voz resonó fría y sin entonación.

–Tendría que haberle dicho a Herb que ordenara a aquellos dos que lo dejaran lisiado de verdad. Es lo que se merece.

Ahora fui yo quien guardó silencio. Sabía a qué se estaba refiriendo. A los hermanos Mack. Dahl me había mentido cuando me contó que la paliza había sido por encargo de Opparizio. Eso no encajaba con el resto de lo sucedido. Pero esto sí que cuadraba: había sido cosa de Lisa. Se había dicho que una agresión contra su propio abogado ayudaría a desviar las sospechas en otra dirección y a mí me llevaría a pensar en otras posibilidades.

Me las compuse para hablar con mi voz de siempre y dije las últimas palabras que iba a oír de mis labios:

–Adiós, Lisa. Buena suerte.

Me rehíce un poco y volví a la llamada con mi ex mujer.

–Lo siento…, era una cliente. Una antigua cliente.

–¿Todo en orden?

Apoyé el hombro en la ventanilla. Rojas estaba torciendo por Alvarado en dirección a la autovía 101.

–Sin problemas. Y bien, ¿quieres salir conmigo esta noche? Para hablar de la campaña un poco…

–Mira, mientras estabas en la otra línea, he pensado que igual podrías venir a mi casa. Cenamos con Hayley y luego hablamos del asunto, mientras ella hace los deberes.

Era poco frecuente que me invitara a su casa.

–Ah, ya veo. Si quiere que le invites a casa, el fulano de turno primero tiene que presentarse como candidato a fiscal del distrito. Es eso, ¿no?

–No te pases de listo, Haller.

–Recibido. ¿A qué hora nos vemos?

–A las seis.

–Hasta entonces, pues.

Colgué. Estuve mirando por la ventanilla unos minutos.

–¿Señor Haller? –intervino Rojas–. ¿Es verdad que va a presentarse como candidato a fiscal de distrito?

–Pues sí. ¿Es que le molesta, Rojas?

–Nada de eso, jefe. Pero ¿va a seguir necesitando un chófer?

–Claro, Rojas, el trabajo es suyo.

Llamé al despacho. Me respondió Lorna.

–¿Por dónde andan los demás?

–Están aquí. Jennifer en tu despacho, hablando con un nuevo cliente. Un caso de desahucio. Y Dennis está dale que te pego delante del ordenador. ¿Dónde has estado?

–Por el centro. Pero ahora vuelvo. Que nadie se marche del despacho. Tenemos una reunión.

–Muy bien. Ahora se lo digo.

–Estupendo. Nos vemos dentro de una media hora.

Apagué el móvil. Estábamos subiendo por la rampa de acceso a la 101. Los seis carriles estaban atestados de estructuras metálicas que ascendían lenta pero sostenidamente. No hubiera querido estar en ningún otro lugar. Aquella era mi ciudad. Así tenía que ser. A los mandos de Rojas, el Lincoln fue de uno a otro carril, sorteando el tráfico, llevándome a un nuevo destino.

Agradecimientos

El autor quiere dar las gracias a muchas personas por la ayuda que le prestaron durante la escritura de esta novela. Entre ellas se cuentan Asya Muchnick, Bill Massey, Terrill Lee Lankford, Jane Davis y Heather Rizzo. También estoy muy agradecido a Susanna Brougham, Tracy Roe, Daniel Daly, Roger Mills, Jay Stein, Rick Jackson, Tim Marcia, Mike Roche, Greg Stout, John Houghton, Dennis Wojciechowski, Charles Hounchell y, por último pero en posición destacada, Linda Connelly.

Esto es una novela. Cualquier posible error en lo referente a los hechos, la geografía o la normativa legal y los procedimientos judiciales es responsabilidad exclusiva del autor.